戊戌集

宋元明清文学论稿

傅承洲 著

凤凰出版社

图书在版编目（CIP）数据

戊戌集 ：宋元明清文学论稿 / 傅承洲著. -- 南京 ：
凤凰出版社，2018.7
ISBN 978-7-5506-2802-1

Ⅰ. ①戊… Ⅱ. ①傅… Ⅲ. ①古典文学研究－中国－
宋元时期②古典文学研究－中国－明清时代 Ⅳ.
①I206.2

中国版本图书馆CIP数据核字(2018)第141297号

书　　名　戊戌集——宋元明清文学论稿
著　　者　傅承洲
责任编辑　常宁文
装帧设计　徐　慧
出版发行　凤凰出版社(原江苏古籍出版社)
　　　　　发行部电话025-83223462
出版社地址　南京市中央路165号,邮编:210009
出版社网址　http://www.fhcbs.com
照　　排　南京凯建图文制作有限公司
印　　刷　金坛市古籍印刷厂有限公司
　　　　　江苏省金坛市晨风路186号,邮编:213200
开　　本　880×1230毫米　1/32
印　　张　11.875
字　　数　309千字
版　　次　2018年7月第1版　2018年7月第1次印刷
标准书号　ISBN 978-7-5506-2802-1
定　　价　60.00元
(本书凡印装错误可向承印厂调换,电话:0519-82338389)

目录

戊戌自述(代序)

我于1958年10月出生在湖北省沔阳县(今仙桃市)一个农民家庭,按干支纪年那年为戊戌年,从记事的时候父母就告诉我,我是戊戌年生人,至今还记得小时候父母经常开的一个玩笑,说我和奶奶同年出生,祖母出生于1898年,即戊戌变法那一年,大我整六十岁。我于1966年上小学,1976年高中毕业,基础教育阶段正好在十年“文革”时期。“文革”开始时年龄尚小,虽然也要背毛主席语录,唱革命歌曲,跳“忠字舞”,但写大字报、造反、串连、武斗与小学生没有什么关系,基本上可以正常上课,语文课主要是背毛主席语录和诗词,也读一些写英雄人物的短文,算术课除学习加减乘除计算方法外,应用题也带革命内容。初中是在一个农村小学附设初中班读的,主要上语文和数学课,没有条件开物理和化学课,记得学校也发过《农业基础知识》和《工业基础知识》的教材,前者涉及到一些生物和化学知识,后者主要是一些物理知识,但没有老师讲授。初中阶段读过几本现代小说,我姨父是复员军人,在部队买过一些小说,学校离他家很近,我到他家借阅过巴金的《家》、《春》、《秋》,杨沫的《青春之歌》,梁斌的《红旗谱》等,这些小说当时都是禁书,偷偷看的。也读过《闪闪的红星》、《海岛女民兵》,这是当时允许读的小说。这些阅读与我后来的专业有一点关系,也算是我的文学启蒙。姨父家也有《红楼梦》,读过开头,读不懂,放弃了。高中阶段赶上反击右倾翻案风运动,基本没有正常上过几节课。高中两年,我们到农场插过秧,到工厂车过螺丝,到医院给病人打过针,到农村采访写过通讯报道,家乡的第一条高压输电线是我们帮助架起来的。每逢五一、七一、十一等节日,学校都要出墙报,以示庆祝。学生写一些诗歌、散文习作，老师挑选和修改，安排几个毛笔字写得比较好的学生抄写，贴在校园的墙壁上。抄写的学生可以不去工厂、农村参加劳动，我就是经常办墙报的学生之一。为了写作打油诗，语文老师给我们讲授过一些诗歌押韵的常识，知道了中东、江阳、怀来、言前等十三辙。老师还将当时报刊上发表的诗歌推荐给学生阅读，记得全文抄过《理想之歌》，背诵过其中的一些段落。还在报刊上读过徐刚、纪宇等人的诗歌。

高中两年虽然没有学到什么东西，因为当时农村高中毕业生还很少，所以毕业后被安排在民办小学当老师。第一年教小学四年级的语文和三年级的算术。教学内容并不深奥，但没有经过任何培训，怎样把这些内容传授给学生是当时我面临的最大的困难。于是向老教师请教，老师们告诉我，每门课都印发了教学参考资料，可以按教学参考资料上的内容教学生。再去听老教师的课，慢慢熟悉了教学的基本程序。就语文课来说，先教生字词，让学生认识生字，理解新词。再领读课文，让学生熟读课文，重要的段落要求背诵。然后给文章分段，归纳段落大意。接着归纳全文的中心思想和写作特点。最后布置作业，包括课堂作业和课外作业。我当民办教师才十来天，1976年9月9日，毛泽东逝世；10月6日粉碎“四人帮”，“文化大革命”结束，教学回归正轨，教育主管部门开始抓教学质量，无非是开展教学检查，组织统一考试。多次统考，我所教的班成绩都不错。第二年，学校安排我教初中一年级的语文。虽然有了一年的教学经验，我这个名义上的高中毕业生，实际上也就初中生的水平，让我教初中，压力很大。为了做好教学工作，只能自学，自己学会了，再教学生。我当时自学了华中师范学院中文系编写的一套现代汉语知识丛书，包括《现代汉语词汇知识》、《现代汉语语法知识》、《现代汉语修辞知识》、《逻辑知识及其应用》。还自费订阅了《人民文学》、《诗刊》，记得在《人民文学》上读到刘心武的小说《班主任》时，几个青年教师十分兴奋，还一起讨论过。当时不可能明白这篇小说在中国当代文学史上的意义，但还是能读出它和“文革”时期发表的一些小说完全不同。还购买、阅读过刘亚洲的历史小说《陈胜》。民办教师的工作,逼着自己自学了一些语文与历史知识。所以当恢复高考,选择报考门类时,很自然选择了文科。1978 年 9 月,我离开生活了二十年的家乡,到武汉师范学院(今湖北大学)中文系学习。

和各高校一样,我们 78 级的学生年龄相差悬殊,大的三十五六岁,小的只有十五六岁,完全是两代人。我二十岁上大学,属于年龄偏小的。虽说都是通过高考进入大学,实际水平相差还是比较大。一些“文革”前夕毕业的老大哥,有的中师毕业,教了十几年的中学语文,其人生阅历和阅读面比我们这些在“文革”期间接受基础教育的学生要宽广得多。上过几周课后,就发现了自己与老大哥们的差距。现代汉语没有问题,老师讲授的内容基本上自修过。古代汉语,因为当民办教师时讲过一些古文名篇,文言文阅读基本过关。现代文学,上大学前读过一些现代作家的小说,也能理解老师讲授的内容。基础最弱的是古代文学与外国文学,大量的文学作品没有读过,尤其是一些长篇小说和戏剧作品。从大二开始,我便有计划地阅读古代文学名著,一些著名诗人和散文家至少要读一本选集,小说戏曲名著必须通读,为了更好地理解作品,每位作家要配套阅读一两本传记、年谱或研究著作。我用了一年多时间读完了《三国演义》、《水浒传》、《西游记》、《儒林外史》、《红楼梦》、《西厢记》、《幽闺记》、《牡丹亭》、《清忠谱》、《桃花扇》、《长生殿》等小说戏曲名著,并读了一些研究古代作家作品的学术著作。欧美文学名著也下过一番功夫。这一年多的阅读,使我对古代小说、戏曲产生了浓厚的兴趣,又读了一些小说史、戏曲史的著作。这些阅读基本上确定了我后来的专业方向和学术研究领域。

大学毕业后,我留在湖北大学附中任教,教两个初中班的语文,因为上大学之前已有两年的教学经验,学了四年再教初中,可谓驾轻就熟,教学效果也比较好,得到了师生们的认可。一年后,学校领导班子换届,领导找我谈话,希望我担任教导处副主任,我以年轻无经验谢绝了领导的好意。又过了大半年，我提出要报考研究生，学校未予批准，理由是工作未满两年。研究生未考成，反而给领导留下了不安心本职工作的印象。1984 年秋季，湖北省人事厅与武汉市人事局为省市新闻出版单位公开招聘记者编辑，不需要单位出具介绍信。我报名参加了考试，在三千多名报考人员中，我的成绩进入前十名。又经过复试，被长江文艺出版社录取。出版社给湖北大学发商调函，并派人到学校协商，学校不同意放人。随后我又参加了研究生入学考试。1985 年春季，我突然接到湖北省科委办公室负责人的电话，问我是否愿意到省科委做秘书工作。原来省科委急需一名文字秘书，向省人事厅要人，省人事厅根据招聘考试成绩推荐了我。我告诉该负责人，长江文艺出版社要调我去做编辑，学校不放人。该负责人表示：调动的事不用你操心，我们去做工作，就看你是否愿意到科委工作，如果愿意，便到科委面谈。我虽然不太愿意到机关工作，但当时的工作环境已十分糟糕，只要能离开附中，到任何单位都行，我当即表示愿意去科委。与科委办公室负责人面谈之后，科委人事处的领导到湖北大学协商调动事宜，学校领导爽快地同意放人。因为湖北大学的科研项目、科研经费都由科委审批与划拨，湖北大学不敢得罪科委。照说事情都已经谈好了，只差办调动手续。科委办公室又来电话，学校领导告知科委，说我在单位表现极差，身体也不好，不适合到科委工作。我说，如果我表现不好，身体又差，学校为什么不把这个包袱甩掉，却要留下？该负责人大概认为我说得有道理，便约我再到科委面谈。事有凑巧，就在这时，我收到了研究生复试通知，便放弃了科委的工作。

1985 年 6 月初，我收到北京大学研究生招办的来函，告知招办已向湖北大学人事处发函调档，却一直没有收到我的档案，让我去催一下，以免耽误录取。第二天上午我便到人事处询问寄档案一事，工作人员告诉我，人事处早已收到调档公函，但学校领导不同意放档案。我问需要哪位领导同意，工作人员告诉我，主管副校长。当天下午两点，我便到副校长办公室，请他批准寄档案。副校长直接表示：“我不同意。”我说，学校同意我报考，怎么能通过了考试，又不放档案呢？副校长说：“工作需要。”我用事先想好的各种理由，希望能说服副校长，如年轻人想继续深造，学校应该给予支持。一个普通中学老师，不是什么特殊人才，不会影响学校工作。附中有好几位比我重要的教师最近都调走了。副校长根本不听我陈述的理由，最终答复还是不同意放档案，要安心本职工作。眼看事情又要泡汤了，这已经是第三次了！我说，学校怎么能不讲理呢？副校长说，你说不讲理就不讲理。我说，你不讲理我也不讲理。副校长说：“你敢！”我脱口而出：“我杀人都敢！”副校长顿时愣住了，随后想离开办公室，我堵在门口不让走(整个谈话过程，副校长没有让我坐下)。我与副校长的争吵声，引来了一大群人围观，有劝我的，有看热闹的。我告诉大家，我是附中的老师，学校同意我报考研究生，现在通过了考试，招生单位来函调档，学校却不放档案，请老师们评评理。我的陈述博得了老师们的理解和同情，有一位中年老师(我至今也不知道他的姓名)走到我身边，悄悄告诉我，你找副校长没用，你去找徐校长，他刚到办公室。徐校长即湖北大学校长徐章煌教授。我敲开徐校长的办公室，说明来意，徐校长当即表态：“我的意见，同意放档案。”此事很快在湖北大学传开，最后传为附中有位年轻教师要杀副校长。我离开湖北大学时，向一些师友辞别。不少人都听说此事，并关切地询问原委。有人表示理解，有人批评我太鲁莽，大家一致表示对副校长的做法不理解。我知道，这不只是副校长的个人意见，主要是附中领导的意见。我今天把此事写出来，一是想澄清一下，我没有说过要杀副校长，“杀人都敢”只是当时愤激的情绪表达。二是此事对于个人来说，是关系到我能否进入高校从事学术研究的重要事件。

1985 年 9 月，我到北京大学中文系报到，开始三年研究生阶段的学习。北大的师资和图书，在中国肯定是一流的，又赶上了中国 1949 年以来思想最为活跃、学术环境最为宽松的时期。这三年对我今后的学术研究产生了极大的影响。当时北大研究生选课非常自由，没有必修选修之分，选择面也很宽。我先后选修过褚斌杰师的《楚辞研究》、费振刚师的《汉赋研究》、陈贻焮师的《杜甫研究》、周兆新师的《古代戏曲研究》、沈天佑师的《明清小说研究》、周先慎师的《古代短篇小说鉴赏》、侯忠义师的《文言小说研究》、马振方师的《聊斋艺术论》、张少康师和陈曦钟师合开的《明清文艺思想》、乐黛云师的《比较文学概论》。这些老师当时年龄都在五十岁上下，讲授的内容都是他们正在撰写的论著。褚先生讲楚辞，主要根据司马迁的《屈原列传》讲屈原的生平以及中外学者关于屈原的争论，一学期结束，《屈原列传》只讲了一半。学校鼓励研究生跨专业选修课程，我选修过哲学系汤一介师的《论中国传统哲学》、葛路师的《中国美学史》，历史系徐大龄师与王天有师合开的《明史专题》，心理学系骆正师的《心理学与文学艺术》。汤先生的课，选课的学生非常多，两百人的大教室坐得满满的。汤先生并不擅长演讲，只是坐在讲台上一字一句念讲义，他的课以充实的内容取胜。学校几乎每天都有学术报告，有时一天好几场，到三角地溜达一圈，肯定会找到你想听的报告。我曾聆听过吴组缃先生、王瑶先生、吴小如先生、阴法鲁先生、谢冕先生、钱理群先生的学术报告。王先生的报告会在勺园一间会议室举行，王先生坐在沙发上，鹤发童颜，叼着烟斗，名士风度。王先生一向幽默，讲到高兴处，自己开怀大笑，一些现代文学的老师和博士生跟着一起笑。我是一脸茫然，王先生一口山西平遥话，与他接触不多的人根本听不懂。孙玉石老师在场，用普通话复述一遍，又是一阵笑声。各系还经常邀请校外和国外的著名学者来校讲学，我在北大听过徐朔方教授讲《金瓶梅》、伊藤漱平教授讲李渔小说、刘若愚教授讲比较诗学、马悦然教授讲中国当代文学。马悦然教授的报告会在临湖轩举行，临湖轩是原燕京大学校长司徒雷登的住所，80 年代为贵宾接待室，可见北大接待马悦然教授的规格之高。记得听完马悦然教授的报告，主持人让听众提问，我问马教授，有人说中国作家之所以没有获诺贝尔文学奖,主要原因是翻译问题。您怎么看?马教授告诉我,这种观点就是他提出来的。引起哄堂大笑。北大曾请北师大一位当红青年学者作报告,盛况空前,听众为抢占座位,将大讲堂的门都挤坏了。就在几个月之前,还是这位青年学者,不请自来参加过我们中文系研究生主办的学术沙龙。

北大图书馆的藏书非常丰富,借阅也十分方便,当时普通线装书和民国时期的旧期刊都可以借回宿舍阅读,我还从普通古籍部借到过清初的刻本,善本室一周有五天半开放借阅。经过一年多的听课与阅读,我打算将冯梦龙研究作为硕士论文选题,导师沈天佑先生建议我从具体问题做起,最后完成了硕士论文《论冯梦龙的文艺思想》,论文答辩获得诸位老师的好评,并入选当年优秀研究生论文集《缀玉集》(严家炎、袁行霈主编,北京大学出版社 1990 年出版)。答辩只提交了《论冯梦龙的文艺思想》,实际上我当时已经系统地阅读了冯梦龙的著作,全面地搜集了冯梦龙的研究资料,还写出《冯梦龙著作编年与考证》,这为我后来的冯梦龙研究打下了良好的基础。在做硕士论文期间,我在善本室阅读《太霞新奏》,这是冯梦龙选编、评点的一部散曲集,其中选了冯梦龙的二十二首散曲,在冯梦龙的套曲《怨离词·为侯慧卿》后面附有静啸斋评语:"静啸斋评云:子犹自失慧卿,遂绝青楼之好,有《怨离诗》三十首,同社和者甚多,总名《郁陶集》。如此曲,直是至情迫出,无一相思套语。至今读之,犹可令人下泪。"进而考察静啸斋究竟是谁,发现静啸斋是董斯张,还是《西游补》的作者。于是根据自己所掌握的材料,草就短稿《〈西游补〉作者董斯张考》,投《文学遗产》杂志。匆忙做完此事,继续硕士论文的写作、修改、答辩。然后毕业离开北大,到烟台大学任教,把给《文学遗产》投稿的事忘得一干二净。大约在 1989 年初,突然收到《文学遗产》编辑部李伊白先生的来信,询问拙稿《〈西游补〉作者董斯张考》是否已经发表。原来《文学遗产》编辑部收到拙稿后,请专家审稿,决定发表,并多次给北大中文系寄信,都石沉大海,向北大中文系的老师打听,得知我已毕业到烟台大学中文系工作,又写信到烟台大学,才与我联系上,拙稿于1989年第3期发表。

烟台是一座海滨城市,那里气候宜人,物产丰富。烟台大学坐落在黄海岸边,出东门就是沙滩,我在那里工作、生活了五年。那时候大学老师工作比较单纯,每周四节课,课余时间备课、读书、写作。讲过两轮文学史,熟悉了教学内容与方法,又重操旧业,利用在北大读书期间搜集的资料,继续研究冯梦龙,先后撰写了《冯梦龙研究六十年》、《从风流才子到清廉知县——冯梦龙生平与性格述要》、《冯梦龙戏曲理论刍议》、《冯梦龙与〈忠义水浒全传〉》等多篇论文,分别在《文史知识》、《明清小说研究》、《烟台大学学报》等刊物上发表。当时烟台学术信息比较闭塞,想外出参加学术会议,根据学术会议的主题,写过几篇会议论文,包括《文学流派与苏辛词派》、《稼轩词风与南北文化》、《论伦理小说〈三国演义〉》,会后也在学术刊物上发表。五年间发表了十多篇论文,其中有三篇论文被人大报刊复印资料全文转载。《冯梦龙与〈忠义水浒全传〉》一文发表后,著名学者徐朔方先生将其结论写进了《冯梦龙年谱》(《冯梦龙全集》附录,江苏古籍出版社1993年版),该文获烟台大学优秀成果一等奖。《文学流派与苏辛词派》一文获烟台市哲学社会科学优秀成果二等奖。还有两篇论文获烟台大学优秀成果二等奖。因科研成果在青年教师中比较突出,1993年破格晋升副教授。烟台大学1984年建校,图书资料奇缺,一些常见的书籍与过刊也借不到,烟台市图书馆收藏学术书籍也不多。要想根据自己的兴趣从事学术研究困难重重,我曾多次请北京、上海的同学帮助购买书籍、复印资料,这样也不是长久之计,于是想到读博。经过近一年的准备,1993年考入南京师范大学中文系攻读博士学位。

1993年,中国的博士生招生规模还很小,南师大中文系一年才招了三名博士生。导师郁贤皓教授是著名的唐代文史研究专家,而我的兴趣在明清小说方面,郁师便请谈凤梁教授合作指导,我有幸得到两位名师的教诲。当时的博导指导学生类似于师傅带徒弟,导师布置阅读书目,学生定期到导师家汇报并请教。郁师对学生态度和蔼可亲,但在专业学习方面要求却十分严格。其中有两点给我印象深刻,也影响很大。一是他要求学生在写博士论文之前读四种书,经史子集各一种,并各写一篇论文。我在上博士之前,做过一段时间的明代文学研究,有一点基础,便与郁师商量读书计划,经书重读《论语》和《孟子》,史书读《明史》,子集读《王阳明全集》和《冯梦龙全集》,照说后面两种书都属集部,我以冯梦龙主要是小说家,小说属子部为由,征得郁师的同意。读书还算容易,写论文就不那么容易了,尤其是经学、史学论文,以前没有写过,后来只能取巧,往明代、往文学方面靠,先后完成了《汤显祖与乌程董家交游考》、《冯梦龙与明代哲学思潮》、《儒家忠义思想对〈水浒传〉的影响》、《〈古今小说叙〉的作者问题》等四篇论文,后经修改,先后在学术刊物上发表,前两篇论文在学术界还产生了一定影响,《冯梦龙与明代哲学思潮》一文被人大报刊复印资料《中国哲学史》全文转载,这几篇论文显然是郁师"逼"出来的。二是他提出,本科生论文做一篇,硕士论文做一家,博士论文做一段。其实当时中国古代文学专业有不少博士论文做一家,做一段比做一家难度要大得多,因为学制只有三年,而写论文的时间掐头去尾,有两年就不错了,大量的作品和研究资料要阅读,还得读出自己的心得。当时也曾想做一家,但同门师兄弟都做一段,我也只得按要求办。我硕士论文研究冯梦龙,也读过一些话本小说,本来打算对话本做全面研究,想想就觉得工作量太大,于是决定缩小范围,只做明代话本。现在回想起来,郁师的要求是合理的,这种训练能使学生的视野比较开阔,论文写完后,还有后续工作可做。

我在南师大学习期间,谈凤梁师任校长,校务十分繁忙。我向他请教都是在他休息时间,晚上或周六、周日。谈师对我的学业非常关心,几篇课程论文先后送谈师请教,他都提出了具体的修改意见。他对《汤显祖与乌程董家交游考》一文比较满意,主动推荐给《江海学刊》发表。认为《冯梦龙与明代哲学思潮》一文达到发表水平，建议我给学报投稿。博士论文原计划做上下两编，上编做综论，下编做个案。谈师建议只做综论，个案以后再说，我接受了谈师的意见。论文初稿出来之后，他仔细地审读，并有修改与批注。其中有一节写话本小说与文言小说叙事艺术比较，他不太满意，建议这一节不要提交答辩。有了两位老师的指导与把关，论文答辩顺利通过。

我博士毕业时，全国高校正如火如荼地进行 211 工程建设，教育部对进入 211 工程建设的高校有一项考察指标，就是教师中获得博士学位的比例。因此一些高校千方百计引进博士生，甚至有大学校长、人事处长到博士生宿舍作宣传动员，提供各种优惠政策吸引人才。当时博士生在高校求职非常容易，选择余地比较大。1996 年初，我给北京、广州、武汉的几所高校投寄了求职简历，先后收到七八所大学的回复，表示愿意接受。我最终选择了中央民族大学。

我到中央民族大学工作的最初两年，生活陷入了困境。当时学校的薪水很低，基本工资四百元左右，另外根据工作量发课时费，副教授一节课二十二元，每个月有三四百元课时费，也就是说一个月工资七八百元。我一个人要养活一个刚上小学的孩子，连基本生活费都不够。学问是没法做了，首先得挣钱养活自己和孩子。当时课余时间做过两种工作，一是给出版社编写古代文学选注本。先后给中华书局、华夏出版社、吉林人民出版社、北京燕山出版社选编过四五个注本，出版社每千字付三十到五十元稿酬，一个注本少则三五千元，多则一万多元。但图书出版往往有一年多的周期，远水不解近渴。二是给一些高校上大学语文课。当时有些学校办自学考试辅导班，一些民办大学的学生必须通过自学考试才能获得大学文凭。大学语文是各专业必考科目。我先后给北京民族大学、中国科技经营管理学院等校的学生上过大学语文课，一节课付二十五元到三十元课时费，一周四节课，一个月可以拿到四百多元课时费。到 1998 年，教师工资有所增加，我开始带研究生,每个月能领到二三百元的导师津贴,两人的生活费基本够了,便不再接外校的大学语文课和出版社的普及读物编选工作。当时我教的班级,参加自考通过率比较高,曾经有一个班及格率达到百分之百,一些学校找上门请我上大学语文,并表示愿意提高课时费,被我一一谢绝,我还有更重要的工作要做。北京大学中国传统文化中心与大象出版社联合编辑出版一套《中国历史文化知识丛书》,中心约我写一本,自己确定选题。我将已经发表的十来篇研究冯梦龙的论文稍作修改和增补,命名为《冯梦龙与通俗文学》,交大象出版社,2000年出版,这是我的第一部个人撰写的著作。接下来计划修改博士论文,可天有不测风云,中文系领导班子换届,系总支书记柳春旭老师多次找我谈话,希望我能担任中文系副主任的工作,我以家庭困难为由谢绝了。学校组织部到中文系组织全系教师民主推荐,一些同事也"把我往火坑里推"。组织部长黄凤显兄是我的老同学,也出面找我,希望我能支持他的工作。架不住这么多人的软磨硬泡,最后我还是答应了。在全系教师大会上,我曾明确表示只做一届。

2000年8月至2004年1月,我担任中文系副主任(2002年中文系更名为文学与新闻传播学院,任副院长。下文统一称学院),分管科研与研究生工作。除了日常工作外,我参与了以下四项比较重要的工作:一是建立学院研究生培养体系。2000年以前,中央民族大学的研究生从招生到毕业全程由研究生处统一管理。2000年,研究生管理工作下放到院系。学院成立了四个专业研究生导师组,组织编写研究生培养方案,将研究生培养与管理规范化。二是大规模引进青年教师。随着老教师的大批退休,到2000年学院只剩下二十来位教师。也就在2000年,中央民族大学开始大规模扩招,原来学院只有汉语言文学和新闻学两个本科专业,每年各招一个班,每个班三四十人,全系一共也就三百来个学生。2000年之后,先后新增了广告学和对外汉语两个本科专业,汉语言文学和新闻学各招两个班,学院办学规模迅速扩张,学生人数达到上千人,师资捉襟见肘。学院必须引进教师,我主动承担了接受、审查求职材料,组织试讲,与求职人员谈话等工作,最后班子成员根据试讲和简历讨论决定进人名单。2000年至2003年,学院引进了十几名青年教师,这些教师现在已经成为各学科的教学科研骨干。三是申报学位点。学院原来只有中国古代文学硕士点,2000年至2002年先后获得了民俗学硕士点、博士点,新闻学硕士点。2003年学校启动新一轮的学位点申报工作,我向院长白薇老师建议,联合中国少数民族语言文学学院申报中国语言文学一级学科博士点,白老师完全赞成这一动议,也得到了少数民族语言文学学院院长文日焕教授的大力支持,经协商由我院准备材料、填写申请表。经过多次讨论,确定了四个研究方向及带头人:少数民族文学,带头人为文日焕教授;语言学与应用语言学,带头人为王远新教授;中国古代文学,带头人为傅承洲教授;比较文学,带头人为李岩教授。我和白老师分头搜集各专业方向的材料,填写相关表格,最后汇总上报。学院领导和部分教师又分别与北京、天津、南京、苏州、上海、杭州、武汉、广州等地的同行专家联系,介绍我校中国语言文学的特点,争取专家的支持。2006年,中国语言文学一级学科博士点申报成功,成为中央民族大学第二个具有一级学科博士授予权的学科。四是申请正高评审权。2006年以前,我院只有副高评审权,教授必须参加北京市的评审。要取得正高评审权,需要有一定数量的博士学位点,我校获得中国语言文学一级学科博士点后,水到渠成地获得正高评审权。2007年以后,我院教师申报教授职称不必到北京市参加述职、答辩、评审。这几项工作对我院的学科建设与发展影响深远。

2003年底院系班子一届任满,学校启动换届程序,我决定不再续聘副院长。学院柳春旭书记、白薇院长,学校王彦书记、金雅声副校长多次找我谈话,希望我继续承担这一工作。我向各位领导解释原因,孩子面临中考、高考,我的家庭状况比较特殊,我得多花些时间帮助孩子通过人生的这一重要关口。领导表示理解我的困难。白老师非常诚恳地对我讲,学院的学科建设还得依靠我去做。我向白老师承诺,正在做的两件事一定尽职尽责地做完。我所说的两件事,一件就是中国语言文学博士点的申报工作,另一件是2004年学院将举办四十周年院庆,我正在着手编辑我院教师四十年论文选。2004年以后,我不再担任副院长,还是履行承诺,圆满地完成了两项工作。在副院长缺岗时期,还分担了部分行政事务。我不做副院长之后,听到一些传闻,说人家已经做了一届副院长,还要人家做副院长,当然不会干。我只是一笑了之。我之所以态度如此坚决地不再续聘,孩子确实是重要原因。有一件事对我刺激很大。2003年春夏之际,北京流行非典,疫情非常严重,大中小学全都停课。我院是重灾区,有两名学生感染非典。得病的学生要送医院治疗,同班同学乃至上课教师都要隔离观察。隔离的师生要去看望,并帮助购买蔬菜水果。离校的学生要掌握他们的健康状况,并每天上报。非典期间,我天天在办公室忙碌。孩子放假在家,老师安排自学,却无人辅导。一个多月之后,疫情得到控制,学校复课。复课就是期末,中学举行期末考试。孩子考完之后,回家就哭了。一向成绩名列前茅,这次期末考试成绩中游偏下。还有一年就中考了,这样的排名别说上重点高中,连上普通高中都困难。我曾对王彦书记说过一句话,耽误自己的业务也就罢了,如果耽误孩子的前途,作为一个父亲,会内疚一辈子。这不是借口,是一个父亲真实的思想活动。

2004年重新回到书斋,我已经四十五岁,想到博士论文还没有修改出版,就会惶恐不安。沉下心来,理理头绪,先把一些思考比较成熟的论文赶紧写出来。2006年,我院获得一级学科博士点后,学校破天荒地划拨了十万元学科建设经费。学院决定资助教师出版学术著作,我将已经发表的研究明代文学的二十多篇论文整理结集,命名为《明代文人与文学》,交中华书局出版,这是我出版的第一本论文集。接下来便集中精力修改博士论文,原稿主要研究明代话本,只有十多万字。只论明代,不管清代,话本小说的有些问题说不清楚，于是补写清代话本部分，篇幅扩大了一倍，更名为《明清文人话本研究》，交人民文学出版社出版。从读硕士开始研究冯梦龙，到2007年已有二十余年，发表了二十来篇论文，出版了两本小册子，修改完博士论文之后，便想到将冯梦龙研究做一个小结。为了集中精力做好这件事，约束一下自己写论文过于随性的毛病，2008年以《冯梦龙文学活动研究》为题，申报了国家社科基金项目，并获准立项。经过四年努力，终于了却了这一心愿。最终成果《冯梦龙文学研究》由中国社会科学出版社出版。从2004年到2013年，自己感觉还算比较用功，这十年间发表了四十多篇论文，出版了四本学术著作，其中也有以前写的一些论文，但主要还是这十年完成的。2015年学校下发文件，资助学术团队建设。中国古代文学学科有三位老师研究古代小说，出版了十多部专著，发表了一百多篇论文，已有较好的基础，便领衔申报了中国古代小说研究学术团队建设项目，考虑到每位老师都有各自的研究计划，另起炉灶合作完成一部专著不太现实，于是将最终成果确定为系列论文和论文集。为了便于结项，我从最近十几年发表的古代小说研究论文中精选三十篇，结集为《古代小说与小说家》，交中国社会科学出版社出版。随着年龄的增长，最近几年，心态渐趋平和，做事不再那么匆忙。

今年是农历戊戌年，也是我的耳顺之年，想给自己留下一点纪念，于是便有了这本自选集。所选论文都在学术期刊发表过，每篇论文后面都注明发表和转载刊物的名称与时间。不同时间、不同刊物对论文格式要求不一，收入本集统一格式，删除中英文摘要和关键词，注释一律改为脚注，以便读者阅读。需要说明的是，已经选入《古代小说与小说家》一书的论文，本集不再重收。

西人有言：人生从六十岁开始。我没有那种豪气，从五十五岁开始就放慢了脚步。大半辈子，除了读书和教书，没有干过别的工作，也不会干别的。在一篇小传中，曾戏言：除了幼儿园没教过，其他都教过，倒也是实情。今后的日子，也只能读点书，有心得就写篇文章，但读书、写作不会影响我到公园走路、赏花。

卷一　诗论编

文学流派与苏辛词派

苏辛并称，由来已久。稼轩门人范开说："世言稼轩居士辛公之词似东坡，非有意于学坡也，自其发于所蓄者言之，则不能不坡若也。"①范序作于戊申年正月，时年辛弃疾四十九岁，范开尚不是第一个将苏辛并提的人，序中明言是当时词坛的一种普遍看法。看来自稼轩以词名世之后，这种提法便流行开来。但当时人们并没有将他们作为一个词派来看，最早提出词派的，是清初的王士禛，他说："张南湖论词派有二：一曰婉约，一曰豪放。仆谓婉约以易安为宗，豪放惟幼安称首，皆吾济南人，难乎为继矣。"②张南湖即明人张綖，他在《诗余图谱》中说："词体大略有二：一体婉约，一体豪放。婉约者欲其词情蕴藉，豪放者欲其气象恢宏。盖亦存乎其人，如秦少游之作多是婉约，苏子瞻之作，多是豪放。"③论及豪放词，一列东坡，一举稼轩，苏辛则成了豪放词派的代表。后人赞成豪放词派说的，多以王士禛的论述为依据。反对豪放词派说的，则认为王士禛偷换概念，将张綖的"词体"改为"词派"。其实，古人评

---

① 范开《稼轩词序》，郭绍虞主编《中国历代文论选》(中)，中华书局1962年版，第159页。

② 王士禛《花草蒙拾》，唐圭璋编《词话丛编》，中华书局1986年版，第685页。

③ 张綖《诗余图谱·凡例》，明万历二十七年谢天瑞补遗本。

词,“体”“派”无别。《说文》释“派”云:“别水也。”《康熙字典》云:“一曰水分流也。”“派”的本义是水的支流,将它借来评词,从源流演变的角度指某一种词体未尝不可。词话中“体”“派”混用的现象非常普遍,陈廷焯《白雨斋词话》卷八有:“唐宋名家,流派不同,本原则一。论其派别,大约温飞卿为一体……韦端已为一体……冯正中为一体。”①郭麐《灵芬馆词话》曰:“词之为体,大略有四。”在论列四种词体之后,概之曰:“溯其派别,不出四者。”②所以我们有理由说,王士禛所说的“词派”,也就是张綖所说的“词体”,用王说来论豪放词派是靠不住的。

人们常说的苏辛词派,或曰豪放词派,实际上是指一种现代意义上的文学流派。关于文学流派,理论界有比较一致的意见。《辞海》这样解释文学流派,就是“在一定历史时期里,文学见解和艺术风格近似的作家之自觉或不自觉的结合”。以群主编的《文学的基本原理》说:“文学的流派,就是一定历史时期里,在思想倾向、艺术倾向和创作风格上相近或相似的作家所形成的文学派别。”③其他文学理论论著的解释大同小异。参照各家说法,我认为,作为一个文学流派,至少要具备以下两个条件:第一,有一批有成就的作家,他们艺术风格相似,创作主张一致;第二,这些作家建立了一定的联系,或组织社团,发表宣言;或往来密切,互相唱和。至少他们处于同一历史时期。古代文学的研究,应该是用现代学术观念对古代作家作品和文学现象的再认识。本文拟从现代意义上的文学流派的角度对苏辛词派重新加以审视。

二

苏辛词派,主要是从词风的角度提出来的,认为他们的词都具有豪放的风格,因而又名豪放词派。豪放原本是一种诗风,晚唐司

---

① 陈廷焯《白雨斋词话》卷八,唐圭璋编《词话丛编》,第3962页。

② 郭麐《灵芬馆词话》,唐圭璋编《词话丛编》,第1503页。

③ 以群主编《文学的基本原理》,上海文艺出版社1984年版,第405页。

空图《二十四诗品》便有豪放一格，宋人常用它来评诗，如欧阳修《六一诗话》云："唐之晚年，诗人无复李杜豪放之格。"[①]李白诗豪放，杜甫诗也豪放，豪放则用滥了。将豪放用于评词，始于苏东坡，他在《与陈季常》中说："又惠新词，句句警拔，诗人之雄，非小词也。但豪放太过，恐造物者不容人如此快活。"[②]南宋人便有用豪放来评苏词，曾慥跋《东坡词拾遗》曰："豪放风流不可及也。"[③]陆游《老学庵笔记》卷五曰："公（苏轼）非不能歌，但豪放不喜裁剪以就声律耳。"[④]沈义父则用豪放兼评东坡与稼轩词，他说："近世作词者，不晓音律，乃故为豪放不羁之语，遂借东坡、稼轩诸贤自诿。诸贤之词，固豪放矣，不豪放处，未尝不叶律也。"[⑤]其后的词论大多因袭这一说法。

苏辛词风是否相同？用豪放概括苏辛词风是否准确？早就有人提出异议。陈廷焯《白雨斋词话》云："苏辛并称，然两人绝不相似。魄力之大，苏不如辛；气体之高，辛不逮苏远矣。"[⑥]"稼轩求胜于东坡，豪壮或过之，而逊其清超，逊其忠厚。"[⑦]因而他评"东坡，神品也，亦仙品也"，"稼轩，豪品也"[⑧]。宋尚木《倚声集》说，苏东坡"其词放诞"，"辛稼轩之豪爽"[⑨]。王国维《人间词话》云："东坡之词旷，稼轩之词豪。"[⑩]他们评苏词用神、仙、旷、清超、放诞，而不用豪；评辛词用豪、豪壮、豪爽，而不用放。杨廷芝《诗品浅解》将豪放释

---

① 欧阳修《六一诗话》，何文焕辑《历代诗话》（上），中华书局 1981 年版，第 267 页。

② 《苏轼文集》卷五十三《与陈季常》，中华书局 1986 年版，第 1569 页。

③ 曾慥《东坡词拾遗跋语》，金启华、张惠民等编《唐宋词集序跋汇编》，江苏教育出版社 1990 年版，第 30 页。

④ 陆游《老学庵笔记》，中华书局 1979 年版，第 66 页。

⑤ 沈义父《乐府指迷》，唐圭璋编《词话丛编》，第 282 页。

⑥ 陈廷焯《白雨斋词话》卷一，唐圭璋编《词话丛编》，第 3783 页。

⑦ 陈廷焯《白雨斋词话》卷八，唐圭璋编：《词话丛编》，第 3969 页。

⑧ 陈廷焯《白雨斋词话》卷八，唐圭璋编：《词话丛编》，第 3961 页。

⑨ 尚木《倚声集》，转引自徐釚《词苑丛谈》，上海古籍出版社 1981 年版，第 75 页。

⑩ 王国维著，徐调孚校注《校注人间词话》，开明书店 1940 年版，第 31 页。

为“豪迈放纵”，他说：“豪以内言，放以外言。豪则我有可盖乎世；放则物无可羁乎我！”①用这种方法来解释苏辛词的豪放，我以为释为豪迈放旷为确。东坡词多放旷，稼轩词多豪迈，二者的区别非常明显。

“放旷”一词，并非我们的生造。《晋书》便用“放旷”评人，《桓石秀传》云：“居寻阳。性放旷，常弋钓林泽，不以荣爵婴心。”②元稹《唐故工部员外郎杜君墓系铭并序》就用“放旷”评诗：“宋、齐之间，教失根本，士以简慢歙习舒徐相尚，文章以风容色泽放旷精清为高，盖吟写性灵，流连光景之文也，意气格力无取焉。”③我们所说的放旷，就是东坡词中所表现出来的旷达、放诞、洒脱的风格特征，这是东坡词的主体风格。现行的一些文学史和有关论著，论及苏词的风格，主要例证便是〔江城子〕《密州出猎》、〔水调歌头〕“明月几时有”、〔念奴娇〕《赤壁怀古》。这几首词确实最能代表苏东坡的词风，但除〔江城子〕《密州出猎》可称为豪迈之外，余则均为放旷词。关于〔念奴娇〕《赤壁怀古》，黄蓼园有非常精彩的评语，兹录于后：“题是怀古，意谓自己消磨壮心殆尽也。开口‘大江东去’二句，叹浪淘人物，是自己与周郎俱在内也。‘故垒’句至次阙‘灰飞烟灭’句，俱就赤壁写周郎之事。‘故国’三句，是就周郎拍到自己。‘人生似梦’二句，总结以应起二句。总而言之，题是赤壁，心实为己而发。周郎是宾，自己是主。借宾定主，寓主于宾。是主是宾，离奇变幻，细思方得其主意处。不可但诵其词，而不知其命意所在也。”④我们通常的理解，正如黄蓼园所批评的那样，“但诵其词，而不知其命意所在”，将全篇的立意“人生如梦，一尊还酹江月”，作为

---

① 杨廷芝《廿四诗品浅说》，孙联奎、杨廷芝著《司空图〈诗品〉解说二种》，齐鲁书社 1980 年版，第 104 页。

② 房玄龄等撰《晋书》卷七十四，中华书局 1974 年版，第 1945 页。

③ 元稹《唐故工部员外郎杜君墓系铭并序》，郭绍虞主编《中国历代文论选》（上），中华书局 1962 年版，第 404 页。

④ 黄氏《蓼园词评》，唐圭璋编《词话丛编》，第 3077 页。

消极因素、阶级局限给抛弃了。这种怀古咏史的诗词，往往是借古人之酒杯，浇自己之块垒，主要还是抒写自己的情怀。〔念奴娇〕《赤壁怀古》便是苏轼遇"乌台诗案"贬官黄州后真情实感的流露，是词人从失意的巨大痛苦中的自我解脱。〔水调歌头〕"明月几时有"则是词人对人间悲欢离合的达观态度："但愿人长久，千里共婵娟。"《东坡乐府》中，这类放旷词还可以举出很多，如〔临江仙〕"夜饮东坡醒复醉"、〔西江月〕"世事一场大梦"、〔定风波〕"莫听穿林打叶声"、〔满庭芳〕"蜗角虚名"、〔满庭芳〕"归去来兮"等等。沈际飞曰："东坡升沉去住，一生莫定，故开口说梦。如云'人间如梦'、'世事一场大梦'、'未转头时皆梦'、'古今如梦，何曾梦觉'、'君臣一梦，今古虚名'，屡读之，胸中鄙吝，自然消去。"①他从写梦这一角度，抓住了苏词的放旷风格。

如果说这类放旷词在《东坡乐府》中还只占少数的话，那么到稼轩词中，豪迈词的数量就大为增加。《四库全书总目提要》评"稼轩词慷慨纵横，有不可一世之概"②。彭孙遹的《金粟词话》、吴衡照《莲子居词话》、胡薇元的《岁寒居词话》均有类似的评语。他这种豪迈纵横、慷慨激昂的词风，最突出地表现在他抒写杀敌报国、恢复中原的雄心壮志的词中，如〔破阵子〕《为陈同甫赋壮词以寄之》、〔水调歌头〕《舟次扬州，和杨济翁、周显先韵》、〔鹧鸪天〕"壮岁旌旗拥万夫"，都是大家熟悉的名篇。不错，稼轩词中有不少写忧愁的作品，但他的愁不是婉约词人春花秋月、离情别绪的闲愁，而是英雄无用武之地、报国无门的忧愤。如〔水龙吟〕《登建康赏心亭》、〔南乡子〕《登京口北固亭有怀》、〔永遇乐〕《京口北固亭怀古》等。这类词，在慷慨豪迈中，带有苍凉沉郁的色彩，这正是辛弃疾豪迈词的特点之一。在辛词中，也有"意倦须还，身闲贵早"的思想的流露，与苏轼放旷词相近，但绝不相同，他没有苏轼的洒脱，不能忘怀

① 转引自黄氏《蓼园词评》，唐圭璋编《词话丛编》，第3046页。

② 永瑢等《四库全书总目提要》，中华书局1960年版，第1816页。

他的理想和宿愿,〔沁园春〕《带湖新居将成》便是这类词的代表。黄蓼园对这首词有评:"稼轩忠义之气,当高宗初南渡,由山东间道奔行在,竭蹶间关,力图恢复,岂是安于退闲者。自秦桧柄用,而正人气沮矣。所谓惊弦骇浪,迫于不得已而思退,心亦苦矣。末又云:'怕君恩未许,此意徘徊。'退不能退,何以为情哉。"①黄蓼园是看透了辛弃疾那种不愿退而不得不退的复杂心态,也道出了辛词与苏词的差异。

"风格即人"。苏辛词风的差异与他们的为人及其人生观有密切关系。谭献《复堂词话》云:"东坡是衣冠伟人,稼轩则是弓刀游侠。"②陈廷焯《云韶集》曰:"东坡词极名士之雅,稼轩词极英雄之气。""名士"与"英雄","衣冠伟人"与"弓刀游侠",正是苏辛为人的区别。

苏轼一生活得很艰难,仕途坎坷不平,早年"奋厉有当世志"③,希望有所作为,但他的政治主张多与当政者不合,尤其是被卷入新旧党争之后,屡遭贬谪。这种沉浮的官场生活,使他自觉地去思考人生的目的与意义,思考文人的进退出处问题。早在神宗熙宁八年(1075),苏轼由杭州通判到移知密州不久,他作《超然台记》,就开始思考人生的祸福悲喜,"夫所为求福而辞祸者,以福可喜而祸可悲也。人之所欲无穷,而物之可以足吾欲者有尽。美恶之辨战乎中,而去取之择交乎前,则可乐者常少,而可悲者常多,是谓求祸而辞福"④。苏轼认识到这一点,便能够"游于物之外","无所往而不乐"。虽然密州"斋厨索然,日食杞菊",但他"处之期年,而貌加丰,发之白者,日以反黑"⑤。在经历了"乌台诗案",贬官黄州之后,他的人生思考更加深沉,神宗元丰三年(1080)十二月,他在《答李

① 黄氏《蓼园词评》,唐圭璋编《词话丛编》,第3090页。
② 谭献《复堂词话》,唐圭璋编《词话丛编》,第3994页。
③ 苏辙《栾城集·亡兄子瞻端明墓志铭》,上海古籍出版社1987年版,第1411页。
④ 《苏轼文集》卷十一《超然台记》,中华书局1986年版,第351页。
⑤ 《苏轼文集》卷十一《超然台记》,第352页。

端叔书》中写道："谪居无事，默自观省，回视三十年以来所为，多其病者。足下所见皆故我，非今我也。"①对早年"诵说古今，考论是非"②的直言敢谏予以了否定。人活在世上，究竟是为了身外之物而忙碌，还是为得自由自在的人生？苏轼显然倾向于否定前者而肯定后者，至少采取了多元的人生态度，升沉出处，荣辱毁誉，都能够泰然处之。在《黄州安国寺记》中，苏轼写道："反观从来举意动作，皆不中道，非独今之所以得罪者也。"③"间一二日辄往，焚香默坐，深自省察，则物我相忘，身心皆空，求罪垢所从生不可得。一念清净，染污自落，表里翛然，无所附丽。"④因而苏轼在黄州能"幅巾芒屩，与田父野老相从溪谷之间"⑤，在江上清风、山间明月中找到人生的乐趣。后来贬官惠州，"公以侍从齿岭南编户，独以少子过自随。瘴疠所侵，蛮蜑所侮，胸中泊然无所蒂芥"⑥。且在诗中写道："日啖荔枝三百颗，不辞长做岭南人。"⑦远谪儋州，条件更加恶劣，"昌化非人所居，食饮不具，药石无有……人不堪其忧，公食芋饮水，著书以为乐，时从父老游，亦无间也"⑧。"九死南荒吾不恨，兹游奇绝冠平生"⑨。

这种深沉的人生思索与达观的人生态度，对苏轼创作的影响是显而易见的。也就在他思考得最深沉的时候，他的放旷词写得最多，也写得最好。在密州，他写出了〔水调歌头〕"明月几时有"、〔沁园春〕"孤馆青灯"。在黄州，他写出了〔念奴娇〕《赤壁怀古》、〔定风波〕"莫听穿林打叶声"、〔临江仙〕"夜饮东坡醒复醉"等名篇，

---

① 《苏轼文集》卷十一《答李端叔书》，第 1432－1433 页。

② 《苏轼文集》卷十一《答李端叔书》，第 1432 页。

③ 《苏轼文集》卷十一《黄州安国寺记》，第 391 页。

④ 《苏轼文集》卷十一《黄州安国寺记》，第 392 页。

⑤ 苏辙《栾城集·亡兄子瞻端明墓志铭》，上海古籍出版社 1987 年版，第 1414 页。

⑥ 苏辙《栾城集·亡兄子瞻端明墓志铭》，第 1420 页。

⑦ 《苏轼诗集》卷四十《食荔枝二首》其二，中华书局 1982 年版，第 2194 页。

⑧ 苏辙《栾城集·亡兄子瞻端明墓志铭》，第 1421 页。

⑨ 《苏轼诗集》卷四十三《六月二十日夜渡海》，第 2366 页。

其散文前后《赤壁赋》也与这种人生思考有密切关系。

对苏轼这种多元的人生观及其对文学的影响，长期以来，我们采取了简单否定的态度。实际上，这种进退出处、祸福悲喜问题，是摆在每个封建时代士大夫面前的人生课题。苏轼的可贵，在于他作为一位名士、一个哲人，对这一问题进行了自觉而深入地思考，而且付诸实践，在顺境中，能奋发有为；在逆境中，能超然物外。升沉出处，都能体验到人生的乐趣，这正是苏轼高出于他人的地方。

辛弃疾富有传奇色彩的经历，说明他是一位名副其实的英雄。绍兴三十一年(1161)，年仅二十二岁的辛弃疾在“金主亮死、中原豪杰并起”的抗金热潮中，便组织了二千人的抗金义军，不久投归耿京军中，任“掌书记”。绍兴三十二年，辛弃疾奉耿京之命，奉表南归，叛徒张安国杀害了耿京，投降金人。辛弃疾闻讯，带人闯入金营，生擒张安国，缚之以归。这一行为，使辛弃疾名重一时，“壮声英概，儒士为之兴起，圣天子一见而三叹息”①。后来辛弃疾在南宋任潭州知府和湖南安抚使时，又建立了一支威震金兵的“飞虎军”。故王简庵《词曲史》云：“稼轩词备四时之气，固为大家，而其人实不仅为词人。观其斩僧义端，擒张安国，剿赖文政，设飞虎营，武绩烂然，固英雄也；恤吴交如，济刘改之，哭朱文公，笃于友谊，则义侠也。”②其实早就有人称辛弃疾为英雄，谢枋得《辛稼轩先生墓记》云：“公有英雄之才，忠义之心，刚大之气。”③《宋实录》云：“稼轩豪侠之士，枕戈待旦，有志于中原久矣。宋人举国听之，岂无所成。”④辛弃疾自己也以英雄自许，又以英雄许人，他在词中写道：

---

① 洪迈《稼轩记》，董兆熊编《南宋文录》卷十，清光绪十七年刻本。

② 王易《词曲史》，上海书店出版社 1989 年版，第 195 页。

③ 谢枋得《叠山集》卷三《辛稼轩先生墓记》，《四库全书》(第 1184 册)，上海古籍出版社 1987 年版，第 881 - 882 页。

④ 转引自于钦《齐乘》卷之六。

“不念英雄江左老，用之可以尊中国。”[①]（〔满江红〕“倦客新丰”）“倩何人唤取，红巾翠袖，揾英雄泪？”[②]（〔水龙吟〕《登建康赏心亭》）“山下卧龙丰度，台前戏马英雄。”[③]（〔朝中措〕《九日小集，时杨世长将赴内宫》）“谁念英雄老矣，不道功名蕞尔，决策尚悠悠。”[④]（〔水调歌头〕《和马叔度游月波楼》）作为英雄的辛弃疾，他的理想是专一而执着的，不管是出仕，还是居家，时刻不忘抗金报国，恢复中原。这种理想及理想不能实现的悲愤，写进词中，便构成了稼轩词豪迈而沉郁的风格。周济《介存斋论词杂著》云：“稼轩不平之鸣，随处辄发，有英雄语，无学问语，故往往锋颖太露。”[⑤]梨庄曰：“辛稼轩当弱宋末造，负管乐之才，不能尽展其用。一腔忠愤，无处发泄，观其与陈同父抵掌谈论，是何等人物。故其悲歌慷慨抑郁无聊之气，一寄之于词。”[⑥]陈廷焯则系统地比较了苏辛为人与词风的差异，他说：“东坡心地光明磊落，忠爱根于性生，故词极超旷而意极平和。稼轩吞吐八荒之概，而机会不来，正则可以为郭、李，为岳、韩，变则桓温之流亚，故词极豪雄，而意极悲郁。苏辛两家，各自不同。”[⑦]这些论述是有道理的，他们都道出了为人与词风的关系。

上面我们考察了苏辛词风的差异及其原因，我们认为，从词风的角度看，苏辛绝不相同，因而难以同派。

二

今人论文学流派，往往忽视时代因素，古代作家两人以上并提

---

① 辛弃疾《稼轩长短句》卷四〔满江红〕“倦客新丰”，上海古籍出版社1988年版，第82页。

② 辛弃疾《稼轩长短句》卷五〔水龙吟〕《登建康赏心亭》，第101页。

③ 辛弃疾《稼轩长短句》卷十〔朝中措〕《九日小集，时杨世长将赴内宫》，第264页。

④ 辛弃疾《稼轩长短句·补遗》之〔水调歌头〕《和马叔度游月波楼》，第337页。

⑤ 周济《介存斋论词杂著》，唐圭璋编《词话丛编》，第1633页。

⑥ 周在浚《借荆堂词话》，转引自徐釚《词苑丛谈》卷四，上海古籍出版社1981年版，第79页。

⑦ 陈廷焯《白雨斋词话》卷六，唐圭璋编《词话丛编》，第3925页。

者，大多以流派视之，其实是缺乏科学依据的，苏辛词派便是一个典型的例子。苏轼生于宋仁宗景祐三年(1037)，卒于徽宗建中靖国元年(1101)。辛弃疾则生于宋高宗绍兴十年(1140)，卒于宁宗开禧三年(1207)。苏轼大辛弃疾一百多岁，如果按二十年为一代计算，苏轼长辛弃疾五辈。苏轼去世四十年后，辛弃疾才出生，什么组织社团，交游唱和，从何谈起？这且不说，东坡与稼轩所处的时代完全不同，一个生活在北宋，一个由金到南宋，可以说是不同的朝代。北宋时期，虽然像苏轼等人，已经看到了内部所潜伏的危机，"天下有治平之名，而无治平之实，有可忧之势，而无可忧之形"①。但它毕竟是宋朝的盛世，民族矛盾尚不突出，大规模农民起义也没有爆发，困扰苏轼一生的主要是统治阶级内部的新旧党争。苏轼多次请求出任地方官，原因之一就是为了回避党争，最后还是成了党争的牺牲品。也就是在落职监禁、无事可为的情况下，有了宁静的环境、充足的时间思索人生问题。辛弃疾所处的时代就大不一样了，在他出生前十三年，便发生了靖康之难，家乡山东为金人占领，祖国半壁河山陷于金人的铁蹄之下。尖锐的民族矛盾成为时代的主要矛盾，表现在南宋统治阶级内部，则是主战派与主和派的斗争。作为一个坚定的主战派成员，辛弃疾无暇他顾，一心执着于抗金事业。我们设想，如果苏轼生活在辛弃疾的时代，他也会和辛弃疾一样，全身心地投入光复祖国的大业中。时代造就英雄，时代也造就了风格大异的词人。我们有理由说，从时代的角度考察，苏辛更是不能同派。

与苏辛同时代的词人，是否构成了人们常说的豪放词派？我们认为，北宋根本不存在豪放词派，南宋存在一个以辛稼轩为首的词派，也不宜叫豪放词派，可以叫稼轩词派。以风格称，可叫豪气词派；以内容称，可叫爱国词派。试分论之。

作为继欧阳修之后的北宋文坛领袖，苏轼身边确实活动着一

---

① 《苏轼文集》卷八《策略一》，第226页。

批作家。《宋史·黄庭坚传》记载，黄庭坚“与张耒、晁补之、秦观俱游苏轼门，天下称为四学士”[①]。加上陈师道、李廌，又称“苏门六君子”。他们都曾得到苏轼的赏识、指导和推荐。苏轼自己就说过：“黄庭坚鲁直，晁补之无咎，秦观太虚，张耒文潜之流，皆世未之知，而轼独先知之。”[②]他们也因此被人视为旧党，与苏轼一同遭到贬谪。这只能说明苏轼重视人才，奖掖后学，并不意味着他们同属一个文学流派。苏门弟子为苏轼赏识的主要是诗文，就是诗文，他们也与苏轼不同。黄庭坚在苏门中以诗著称，人们将他与苏轼并称“苏黄”，但他自创“江西诗派”，与苏轼走的并不是一条路子。词更是如此，秦观、黄庭坚、晁补之、陈师道都是北宋有影响的词人，但他们的词风与东坡大异。秦观是正宗婉约词人，《高斋诗话》还记载了苏轼与秦观论词的一段有趣的故事：“少游自会稽入都，见东坡。东坡曰：‘不意别后，却学柳七词。’少游曰：‘某虽无学，亦不至是。’东坡曰：‘销魂当此际，非柳七词乎。’少游惭服。”[③]这一故事很能说明苏秦词风及创作主张的不同。据《王直方诗话》记载：“东坡尝以所作小词示无咎、文潜，云：‘何如少游？’二人皆对曰：‘少游诗似小词，先生小词似诗。’”[④]这一概括是很精辟的。在四学士中，一般认为晁补之与苏轼词风最为接近，其实差别是很大的。冯煦说：“晁无咎为苏门四士之一，所为诗余，无子瞻之高华，而沉咽则过之。”[⑤]刘熙载也说：“东坡词在当时鲜与同调，不独秦七、黄九别成两派也。晁无咎坦易之怀，磊落之气，差堪骖靳，然悬崖撒手处，无咎莫能追蹑矣。”[⑥]晁无咎词风与苏轼不同，倒与辛弃疾相近，刘熙

---

① 脱脱等撰《宋史·文苑六》，中华书局 1977 年版，第 13110 页。

② 《苏轼文集》卷四十九《答李昭玘书》，第 1439 页。

③ 曾慥《高斋诗话》，转引自沈雄《古今词话》，唐圭璋编《词话丛编》，第 772 页。

④ 王直方《王直方诗话》，转引自胡仔纂集《苕溪渔隐丛话前集》，人民文学出版社 1962 年版，第 284 页。

⑤ 冯煦《蒿庵论词》，唐圭璋编《词话丛编》，第 3587 页。

⑥ 刘熙载《艺概》，唐圭璋编《词话丛编》，第 3692 页。

载便指出了稼轩词学无咎处:“无咎词堂庑颇大。人知辛稼轩〔摸鱼儿〕‘更能消几番风雨’一阕,为后来名家所竞效。其实辛词所本,即无咎〔摸鱼儿〕‘买陂塘、旋栽杨柳’之波澜也。”①苏辛词风的差异为前所述,兹不赘。陈师道颇以词自负,他在《书旧词后》中说:“余他文未能及人,独于词,自谓不减秦七黄九。”②他是第一个对东坡词提出批评的人,他在《后山诗话》中说:“退之以文为诗,子瞻以诗为词,如教坊雷大使之舞,虽极天下之工,要非本色。今代词手,惟秦七、黄九尔,唐诸人不逮也。”③他既指出了东坡与秦黄词风的不同,从他对东坡的不满和对秦黄的推崇,又可以看出他的创作主张也与东坡大异。苏门弟子与苏轼虽然处于同一时代,往来密切,但他们的词风和创作主张差异很大,未能形成一个词派。我们且借用严沆《古今词选序》中的一段话,来为这一问题作结:“子瞻专主雄浑,或失之肆。当其时,少游、鲁直、补之尽出其门,而正伯苏氏中表,独词未尝师苏氏,宁阑入词卿之调。”④

南宋时期与稼轩词风相近的词人,历代词话列出了一大批名单。陈廷焯《白雨斋词话》曰:“东坡一派,无人能继。稼轩同时则有张、陆、刘、蒋辈,后起则有遗山、迦陵、板桥、心余辈。”⑤凌廷堪提出南宋词有两派,其中“一派为稼轩,以豪迈为主,继之者龙洲、放翁、后村,犹禅之北宗也”⑥。严沆《见山亭古今词选序》曰:“南渡以后,幼安负青兕之力,一意奔放,用事不休。改之、潜夫、经国尤而

① 刘熙载《艺概》,唐圭璋编《词话丛编》,第3692页。

② 陈师道《书旧词后》,金启华等编《唐宋词集序跋汇编》,江苏教育出版社1990年版,第65页。

③ 陈师道《后山诗话》,何文焕辑《历代诗话》(上),中华书局1981年版,第309页。

④ 严沆《见山亭古今词选序》,陆次云、章昞辑《见山亭古今词选》卷首,康熙十四年刻本。

⑤ 陈廷焯《白雨斋词话》卷八,唐圭璋编《词话丛编》,第3962页。

⑥ 转引自谢章铤《赌棋山庄词话续编》卷三,唐圭璋编《词话丛编》,第3511页。

效之，无复词人之旨。”①这些名单也主要是从词体、词风的角度提出来的，衡之以本文提出的文学流派的两条标准，我们以为，稼轩词派的主要词人有韩元吉、陆游、张孝祥、陈亮、刘过、杨炎正等。在这些词人中，韩元吉、陆游、张孝祥较辛弃疾稍长，其中张孝祥英年早逝，与其他词人交往较少；陈亮、刘过、杨炎正比辛弃疾稍小，与辛往来密切。人们常提到的刘克庄、刘辰翁、蒋捷等，尽管他们与辛弃疾词风相近，由于他们与辛弃疾时代相隔太远，故不能列入稼轩词派之中。

据《古今词话》记载：“稼轩与朱晦庵、陈同甫、刘改之友善，晦庵尝曰：‘若朝廷赏罚明，此等人尽可用。’同甫答辛启曰：‘经纶事业，股肱王室之心。游戏文章，脍炙士林之口。’改之寄辛词曰：‘古岂无人，可以似我，稼轩者谁。’观诸贤之推服如此，则稼轩可知矣。”②岂止诸贤推服稼轩，辛派词人友情深笃，互相推服。辛弃疾、陈亮的鹅湖之会及别后的〔贺新郎〕唱和，已成为中国文学史上的一段佳话。辛弃疾与刘过的交往也有种种优美的传说。现存词集中，稼轩词派词人多有唱和。据我们粗略统计，韩元吉与陆游唱和四首，与张孝祥唱和三首；辛弃疾与韩元吉唱和达十首之多，与陈亮唱和三首，与杨炎正唱和四首；陈亮与辛弃疾唱和三首；刘过与辛弃疾唱和四首；杨炎正与辛弃疾唱和六首。其余一二首不计。

辛派词人的友谊是建立在共同的思想基础之上的，他们大多是南宋主战派的要员，多次上书朝廷，要求北伐抗金、恢复中原，也因此遭到主和派的诽谤与打击，“报国欲死无战场”③。这种爱国思想像一根无形的纽带将他们紧紧地连在一起。抒写爱国热情，思念沦陷的中原，盼望早日北伐，成为他们共同的时代主题：“中原何

① 严沆《见山亭古今词选序》，陆次云、章昞辑《见山亭古今词选》卷首，康熙十四年刻本。

② 转引自王奕清《历代词话》卷八，唐圭璋编《词话丛编》，第1237页。

③ 陆游著，钱钟联校注《剑南诗稿校注》卷三十五《陇头水》，上海古籍出版社1985年版，第2292页。

在，极目千里暮云重。”[①]（韩元吉〔水调歌头〕《雨花台》）“自许封侯在万里，有谁知，鬓虽残，心未死。”[②]（陆游〔夜游宫〕《记梦寄师伯浑》）“尧之都，舜之壤，禹之封。于中应有，一个半个耻臣戎。”[③]（陈亮〔水调歌头〕《送章德茂大卿使虏》）“拂拭腰间，吹毛剑在，不斩楼兰心不平。”[④]（刘过〔沁园春〕《张路分秋阅》）

与这一内容相联系，稼轩词派的词风慷慨激昂，豪迈奔放。陆游评韩元吉词：“落笔天成，不事雕镌。如先秦书，气充力全。”[⑤]查礼曰：于湖词“声律宏迈，音节振拔，气雄而词雅，意缓而语峭”[⑥]。刘熙载认为：“陈同甫与稼轩为友，其人才相若。词亦相似。”[⑦]陈廷焯《白雨斋词话》指出：“陈同甫豪气纵横，稼轩几为所挫。”[⑧]张炎《词源》将稼轩与龙洲相提并论：“辛稼轩、刘改之作豪气词，非雅词。”[⑨]这些词人，互相往来唱和，是他们词风相同的重要原因。李调元说：“陈同甫无媚词，与稼轩同唱和，笔亦近之。”[⑩]陈亮与稼轩唱和的三首〔贺新郎〕，则成为龙川词的代表作，也与稼轩词风最为接近。不少词论家还指出刘过学稼轩词的事实，黄升曰：刘改之为“稼轩之客……其词多壮语，盖学稼轩者也”[⑪]。《词苑》云：“刘改之能诗词，酒酣耳热，出语豪纵。嘉泰癸酉寓中都时，辛稼轩帅越，遣使招之，适以事不及行，因仿辛体作〔沁园春〕一词缄往，下笔便逼

① 韩元吉〔水调歌头〕《雨花台》，唐圭璋编《全宋词》，中华书局 1965 年版，第 1398 页。

② 陆游〔夜游宫〕《记梦寄师伯浑》，唐圭璋编《全宋词》，第 1590 页。

③ 陈亮〔水调歌头〕《送章德茂大卿使虏》，唐圭璋编《全宋词》，第 2097 页。

④ 刘过〔沁园春〕《张路分秋阅》，唐圭璋编《全宋词》，第 2144 页。

⑤ 陆游《渭南文集》卷四十一《祭韩无咎尚书文》，《陆游集》（第五册），中华书局 1976 年版，第 2393 页。

⑥ 查礼《铜鼓书堂词话》，唐圭璋编《词话丛编》，第 1482 页。

⑦ 刘熙载《艺概》，唐圭璋编《词话丛编》，第 3694 页。

⑧ 陈廷焯《白雨斋词话》卷八，唐圭璋编《词话丛编》，第 3794 页。

⑨ 张炎《词源》卷下，唐圭璋编《词话丛编》，第 267 页。

⑩ 李调元《雨村词话》卷三，唐圭璋编《词话丛编》，第 1423 页。

⑪ 黄升《花庵词选》，中华书局 1958 年版，第 258 页。

真。"①从中我们也可以看出稼轩在整个词派中的领袖地位。

最后，重申一下本文的结论：作为一个文学流派，至少要具备两个条件：一是风格相同，二是时代相同。人们常说的苏辛词派，就词风而言，东坡多放旷，稼轩多豪迈，词风不同，难以同派；就时代而言，东坡处北宋，稼轩主要生活在南宋，时代不同，更是不能同派。在宋代词坛，北宋根本不存在豪放词派，南宋则形成了以辛弃疾为首的稼轩词派。

原载《宝鸡师院学报》1991 年第 1 期，中国人民大学复印报刊资料《中国古代近代文学研究》1991 年第 8 期全文转载。

① 转引自王奕清《历代词话》卷八，唐圭璋编《词话丛编》，第 1238－1239 页。

稼轩词风与南北文化

关于稼轩词风，前人有“豪迈”、“豪放”、“豪壮”、“豪雅”、“慷慨纵横”①、“悲壮苍凉”②等各种说法。任何理论概括都是以牺牲大量的作品为前提的，仅从“豪”的一面来认识稼轩词风，显然是不全面的，南宋人就已经注意到这一点，刘克庄《辛稼轩集序》云：“公所作大声鞺鞳，小声铿鍧，横绝六合，扫空万古，自有苍生以来所无。其秾纤绵密者亦不在小晏、秦郎之下。”③其后多有从豪、婉两方面来评稼轩词者，蔡嵩云《柯亭词论》云：“稼轩词，豪放师东坡，然不尽豪放也。其集中，有沉郁顿挫之作，有缠绵悱恻之作，殆皆有为而发。其修辞亦种种不同，焉得概以‘豪放’二字目之。”④邓廷桢的《双砚斋词话》、王易的《词曲史》直至当代的一些词学家均有类似的看法。词评家可以对稼轩词如此分类研究，而词人本身却不一定有意识要写出两类风格各异的词。范开《稼轩词序》曰：“公一世之豪，以气节自负，以功业自许，方将敛藏其用以事清旷，果何意于歌词哉，直陶写之具耳。故其词之为体，如张乐洞庭之野，无首无尾，不主故常；又如春云浮空，卷舒起灭，随所变态，无非可观。无他，意不在于作词，而其气之所充，蓄之所发，词自不能不尔也。”⑤不同的环境，不同的题材，不同的情感，词人诉诸笔端，自然呈现出

---

① 永瑢等《四库全书总目提要》，中华书局1960年版，第1816页。

② 刘师培《论文杂记》，朴社1917年版，第60页。

③ 刘克庄《辛稼轩集序》，邓广铭笺注《稼轩词编年笺注》，上海古籍出版社1978年版，第562页。

④ 蔡嵩云《柯亭词论》，唐圭璋编《词话丛编》，中华书局1986年版，第4913页。

⑤ 范开《稼轩词序》，邓广铭笺注《稼轩词编年笺注》，第561页。

不同的风貌。正如沈祥龙所说："词有婉约，有豪放，二者不可偏废，在施之各当耳。房中之奏，出以豪放，则情致绝少缠绵。塞下之曲，行以婉约，则气象何能恢拓。"①辛弃疾以其独特的生活经历、深沉的情感体验，写出了题材丰富、风格多样的词作，有的豪壮，有的婉丽，有的豪婉兼备、刚柔相济，成为中国文学史上最优秀的词人之一。任何将稼轩词风简单化的倾向，都将有损于其丰富与伟大。

关于稼轩词风形成的原因，人们谈论最多的有两点：一是南宋这个民族矛盾十分尖锐的特殊时代的召唤；二是苏轼等前辈词人豪放词风的影响。这两方面确实是稼轩词风形成的重要原因，却不是全部原因。辛弃疾由金源回到南宋，广泛吸取南北文化的养分，是其多样化词风形成的独特原因。

一

古老的中国，幅员辽阔，地形复杂，气候多样，生活在这片土地上的人民，根据他们生存的地理环境、气候条件，创造了丰富多彩而又光辉灿烂的文化。不同区域的文化各具鲜明的特色，而南北文化的差异尤其明显，历代学者从不同的侧面论及这一问题，兹摘要于下：

关于学术，《隋书·儒林传》云："南北所治，章句好尚，互有不同。……大抵南人约简，得其英华；北学深芜，穷其枝叶。"②

关于语言，《颜氏家训·音辞篇》云："南方水土和柔，其音清举而切诣，失在浮浅，其辞多鄙俗。北方山川深厚，其音沉浊而鈋钝，得其质直，其辞多古语。"③

关于文学，《隋书·文学传》云："江左宫商发越，贵于清绮；河

① 沈祥龙《论词随笔》，唐圭璋编《词话丛编》，第 4049 页。

② 魏徵、令狐德棻撰《隋书·儒林传》，中华书局 1973 年版，第 1705－1706 页。

③ 颜之推撰，王利器集解《颜氏家训集解·音辞》，上海古籍出版社 1980 年版，第 473 页。

朔词义贞刚，重乎气质。气质则理胜其词，清绮则文过其意。理深者便于时用，文华者宜于咏歌。此其南北词人得失之大较也。”①

关于书法，阮元《南北书派论》云：“南派乃江左风流，疏放妍妙，长于启牍，减笔至不可识。……北派则是中原古法，拘谨拙陋，长于碑榜。”②

关于绘画，俞剑华《中国绘画史》云：“南北朝分峙于黄河、长江两流域，不但地理气候划然不同，而风俗文物亦不相侔。且北方多为鲜卑族，民性强悍；南方为汉族，民性优美。故其表现于艺术者亦生显然之差别。雄峻峭拔，成为北派；柔和蕴藉，成为南派。”③

关于戏曲音乐，王世贞云：“南、北二曲，譬如同一师承，而顿渐分教；俱为国臣，而文武异科。北主劲切雄丽，南主清峭柔远。北字多而调促，促处见筋；南字少而调缓，缓处见眼。北辞情少而声情多，南声情少而辞情多。北力在弦，南力在板。北宜和歌，南宜独奏。北气易粗，南气易弱。此其大较。”④

虽然历史时期不同，文化形态各异，南北地域的文化各自呈现出惊人的相似之处：南方文化清新、柔弱、艳丽、优美，北方文化质朴、苍劲、刚健、壮美。南北文化的差异，往往在南北分裂、南北对峙时期表现得更加突出。春秋战国时期中原文化与荆楚文化的不同风貌，南北朝时期南朝诗风与北期诗风的各异其趣，便是最好的例证。在这种特殊的历史时期，南北往来的减少乃至隔绝，南北文化缺乏交流与融合，差异增大是其自然趋势。南北方民间的区域的文化形态，往往比其他文化形态能更加鲜明地体现各自的地方文化特色，因而南北差异也就更大。南朝乐府民歌《西洲曲》、《子夜四时歌》和北朝民歌《敕勒歌》、《木兰诗》的不同风格便能很好地

① 魏徵等撰《隋书·文学传》，中华书局1973年版，第1730页。

② 阮元《揅经室集·揅经室三集》卷一《南北书派论》，中华书局1985年版，第553页。

③ 俞剑华《中国绘画史》(上)，上海书店出版社1984年版，第46－47页。

④ 王骥德《曲律·引》，中国戏曲研究院编《中国古典戏曲论著集成》(四)，中国戏剧出版社1959年版，第57页。

说明这一问题。

二

辛弃疾生活在南北分裂的时代，他出生前十三年，金人攻陷汴京，北宋王朝灭亡，他便生长在沦陷区济南历城县，在此度过了二十二个春秋。祖父辛赞是一个有民族情感的人，虽不得已出仕金朝，并未忘怀故国，曾让辛弃疾“两随计吏抵燕山，谛观形势”①。目的是为后来起事报君父之仇作准备，客观上让辛弃疾广泛游历了中原各地，更多地接受了北方文化，“金主亮死，中原豪杰并起，耿京聚兵山东，称天平节度使，节制山东、河北忠义军马，弃疾为掌书记”②。青年辛弃疾金戈铁马，驰骋在北方大地，这种戎马生涯造就了辛弃疾豪爽刚强、胆识过人的英雄性格。可以说，辛弃疾是北方文化哺育成长起来的民族英雄和伟大词人。辛弃疾开始填词的时间不可详考，现存六百多首词中，似无南归以前的作品。但有材料可证，辛弃疾在金朝时期便已开始填词。据陈模《怀古录》记载：“蔡光工于词，靖康间陷于虏中。辛幼安尝以诗词参请之，蔡曰：‘子之诗则未也，他日当以词名家。’故稼轩归本朝，晚年词笔尤好。”③辛弃疾早年的词作未留传下来，但对其词风，还是可以作一些合理的推测，辛词当时便得到蔡光的称许，当与金词的主体风格一致。关于金源词风，清代词评家况周颐曾与南宋词风作过比较，他说：“南宋佳词能浑，至金源佳词近刚方。宋词深致能入骨，如清真、梦窗是。金词清劲能树骨，如萧闲、遁庵是。南人得江山之秀，北人以冰霜为清。南或失之绮靡，近于雕文刻镂之技。北或失之荒率，无解深裘大马之讥。……宋金之词之不同，固显而易见者

---

① 辛弃疾《美芹十论》，邓广铭辑校《辛稼轩诗文钞存》，古典文学出版社 1957 年版，第 1 页。

② 脱脱等撰《宋史·列传第一百六十·辛弃疾》，中华书局 1977 年版，第 12161 页。

③ 陈模《怀古录》卷中，辛弃疾著，邓广铭笺注《稼轩词编年笺注》，第 563 页。

也。"①辛弃疾早年的词风，或为清劲刚方，联系辛弃疾南归后的词作来看，这一推测不会大错。也就是说，辛弃疾早年的词风便带有北方文化的特色。

一个人早年的生活与教育对其一生都会产生决定性的影响。北方文化哺育起来的词人辛弃疾，即使在他二十三岁到江南之后，他的词作仍然带有明显的北方文学的特点，豪迈奔放，悲壮激昂。赵文《吴山房乐府序》云："渡江后，康伯可未离宣和间一种风气，君子以是知宋之不能复中原也。近世辛幼安跌宕磊落，犹有中原豪杰之气。"②稼轩词的"中原豪杰之气"即北方文学的特点，与其早年的北方生活尤其是抗金斗争有着密切的关系。辛弃疾在词中，经常描述自己早年戎马倥偬的抗金生活：

> 醉里挑灯看剑，梦回吹角连营。八百里分麾下炙，五十弦翻塞外声，沙场秋点兵。　马作的卢飞快，弓如霹雳弦惊。了却君王天下事，赢得生前身后名。可怜白发生！（〔破阵子〕《为陈同甫赋壮词以寄之》）

> 落日塞尘起，胡骑猎清秋。汉家组练十万，列舰耸层楼。谁道投鞭飞渡？忆昔鸣髇血污，风雨佛狸愁。季子正年少，匹马黑貂裘。（《舟次扬州，和杨济翁、周显先韵》上片）

> 壮岁旌旗拥万夫，锦襜突骑渡江初。燕兵夜娖银胡𩨉，汉箭朝飞金仆姑。（〔鹧鸪天〕《有客慨然谈功名，因追念少年时事，戏作》上片）

---

① 况周颐《蕙风词话》卷三，唐圭璋编《词话丛编》，第 4456 页。

② 赵文《青山集》卷二《吴山房乐府序》，《四库全书》（第 1195 册），上海古籍出版社 1987 年版，第 13 页。

这些“壮词”选用“塞外”、“沙场”、“胡骑”、“燕兵”这些北方特有的物象，烘托出少年英雄驰骋疆场的矫健雄姿。陈廷焯云：“稼轩词着力太重处，如〔破阵子〕《为陈同甫赋壮词以寄之》、〔水龙吟〕《过南涧双溪楼》等作，不免剑拔弩张。”①周济说稼轩“有英雄语，无学问语，故往往锋颖大露”②。周济、陈廷焯主张填词要含蓄、沉郁，因而对辛词稍有微词，剑拔弩张、锋颖直露正是稼轩豪气词的特点。

稼轩填词爱用典，好的典故可以增加词的容量，扩大词的意境，起到以一当十的作用。词人用典，决不是为了卖弄学问，而是借古喻今，有感而发。辛弃疾常常选用一些征战疆场、建立功业的将士的典故来表现自己抗金复国的豪情壮志和壮志难酬的满腔悲愤：

汉水东流，都洗尽、髭胡膏血。人尽说，君家飞将，旧时英烈。破敌金城雷过耳，谈兵玉帐冰生颊。想王郎，结发赋从戎，传遗业。（〔满江红〕《贺王帅宣子平湖南寇》上片）

故将军饮罢夜归来，长亭解雕鞍。恨灞陵醉尉，匆匆未识，桃李无言。射虎山横一骑，裂石响惊弦。落魄封侯事，岁晚田园。（〔八声甘州〕《夜读〈李广传〉，不能寐，因念晁楚老、杨民瞻，约同居山间，戏用李广事，赋以寄之》上片）

将军百战身名裂，向河梁回头万里，故人长绝。易水萧萧西风冷，满座衣冠似雪。正壮士、悲歌未彻。啼鸟还知如许恨，料不啼清泪长啼血。谁共我，醉明月。（〔贺新郎〕《别茂嘉十二弟。鹈鴂、杜鹃实两种，见〈离骚补注〉》下片）

① 陈廷焯《白雨斋词话》卷一，唐圭璋编《词话丛编》，第3792页。
② 周济《介存斋论词杂著》，唐圭璋编《词话丛编》，第1633页。

〔满江红〕用李广抗击匈奴的典故，勉励朋友像飞将军那样抗金报国，慷慨激昂。〔八声甘州〕则用李广立功不得封侯的典故寄寓了词人志在抗金却遭弹劾罢职闲居的悲愤。〔贺新郎〕用李陵、荆轲悲壮诀别的典故表现词人的身世之感，沉郁苍凉。辛弃疾还常用刘邦、刘裕、孙权等人的成功来寄托自己的理想。诗词的用典，有如小说、戏剧写历史题材一样，需要作家自身的思想感情与生活经历作基础，在历史与现实之间找到契合点，否则如同闭门造车。辛弃疾之所以将这些历史人物写得虎虎有生气，除了词人的理想与遭遇之外，还有一点，便是词人当年戎马挥戈的战斗经历，如果没有这一段生活，便不可能将这些将士的征战场面写得如此出色。

清人谢章铤曾将辛刘词派与南宋其他词人分别开来，批评南宋词人“有花柳而无松柏，有山水而无边塞，有笙笛而无钟鼓，斤斤株守，是亦只得其一偏矣。辛刘之派，安可废哉”①！这不能全怪词人，南宋偏安一隅的悲剧时代，限制了他们的游历与视野。而辛弃疾能突破这种局限，开启南宋一代词风，得力于他“塞外江南”的丰富生活。陈洵《海绡说词》云：“稼轩由北开南，梦窗由南追北，善乎周氏之能言也。南宋诸家，鲜不为稼轩牢笼者，龙洲、后村、白石皆师法稼轩者也。”②稼轩词风影响了整个词坛，彻底改变了唐五代以来纤弱柔软的词风，呈现出刚劲雄奇的风貌。

三

辛弃疾南归后，辗转于江淮两湖等地任地方官，广泛游历了江南各地，尤其是先后两次罢官，闲居江西上饶带湖和瓢泉达十八年之久，这种闲居生活，对他实现恢复中原的理想来说，无疑是重大损失，可对他的创作又未尝不是一件幸事。他亲身体验了江南农

---

① 谢章铤《赌棋山庄词话续编》卷五，唐圭璋编《词话丛编》，第 3561 页。

② 陈洵《海绡说词》，唐圭璋编《词话丛编》，第 4838 页。

村的生活，细致观察了水乡的山川风物，熟悉了南方的风俗习惯，创作了一批朴素、自然、清新、优美而又带有浓郁的南国情味的农村词：

茅檐低小，溪上青青草。醉里吴音相媚好，白发谁家翁媪？　大儿锄豆溪东，中儿正织鸡笼。最喜小儿亡赖，溪头卧剥莲蓬。（〔清平乐〕《村居》）

明月别枝惊鹊，清风半夜鸣蝉。稻花香里说丰年，听取蛙声一片。　七八个星天外，两三点雨山前。旧时茅店社林边，路转溪桥忽见。（〔西江月〕《夜行黄沙道中》）

北垅田高踏水频，西溪禾早已尝新，隔墙沽酒煮纤鳞。忽有微凉何处雨，更无留影霎时云，卖瓜人过竹边村。（〔浣溪沙〕《常山道中即事》）

在这些词中，辛弃疾写出了一个北方人对江南的田园风光、风土人情、生产劳动等各方面新鲜而独特的感受。清丽婉转的吴音，那么优美动听，也许词人还误为年轻人在交谈，却原来是一对白发翁媪。江南水乡司空见惯的稻香、蛙鸣、溪水、小桥，在词人的笔下是那样新奇，充满了生机。高田踏水、早禾尝新、村头卖瓜，一幅繁忙而又喜悦的南方农村生活图景。

有人将宋词称之为南方文学，如果就具艳丽、柔弱的婉约词而言，它确实与南方文化的总体风格一致。但宋词并不都是婉约词，如前所述，辛稼轩的豪气词便具有北方文学的特点。如果将这一命题限定在婉约词的范围内，才切合实际。辛弃疾同样是写婉约词的高手，稼轩词中，“秾纤绵密”者有之，“缠绵悱恻”者有之，清丽妩媚者有之：

宝钗分，桃叶渡，烟柳暗南浦。怕上层楼，十日九风雨。断肠片片飞红，都无人管，更谁劝、啼莺声住。　鬓边觑，试把花卜归期，才簪又重数。罗帐灯昏，呜咽梦中语。是他春带愁来，春归何处？却不解、带将愁去。（〔祝英台近〕《晚春》）

春水，千里，孤舟浪起，梦携西子。觉来村巷夕阳斜。几家，短墙红杏花。　晚云故造些儿雨。折花去，岸上谁家女。太狂颠，那边，柳绵，被风吹上天。（〔唐河传〕《效〈花间体〉》）

这类词，一些词评家以为有所寄托。无论有寄托与否，词风是一定的。沈谦评〔祝英台近〕云："稼轩词以激扬奋厉为工，至'宝钗分，桃叶渡'一曲，昵狎温柔，魂销意尽。才人伎俩，真不可测。"①沈谦着眼于稼轩词风的多样化，而他对这首词风格的把握是准确的。〔唐河传〕，词人明言"效花间体"，确实写得浓艳绵丽，大有压倒花间之势。

四

在稼轩集中，并不是每一首词都能明确指出它是受北方文化或者是南方文化影响的产物，因为文化背景的影响本身就是无形的、不自觉的、耳濡目染的。但并不能因此而否认文化背景的作用。且看一首词：

鹏翼垂空，笑人世、苍然无物。又还向、九重深处，玉阶山立。袖里珍奇光五色，他年要补天西北。且归来、谈笑护长江，波澄碧。　佳丽地，文章伯。《金缕》唱，红牙拍。看尊前飞下，日边消息。料想宝香黄阁梦，依然画舫青溪笛。待如

① 沈谦《填词杂说》，唐圭璋编《词话丛编》，第630页。

今、端的约钟山,长相识。(〔满江红〕《建康史帅致道席上赋》)

在这首词中,既有"袖里珍奇光五色,他年要补天西北"的豪情壮志,典型的中原豪杰之气,又有"佳丽地、文章伯。《金缕》唱,红牙拍"这种江南名士的诗酒风流生活,而两者又和谐地统一在词人所表现的抗金报国的理想及其理想不能实现的苦闷这一共同主题之下。

邓廷桢《双砚斋词话》这样评稼轩词:"世称词之豪迈者,动曰苏辛。不知稼轩词自有两派,当分别观之。如〔金缕曲〕之'听我三章约'、'甚矣,吾衰矣'二首及〔沁园春〕、〔水调歌头〕诸作,诚不免一意迅驰,专用骄兵。若〔祝英台近〕之'是他春带愁来,春归何处,却不解带将愁去',〔摸鱼儿〕发端之'更能消几番风雨,匆匆春又归去',结语之'休去倚危栏,斜阳正在,烟柳断肠处',〔百字令〕之'旧恨春江流不尽,新恨云山千叠',〔水龙吟〕之'楚天千里清秋,水随天去秋无际。遥岑远目,献愁共恨,玉簪螺髻',〔满江红〕之'怕流莺乳燕,得知消息',〔汉宫春〕之'年时燕子,料今宵梦到西园',皆独茧初抽,柔毛欲腐,平欺秦、柳,下轹张、王。宗之者固仅袭皮毛,诋之者亦未分肌理也。"①从总体上将稼轩词分为两类是有道理的,但具体到某一篇词作,有的自然豪婉分明,有的是豪是婉,恐怕难以作出非此即彼的判断。邓廷桢在举例时举用了摘句的方式。邓氏所举"平欺秦、柳,下轹张、王"的婉约词,有的确实柔弱至极,如〔祝英台近〕;有的我们可以在同一篇中找出反例,如〔摸鱼儿〕之"君莫舞:君不见,玉环、飞燕皆尘土"②。〔水龙吟〕之"把吴钩看了,栏干拍遍,无人会,登临意"③。皆豪气十足,并不柔弱。这类豪婉并存、刚柔相济的词作,是南北文化交融与汇合的产物。

---

① 邓廷桢《双砚斋词话》,唐圭璋编《词话丛编》,第2528-2529页。

② 辛弃疾《稼轩长短句》卷五〔摸鱼儿〕《淳熙己亥,自湖北漕移湖南,同官王正之置酒小山亭,为赋》,上海古籍出版社1988年版,第111页。

③ 辛弃疾《稼轩长短句》卷五〔水龙吟〕《登建康赏心亭》,第101页。

稼轩词风是丰富多采的，其形成原因也是多种多样的，时代背景、社会风尚、生活经历、思想性格、审美理想、前人创作等等，都对稼轩词风的形成起过重要作用。辛弃疾接受南北文化的影响，是其词风形成的多种原因之一。它并不排斥其他原因并存。我们之所以从文化视角来阐释稼轩词风，是基于以下几点认识：第一，在南宋词人中，辛弃疾"塞北江南"的生活经历比较独特，而南北文化影响的痕迹非常明显；第二，文化的概念比较宽泛，它所包含的范围比较广阔，从这一角度入手，可以将词人生活的时代、地域、风土人情、生活经历等多重因素联系起来考察，比较全面而又合理地说明其词风成因；第三，如前所述，前人从时代因素、前人创作的角度研究比较充分，从文化背景的角度研究相对薄弱，我们强调这一点，是希望引起人们的注意和重视。

原载《烟台大学学报》1992 年第 4 期

明代文人对民歌的认识
——以冯梦龙为中心

明代中后期，民歌的盛行成为文坛一道独特的风景，沈德符在《万历野获编》中有比较详尽的记载："自宣（德）正（统）至成（化）弘（治）后，中原又行《锁南枝》、《傍妆台》、《山坡羊》之属。李崆峒先生初从庆阳徙居汴梁，闻之，以为可继《国风》之后。何大复继至，亦酷爱之。今所传《捏泥人》及《鞋打卦》、《熬鬏髻》三阕，为三牌名之冠，故不虚也。自兹以后，又有《耍孩儿》、《驻云飞》、《醉太平》诸曲，然不如三曲之盛。嘉（靖）隆（庆）间，乃兴《闹五更》、《寄生草》、《罗江怨》、《哭皇天》、《干荷叶》、《粉红莲》、《桐城歌》、《银纽丝》之属。自两淮以至江南，渐与词曲相远，不过写淫媟情态，略具抑扬而已。比年以来，又有《打枣竿》、《挂枝儿》二曲，其腔调约略相似，则不问南北，不问男女，不问老幼良贱，人人习之，亦人人喜听之，以至刊布成帙，举世传诵，沁入心腑，其谱不知从何而来，真可骇叹。"从宣德、正统以来，在不同时期、不同地域流行不同的民歌小曲。范濂《云间据目钞》记载了松江民歌传唱的盛况："歌谣词曲，自古有之，惟吾松近年特甚，凡朋辈谐谑，及府县士夫举措稍有乖张，即缀成歌谣之类，传播人口。……而里中恶少，燕居必群唱《银纽丝》、《干荷叶》、《打枣竿》，竟不知此风俗从何起也。"明代民歌的流行，文人起到了推波助澜的作用。他们从三个方面参与了民歌的活动。首先，一些文人着手搜集、整理、选编、刻印民歌，成化间金台鲁氏即刊行有《四季五更驻云飞》、《题西厢记咏十二月赛驻云飞》、《太平时赛驻云飞》、《新编寡妇烈女诗曲》等。正德刊本《盛世新声》、嘉靖刊本《词林摘艳》和《雍熙乐府》及陈所闻的《南宫词记》均收有民歌。冯梦龙搜集、整理了儿种民歌集，其中《山歌》、《挂枝儿》是明代最优秀的民歌集。其次，一些文人尝试创作民歌，李开先“改窜”并“仿其体”创作市井艳词①。《挂技儿》、《山歌》中均收有文人拟作的民歌，冯梦龙注明了作者，《是非》为黄方胤作，《喷嚏》为董斯张作，《捉奸》为苏子忠作。冯梦龙自己也创作有《谢杜康》、《送别》、《汤婆子》、《竹夫人》等。在明代话本“三言”、“二拍”、《石点头》、《西湖二集》、《欢喜冤家》中也有文人创作的《挂枝儿》。再次，一些文人评点民歌，为民歌集写序作跋，对民歌给予极高的评价。明代文人对民歌的参与为我们留下了两笔珍贵的文学遗产，一是保留了大量的明代民歌作品，二是留下了一些民歌的批评文字。这两笔遗产一向不为学术界所重视，尤其是明代民歌理论与批评，很少有人问津。本文拟做初步探索。

一

中国民歌源远流长，从《诗经》的国风、汉乐府、南北朝民歌到唐代竹枝词、敦煌曲子词，民歌的创作与流传一直未曾中断过。自从文人诗歌繁盛之后，民歌就不再为文人所重视，正如冯梦龙所说：“自楚骚唐律，争妍竞畅，而民间性情之响遂不得列之于诗坛，于是别之曰山歌，言田夫野竖矢口寄兴之所为，荐绅学士所不道也。”②当民歌在明代再度兴起的时候，明代文人在惊奇之余，首先要做的工作，竟然是为民歌争取它作为诗歌的地位和价值，让更多的文人承认与接受，这实在是一件很无奈的事情。这种情况其实也并不难理解，在20世纪20年代，当北京大学校长蔡元培支持一群年轻的教授搜集、整理、研究民歌的时候，就有人出来指责讥讽：“可惜蔡孑民也是翰林院出身，如今真领着一班年青人胡闹起来了！放着先王的大经大法不讲，竟把孩子们胡喷出来的什么‘风来啦，雨来啦，王八背着鼓来啦！’……一类的东西，在国立大学中，专

① 李开先《市井艳词序》，蔡景康编《明代文论选》，人民文学出版社1993年版，第142页。

② 冯梦龙《叙山歌》，《冯梦龙全集》第18卷，江苏古籍出版社1993年版。

门研究起来了！”[1]在数百年前的明朝，民歌被正统文人所轻视，也在情理之中。在理学盛行的时代，六经无疑是最受文人重视的典籍，而民歌确实是与《诗经》的《国风》一脉相承，明代文人便将民歌与《国风》相提并论，“李崆峒先生初从庆阳徙居汴梁，闻之，以为可继《国风》之后”[2]。李开先说：“故风出谣口，真诗只在民间。《三百篇》太半采风者归奏，予谓今古同情者此也。”[3]冯梦龙说：“今所盛行者，皆私情谱耳。虽然，桑间濮上，国风刺之，尼父录焉，以是为情真而不可废也。山歌虽俚甚矣，独非郑卫之遗欤？”[4]《诗三百》曾经孔子删定，《国风》也保留下来，足见民歌之有价值。孔子虽然说过“放郑声”的话，“放郑声，非放郑诗也”[5]。李开先的这种辩解没有太强的说服力，但他为民歌争地位的动机非常明确。既然孔夫子都承认民歌，儒家将《诗三百》奉为经典，那么同属“民间性情之响”的明代民歌，理所当然地有它的价值和地位，不能被忽略。

为提高民歌的地位，明代文人还将民歌与文人诗文进行比较，几乎是异口同声地称赞民歌贬抑文人诗歌。李梦阳《缶音序》云：“孔子曰：‘礼失求之野。’予视江海山泽之民，顾往往知诗，不作秀才语，如《缶音》是已。”何大复云：“时调中状元也。如十五国风，出诸里巷妇女之口者，情词婉曲，自非后世诗人墨客操觚染翰刻骨流血所能及者，以其真也。”[6]袁宏道在《叙小修诗》中说：“吾谓今之诗文不传矣！其万一传者，或今闾阎妇人孺子所谓《擘破玉》、《打草竿》之类，犹是无闻无识真人所作，故多真声。”在袁宏道看来，明代民歌比文人创作的诗文生命力更强，能流传后世。卓人月甚至认

---

① 王煦华《吴歌·吴歌小史前言》，顾颉刚等辑《吴歌·吴歌小史》，江苏古籍出版社 1999 年版，第 4 页。

② 沈德符《万历野获编》卷二五，中华书局 1959 年版，第 647 页。

③ 李开先《市井艳词序》，蔡景康编《明代文论选》，第 142 页。

④ 冯梦龙《叙山歌》，《冯梦龙全集》第 18 卷，第 1 页。

⑤ 李开先《市井艳词序》，蔡景康编《明代文论选》，第 142 页。

⑥ 李开先《词谑·论时调》引，郭绍虞主编《中国历代文论选》第三册，上海古籍出版社 1959 年版，第 233 页。

为明代民歌和唐诗、宋词、元曲一样，最能代表本朝诗歌的特点和成就，他说："我明诗让唐，词让宋，曲又让元。庶几《吴歌》、《挂枝儿》、《罗江怨》、《打枣竿》、《银绞丝》之类，为我明一绝。"①卓氏这样评价明代民歌，从文学发展史的角度来看，也许并不准确，但将民歌视为明代最富个性的诗歌门类并无不当。

明代文人这种扬民歌小曲抑文人诗文的观点，看似偏激，联系明代诗文发展的背景来看，完全可以理解。在明代民歌兴盛之时，正是明代复古主义思潮盛行时期，前后七子倡导复古的初衷，是要扭转明初受台阁体和八股文影响而形成的萎弱平庸的创作风气，也就是何景明说的"彻远以代蔽，律古以格俗"，由于复古派过于重视法式格调，强调因袭模仿，限制了作者的自由抒写与真情流露，因此，复古派的领袖李梦阳晚年编诗集并作《诗集自序》时对自己的文学主张与创作做了深刻的反省，他说："自录其诗，藏箧笥中，今二十年矣，乃有刻而布者，李子闻之惧且惭。曰：予之诗，非真也。王子所谓文人学子韵言耳，出之情寡而工之词多者也。"让李梦阳作出这种反省的参照物就是民歌，"曹县盖有王叔武云，其言曰：夫诗者，天地自然之音也。今途咢而巷讴，劳呻而康吟，一唱而群和者，其真也，斯之谓风也。孔子曰：'礼失而求之野。'今真诗乃在民间。而文人学子，顾往往为韵言，谓之诗"②。李梦阳接受"真诗乃在民间"的观点，推崇民歌而否定己作，无疑启发了后来反复古的文学家，从李开先到袁宏道、冯梦龙，都用民歌与前后七子及其追随者的诗歌进行比较，袁宏道在《叙小修诗》中所说的"今之诗文"就是指受复古主义思潮影响的诗文，该篇上文有解释："盖诗文至近代而卑极矣。文则必欲准于秦汉，诗则必准于盛唐。剿袭模拟，影响步趋。"而民歌则"不效颦于汉魏，不学步于盛唐，任性而发，尚能通于人之喜怒哀乐嗜好情欲，是可喜也"。推崇民歌带有

---

① 陈宏绪《寒夜录》卷上引，袁兴霈主编《中国文学史》第四卷，高等教育出版社1999年版，第225页。

② 李梦阳《诗集自序》，蔡景康编《明代文论选》，第102页。

鲜明的反复古倾向。

从曲调的角度看，民歌与戏曲又有密切的关系，戏曲音乐不少源于民歌。王骥德在《曲律·论曲源》中，便描述了从上古民歌到北曲、南曲的渊源关系与演变过程。徐渭《南词叙录》云："夫南曲本市里之谈，即如今吴下《山歌》、北方《山坡羊》，何处求取宫调?""北曲岂诚唐宋名家之遗？不过出于边鄙裔夷之伪造耳。"如果说，明代民歌和《诗经》国风的关系是一脉相承的延续和发展，那么明代民歌与戏曲的关系则是民歌孕育了戏曲。戏曲在明代已不再是不登大雅之堂的艺术，开国皇帝朱元璋便对《琵琶记》推崇备至，朱元璋的子孙朱权、朱有燉都从事戏曲的创作与研究，明代戏曲家中进士做高官的大有人在，如丘濬官至礼部尚书、太子太保兼文渊阁大学士，汪道昆做过兵部左侍郎，康海、李开先、沈璟、屠隆、汤显祖、王衡、叶宪祖等著名戏曲家都中过进士做过官。戏曲和民歌，这两种血肉相连的艺术形式，在明代却是两种完全不同的待遇。明代文人将民歌与戏曲进行比较，无疑是提高民歌地位的有效手段。王骥德《曲律》云："北人尚余天巧，今所流行《打枣竿》诸小曲，有妙入神品者；南人苦学之，决不能入。盖北之《打枣竿》，与吴人之《山歌》，不必文士，皆北里之侠，或闺阃之秀，以无意得之，犹诗《郑》、《卫》诸风，修《大雅》者反不能作也。"①王骥德对民歌给予了极高的评价，称之为神品，文人反不能作。凌初成《谭曲杂札》云："今之时行曲，求一语如唱本《山坡羊》、《刮地风》、《打枣竿》、《吴歌》等中一妙句，所必无也。故以藻绘为曲，譬如以排律诸联入《陌上桑》、《董妖娆》乐府诸题下，多见其不类；以鄙俚为曲，譬如以三家村学究口号、歪诗，拟《康衢》、《击壤》，谓自我作祖，出口成章，岂不可笑。"明人以藻绘、鄙俚为曲，不及民歌质朴自然，凌初成对明代戏曲与民歌的评价和上述文人对明代诗文与民歌的评价，其思

① 王骥德《曲律》，《中国古典戏曲论著集成》第四卷，中国戏剧出版社 1959 年版，第 149 页。

维方式与最后结论完全一致。

二

民歌的流传有一定的区域，明代民歌也是如此。沈德符《万历野获编》就记载了明代民歌的流行区域，“元人小令行于燕、赵”，“中原又行《锁南枝》、《傍妆台》、《山坡羊》之属”。“《闹五更》、《寄生草》、《罗江怨》、《哭皇天》、《干荷叶》、《粉红莲》、《桐城歌》、《银纽丝》之属”，流行于“两淮以至江南”，“《打枣竿》、《挂枝儿》二曲，其腔调约略相似，则不问南北……举世传诵”，《山坡羊》，“今南北词俱有此名。但北方惟盛爱《数落山坡羊》。其曲自宣、大、辽东三镇传来。今京师妓女，惯以此充弦索北调。”在沈德符之前，李开先就已经注意到民歌曲调的地域性，“京韵、东韵、西路等韵，放之不可不亟”①。这种创作和传唱于某一区域的民歌，必然带有当地的地域特点。

民歌的地域特色，主要体现在两个方面，一是方言土语，中国地域辽阔，方言众多，虽同属汉语，语音、词汇大不相同，而民歌都是各地田夫野竖、市井细民所作，大多带有本地的方言。王世贞《艺苑卮言》：“吴中人棹歌，虽俚字乡语，不能离俗，而得古风人遗意；其辞亦有可采者。”我们看看冯梦龙编的《山歌》就能知道，其中就有不少吴语方言。冯梦龙在《山歌》开卷第一篇篇末就告诉读者：“凡生字、声字、争字，俱从俗谈叶入江阳韵，此类甚多，不能备载。吴人歌吴，譬诸打瓦抛钱，一方之戏，正不必如钦降文规，须行天下。”《山歌》是吴歌，属于“一方之戏”，压韵按吴语语音，与文人诗歌压韵不同，因此特地说明。不过冯梦龙没有想到的是，吴语民歌一样风行天下。虽然他说“不能备载”，但一些关键的音还是作了注释。卷一《熬》最后一句是：“生炭上薰金熬坏子银。”冯梦龙注云：“吴歌‘人’‘银’同音。”因为这一句用了谐音，故专门注音，便于

---

① 李开先《市井艳词序》，蔡景康编《明代文论选》，第142页。

不懂吴语的读者阅读。《山歌》中有不少吴语方言词汇，冯梦龙也作了解释，卷三《大细》首句："姐儿养个大细忒喇茄。"篇后冯梦龙有解释："'大细'，儿女之称。'喇茄'，犹云怠慢。"卷三《小老公》附注："'逼疽疽'，吴语小貌。"卷七《借个星》题下小注："个星，吴语。犹云'这件东西'也。"卷九《鞋子》篇后附注："吴语'在醮'曰'左嫁人'。"二是音乐风格。民歌是一种音乐文学，可以合乐歌唱，它的音乐都是地方曲调，带有鲜明的地域特色。戏曲理论家王骥德云："古四方之音不同，而为声亦异，于是有秦声，有赵曲，有燕歌，有吴歈，有越唱，有楚调，有蜀音，有蔡讴。"①他指出地方音乐的差异。李东阳《怀麓堂诗话》云："今之诗，惟吴、越有歌。吴歌清而婉，越歌长而激。""今之歌诗者，其声调有轻重清浊长短高下缓急之异，听之者不问而知其为吴为越也。"吴、越相距不远，气候、环境、生活习惯相近，而民歌的音乐风格却不相同。相距遥远的南北民歌风格差异就更大，王骥德就敏锐地指出了民歌音乐的南北地域差异，他说："至北之滥流而为《粉红莲》、《银纽丝》、《打枣竿》，南之滥流而为吴之《山歌》、越之《采茶》诸小曲，不啻郑声，然各有其致。"②王骥德进而转引王世贞的观点，指出南北曲的差异："北主劲切雄丽，南主清峭柔远。北字多而调促，促处见筋；南字少而调缓，缓处见眼。北辞情少而声情多，南声情少而辞情多。北力在弦，南力在板。北宜和歌，南宜独奏。北气易粗，南气易弱。此其大较。"③王骥德在本节中并非专论明朝，亦非专论民歌，但他确实道出了包括明代民歌在内的历代曲调的南北差异。明代中后期，随着工商业的不断发展，南北交往越来越频繁，加上文人搜集、整理、刻印民歌，流传更加方便，一些地方民歌逐步跨地域传唱。"小曲《挂枝儿》，即《打枣竿》，是北人长技，南人每不能及。昨毛允遂贻我吴中新刻一帙，中如《喷嚏》、《枕头》等曲，皆吴人所拟，即韵稍出入，然

① 王骥德《曲律》，《中国古典戏曲论著集成》第四卷，第114－115页。

② 王骥德《曲律》，《中国古典戏曲论著集成》第四卷，第56页。

③ 王骥德《曲律》，《中国古典戏曲论著集成》第四卷，第57页。

措意俊妙，虽北人无以加之，故知人情原不相远也。”[①]《打枣竿》原为北曲，传至南方，适应南方人的传唱，曲调音韵有所变化，易名《挂枝儿》，成为南北广泛传唱的曲调。

谈到民歌的特点，明代文人说得最多的是它的真，“今真诗乃在民间”（李梦阳引王叔武语）。何大复云：“时调中状元也。如十五国风，出诸里巷妇女之口者，情词婉曲，自非后世诗人墨客操觚染翰刻骨流血所能及者，以其真也。”[②]袁宏道在《叙小修诗》中说：“吾谓今之诗文不传矣！其万一传者，或今闾阎妇人孺子所谓《擘破玉》、《打草竿》之类，犹是无闻无识真人所作，故多真声。”冯梦龙评点《挂枝儿》、《山歌》也常用“真”字，如四卷《送别》评：“最浅最俚亦最真。”他们所说的真，是指民歌的作者，这些“无识真人”在劳动、生活中有感而发，出自肺腑，就是李开先所说的：“语意则直出肺肝，不加雕刻，俱男女相与之情，虽君臣友朋，亦多有托此者，以其情尤足感人也。”[③]他们不必“为赋新词强说愁”，像文人那样，向上司献诗，为名家和诗，命题限韵，搜肠刮肚，言不由衷，虚情假意，目的是炫耀才华，获取虚名，或讨人欢心，得到某种好处。袁宏道《陶孝若枕中呓语》就分析了民歌与文人诗歌创作的不同：“夫迫而呼者不择声，非不择也，郁与口相触，卒然而声，有加于择者也。古之为风者，多出于劳人思妇。夫劳人思妇为藻于学士大夫，郁不至而文胜焉，故吐之者不诚，听之者不跃也。……要以情真而语直，故劳人思妇，有时愈于学士大夫；而呻吟之所得，往往快于平时。”冯梦龙说：“今虽季世，而但有假诗文，无假山歌；则以山歌不与诗文争名，故不屑假。苟其不屑假，而吾藉以存真，不亦可乎？”[④]文人诗文与民歌一假一真，原因就在于“争名”与否。

明代文人指出，民歌绝大多数是情歌，陆容《菽园杂记》：“吴越

---

① 王骥德《曲律》，《中国古典戏曲论著集成》第四卷，第181页。

② 李开先《词谑·论时调》引，郭绍虞主编《中国历代文论选》第三册，第233页。

③ 李开先《市井艳词序》，蔡景康编《明代文论选》，第142页。

④ 冯梦龙《叙山歌》，《冯梦龙全集》第18卷，第1页。

间好唱山歌，大率多道男女情致而已。”“今所盛行者，皆私情谱也。”①并且对情歌特别欣赏。明代文人关注这一点，与当时的社会背景有关，明代是一个理学盛行的时代，皇帝倡导的是理学，科举考的是理学，文人读的是理学，理学的本质是扼杀人性，所谓“存天理，灭人欲”。性爱则是人欲中最为敏感、最强烈的部分，被理学家视为洪水猛兽。为博取功名必须通过科举走上仕途的明代文人，从小读四书五经，思想深受理学的禁锢。而桑濮农夫、市井小民受理学的影响甚小，即使理学最兴盛的时期，他们传唱的民歌，依然以情歌为主。当明代文人发现民歌的时候，无异于从牢笼中出来，走进了空气清新的大自然。难怪冯梦龙要“借之男女之真情，发名教之伪药”②。何良俊《曲论》还有一说：“大抵情词易工。盖人生于情，所谓‘愚夫愚妇可以与知音’。观十五国风，大半皆发于情，可以知矣。是以作者即易工，闻者亦易动听。即《西厢记》与今所唱时曲，大率皆情词也。”文学的接受，受读者人生经验的制约。从接受者的情感体验的角度看，爱情无疑是最为普遍的情感，因此，情歌能够引起更多接受者的共鸣。

民歌出自农夫、市民之口，他们用民间、里巷口语歌唱自己的生活，朴实、自然是它区别于文人诗的最重要的特征。明代文人在批评民歌的时候，充分肯定了这一特点。冯梦龙一向崇尚自然，反对雕琢，在不少序跋和评点中反复阐述这种观点，《太霞新奏序》云：“文之善达性情者，无如诗，三百篇之可以兴人者，唯其发于中情，自然而然故也。”在《双雄记叙》中，他批评明人戏曲“高者浓染牡丹之色，遗却精神；卑者学画葫芦之样，不寻根本”。在民歌的批评中也贯穿了这一思想。《挂枝儿·调情》篇后附评语：“以上二篇，毫无奇思，然婉如口语，却是天地间自然之文，何必胭脂涂牡丹也。”将“天地间自然之文”与“胭脂涂牡丹”对举，表达的意思非常明确。评《月》：“不雕琢而味足，求之举子业，其成弘之间乎？”评

①② 冯梦龙《叙山歌》，《冯梦龙全集》第18卷，第1页。

《粽子》:“字字肖题,却又自然,咏物中最为难得。”由于文人的参与,部分民歌打上了文人的烙印,工巧、藻绘偶尔出现在文人修改、拟作的民歌中,冯梦龙一一指出,予以批评。他评《网巾》:“极贴切。惟贴切,愈远自然,当是书生之技。”即使贴切,如果远离自然,也非上乘之作。《挂枝儿·春》后附录一篇《春暮》,评曰:“亦通,未免有文人之气。”书生之技、文人之气,不是民歌的正途,并不值得提倡。

关于民歌的艺术特征,明人特别推崇比兴。李梦阳在《诗集自序》中转述并赞同王叔武的观点:“诗有六义,比兴要焉。夫文人学子,比兴寡而直率多。何也?出于情寡而工于词多也。夫途巷蠢蠢之夫,固无文也。乃其讴也,咢也,呻也,吟也,行而坐歌,食咄而寤嗟,此唱而彼和,无不有比焉兴焉,无非其情焉,斯足以观义矣。故曰:诗者,天地自然之音也。”比兴均为《诗经》六义之一,确实是历代民歌的重要特点,从《诗经》到明代民歌,例子不胜枚举。王叔武将比兴与情感联系起来,比兴的多寡源于情感的多寡,看似牵强,按他的思维逻辑完全可以成立,民歌是“途巷蠢蠢之夫”真情的抒发,“讴也,咢也,呻也,吟也”,他们的讴咢呻吟来自生活,生活中的万事万物都成了他们寄托情感的载体,“触物发声以启其下段欲写之情”①,比焉兴焉成了他们抒写真情的有效的艺术手段。

原载《苏州大学学报》2006年第4期

---

① 徐渭《奉师季先生书》,蔡景康编《明代文论选》,第200页。

卷二　文论编

李贽童心说的价值重估

一

李贽在他的名篇《童心说》中提出了两个命题：一个是哲学命题，认为为人要保持童心，做真人，说真话。他说："夫童心者，真心也；若以童心为不可，是以真心为不可也。夫童心者，绝假纯真，最初一念之本心也。若夫失却童心，便失却真心；失却真心，便失却真人。人而非真，全不复有初矣。"①他将童心释为真心，而真心是真人的最本质特征。一个是文学命题，认为为文也要保持童心，作真文，言真情。他说："天下之至文，未有不出于童心焉者也。苟童心常存，则道理不行，闻见不立，无时不文，无人不文，无一样创制体格而非文者。"②天下最优秀的文学都出自童心，真，是一切优秀的文学作品的共同特点。保持童心创作出来的作品，不一定都是至文，但一定是真文。单就李贽的这两个命题而言，童心说并没有太多的新意，他所讲的不过是一个非常朴实的道理，为人为文都要真诚。这种看法，前人不止一次地说过，孟子说："大人者，不失其

---

① 李贽《焚书》卷三，中华书局 1975 年版，第 98 页。

② 李贽《焚书》卷三，第 99 页。

赤子之心者也。”①所谓“赤子之心”，就是童心，只是孟子还没有将“赤子之心”与真联系起来。颜之推说：“吾见世人，清名登而金贝入，信誉显而然诺亏，不知后之矛戟，毁前之干橹也。虙子贱云：‘诚于此者形于彼。’人之虚实真伪在乎心，无不见乎迹，但察之未熟耳。一为察之所鉴，巧伪不如拙诚，承之以羞大矣。”②颜之推所说的“人之虚实真伪在乎心”、“巧伪不如拙诚”的看法，实际上就是说为人处世应该真诚，而且他指出人虚伪的原因是名利作祟，这种观点已经与李贽的观点十分接近。为文要言真情，历代文学理论家也不止一次地作过阐释，刘勰云：“昔诗人什篇，为情而造文；辞人赋颂，为文而造情。何以明其然？盖风雅之兴，志思蓄愤，而吟咏情性，以讽其上，此为情而造文也；诸子之徒，心非郁陶，苟驰夸饰，鬻声钓世，此为文而造情也。故为情者要约而写真，为文者淫丽而烦滥。而后之作者，采滥忽真，远弃风雅，近师辞赋，故体情之制日疏，逐文之篇愈盛。故有志深轩冕，而泛咏皋壤。心缠几务，而虚述人外。真宰弗存，翩其反矣。夫桃李不言而成蹊，有实存也；男子树兰而不芳，无其情也。夫以草木之微，依情待实；况乎文章，述志为本。言与志反，文岂足征？”③刘勰提出的“为情者要约而写真”的命题，其实就是说文学创作要有真挚而充沛的情感，“志思蓄愤，而吟咏情性”。现代学者完全可以从不同的角度来论述李贽童心说的创新意义，我想说的是就其核心内涵而言，前人早已提出。李贽的贡献是明确地将二者联系起来，提出了文人为人为文的基本原则和底线，阐明了二者之间的逻辑关系及其统一的前提。从孟子到颜之推，主要讲普通人为人处世要真诚，刘勰主要讲文人作文要求真，李贽的童心说主要也是针对文人而言，赋诗作文是文

---

① 《孟子·离娄下》，《孟子译注》，中华书局1960年版，第189页。

② 颜之推《颜氏家训·名实第十》，《颜氏家训集解》，上海古籍出版社1980年版，第282页。

③ 刘勰《文心雕龙·情采第三十一》，《文心雕龙注》（下），人民文学出版社1958年版，第538页。

人的事业，李贽厘清了为人与为文之间的密切关系，要想写出感情真挚而充沛的诗文，你首先要做言行一致的真人。也只有心口如一的真人，才可能写出情真意切的真文。要做真人，写真文，归根结底，要保持童心，两个命题在这里得到了统一。从现代学术分类的角度来看，童心说提出了两个命题，而在古人看来，这只是一个问题的两个方面，任何一个文人在世上立足，都要面临的两个问题，怎样做人，怎样作文。李贽根据自己对同时代文人的观察以及对人生和创作的深入思考，重新提出并解释童心说，使之成为晚明文学思潮中最响亮的口号和最鲜艳的旗帜，对晚明以及后世文人和文学都产生了深远影响。

二

李贽的童心说具有强烈的现实针对性。李贽明确指出，在晚明社会，世人“言假言，而事假事，文假文”。“盖其人既假，则无所不假矣。由是而以假言与假人言，则假人喜；以假事与假人道，则假人喜；以假文与假人谈，则假人喜；无所不假则无所不喜，满场是假，矮人何辩也”①？为什么会出现“满场是假”这种现象？李贽认为，其根本原因在于世人失却了童心，“童心既障，于是发而为言语，则言语不由衷；见而为政事，则政事无根柢；著而为文辞，则文辞不能达；非内含于章美也，非笃实生辉光也，欲求一句有德之言，卒不可得。所以者何？以童心既障，而以从外入者闻见道理为之心也。夫既以闻见道理为心矣，则所言者，皆闻见道理之言，非童心自出之言也”②。之所以失却童心，是受“道理闻见”的影响：“盖方其始也，有闻见从耳目而入，而以为主于其内而童心失。其长也，有道理从闻见而入，而以为主于其内而童心失。其久也，道理闻见日以益多，则所知所觉日以益广，于是焉又知美名之可好也，

---

① 李贽《焚书》卷三，第99页。

② 李贽《焚书》卷三，第98页。

而务欲以扬之而童心失。知不美之名之可丑也，而务欲以掩之而童心失。”[①]这些“道理闻见”从何而来？“皆自多读书识义理而来也”[②]。而人们所读的书就是六经、《语》、《孟》等儒家经典：“夫六经、《语》、《孟》，非其史官过为褒崇之词，则其臣子极为赞美之语，又不然则其迂腐门徒、懵懂弟子，记忆师说，有头无尾，得后遗前，随其所见，笔之于书，后学不察，便为出自圣人之口也，决定目之为经矣，孰知其大半非圣人之言乎！纵出自圣人，要亦有为而发，不过因病发药，随时处方，以救此一等懵懂弟子、迂腐门徒云耳。药医假病，方难定执，是岂可遽以为万世之论乎！然则六经、《语》、《孟》，乃道学之口实，假人之渊薮也，断断乎其不可以语于童心之言明矣。”[③]六经、《语》、《孟》，是明朝统治者宣传的统治思想，明代科举考试的主要内容，明代士子的必读之书，也是明代理学家阐释、宣讲的主要内容。李贽认为“六经、《语》、《孟》，乃道学之口实，假人之渊薮”，也就说那些读六经、《语》、《孟》长大的文人，尤其是那些靠讲六经、《语》、《孟》为生的理学家，都是一些睁眼说瞎话，口是心非的假人。而那些种田经商、不懂理学的人，却是心口如一的真人：“市井小夫，身履是事，口便说是事，作生意者但说生意，力田作者但说力田，凿凿有味，真有德之言，令人听之忘厌倦矣。”[④]李贽的童心说主要是针对晚明文人尤其是假道学提出来的。

晚明文人为人处世“无所不假”，写诗作文何尝又不是如此。明代中叶，李梦阳“倡言文必秦、汉，诗必盛唐，非是者弗道”[⑤]。何景明、李攀龙、王世贞等前后呼应，形成了一股声势浩大的复古主义思潮，“天下推李、何、王、李为四大家，无不争效其体”[⑥]。到李贽所处的时代，复古思潮方兴未艾。学秦汉散文、盛唐诗歌本身并没

①② 李贽《焚书》卷三，第98页。

③ 李贽《焚书》卷三，第99页。

④ 李贽《焚书》卷一，第30页。

⑤ 张廷玉等《明史·李梦阳传》，中华书局1974年版，第7348页。

⑥ 张廷玉等《明史·李梦阳传》，第7348页。

有什么错误,关键要看学什么、怎么学。李梦阳主张要像书法临帖那样来学习古人诗文,他说:“夫文与字一也。今人模临古帖,即太似不嫌,反曰能书。何独至于文而欲自立一门户邪?”①不是学其精神,而是学其形式:“古人之作,其法虽多端,大抵前疏者后必密,半阔者半必细,一实者必一虚,叠景者意必二,此予之所谓法,圆规而方矩者也。”②这种创作方法完全违背了文学创作的基本规律,其根本失误正如《明史》所云:“而后有讥梦阳诗文者,则谓其模拟剽窃,得史迁、少陵之似,而失其真云。”③正是在这种背景下,李贽指出:“诗何必古选,文何必先秦。降而为六朝,变而为近体,又变而为传奇,变而为院本,为杂剧,为《西厢曲》,为《水浒传》,为今之举子业,皆古今至文,不可得而时势先后论也。”④不难看出,李贽的童心说在文学发展观和创作论方面,是明确针对复古派提出来的,文学创作,不能一味模拟剽窃,而应该书写自己的真情实感,“天下之至文,未有不出于童心焉者也。苟童心常存,则道理不行,闻见不立,无时不文,无人不文,无一样创制体格文字而非文者”⑤。在中外文学史、思想史上不乏这样的先例,一种学说,就其内涵而言,也许并不新鲜,但在特定的历史时期,却具有全新的意义,李贽的童心说就属于这样一种命题,由于统治阶级的倡导和御用文人的宣传,理学盛行,矮子莫辨,领袖人物把持文坛,倡言复古,文人学士奔走门下,世人对此司空见惯,视而不见,李贽以其胆识与冷峻,针锋相对地提出童心说,扯下了这件皇帝的新衣,对假道学和复古派形成了极大的冲击。

三

李贽的童心说能风行晚明文坛,影响一代文人,还有一个重要

---

① 李梦阳《再与何氏书》,《明代文论选》,人民文学出版社 1993 年版,第 101 页。

② 李梦阳《再与何氏书》,《明代文论选》,第 101 页。

③ 张廷玉等《明史·李梦阳传》,第 7348 页。

④⑤ 李贽《焚书》卷三,第 99 页。

因素，李贽不只是童心说的倡导者，更重要的是，他还是一位身体力行的实践者。要人们说真话，作真文，首先自己要做到。李贽清醒地认识到，在一个“满场是假，矮人何辩”的社会，说真话是非常危险的。他在《焚书自序》中写道：“一曰《焚书》，则答知己书问，所言颇切近世学者膏肓，既中其痼疾，则必欲杀我矣，故欲焚之，言当焚而弃之，不可留也。”①李贽并没有因此而明哲保身，保持沉默，更没有违背良心说假话。李贽在三十至五十四岁人生的黄金时期，曾为生计所迫在各地为官，从共城教谕做到姚安知府。“平生不爱属人管”的李贽，难免与人发生矛盾，尤其是顶头上司。他在晚年作《豫约》，历数为官时期的上司种种不是，上至尚书、侍郎，下到县令、提学：“余唯以不受管束之故，受尽磨难，一生坎坷，将大地为墨，难尽写也。为县博士，即与县令、提学触；为太学博士，即与祭酒、司业触。如秦、如陈、如潘、如吕，不一而足矣。司礼曹务，即与高尚书、殷尚书、王侍郎、万侍郎尽触也。高、殷皆入阁，潘、陈、吕皆入阁，高之扫除少年英俊名进士无数矣，独我以触迕得全，高亦人杰哉！最苦者，为员外郎不得尚书谢、大理卿董并汪意。谢无足言矣，汪与董皆正人，不宜与余抵。然彼二人皆急功名，清白未能过人，而自贤则十倍矣，余安得免触耶？又最苦而遇尚书赵。赵于道学有名。孰知道学益有名而我之触益又甚也？最后为郡守，即与巡抚王触，与守道骆触。王本下流，不必道矣。骆最相知，其人最号有能有守，有文学，有实行，而终不免与之触，何耶？渠过于刻厉，故遂不免成触也。渠初以我为有清苦敬我，终反以我为无用而作意害我，则知有己不知有人，今古之号为大贤君子，往往然也。”②李贽似乎完全不懂人情世故，这些高官，虽然大多已经退位，有的已经过世，但他们弟子门人满天下，李贽将这些矛盾公之于众，并对这些高官的人品、能力作出负面评价，会给自己带来什么后果，

① 李贽《焚书》，第1页。

② 李贽《焚书》卷四，第187页。

他再清楚不过了，但他不能说假话，要杀要剐无所畏惧。

李贽和耿定向的矛盾就能说明问题的严重性。耿定向是著名的理学家，又是李贽朋友耿定理的兄长，曾任刑部侍郎、南京右都御史。李贽认为耿定向是假道学，言不由衷，他在《答耿司寇》中说："试观公之行事，殊无甚异于人者。人尽如此，我亦如此，公亦如此。自朝至暮，自有知识以至今日，均之耕田而求食，买地而求种，架屋而求安，读书而求科第，居官而求尊显，博求风水以求福荫子孙。种种日用，皆为自己身家计虑，无一厘为人谋者。及乎开口谈学，便说尔为自己，我为他人，尔为自私，我欲利他；我怜东家之饥矣，又思西家之寒难可忍也；某等肯上门教人矣，是孔、孟之志也，某等不肯会人，是自私自利之徒也，某行虽不谨，而肯与人为善，某等行虽端谨，而好以佛法害人。以此而观，所讲者未必公之所行，所行者又公之所不讲，其与言顾行、行顾言何异乎？以是谓为孔圣之训可乎？"[①]后来还将这封信收入《焚书》，公开刊行。耿定向得知此事后，马上作《求儆者》，站在理学家的立场，对李贽的言行进行攻击，并号召弟子群起而攻之。耿定向的门生、巡道史旌贤巡视麻城，并问县官："李卓吾去否？此人大坏风化，若不去，当以法治之。"[②]"不畏死"、"不怕人"、"不靠势"的李卓吾，原本准备赴山西沁水，"不意又闻史道欲以法治我，是又天不准我往山西去也，理又当守候史道严法，以听处分矣"[③]。恐吓吓唬不了李贽，官府煽动一群地痞流氓纵火烧毁了李贽寄居的芝佛院，砸毁了他的骨塔，李贽被迫离开了居住十多年的龙潭寺。李贽为自己坚持真理、敢说真话承受了来自多方的污蔑、诽谤与攻击。

李贽晚年一直在思考死亡问题，并写过《五死篇》，将人之善死分为五等："人有五死，唯是程婴、公孙杵臼之死，纪信、栾布之死，聂政之死，屈平之死，乃为天下第一等好死。其次临阵而死，其次

---

① 李贽《焚书》卷一，第30页。

② 李贽《续焚书》卷一，中华书局1975年版，第17页。

③ 李贽《续焚书》卷一，第23页。

不屈而死。临阵而死勇也，未免有不量敌之进，同乎季路。不屈而死义也，未免有制于人之恨，同乎睢阳。虽曰次之，其实亦皆烈丈夫之死也，非凡流也。又其次则为尽忠被谗而死，如楚之伍子胥，汉之晁错是矣。是为不知其君，其名曰不智。又其次则为功成名遂而死，如秦之商君、楚之吴起、越之大夫种是矣。是为不知止足，其名亦曰不智。虽又次于前两者，然既忠于君矣，虽死有荣也；既成天下之大功矣，立万世之荣名矣，虽死何伤乎？"①这五种死法，"纵有优劣，均为善死"。人都是要死的，应该死得有意义，"若夫卧病房榻之间，徘徊妻孥之侧，滔滔者天下皆是也。此庸夫俗子之所习惯，非死所矣，岂丈夫之所甘死乎"②？病死床榻，虽说是绝大多数人的善终，但不是智者、大丈夫的理想结局，"故智者欲审处死，不可不选择于五者之间也"③。自己该怎么死，李贽也颇费思索："第余老矣，欲如以前五者，又不可得矣。夫如此而死，既已不可得，如彼而死又非英雄汉子之所为，然则将何以死乎？计唯有做些小买卖耳。大买卖如公孙杵臼、聂政者，既不见买主来到，则岂可徒死而死于床褥之间乎？且我已离乡井，捐童仆，直来求买主于此矣，此间既无知己，无知己又何死也？大买卖我知其做不成也，英雄汉子，无所泄怒，既无知己可死，吾将死于不知己者以泄怒也。"④李贽陷入深深的痛苦之中，像凡夫俗子老死床褥之间，李贽心有不甘，要想死得其所，又没有买主上门。万历三十年，大买主终于来了，都察院礼科给事中张问达上疏弹劾李贽，皇帝下令"严拿治罪"，李贽被逮捕入狱，在狱中，李贽用剃刀刎颈而死，"死于不知己者以泄怒也"。回过头来再看他的《五死篇》，李贽对死亡的思考与计划，完全是出于真心，并且用生命完成了自己的宿愿。像李贽这样敢说真话而又身体力行者，世所罕见，难怪晚明不少文人对他顶礼膜拜。

---

①③ 李贽《焚书》卷四，第163页。

②④ 李贽《焚书》卷四，第164页。

作为一位文学家，李贽除了从事各体文学批评之外，还从事文学创作，主要是诗文创作。在他的作品中，散文成就最高，是晚明小品文的杰出代表。他的散文大多收入《焚书》、《续焚书》中，他的朋友焦竑在《李氏焚书序》中这样写道："宏甫快口直肠，目空一世，愤激过甚，不顾人有忤者。"①这段评语道出了李贽散文的重要特点，出自童心，敢说真话，情之所至，酣畅淋漓。李贽在《杂说》一文中这样描述文学创作状态："且夫世之真能文者，比其初皆非有意于为文也。其胸中有如许无状可怪之事，其喉间有如许欲吐而不敢吐之物，其口头又时时有许多欲语而莫可所以告语之处，蓄极积久，势不能遏。一旦见景生情，触目兴叹，夺他人之酒杯，浇自己之垒块；诉心中之不平，感数奇于千载。既已喷玉唾珠，昭回云汉，为章于天矣，遂亦自负，发狂大叫，流涕恸哭，不能自止。宁使见者闻者切齿咬牙、欲杀欲割，而终不忍藏于名山、投之水火。"②这种创作状态的描述完全可以看作李贽的夫子自道。李贽作为一个叛逆文人、先锋思想家，对社会、对人生有着深沉的思考和与众不同的认识，他的散文往往成为他思想的载体，大胆犀利，言人所未曾言，言人所不敢言，他在麻城作《题孔子像于芝佛院》便充分体现了这一特点，全文如下：

> 人皆以孔子为大圣，吾亦以为大圣；皆以老、佛为异端，吾亦以为异端。人人非真知大圣与异端也，以所闻于父师之教者熟也；父师非真知大圣与异端也，以所闻于儒先之教者熟也；儒先亦非真知大圣与异端也，以孔子有是言也。其曰"圣则吾不能"，是居谦也。其曰"攻乎异端"，是必为老与佛也。儒先臆度而言之，父师沿袭而诵之，小子矇聋而听之。万口一词，不可破也；千年一律，不自知也。不曰"徒诵其言"，而曰

① 焦竑《李氏焚书序》，《焚书》，第2页。
② 李贽《焚书》卷三，第97页。

"已知其人";不曰"强不知以为知",而曰"知之为知之"。至今日,虽有目,无所用矣。余何人也,敢谓有目?亦从众耳。既从众而圣之,亦从众而事之,是故吾从众事孔子于芝佛之院。①

从文章的题目来看,"题孔子像",按惯常写法,理应为孔子歌功颂德,而李贽却别出心裁,提出了世人盲目崇拜孔子的问题,人们把孔子当作大圣人,把老子、佛教视为异端,不是个人独立思考的结论,而是陈陈相因、盲目从众的结果。世人从来不曾怀疑,也不容怀疑,因为孔子是统治者崇奉的偶像、愚民的工具。李贽将自己的观察与思考和盘托出,确实发人深省。难怪后世理学家对李贽恨之入骨,《四库全书总目提要》云:"贽非圣无法,敢为异论。虽以妖言逮治,惧而自刭。而焦竑等盛相推重,颇荧众听,遂使乡塾陋儒,翕然尊信,至今为人心风俗之害。故其人可诛,其书可毁。而仍存其目,以明正其为名教之罪人,诬民之邪说。"②这种言论代表了一批人的看法,从反面说明了李贽的文章都是经过自己深入思考、发自肺腑的真言。

原载《厦门教育学院学报》2008年第4期

① 李贽《续焚书》卷四,第100页。
② 纪昀《四库全书总目》下册,中华书局1965年版,卷一七八,第1599页。

冯梦龙与明代哲学思潮

冯梦龙的思想非常复杂，充满了矛盾。如果要全面研究冯梦龙思想的来源，至少要涉及以下三个方面：第一，以孔子为代表的正统的儒家思想；第二，明中叶以降东南沿海一带市民阶层的思想观念；第三，明代影响较大的哲学思潮。就冯梦龙与明代哲学思潮的关系而言，笔者以为，对冯梦龙思想影响最大的是李卓吾和王阳明。

一

万历三十年，明代思想界发生了一件大事：反道学勇士李卓吾在明王朝的监狱中用剃刀割喉而死，以其悲壮的行为向封建专制制度作出了最后的抗争。这一年，冯梦龙二十九岁。李贽生前便影响很大，其著作流传甚广，"一死而书益传，名益重"，以致"海以内无不读先生之书者，无不欲尽先生之书而读之者，读之不已咸并其伪者而亦读矣"①。甚至当时士人"全不读《四书》本经，而李氏《藏书》、《焚书》，人挟一册，以为奇货"②。一向对新思想、新事物非常敏感的冯梦龙，不仅广泛阅读了李卓吾的著作，而且虔诚地接受了李卓吾的思想。据明人许自昌《樗斋漫录》记载：冯梦龙"酷嗜李氏之学，奉为蓍蔡"，并与袁无涯一起增补、整理、刊行李卓吾评点的《水浒传》。据笔者考证，许自昌的记载是可信的③。在冯梦龙所编纂、评改的《情史》、《智囊》、《古今谭概》、《太平广记钞》等著作

---

① 汪本钶《续刻李氏书序》，《续焚书》卷首，中华书局 1975 年版。

② 朱国桢《涌幢小品》卷一六。

③ 参见《冯梦龙与〈忠义水浒传〉》，《明清小说研究》1992 年 3、4 期合刊。

中，大量引述了李贽的言论，且大多作了肯定的评价。例如，《智囊》卷五《曹玮》条，冯氏附记："李温陵曰：对王龊谈兵，如对假道学谈学也。对耳不相闻，况能用之于掌本兵之后乎。既失官矣，乃更思前语，滔滔者天下皆是也。"《古今谭概》卷十八《天后时三疏》条，冯氏评曰："天后作事，往往有大快人意者，宜卓老称为圣主也。"对两人的评价，冯梦龙完全赞同李卓吾的意见。

李卓吾对冯梦龙的影响，主要表现在思想方面。李贽最为惊世骇俗的思想莫过于对孔子及其六经的蔑视和否定。他说："夫六经、《语》、《孟》，非其史官过为褒崇之词，则其臣子极为赞美之语。又不然，则其迂阔门徒，懵懂弟子，记忆师说，有头无尾，得后遗前，随其所见，笔之于书。"①被历代统治阶级奉为经典的《论语》、《孟子》、六经，决非万世之至论，实"乃道学之口实，假人之渊薮也"②。被尊为圣人的孔夫子，李卓吾也坚决反对以其言论作为判断是非的标准，"夫天生一人，自有一人之用，不待取给于孔子而后足也"③。汉唐宋三代，"中间千百余年而独无是非者，岂其人无是非哉，咸以孔子之是非为是非，故未尝有是非耳"④。这就是盲目崇拜孔夫子所带来的恶果。李卓吾以其思想家的胆识，凭借犀利的笔锋，剥掉了孔夫子神圣的外衣，解除了六经、《语》、《孟》经典的包装，显露出其庸常的一面。

在冯梦龙的著作中，也有对孔子及其六经的嘲讽和否定。在《太平广记钞》卷二十六"刘献之"条后，冯梦龙有评："假使往圣不作六经，千载又谁知其少乎？"将六经视为可有可无典籍。作为文学家的冯梦龙，虽然未像李卓吾那样对孔孟经书作系统的批判，但部分地接受了李氏的观点却是显而易见的。

李卓吾的妇女观也是非常进步的，他在湖北麻城讲学便不避

---

① 李贽《童心说》，《焚书》卷三，中华书局1975年版，第99页。

② 李贽《童心说》，《焚书》卷三，第99页。

③ 李贽《答耿中丞》，《焚书》卷一，第16页。

④ 李贽《藏书世纪列传总目前论》，《藏书》，中华书局1959年版，第1页。

男女，收有女弟子。还作《答以女人学道为见短书》，系统阐述他对妇女问题的看法。他说："谓人有男女则可，谓见有男女岂可乎？谓见有长短则可，谓男子之见尽长，女人之见尽短，又岂可乎？"[①]并对历史上有作为的女性，给予了极高的评价。李贽对妇女的婚姻问题也有自己的见解，他对卓文君私奔司马相如一事，这样评价："使当其时，卓氏如孟光，必请于王孙，吾知王孙必不听也。嗟夫，斗筲小人，何足计事，徒失佳偶，空负良缘，不如早自抉择，忍小耻而就大计。"[②]实际上就是提倡妇女改嫁、婚姻自主。这种主张男女平等、尊重女性的观点，在男尊女卑、歧视妇女的观点流行几千年后，尤其是理学对妇女禁锢更严的明代，具有很强的历史进步性和现实针对性。

冯梦龙的妇女观，有两点与李卓吾相同，一是肯定妇女的才智，揭露所谓"女子无才便是德"的荒谬。他说："语有之：'男子有德便是才，妇人无才便是德。'其然，岂其然乎？……无才而可以为德，则天下之懵妇女毋乃皆德类也乎？"[③]在《智囊》中，专辑《闺智部》一卷，表彰古今才女。《闺智部·贤哲》总评曰："谚云：'妇智胜男。'即不胜，亦无不及。"这和李贽的男女见识无长短之别的主张何其相似。二是赞美文君私奔相如的婚姻自主行为。他说："相如不遇文君，则绿绮之弦可废；文君不遇相如，两颊芙蓉，后世亦谁复有传者。是妇是夫，千秋为偶，风流放诞，岂足病乎！"[④]"以卓文君为善择偶"，"以孔子之是非为不足据"[⑤]，是李卓吾受迫害的两大罪状，就在这两个方面，冯梦龙完全接受了李贽的观点。

李卓吾的文学观对冯梦龙的影响更大。李贽最根本的文学主

---

① 李贽《焚书》卷二，第 59 页。

② 李贽《藏书》卷三十七，第 626 页。

③ 冯梦龙《智囊》卷二十五，《冯梦龙全集》第 10 卷，江苏古籍出版社 1993 年版，第 594 页。

④ 冯梦龙《情史》卷四，《冯梦龙全集》第 7 卷，第 121 页。

⑤ 《神宗万历实录》卷三六九。

张是“童心说”。他说：“夫童心者，真心也。若以童心为不可，是以真心为不可也。夫童心者，绝假纯真，最初一念之本心也。……天下之至文，未有不出于童心焉者也。”①在李卓吾看来，世上最优秀的文学作品，都是作家真情实感的表露。用“童心”来衡量明代的诗文创作，以前、后七子为代表的复古主义显然是违背创作规律的，针对这种倾向，李贽提出：“诗何必古选，文何必先秦。降而为六朝，变而为近体；又变而为传奇，变而为院本，为杂剧，为《西厢》曲，为《水浒传》，为今之举子业，皆古今至文，不可得而时势先后论也。”②从文学发展的角度对复古派的“文必秦汉，诗必盛唐”的理论提出了有力批评。李贽认为，真正出自“童心”的优秀作品是通俗文学，是戏曲小说。在《童心说》中，他推《西厢记》、《水浒传》为“天下之至文”，而六经、《论语》、《孟子》则与“童心”无涉，将统治阶级褒贬对象翻了个个儿。他评点了《水浒传》、《幽闺记》等小说戏曲，对《幽闺记》、《红拂记》等优秀剧作给予了高度评价。

冯梦龙认为文学是作家性情的表露，他说：“文之善达性情者，无如诗，三百篇之可以兴人者，唯其发于中情，自然而然故也。”③曲子词、散曲、杂剧、传奇的产生，“固亦性情之所必至矣”④。冯梦龙所说的“性情”，主要是指情感，他也常用“中情”、“至情”、“真情”。与李卓吾一样，冯梦龙也是主张文学要表达真情实感。对明代复古主义思潮，冯梦龙深表不满。复古派推崇中唐以前的诗歌，尤其是盛唐之诗，冯梦龙却针锋相对地说：“自唐人用以取士，而诗入于套；六朝用以见才，而诗入于艰。”⑤有意识和复古派唱反调。对受复古派影响、缺乏真情实感的明代诗文，冯梦龙提出了严厉批评：“近代之最滥者，诗文是已。性不必近，学未有窥。犬吠驴鸣，贻笑

---

① 李贽《童心说》，《焚书》卷三，第98页。

② 李贽《童心说》，《焚书》卷三，第99页。

③⑤ 冯梦龙《太霞新奏序》，《冯梦龙全集》第14卷，第1页。

④ 冯梦龙《步雪新声序》，卢前编《饮虹簃所刻曲》。

寒山之石；病谵梦呓，争投苦海之箱。”①冯梦龙反复古主义思想却一直未为人们所注意。冯梦龙对通俗文学的推崇不亚于李贽。他说：“今虽委世，而但有假诗文，无假山歌。”②他搜集、整理了《挂枝儿》、《山歌》等民歌集。他称《三国演义》、《水浒传》、《西游记》、《金瓶梅》为“宇内四大奇书”③，已为人们所广泛接受。他还增补了《忠义水浒全传》、《新平妖传》，重写了《新列国志》，编纂了“三言”。他评改传奇数十种，今存十几种，还创作了《双雄记》、《万事足》两种。

总之，冯梦龙多方面受到李卓吾的影响，在文学思想方面影响更大。这对于冯梦龙的人生道路、文学生涯起到了积极作用。

二

王阳明是明代首屈一指的大思想家，对明中叶以后的思想界、文学界产生了广泛而深远的影响，诚如汤斌所说：“姚江之学，嘉隆以来，几遍天下。”④以博学多闻著称的冯梦龙对王阳明及其学说推崇备至，他在晚年创作了传记小说《皇明大儒王阳明先生出身靖乱录》，收在《三教偶拈》一书中，他在《序》里写道：“偶阅《王文成公年谱》，窃叹谓文事武备，儒家第一流人物，暇日演为小传，使天下之学儒者，知学问必如文成，方为有用。”在小说中，他这样评价阳明心学：“即如讲学一途，从来依经傍注，唯有先生揭良知二字为宗，直扶千圣千贤心印，开后人多少进修之路。……所以国朝道学公论，必以阳明先生为第一。有诗为证：世间讲学尽皮肤，虚誉虽隆实无用。养就良知满天地，阳明才是仲尼徒。”从小说避由检二字讳来看，该书当刊于崇祯年间⑤。而冯梦龙接触王阳明的时间应早

---

① 冯梦龙《曲律叙》，《中国古典戏曲论著集成》第四卷，中国戏剧出版社 1959 年版，第 47 页。

② 冯梦龙《叙山歌》，《冯梦龙全集》第 18 卷，第 1 页。

③ 李渔《三国志演义序》，《李渔全集》第 5 卷，浙江古籍出版社 1992 年版，第 1 页。

④ 《答陆稼书书》，《汤子遗书》卷五，文渊阁《四库全书》集部七，别集类六。

⑤ 参见徐朔方《冯梦龙年谱》，《冯梦龙全集》第 22 卷，第 52 页。

得多，他在《古今谭概》、《智囊》等著作中，便辑录了王阳明的轶事。作为一位经学家，不读王阳明几乎是不可能的事。

生活在明中叶的王阳明，亲眼目睹了社会的黑暗，现实的污浊，“偏琐僻陋之见，狡伪阴邪之术，至于不可胜说：外假仁义之名，而内以行其自私自利之实；诡辞以阿俗，矫行以干誉；掩人之善而袭以为己长，讦人之私而窃以为己直；愤以相胜而犹谓之徇义，险以相倾而犹谓之嫉恶；妨贤忌能而犹自以为公是非，恣情纵欲而犹自以为同好恶”①。对这些社会现象，王阳明痛心疾首，一种强烈的社会责任感驱使他凭借自己的智慧去拯救世人，达到天下大治的境地。他说：“仆诚赖天之灵，偶有见于良知之学，以为必由此而后天下可得而治。是以每念斯民之陷溺，则为之戚然痛心，忘身之不肖，而思以救之，亦不自知其量者。”②王阳明提出“良知说”，希望唤醒人们的良知，改变社会现状。

冯梦龙也是一位很有社会责任感的作家，他长期生活在社会底层，对其丑恶的一面看得更为清楚。他在小说、笔记等文学作品中通过艺术形象来揭露现实的黑暗，鞭挞卑劣的灵魂。他在《醒世恒言叙》中写道：“忠孝为醒，而悖逆为醉；节俭为醒，而淫荡为醉；耳和目章、口顺心贞为醒，而即聋从昧，与顽用嚚为醉。”他深感“举世皆浊我独清，众人皆醉我独醒”，用他自己的话说就是“无奈我情多，无奈人情少”③。针对世上醉人多、醒者少的现实，冯梦龙要用文学创作来唤醒世人。他说：“天不自醉人醉之，则天不自醒人醒之。以醒天之权与人，而以醒人之权与言。言恒而人恒，人恒而天亦得其恒。万世太平之福，其可量乎！”④冯梦龙的醒世思想和王阳明的救世思想是相通的。王阳明用以救世的一剂良药就是“良知说”。“良知”是什么？王阳明作过各种解释。他说：“良知者，孟子

---

① 王阳明《传习录》中，《王阳明全集》，上海古籍出版社 1992 年版，第 80 页。

② 王阳明《传习录》中，《王阳明全集》，第 80 页。

③ 冯梦龙《情史序》，《冯梦龙全集》第 7 卷，第 2 页。

④ 冯梦龙《醒世恒言叙》，《冯梦龙全集》第 4 卷，第 1 页。

所谓‘是非之心，人皆有之’者也。是非之心，不待虑而知，不待学而成，是故谓之良知。”[①]“知是心之本体。心自然会知，见父自然知孝，见兄自然知弟，见孺子入井自然知恻隐，此便是良知，不假外求。”[②]“良知只是一个天理自然明觉处，只是一个真诚恻怛，便是他本体。故致此良知之真诚恻怛以事亲便是孝，致此良知之真诚恻怛以从兄便是弟，致此良知之真诚恻怛以事君便是忠。只是一个良知，一个真诚恻怛。”[③]王阳明所说的“良知”，就是是非善恶之心，孝悌恻隐之心，真诚恻怛之心，忠君爱国之心。实际上是一种封建伦理道德观念。它是先天赋予、不假外求、人人具备的主观存在，“致良知”不过是加强自身道德修养，保持良知不为私欲遮掩，自觉自愿地履行这些道德规范。

冯梦龙用以醒世的思想也主要是封建伦理观念。他说：“六经、《语》、《孟》，谭者纷如，归于令人为忠臣、为孝子、为贤牧、为义夫、为节妇、为树德之士、为积善之家，如是而已矣”，“而通俗演义一种，遂足以佐经书史传之穷”[④]，可以“为六经国史之辅”[⑤]。也就是说，小说也能起到六经的作用，可以教人为忠臣、孝子、义夫、节妇，甚至比经书的教育作用更显著，他说：“试令说话人当场描写，可喜可愕，可悲可涕，可歌可舞；再欲捉刀，再欲下拜，再欲决脰，再欲捐金；怯者勇，淫者贞，薄者敦，顽钝者汗下。虽小诵《孝经》、《论语》，其感人未必如是之捷且深也。”[⑥]与王阳明不同的是，冯梦龙更强调文学的情感作用，而他们所宣扬的基本思想却没有什么不同。

---

① 王阳明《大学问》，《王阳明全集》，第971页。

② 王阳明《传习录》上，《王阳明全集》，第6页。

③ 王阳明《传习录》中，《王阳明全集》，第84页。

④ 冯梦龙《警世通言叙》，《冯梦龙全集》第3卷，第663页。

⑤ 冯梦龙《醒世恒言叙》，《冯梦龙全集》第4卷，第2页。

⑥ 冯梦龙《古今小说叙》，《冯梦龙全集》第2卷，第2-3页。

三

在明代哲学史上，李卓吾和王阳明属于两个不同的思想体系。李卓吾的思想带有鲜明的叛逆色彩和反传统精神，他蔑视和否定孔孟儒家著作及其思想，嘲笑和抨击当朝的假道学，是一位激进的思想家。王阳明则是传统儒学的拥护者和继承人，直接因袭从孟子到陆九渊的哲学思想，站在维护明朝统治的立场上，进行新的架构和阐释。如此矛盾对立的两位思想家，为何都能为冯梦龙所接受？原因是多方面的。

首先，人的思想是非常复杂的，往往具有多重性。恩格斯在评价诗人歌德时有一段非常精辟的论述，他说："在他的心中经常进行着天才诗人和法兰克福市议员的谨慎的儿子、可敬的魏玛的枢密顾问之间的斗争；前者厌恶周围环境的鄙俗气，而后者却不得不对这种鄙俗气妥协、迁就。因此，歌德有时非常伟大，有时极为渺小；有时是叛逆的、爱嘲笑、鄙视世界的天才，有时则是谨小慎微、事事知足、胸襟狭隘的庸人。"①这一论断对我们理解冯梦龙是有启发意义的。冯梦龙的思想也存在着矛盾，一方面，他嘲笑孔夫子，贬斥六经；另一方面，他却一直在兢兢业业治经，著有《麟经指月》、《春秋衡库》、《春秋定旨参新》、《四书指月》等经学著作，称赞孔圣人"删述六经、表章五教，上接文武周公之派，下开百千万世之绪，此乃帝王以后第一代讲学之祖"②。一方面，他肯定卓文君的自择私奔；另一方面，却在《寿宁待志》中为节妇立传，认为其清白胡可没也。入传的节妇，均是些十几岁的女孩子，结婚一月或数月，丈夫病故，终生守节。这种矛盾现象正是冯梦龙接受尖锐对立的李卓吾和王阳明的思想基础。

冯梦龙似乎也意识到了自己思想中存在着矛盾，并且试图超

---

① 恩格斯《诗歌和散文中的德国社会主义》，《马克思恩格斯文艺论著选》，四川人民出版社 1982 年版，第 158 页。

② 冯梦龙《皇明大儒王阳明先生出身靖乱录》，《冯梦龙全集》第 11 卷，第 2 页。

越这一矛盾,从他对情与理的认识上便可以看出这一点。情与理是明代哲学和文学中的一对矛盾范畴,汤显祖便说过,情有者,理必无,并倡导以情抗理。而李卓吾和王阳明则分别代表了对立的两个方面,李卓吾是明代主情思潮的先锋人物,王阳明则是宋明理学的集大成者。冯梦龙曾大肆宣讲情,并编辑了《情史》,他在《叙》中提出:"我欲立情教,教诲诸众生。"似与李贽主张一致。而他又将情严重泛化,忠孝节义也包含其中,"子有情于父,臣有情于君。推之种种相,俱作如是观"①。又向王阳明靠近。在他看来,忠孝节义即理与情可以统一。他说:"自来忠孝节烈之事,从道理上做者必勉强,从至情上出者必真切。夫妇其最近者也,无情之夫,必不能为义夫;无情之妇,必不能为节妇。世儒但知理为情之范,孰知情为理之维乎。"②统一的基础就是出自真情地、自觉自愿地履行忠孝节义。似乎这样一来,情与理的矛盾便消解了。其实,冯梦龙在这里只是将思想的天平倾向了王阳明一侧,情与理的矛盾依旧存在。

其次,冯梦龙接受李卓吾和王阳明是有阶段性的。大体上来说,可以冯梦龙崇祯三年中副榜贡生为界。他青年和中年时期,受李卓吾的影响较大,思想比较进步。晚年则受王阳明影响较大,思想趋于保守。请看冯梦龙一些重要著作的年代:万历二十九年作《双雄记》;万历三十八年前编《挂枝儿》,稍后编《山歌》;万历四十八年编《古今谭概》,补《忠义水浒全传》、《新平妖传》;天启四年编纂《警世通言》,在此之前编《古今小说》;天启六年辑《太平广记钞》;天启七年编《醒世恒言》、《太霞新奏》。寿宁知县任上(崇祯七年至十一年)撰《万事足》、《四书指月》;崇祯十年撰《寿宁待志》;崇祯年间撰《皇明大儒王阳明先生出身靖乱录》,创作《新列国志》;崇祯十七年编《甲申纪事》;顺治二年编《中兴伟略》。从著作年代可

① 冯梦龙《情史叙》,《冯梦龙全集》第7卷,第1页。

② 冯梦龙《情史》卷一,《冯梦龙全集》第7卷,第36页。

以看出，冯梦龙的主要小说、戏曲、民歌几乎都是在天启七年以前编纂的，也就是说，冯梦龙作为一位通俗文学大家的地位，在此之前已确立。他的一些进步的政治思想和文学主张也是在此之前形成的。天启七年之后，著作不多，思想保守。举个例子，冯梦龙一生创作过两种传奇，即《双雄记》、《万事足》，前者作于青年时期，剧中描写丹员外陷害侄子，丹信、刘双抗倭，具有一定的现实意义。后者作于晚年，该剧写状元陈循帮助同年高谷说服悍妇、纳妾生子的故事，所谓"有子万事足"，便是剧名的由来。《万事足》的命意非常庸俗，不能与《双雄记》相比。这两个剧本相当典型地体现了前、后期冯梦龙思想和创作的差异。出现这种情况，与冯梦龙的生活经历密切相关。青年冯梦龙风流倜傥、血气方刚，希望通过科举走上仕途，施展自己的才华，可是屡试不中，抑郁不得志，这种尴尬的处境使他对社会、对现实深感不满，很容易对李卓吾思想产生共鸣。崇祯三年，他中了"贡生"，做了一任丹徒训导，后来迁升寿宁知县，因为政清廉，博得了循吏的美名。作为朝廷命官，他得为维护其统治服务，文武兼备的王阳明成为他崇拜、效法的对象，接受王阳明便在情理之中。

再次，冯梦龙受李卓吾、王阳明的影响程度不同，受"李氏之学"的影响更大。冯梦龙是一位文学家，对他的影响主要表现在文艺思想和文学创作方面。李卓吾既是一位思想家，又是一位文学批评家，他对小说、戏曲的评点及高度评价，直接影响冯梦龙的文学活动。王阳明是一位思想家，他的思想作用于冯梦龙要通过中介，即影响冯氏的思想进而影响冯梦龙的文学活动。冯梦龙和李卓吾生活在同一时代，而且还在李氏晚年生活的地方麻城坐馆，与李卓吾生前好友和弟子交往，有的关系还相当密切，他对李卓吾的了解远比王阳明要多。李卓吾有胆有识，敢说敢做，不仅言论振聋发聩，而且行为震惊朝野，他的入狱和自杀便掀起了轩然大波。李卓吾思想激进，代表了晚明的进步思潮。冯梦龙思想总体上是进步的，尤其是青年时期，追随李卓吾是其必然选择。

最后，李卓吾和王阳明的思想既有对立的一面，又有统一的一面，冯梦龙从接受李卓吾到接受王阳明并没有一条不可逾越的鸿沟。李卓吾的思想便受到王阳明的影响，李卓吾自己便说过："余自幼倔强难化，不信道，不信仙释。故见道人则恶，见僧则恶，见道学先生则尤恶。……不幸年甫四十，为友人李逢阳、徐用检所诱，告我龙溪先生语，示我阳明王先生书，乃知得道真人不死，实与真佛真仙同，虽倔强，不得不信之矣。"①他对王阳明的弟子王艮评价甚高："当时阳明先生门徒遍天下，独有心斋为最英灵。"②王艮的儿子王襞是他的老师，《续藏书》卷二十《储瓘传》记载："心斋之子东崖公，贽之师。东崖之学，实出自庭训。"事实上，李贽的一些精辟见解便受到阳明心学的启发，王阳明说："夫学贵得之于心，求之于心而非也，虽其言出于孔子，不敢以为是也，而况其未及孔子者乎？求之于心而是，虽其言之出于庸常，不敢以为非也，而况其出于孔子者乎？"③这一观点实际上是李卓吾反对以孔子之是非为是非的先声。李卓吾的"童心说"和王阳明的"良知说"之间显然有理论上的渊源关系，至少在先天赋予、人人具备的真实存在这一点上如此。既然反道学的李卓吾也能从真道学王阳明处得到启发，那么后学冯梦龙能兼采"李氏之学"和阳明心学也就不难理解了。

原载《南京师大学报》1995 年第 2 期，中国人民大学复印报刊资料《中国哲学史》1995 年第 7 期全文转载。

---

① 《阳明先生年谱后语》，《王阳明先生道学钞》，明万历刻本。

② 李贽《焚书》卷二，第 80 页。

③ 王阳明《传习录》中，《王阳明全集》，第 76 页。

论冯梦龙的文学思想

冯梦龙首先是一位文学家，从事过诗歌、小说、戏曲、散文等各种文体的创作；同时又是一位文学批评家，评点过戏曲、小说和民歌。他的批评活动大体在创作之后，是一位从创作走向批评的批评家，他的批评实际上是他创作实践的理论总结。尽管他没有系统的文学理论著作，但他为文学作品所作的序跋与评点，对文学的思考与认识非常丰富、深入。本文将根据冯梦龙的文学著作序跋与评点，参照其生活经历和社会观念，全面考察其文学思想。

一

古今中外的文学家和批评家，在从事文学创作和批评的时候，首先面临的一个问题，就是“文学是什么”？我国古代的文学批评家很少有人有意识地建构庞大的理论体系，他们的文学观点往往体现在他们对文学作品的品评中，但一些有成就的批评家，都自觉不自觉地回答了文学的基本问题，“诗言志”、“诗缘情”、“文以载道”、“童心说”，都带有文学本体论研究的性质。冯梦龙没有专门的文学论著，更谈不上自觉的文学本体论研究，他的文学思想主要体现在他的文学著作序跋和评点中，但他对文学的这一基本问题的看法还是非常明确的。他说：

> 文之善达性情者，无如诗，三百篇之可以兴人者，唯其发于中情，自然而然故也。①

① 《太霞新奏序》，《太霞新奏》，明天启刻本。

学者死于诗而乍活于词，一时丝之肉之，渐熟其抑扬节奏之趣。于是增损而为曲，重叠而为套数，浸淫而为杂剧、传奇。固亦性情之所必至矣。①

民间性情之响，遂不得列之于诗坛，于是别之曰山歌。②

在冯梦龙看来，诗文、词曲、民歌、杂剧、传奇，无不是性情的表现，可以说，“性情说”就是冯梦龙的文学本体论。冯梦龙所说的“性情”，主要指情感。他有时用“性情”，有时用“中情”、“至情”、“真情”，或者单用“情”，这些概念在他的笔下常常互相通用，很少见他单独用“性”的。冯梦龙的“性情说”就是主张文学要表达真情实感。《诗经》、戏曲、山歌之所以感人，深得人们的喜爱，都因其表现了真实情感。是否写出了真情，成为冯梦龙评价文学作品的重要标准，他非常推崇《洒雪堂》，是因为“是记穷极男女生死离合之情，词复婉丽可歌，较《牡丹亭》、《楚江情》未必远逊，而哀惨动人更似过之”③。要写出真情之作，首先作家要做有情人。汤显祖写出了《牡丹亭》，冯梦龙称之为“情种”，在《风流梦》落场诗中，冯梦龙这样写道：“新词催泪落情肠，情种传来玉茗堂。”只有“情种”才能写出催人泪下的情词。演员要演出真情，亦需是有情人。《洒雪堂》以写情著称，“若更得真正情人写出生面，定令四座泣数行下”(《洒雪堂总评》)。戏曲是靠演员的演出最后完成的，只有“情人”才能准确地表现出剧作的情感。

主张文学表现情感，是个古老而又年轻的话题，在冯梦龙之前，早有人倡导此说，冯梦龙之后，也有人重提性情。可冯梦龙的“性情说”带有鲜明的时代色彩与个性特征。

---

① 《步雪新声序》，卢前编《饮虹簃所刻曲》。

② 《叙山歌》，《山歌》，国立北京大学中国民俗学会《民俗丛书》第2辑。

③ 《洒雪堂总评》，《墨憨斋定本传奇》，中国戏剧出版社1960年版。下文凡引冯梦龙戏曲及其序跋、评点，均见此书，只随引文注出篇名，不另注版本。

“情”在冯梦龙笔下有三层含义。首先是指男女之情。他说：“六经皆以情教也。《易》尊夫妇，《诗》首《关雎》，《书》序嫔虞之文，《礼》谨聘奔之别，《春秋》于姬姜之际详然言之，岂非以情始于男女？”①其次是指人类的一切情感，包括君臣、父子、兄弟、朋友之情。“子有情于父，臣有情于君。推之种种相，俱作如是观”（《情史序》）。第三，冯梦龙还将情推而广之，用以指产生天地万物的根源和维系天地万物的纽带。他说：“天地若无情，不生一切物。一切物无情，不能环相生。生生而不灭，由情不灭故。”“万物如散钱，一情为线索。散钱就索穿，天涯成眷属。”（《情史序》）在诸多情感种类中，男女之情居首要地位。文学要表现情感，男女之情不可忽视。可以说，强调表现男女之情，是冯梦龙“性情说”的重要特色。

冯梦龙的“性情说”将情与真紧密地联系在一起。“四大皆幻设，唯情不虚假”（《情史序》）。他改订传奇《洒雪堂》，结尾增补一首落场诗，诗中写道：“谁将情咏传情人，情到真时事亦真。”在《叙山歌》中，他指出：“桑间濮上，国风刺之，尼父录焉，以是为情真而不可废也。”他评点散曲、传奇、小说，也常将两个概念连用。强调情感的真实性，是冯梦龙“性情说”的又一特征。

冯梦龙认为，最能表达真情的是通俗文学。他推崇《诗经》，但它并非文人之作，而是民间词曲。“诗三百篇，字句长短原不一格，可弦可歌，皆词曲也”②。他对明人散曲颇为不满，提出“今日之曲，又将为昔日之诗，词肤调乱，而不足以达人之性情，势必再变而之《粉红莲》、《打枣竿》矣”③。而对明代流行的民歌则极为赞赏，他说：“今虽季世，而但有假诗文，无假山歌。”④认为它们才是真性情的表现。

---

① 《情史类略·序》，《情史类略》，岳麓书社1984年版。下文凡引《情史》，均用此版，只随引文注出篇名。

② 《步雪新声序》，卢前编《饮虹簃所刻曲》。

③ 《太霞新奏序》，《太霞新奏》，明天启刻本。

④ 《叙山歌》，《山歌》，国立北京大学中国民俗学会《民俗丛书》第2辑。

将冯梦龙的“性情说”放在明代这一特定的历史条件下考察，这一理论具有不可忽视的进步意义。

冯梦龙的“性情说”是针对当时文坛的复古主义、形式主义的诗文理论提出来的。明中叶，文坛上出现了以前、后七子为代表的复古主义文学思潮，虽然他们的理论不无合理的因素，但就其主要倾向和影响而言，是主复古重形式。《明史·文苑传》就说：“李梦阳、何景明倡言复古，文自西汉、诗自中唐而下，一切吐弃，操觚谈艺之士翕然宗之。”“李攀龙、王世贞辈，文主秦汉，诗规盛唐。王、李之持论，大率与梦阳、景明相倡和也。”他们的理论与创作统治和影响了明代文坛一个多世纪。“天下推李、何、王、李四大家，无不争效其体”①，直至冯梦龙所处的时代。复古主义者推崇中唐以前的诗歌，尤其是盛唐之诗，而冯梦龙却说：“自唐人用以取士，而诗入于套；六朝用以见才，而诗入于艰。”②他这样评价六朝、唐代诗歌是否正确另当别论，他说这番话的动机是非常明确的，就是与复古主义唱对台戏。而冯梦龙的良苦用心，以前多未被人注意。同时，冯梦龙对受复古主义思潮影响，缺乏真情实感的明代诗文提出了严厉批评，他说：“近代之最滥者，诗文是已。性不必近，学未有窥。犬吠驴鸣，贻笑寒山之石；病澹梦呓，争投苦海之籍。”③冯梦龙对复古主义的诗文理论和创作都给予了否定，这和“公安派”的反复古思想是一致的。

冯梦龙的“性情说”，是对儒家正统诗论的反动。自《尚书·尧典》提出“诗言志，歌永言”以来，“诗言志”在传统诗论中一直占统治地位。据朱自清先生解释：“到了‘诗言志’和‘诗以言志’这两句话，‘志’已经指‘抱负’了。”④显然，“诗言志”只重视文艺的理性因素，忽略了文艺的情感特征。在后来的文学发展过程中，“志”又长

---

① 《明史·李梦阳传》，中华书局 1974 年版。

② 《太霞新奏序》，《太霞新奏》，明天启刻本。

③ 《曲律叙》，《中国古典戏曲论著集成》第四册，中国戏剧出版社 1959 年版。

④ 《诗言志辨》，古籍出版社 1956 年版，第 9 页。

期被解释成合乎礼教规范的思想，这样，“诗言志”便带上了更多的消极成分。魏晋时期，陆机在《文赋》中提出了“诗缘情而绮靡”，他强调了文学的情感因素。但“诗缘情”没有也不可能否认传统的“诗言志”，而只能作为“诗言志”的一种补充。只有到了明中叶以后，随着资本主义生产关系的萌芽，出现了以主情为特征的晚明文艺思潮，传统的“言志说”才受到了真正的冲击。李贽、徐渭、袁宏道、汤显祖，无不力主情性。汤显祖还将“诗言志”作了新的解释：“《书》曰：‘诗言志，歌永言，声依永，律和声。’志也者，情也。”①这种解释实际上是对传统的“诗言志”的否定。冯梦龙的“性情说”，汇入了晚明文艺思潮的洪流，并起到了推波助澜的作用，动摇了“言志说”的统治地位。

从文学的内部规律的角度来考察，“性情说”无疑抓住了文学的重要特征。古罗马哲学家、文学家西塞罗在《神性论》中说：“德漠克利特不承认某人可以不充满热情而成为大诗人。”十八世纪法国启蒙思想家狄德罗说：“根据情感和兴趣去描写，这就是诗人的才华。”“没有情感这个品质，任何笔调都不可能打动人心。”②十九世纪英国诗人华兹华斯为自己的诗作向读者宣称：“所有的好诗，都是从强烈的感情中自然而然地溢出的。”③俄国思想家和文艺理论家别林斯基说：“感情是诗情天性的最主要的动力之一；没有感情，就没有诗人，也就没有诗歌。”④著名作家托尔斯泰也说：“艺术感染力的大小定于下列三个条件：(1) 所传达的感情具有多大的独特性；(2) 这种感情的传达有多么清晰；(3) 艺术家的真挚程度如何。”⑤从古希腊以来，历代作家、批评家都非常重视文学的情感因素。虽然以上各家说法不一，基本精神还是相通的，文学就是情感

① 《董解元〈西厢〉题辞》，《汤显祖集》二，上海人民出版社 1973 年版。

② 《西方古典作家谈文艺创作》，春风文艺出版社 1980 年版，第 105 页。

③ 《西方文论选》下卷，上海译文出版社 1979 年版，第 3 页。

④ 《古典文艺理论译丛》第 11 辑，人民文学出版社 1965 年版。

⑤ 《什么是艺术》，《西方文论选》下卷，上海译文出版社 1979 年版。

的表现，没有情感，就没有文学，也就没有文学家。这是历代文学家文学创作和批评经验的总结，基本把握了文学的重要特质。冯梦龙的“性情说”和这种认识是相通的。

“性情说”对冯梦龙文学活动的影响，主要表现在三个方面：第一，冯梦龙强调文学要表现真情实感，他自己的作品，则多是真情的结晶。冯梦龙的著作很多，但他创作的并不多，多数是他编辑和评改的。《墨憨斋改刻传奇定本》数十种，他创作的仅《双雄记》和《万事足》两种。《太霞新奏》收散曲几百首，他创作的只有二十二首。“三言”小说一百二十篇，可以断定为他创作的只有《老门生三世报恩》。当然我们并不否认其中可能还有他创作的小说，即使是这样，我想比例也不会太大。他传世的传奇集、散曲集、笔记集中，创作所占的比例都不大。再说短短几年时间，不可能写出太多的小说。另外，还有少量散见于各种著作中的诗文、文言小说和拟作民歌等。在他创作的作品中，我以为最优秀的是散曲。冯梦龙对自己的散曲有过评价：“子犹诸曲，绝无文采，然有一字过人，曰真。”①确实是这样，冯梦龙的散曲写得明白如话，却情真意切。这一评语附于套曲《有怀》之后，该曲就很好地体现了这一特点。全套太长，兹摘引开头两段：

〔集贤宾〕相思一日十二时，那一刻不相思，问往事相思谁可似，演将来有千段情词。任你伶牙俐齿，说不透我胸中一二，衫泪渍，从别后到今不次。

〔其二〕魂惊梦语不自支，倩文章压倒相思，想遍文章无一字，写出来依旧是情词。笔墨砚纸，你何须逼人如是，便博个金共紫，比相思也不偿些子。

这是一首情词，从后面的内容可知，也是写与妓女的恋情。散

① 《太霞新奏》卷一〇。

曲不用典、不设喻，却把一个文人的相思之情写得如此的真实，如果没有这种情感体验，是绝对做不到的。冯梦龙的散曲，大多具有这一特点，他思念好友、名妓侯慧卿所作的《怨离词·为侯慧卿》、《怨梦》、《端二忆别》诸套，更是如此。董斯张说《怨离词》“真是至情迫出，绝无一相思套语，至今读之，犹可令人下泪”①。袁晋评《端二亿别》：“一段真情郁勃，绝不见使事之迹，是白描高手。”②这些评语，并非溢美之词。这些散曲，作于他失去真诚相爱的女友之后，冯梦龙将这种深沉的情感体验注入作品之中，致使作品大多哀怨凄切，感人泪下。第二，冯梦龙强调文学要表现“男女之情”，他所编辑、改订、创作的文学著作中，最优秀的几乎都是爱情题材的作品。《挂枝儿》、《山歌》，均为情歌，“皆私情谱耳”③。《情史》“事专男女”(《情史序》)，为爱情故事专辑。“三言”中最优秀的话本小说，也属于爱情题材。《杜十娘怒沉百宝箱》、《卖油郎独占花魁》、《王娇鸾百年长恨》、《宋小官团圆破毡笠》，都是其中的名篇。《墨憨斋改刻传奇定本》中，爱情剧也占有相当大的比例。就现存十六种来看，专写爱情的就有五种，它们是《梦磊记》、《洒雪堂》、《梦江情》、《风流梦》、《永团圆》。兼写爱情的有三种，即《新灌园》、《酒家佣》和他自己创作的《双雄记》。《太霞新奏》多为“情词”，就他创作的散曲看，除上面提到的思念侯慧卿的作品外，还有《长恨曲》、《柬帖儿》、《情仙曲》，也是写爱情的。第三，冯梦龙认为通俗文学情感最为真实。为此，他几乎将自己毕生精力献给了通俗文学事业。他搜集整理民歌，除常见的《挂枝儿》、《山歌》外，还有《夹竹桃》、《黄莺儿》、《吴侬巧偶》等。他编纂的“三言”，除他自己和其他文人创作的话本外，不少当是民间说书艺人的作品，“其文必通俗，其作者莫可考”④，属于通俗文学。他还搜集整理了民间笑话集《笑府》、

① 《太霞新奏》卷七。

② 《太霞新奏》卷一一。

③ 《叙山歌》，《山歌》，国立北京大学中国民俗学会《民俗丛书》第2辑。

④ 《古今小说叙》，《古今小说》，人民文学出版社1985年版。

《广笑府》、《笑林》、《雅谑》等。从广义上讲，戏曲和散曲也属通俗文学，他还创作和改定传奇、散曲多种。这些无不与他对通俗文学的认识密切相关。

二

作为一个从创作走向批评的理论家，冯梦龙的文学思想中包含丰富的文学创作论思想，其中最有价值的是他的小说、戏剧创作论。

冯梦龙的“真赝说”最为人们所称道，这是他在《警世通言叙》中提出来的。他说：

> 野史尽真乎？曰：不必也。尽赝乎？曰：不必也。然则去其赝而存其真乎？曰：不必也。

在这里，冯梦龙探讨文学创作中生活真实与艺术虚构的关系。作为小说，其中的人物和事件，不必是现实生活中真实的存在，应该允许虚构，可以“赝”。但是虚构也应该有生活的基础，不必回避生活中的真人真事，可以“真”。所以小说中应该有真有赝，真赝并存，不必“去其赝”而仅“存其真”。

怎样进行艺术虚构？冯梦龙提出：“人不必有其事，事不必丽其人。”（《警世通言叙》）要塑造某一人物，即使他没有做某件事，如果需要，这件事也可以加在他身上。某一事件，确为某人所为，出于创作的考虑，也可以将这件事搬到其他人身上。这种虚构方法，实际上是中外许多著名作家所常用的方法之一。鲁迅先生在谈创作时便说：“所写的事迹，大抵有一点见过或听到过的缘由，但决不是全用这事实，只是采取一端，加以改造，或生发开去。到足以几乎完全发表我的意思为止。人物的模特儿也一样，没有专用一个人，往往嘴在浙江，脸在北京，衣服在山西，是一个拼凑起来的脚色。”[①]冯梦龙虽然没有鲁迅先生说得这样透彻，但已经把握了艺术虚构的基本规律，作为三百多年前的探索，实在是难能可贵。虚构又不能不着边际地胡编乱造，冯梦龙要求做到“事真而理不赝，即事赝而理亦真”(《警世通言叙》)。这里的“理”有两层意思：一是封建礼教的意思，也就是冯梦龙所说的“不害于风化，不谬于圣贤，不戾于诗书经史”(《警世通言叙》)。二是道理、生活逻辑的意思。这种用法在冯梦龙的著作中非常普遍。《人兽关》第十折眉批：“原本云奉□□法旨付桂薪暂时掌管，试他心肠善恶，作一果报因缘，是菩萨有心作此伎俩，于理通乎？今改去。”这里的“理”就是道理的意思。“事真而理不赝”，要求文学作品中的事件即使有生活的原型，即所谓“事真”，也不能违背生活的逻辑，还要有关风化。真实的事件也可能是偶然的，没有普遍意义，甚至是荒唐的，冯梦龙的这种要求并非无的放矢。“事赝而理亦真”，要求完全虚构的事件，即所谓“事赝”，更应该注意其是否合常理。在冯梦龙所评改的作品中，凡是他认为不合理的情节，一一指出，并作改订。除上述《人兽关》第十折外，还有《梦磊记》第三折，冯梦龙批道：“若非原有倩媒过眼之约，章虽甚不肖，无引外人看其甥女之理，原本欠妥，今为改正。”

冯梦龙的小说、戏剧创作，多用这种虚构方法。据现有资料可以断定为冯梦龙所作的话本小说《老门生三世报恩》，写秀才鲜于同幼时聪颖，八岁举神童，十一岁游庠，可后来屡试不中，到三十岁，循资该出贡了，可他不屑于就贡途的小前程，一连让了八遍贡，直到五十七岁中乡试，六十一岁中进士。他非常感激多次录取他的恩师蒯遇时，做官后报恩于蒯及子孙三世。小说主人公鲜于同身上显然有作者的影子。《警世通言》成书于天启四年，时年冯梦

① 鲁迅《我怎么做起小说来》，《鲁迅全集》第4卷，人民文学出版社1980年版，第394页。

龙五十一岁,《老门生》当作于这一年或稍前,此时冯梦龙的处境与鲜于同中举前基本相同,他也是多次参加科举,五十多岁了,连个举人也没有捞到。按当时的规定,冯梦龙也早够资格出贡了,很可能和鲜于同一样多次让贡。鲜于同关于科举和为官的一通议论,则完全是作者真实思想的流露。不过,冯梦龙并没有获得他笔下人物的那种美好的前程,熬到五十七岁,还是出贡了。六十一岁,当了寿宁知县这一小官。《老门生》这篇小说,可以说就是作者根据自己的经历和感受,杂取他人的事件虚构而成。"三言"中很多著名的明代话本,如《杜十娘怒沉百宝箱》、《乔太守乱点鸳鸯谱》、《钱秀才错占凤凰俦》,都是在真实事件的基础上加以虚构创作出来的。

冯梦龙早年创作的传奇《双雄记》也是有真有赝,真赝并存。他的朋友祁彪佳在《远山堂曲品》"双雄"条中指出:"此冯犹龙少年时笔也,确守词隐家法,而能时出俊语。丹信为叔三木所陷,并及义弟刘双;而刘方正者,不惜倾赀救之。世固不乏丹三木,亦安得有刘方正哉!姑苏近实有其事,特邀冯君以粉墨传之。"《太霞新奏》卷十二收有冯梦龙散曲《青楼怨》,该曲有序云:"余友东山刘某,与白小樊相善。已出相违,倾偕予往。道六年别意,泪与声落,匆匆订密约而去,去则复不相闻。每瞷小樊,未尝不哽咽也。世果有李十郎乎?为写此词。"曲后又有附记:"子犹又作《双雄记》。以白小樊为黄素娘,刘生为刘双,卒以感动刘生为小樊脱籍。孰谓文人三寸管无灵也?"《双雄记》就是在苏州一叔父陷害侄子,义弟相救,东山刘某与妓女白小樊离而复合两种真实事件的基础上加以虚构写成的。剧中的刘双就采用了东山刘某和苏州某义弟两人的事迹,并非生活中的真人。

冯梦龙关于艺术虚构的论述主要是针对故事小说和戏剧而言的,在他看来并不适用于历史题材的文学创作。冯梦龙创作了历史小说《新列国志》,改订了历史剧《精忠旗》、《酒家佣》、《新灌园》等,在其增补和改订中,体现出他对历史题材的文学创作与历史真实的基本认识。首先我们应该肯定，冯梦龙创作《新列国志》是有功的。与《列国志传》相比，不仅篇幅数倍于前，而且叙事清楚、描写详尽，文学价值大为提高。可以说，是冯梦龙的重写，才使这部小说成为中国小说史上影响仅次于《三国志演义》的历史小说。

在《新列国志·凡例》中，冯梦龙对《列国志传》提出了批评："旧志事多疏漏，全不贯串，兼以率意杜撰，不顾是非。"因此，他重写《列国志传》也主要从两个方面着手：一是增补旧志"疏漏"部分，"凡列国大故，一一备载，令始终成败，头绪井如，联络成章"。二是改订"杜撰"和错误部分，包括姓名、时间、事件、制度、地名等方面的失实，还有原作中采用的民间传说如秦哀公临潼斗宝等。其创作态度之严谨，完全不亚于一位史学家，他"以《左》、《国》、《史记》为主，参与《孔子家语》、《公羊》、《穀梁》、晋《乘》、楚《梼杌》、《管子》、《晏子》、《韩非子》、《孙武子》、《燕丹子》、《越绝书》、《吴越春秋》、《吕氏春秋》、《韩诗外传》、刘向《说苑》、贾太傅《新语》等"①，据史改订。冯梦龙是一位经学家，以治《春秋》著称，也可以说是一位春秋史专家，对春秋、战国时期的历史非常熟悉，这给他严守史实创作小说提供了方便。

不过，冯梦龙重写《新列国志》到底与治史不同，主要表现在两个方面：一是在史实上有所取舍，"宣王至周亡，计年五百余岁。始而东迁，继而五霸，又继而十二国、七国，中间兴衰事迹，累牍不尽。一百八回，所纂有限，但取血脉联贯，难保搜录无遗"②。二是细节描写方面有所增加，也就是可观道人所说的"敷演不无增添，形容不无润色"③。冯梦龙这样写作《新列国志》，无疑影响了小说的文学价值。鲁迅先生曾这样评价包括《东周列国志》在内的讲史小说："大抵效《三国志演义》而不及，虽其上者，亦复拘牵史实，袭用陈言，故既拙于措辞，又惮于叙事。蔡元放《东周列国志读法》云：

①② 《新列国志·凡例》，上海古籍出版社 1987 年版。

③ 《新列国志叙》，《中国历代小说论著选》上册，江西人民出版社 1982 年版。

‘若说是正经书，却毕竟是小说样子。……但要说他是小说，他却件件从经传上来。’本以美之，而讲史之病亦在此。”[①]《东周列国志》实则《新列国志》之评点本，蔡元放删改甚少。鲁迅先生对《东周列国志》等小说的评价，实则道出了《新列国志》的致命弱点。冯梦龙改订历史剧，也是严守史实。他曾改订《精忠旗》，认为“旧为《精忠记》俚而失实”，便“从正史本传，参以汤阴庙。记事实编成新剧”[②]。他改订《酒家佣》，考之于《汉书》、《汉经》等史书，认为钦虹江“以杜乔之女为李燮妻……而滕女作妾，情节亦支蔓且失实”（《酒家佣叙》），改为“滕公以女娶李燮”，这样才是“实事”（《酒家佣总评》）。在第十二折中，冯梦龙为了改订一个姓氏，特作一番考证：“钦本作支通期，查《汉书》、《汉纪》，俱作友通期。《汉书》注云：‘友，姓也。’惟《东观记》作支，当以《汉纪》为正。《□苑》亦载梁冀美人友通期。汉有友道，为平原相。”他改订《酒家佣》，对史实也是有选择的，“李固门人执义相殉者甚多，不能备载，聊存王成、郭亮等一二”（《酒家佣总评》）。冯梦龙改订历史剧与他重写《新列国志》的态度是一致的。冯梦龙这样创作、改订历史题材的文学作品，表现出他对历史题材文学创作的基本看法，这种看法有其两面性。一方面，他要求写历史题材的作家要有广博的历史知识，乃至对所写的历史要有深入的研究。这种要求是合理的，也是正确的。另一方面，他要求写历史题材的作家要恪守史实，不能任意虚构和创造，只能在严守历史的基础上，对人物和事件有所取舍，对史实的描述可以详略，完全是用历史真实要求历史题材创作。这种要求无疑是过于拘泥、保守和苛刻。历史剧、历史小说毕竟不同于历史，它们属于文学，应该允许作家在史实的基础上有所虚构和创造。它们不同于一般的故事文学的特点，在于它们要表现历史的本质真实，而不在于简单地复述历史故事。在这一点上，冯梦龙同时代人谢肇淛的

---

① 鲁迅《中国小说史略》，《鲁迅全集》第9卷，人民文学出版社1980年版，第148页。

② 转引自《曲海总目提要》卷九，上海大东书局1928年版。

认识便比他高明。谢说："凡为小说及杂剧、戏文，须是虚实相半，方是三昧之笔。亦要情景造极而止，不必问其有无也。古人小说家，如《西京杂记》、《飞燕外传》、《天宝遗事》诸书，《虬髯》、《红线》、《隐娘》、《白猿》诸传，杂剧家如《琵琶》、《西厢》、《荆钗》、《蒙正》等词，岂必真有是事？近来作小说，稍涉怪诞，人便笑其不经，而新出杂剧若《浣纱》、《青衫》、《义乳》、《孤儿》等作，必事事考之正史，年月不合，姓字不同，不敢作也。如此则看史传足矣，何名为戏？"①这种"虚实相半"比严守史实要符合文学创作的规律。

我们这样认识冯梦龙的历史题材文学创作观，将会遇到一道难题。"三言"中也有不少取材于历史的话本小说，为什么冯梦龙未按史实加以改订？我以为，"三言"中的这类小说，与其说取材于历史，不如说取材于传说，这些小说大多是说话艺人根据民间传说编成的。冯梦龙实际上是将这些小说当作一般的故事小说来看待的，他著名的"真赝说"就是在《警世通言叙》中提出来的。《警世通言》中便有取材于历史传说的小说。冯梦龙评点"三言"，也没有用历史小说来要求它们，《羊角哀舍命全交》取材于他最熟悉的春秋故事，冯梦龙从中挑出了两处与史不符处：一是小说写伯桃冻死于岐阳梁山，冯氏批道："按《广典》记载，左伯桃死处在陕西西安府郃阳县，梁山则在乾州岐山之界。"②二是小说的主要情节角哀战荆轲出于虚构。他说："《传》但云角哀至楚上大夫，以卿礼葬伯桃，角哀自杀以殉，未闻有战荆轲之事。且角哀死在荆轲、高渐离之前，作者盖愤荆轲误太子丹之事，且借角哀以愧之耳。"③对于小说中与史不符处，冯梦龙不仅没有责备，也没有按史书更改，反而表示理解。冯梦龙曾增补《平妖传》，《平妖传》取材于北宋贝州王则、永儿夫妇起义的历史事件，可冯梦龙补得极为虚幻怪诞，正如张无咎所说：

① 谢肇淛《五杂俎》，中华书局 1959 年版。
② 《古今小说》第七卷，商务印书馆 1947 年版。
③ 《古今小说》第七卷。

“备人鬼之态，兼真幻之长。”①《水浒传》也取材于北宋宋江起义的史实，而故事多为传说与虚构，冯梦龙对此书评价甚高，称之为“四大奇书”之一，且参与整理李卓吾的《水浒传》评点本。可见冯梦龙也是将上述小说当作一般的故事小说来看待的。也许有人会感到疑惑，冯梦龙对故事文学和历史文学的要求差异如此之大，两者是否存在矛盾。实际上，所谓矛盾，完全是我们现代人的感觉，在当时，并无人对此提出疑义，倒是比冯梦龙稍后的李渔，对这一问题的看法便与冯氏大体相同，他在《闲情偶寄·曲词部》中，便将两者放在一起比较论述：“若纪目前之事，无所考究。则非特事迹可以幻生，并其人之姓名，亦可凭空捏造，是谓虚则虚到底也。若用往事出题，以一古人出名，则满场脚色，皆用古人，捏一姓名不得；其人所行之事，又必本于载籍，班班可考，创一事实不得。”了解了李渔的虚实观，则对冯梦龙关于故事文学与历史文学的不同看法大可不必疑惑了，在今天人们看来似乎矛盾的现象，在古人那里却能得到很好的统一。

在冯梦龙的文学批评中，尤其是戏曲评点中，议论较多而又有系统的是情节结构论。可以说，情节结构论是冯梦龙的文学创作论中最精彩的部分之一。

关于情节，高尔基有段非常著名的论断：“文学的第三要素是情节，即人物之间的联系、矛盾、同情、反感和一般的相互关系——某种性格、典型的成长和构成的历史。”②这段话精辟地道出了情节与人物的关系。我们不能要求冯梦龙达到高尔基的这种认识高度，但他确实已经注意到这一问题，他认为好的情节能充分地表现人物性格，反之，则有损于人物形象。在《楚江情叙》中，他批评原作情节“几处不妥”，首要之处：“胥长公一世大侠，于谋一妇人何有，乃计无复之，而出此弃妾之下策，岂惟忍心哉。其伎俩亦拙甚

① 《批评北宋三遂平妖传叙》，《中国历代小说论著选》上册。

② 高尔基《和青年作家谈话》，《论文学》，人民文学出版社 1978 年版，第 335 页。

矣！”他认为弃妾的情节有损于胥长公大侠的形象：一是残忍无情，二是有勇无谋。冯梦龙为之“医此大创”，将弃妾换成弃妓，不致使胥长公侠义性格受损。《众名姬春风吊柳七》是冯梦龙根据旧话本《柳耆卿诗酒玩江楼记》改写的。原作写柳耆卿看上歌妓周月仙，而周恋着黄员外，不肯从柳，柳便利用县宰的地位，吩咐舟人在船上强奸周，设此毒计得到了周月仙。冯梦龙认为这篇小说“鄙俚浅薄，齿牙弗馨”（《古今小说叙》）。他在改作中，将这一情节全部移到富人刘二员外头上，并在此处加了批语：“此条与《玩江楼记》所载不同，《玩江楼记》谓柳县宰欲通周月仙，使舟人用计，殊伤雅致，当以此说为正。”①冯梦龙这样写，主要是从情节与人物的关系方面考虑的。这一情节本身并没有什么不好，冯梦龙改写并没有将它舍弃，只是将它更换了主人。但从它与人物的关系来看，它有损于“风流首领”柳耆卿的性格，不宜加在他的头上。在改作中，冯梦龙还增加了柳耆卿出八千身价，为周月仙除了乐籍，让她与黄秀才团圆的情节。这种情节才有助于塑造柳耆卿的形象，才是最好的情节。

三

按照通常的说法，文学至少有三种价值，即认识价值、教育价值和审美价值。在冯梦龙的文学思想中，社会教育价值居首要地位。冯梦龙的文学社会价值论就是“醒世说”。

“醒世说”是冯梦龙在编纂“三言”时期提出的，他将三种话本小说集分别命名为《喻世明言》、《警世通言》、《醒世恒言》。并在最后一本小说集《醒世恒言》的序中，对书名进行了解释：“明者，取其可以导愚也；通者，取其可以适俗也；恒则习之而不厌，传之而可久。三刻殊名，其义一耳。”“喻世”、“警世”、“醒世”，意思也是相通的。冯梦龙深感“举世皆浊我独清，众人皆醉我独醒”（屈原《渔

---

① 《古今小说》第十二卷，商务印书馆 1947 年版。

父》),用他自己的话说就是"无奈我情多,无奈人情少"(《情史序》),针对世上醉人多,醒者少的现实,他提出了"醒世说"。他说:

> 自昔浊乱之世,谓之天醉。天不自醉人醉之,则天不自醒人醒之。以醒天之权与人,而以醒人之权与言。言恒而人恒,人恒而天亦得其恒。万世太平之福,其可量乎?(《醒世恒言序》)

醒天最终要醒人,醒人即醒世,以言醒人,意思是要用文学唤醒沉醉的世人,也就是要发挥文学的社会教育作用。在冯梦龙的著作中,醒世的言论俯拾即是。《酒家佣叙》云:"世人但勿以故事阅传奇,直把作一具青铜,朝夕照自家面孔可矣。"《邯郸梦》第二十三折眉批:"卢生离极乐受极苦,正是作者唤醒人处。须要演出一段感慨至情,方能动人。"可以说,"醒世说"是冯梦龙文学思想的重要组成部分。

抽象地说文学要发挥社会教育作用,无疑是正确的。如果要对"醒世说"作出客观评价,则要具体地看他究竟用什么思想来"醒世"。我们读冯梦龙的文学著作,感到他议论最多的是以下二个方面:

首先是忠孝节义思想。冯梦龙说:"六经、《语》、《孟》,谭者纷如,归于令人为忠臣、为孝子、为贤牧、为良友、为义夫、为节妇、为树德之士、为积善之家,如是而已矣。""而通俗演义一种,遂足以佐经书史传之穷。"(《警世通言叙》)可以"为六经国史之辅"。(《醒世恒言序》)也就是说,文学也能起到六经的作用,也可以教人为忠臣、孝子、义夫、节妇。

其次是情教思想。冯梦龙说:"我欲立情教,教诲诸众生。"(《情史序》)他编《情史》的目的在于让世人"无情化有,私情化公"(《情史序》),由于《情史》"事专男女",在《情史》中表现出来的情教思想,更多的是就男女之情而言,他劝世人做有情人、多情人、情痴，不为无情、负心、薄幸之事。《情史》卷十四录有元稹的小说《会真记》，篇后冯梦龙作了一番考证，认为张生便是元稹，然后发了一通议论："《传》云时人以张为善补过者。夫此何过也？而如是补乎？如是而为善补过，则天下负心薄幸、食言背盟之徒，皆可云善补过矣！女人钟情之深，无如崔者。乱而终之，犹可救过之半，妖不自我，何畏乎尤物？微之与李十郎一也，特崔不能为小玉耳！"

再次是因果报应思想。冯梦龙说："支那世界，大抵德怨之薮也。然有一大利焉，曰报。报者，动于人心之不自已。而治天下者，藉为不斧不钺之劝惩者也。德而无报，谁相劝于树德；怨而无报，谁相惩于造怨。"（《人兽关叙》）他编《情史》，列《情报类》。专收因果报应的故事。卷末有总评曰："谚曰：'种瓜得瓜，种豆得豆。'此言施报之不爽也。情而无报，天下谁劝于情哉！有情者，阳之属，故其报多在明。无情者，阴之属，故其报多在冥。"

看来，冯梦龙的醒世思想是非常复杂的。有的可以说是进步的，如他的情教思想。有的恐怕很难用进步或落后来贴标签，如他的忠孝节义思想和因果报应观念。应该具体分析。

提到忠孝节义，人们自然将它与封建礼教联系起来，不必讳言，冯梦龙的思想确实存在这种庸俗的成份。崇祯十七年，李自成领导的农民起义军推翻了明朝统治，崇祯皇帝缢死于煤山。冯梦龙闻讯，悲痛万分，他说："甲申之变，天崩地裂。悲愤莫喻。"①痛骂李自成"李贼"、"闯贼"。吴人许琰闻甲申之变，"号恸求死，自投胥江，值潞藩舟援出。王怜其志，赠以金，不受。至旧徒家一宿，题诗吕仙庙之壁，投缳门侧。复遇救送归。家人进餐，先生怒甚，嚼瓯咽之，喉肿。绝粒五日，又作一绝而逝"②。冯梦龙对许琰只差顶礼膜拜，刻其诗作，并和诗四首，作挽诗四首。而许琰只不过是"一个书生难杀贼，愿为厉鬼效微忠"③的愚忠典型。冯梦龙任福建寿宁

---

① 《甲申纪事叙》，《玄览堂丛书》第一〇七册。

② 冯梦龙《和韵》诗序，《甲申纪事》卷一三，《玄览堂丛书》第一一八册。

③ 许琰《绝命诗》，版本同上。

知县时著《寿宁待志》。列《劝诫》一篇，收有孝子与节妇，均为愚孝与苦节。如孝子范廷晖，“年二十七，父邁疾几危，孝子愿以身代。先一夕，将私积金分遗诸姐妹弟侄，封识既定，复与嘱遗妻女。次日沐浴秉香炉一具，先诣城隍庙，次谒马仙，再次谒关圣，祝已，遂登城南山巅，号天恸哭，自经于树”。《节妇》所录，均为十几岁的女子，结婚一月或数月，丈夫便死，女子则终生守节。“此六节妇，皆余于乡约时再四咨访而得之者”。认为其“清白胡可没也”。这些足以说明，冯梦龙的思想带有浓厚的封建礼教色彩。

不过，冯梦龙的忠孝节义思想又与封建礼教并不完全相同，他强调忠孝节义与性情的统一。他说：“世上忠孝节义之事，皆情所激也。”（《情史》卷五）“自来忠孝节烈之事，从道理上做者必勉强，从至情上出者必真切。夫妇其最近者也，无情之夫，必不能为义夫，无情之妇，必不能为节妇。世儒但知理为情之范，孰知情为理之维乎？”（《情史》卷一）他反对虚伪的忠孝节义，而提倡出自真情的忠孝节义，这和李贽反对假道学而提倡真道学很有些相似。冯梦龙的忠孝节义思想，也有值得称道的部分。忠君思想与爱国精神和民族意识紧密联系在一起。甲申之变后，闻“李贼已遁，而燕京化为胡国”①。强烈的爱国心促使他为明朝的中兴而奔走、呼喊，他编辑了《甲申纪事》、《中兴实录》、《中兴伟略》等书，写了《钱议法》、《治乱相因说》等文，宣传抗清。鼓励杀虏、批评时政、总结教训，勉励国人同舟共济、矢志恢复。作为一个年逾古稀的老人，确实难能可贵。冯梦龙笔下的“义”也不能一笔抹杀，他改订传奇《人兽关》，增补了第二十六折《义赎施房》，并加眉批：“此折系新补，原本于赎房，只用一句表过，□大略，且贵公子骄横素著，焉肯□手受赎，必□此方见天□反覆，又显□俞公义气。”从折名和眉批可知，冯梦龙补此折是要表现俞公之义。这里的“义”指救济穷人。《酒家佣》第七折眉批：“此出专要描写吴祐一片义气。”吴祐之义则是

① 《甲申纪闻》，《甲申纪事》卷一。

指他当面痛斥权奸，为忠良辩护。

冯梦龙的因果报应思想，我们可以说是封建宿命论。但这又不是问题的全部。他往往把同情放在正义与弱者一边。《情史》卷十六收有《周廷章》一篇，话本名篇《王娇鸾百年长恨》就写这个故事。周廷章与王娇鸾相爱以至私合，后周与一富家女结婚，王闻讯后告发周而后自缢，官府为王伸冤。冯梦龙在篇末加一评语："负心之人，不有人诛，必有鬼谴。惟不谴于鬼而诛于人，尤见人情之公耳。"冯梦龙这种果报思想实际上是对负心薄幸之辈的谴责和对弱女子的同情，恐怕很难斥之为宿命论而简单否认。

当我们深入一层，对冯梦龙的醒世思想进行分析之后，再回过头来看他的"醒世说"的时候，我们就很难说它是完全正确的、进步的，它也有其局限和落后面。

冯梦龙要用他的各种思想去教育世人，并不是在作品中进行枯燥的说教，而是要遵循文学的特殊规律。一是要成功地塑造人物形象，通过作品中人物的思想与行为去影响读者。在《警世通言叙》中，冯梦龙举例说明了文学人物对社会人物的教育作用："里中儿代庖而创其指，不呼痛，或怪之。曰：吾顷从玄妙观听说《三国志》来，关云长刮骨疗毒，且谈笑自若，我何痛为！夫能使里中儿有刮骨疗毒之勇，推此说忠而忠，说节义而节义，触性性通，导情情出。"二是作品要有充沛的感情，足以感动读者。冯梦龙说："试令说话人当场描写，可喜可愕，可悲可涕，可歌可舞；再欲捉刀，再欲下拜，再欲决脰，再欲捐金。怯者勇，淫者贞，薄者敦，顽钝者汗下。"(《古今小说叙》)通过文学先作用于人的情感，再影响人的行为，从而起到教化的作用。

冯梦龙认为，要达到教育绝大多数人，尤其是普通老百姓的目的，必须采用通俗文学的形式，他批评经书、史传不通俗，于普通老百姓无益。"经书著其理，史传述其事……理著而世不皆切磋之彦，事述而世不皆博雅之儒"(《警世通言叙》)。"天下文心少而里耳多，则小说之资于选言者少，而资于通俗者多"(《古今小说叙》)。

只有通俗，才能为更多的人所接受，只有为人接受，才能醒世。

冯梦龙的“醒世说”的形成，受儒家经学影响很大。和封建时代的其他文人一样，冯梦龙从小便受正统的封建教育。他的弟弟冯梦熊说：“余兄犹龙，幼治《春秋》，胸中武库不减南征，居恒研精覃思。”①他最初读经是为了科举，谁知屡试不中，而他治经兴趣不减，不料成为一位经学家。当时湖北麻城以治《春秋》著称，而麻城名流李长庚、梅之焕、陈无异、王大可都非常推崇冯梦龙，田某还特邀冯氏赴麻城讲《春秋》，“敝邑之治《春秋》者往往反问渡于冯生”②。他在麻城还收了不少门生。冯梦龙还出版了《麟经指月》、《春秋衡库》、《春秋定旨参新编》、《四书指月》等经学著作。这些著作出版后影响颇大，叶昆池新版《春秋衡库》扉页写道：“自《指月》既出，海内麟经家人人诵法犹龙先生矣。《衡库》一书，则先生箧藏以便记诵者也。……此先生二十年来苦心，当与《指月》相辅而行者，直以嘉惠海内无穷矣，岂惟本坊之赐。”冯梦龙也颇以《春秋衡库》自得，“览是编者，一切书可尽置高阁矣”③。该书连《明史·艺文志》亦著录，可见有价值。《四库全书总目提要》、《苏州府志》、《吴县志》、《福宁府志》、《寿宁县忐》均著录冯梦龙的经学著作多种。《江南通志》说冯梦龙“才情跌宕，诗文丽藻，尤明经学”。冯梦龙任寿宁知县时还“颁《四书指月》亲为讲解”④。这样长达数十年的治经，阅读、记诵、注释、讲解，冯梦龙会不知不觉地接受其中的思想。冯梦龙读经出于科举的目的，明代科举考八股文，八股文专从四书五经命题，只能依朱注解释，所以冯梦龙所接受的经学都是经宋儒理学化了的经学。而朱熹注经所强调的是“三纲五常”、“君君、臣臣、父父、子子”、“仁、义、礼、智、信”，一整套维护封建统治的伦理观念。冯梦龙醒世的思想与儒家经学的联系是显而易见的。

---

① 《麟经指月序》，《麟经指月》，明泰昌元年开美堂刊本。

② 梅之焕《叙麟经指月》，版本同上。

③ 《春秋衡库发凡》，《春秋衡库》，明天启五年刻本。

④ 《寿宁待志》，福建人民出版社 1983 年版，第 48 页。

“醒世说”对冯梦龙文学活动的影响主要表现在他中年以后所编的小说和戏剧中，这和他“醒世说”的形成时间是一致的。人们谈到“三言”，后面总有一个尾巴，谈其糟粕或者说局限。最集中的有两点：一是“三纲五常”、“忠孝节义”的封建伦理观念；二是因果报应的宿命论思想。这些思想当然不能全部归结到冯梦龙身上，因为这些小说并非全部出自冯梦龙之手，但也不可否认，这些思想与冯梦龙的思想是相吻合的，他对小说的选择，本身就体现了他的观点。更何况，大多数篇章都经过了他的修改，其中就有从醒世的角度对小说内容进行修改的。《警世通言》收有《乔彦杰一妾破家》，是根据宋话本《错认尸》改订的。原作写商人乔彦杰家有妻女，又娶一妾周氏。乔外出经商，周在家与仆人董小二私通。后来董小二又骗奸了乔的女儿。乔妻高氏得知此事，便将董绞死。此事被泼皮王青发现告发，乔之妻、妾、女尽死狱中。乔彦杰回家亦跳湖自杀。冯梦龙改作基本情节未变，故事结尾增加了乔彦杰死后附体向王青索命，王亦淹死于湖中。然后发了一番议论：“乔俊虽然好色贪淫，却不曾害人，今受此惨祸，九泉之下，怎放得王青过！这番索命，亦天理之必然也。”这里显然是冯梦龙的因果报应思想在作品中的反映。

冯梦龙改订传奇，也常将自己醒世思想投射到作品之中。张凤翼的《灌园记》，冯梦龙颇不满意：“法章以亡国之余，父死人手，身为人奴，此正孝子枕戈、志士卧薪之日，不务愤悱忧思，而汲汲焉一妇人之是获，少有心肝必不乃尔。而五六年间音耗隔绝，骤尔黄袍加身，而父仇未报也，父骨未收也，都不一置问，而惓惓焉讯所私德之太傅，又谓有心肝乎哉？君王后千古女侠，一再见而遂失身，即史所称阴与之私，谈何容易。而王孙贾子母忠义，为嗣君报终天之恨者，反弃置不录。”(《新灌园叙》)冯梦龙对《灌园记》的不满有三点：法章不孝且无志；君王后不节；王孙贾子母忠义不录。于是他作了增改，增加了《贤母训忠》、《法章夜祭》等折，修改了《还簪定盟》、《迎立新王》等折。“余自加改窜，而忠孝志节种种具备，庶几有关风化而奇可传矣”(《新灌园叙》)。而且冯梦龙改作此剧,目的还不在于只改好一个剧本,而是要为剧坛树立一个样板,要剧作家作剧都要有关风化。他在该剧结尾补一首落场诗:“孝子忠臣女丈夫,都将淫亵引昏途。墨憨笔削非多事,要与词场立楷模。”

冯梦龙创作传奇,更是不忘醒世。《万事足》作于他寿宁任上,寿宁是一个贫穷的小县,知县地位不高,却是他一生中所做的最大的官,他认认真真地做官,还作出了一定的政绩,《福宁府志》将他列入《循吏传》,《寿宁县志》对他评价甚高:“政简刑清,首尚文学,遇民以恩,待士有礼。”这种得意的官吏生活助长了他醒世思想的消极面,这时期创作的《万事足》是他一生中所创作的最庸俗的作品之一。剧本写陈循与同窗高谷置妾生子的故事。陈循娶妻梅氏,梅氏不育,主动帮助丈夫买妾,丈夫不纳,便设计将丈夫灌醉进妾,终于育二子。高谷娶妻邳氏,专爱拈酸吃醋,自己不育也不让丈夫娶妾。高谷惧内,在外纳一妾不敢带回家。陈循仗义治妒,棒喝邳氏。高谷与妾团聚,且已育一子。作此剧的目的,冯梦龙在《万事足叙》中说得明白:“览斯剧者,能令丈夫爱者明,弱者有志,胜捧诵佛说怕婆经多多矣。其闺人或览而喜,或览而怒。喜则我梅,怒则我邳。孰贤孰不,孰专孰凶,到衰老没收成时,三更梦醒,自有悔著。此自为身家百年计。勿恃陈状元棒喝不到为幸也!”男人不能溺爱妻子,惧内怕老婆,应该像陈循那样,高举“七出”鞭子,鞭打不育且妒的女人。女人则应该像梅氏那样,“三从四德咏《关雎》”(《万事足》第四折),做一个贤妻。“不孝有三,无后为大”、“有子万事足”(第三十折),“但愿闺人除妒嫉,不愁家谱绝流传”(落场诗),这就是《万事足》所宣扬的主要思想。

当然,“醒世说”对冯梦龙文学活动的影响不仅仅是消极方面。情教思想对他的影响便是积极的,因在“性情说”中已论及,这里从略。

原载《缀玉集》,北京大学出版社 1990 年版

卷三　曲论编

汤显祖与乌程董家交游考

近期翻检吴兴刘氏嘉业堂刊本《吴兴丛书》，于《静啸斋遗文》一书中发现一份董斯张给汤显祖的书信残篇。题为《寄汤义仍先生书》，全文如下：

> 仆自褓褓时诵博士家言，日口汤先生文不置。暨成人，益知先生巨材丽藻，江右少双，私冀从先君子后，获备扫除之役，而吴粤道长，山川间之，匡庐南峙，侧身浩叹。曩所善李生从豫章来，道先生义甚高，倜傥负气，笼罩今古，笔墨之外，恒露嘐嘐之致。又须眉轩举，宾客盈座，酒酣放歌，大类孔北海之为人。寻出先生所著传奇数种，大概篇外写神，毫端舞势，金臒还鲜，琲玑并朗，仆以此愈习汤先生已。李生别去，今夏复来，谓仆云：先生千里走使，寓书相招。李生，一历落可笑人也。不儒不禅，兼通韬钤书，性不喜贵人通儒，抵掌骂坐，任诞无检，以此觭于乡。乡之人争欲执而甘心，而顾得如兰之义，于先生辟沉舟之谤，缵缁衣之咏，乍接若素，既去增怀，歎之相马也以神，则先生真神人哉。仆少孤，未习师保之教训，其才能亡以愈人。至意气矜许所适寡，谐文诟世矑品绝。（以下缺）

这封信,迄今未见披露,汤显祖与董斯张及乌程董家的关系,也没人提及。该信的发现,对研究汤显祖晚年生活及交游,有较大价值。

信的作者董斯张是晚明时期有影响的文学家。关于他的生平资料,最常见的是钱谦益《列朝诗集小传》中所收董斯张传:"董秀才斯张。斯张,字遐周,归安人。故宗伯份之孙也。少负隽才,为同里吴允兆所许,长与吴门王亦房赓唱。善病,药碗不去口,咯咯呕血,犹伏床枕书。年未四十而卒。撰《广博物志》四十卷。"①而清同治《南浔镇志》(汪曰桢撰)所收董斯张传则多有不同:"董斯张,原名嗣暲,字然明,号遐周,又号借庵,道醇第六子,廪贡生。清羸善病,自号瘦居士。于生计最拙,独耽于书,手录不下百帙。泛览百家,旁通二氏。生平契厚,皆海内名士,商榷著述,结社联吟,力扶诗教。留心吴兴掌故,一为《艺文补》,一为《备志》,犹兀兀点笔,年四十三,崇祯元年卒。"②不同之点有四,即科名、字号、籍贯、享年。因《列朝诗集小传》影响甚大,不能不一辨。先看科名,《列朝诗集小传》记载是"秀才",即生员。《南浔镇志》记载是"贡生"。查《南浔镇志·选举志》,贡生一栏没有董斯张的大名。一般来说,明代取贡生可以做府、县教谕,训导之类的学官,董斯张没有做过官,取贡生的可能性不大。清道光《南浔镇志》(范来庚撰)记载,董斯张是"郡廪生"(卷七)。所谓"廪生",即廪膳生员之简称,是明代可以领取生活补助的资深生员。董斯张应是"秀才"而不是"贡生",同治《南浔镇志》在"廪生"之间误添一"贡"字。再看字号,两书的差别在于,"遐周"是董斯张的字还是号。方志载,董斯张原名嗣暲,字然明。从其兄长名嗣成、嗣昭、嗣昕、嗣暐来看,原名嗣暲是可信的。字和名在意义上总有某种联系,"嗣暲"和"然明"的联系一看即知。后来董斯张取其谐音更名,原来的字与后来的名便无

---

① 钱谦益《列朝诗集小传》,上海古籍出版社1959年版,第658页。

② 汪曰桢同治《南浔镇志》卷一二。

关了，更名理应更字。“遐周”应为更名后的字。董斯张的好友冯梦龙著《麟经指月》，《参阅姓氏》中录“董斯张遐周，乌程人”。从该书所录其他数十人的姓氏来看，均为姓、名、字、籍贯。“遐周”当然也是字。第三是籍贯，《列朝诗集小传》显然错了，董斯张是乌程县南浔镇人，不是归安人。方志关于籍贯的记载不会有误。史志关于董斯张的祖、父、兄的籍贯的记载均为乌程。冯梦龙《麟经指月·参阅姓氏》也注明董斯张是乌程人。钱谦益大概是因归安和乌程县治均为湖州而误。第四是享年，《列朝诗集小传》说董斯张“年未四十而卒”，只活了三十多岁。《南浔镇志》说董斯张“年四十三岁，崇祯元年卒”。据董斯张之孙董裘夏《遐周先生言行略》记载：“先生晚病足，杜门著述，体清羸，自为《瘦居士传》行世，辑《吴兴备志》未竟，崇祯戊辰八月廿四日卒，前一日犹兀兀点笔也，年仅四十有三。”①董裘夏关于其祖父的享年与卒年的记载应该是可靠的，而它与《南浔镇志》所载完全相同。

通过以上考辨，关于董斯张的生平，我们可另作一篇准确的小传：

董斯张，原名嗣障，字然明，更名斯张，字遐周，号借庵，瘦居士，静啸斋主人。乌程县南浔镇人。郡廪生。生于万历十四年，卒于崇祯元年，享年四十三岁。董斯张出生在一个世代显贵的官僚家庭，祖父董份官至礼部尚书，父亲董道醇为南京工科给事中，长兄董嗣成为礼部员外郎，三兄董嗣昭为礼部观政。一家三世四进士，“世贵显，豪富冠东南”②。可到董斯张成人之前，祖、父、兄先后削职、病故，又遭家难（此事下文详述），董家完全衰落。董斯张不善理财，耽于著述，《南浔镇志》著录其著作达十三种之多，影响较大的有《吴兴备志》、《吴兴艺文补》、《广博物志》、《吹景集》、《静啸斋存草》、《静啸斋遗文》。另外，笔者还考出董斯张曾创作小说《西

① 董裘夏《遐周先生言行略》，同治《南浔镇志》卷三十五。

② 同治《南浔镇志》卷一二。

游补》。①

董斯张《寄汤义仍先生书》收在《静啸斋遗文》卷三，该书系《吴兴丛书》之一种。《吴兴丛书》虽刊于民国年间，但《静啸斋遗文》是根据清刊本重刻。该书在清同治《南浔镇志》中已著录，且注明“刊本存”。从书名“遗文”一词来看，应刻于董斯张去世之后。该书严格按清刊本重刻，书中残缺部份均有说明，乃至留出缺文空白。全篇残缺则存目。书中“董玄宰”的“玄”字一律缺笔，很可能是原刊本避康熙皇帝玄烨的名讳留下的痕迹，如果这一推测成立的话，原刊本应刻于清康熙年间。

《静啸斋遗文》按内容分为四卷，卷一为序，卷二为传，卷三为书，卷四为跋。每卷所收文章又按时间顺序编排。如卷二中有不少是祭文，大多有写作时间，《祭范夫人文》作于万历四十七年，《祭陈宗师文》作于天启三年，《祭外舅翁屠先生文》作于天启六年，均按时间先后编入，没有错乱现象。

《寄汤义仍先生书》，见于卷三第一篇，当为董斯张现存最早的书信。从信的内容可以推出其写作的大致年代，信中说：“曩所善李生从豫章来，道先生义甚高。”“李生别去，今夏复来。”这说明董斯张写这封信时，汤显祖已弃官回江西（即豫章）两年之后。汤显祖于万历二十六年弃官归临川，《寄汤义仍先生书》写作时间不会早于万历二十七年。信中又说，李生“寻出所著传奇数种”，且评价甚高：“金臒还鲜，琲玑并朗。”既然是“数种”，那么至少是两种以上。评价如此之高，只有《牡丹亭》当之无愧。这就是说，《寄汤义仍先生书》应写于汤显祖万历二十六年创作的《牡丹亭》之后，这一结论与前面的推算没有出入。信中还有“暨成人”云云，董斯张生于万历十四年，即使按十八岁成人计算，董斯张写这封信也在万历三十二年。而极可能写于二十岁之后。汤显祖卒于万历四十四年，董斯张《寄汤义仍先生书》应作于万历三十四年至万历四十四

① 参见拙作《〈西游补〉作者董斯张考》，《文学遗产》1989 年第 3 期。

年之间。

《寄汤义仍先生书》残篇主要有两方面的内容：一是对汤显祖诗文、传奇的高度评价，对汤显祖人格的钦佩与敬仰。二是董斯张的自我介绍。这些内容说明这是董斯张第一次给汤显祖写信。写信的动机，因后面残缺，只能根据前面的部分和双方当时的处境作一些推测。汤显祖当时已弃官罢职闲居，没有任何职权，董斯张在此之前与汤氏并无交往，且斯张的性格是“于生计最拙，独耽于书”，董斯张写信不可能是求汤显祖办仕途功名方面的事情。汤显祖当时已是著名的剧作家和诗人。董斯张与朋友结社联吟，有志力扶诗教，且对戏曲有兴趣，曾创作套曲《赠王小史》（见冯梦龙编《太霞新奏》卷十），评点冯梦龙的散曲。斯张又爱结交海内名士，既然有朋友李生多次为他介绍仰慕已久的大名士汤显祖，他当然希望与汤显祖交往，这大概是他写这封信的主要目的。

这封信的发现，对我们研究汤显祖有较大意义。它为我们研究汤显祖的交游，提供了新的线索，扩大了我们对汤显祖交游圈的了解。

通过对这封信的研究，参照其他史料，我们发现，汤显祖与董斯张及其父亲董道醇、长兄董嗣成均有交往。信中说：“希冀从先君子后获备扫除之役。”这里的“先君子”就是指他已故父亲董道醇。请看下列史实：清同治《南浔镇志》载：董份“子道醇，字子孺，初名元功，字懋德，号龙山。癸未进士。行人司行人，晋南京工科给事中。事后母曲尽孝养，先份卒，年五十二”（卷十二）。董道醇是癸未即万历十一年进士，原来与汤显祖是同年进士，这关系非同一般。董道醇后来又在南京任职，直到万历十七年病逝。道醇卒年，沈德符《万历野获编》有记载：董份“次年己丑，亦登八十……是年董之子道醇殁于家”[①]。己丑即万历十七年。汤显祖于万历十二年出为南京太常寺博士，万历十六年，改官南京詹事府主簿，次年

① 沈德符《万历野获编》卷一三《辛丑二宗伯》。

迁南京礼部祠祭司主事，直到万历十九年上《论辅臣科臣疏》，贬广东徐闻典史。这七年，汤显祖一直在南京做官。汤显祖和董道醇既是同年进士，又同官南京，两人关系应如董斯张信中所说“备扫除之役”，一定比较密切。董斯张“自襁褓时诵博士家言，日口汤先生文不置”，这些家言、文章，肯定是汤显祖送给董道醇的。

董斯张的长兄董嗣成是晚明政坛的风云人物。“董嗣成，字伯念，号青芝，道醇子。天姿颖敏，工诗文，精六书，尤善草圣，星纬经脉之学，丹青弧矢之艺，莫不旁通。年二十举万历已卯乡试，明年庚辰进士，廷对二甲第一，授礼部仪制司主事，晋精膳司员外郎，主客司郎中”①。当时郑贵妃得宠，神宗倦政，有废长立幼之意，十几位大臣为争国本而贬官、削籍、廷杖。董嗣成于性命而不顾，慨然上疏，谓“诸臣所言并社稷至计，黜降刑罚非愎谏之具，畏法惧罪非忠义之夫，敢谏者皆去则所留者必畏缩与谄佞者耳。安得俶傥之士与陛下共理者，臣见陛下之孤立于朝廷也”②。读其疏者，莫不心怖股栗，甚至有人治木以待。结果“坐以出位妄言罪削籍去”，时万历二十年。三年后，嗣成在家乡乌程病逝，年仅三十六岁。董嗣成自万历庚辰（即万历八年）中进士至万历二十年削籍，一直在北京礼部任职。汤显祖万历十一年中进士后，选官北京礼部观政，次年出为南京太常寺博士。万历十一年，汤显祖和董嗣成在北京礼部共事一年。礼部官员不多，两人直言敢谏的性格相似，且均有诗名，一定会有交往。

董斯张在父兄去世多年之后，给汤显祖写了这封《寄汤义仍先生书》，希望结交，按常情看，“意气慷慨”的汤显祖（参见《明史·汤显祖传》），对已故同年的遗孤、礼部同事幼弟、“少负隽才”的董斯张不会置之不理，大概是复信已佚。我们还发现，汤显祖与董斯张有一些共同的朋友，均为海内名士。清道光《南浔镇志》记载：董斯

① 清同治《南浔镇志》卷一二。
② 转引自同治《南浔镇志》卷一二。

张"生平契厚皆海内名士，如吴郡范长倩、云间董玄宰、同郡潘昭度、韩求仲、凌茗柯、沈千秋诸公，日与往还，商榷著述，而笃好论诗，与曹能始、吴北海、王亦房、韩人谷、范东生、吴凝父、孙孟朴结社联吟，力扶诗教，百年榛莽，一旦廓清，有功诗苑非浅也"(卷七)。在这一串名单中，至少有三人与汤显祖关系不错，他们是董玄宰、韩求仲、曹能始。在玉茗堂尺牍中，保存了两份《寄董思白》书，两份《寄韩求仲》书。韩求仲还在汤显祖去世后编定《玉茗堂集》并作序。汤显祖曾作诗《怀袁中郎曹能始二美二首》、《云声歌寄宜兴张文石，并怀能始中郎三首》。这三人确如《南浔镇志》所说，与董斯张交往很深。《静啸斋遗文》收有四份给董玄宰的信，民国刊本均存目无文。又有两份给韩求仲的信。韩求仲曾为董斯张著《广博物志》、《吴兴艺文补》两书作序。另外，汤显祖和董斯张又都与沈德符有交。沈德符在《万历野获编》中称汤显祖为其"先人门士"(卷十九)，且记载了他们两次的谈话内容，一次是谈汤显祖曾戏称胡似山为"蛤蟆给事"(同上)，另一次是问汤显祖对徐文长的评价(卷二十三)。沈德符称董斯张"少年负隽才，与予善"(卷十三)。汤显祖和董斯张有这么多共同的朋友，对他们之间的交往会产生积极影响。

汤显祖与乌程董家父子三人交游，但在他的诗文集中，没有留下给董家的一诗一文，似乎关系并不十分密切。出现这种情况，除了年龄、性格、兴趣等因素外，还有一个非常微妙的原因，与申时行和董份有关。

申时行，字汝默，长洲人。嘉靖四十一年进士第一。授修撰。万历六年入阁，万历十二年为首辅，至万历十九年九月致仕。汤显祖于万历十九年闰三月上《论辅臣科臣疏》，主要是针对申时行的，揭露申移"皇上威福之柄"，得"言官向背之情"，"欺蔽皇上"，排斥异己，"后十年之政，时行柔而有欲，又以群私人靡然坏之"。为此，汤显祖被贬广东徐闻县典史。汤显祖上这份奏疏，并非一时冲动，而是经过长期观察、深思熟虑之后所为。早在汤显祖中进士后不久，便表现出对申时行的不满。据钱谦益《列朝诗集小传》记载：汤显祖“与吴门、蒲州二相子同举进士。二相使其子召致门下，亦谢勿往也”。结果从北京礼部任出为南京太常寺博士。汤显祖先后两次触怒申时行，均以贬官结束。而申时行与乌程董家的关系极为特殊，他是董道醇的父亲董份于嘉靖四十一年主持会试时选拔的状元，申时行的仕途是董份为他铺垫的。申时行执政之后，没有忘记他的恩师。董份八十岁时，有人为他请封，“时申吴门当国，王太仓为次揆，俱董壬戌所举会试廷试第一人，业已允行”①。董份去世后，也是这位得意门生作的墓志铭。对申时行极为不满而又受申时行迫害的汤显祖，在与申时行的恩师董份的后人交往中，无论在政治方面，还是在情感方面都会有障碍。

董份在夺职后居乡期间，在朝野名声不好。万历十七年，董份八十岁时，有人为他请封，御史万国钦“备数董立朝邪佞，居乡不法诸状”②。朝廷未予加封。《明史·王汝训传》亦载：“乌程故尚书董份、祭酒范应期里居不法。”万历二十二年，乌程发生了一件惊动朝野的大事，便是由董家引发的。沈德符在《万历野获编》中详尽地记载这件事的经过：“时宗伯赀产过厚，怨满一乡，伯念思稍散之，以结人心。宗伯不谓然，而伯念奋然行之。举故券以示小民，或止半价，或许回赎，各有条绪。湖俗故嚣悍，至此不以为恩，反共讦董氏，直谓诸产俱属白占，欲尽徒手得之，咻咻者日千百人。伯念不能无中悔。而御史彭鲁轩应参来按浙，彭为令负清劲名，在西台亦铮铮者。巡方入苕，诸仇董者，争先投牒，填塞途巷，并及故祭酒范屏麓应期。彭受两家词，俱以属郡邑，追逮纷纭，两家纪纲用事者，尽入狴犴。祭酒不能堪，至雉经死。范事得小解。而伯念日夜为乃祖所恨詈，乃谋之吴江一斥生周姓者，嗾祭酒夫人上疏鸣冤。范于今上初元，曾备员讲官。上见疏大怒，给事孙鹏初羽侯等，复合疏纠彭之横。御史逮去，并抚台王洪阳汝训亦罢归。董氏事渐以

①② 沈德符《万历野获编》卷一三。

消弭。而伯念与宗伯以忧劳成疾，相继下世矣。”（卷十三）这就是董氏家难。沈德符因与董斯张友善，对事情了解得比较清楚，同时又有明显的倾向性。这件事实际上涉及到百姓和大户的矛盾、官场的派系斗争等，对董家来说，无论如何不是一件光彩的事情。此事发生时，汤显祖在浙江遂昌知县任上，距乌程不远。而且汤显祖与在此事中蒙冤的王汝训、彭应参、张应望有交。事后不久，汤显祖作诗《湖州事起》、《冬至王江径舟中送彭直指赴逮》、《过候彭御史狱所，时尚书都堂郎吏次第在系，伤之》等四首，对彭应参的遭遇深表同情乃至愤怒，对显贵有所讽喻。又作《慰浙抚王公》、《与张凝一》、《寄彭鲁轩侍御》、《柬丁庚阳》等书。在这些私人信件中，汤显祖对湖州事件的态度非常鲜明：“王中丞近以湖州事，为吴越人人口语。然正大之举，或非邪小能害，暂须一留。”[1]“如兄之治越，与弘阳两公，虽被患而去，吴越间庶几一清。”[2]在这件引发官场斗争的事件中，汤显祖和董家完全站在对立面，此时只有董道醇病故。至此，我们对汤显祖虽与乌程董家有多重关系却交往不深的疑惑涣然冰释。

原载《江海学刊》1995 年第 1 期

---

① 《玉茗堂尺牍》卷二《柬丁庚阳》。

② 《玉茗堂尺牍》卷六《寄彭鲁轩侍御》。

冯梦龙戏曲理论刍议

冯梦龙虽然以编撰通俗小说闻名于世，实际上他对戏曲的创作与评点更加热心，早年便创作了传奇《双雄记》和大量的散曲，天启七年选编、评点了散曲集《太霞新奏》，在寿宁知县任上，还撰写了传奇《万事足》，崇祯十一年卸任之后，冯梦龙回到了家乡苏州，仍然不能忘怀戏曲，选评了大量的明人传奇，为青年剧作家的新作作序，撰写《墨憨斋曲谱》。令人感动的是，冯梦龙在临终前，还特地委托好友沈自晋续编曲谱，沈氏在《南词全谱凡例续纪》中详细记载了此事："适顾甥来屏寄语，曾入郡访子犹先生令嗣，赞明出先人易箦时手书致嘱，将所辑《墨憨词谱》未完之稿及他词若干，畀我卒业。六月初，始携书并其遗笔相示。翰墨淋漓，手泽可挹，展玩怆然，不胜人琴之感。虽遗编失次，而典型具存，其所发明者多矣。"

作为一个戏曲家，他的戏曲评点不仅比创作丰富，而且其中体现的戏曲观念也非常精彩。我认为，冯梦龙的戏曲理论超过了他的戏曲创作，更值得我们重视。

一

晚明是戏曲理论的繁荣时期，各种流派、各种学说纷纷出现，互相对峙，汤沈之争则是其中影响最大的一次争论，争论的焦点是"曲意"与"曲律"问题。在这一争论面前，冯梦龙是倾向于沈璟的。他与沈璟有过交往，早年创作《双雄记》，曾"售知于词隐先生，先生丹头秘诀,倾怀指授"①。他尊"词隐先生为词家开山祖师"②,编选《太霞新奏》,置沈璟论曲的套曲《二郎神》于卷首,作为代序。他与沈璟的侄子、吴江派的中坚沈自晋、沈自南等人交往很深。沈自晋在《望湖亭记》[临江仙]曲中,索性将冯梦龙列入词隐的"赤帜"之下。

冯梦龙的戏曲理论明显受到沈璟影响,认为戏曲创作要严守曲律,便于演唱。他说:"词学三法:曰调、曰韵、曰词。不协调则歌必捩嗓,虽烂然词藻无为也。"③他编选《太霞新奏》"以调协、韵严为主。二法既备,然后责其词之新丽"④。把调和韵放在比词更重要的位置。

冯梦龙对汤显祖作剧不严守曲律是不满的,他曾改订汤显祖的传奇《牡丹亭》和《邯郸记》,批评《牡丹亭》"独其填词不用韵,不按律","识者以为此案头之书,非当场之谱,欲付当场敷演,即欲不稍加窜改而不可得也"⑤。认为《邯郸记》有"填词落调及失韵处,不得不为一窜耳"⑥。凡原作中不协调、不押韵、不合板的地方,冯梦龙在改本中一一指出,并加以改正。《牡丹亭》中那段著名的"良辰美景奈何天"的曲词,冯梦龙指出,"原本作'良辰美景',律拗",他改为"美景良辰"。具有舞台经验的著名戏曲史家周贻白先生,就赞成冯梦龙的意见⑦。从舞台效果来看,冯梦龙的改订确实较原作便于演出,昆曲所演《牡丹亭》,其中《春香闹学》、《游园惊梦》、《拾画叫画》等重要折子,都有采用冯梦龙改本的地方。

可贵的是,冯梦龙并不囿于门户之见,对汤显祖及其剧作评价

---

① 冯梦龙《曲律叙》,《中国古典戏曲论著集成》第四册,中国戏剧出版社1959年版。

② 冯梦龙《太霞新奏》卷一,《太霞新奏》,明天启七年刻本。下文凡引《太霞新奏》,均见此书,不另注版本。

③④ 冯梦龙《太霞新奏发凡》。

⑤ 冯梦龙《风流梦小引》,《墨憨斋定本传奇》,中国戏剧出版社1960年版。下文凡引冯梦龙戏曲及其序跋、评点,均见此书,不另注版本。

⑥ 冯梦龙《邯郸梦总评》。

⑦ 周贻白《中国戏曲发展史纲要》,上海古籍出版社1979年版,第288页。

甚高。他说："若士先生千古逸才，所著四梦，《牡丹亭》最胜。王季重叙云：'笑者真笑，笑即有声；啼者真啼，啼即有泪；叹者真叹，叹即有气。丽娘之妖，梦梅之痴，老夫人之软，杜安抚之古执，陈最良之腐，春香之贼牢，无不从筋节窍髓以探其七情生动之微。'此数语直为本传点睛。"①他认为《邯郸记》"通记极苦、极乐、极痴、极醒，描摩尽兴，而点缀处亦复热闹，关目甚紧"②。

如此公平地看待汤沈之争的，还有王骥德和吕天成。冯梦龙超越同时代人的地方，在于他根本的文艺思想——"性情说"与汤显祖的主情思想是一致的。他认为戏曲乃至文学都应该表现人的真情实感，他说："文之善达性情者，无如诗，三百篇之可以兴人者，惟其发于中情，自然而然故也。"③"曲以悦性达情。"④套数、杂剧、传奇的出现，"固亦性情之所必至矣"⑤。和汤显祖一样，他强调情，也有反封建礼教的目的，编《挂枝儿》、《山歌》，就是要"借男女之真情，发名教之伪药"⑥。他推崇汤显祖，也主要是因为汤显祖的剧作写出了真情。他说："玉茗堂诸作，《紫钗》、《牡丹亭》以情。"⑦他改订《牡丹亭》，结尾增写了一首落场诗，诗中写道："新词催泪落情肠，情种传来玉茗堂。"称赞汤显祖为"情种"，《牡丹亭》是催人泪下的情词。在汤显祖之后，如此重情的，恐怕只有冯梦龙了。

总之，在汤沈之争中，冯梦龙既吸收了沈璟主张的合理因素，要求戏曲要严守曲律，便于演唱；又和汤显祖一样，主张戏曲要表现真情实感，反对虚伪的礼教。这种思想是合理而又有进步意义的。

---

①④　冯梦龙《风流梦小引》。

②⑦　冯梦龙《邯郸梦总评》。

③　冯梦龙《太霞新奏序》。

⑤　冯梦龙《步雪新声序》，卢前编《饮虹簃所刻曲》。

⑥　冯梦龙《叙山歌》，《山歌》，国立北京大学中国民俗学会《民俗丛书》第2辑。

二

冯梦龙在戏曲修订和评点中,特别重视情节结构问题。首先,他要求戏曲结构紧凑、剧情集中,篇幅不能太长,人物不能太多,头绪不宜太杂。明人传奇篇幅往往偏长,动则四五十出,不便演出,冯梦龙改剧,大多作了压缩。《牡丹亭》原剧五十五出,《风流梦》压到三十六折。凡经冯梦龙改订的传奇,无一种超过四十折,且分上、下两卷,这无疑是为演出方便所作的改订。凡剧中人物太多者,冯氏都作了削减。改《牡丹亭》,便减少了小姑姑、李全、金主等几个次要人物。改《酒家佣》,明知"李固门人执义相殉者甚多",有董班、王调等,但传奇人物不宜太多,因此"聊存王成、郭亮等一二"①,其他均略而不写。对于头绪杂乱、情节枝蔓的传奇,冯梦龙也作了改订。《酒家佣》钦虹江本,"以杜乔之女为李燮妻,中间离合复入泛常圈套。而滕女作妾,情节亦支蔓且失实"②,冯梦龙改本径以滕女为李燮妻,无妾一线。"天池本尚有赵子贱妻劝夫一折,以事冗删去"③。对于李玉的《永团圆》,冯梦龙改窜最多,但"犹嫌兰芳投江后,凡三折而始归高公,头绪太繁"。打算继续修改,"方在拟议,而演者已布吴中。习其热闹,因而置之,尚留微憾"④。要求剧情集中,并不是说可以简单化,恰恰相反,冯氏主张,剧中的主要情节不妨曲折变化。他删节的剧情,都是次要线索,枝蔓头绪,而主要情节则多有增加。《永团圆》部分主要情节处理得过于简单,冯梦龙提出了严肃批评:"《挜婚》、《看录》及《书斋偶语》三折,具是本传大紧要关目。原来太直遂,似乎高公势逼,蔡生惧而从之;惠芳含怨,蔡母子强而命之,不成事体。须是十分委曲描出一番万不得已景象。不得不全改之,观者勿以余为多事。"⑤

---

①②③ 冯梦龙《酒家佣总评》。

④ 冯梦龙《永团圆叙》。

⑤ 冯梦龙《永团圆总评》。

其次，冯梦龙倡导戏曲情节的新奇。他在《双雄记叙》中提出了选编传奇的两个条件，一是“情节可观”，二是“不甚奸律”。“情节可观”主要是指情节的新奇，他所选传奇，几乎都要称奇。“奇如《灌园》，何可无传”①？“存孤奇事，胡可无传”②？“两梦不约而符，所以为奇”③。“太守主婚事奇，中丞挜婚事更奇”④。冯梦龙对《梦磊记》的情节尤其欣赏，第十七折《中途换轿》批道：“关目新甚，令当场绝倒。”第三十一折《面质讹缘》又批：“关目绝新绝奇。”这两处情节确实非常新奇。第十七折写蔡公子仗势强娶文秀才之妻刘小姐，宋公公为文秀才抱不平，在蔡娶亲那天，组织一班人，用与蔡家相同的轿抬一尊泥塑神像，于途中与蔡家娶亲的人寻衅斗殴，乘乱中换轿抬亲而去。蔡家娶亲回家，新人不肯下轿，蔡公子入轿抱出，却是一尊泥神。第三十一折写丫环秋红代小姐出嫁，自认嫁给了蔡公子，因宋公公换轿，被抬到了文秀才家。蔡公子强娶刘小组，连秋红也没有娶到。蔡之同年郑公子不知内情，要成全离散的“夫妻”，让蔡公子与假刘小组秋红相会，可是“夫妻”相逢不相识。联系具体情节来看，冯梦龙所说的新奇，有这么两层意思：一是情节构思自出新意，写前人不曾写过的事件；二是情节发展出人意料，富有戏剧性。

即使写前人写过的事件，也不能落入窠臼、拾人牙慧，同样应该创新。冯梦龙认为《楚江情》做到了这一点：“此记模情布局，种种化腐为新，《训子》严于《绣襦》，《错梦》幻于《草桥》，即考试最平淡，亦借以翻无穷情案，令人可笑可泣。”⑤《永团圆》在洗前人俗套方面的成就也得到了冯梦龙的充分肯定：“中间《投江遇救》近《荆钗》，《都府挜婚》近《琵琶》，而能脱落皮毛，掀翻窠臼，令观者耳目

---

① 冯梦龙《新灌园叙》。

② 冯梦龙《酒家佣叙》。

③ 冯梦龙《风流梦总评》。

④ 冯梦龙《永团圆总评》。

⑤ 冯梦龙《楚江情叙》。

一新，舞蹈不已。”[①]《楚江情》、《永团圆》的一些情节与前人名剧相近，但它们能跳出窠臼，写出新意，也是难得的好情节。

冯梦龙的情节创新论，有很强的历史针对性。当时的剧坛抄袭剽窃之风盛行，冯梦龙对此大为不满，他批评填词者“高者浓染牡丹之色，遗却精神；卑者学画葫芦之样，不寻根本”[②]，“活剥汤仍义，生吞《牡丹亭》”[③]。他要通过自己的评点来改变这种恶劣风气。

再次，冯梦龙重视戏曲情节的完整与周密。前面的情节要为后面的故事发展作好铺垫，埋下伏笔。在《楚江情》第五折中，冯梦龙批道：“添入洪宝儿与池通有交，埋伏《易姬》张本。”这一情节是冯梦龙所加，因他不满意原本义侠胥长公弃妾换素徽一事，于是改为弃歌妓洪宝儿易姬，故先在此埋伏一笔。对此改订，冯梦龙颇为得意：“《看梅》折便出洪宝，既便收科，又伏池生故人之案。至《易姬》折，竟用洪宝两全其美。池公子即此了局，葛藤尽去。”[④]后面的情节对前面的故事要予以照应。在《酒家佣》第二十七折《卜肆授经》中，冯梦龙批道：“临行文姬嘱王成教诲李燮，此出照应。不然李燮失学，亦保孤者责也。”在第十三折《文姬托孤》中，文姬托嘱王成“莫辞早晚谆谆诲”，因此后面便有呼应，王成教李燮学《周易》。这种前有伏笔、后有响应的情节，冯梦龙喻之为针线严密。《永团圆总评》云：“父女、岳婿借此先会一番，省得末折抖然毕聚，寒温许多不来，此针线最密处也。”

关于戏曲的情节结构，明人汤显祖、王骥德、吕天成都有论及，汤、吕的论述片言只语，不成系统，王骥德第一次比较全面地讨论了这一问题。他在《曲律 · 论剧戏》中提出：南戏“贵剪裁，贵锻炼……勿落套，勿不经。勿太蔓，蔓则局懈，而优人多删削；勿太促，促则气迫，而节奏不畅达；毋令一人无着落，毋令一折不照应”。

---

① 冯梦龙《永团圆叙》。

② 冯梦龙《双雄记叙》。

③ 冯梦龙《洒雪堂》第三折眉批。

④ 冯梦龙《楚江情叙》。

在这里，王骥德提出了戏曲结构的一些原则性意见，对冯梦龙当多有启发。冯氏在前人理论的基础上，结合具体作品的评点，更详尽地讨论了戏曲的情节结构，且在剧情的集中、创新等方面多有发展。还将其理论付诸实践，对作品进行改订。到了清代，李渔撰《闲情偶寄·词曲部》，则对戏曲情节结构论作了总结性工作，他在《结构第一》中所提出的“立主脑”、“脱窠臼”、“密针线”、“减头绪”等问题，是对王骥德、冯梦龙等理论的继承与发展。一座理论大厦的建立，往往需要几代人的辛勤劳动，如果一个人曾为它添砖加瓦，那大厦的墙上定然刻下他的名字。

三

戏曲的当行、本色，是明代曲论家的热门话题，何良俊、徐渭、沈璟、王骥德、吕天成、徐复祚、凌濛初等人都先后发表过意见。根据他们主张的异同，大体可以分为三派：一派以何良俊为代表，他们所谓当行、本色是指戏曲语言的通俗易懂、自然风趣。何良俊是较早强调当行、本色的曲论家。他说：“《西厢》全带脂粉，《琵琶》专弄学问，其本色语少。盖填词须用本色语，方是作家。”《拜月亭》“才藻虽不及高，然终是当行”①。其后沈璟、徐复祚、凌濛初大抵因袭这一说法，但什么样的语言才算本色语，他们的理解又不尽一致。另一派以徐渭为代表，他所说的本色不仅仅指戏曲语言的通俗，而是泛指戏曲所固有的特征。他在《西厢序》中说：“世上莫不有本色，有相色。本色犹言正身也，相色，替身也。替身者，即书评中‘婢作夫人终觉羞涩’之谓也。”他的本色论已经超出了语言的范围，用来说明戏曲真实、自然、通俗等特征。还有一派代表人物是王骥德和吕天成，他们主张本色与文词的统一。王骥德说：“大抵纯用本色，易觉寂寥；纯用文词，复伤雕镂……至本色之弊，易流俚腐；文词之病，每苦太文。雅俗浅深之辨，介在微茫，又在善用才者

---

① 何良俊《曲论》，《中国古典戏曲论著集成》第四册，中国戏剧出版社 1959 年版。

酌之而已。”[①]吕天成还对当行作了新的解释：“当行兼论作法，本色只指填词。当行不在组织饾饤学问，此中自有关节局概，一毫增损不得；若组织，正以蠹当行。本色不在摹勒家常语言，此中别有机神情趣，一毫妆点不来；若摹勒，正以蚀本色。”[②]他所说的当行，实际上包含文词在内，不过比文词的范围要大一些。王骥德和吕天成都以汤显祖为本色派的代表人物，这和他们对本色的认识是完全一致的。

冯梦龙的当行、本色论与王骥德、吕天成一派相近。他说：“词家有当行、本色二种，当行者，组织藻绘，而不涉于诗赋；本色者，常谈口语，而不涉于粗俗。”[③]冯梦龙对本色的理解，与前人基本一致，就是指戏曲语言的通俗明白、自然质朴。他是倡导本色的，在戏曲评点中，常用“本色”一词。他评《酒家佣》第四折中的一支曲：“本色语，自然妥。”评唐伯虎的散曲《夜思》：“此套词甚本色。”[④]他批评范香令的戏曲语言过于雕琢，不具本色之美：“人言香令词佳，我不耐看，传奇语，只明白条畅，说却事情出便够，何必雕镂如是。”[⑤]

冯梦龙对当行的理解与他人不同。何良俊、凌濛初认为当行即本色，二者是一回事。凌濛初说：“曲始胡元，大略贵当行不贵藻丽，其当行者曰本色。”[⑥]冯梦龙所说的当行，与王骥德所说的文词相近。在他看来，当行就是词藻新丽而不失于雕琢。冯梦龙并不一概反对文辞的华美，恰恰相反，他要求词曲既要通俗，又要有文采。他选编《太霞新奏》，“以调协、韵严为主。二法既备，然后责其词之新丽；若其芜秽庸淡，则又不得以调韵滥竽”[⑦]。在《量江记》第

---

① 王骥德《曲律·论家数》，《中国古典戏曲论著集成》第四册。

② 吕天成《曲吕》，《中国古典戏曲论著集成》第六册。

③ 冯梦龙《太霞新奏》卷一二。

④ 冯梦龙《太霞新奏》卷九。

⑤ 转引自《重定南词全谱凡例续纪》，中国书店 1958 年影印本。

⑥ 凌濛初《谭曲杂札》，《中国古典戏曲论著集成》第四册。

⑦ 冯梦龙《太霞新奏发凡》。

十一折《月夜量江》中，冯氏批道："曲太多难为演者，以词美不忍删也。"他评《洒雪堂》第八折《贾母投馆》："诸曲无一字不当行。"冯梦龙认为戏曲语言的通俗与华美不是对立的，完全可以统一。他评王骥德的散曲："字字文采，却又字字本色。"①他曾转录幔亭主人对自己散曲《拟赠戒指》的评语："此套曲绝无，选调既新美，下字又稳叶，词复兼当行、本色之妙，信可传也。"②明眼人一看即知，实际上是冯梦龙自信自己的散曲兼具当行、本色之美。

冯梦龙的当行、本色论是有感而发的，晚明剧坛，确有不少剧作者以鄙俚浅陋为本色，以卖弄学问为当行。冯梦龙对此提出了严肃批评："当行也，语或近于学究；本色也，腔或近于打油。又或运笔不灵，而故事填塞，侈多闻以示博；章法不讲，而饾饤拾凑，摘片语以夸工。此皆世俗之通病也。"③他的上述评点和议论便是为这"世俗之通病"所开的一剂良药。

四

冯梦龙倡导"当场之谱"，重视戏曲的舞台性，经常观看戏曲演出。他对当时剧坛的一些蹩脚演员的表演十分不满，多次予以严厉批评。在《风流梦》第十五折批道："人到死生之际，自非容易，况以情死者乎，叮咛宛转，备写凄凉，令人惨恻，俗优草草演过，可恨！"《楚江情》第十四折又批："独《空泊》一折，正十分白描处，蠢梨园无识，反删此折不演，可笑可恨！"

冯梦龙认为，一个演员要演好一出戏，演活一个人物，首要条件是透彻地理解剧本，准确地体会剧中人物的情感。在评点中，他常常提示演员把握剧中人物在特定环境中的思想感情。在《邯郸梦》第二十四折，冯梦龙批道："卢生离极乐，受极苦，正是作者唤醒人处，须要演出一段感慨至情，方能动人。"《酒家佣》第十六折《李

① 冯梦龙《太霞新奏》卷三。
② 冯梦龙《太霞新奏》卷五。
③ 冯梦龙《太霞新奏序》。

固自裁》，冯氏有眉批："演固之死，宜愤多而悲少，此与王蠋死节一例，演者不可苟且。"一般演员阅读和理解能力有限，冯梦龙的批语可以帮助演员正确把握人物情感，无疑是有意义的。

作为演员，当然不能停留在对人物情感的准确把握上，他的责任，是通过恰到好处的表演——一个动作、一个眼神——把这种情感传达给观众。冯梦龙在评点中，有如写导演提示一样，经常为演员设计一些动作。《女丈夫》第十五折《棋决雌雄》有批："小净手虽则下棋，眼亦要带看小生，时时叹息，方是来意。"便对小净的动作、神态考虑得细致入微。剧中人物的复杂感情则要通过适度的表演将其表现出来。《风流梦》第二十三折《设誓明心》，冯梦龙有眉批："此折生不怕，恐无此理；若太怕，则情又不深，多半痴呆惊讶之状方妙。"柳梦梅日夜思念的杜丽娘明言自己是鬼魂时，柳一点儿不怕，不合情理；胆战心惊，又不似有情人。冯梦龙认为此处要演出"痴呆惊讶之状"，才符合柳梦梅的惊喜爱恋之情。《精忠旗》第二折《岳侯涅背》也有类似的批语："刻背是精忠大头脑，扮时作痛状或直作不痛俱非，须要描写慷慨忘生光景。"

戏剧表演就是要把剧本所塑造的人物形象再现在舞台上。冯梦龙要求演员演出人物性格，演出个性。《万事足》第十三折《姑侄同行》有批："净婆，大臣之妇，虽吃醋婆妇，却要略存冠冕意思，即如《浣纱记》伯嚭不可像小丑身段也。"《酒家佣》第七折《吴祐骂佞》眉批也提到伯嚭，论述的是同一问题，我们将它放在一起讨论："此出全要描写吴祐一片义气。马融伪儒，亦须还他架子，俗优扮宰嚭极其猥屑，全无大臣体面，便是不善体物处，宰嚭要还他个大臣架子，马融要还他个儒者架子，方是水墨高手。"从这两段批语，可以看出冯梦龙对塑造舞台形象的基本看法：演员对角色的再创造必须真实地表现人物，即使反面人物的塑造，也不是通过随意丑化来完成的。

冯梦龙对邳氏、马融等人物的认识，已经触及了人物形象共性和个性的关系问题。作为一个成功的形象，它总是对某一类人物性格的概括，具有这类人物共同的性格特征，然而，又是黑格尔所说的“这一个”，具有绝不同于任何一个人物的独特个性，因而也就具有一定的典型性。邳氏就是泼妇的代表，马融具有帮闲的特征。但仅仅表现人物的共性是不够的，好的演员必须演出人物的个性。邳氏是个“吃醋泼妇”，可她又是大臣之妇，与市井泼妇不同，要讲究贵夫人的体面。马融是个帮闲，为虎作伥，帮助奸臣写奏书陷害忠臣，可他到底是个文人，要演出文人特有的几分斯文与迂腐。这种认识，确实比较深刻，在冯梦龙之前，很少有人达到这种深度。

如果几个角色同时在舞台上，表演上应如何配合，冯梦龙也时有提示。《永团圆》第八折《逼写离书》有眉批：“此处虽都是贾宦把持，江老亦须步步着意，不可呆立坐视。”《梦磊记》第五折《石间定婿》也有一段眉批：“外背唱时，生随意作赞叹园石语，方不冷淡。”如果台上角色众多，不妨分成几个小场面。冯梦龙认为《新灌园》第十八折的一场戏便可以这样处理：“老旦对小净，旦对生同时各自问答。”这和现代戏剧理论中的多声部表演手法非常相似，虽然他没有明确地提出这一概念，但已具备了这一表演手法的基本因素，不能不说是冯梦龙对这一在现代戏剧创作和表演中始臻于成熟和广泛运用的戏剧编导理论的较早的发现。

原载《烟台大学学报》1991 年第 1 期，中国人民大学复印报刊资料《中国古代近代文学研究》1991 年第 7 期全文转载。

论冯梦龙的戏曲创作

一

冯梦龙一生创作了两个剧本，即《双雄记》和《万事足》。关于这两部戏的编撰方式，明清剧评家有不同记载。祁彪佳《远山堂曲品》著录《双雄》，署名“冯梦龙”①。《曲海总目提要》记载：“《双雄记》，明冯梦龙改本也，其始不知何人所撰。”②从现存史料来看，《双雄记》为改本一说不能成立。祁彪佳《远山堂曲品》云：“此(指《双雄记》)冯犹龙少年时笔也，确守词隐家法，而能时出俊语。丹信为叔三木所陷，并及其义弟刘双；而刘方正者，不惜倾赀救之。世固不乏丹三木，亦安得有刘方正哉！姑苏近实有其事，特邀冯君以粉墨传之。”③可知该剧是根据苏州发生的一件真实事件写成，且为受邀而作。祁彪佳为冯梦龙好友，其说可以信从。冯梦龙曾作散曲《青楼怨》，该曲有序云：“余友东山刘某，与白小樊相善。已而相违，倾偕余往，道六年别意，泪与声落，匆匆订密约而去，去则复不相闻。每瞷小樊，未尝不哽咽也。世果有李十郎乎？为写此词。”曲后附记：“子犹又作《双雄记》，以白小樊为黄素娘，刘生为刘双，卒以感动刘生为小樊脱籍。孰谓文人三寸无灵也？”④《双雄记》中刘双与黄素娘的故事，是以其朋友刘生与白小樊的实事为原型创作的，也可以证明该剧非改本。冯梦龙改订传奇数十种，凡改本均

---

① 《中国古代戏曲论著集成》六，中国戏剧出版社1959年版，第33页。

② 《曲海总目提要》上册，天津古籍书店1992年版，第379页。

③ 《中国古代戏曲论著集成》六，第33页。

④ 《冯梦龙全集》第14卷，江苏古籍出版社1993年版，第210、212页。

署原作者姓名，如《新灌园》署“古吴张伯起创稿，同郡龙子犹更定”。《精忠旗》署“西陵李梅实草创，东吴龙子犹详定”。《风流梦》署“临川玉茗堂创稿，古吴龙子犹更定”。而《双雄记》署“古吴龙子犹编，松陵沈伯明较”。没有署创稿人，也可证明该剧为冯梦龙创作。《曲海总目提要》记载：“《万事足》，明冯梦龙撰。其剧前总评云：‘旧有万全记。词多鄙俚，调复不叶。此记缘饰情节而文之。’”①《远山堂曲品》著录：“《万全》，传陈相国循、高相国谷，掇拾遗事，至于不经。此等识见，欲以作者自命，难矣。”②从这两条材料来看，确有人在冯氏之前作有《万全记》，与《万事足》写同一题材，写陈循和高谷事。《万全记》“词多鄙俚，调复不叶”。也就是说，冯梦龙《万事足》从词到调均未用旧本，只是“缘饰情节而文之”，用了该剧的情节。而情节并非旧本创造，早有笔记记载，因而不能说是改编。《万事足》署“姑苏龙子犹新编，同邑袁幔亭乐句”。也就是说，《万事足》是用《万全记》的情节新编的一部传奇。

冯梦龙的两部传奇，都是在真实事件的基础上加工虚构而成。冯梦龙在谈到小说创作的时候曾经说过：“野史尽真乎？曰：不必也。尽赝乎？曰：不必也。然则去其赝而存其真乎？曰：不必也。”③小说可以真人真事为原型进行艺术虚构，传奇创作也可以采用这种创作方法。《双雄记》写了两个故事，一个是剧本的中心情节与主要线索，写丹信与叔父丹三木的矛盾。丹信父母早亡，祖传家业俱是叔父丹三木掌管，未经分析。丹信长大成人，丹三木担心侄子要分家产，便移居杭州。三木妻子每每相劝，三木不从，其妻因气恼得病而死。三木认为妻子因为侄儿而死，定要置侄儿于死地。他到官府诬告丹信“抢掳家私，惊杀婶母”。钦差给事中贾爱民贪赃枉法，将丹信关进监狱。刘双到杭州探信，也被诬为“同谋劫杀”，被下在狱中。未几贾给事被劾尅扣钱粮，革职还乡。时逢

① 《曲海总目提要》上册，第390页。

② 《中国古代戏曲论著集成》六，第88页。

③ 《警世通言叙》，《冯梦龙全集》第3卷，第663页。

倭寇侵扰，杭严道备兵使者太史惠出榜，允许罪人之中情理可疑者立功赎罪。刘双叔父刘方正赴衙为丹信、刘双辩枉，遂得释罪从征。三年后，丹信挂征东大将军印，刘双授征东副将。而丹三木家产被天火烧尽，双眼薰瞎，沿街乞讨，最后触阶而死。据祁彪佳《远山堂曲品》记载："姑苏近实有其事，特邀冯君以粉墨传之。"①苏州实事未见他书记载，《双雄记》哪些情节为冯梦龙虚构不得而知，明朝没有征东大将军丹信，也没有征东副将刘双，就凭这条材料，便可证明该剧不是完全照搬苏州实事，剧作家有虚构加工。另一个故事是刘双与黄素娘的恋情。刘双与妓女黄素娘曾有终身之约，因老鸨可恶，断绝往来，黄素娘日夜思念刘双，刘双也常想起素娘。在丹信的帮助下，二人再次相会，且指天发誓，永不负心。后来虽经历波折，终于团圆。刘双与黄素娘，都有生活原型，且是冯梦龙的朋友。上文所引冯梦龙散曲《青楼怨》小序与附记有明确记载。剧中的虚构是显而易见的，故事原型是一个痴心女子负心汉的故事，刘某是李十郎(《霍小玉传》中之李益)一类人物，与《双雄记》中忠于爱情的刘双明显不同。

《万事足》的创作方式与《双雄记》基本相同。差别只在一个取材于现实，一个取材于历史。《万事足》中的主要人物陈循和高谷，历史上实有其人，永乐十三年同年进士，陈循为当年状元，两人景泰年间官至尚书、内阁大学士，英宗复辟，陈循被贬，高谷称病请辞。传奇中心情节为陈循帮助高谷置妾生子的故事。高谷娶妻邳氏，年近四十尚无子嗣。邳氏嫉妒成性，不许高谷纳妾。高谷在赶考途中救一女子性命，该女子愿以身相许，报答救命之恩，高谷纳为小妾，安置在女观之中。后生一子。后来陈循、高谷双双高中进士，选官翰林院，迎接家眷到京团聚。因邳氏悍妒，高谷不能接小妾进京。陈循棒喝邳氏，邳氏终于同意高谷纳妾，高谷与小妾及儿子团圆。《菽园杂记》载："高文义公谷无子，置一妾。夫人素妒悍，

---

① 《中国古代戏曲论著集成》六，第33页。

每间之不得近。一日，陈学士循过焉，留酌聚话及此。夫人于屏后闻之，即出诟骂。陈公掀案作怒而起，以一棒扑夫人仆地。至不能兴，高力劝乃止。且数之曰：'汝无子，法当去。今不去汝而置妾，汝复间之，是欲绝其后也。汝不改，吾当奏闻朝廷，置汝于法，不贷也。'自是妒少衰，生中书舍人峘。陈公一怒之力也。"①两相对照，可以看出，《万事足》对高谷纳妾的情节作了戏剧化的处理，高谷生子改在陈循棒喝之前。《万事足》按传奇惯例，采用双线结构，还写了陈循贤妻帮助丈夫纳妾生子的故事。陈循年过三旬无子，妻子梅氏贤惠大度，屡劝大夫纳妾生子，陈循看重夫妻情份，不愿舍李觅桃。梅氏自作主张，为陈循买妾，陈循不愿入洞房，梅氏设计将陈循灌醉，醉中与妾同房，终于得子。这一故事亦非冯梦龙凭空虚构，《情史》载："西毕氏中岁无子，甚忧。然与妻恩爱，不忍置妾。醉后，其妻阴以侍婢与睡，即有娠，毕疑之。既产子，欲毙之，其妻以实告。乃纳其婢试之，明年复产一子，遂释然。乃感其妻。后二子济川、济时，相继登进士，济川为翰林编修。"②冯梦龙将西毕氏的故事移到陈循身上。冯氏对此故事也有改造，西毕氏妻子让其纳侍婢为妾，梅氏帮助丈夫买妾。

二

文学创作与作家的年龄、身份、地位有密切关系，作家往往通过笔下的人物与情节来反映自己的生活与理想，表达自己的思想与情感，冯梦龙也不例外，他的传奇《双雄记》和《万事足》虽说是在真人真事的基础上虚构加工而成，但他对题材的选择与细节的加工，也使作品打上了冯氏的烙印。《双雄记》写于万历二十九年或稍后，此时冯梦龙二十七八岁，是一位才华横溢而又怀才不遇的青年才俊。"早年才华众所惊，名场若个不称兄"③。钱谦益《冯二丈

① 陆容《菽园杂记》，中华书局1985年版，第47－48页。

② 《冯梦龙全集》第7卷，第385页。

③ 文从简《赞冯犹龙》，高洪钧《冯梦龙集笺注》，天津古籍出版社2006年版，第9页。

犹龙七十寿诗》有“七子旧游思应阮，五君新咏削山王”。其后注云：“冯为同社长兄，文阁学、姚宫詹皆社中人也。”①钱谦益、文震孟、姚希孟都是江南名士，著名诗人与学者，都曾中进士为官。他们与冯梦龙结社应该在早年，冯氏能得到钱谦益等名家的认可，可见他才学出众。就是这样一个为众人推许的风流才子，在科举上却极为不顺，此时还在为乡试备考。《双雄记》中的丹信与刘双出场时也是年少志雄，以封侯万里自期的才子。丹信“幼好读书，腹裹一天星斗；长而学剑，腰悬三尺芙蓉”。“欲待挟策东游，求取功名”②。刘双也是满腹经纶，豪气冲天，“王侯将相原无种，笑谈间气如泉涌”③。丹信、刘双渴望功名、志在必得的抱负就是青年冯梦龙心理的真实写照。

由于科举不顺、怀才不遇，又身居社会底层，对现实有比较清醒的认识，因此，冯梦龙在《双雄记》中，对人性的贪婪、官场的腐败进行了无情的揭露与鞭挞。丹三木嗜财如命，心狠手辣，为了独霸祖传家产，竟然诬告亲侄儿丹信“抢掳家私，惊杀婶母”，将丹信送进监狱。贾给事贪婪成性，他到苏州，问买办官，鸡蛋一分几个，答道一分六个。贾给事用官银十两，向县里买一万个鸡蛋。付款后先不取蛋，让人家孵小鸡，几个月后，他要了一万只鸡。问新笋一分几根？答到一分十根。他用官银七两，向县里买一万根笋。付款后也不取笋，说寄养园中，几个月后，他要了一万根竹子。这是他在苏州最得意的生财之道，实际上就是挖空心思搜刮民脂民膏。他到杭州后，收了丹三木的几百两银子，不问青红皂白，先后将丹信、刘双关进监狱。

冯梦龙从小生活在苏州，受时代与环境的影响，青年时期也经常出入青楼酒馆，在他早年的著作中，毫不掩饰地记载了他与妓女

---

① 高洪钧《冯梦龙集笺注》，第9,10页。

②③ 《冯梦龙全集》第12卷，第486页。

交往的情况。“余少时从狎邪游，得所转赠诗帨甚多”①。冯氏说得到转赠诗帨很多，可见与他往来的妓女不少。一方面，冯梦龙从色艺双全的青楼女子那里收集民歌，他的《挂枝儿》、《山歌》中有不少篇章便来源于妓女口中。《挂枝儿》三卷《帐》篇后附记：“琵琶妇阿圆能为新声，兼善清讴，余所极赏。闻余广《挂枝儿》刻，诣余请之，亦出此篇赠余，云传自娄江。其前尚有《诉落山坡羊》，词颇佳，因附记此……”②阿圆知道冯梦龙在搜集《挂枝儿》，特地将自己得到的一首新挂枝儿《帐》交给冯梦龙，冯氏将它收进集子中并注明来源。还有一篇《诉落山坡羊》，因文体不合，冯梦龙还是把它放在附录中。《挂枝儿》四卷《送别》附记：“后一篇，名妓冯喜生所传也，喜美容止，善谐谑，与余称好友。将适人之前一夕，招余话别。夜半，余且去，问喜曰：‘子尚有不了语否？’喜曰：‘儿犹记《打草竿》及《吴歌》各一，所未语若者独此耳。’因为余歌之。”③冯梦龙青楼好友冯喜生，从良前一夜招冯梦龙话别，压轴戏便是唱两首民歌，一首是《打草竿》（即《挂枝儿》）《送别》，另一首是《吴歌》。《挂枝儿》八卷《船》篇后附记：“此篇闻之旧院董四。歌末句腔甚奇妙，遂不能舍。”④另一方面，冯梦龙在青楼饮酒听曲，排遣内心的苦闷。因而他对妓女的生活、思想与情感非常熟悉，对她们给予了深切的同情。东山刘某和白小樊的故事，就是他在青楼中获知的，且两人都是冯梦龙的朋友。《双雄记》写刘双与黄素娘的恋情，既是写刘某和白小樊，更是写冯梦龙自己。东山刘某与白小樊订密约而别，一去不返，被冯梦龙斥为薄幸郎，与冯氏笔下的刘双有天壤之别。冯梦龙自己则是一个情种，他与名妓侯慧卿相爱，后来慧卿从良，冯梦龙大病一场，闭门谢客，写了大量思念慧卿的诗歌和散曲，现存诗一首、散曲两套。其《怨离词》（为侯慧卿）篇后附录静啸斋的一段批

---

① 《挂枝儿》五卷《扯汗巾》附记，《冯梦龙全集》第 18 卷，第 62 页。

② 《冯梦龙全集》第 18 卷，第 28 页。

③ 《冯梦龙全集》第 18 卷，第 41 页。

④ 《冯梦龙全集》第 18 卷，第 106 页。

语："子犹自失慧卿，遂绝青楼之好。有《怨离诗》三十首，同社和者甚多，总名曰《郁陶集》。"[①]冯梦龙与忠于爱情的刘双倒是十分相似。

《万事足》作于崇祯七年到十一年之间，此时冯梦龙六十多岁，身为福建寿宁县知县。冯梦龙是一位正直清廉、勤政爱民、深得寿宁百姓爱戴的父母官。《福宁府志》、《寿宁县志》均将他列入《循吏传》，称他"政简刑清，首尚文学，遇民有恩，待士有礼"[②]。冯梦龙除了筑城墙、修城门、建学宫、修关庙，为寿宁百姓办实事外，还要对百姓进行道德、科学、文化教育。寿宁教育落后，科举斩然，他专门撰写《四书指月》，到学宫为士子讲解经学。寿宁人"信巫不信医，每病必召巫师迎神，邻人竞以锣鼓相助，谓之'打尫'，犹云'驱祟'"[③]。冯梦龙明文禁止打尫，捐俸为病人买药治病。该地重男轻女，有生女者，不是溺死，就是遗弃。冯梦龙撰《禁溺女告示》，厉禁溺弃女婴，并捐俸奖偿收养弃婴者。冯梦龙还到寿宁各地调查孝子节妇，予以表彰。孝子范廷晖，"年二十七，父遘疾几危，孝子愿以身代。先一夕，将私积金分遗姐妹弟侄，封识既定，复书嘱遗妻女。次日，沐浴秉香炉一具，先诣城隍庙，次谒马仙，再次谒关圣，祝已，遂登城南山巅，号天恸哭，自经于树"[④]。父亲病危，作为孝子，应该请医生救治才是，而愚蠢的范廷晖却到处求神拜佛，要以身代父去死，白白送了一条年轻的生命。冯梦龙表彰的节妇都是一些年纪轻轻，结婚数月便死了丈夫，自誓不嫁，立孤守节的妇女。冯梦龙以此来"劝诫"寿宁百姓。

冯梦龙创作《万事足》，就和他表彰孝子节妇、为士子讲解经学一样，目的在于道德教化，他在该剧结尾诗中写道："山城公署喜清闲，戏把新词信手编。但愿闺人除妒嫉，不愁家谱绝流传。"[⑤]在《万

---

① 《太霞新奏》卷七，《冯梦龙全集》第 14 卷，第 116 页。

② 高洪钧《冯梦龙集笺注》，第 3 页。

③ 《寿宁待志》卷上，《冯梦龙全集》第 17 卷，第 32 页。

④ 《寿宁待志》卷下，《冯梦龙全集》第 17 卷，第 64 - 65 页。

⑤ 《冯梦龙全集》第 12 卷，第 697 页。

事足叙》中说得更加明确："览斯剧者，能令丈夫爱者明，弱者有立志，胜捧诵佛说怕婆经多多矣。其闺人或览而喜，或览而怒；喜则我梅，怒则我邳。孰贤孰不，孰吉孰凶，到衰老没收成时，三更梦醒，自有悔着。"①冯梦龙认为，家庭婚姻中有两大弱点，即男人的惧、女人的妒。而两者又是紧密相关的，"妒虽天性，强半酿成于男子"。"惧者，妒之招也"②。他作此剧就是要男人立志，不要怕老婆，给女人除妒，让男人纳妾生子。剧中的四个主要人物，就是为这一主旨设置的。高谷的妻子邳氏就是一个妒妇形象。冯梦龙最得意的两出戏，均是写邳氏之妒的。一出是第二十八折《高科进谏》，高科是高谷的心腹老仆，见高谷修书遣妾，眼看主子了嗣无望，便主动劝邳氏让主子纳妾蓄子，惹得邳氏大怒，又哭又骂，"我晓得了，是高崇本那老禽兽主张你来的。待那老禽兽来，我与他性命相搏"③。最后将高科赶出门去。冯梦龙自认为"此套关目甚好，字字精神，演之令人起舞，切不可删削一字"④。关目好就好在写出了邳氏的妒悍，这正是冯氏的用心所在。第三十一折《筵中治妒》，在表现邳氏的妒悍方面更为突出。中元之夜，高谷邀陈循赏月下棋，饮酒聊天，陈循劝高谷治妾生子，邳氏听见大吵大闹，骂陈循："老亡八，老无耻，一发胡乱放屁！""管闲事的老狗，既是这等为朋友，何不将自己小老婆送来？好借他熟肚养儿子。"骂高谷"你那没廉耻天杀的，纠合了朋友来打老婆"⑤。一副市井泼妇嘴脸。冯梦龙认为"此折乃全部精神结穴处，曲虽多，不可删减"⑥。

为了表现邳氏的妒悍，作者精心塑造了梅氏形象与之对照。梅氏无子，主动劝丈夫纳妾，丈夫不从，便瞒着丈夫为之买妾，丈夫不纳，梅氏便在丈夫赶考前夜，将陈循灌得大醉，用调包计让丈夫

---

①② 《冯梦龙全集》第12卷，第587页。

③ 《冯梦龙全集》第12卷，第666页。

④ 《冯梦龙全集》第12卷，第664页。

⑤ 《冯梦龙全集》第12卷，第678，679页。

⑥ 《冯梦龙全集》第12卷，第674页。

与小妾同房。作者借剧中人物之口这样称赞地："普天下闺中女娘，谁似他见高识广？无嫉妒柔顺容颜，有含容宽洪度量。"①

嫉妒，用现代心理学的观点看，是恋爱婚姻中的正常心理，爱情总是排他的。妻子不容丈夫纳妾就如丈夫不容妻子另有男子一样。冯梦龙自己也承认，"形妒者十之八，心妒者十之二，不妒者千百而一二耳"②。妒乃"天性"。而在男尊女卑的封建社会，男人们用法律制度、社会舆论等各种手段，规定他们享有一夫多妻的特权，还不允许女人有任何的不满，否则便犯"七出"之条。这种制度显然是不公平的，也是违背人性的。就是在封建社会，一些进步的思想家、文学家对此也提出了严肃的批评。而冯梦龙却在他的剧作中，极力丑化不许丈夫纳妾的女性，表彰心灵已被严重扭曲了的不妒之妇。反映出冯梦龙作为知县要维护现有社会制度与秩序的庸俗思想倾向。

冯梦龙认为，妇人之妒源于男人之惧："所以然者，非渐于爱，却敝于弱。爱则养娇，弱则过让。而结之以一字，曰：惧。惧者，妒之招也。"③剧中的高谷即为弱者形象。他有意纳妾生子，却畏于邳氏的严威，不敢提及。赶考途中，从妖庙中救得贫女柳新莺，新莺愿以身报恩，老仆也劝高谷纳妾生子，高谷说："你所言虽是，争奈你主母赋性太刚，决不相容，反误那女子终身之计了。"④后来虽勉强答应，新莺也在女观生子，高谷却不能接到京城团聚，还准备修书遣妾，因为"夫人性情，一日狠似一日。前夜乘他欢喜之时，将无子为话柄，微露其意，被他整整的闹炒得不耐烦"。要接取柳氏，"夫人定不相容，吃醋燃酸，寻端打闹，伤了我做官的体面"⑤。高谷请陈循饮酒赏月，筵中陈循劝高谷娶妾，高谷怕悍妻吵闹，不敢接话，只是"摇头咳嗽"，顾左右而言他，不停地劝陈循饮酒。当陈循

---

① 《冯梦龙全集》第12卷，第611页。

②③ 《万事足叙》，《冯梦龙全集》第12卷，第587页。

④ 《冯梦龙全集》第12卷，第607页。

⑤ 《冯梦龙全集》第12卷，第662页。

劝邳氏让高谷纳妾而发生争吵时，高谷只是在一旁暗自流泪，还被邳氏追打。历史地看，高谷形象有其真实性，身居高位，娶妻多年，没有子嗣，想生个儿子，这是人之常情，何况是在“不孝有三，无后为大”的时代。依照一夫多妻的婚姻制度，他有特权纳妾生子。妻子邳氏嫉妒成性，决不相容，一提此事，便要耍泼吵闹。作为朝廷命官，高谷要讲究做官的体面，只能步步忍让，息事宁人。而邳氏正好抓住这一心理，致使高谷逐渐变成了这样一位惧内的丈夫。

与高谷相对照的是陈循，乃“刚肠激烈”之士，却娶了一房贤惠不妒之妻，他的不惧不弱的个性，在家中根本无处表现。作者让他去教训朋友之妻邳氏。不知内情的陈循，竟然在高谷家中劝高谷娶妾，且要请邳氏出来亲自与她讲。当邳氏不听劝告，撒泼骂人时，陈循正告道：“哇！这不贤之妇，年兄位高禄厚，无子承恩，是谁之过？好意相劝，反把恶语伤人。律有七出之条，妒去，无子去，多言去，你犯着三款，这般所为，上得罪于祖宗，下得罪于夫主，论理该出。还要多讲！”继而“扯净（饰演邳氏）踏住乱打介”①，直至邳氏答应置妾。非常清楚，陈循惩治邳氏的理由就是封建社会对妇女极其不公的七出之条，其实这也是冯梦龙在该剧告诫妇女的主要内容。这里，寿宁知县冯梦龙已不单是在写戏，同时还是在从事他的本职工作。

两部传奇，究其思想倾向而言，反差甚大，出自一人之手，叫人难以相信，版本史料俱在，实事确凿无疑。两部传奇创作时间相距三十多年，作者的年龄、身份、地位发生了重大变化，其思想观念、创作倾向随之而变，乃在情理之中。

三

冯梦龙是一位主张严守曲律的剧作家，他对当时剧坛创作状况非常不满，批评一些传奇作者“中州韵不问，但取口内连罗；九宫

① 《冯梦龙全集》第12卷，第678、679页。

谱何知,只用本头活套”。“发愤此道良久,思有以正时尚之讹,因搜戏曲中情节可观而不甚奸律者,稍为窜正”①。他改订传奇数十种,希望以此来影响乃至改变晚明戏曲的创作状况。像这样一位戏剧家,可以想象,他本人创作传奇,当怎样对待戏曲格律问题。

《双雄记》可以说是一部严守曲律的传奇标本,冯梦龙完成该剧后还专门请沈璟为其改订,“余早岁曾以《双雄》戏笔,售知于词隐先生。先生丹头秘诀,倾怀指授”②。沈璟是吴江派的鼻祖,《南九宫曲谱》的作者,主张“名为乐府,须教合律依腔。宁使时人不鉴赏,无使人挠喉捩嗓”(《二郎神》)。沈璟改订传奇,肯定首先是从格律方面修改。冯梦龙可以说得沈璟之真传,吕天成《曲品》云:《双雄记》“事虽卑琐,而能恪守词隐先生功令,亦持教之杰也”③。祁彪佳《远山堂曲品》评《双雄记》:“确守词隐家法,而能时出俊语。”④都是肯定《双雄记》严守格律。冯梦龙也颇为自信,晚年曾对《双雄记》作了“重定”,并标注于刻本题目中,还加上了批语,从这些批语就可看出该剧守律之严。除了标注韵脚的字音、平仄外,主要就是订正时人填词之误,指出正体之句数、字数,为后人提供一个样板。第三十三折【南吕·琐窗寒】批曰:“此调按谱合如此,今人唱《荆钗记》腔,皆误。”⑤第十五折【越调·小桃红】批曰:“此是正体,与《牧羊》诸记不同。”⑥第四折【商调·簇御林】批曰:“‘做叔侄’只该六个字。”⑦第十四折【太师引】批曰:“第五句是北调正体。”⑧还有一些批语是查正曲牌,第八折【仙吕入双调·朝元令】批曰:

---

① 《双雄记叙》,《冯梦龙全集》第12卷,第479、480页。
② 冯梦龙《曲律叙》,《中国古代戏曲论著集成》四,第47页。
③ 《中国古代戏曲论著集成》六,第237页。
④ 《中国古代戏曲论著集成》六,第33页。
⑤ 《冯梦龙全集》第12卷,第573页。
⑥ 《冯梦龙全集》第12卷,第521页。
⑦ 《冯梦龙全集》第12卷,第493页。
⑧ 《冯梦龙全集》第12卷,第519页。

“此套旧曲名【朝元歌】，沈谱未明，余为查正。”①第二十七折【中吕·楚江情】批曰：“按谱此调此增句【罗江怨】。”②冯梦龙在全剧最后一支曲子写道：“悲欢顷刻皆妆就，善恶分明看到头，韵协音和传不朽。”③自信《双雄记》“韵协音和”，可以流传不朽。

《万事足》作于冯梦龙晚年，在改订、评点大量时人传奇之后，冯氏对曲谱的研究更加精深，自己谱曲得心应手。冯梦龙编撰《墨憨词谱》，主要征引南戏和元人杂剧，“所收新传奇，止其手笔《万事足》并袁作《珍珠衫》、李作《永团圆》几曲而已”④。袁于令、李玉与冯梦龙志趣相投，在曲谱方面造诣很深，冯梦龙编《万事足》曾邀袁于令订正宫调，李玉曾撰《北词广正谱》。冯梦龙将《万事足》与袁作《珍珠衫》、李作《永团圆》作为曲谱之例证，说明他自信《万事足》可以作为合律依腔的样板。

冯梦龙的两部传奇，均用双线结构。《双雄记》的两条线索非常清晰，剧中的“双雄”指结义兄弟丹信和刘双，主线是丹信与叔父丹三木的矛盾，副线是刘双与黄素娘的恋情，两条线索交错发展。这种结构方式并非冯梦龙的创造，南戏名剧《拜月亭记》就采用了这种结构方式，书生蒋世隆与落难公子陀满兴福也是结拜兄弟，主线是蒋世隆与王瑞兰在战乱之中的爱情波折，副线是陀满兴福的逃难经历。冯梦龙撰《墨憨词谱》：“自《荆》、《刘》、《拜》、《杀》迄元剧古曲若干，无不旁引而曲证，及所收新传奇，止其手笔《万事足》并袁作《珍珠衫》、李作《永团圆》几曲而已。”⑤可见冯梦龙对《拜月亭记》非常熟悉且推崇备至。不过，冯梦龙在《双雄记叙》中，只提

---

① 《冯梦龙全集》第12卷，第502页。这条批语一方面可以证明冯梦龙填词守律之严，另一方面可以证明批语为后加。冯梦龙完成该剧之后，曾请沈璟改订，按人之常情，不可能在剧中加批指责沈璟曲谱的错误。

② 《冯梦龙全集》第12卷，第556页。

③ 《冯梦龙全集》第12卷，第584页。

④ 沈自晋《重定南词全谱凡例续纪》，《南词新谱》（上），中国书店1985年版。

⑤ 沈自晋《重定南词全谱凡例续纪》，《南词新谱》（上）。

到“《荆》、《刘》、《蔡》、《杀》”，不及《拜月亭记》，与时人所称的四大南戏不同，恰好替换掉《拜月亭记》，很可能是他撰写《双雄记》借鉴了《拜月亭记》而在序言中有意回避。结构方式相似而具体内容大不相同，初次写戏借鉴名剧没有必要掩饰。《拜月亭记》两线脱节常为今人诟病，《双雄记》中刘双与黄素娘的爱情故事与主线关系也不密切，好像是作者因同情白小樊的遭遇便将其故事硬塞进剧中。丹信叔父丹有我与刘双叔父刘方正，一个自私狠毒，“单知有我真禽兽”①，诬陷亲侄儿，遭到恶报；一个重义轻财，为双雄鸣冤，最后入山访道成仙。作家有意设置身份相同而性格迥异的两个人物，形成鲜明对比，以示善恶分明。

《万事足》也是双线结构，陈循与高谷为同年好友，均为中年无子。两条线索便是两人分别纳妾生子的故事，紧扣同一主题。四个主要人物，两两形成对照，陈循刚烈，因夫妻感情甚笃，虽无子不愿纳妾；高谷惧内，赴考途中纳妾生子不能团圆。陈妻梅氏贤达，丈夫不愿置妾而主动买妾，设计圆房；高妻邳氏悍妒，千方百计阻止丈夫娶妾。对一个人物性格的渲染，自然成为对相对应人物性格的衬托。这种结构与人物关系的巧妙安排只有在稍后的李笠翁的传奇中才能找到。

冯梦龙的两部传奇，《双雄记》内容有一定深度而艺术略显稚嫩，《万事足》艺术臻于成熟而内容流于庸俗，都算不上一流名剧，作为一位戏曲家，冯梦龙的创作成就远不及其在戏曲评点和改订方面的贡献。

原载《中南民族大学学报》2013 年第 4 期

---

① 《冯梦龙全集》第 12 卷，第 542 页。

冯梦龙与苏州派剧作家

冯梦龙不仅是一位著名的小说家，还是一位有影响的剧作家，创作有传奇《双雄记》和《万事足》，改订、评点、刊刻传奇数十种，现存十六种，包括《风流梦》、《邯郸梦》、《精忠旗》等名剧。冯氏是苏州府长洲县人，长洲县与苏州府同治，冯氏一生，除短期外出坐馆、宦游之外，大部分时间生活在家乡苏州。在沈璟去世之后，冯梦龙无疑是苏州剧坛的领袖人物。苏州派是明末清初的一个戏曲流派，主要成员有李玉、朱素臣、朱佐朝、张大复、叶时章、丘园、毕魏、薛旦、盛际时等人。[①] 其中部分成员在晚明时期已崭露头角，如李玉、毕魏。冯梦龙出生于万历二年，崇祯十一年寿宁知县任满回乡，已是六十多岁的老人。苏州派剧作家大多生卒年不详，根据他们戏剧活动的时间也能推知大概，李玉、张大复年齿稍长，大约出生于万历四十年前后。朱素臣、朱佐朝、毕魏、叶时章等人大约出生于天启年间。冯梦龙长李玉、张大复、朱素臣、朱佐朝、毕魏、叶时章、丘园等人四五十岁不等，冯梦龙是苏州派剧作家的同乡前辈。从现存资料看，冯梦龙与苏州派剧作家李玉、张大复、毕魏有交往，主要是因为这三位剧作家在苏州派剧作家中，年龄稍长，在明末已经开始了戏曲创作与研究，李玉已写出了成名作“一人永占”四部传奇，毕魏也写出了代表作《三报恩》。冯梦龙曾为李玉改订《人兽关》和《永团圆》传奇，现存《墨憨斋订定人兽关传奇》署名“吴门一笠庵新编，同郡龙子犹窜定”，《墨憨斋重定永团圆传奇》署

① 关于苏州派的由来与构成，参见李玫《明清之际苏州作家群研究》第一章，中国社会科学出版社 2000 年版。

名“吴门一笠庵创稿，同郡龙子犹窜定”。并为两剧写叙作评，对李玉及其剧作给予很高的评价，在《永团圆叙》中，冯梦龙评曰：“一笠庵颖资巧思，善于布景，如太守乔主婚事，情节本妙，添作二女志鹿得獐，遂生出多少离合悲欢段数。文人机杼，何让天孙？”“中间《投江遇救》近《荆钗》，《都府挜婚》近《琵琶》，而能脱落皮毛，掀翻窠臼，令观者耳目一新，舞蹈不已。”①不难看出冯梦龙对这位同乡晚辈的奖掖与提携，李玉能在青年时期便以“一人永占”蜚声晚明剧坛，与冯梦龙的提携不无关系。毕魏将冯梦龙撰写的话本小说《老门生三世报恩》改编为传奇《三报恩》，冯梦龙也帮助改订，现存《滑稽馆新编三报恩传奇》署名“姑苏第二狂笔，同邑龙子犹窜”。冯梦龙作序称赞“万后氏年甫弱冠，有此奇才异识，将来岂可量哉”②！冯梦龙还和张大复讨论曲谱与剧作，张大复在《新定九宫十三摄南曲谱》之一记载：“油核桃又一体，与油核桃有涉，故附于此。冯子犹先生云：‘曲中有雁儿二字数处，即名雁儿可也。’论亦妙。”③《谱选古今传奇散曲集总目》记载：“元永和鬼妻传　龙犹子（为龙子犹笔误）云：洪武间一教谕作，惜未询其姓字。”④冯梦龙还赠送剧本给张大复，《谱选古今传奇散曲集总目》载：“王仙客无双传　墨憨斋赠本。”⑤虽然现存文献只记载了冯梦龙提携和帮助过李玉、毕魏和张大复，但对整个苏州剧作家群都产生了不同程度的影响。无论从年龄、地位，还是从戏剧理论建树、戏曲创作成就来看，李玉无疑是苏州派剧作家的领袖，冯梦龙完全可能通过影响李玉进而影响

---

① 冯梦龙《永团圆叙》，《冯梦龙全集》第 13 卷，江苏古籍出版社 1993 年版，第 1373 页。

② 冯梦龙《三报恩序》，《冯梦龙全集》第 13 卷，第 1565 页。

③ 张大复《新定九宫十三摄南曲谱》卷一，《续修四库全书》一七五〇、集部、曲类，上海古籍出版社 2002 年版，第 655 页。

④ 张大复《新定九宫十三摄南曲谱》，《续修四库全书》一七五〇、集部、曲类，第 644 页。

⑤ 张大复《新定九宫十三摄南曲谱》，《续修四库全书》一七五〇、集部、曲类，第 645 页。

苏州剧作家群。苏州派剧作家经常集体创作传奇，名剧《清忠谱》署“苏门啸侣李玉元玉甫著，同里毕魏万后、叶时章稚斐、朱白雀素臣同编”。《一品爵》，《曲海总目提要》谓“吴县人朱良卿、李元玉等同撰”。《埋轮亭》，《曲海总目提要》谓“吴县人李元玉、朱良卿等同撰”。《四奇观》，《曲海总目提要》谓“苏州朱素臣、朱良卿等四人合撰”。《四大庆》，《西谛善本戏曲目录》谓叶稚斐、邱园、朱白雀、盛时际合作。苏州派剧作家合作编剧，共同商讨，冯梦龙的影响也就在这种合作中不断扩散。这种判断，我们可以在冯梦龙与苏州派剧作家的戏曲理论和创作的比较中得到证实。

一

冯梦龙对苏州派剧作家的影响和启发，最明显地表现在题材方面。苏州派剧作家直接从冯梦龙的“三言”中取材，根据“三言”改编的传奇有七种之多。李玉《人兽关》，据《警世通言》卷25《桂员外穷途忏悔》改编；李玉《占花魁》据《醒世恒言》卷3《卖油郎独占花魁》改编；李玉《眉山秀》，据《醒世恒言》卷11《苏小妹三难新郎》改编；李玉《风云会》，据《警世通言》卷21《赵太祖千里送京娘》改编；毕魏《三报恩》，据《警世通言》卷18《老门生三世报恩》改编；朱素臣《十五贯》，据《醒世恒言》卷33《十五贯戏言成巧祸》改编；朱素臣《文星现》，据《醒世恒言》卷26《唐解元一笑姻缘》改编。苏州派剧作家如此集中改编冯梦龙的话本，可见冯梦龙在他们心目中的地位。

值得注意的是，苏州派剧作家将冯梦龙的话本改编为传奇，而冯梦龙又将其中的部分传奇进行修订，经冯梦龙修订的传奇有李玉的《人兽关》、《占花魁》和毕魏的《三报恩》。虽说古代没有著作权法，苏州派剧作家改编冯梦龙的话本很可能得到了冯氏的许可。传奇和话本，毕竟是两种不同的文体，尽管人物与情节相同，改编者还是有不少的加工和改写。由于传奇的篇幅比话本要长，改编者要补充一些情节，冯梦龙大度地给予理解和肯定。毕魏的《三报恩》是据冯梦龙创作的小说《老门生三世报恩》改编的，毕魏增补了少年进士陈名易为了谋取高位，竟然巴结权贵、陷害宗师的故事，与原作中的鲜于同多次报答宗师的提携之恩形成鲜明对照。冯梦龙不仅毫无异议，反而称赞该剧“加以陈名易负恩事，与鲜于老少相形，令贵少贱老者浑身汗下”①。

作为苏州籍作家，冯梦龙和苏州派对家乡都怀有深厚的情感，对苏州的历史和现实非常关注，这在他们的文学活动中充分体现出来。冯梦龙曾搜集、整理、拟作过家乡民歌——吴歌，就是现存的民歌集《山歌》。他的不少文学作品取材于苏州的历史、传说和时事。早年创作的传奇《双雄记》，写结拜兄弟、苏州吴县人丹信和刘双先后被诬下狱，后获释抗倭，立功称雄的故事。据《远山堂曲品》记载：“丹信为叔三木所陷，并及其义弟刘双，而刘方正者，不惜倾赀救之。……姑苏近实有其事。”②而刘双和黄素娘的爱情故事更是冯梦龙根据其友人东山刘某与名妓白小樊的实事加工而成。笔记小说《张润传》、《爱生传》、《丘长儒传》，均写苏州名妓的故事，虽然张润、爱生原籍并非苏州，都被卖到苏州青楼从业。丘长儒为湖北麻城人，女主人公六生则是土生土长的苏州人。冯梦龙编撰的话本小说，或主人公为苏州人，或故事发生在苏州。唐寅是吴中才子，诗文书画，名动海内。弘治十一年乡试第一，得到程敏政的赏识，后来敏政总裁会试泄题，唐寅受到牵连，从此绝意功名，放浪形骸。《明史》本传云：“吴中自枝山辈以放诞不羁为世所指目，而文才轻艳，倾动流辈，传说者增益而附丽之，往往出名教外。”③《警世通言》中的《唐解元一笑姻缘》就写这样一个附丽于唐寅身上的传说故事，唐寅在苏州的一条游船上看中一位眉目秀艳、体态绰约的青衣小鬟，便乘船尾随到其主人家，装扮成穷书生到主人家做伴

---

① 冯梦龙《三报恩序》，《冯梦龙全集》第13卷，第1565页。

② 祁彪佳《远山堂曲品》，《中国古典戏曲论著集成》六，中国戏剧出版社1959年版，第33页。

③ 张廷玉等《明史》二四，中华书局1974年版，第7353页。

读、掌书记，得到主人的赏识，将青衣小鬟许配唐寅为妻，这就是著名的唐伯虎点秋香的故事。或谓此事为陈玄超所为，但苏州人更愿意相信他发生在风流才子唐寅身上，这种事情完全符合市民心目中唐寅的性格。况钟虽不是苏州人，但他于宣德五年出知苏州府，为政“兴利除弊，不遗余力。锄豪强，植良善，民奉之若神”。“正统六年，秩满当迁，部民二万余人，走诉巡按御史张文昌，乞再任。诏进正三品俸，仍视府事。明年十二月卒。吏民聚哭，为立祠”①。况钟是一位深受苏州百姓爱戴的父母官。《警世通言》中就有一篇小说，叫做《况太守断死孩儿》，写况钟根据江上发现的一具小孩尸体查出恶人支助教唆得贵骗奸主母、利用小孩尸体敲诈邵氏、最终害死两条人命的恶性案件，虽然无法判断此案是否属实，但况青天在任苏州知府期间肯定办过很多类似的惩恶扬善的案件。“三言”中取材于苏州的历史与现实的小说还有《金令史美婢酬秀童》(《警世通言》卷15)、《宋小官团圆破毡笠》(《警世通言》卷22)、《桂员外途穷忏悔》(《警世通言》卷25)、《灌园叟晚逢仙女》(《醒世恒言》卷4)、《钱秀才错占凤凰俦》(《醒世恒言》卷7)、《施润泽滩阙遇友》(《醒世恒言》卷18)、《张廷秀逃生救父》(《醒世恒言》卷20)等。从这些作品可以看出，冯氏更关注苏州普通人的生活与命运，他作品中的主人公要么是市井细民，如小商人宋小官、施润泽，青楼女子六生、张润、爱生；要么是下层文人，如钱秀才、张廷秀、唐伯虎。唯一例外的是况钟，为苏州知府，但小说的主要内容仍然是写一个恶人引诱寡妇失节，害死两条人命的案件，况钟只是最后出场破案的清官，不是小说的主要人物。

就近取材，用苏州的历史传说和新闻事件进行戏曲创作，也是苏州派剧作家的一大特点。李玉的《万里圆》又作《万里缘》，写苏州人黄向坚在兵荒马乱的岁月里，独行万里，到云南大姚迎请父母还乡的故事。该剧是根据苏州实事编写的。清顾公燮《消夏闲

① 张廷玉等《明史》卷一四，第4380－4381页。

记》:"明孝廉黄云美,周忠介公门人也,为云南大姚令。鼎革后,其子向坚,于干戈载道之中,迎二亲回苏。自顺治二年暮出门,至十年始归故里。有作《万里缘》传奇以演其事者。"李玉的《一捧雪》传奇是根据发生在苏州太仓的"伪画致祸"事件加工而成。这一事件,沈德符《万历野获编》补遗卷二有详细记载:"严分宜势炽时,以诸珍宝盈溢,遂及书画古董雅事。时鄢懋卿以总鹾使江淮,胡宗宪、赵文华以督兵使吴越,各承奉意旨,搜取古玩不遗余力。时传闻有《清明上河图》手卷,宋张择端画,在故相王文恪胄君家,其家钜万,难以阿堵动,乃托苏人汤臣者往图之。汤以善装潢知名,客严门下,亦与娄江王思质中丞往还,乃说王购之。王时镇蓟门,即命汤善价求市,既不可得,遂属苏人黄彪摹真本应命,黄亦画家高手也。严氏既得此卷,珍为异宝,用以为诸画压卷,置酒会诸贵人赏玩之。有妒王中丞者知其事,直发为赝本,严世蕃大惭怒,顿恨中丞,谓有意绐之,祸本自此成。或云即汤姓怨弇州伯仲自露始末,不知然否?"[①]《一捧雪》虽将名画《清明上河图》改为玉杯"一捧雪",主人王思质换成了莫怀古,但严世蕃仗势强夺古董,他人以赝品应命而带来杀身之祸的主体故事没变,苏州裱褙匠汤臣改为汤勤仅一字之差。还有李玉的《人兽关》、《清忠谱》,邱园的《幻缘箱》,叶稚斐的《琥珀匙》,朱素臣的《聚宝盆》、《十五贯》、《文星现》,薛旦的《续情灯》、《鸳鸯梦》、《醉月缘》等传奇,所写故事都发生在苏州。

苏州派剧作家写苏州,非常关注苏州发生的重大政治事件。晚明时期,苏州发生了两起震惊朝野的民变,一起是万历二十九年,苏州织工反抗税监孙隆的斗争,打死织造太监参随黄建节等多人,孙隆逃往杭州。李玉的《万民安》便写这一事件,虽剧本失传,《曲海总目提要》叙录了这部传奇的故事梗概。《提要》载:《万民

① 沈德符《万历野获编》,中华书局1959年版,第827页。

安》"演葛成击杀黄建节事，谓因此而苏民得安，故曰万民安也"①。另一起是天启六年，由阉党逮捕东林党人周顺昌引发的开读之变，苏州市民数万人自发起来保护周顺昌，打死打伤缇骑多人。李玉的《清忠谱》谱此事。"周顺昌最忠且清，故名"②。按理说，作为亲身经历者，冯梦龙更有资格来写这两次民变，但在冯氏的作品中，没有只言片语提及。正因为冯梦龙是亲历者，当时还有很多民变的参与者在世，写民变会有诸多顾虑，甚至是有生命危险。据道光《苏州府志》记载，最早反映葛成领导苏州市民反抗税监事件的传奇《蕉扇记》，剧中有讥刺与税官勾结的乡绅丁元复的内容，丁怀疑此剧为张献翼所作，于是派人杀死张献翼。应该说，冯梦龙是一个比较谨慎的人，他改订《人兽关》，将剧中牛公子改为戎公子，"以牛姓时有，故避之"③。对一个虚构人物的姓氏尚有顾虑，何况写发生在身边的真人真事。苏州派剧作家就不一样了，毕竟他们距两次民变发生时间较远，创作《清忠谱》、《万民安》时已改朝换代，因此顾忌会比较小。当然，这也说明苏州派剧作家在反映社会政治问题方面更加大胆。

二

冯梦龙严守曲律的戏曲创作主张对苏州派的影响更加直接。冯梦龙是一位重视舞台、严守曲律的戏曲家，这在他晚年的戏曲评点中表现得非常突出。他批评明代戏曲作者和演员"《中原韵》不问，但取口内连罗；《九宫谱》何知，只用本头活套。作者逾乱，歌者逾轻。调罔别乎宫商，惟凭口授；音不分乎清浊，只取耳盈。或因句长而板妄增，或认调差而腔并失。弄声随意，平上去入之不精；识字未真，唇舌齿喉之无辨"④。冯梦龙所说的都是明代戏曲创作

① 黄文旸《曲海总目提要》，天津市古籍书店1992年版，第703页。

② 黄文旸《曲海总目提要》，第871页。

③ 冯梦龙《人兽关总评》，《冯梦龙全集》第13卷，第1277页。

④ 冯梦龙《双雄记叙》，《冯梦龙全集》第12卷，第479页。

和演出中不守曲律的问题。冯梦龙一方面盛赞“若士先生，千古逸才。所著四梦，《牡丹亭》最胜”；另一方面，又批评汤显祖的传奇《牡丹亭》“独其填词不用韵，不按律，即若士亦云：吾不顾捩尽天下人嗓子。夫曲以悦性达情，其抑扬清浊，音律本于自然。若士亦岂真一捩嗓为奇？盖求其所以不捩嗓者而未遑讨，强半为才情所役耳。识者以为此案头之书，非当场之谱，欲付当场敷演，即欲不稍加窜改而不可得也”①。他认为《邯郸记》有“填词落调及失韵处，不得不为一窜耳”②。因此，冯梦龙在晚年退居苏州之后，专门从事戏曲的改订与评点工作，既是为戏班提供便于演唱的脚本，又是为剧作家提供可以效法的样板。“余发愤此道良久，思有以正时尚之讹，因搜戏曲中情节可观而不甚奸律者，稍为窜正”③。在《太霞新奏发凡》中，冯梦龙提出：“词学三法：曰调、曰韵、曰词。不协调，则歌必捩嗓。”三法之中有二法是对格律的要求，并且将调和韵放在更重要的位置，“不协调则歌必捩嗓，虽烂然词藻无为也。……是选以调协、韵严为主。二法既备，然后责其词之新丽”④。戏曲本来就是场上之曲，创作剧本遵守曲律，便于演员演唱是剧作家的职责，冯梦龙要求戏曲创作要严守曲律符合戏曲艺术的特点与规律。

冯梦龙还修订《墨憨斋新谱》，天启年间就写出了部分初稿，在《太霞新奏发凡》中多次提到他的曲谱，直到临终之前，尚未完稿，还特地委托好友沈自晋续编曲谱，沈氏在《南词全谱凡例续纪》中详细记载了此事：“适顾甥来屏寄语，曾入郡访子犹先生令嗣，赞明出先人易箦时手书致嘱，将所辑《墨憨词谱》未完之稿及他词若干，畀我卒业。六月初，始携书并其遗笔相示。翰墨淋漓，手泽可挹，展玩怆然，不胜人琴之感。虽遗编失次，而典型具存，其所发明者

① 冯梦龙《风流梦小引》，《冯梦龙全集》第 13 卷，第 1047 页。
② 冯梦龙《邯郸梦总评》，《冯梦龙全集》第 13 卷，第 1175 页。
③ 冯梦龙《双雄记叙》，《冯梦龙全集》第 12 卷，第 480 页。
④ 冯梦龙《太霞新奏发凡》，《冯梦龙全集》第 14 卷，第 1 页。

多矣。”[1]冯梦龙新编曲谱，先后持续了二十多年时间，最终没有完稿，带着遗憾离开了人世。《墨憨斋新谱》部分内容保存在《太霞新奏》和《南词新谱》中。正因为冯梦龙如此重视戏曲格律，沈自晋才会在《望湖亭记》中将他列入沈璟的旗帜下，后人据此将他归入吴江派中。

冯梦龙将其严守曲律的衣钵直接传给了苏州派剧作家，他改订李玉的《永团圆》、《人兽关》，多从曲律着眼。冯梦龙改本《永团圆》第五折【北朝天子】有一句唱词为：“有个贾符卿能做作。”此句冯梦龙有批语：“原作贾玺卿，玺音徙，上声，不叶，故改符。”[2]将“贾玺卿”更名为“贾符卿”，以便演唱。李玉《永团圆》第六出【摊破地锦花】首句为“论姻亲”，冯梦龙改为“论亲姻”，并加以说明：“‘论姻亲’效《拜月》【绣鞋儿】句法，毕竟《彩楼》‘那时’二字为正体，沈谱因三字遂于‘绣’字加腰板，谬。”[3]冯梦龙改本第三十二折曲词系冯梦龙改写，于【惜奴娇】曲有批语：“原本用【赤马儿】、【拗芝麻】等，不知宫调，恐唱者未习，故改之。”[4]冯梦龙改本《人兽关》第九折【猫儿坠其二】后有说明：“原本有【尾声】，今删，【猫儿坠】原不用尾也。”[5]此类修改与批语甚多，不一一引述。这种批改，就像一个老师为学生改习作，虽然没有见到李玉对冯梦龙批改自己剧本的反应的材料，但从李玉后来对曲律的重视，还是可以看出冯梦龙的影响。

苏州派剧作家主要为戏班演出提供剧本，现存传奇多为梨园抄本而少刻本就是明证。这一点和冯梦龙晚年的戏剧活动特别相似，虽然有创作与改订之别。相似的目的使他们的戏曲主张十分相近，苏州派剧作家也非常重视戏曲格律，李玉曾“更定”徐于室的

① 沈自晋《重定南词全谱凡例续纪》，中国书店 1985 年影印本。

②《冯梦龙全集》第 13 卷，第 1388 页。

③《冯梦龙全集》第 13 卷，第 1392 页。

④《冯梦龙全集》第 13 卷，第 1460 页。

⑤《冯梦龙全集》第 13 卷，第 1304 页。

《北词广正谱》,朱素臣"同阅"此谱。在《南音三籁序》中,李玉对明中叶几位散曲家予以高度评价:"延及嘉、隆间,枝山、伯虎、虚舟、伯龙诸大才人,吟咏连篇,演成长套,或一宫而自始至终,或各宫而凑成合锦。其间紧慢之节奏,转度之机关,试一歌之,恍若天然巧合,并无拗嗓棘耳之病。全套浑如一曲,一曲浑如一句。况复写景描情,镂风刻月,借宫商为云锦,谐音节于珠玑,亦如诗际盛唐,于斯立极,时曲一道,无以复加矣。"①赞赏的是诸家的协律与文采。李玉评的虽然是散曲,但就和乐歌唱而言,散曲与剧曲是相同的。张大复是苏州派剧作家中在戏曲理论方面用功最勤的人,著有《寒山堂曲谱》,在《凡例》中,作者提出:"盖词曲本与诗余异趣,但以本色当行为主,用不得章句学问。曲谱示人以法,只以律重,不以词贵,奈何舍其本而逐其末也。"②戏曲是场上之谱,律贵于词,是有道理的。张大复在《寒山堂曲话》中,多次强调戏曲的舞台特性:"曲始于胡元,大略贵当行,不贵藻丽。其当行者曰本色。盖自有一番材料,其修饰词章,填塞学问,了无干涉也。"③重当行,但并不是说曲词就不重要,在对汤显祖的批评中,就可以看出张大复曲律与文词并重的倾向,他说:"论前明作家,首推汤临川。临川多读元曲,一力规模,尽有佳处。惜其才足以逞,律实未谙。韵脚多用土音,如子与宰叶之类是也。临川自云:'骀荡淫夷,转在笔墨之外,佳处在此,病处亦在此。'彼未尝不自知,特才源若泻,不耐检讨,悍然为之,未免护前耳。然但作文字观,犹胜依样葫芦,而类书故实堆满者。"④一方面,他批评汤显祖不守曲律;另一方面,又高度评价汤显

---

① 《李玉戏曲集》附录,上海古籍出版社2004年版,第1784页。

② 张大复《新定九宫十三摄南曲谱》,《续修四库全书》一七五〇、集部、曲类,第636页。

③ 张大复《新定九宫十三摄南曲谱》,《续修四库全书》一七五〇、集部、曲类,第640页。

④ 张大复《新定九宫十三摄南曲谱》,《续修四库全书》一七五〇、集部、曲类,第638页。

祖的才情与文词。他还将汤显祖的四梦与臧晋叔的改本进行比较:"临川曲,改作者极多,而四梦全部改作者,只有臧晋叔一人。晋叔精通律吕,妙解音声,尝梓《元人百种曲》,无一调不谐,无一字不叶,是诚元人功臣也哉。惜其长于律而短于才,所改四梦,大失原本神味,今亦不传。"①戏曲并不是说只要严守曲律就会传世,临川四梦尽管不协律,仍就得到了批评家和观众的激赏,臧晋叔的改本,虽说协律押韵,因失原本神味而为观众抛弃。张大复对汤显祖的评价及其曲律与文词并重的观点,与冯梦龙完全相同。

如此重曲律的戏曲流派,当然不会停留在口头上,苏州派剧作家创作传奇,追求合律依腔,便于演唱。李玉的传奇,早年填词,偶有失误,后期创作,越来越严谨。钱谦益在《眉山秀题词》对李玉的才情与音律给予极高的评价:"元玉上穷典雅,下渔稗乘,既富才情,又娴音律,殆所称青莲苗裔、金粟后身耶!于今求通才于宇内,谁复雁行者?""即使延年协律,当亦赏其清柔;善顾周郎,无能摘其纰谬。"②许饮流《竹叶舟序》认为毕魏《竹叶舟》"文笔俊爽,曲律谐协,排场紧凑,洵为当行,诚不愧'白璧黄金'之誉也"③。吴梅《快活三跋》称张大复"考订南词最精,此作无失律语"④。古今戏曲家不约而同地肯定了苏州派剧作家协律的特点。

三

冯梦龙的文学教化观也为苏州派剧作家普遍接受。冯梦龙是一位极具社会责任感的文学家,在他的文学创作与批评中,十分重视文学的社会教化功能。他将自己编纂的三种话本小说集分别命名为《喻世明言》、《警世通言》、《醒世恒言》,并在《醒世恒言叙》中

---

① 张大复《新定九宫十三摄南曲谱》,《续修四库全书》一七五〇、集部、曲类,第638页。

② 《李玉戏曲集》附录,第1789页。

③ 蔡毅编《中国古典戏曲序跋汇编》,齐鲁书社1989年版,第1482页。

④ 蔡毅编《中国古典戏曲序跋汇编》,第1517页。

系统地阐明了他的文学教化观，他说："自昔浊乱之世，谓之天醉。天不自醉人醉之，则天不自醒人醒之。以醒天之权与人，而以醒人之权与言。言恒而人恒，人恒而天亦得其恒。万世太平之福，其可量乎？"①冯梦龙以醉酒和醒酒为喻来说明个人的行为与道德状况，"由此推之，惕孺为醒，下石为醉；却呼为醒，食嗟为醉；剖玉为醒，题石为醉。又推之，忠孝为醒，而悖逆为醉；节俭为醒，而淫荡为醉；耳和目章、口顺心贞为醒，而即聋从昧、与顽用嚚为醉"②。文学的社会作用就是要唤醒那些沉醉的世人，达到万世太平的理想境地。在《警世通言叙》中，冯梦龙指出："六经、《语》、《孟》，谭者纷如，归于令人为忠臣、为孝子、为贤牧、为良友、为义夫、为节妇、为树德之士、为积善之家，如是而已矣。经书著其理，史传述其事，其揆一也。理著而世不皆切磋之彦，事述而世不皆博雅之儒。""而通俗演义一种，遂足以佐经书史传之穷。"③也就是说，通俗小说和经书史传一样，可以教人做忠臣孝子、贤牧良友、义夫节妇，树德积善，而且通俗小说比经史的社会效应更大，经史只能作用于文人，而通俗小说可以作用于市民、农夫。正是基于这种认识，冯梦龙在小说编纂中，十分重视教化功能，冯梦龙作《老门生三世报恩》是要劝诫士子"不可以年少而自恃，不可以年老而自弃"④。在《三报恩序》中，冯氏说得更加明白："余向作《老门生》小说，政谓少不足矜，而老未可慢。为目前短算者开一眼孔。"⑤《徐老仆义愤成家》是根据明代实事改编，可能出自冯梦龙之手，小说的创作动机是要"劝谕那世间为奴仆的，也学这般尽心尽力，帮家做活，传个美名；莫学那样背恩反噬、尾大不掉的，被人唾骂"⑥。至于怎样评价冯梦龙的创作目的，这里不予讨论，冯梦龙重视文学的教化作用，是不用质

---

①② 《冯梦龙全集》第4卷，第1页。

③ 《冯梦龙全集》第3卷，第663页。

④ 《冯梦龙全集》第3卷，第242页。

⑤ 《冯梦龙全集》第13卷，第1565页。

⑥ 《冯梦龙全集》第4卷，第776页。

疑的事实。

冯梦龙在戏曲评点与创作中，同样强调其社会教化作用。他在《人兽关叙》说："支那世界，大抵德怨之薮。然有一大利焉，曰报。报者动于人心之不自已，而治天下者，藉为不斧不钺之劝惩者也。德而不报，谁相劝于树德？怨而不报，谁相劝于造怨？故以德报怨，斥之为不情之事；而以怨报德，名为刑戮之民。民而谓之刑戮，其生也罔，其死也惭。阳不齿于人，而阴且羞以为鬼。"①他用因果报应的观念告诫世人要树德，不要造怨。冯梦龙对张凤翼的《灌园记》中人物与情节的安排多有不满，于是从教化的角度作了修改，他在《新灌园序》中写道："自余加改窜，而忠孝志节种种具备，庶几有关风化而奇可传矣。"②在《酒家佣叙》中，冯梦龙特别提醒"世人但勿以故事阅传奇，直把作一具青铜，朝夕照自家面孔可矣"③。冯梦龙晚年所编《万事足》传奇，其立意并不可取，其创作动机仍然是有益于世道人心："览斯剧者，能令丈夫爱着明、弱者有立志，胜捧诵佛说怕婆经多多矣。其闺人或览而喜，或览而怒。喜则我梅，怒则我邳，孰贤孰不？孰吉孰凶？到衰老没收成时，三更梦醒自有悔。著此自为身家百年计，勿恃陈状元棒喝不到为幸也。"④

冯梦龙的文学教化观对苏州派剧作家影响甚大。苏州派剧作家大多没有系统的戏曲理论著作，主要编写传奇，传奇这种文体，剧作家可以在开场和结尾通过台词来直接说明自己的创作主张和对剧中人物的评价，从中我们可以窥见苏州派剧作家在用戏曲警醒世人，发挥其教化功能方面与冯梦龙高度一致。李玉的《人兽关》开篇借观世音菩萨之口说明剧作家的创作动机："今有一段因缘，在姑苏地方，借此一场果报，唤醒世人痴梦，须索走一遭也

① 《冯梦龙全集》第13卷，第1275页。
② 《冯梦龙全集》第12卷，第3页。
③ 《冯梦龙全集》第12卷，第99页。
④ 《冯梦龙全集》第12卷，第587页。

呵！”[1]结尾下场诗云：“关分人兽事偏新，描出须眉宛似真；笔底锋芒严斧钺，当场愧杀负心人。”[2]这种创作动机和冯梦龙的话本小说《桂员外穷途忏悔》完全一样：“桂迁悔过身无恙，施济行仁嗣果昌；奉劝世人行好事，皇天不佑负心郎！”[3]李玉在《万里圆》结尾处特别提醒观众：“宫商谱入非游戏，为忠孝传人而已；莫作花柳彰闻绮语题。”[4]李玉《一捧雪》传奇表彰义仆莫诚为救主人，以身代死；烈女雪艳为救丈夫，手刃仇人，而后自刎。李玉借剧中人物之口对义仆、烈女予以高度评价：“莫苍头之忠义，雪艳之贞烈，真堪不朽！”[5]李玉的这出戏很容易让人想到冯梦龙的《徐老仆义愤成家》。正因为李玉在传奇创作中时刻不忘作为一位戏曲家的社会责任感，因而吴伟业在《北词广正谱序》中这样评价李玉：“所著传奇数十种，即当场之歌呼笑骂，以寓显微阐幽之旨。忠孝节烈，有美斯彰，无微不著。”[6]李玉注重戏曲的教化作用，苏州派其他剧作家也程度不同地存在这种创作倾向。朱素臣《未央天》写浙江盐官米图新蒙冤下狱，义仆马义、臧婆夫妇为主人伸冤，妻子“捐躯授首”，丈夫横卧钉板。新图之子世修卖身救父。诚如作者所云：“事关风化人钦羡，挥毫谱出未央天，节孝忠贞万古传。”[7]张大复的《如是观》一名《倒精忠》，意思是要为明传奇《精忠记》作翻案文章。“二圣南还酬素志，群臣勠力除奸恶。”[8]岳飞终成大功，迎二帝还朝，秦桧夫妇被凌迟处死。作者于结尾处用一支曲子说明创作意图：“岳侯至此何曾殒？幸今朝已戮奸臣。愿边疆从此太平，伏国仇尽扫胡尘。论

---

① 《李玉戏曲集》，上海古籍出版社 2004 年版，第 107 页。
② 《李玉戏曲集》，第 200 页。
③ 《冯梦龙全集》第 3 卷，第 394 页。
④ 《李玉戏曲集》，第 1673 页。
⑤ 《李玉戏曲集》，第 102 页。
⑥ 《李玉戏曲集》附录，第 1786 页。
⑦ 《古本戏曲丛刊三集》，文学古籍刊行社 1957 年影印本。
⑧ 《古本戏曲丛刊三集》。

传奇可拘假真？借此聊将冤恨伸。”[①]张大复扶忠锄奸、扬善惩恶的动机非常明显。朱佐朝《乾坤啸》的创作目的：“这歌谣休相笑，非是说谎乱胡嘲，做个善恶样子人瞧。”[②]作为一个联系紧密的创作群体，有着共同的创作主张与倾向，乃在情理之中。

作为一位前辈戏曲家，冯梦龙对苏州派剧作家多有指点与提携，冯梦龙的文学创作与戏曲主张对苏州派剧作家产生了普遍影响，可以说，冯梦龙是苏州派剧作家的戏曲导师，是苏州派产生和形成的重要推手。

原载《北京大学学报》2011年第4期

① 《古本戏曲丛刊三集》。
② 《古本戏曲丛刊三集》。

李渔话本的戏曲改编

一

李渔在《无声戏》目录第一回《丑郎君怕娇偏得艳》题下注明“此回有传奇即出”，第二回《美男子避惑反生疑》、第十二回《妻妾抱琵琶梅香守节》题下注明“此回有传奇嗣出”。这三篇话本第一篇改编为传奇《奈何天》，另外两篇并不见传奇传世，很可能是没有改编。另有三篇话本改编为传奇，事先却没有说明。《连城璧》第一回《谭楚玉戏里传情　刘藐姑曲终死节》改编为《比目鱼》，第九回《寡妇设计赘新郎　众美齐心夺才子》改编为《凰求凤》，《十二楼》之《生我楼》改编为《巧团圆》。李渔为何放弃了原来的改编计划而重新选择篇目，这与李渔的戏曲创新主张有密切关系，他在《闲情偶寄》中提出：“‘人惟求旧，物惟求新。’新也者，天下事物之美称也。而文章一道，较之他物，尤加倍焉。戛戛乎陈言务去，求新之谓也。至于填词一道，较之诗赋古文，又加倍焉。非特前人所作，于今为旧，即出我一人之手，今之视昨亦有间焉。昨已见而今未见也，知未见之为新，即知已见之为旧矣。古人呼剧本为传奇者，因其事甚奇特，未经人见而传之，是以得名，可见非奇不传。新即奇之别名也，若此等情节业已见之戏场，则千人共见、万人共见，绝无奇矣，焉用传之？是以填词之家，务解‘传奇’二字，欲为此剧，先问古今院本中曾有此等情节与否，如其未有，则急急传之，否则枉费辛苦，徒作效颦之妇。”①据笔者研究，《无声戏》第二回《美男子

① 《李渔全集》第11卷，浙江古籍出版社1992年版，第9-10页。

避祸反生疑》与朱素臣的传奇《十五贯》情节多有相同之处。《无声戏》第十二回《妻妾抱琵琶梅香守节》与《警世通言》第二卷《庄子休鼓盆成大道》就有明显的因袭关系①，而且该话本还被明人谢宏仪改编为传奇《蝴蝶梦》。这两篇话本均为李渔所说的“此等情节业已见之戏场”的题材，如果改编为传奇，只能“枉费辛苦，徒作效颦之妇”。而话本《谭楚玉戏里传情　刘藐姑曲终死节》，睡乡祭酒认为：“这回稗史之中，有七件怪事，皆与寻常情理相背：以极淫之妇而生极贞之女，一怪也；以极下贱之人而为极高贵之事，二怪也；从来作传奇者，皆从实事之中演出戏文，此独于戏文中演出实事，三怪也……”②睡乡祭酒所说的怪事，实际上就是指这篇话本不同于前人的创新之处。睡乡祭酒评《生我楼》：“觉世稗官所作，事事情理之中，独有买人为父一节，颇觉怪诞。观者至此，都谓‘捉出破绽来’，将施责备之论矣。及至看到‘原属父子，天性使然’一语，又觉得甚是平常，并不曾跳出情理之外。可见人作好文章与做好人、行好事一般，常有初使人惊、次招人怪，及至到群疑毕集、怨讟将兴之际，忽然见出他好处来。”③睡乡祭酒说《生我楼》的主体情节“怪诞”，实际上是称赞这篇话本不同寻常，让人拍案称奇。在《巧团圆序》中，睡乡祭酒说得更加明确：“笠翁之著述愈出而愈奇，笠翁之心思愈变而愈巧。读至《巧团圆》一剧，而事之奇观止矣，文章之巧亦观止矣！笔笔性灵，言言精髓。吐人不能吐之句，用人不敢用之字；摹人欲摹而摹不出之情，绘人争绘而绘不工之态。”④《巧团圆总评》亦云：“卖身为父，购妇为母，奇莫奇于此矣！题帕委身，捐躯赎美，淫莫淫于此矣！究之敦孝、敦慈，率由天性；矢节、矢义，迥别闲情，一轨于至正、至悫。人诧笠翁之能作怪，吾服笠翁诸剧似怪而

① 傅承洲《李渔话本的创新与因袭》，《明清小说研究》2007年第6期。

② 《李渔全集》第4卷，第279页。

③ 李渔《十二楼》，人民文学出版社1986年版，第230页。

④ 《李渔全集》第2卷，第317页。

绝不怪也。”①从话本之怪诞到传奇之奇巧，说的都是这一题材新颖别致。西泠梅客评《凰求凤》云：“今观笠翁所著传奇，未尝立意翻新，有一字经人道过，笠翁唾之矣。”②说《凰求凤》无一字经人道过，未免有些夸张，但其情节不见于前人剧本，却是事实。能达到这种效果，与其蓝本《寡妇设计赘新郎　众美齐心夺才子》有直接关系。李渔后来选定的三篇话本及其改编的传奇，时人无不称其情节新奇，由此可见李渔选择篇目的标准与角度。

二

在古代戏曲史上，根据小说改编的剧本无计其数，绝大多数是剧作家改编他人的小说，将自己的小说改编成戏曲，不敢说是绝无仅有，至少可以说极为罕见。李渔就是这样一位罕见的剧作家。同一位作家，写同一题材，两部作品没有创作主体与时代的差异，其作品的不同主要源于文体。

作为两种文体形态，话本和传奇各有其独特性，如话本有人话头回，传奇为代言体，曲词为其主要成分，且带有浓厚的抒情色彩，这些特征没有可比性。但作为叙事文体，在人物、情节、结构等叙述要素方面，又有相似性，这是话本改编传奇的重要条件，也是我们比较研究的主要层面。

话本改编传奇，首先遇到的问题就是确立主要人物。在李渔的戏曲观念中，主要人物在剧中占有举足轻重的地位，是一部传奇能否成功的关键。他说：“一本戏中有无数人名，究竟俱属陪宾，原其初心，止为一人而设。即此一人之身，自始至终，离合悲欢，中具无限情由、无穷关目，究竟俱属衍文，原其初心，又止为一事而设。此一人一事，即作传奇之主脑也。”③传奇是舞台艺术，由演员扮演

---

① 《李渔全集》第 2 卷，第 415 页。

② 《李渔全集》第 2 卷，第 522 页。

③ 《李渔全集》第 11 卷，第 8 页。

剧中人物。演员有生旦净丑等行当，剧中的主要人物一般由生旦扮演。“生旦合为夫妇，外与老旦非充父母即作翁姑”①。将话本改编为传奇，剧作家得慎重选择男女主人公。话本篇幅不长，主要人物一般只有一到两人，或男或女，根据情节的需要而定，比较灵活。有的话本改编传奇比较容易，男女主人公非常明确，如《谭楚玉戏里传情　刘藐姑曲终死节》主要人物为谭楚玉与刘藐姑，两人本来就是戏班里的生旦。改为传奇《比目鱼》，谭楚玉与刘藐姑仍旧是剧中主人公，由生旦扮演。有的话本改编传奇会比较复杂，或者是只有一个主要人物，或者两个主要人物为同一性别，改编传奇就需要调整和改写。话本《生我楼》的主要人物与中心情节写尹小楼在独子丢失之后，云游他乡以卖身为父的方式挑选养子立嗣，恰巧卖给了失踪近二十年、已改姓更名的亲生儿子姚继，父子团圆。这篇话本主要人物是两个男人，尹小楼为开篇出场的第一主人公，与传奇生旦排场的常格不符。李渔据此改编的传奇《巧团圆》，对小说中的主要人物作了大幅度的调整，生扮演姚继，成为该剧的主角。旦扮演姚继的妻子曹小姐。剧本增加了姚继与曹小姐自主订婚，战乱之中小姐被贼兵掠去，机警地用巴豆防身全节，最后被姚继买回团圆。话本中虽然已有姚继从人行买回未婚妻曹小姐的情节，但曹小姐只是一个道具型的人物，没有任何言行的描述，在传奇中成了女一号。这种改写显然是传奇生旦排场的要求。

《丑郎君怕娇偏得艳》写阙里侯连娶三房娇妻的故事，主要人物为阙里侯没有问题。但改写传奇还是与常格不符。传奇中，正生一般扮演英俊、潇洒的正面人物，而阙里侯却奇丑无比：“眼不叫做全瞎，微有白花；面不叫做全疤，但多紫印；手不叫做全秃，指甲寥寥；足不叫做全跷，脚跟点点；鼻不全赤，依稀略见酒糟痕；发不全黄，朦胧稍有沉香色；口不全吃，急中言常带双声；背不全驼，颈后肉但高一寸；还有一张歪不全之口，忽动忽静，暗中似有人提；更

① 《李渔全集》第11卷，第59页。

余两道出不全之眉，或断或连，眼上如经樵采。”①其外形与正生相差太大，于是，李渔便用丑扮演阙里侯，仍旧是剧中主人公，生扮演袁进士，做配角。对此李渔颇为自得：“此番破尽传奇格，丑旦联姻真叵测。”②李渔认为：“传奇格局，有一定而不可移者，有可仍可改，听人自为政者。……生旦合为夫妇，外与老旦非充父母即作翁姑，此常格也。然遇情事变更，势难仍旧，不得不通融兑换而用之，诸如此类，皆其可仍可改，听人为政者也。”③《奈何天》乃“情事变更，势难仍旧，不得不通融兑换而用之”。该剧正旦的确立也是一个问题，话本中，阙里侯有邹小姐、何小姐、吴氏等三房妻妾，传奇中只有一个正旦，谁由正旦出演必须作出抉择。按理第一房邹小姐应为正妻，根据生旦合为夫妻的常格，传奇中应由正旦扮演，可在《奈何天》中，邹小姐由老旦扮演，何小姐由小旦扮演，吴氏由正旦扮演。李渔如此安排，也有其道理，从话本到传奇，吴氏无疑都是戏份最重的人物。

《寡妇设计赘新郎　众美齐心夺才子》写美男子吕哉生先后娶了六房妻妾，原配为显宦之女，结婚不到一年暴病而亡。三个名妓沈留云、朱艳雪、许仙俦都愿嫁给吕哉生做妾，由于担心吕生续弦娶回妒妇，不容吕生纳妾，三人便私自为吕生聘下乔小姐。又有一位年轻寡妇曹婉淑看上吕哉生，愿意赘他为夫。最后吕哉生一人娶了乔小姐等五位佳人。李渔将这篇话本改为传奇《凰求凤》，正生扮演吕哉生没有什么问题，正旦的确立比较棘手。李渔将曹婉淑和乔梦兰的位置作了调换，曹婉淑成了许仙俦为吕生聘下的正妻，由正旦扮演，其身份也改为未婚小姐，而不是年轻寡妇，乔梦兰则改为愿意招赘吕哉生的女子，做了吕生的二房。传奇中，曹婉淑是一位“才德兼长、姿容并茂”的小姐，许仙俦为吕哉生提亲，附加

---

① 李渔《十二楼》，第 4 页。

② 《李渔全集》第 2 卷，第 7 页。

③ 《李渔全集》第 11 卷，第 59 页。

条件是得容仙俦做妾，曹小姐满口答应："一妻一妾事理之长，况且又是文字知己，有甚么难容？"①而乔梦兰是一个有缺点的女人，首先悍妒，不容吕哉生娶妾。其次是心机，为了自己的婚事，用反间计挑拨吕哉生和许仙俦的关系，为此而被捉弄。按传奇中正旦扮演正面人物的惯例与要求，曹小姐适合正旦扮演。只是李渔为何将话本中曹婉淑与乔小姐的姓名调换，不得而知。

三

一般来说，传奇的篇幅和容量比话本要大一些，《古今小说》天许斋本《识语》云："小说如《三国》、《水浒》，称巨观矣。其有一人一事，足资谈笑者，犹杂剧之于传奇，不可偏废也。"②天许斋将话本和章回小说，比作戏曲中的杂剧和传奇，显然指篇幅的长短。尽管李渔已将传奇篇幅压缩至三十出左右，当他将话本改为传奇时，还是要增加一些情节乃至线索。

李渔话本篇幅不长，人物不多，多为单线结构。《丑郎君怕娇偏得艳》主要情节就是奇丑无比的财主阙里侯一连娶了三位绝色佳人，先娶邹小姐，邹小姐躲进静室念佛修行之后，再娶何小姐，何小姐也仿效邹小姐进了静室，三娶吴氏，最后三位佳人共同伺候阙里侯。据此改编的传奇《奈何天》在这条主线之外，增加了阙里侯的仆人阙忠替主人输财助边，又代主人焚券免债，阙里侯的义举被天界三官奏明玉皇，玉皇派变形使者为阙里侯改形换面，变作美男子。如果说主线劝诫错配婚姻的女子听天由命，立意庸俗，那么副线宣扬行善必有善报的思想，虽说也是老生常谈，但与主线相比，还是稍有意义。

《生我楼》写财主尹小楼独子丢失，年过半百，想继子立嗣，又担心熟人图财，便远走他乡，用卖身为父的方式挑选孝子，有后生

① 《李渔全集》第2卷，第445页。

② 《冯梦龙全集》第2卷，江苏古籍出版社1993年版，第1页。

姚继愿买小楼为父。父子回乡途中，遭遇战乱，尹小楼的妻子与姚继的未婚妻均陷土贼之手，姚继先后从人行买回，到尹家才真相大白，父子、夫妇团圆。这也是一个单线发展的情节。《巧团圆》增写了告老还乡的仕宦姚器汝更名曹玉宇，因年老无子，只有一养女，想招姚继为婿立嗣，便让他外出收债贩布，检验他是否老成练达。不料天下大乱，姚器汝父女分离，翁婿阻隔。朝廷命姚器汝为兵部侍郎，督师剿贼。姚继寻访未婚妻曹小姐不遇，后从人行赎出。曹小姐写下家报一封，姚器汝接书后，行师从楚省经过，合家团聚。

明清传奇从宋元南戏演变而来，在其发展过程中，形成了其独特的体制，因篇幅和容量较大，一般采用双线结构。高明的《琵琶记》利用剧中两个主要人物构成两条线索，一条是蔡伯喈进京赶考、求取功名的经历，一条是赵五娘留守家乡、荒年中赡养公婆的遭遇，两条线索交错发展，直到最后在京城团圆。施惠的《拜月亭记》也是双线结构，主线是蒋世隆和王瑞兰的恋爱婚姻故事，副线是陀满兴福的逃亡经历。梁辰鱼的《浣纱记》，两条线索联系非常紧密，一条是范蠡和西施的爱情线索，一条是吴越兴亡的政治线索。周朝俊的《红梅记》，一条线索写裴舜卿与卢昭容的婚恋生活，一条线索写李慧娘对裴舜卿的生死之恋。在漫长的历史演变过程中形成的体制特点，后人很难改变，尤其是舞台艺术，还需要观众的认可。李渔改编传奇采用双线结构，主要是受传奇文体传统的影响，并因此解决了话本情节过于简单的问题。

李渔将话本改编为传奇，肯定不只是为了拉长篇幅，从他的增补来看，特别重视戏剧冲突的设置。没有冲突就没有戏，精彩的冲突往往会产生很好的戏剧效果。《巧团圆》中男女主人公姚继与曹小姐的团圆显然是全剧的重要关目，李渔补写了《争购》、《得妻》两出戏，叙姚继第一次赎妻不成，从人行买回六旬老妇，认作养母。养母告知人行有一位佳人，其特点与姚继未婚妻相似。当姚继赶到人行时，只剩一个妇人，已有两个买主争购。卖方决定将妇人卖给先到的买主。姚继细摸麻袋，袋中就是曹小姐。情急之下，姚继宁愿撞死，也不放弃。卖方只得改变主意，由妇人自选买主，夫妻得以团聚。这一关目的补写，一方面凸显了姚继对未婚妻真挚与执著的爱情；另一方面，铺叙三位买主的争购，设置悬念，刺激观众的紧张情绪，为人物命运担忧，收到了很好的戏剧效果。

《比目鱼》的结尾，增写了《误擒》、《骇聚》两出戏，李渔精心设置了一次误会性冲突。谭楚玉捉到叛将慕容介，由于外貌酷似，谭楚玉根本不知道系假冒。慕容介是谭楚玉的救命恩人，谭妻刘藐姑寄居慕容家，如何处置慕容介，甚是为难，"正了国法，又背了私恩；报了私恩，又挠了国法"①。经过激烈的思想斗争，谭楚玉最终还是公法战胜了私情，决定奉酒三杯，然后正法。将谭楚玉写成了一个有情有义而又不徇私情的清官。为了这场压轴戏，李渔作了不少铺垫。《谲计》、《伪隐》写山贼假冒慕容介出山平寇投降。明确告诉观众，慕容介没有出山，更没有降贼。《假神》、《贻册》写慕容介把治民剿贼之法，造做一本册子，塞在谭楚玉的行李中，假冒神灵之名，帮助谭楚玉建功立业。这些场次均为谭楚玉与慕容介的误会的发生与最终解决作了充分的准备。

李渔根据话本改编的四本传奇都有战争场面的展示。而在其本事中，只有《生我楼》的故事发生在宋元之际的战乱时期，其他三篇话本的情节与战争无关。《丑郎君怕娇偏得艳》写"五官四肢都带些毛病"的阙里侯一连娶了三房漂亮的妻子，以此劝诫妇人，红颜薄命、美妻配丑夫乃世间常理，婚姻错配也只能认命。故事发生在明朝嘉靖年间，没有战乱情节。李渔据此改编的《奈何天》，将话本中的袁进士改为守边平叛的将领，一举平息了塞北黑天王、白天王兄妹的叛乱，为此增写了《纷扰》、《攒羊》、《师捷》等武戏。《谭楚玉戏里传情　刘藐姑曲终死节》写书生谭楚玉看上戏班女旦刘藐姑后，不惜到戏班演戏接近并追求刘藐姑，两人的恋情遭到刘母的阻挠，双双跳河殉情，最后被莫渔翁救起，终成眷属。据此改编的

---

① 《李渔全集》第2卷，第205页。

《比目鱼》将莫渔翁改为漳南兵宪慕容介退隐后的化名，增加了慕容介退隐之前平寇，退隐之后朝廷起他复任，山大王找人假冒慕容介之名出山剿贼，阵上投降叛贼，谭楚玉选官汀州，剿贼时误擒慕容介等情节。剧中增写了《办贼》、《寇发》、《窃发》、《奏捷》、《误擒》等武场戏。《寡妇设计赘新郎　众美齐心夺才子》写五个绝色女子争抢风流才子吕哉生的故事，李渔改为传奇《凰求凤》，也增加了瓦剌也先攻破边关，杀进内地的战事。

其实，传奇中增加的这些战争场面，几乎与剧本的主要人物与情节没有什么关系，袁进士平乱的故事并不影响阙里侯娶妻，瓦剌也先的侵扰与吕哉生的婚事无关，慕容介、谭楚玉先后剿贼在谭楚玉、刘藐姑的爱情故事中纯属画蛇添足。李渔为何一定要增写这些战事？显然与舞台演出有关，李渔是一位案头场上兼擅的戏剧家，他编传奇是供戏班演出的，“填词之设，专为登场”①。因此他在编剧时必须考虑舞台效果与观众需求。中国戏曲有文戏与武戏之分，文戏以唱功见长，武戏以武打著称。舞台演出讲究文武相济，即在文戏中穿插武戏，在武戏中穿插文戏。一方面可以全面展现演员的唱念做打的表演才华，另一方面也可以满足观众不同的欣赏需求。李渔四部传奇都写的是恋爱、婚姻、家庭题材，属于以唱为主的文戏，增加战争场面，可以达到文武相济的效果。从案头阅读的角度看似乎无关紧要的场次，在舞台演出中却十分重要。

四

我国古代戏曲虽然没有西方古典主义戏剧的“三一律”法则，但作为舞台艺术，一样有集中性的特性。熟悉舞台的戏剧家李渔，对此有清醒的认识，他在《闲情偶寄》中就提出了“立主脑”、“减头绪”的主张，认为“头绪繁多，传奇之大病也。《荆》、《刘》、《拜》、《杀》(《荆钗记》、《刘知远》、《拜月亭》、《杀狗记》)之得传于后，止为

---

① 《李渔全集》第 11 卷，第 66 页。

一线到底，并无旁见侧出之情。三尺童子观演此剧，皆能了了于心，便便于口，以其始终无二事，贯串只一人也。后来作者不讲根源，单筹枝节，谓多一人可增一人之事。事多则关目亦多，令观场者如入山阴道中，人人应接不暇。殊不知戏场脚色止此数人，便换千百个姓名，也只此数人装扮，止在上场之勤不勤，不在姓名之换不换。与其忽张忽李，令人莫识从来，何如只扮数人，使之频上频下，易其事而不易其人，使观者各畅怀来，如逢故物之为愈乎？”①话本小说不需要演员扮演，出场人物没有什么限制，《寡妇设计赘新郎　众美齐心夺才子》写美男子吕哉生先后娶了六房妻妾，原配显宦之女，名妓沈留云、朱艳雪、许仙俦，名妓为吕生聘下的乔小姐，还有一位年轻寡妇曹婉淑。要将这篇话本改编为传奇，显然人物太多，头绪繁杂，李渔将娶显宦之女直接删除，又将三个妓女减去两个，只保留许仙俦。原作中六房妻妾减少了一半。

出于传奇惯例和舞台表演的需要，李渔在改编传奇时增加了线索和情节，考虑到人物的集中，李渔将剧中人物进行合并，减少出场人物。《比目鱼》增写了慕容介平寇、退隐、助谭生剿贼、被当作叛贼误擒等情节，乃剧中重要人物之一。原作中的莫渔翁是谭楚玉和刘藐姑的救命恩人。这两个人物缺一不可，于是李渔将莫渔翁改为隐姓埋名的慕容介，两个人物合二为一。话本《生我楼》中曾提及姚继有一未婚妻，乃旧主人曹玉宇之女，没有过多的展开。《巧团圆》中大量增加了旦角曹小姐的戏份，另外又增写了姚器汝弃官卖药、复出剿贼的情节。李渔将曹玉宇改为姚器汝弃官后之化名，既减少了出场人物，又充实了曹小姐的家庭背景，还增加了父女、翁婿之间的情节波澜，可谓一箭三雕。李渔合并人物的做法，明显是受冯梦龙影响，冯梦龙晚年曾改订明人传奇数十种，对一些出场人物过多的剧本，冯梦龙便采用了合并的办法。汤显祖的名剧《牡丹亭》，冯梦龙改订为《风流梦》。《牡丹亭》叙杜丽娘

---

①　《李渔全集》第11卷，第13页。

死后葬后园梅树下，杜宝筑梅花庵安置小姐神位，命石道姑看守，又有小道姑游方到此，与石道姑一同设道场为杜丽娘超生。冯梦龙认为这种写法人物过多，改为丫环春香在杜丽娘死后出家为小道姑，侍奉小姐香火，两个人物合并。对此处理，冯梦龙甚为得意："凡传奇最忌支离，一贴旦而又翻小姑姑，不赘甚乎？今改春香出家，即以代小姑姑，且为认真容张本，省却葛藤几许。"[①]（《风流梦总评》）李渔合并人物，与冯梦龙一样，也是为了"省却葛藤"。

小说是时间艺术，它可以不受时空限制叙述人物一生的大事，即便是短篇小说，时间的跨度也比较大，空间的转换也比较快。《寡妇设计赘新郎　众美齐心夺才子》从吕哉生儿时写起，从小他就生得聪明漂亮，人见人爱，尽管不时有不良男子、无耻妇人引诱，由于父亲和先生管教严厉，成年之前不曾失足，还读书做了贡士。然后才写吕哉生娶妻纳妾的风流韵事。《生我楼》写了楼生（即姚继）从三四岁失踪，直到二十二岁买回亲生父亲等长达近二十年的故事，还跨童年和青年两个时期。这两篇话本要搬上舞台，显然时间跨度太大。尽管中国戏曲虚拟性的民族特色，可以比较方便地处理时空的流转。但戏曲毕竟是舞台艺术，它需要演员扮演剧中人物，如果要一个演员从童年演到成年，几乎是不可能完成的任务。李渔在改编传奇时，对时间进行压缩。《凰求凤》中，吕哉生上场就是一个才貌双全的书生。话本中有关吕哉生小时候被妇人骚扰、幸有蒙师管教的情节一概删除。《巧团圆》中，姚继由正生扮演，出场即为青年，所叙故事就集中在买父当年。楼生童年丢失的故事是尹小楼卖身为父、父子团圆的前提，不能一删了事。李渔通过人物的台词、梦境来展示，不需要众多的演员来扮演。

原载《河北学刊》2013 年第 5 期

---

① 《冯梦龙全集》第 13 卷，第 1049 页。

卷四　稗论编(上)

艺人话本与文人话本

一

在古代小说研究中，有两个沿用多年的文体概念，这就是鲁迅先生在《中国小说史略》中提出的“话本”与“拟话本”。“话本”一词早在宋代笔记中就出现了，但首次把它进行严格界定，并作为一个现代文体概念运用的却是鲁迅先生。他在《中国小说史略》第十二篇所用标题为“宋之话本”，并对话本作了这样的解释：“说话之事，虽在说话人各运匠心，随时生发，而仍有底本作为凭依，是为‘话本’。”①这一解释，为现代小说研究者所广泛接受，在二十世纪八十年代以前中国大陆学者编撰出版的各种文学史、小说史都把话本释为说话艺人或者说话艺术的底本，将《新编五代史平话》等十种宋元平话、诗话和《清平山堂话本》、“三言”等小说总集中保存的三十多篇白话短篇小说称之为宋元话本。“拟话本”这一概念是鲁迅先生创造的，《中国小说史略》第十三篇的标题为“宋元之拟话本”，该篇论列了《青琐高议》、《大唐三藏法师取经记》、《大宋宣和遗事》等宋元作品。《青琐高议》“文辞虽拙俗，然尚非话本，而文题之下，

---

① 鲁迅《中国小说史略》，《鲁迅全集》第9卷，人民文学出版社1981年版，第112页。

已各系以七言……皆一题一解，甚类元人剧本结束之'题目'与'正名'，因疑汴京说话标题，体裁或亦如是，习俗浸润，乃及文章"①。《大唐三藏法师取经记》及《大宋宣和遗事》，"皆首尾与诗相始终，中间以诗词为点缀，辞句多俚，顾与话本又不同，近讲史而非口谈，似小说而无捏合"②。因而将它们称之为"拟话本"。而当代学者则将拟话本解释为文人作家模仿话本体裁创作的白话短篇小说，包括"三言"中明代文人创作的小说和"二拍"、《石点头》、《西湖二集》等文人小说集中的作品。鲁迅创造的"拟话本"一词的内涵发生了变化。鲁迅当年认定的拟话本《青琐高议》，一般认为是文言小说，《大唐三藏法师取经记》一般认为是取经话本，《大宋宣和遗事》一般认为是讲史话本。今人所认定的拟话本，鲁迅称之为"拟市人小说"。

1965年，日本学者增田涉发表了《论"话本"一词的定义》，对鲁迅先生关于话本的解释提出了异议，他列举大量例证来证明，"'话本'一词根本没有'说话人的底本'的意思"，话本"应解释为故事"③。《清平山堂话本》中篇末常见的"话本说彻，且作散场"，"话本说彻，权作散场"，句中的"话本"，解释为"说话人的底本"未免不通。"这段话本叫做'汪信之一死救全家'"④。"而今说一个做夫妻的被拆散了，死后精灵还归一处，到底不磨灭的话本"⑤。这两处"话本"，也是故事的意思，而不是说话人的底本。增田涉的论文在海外学术界引起很大反响，八十年代始介绍到中国大陆，曾在学术界引起一场争论，很多学者接受了增田涉的观点。刘世德先生主编的《中国古代小说百科全书》"话本"词条就这样写道："有的学者曾认为，话本是说话人或说话艺术的底本。其实，'话本'二字就是

①② 鲁迅《中国小说史略》，《鲁迅全集》第9卷，第119页。

③ 增田涉《论"话本"一词的定义》，《中国古典小说研究专集》(三)，台湾经联出版事业公司1981年版，第50－52页。

④ 冯梦龙《古今小说》第三十九卷，人民文学出版社1958年版，第650页。

⑤ 凌濛初《二刻拍案惊奇》卷六，上海古籍出版社1983年版，第124页。

故事的意思。迄今为止,在现存的话本中,并没有发现确凿证据可以表明它们是说话人或说话艺术的'底本'。"①既然话本不是说话人的底本,而是故事的意思,"拟话本"一词的根基也就动摇了,拟故事还是故事,未免不通。北京大学周兆新师提出:"由于拟话本这一名称的创造缺乏科学根据,而且在明代通俗小说中无法划清话本与拟话本的界限,拟话本这一名称似应考虑取消。"②一些研究话本的著作,确实没有用拟话本这一概念,如韩南的《中国白话小说史》、石昌渝的《中国小说源流论》等。

弃用拟话本这一概念,不用话本和拟话本来区别宋元艺人讲述的故事和明清文人写作的小说,我们又遇到另外的麻烦,宋元艺人讲述的故事和明清文人写作的白话短篇小说既有千丝万缕的联系,又有明显的差异,我们用什么术语来指称和区别它们?这里我提出一对概念:艺人话本和文人话本。这对概念既可表明两者之间的联系,即它们都是话本,属同一体裁;又能说明两者之间的差异,作者身份与欣赏方式的不同,从字面上就可看出,不必多说,其文体与内容的差别,在下面展开。

二

先看文体的差别。和其他文学作品一样,话本也有一个题目,从《清平山堂话本》、《熊龙峰刊行小说四种》以及文献记载来看,艺人话本的题目或以人物、或以事件随意命名,从三、四字到七、八字不等,如"至诚张主管"、"拗相公"、"错斩崔宁"、"西山一窟鬼"、"五戒禅师私红莲记"、"陈巡检梅岭失妻记"。在说话艺术中,题目只是起到吸引观众的作用,从表演艺术的角度看,它并不重要。文人话本却大不一样,题目大都经过认真斟酌,往往用工整的对偶命名,如"三言"中的题目有"羊角哀舍命全交","吴保安弃家赎友";

① 刘世德主编《中国古代小说百科全书》,中国大百科全书出版社 1993 年版,第 180 页。

② 周兆新《"话本"释义》,《国学研究》第二卷,北京人学出版社 1994 年版。

“晏平仲二桃杀三士”,“沈小霞一鸟害七命”。两个题目一联的命题方式,不仅仅限于文字的对仗,还要考虑到内容上的联系。《羊角哀舍命全交》与《吴保安弃家赎友》均为友谊题材,《钝秀才一朝交泰》与《老门生三世报恩》则都写科举题材,《钱秀才错占凤凰俦》、《乔太守乱点鸳鸯谱》都是爱情题材。这种命题方式,为后来的《石点头》、《欢喜冤家》、《西湖二集》等小说的作者所沿用。凌濛初创作“二拍”则采用每篇小说用一联对偶命题,如“转运汉遇巧洞庭红,波斯胡指破鼍龙壳”,“姚滴珠避羞惹羞,郑月娥将错就错”。这种命题方式,保证了每篇小说的独立性,不必迁就另一篇小说的内容与风格。但也有其弱点,题目太长,不易记。姑苏抱瓮老人在《今古奇观》中选用“二拍”的小说时,就将它的题目或删掉一句,或重新改写,显得简短易记。当然,编者这样处理,也有与“三言”题目统一的意图。凌濛初的命题方式,为后来的《型世言》、《鼓掌绝尘》、《宜春香质》、《鸳鸯针》等小说的作者所采用。无论是冯梦龙的两篇小说一联,还是凌濛初的每篇小说一联的命题方式,都要比艺人话本的题目显得典雅与规范,渗透了文人的审美意识与文化素养。

入话是话本重要的文体特征之一,它由一首或数首诗词以及与正话相关的小故事(即头回)组成。它的产生与说话艺术有直接关系。说话艺人在表演正话之前,先唱一段,或者讲一个小故事。“一来是,借此以迁延正文开讲的时间,免得后至的听众,从中途听起,摸不着头脑;再者,‘入话’多用诗词,也许实际上便是用来‘弹唱’,以静肃场面,恰悦听众的”①。在说话艺术中,入话是一种必要程序,是说正话之前的一种准备工作,因而它可长可短,灵活多变,随意性强,主要靠说话艺人根据临场需要而定。保存在《清平山堂话本》和《熊龙峰刊行小说四种》中的艺人话本,入话以诗词为主,少则一首,如《柳耆卿诗酒玩江楼记》、《简帖和尚》,多则数首乃至

① 郑振铎《明清二代的平话集》,《郑振铎全集》第五卷,人民文学出版社1988年版。

十几首,如《西湖三塔记》、《洛阳三怪记》。诗词或借用前人的作品,或艺人自己创作,其内容多与正话没有必然的逻辑联系。另有两篇小说即《简帖和尚》、《刎颈鸳鸯会》的入话有头回,《刎颈鸳鸯会》的头回与正话内容相近,而《简帖和尚》的头回与正话没有太大关系,仅在"错封书"与"错下书"的"错"字上联系起来。而这些诗词、头回在说话艺术中,用于拖延时间、肃静场面,则完全可以胜任。入话作为说话艺术的遗迹,在书面文学中已经失去了它原有的功能,理应淘汰和删除,事实恰恰相反,文人话本的入话比艺人话本还要完备和规范,入话已经成为其文体的有机组成部分。文人话本的入话与艺人话本的入话的最大区别,在于它的教化功能的强化。文人作家总有一种社会责任感,他们创作小说是为了喻世、警世、醒世、型世,从一批小说的命名和序言,都不难看出这一点。作家在入话中大发议论,表白自己的创作动机,劝人戒恶行善。《古今小说》第一篇《蒋兴哥重会珍珠衫》,开篇一首《西江月》词后,接着便发议论:"这首词,名为《西江月》,是劝人安分守已,随缘作乐,莫为酒、色、财、气四字,损却精神,亏了行止。求快活时非快活,得便宜处失便宜。说起那四字中,总到不得那色字厉害。……假如墙花路柳,偶然适兴,无损于事。若是生心设计,败俗伤风,只图自己一时欢乐,却不顾他人的百年恩义,假如你有娇妻爱妾,别人调戏上了,你心下如何?"《拍案惊奇》第一篇《转运汉遇巧洞庭红　波斯胡指破鼍龙壳》开篇词后,也是一大段"人生功名富贵,总有天数"的议论。尽管这些议论并不高明,有些甚至令人生厌,文人作家醒世的善良动机却不能一笔抹杀。文人话本入话与艺人话本入话另外一个不同点是头回问题。文人话本不仅绝大多数有小故事,有的还有两三个小故事,篇幅大大加长。如《拍案惊奇》有头回的共三十三篇,《二刻拍案惊奇》有头回的共三十四篇。在文人话本中,头回与正话的关系也发展到多种组合方式,除原有的相似的组合之外,还有相反的组合。《转运汉遇巧洞庭红　波斯胡指破鼍龙壳》,正话写文若虚随朋友出海,贩卖一筐桔子,拾回一个大乌龟壳，意外发财的故事。入话则写金维厚一生积得八锭白银，准备分给儿子，结果银子夜里变成八个白衣大汉跑到了王家。两个故事正好相反，而小说家所要表现的主题却一致："万事分已定，浮生空自忙。""功名富贵，总有天数。"头回不再是正话的一点搭头，它已成为作家用来表现主题的重要手段。

正话是话本的主要部分，叙述情节、塑造人物、描写环境主要是靠正话来完成的，没有正话就没有话本。艺人话本的正话由散文和韵文（包括骈体文）两部分组成。散文的作用是用来叙述故事。韵文的作用有二：一是用来描写景物和场面，二是用来描写人物外貌与服饰。在说话艺术中，散文与韵文的表演方式也不一样，散文靠讲述，韵文靠歌唱或念白。《刎颈鸳鸯会》便有十首[商调醋葫芦]小令插在故事中间，每一首前有"奉劳歌伴，再和前声"。这说明艺人话本中的韵文在说话艺术中是歌唱的，虽然仅此一篇有"歌伴"的说明，我们可以推测，其他艺人话本的韵文也有此类情况，只是在整理刊印时删除了。《快嘴李翠莲记》通篇主要由李翠莲的快板词似的韵文组成，这种体例决定了它的表演方式不可能是讲述，而应是念诵。罗烨《醉翁谈录》在谈及说话时云："曰得词，念得诗，说得话，使得砌。"①"曰"（胡士莹先生认为是"白"之误）、"念"显然与"说"是有区别的。在说话艺术中，散文与韵文从功能到表演方式的严格分工，在文人话本中已基本消失。尽管文人话本仍然保存了部分韵文，但与艺人话本相比却大为减少。像《快嘴李翠莲记》这类以韵文为主体的话本，在文人话本中已不可能产生。文人话本正话韵文的减少，并不是说小说中景物与场面、肖像与服饰描写减少，而是这类描写一部分改用散文来完成。《卢太学诗酒傲公侯》是"三言"中最地道的书面文学之一，小说中多次描写卢楠啸园的四季景色，这在艺人话本中原本由诗词题咏的内容，这篇小说则用散文来描绘。如："一望菊花数百，霜英灿烂，枫叶万

---

① 罗烨《醉翁谈录》，《中国历代小说论著选》上，江西人民出版社1982年版，第89页。

树,拥若丹霞,橙桔相亚,累累如金。池边芙蓉千百株,颜色或深或浅,绿水红葩,高下相映,鸳鸯凫鸭之类,戏狎其下。"这种段落,就像优美的散文一样,适宜于案头细细品位,如果拿到勾栏瓦舍去讲述,恐怕很难抓住市民听众。

三

再看内容的差别。艺人话本的内容主要集中在两个方面:一是表现市民生活与思想,一是讲述历史故事,而且以前一类写得最有特色,最能代表艺人话本的成就,这与说话艺人的生活经历有密切关系。养娘璩秀秀与恋人碾玉匠崔宁私奔,付出了生命的代价。多情的周胜仙,爱上了开酒店的范二郎,生不能如愿,死后也要圆爱情梦。小市民刘贵遇盗被害,由于昏官轻率断案,小娘子陈二姐与商人崔宁无辜被斩。这些人物虽然性格不同,遭遇各异,但他们和说话艺人一样,都是市井细民。即便是写文人,也被艺人市民化了。《风月瑞仙亭》写司马相如与卓文君的故事,司马迁《史记》载其事。话本对史实作了两处重要改写:第一,司马相如与卓文君是为了羞辱卓王孙特地到临邛卖酒,目的是让卓王孙掏钱。而话本写司马相如与卓文君因家贫难以度日,夫妻俩便在家乡成都卖酒谋生,艺人并没有将卖酒视为贱业。第二,卓王孙是因为司马相如与卓文君在家门口卖酒,不得已才分钱财给他们。话本写卓王孙听说司马相如蒙朝廷征召去了,便主动与之和解,而且还交代了其和解的心理。这些改写将人物从行为到心理市井化。当然,卓文君私奔与当垆卖酒,具有市民所喜爱的大胆、泼辣的个性,这是艺人取材的重要基础。

文人话本的内容发生了明显变化,一些文人作家,用话本的形式,来描写文人的生活,表现文人的思想感情。在明代文人生活中,大概没有什么比科举更叫人梦萦魂牵的了。明代重科举,比历代都甚,中举人进士,几乎是文人走上仕途的必由之路。文人作家较早地将这一题材写进小说,"三言"中唯一能断定出自冯梦龙之手的《老门生三世报恩》便写这一题材。老秀才鲜于同热衷科举，屡试不中，可他就是不愿出贡，一定要中个举人、进士。他对明代科举以及与之相关的官场有清醒的认识："只是如今是个科目的世界，假如孔夫子不得科第，谁说他胸中才学？"直到五十七岁，鲜于同时来运转，连连报捷。冯梦龙作这篇小说的本意是要用鲜于同成功的事例来抨击贱老爱少的试官，让老年登科者扬眉吐气。小说中所暴露出来的问题，如官场上进士官与科贡官的不平等，考场上试官的有眼无珠，老秀才考科举的辛酸遭遇等等，客观上是对科举制度的揭露与批判。《西湖二集》的作者周清源也是一个与举人、进士无缘的下层文人，其遭遇比冯梦龙更惨，"怀才不遇，蹭蹬厄穷，而至愿为优伶，手琵琶以求知于世，且愿生生世世为一目不识丁之人"①。他对科举制度的认识也更深刻，在《巧妓佐夫成名》中，作者借名妓曹妙哥之口骂尽天下举人、进士："我自十三岁梳拢之后，今年二十五岁，共是十三个年头，经过了多少举人、进士、戴纱帽的官人，其中有得几个真正饱学秀才，大通文理之人？"个中奥妙，曹妙哥也看了个透彻："当今贿赂公行，通同作弊，真个是有钱通神，只是有了'孔方兄'三字，天下通行，管甚有理没理，有才没才。"曹妙哥看上了太学生吴尔知，而这吴尔知既无学问，又无钱财，只会赌博。曹妙哥便用她结交举人、进士学来的经验，辅佐吴尔知中了进士，自己也做了进士夫人。吴尔知的成功，是对明代科举制度的绝妙讽刺，这在《聊斋志异》、《儒林外史》之前的小说中是罕见的。

那些在科场上屡遭失败的文人，则把发迹的希望寄托在皇帝的知遇之恩上。《俞仲举题诗遇上皇》就是这类士子心态的典型写照。成都贫士俞仲举千里迢迢赶到临安应试，可时运不济，名落孙山。后来连回家的盘缠也没有，无奈趁食杭州街头。一次在一家酒店喝醉了酒，无钱付账，在壁上写下一首词，准备自杀，结果被酒

① 湖海士《西湖二集序》，见《西湖二集》，浙江文艺出版社1985年版，第12页。

保发现救了。就是这首词给俞仲举带来了福音,太上皇看到这首词,大为赏识,差人招俞到宫中,荐给皇帝,封成都府太守,衣锦还乡。作者在篇末所作的一首诗则将下层文人发迹幻想和盘托出:“昔年司马逢杨意,今日俞良际上皇。若使文章皆遇主,功名迟早又何妨。”他们念念不忘的就是“功名”二字。《巧书生金銮失对》在表现文人期盼发迹这一点上与《俞仲举题诗遇上皇》完全一致。它写“永嘉狂生”甄龙友聪明绝人,饱读儒书,口若悬河,笔如泉涌,科场上却连年失利。后来终因一诗一词,先后得到太上皇并皇帝的称许,得授翰林院编修之职。编写这类小说的文人,恐怕他们自己也不会相信在他们有生之年会得到皇帝或太上皇的赏识而飞黄腾达,从这个意义讲,俞仲举、甄龙友的发迹对文人来说,仅仅是一顿精神晚餐。

文人不同于市民、农夫,也不同于官吏,明清的官吏大多读过书,中过举人、进士,但很多官吏不配称文人,他们进入官场之后,学会了投机钻营,贪赃枉法,堕落成道地的政客。文人是社会的良心,是人类基本价值的维护者,有他们的良知、人格和个性。一些文人话本,写出了文人特有的性格与精神。《卢太学诗酒傲公侯》中的卢楠,才高学广,但文福不齐,遂绝意功名,寄情诗酒。本县知县汪岑贪婪鄙俗,却要附庸风雅,有心结交卢楠。可这俗吏几次订期,几次失约,从早春直到晚秋。当知县第七次失约时,卢楠大怒,独自吃得烂醉,蓬头跣足,靠在桌上睡去。知县姗姗来迟,见状恼怒万分,竟然设计冤案,将卢楠关进死牢。十余年后才被陆知县审明释放。“卢学诗酒傲公侯”,作者是有意识将卢楠作为“公侯”的对立面来处理的,贪婪、鄙俗的汪知县成了卢楠的陪衬人,而高雅脱俗、轻世傲物的卢楠则是作者心目中的理想文人形象。虽然作者在篇尾也有劝戒文人“莫学卢公以傲取祸”,更多的是对卢楠由衷的赞美:“命蹇英雄不自由,独将诗酒傲公侯。一丝不挂飘然去,赢得高名万古留。”唐代诗人李白,堪称文人楷模,他蔑视权贵,诗酒风流,被时人誉为“谪仙人”。明代下层文人借他一吐不平之气。

小说家笔下的李白到长安应试，因不愿贿赂杨国忠、高力士，不仅试卷被批落，还被当面羞辱。后来唐朝接到番使国书，满朝文武，无一人认识。贺知章将才华横溢的李白推荐给朝廷，玄宗赐李白进士及第，宣李白入朝。李白将番书译出，宣读如流。又请玄宗令杨国忠捧砚磨墨、高力士脱靴结袜，李白醉草吓蛮书，令番国俯首称臣。卢柟还只是傲视知县，李白则使唤太师、太尉，在文人与官吏的冲突中，文人都成了赢家，这并不是封建时代的普遍现象，只能是文人理想的寄托。

爱情文学有如常开不败的月季花，各个时代，各种文体都有爱情题材的作品产生。文人话本中也有大量的爱情小说，有写市民的，也有写文人的。鲁迅先生说得好，贾府里的焦大决不会爱上林妹妹。市民和文人，各有自己的爱情理想、恋爱方式。《洒雪堂巧结良缘》写书生魏鹏与小姐贾云华有指腹为婚之约，后来双方父亲去世，魏鹏带着母亲的书信到杭州拜见岳母，贾母不愿女儿远嫁，让魏鹏与云华以兄妹称呼。魏郎住在东厢房，通过丫鬟以诗词传情，成就好事。后来魏郎中了进士，选任江浙儒学副提举，再次求婚，贾母以其路遥仍不同意，云华抑郁而死。魏鹏义而不娶，最后是云华借尸还魂，与魏鹏团圆。这篇小说是根据李昌祺的《贾云华还魂记》改写的，主要情节基本相同。事实上，像兄妹相称、诗词传情、借尸还魂等重要情节在更早的《西厢记》、《还魂记》等作品中已经出现，从李昌祺到周清源均不回避。文人话本写文人恋情大体上还是承袭唐宋传奇、元明戏曲的传统写法，没有多少创新。《莽儿郎惊散新莺燕　㑳梅香认合玉蟾蜍》写的也是一个才子佳人的故事。郎才女貌，一见钟情，吟诗填词，私订终身，虽然经历了种种波折，最终还是大团圆结局。文人话本中的爱情小说已露出程式化的端倪。上述种种，均是文人写自己的生活，诉自己的衷肠，绘自己的宏图，这在艺人话本中是不可能出现的。这是文人踏进话本小说园地之后留下的清晰脚印。

即使是市民题材的作品，经过文人作家的过滤，也会打上文人的烙印。作品对市井人物的臧否也是以文人的道德观为尺度。施润泽拾金不昧受到赞许,桂富五忘恩负义遭到唾弃,陈大郎好色贪淫客死他乡,卖油郎忠厚老实独占花魁。这些观念并非文人作家所独有,你却不能否认是他们将这些观念带进话本之中。文人作家在写市井人物时,难免露出文人的优越感。举个例子,施润泽将拾到的银子还给失主后回家,妻子也认为他做得对。这时作者出来发议论:"衣冠君子中,多有见利忘义的,不意愚夫愚妇,到有这等见识。"[①]给人一种居高临下的感觉,典型的文人评价市民的口吻。作家在构思情节时,有时也将文人的行为强加在市民的身上。《宋小官团圆破毡笠》写一对市民夫妻的悲欢离合,宜春疑心钱员外就是丈夫宋金时,便吟诗试探:"毡笠虽然破,经奴手自缝;因思戴笠者,无复旧时容。"宋金也会意答诗:"仙凡已换骨,故乡人不识,虽则锦衣还,难忘旧毡笠。"这不是市民在吟诗,而是作家写到宋金夫妻团圆的节骨眼上,不禁诗兴大发,以至于忘了他所描写的对象。

原载《湖北民族学院学报》2002 年第 4 期,《戏剧艺术》2003 年第 1 期论点摘编。

① 冯梦龙《醒世恒言》第十八卷,人民文学出版社 1956 年版,第 376 页。

话本小说与文言小说叙事艺术比较

一

用西方小说体裁三分法的理论来观照，中国古代的话本小说和文言小说，就其主体而言，同属短篇小说。可我们在阅读这两类小说时，总感觉它们之间的差异非常之大，语言的差异是显而易见的，另外就是叙事艺术的差异了。

西方学者韦恩·布斯曾对小说的叙事模式做过这样的划分："在福楼拜之后，许多作家和批评家已经接受这种观点，即认为客观的、非个人的或戏剧式的叙事方式，较之作家或其可靠叙述者直接出面的叙述方式，自然要优越。"[①]这两种叙事方式被简化为展示与讲述。简单的优劣判断没有多大意义，而讲述和展示的划分颇具理论价值。话本小说和文言小说是这两种叙述方式的最典型的例证。

话本小说起源于说话艺术。说话就是讲故事，由说话人在勾栏瓦舍向观众表演。话本是否为说话人的底本，学术界尚有争议。"三言"中确有几篇小说在结尾处说明是说话艺人提供的，提供方式很可能是艺人讲述文人记录整理。一旦整理成书面文字也就不再是说话艺术，而是供读者阅读的文学作品。而这些作品却仍然保留着讲故事的特征。后来文人创作话本小说，还要模仿说话艺术，作家扮演说话人的角色，向拟想的观众讲述一个引人入胜的故事。话本小说的这一特点，几乎不需要多论证，随便翻开一部小

---

① 韦恩·布斯《小说修辞学》，广西人民出版社 1987 年版，第 10 页。

说,便可以找到作者以说话人的身份与拟想听众对话的段落。《小水湾天狐诏书》在入话之后,便有这样一段:“说话的,那黄雀衔环的故事,人人晓得,何必费讲。看官们不知,只为在下今日要说个少年,也因弹了个异类上起,不能如弹雀的恁般悔悟,干把个老大个家事,弄得七颠八倒,做了一场话柄,故把衔雀之事,做个得胜头回。”①更不用说话本小说集中俯拾即是的“话说”、“却说”、“且听说”之类说话术语。

讲述,作家的介入是不可避免的,他始终站在故事和读者之间,按照他的观点来讲述故事,带有强烈的主观色彩,爱憎倾向十分鲜明。如果必要的话,他可以直接发表议论,当然也是以说话人的身份。

话本小说一般有入话,入话除诗词和小故事外,还有一段议论,作者借以说明这篇小说的创作动机。《古今小说》第一卷《蒋兴哥重会珍珠衫》开篇是一首词,接着便是大段议论:“这首词,名为《西江月》,是劝人安分守己,随缘作乐,莫为酒、色、财、气四字损却精神,亏了行止。求快活时非快活,得便宜处失便宜。说起那四字中,总得不到那色字利害。……假如你有娇妻爱妾,别人调戏上了,你心下如何?”②作者用第二人称直接对读者训话。像这样的议论,在话本小说中比比皆是。

话本小说作家始终操纵着整个故事,讲到警醒世人处,他有权暂时中断故事,直接对此加以评论。《瞿凤奴情愆死盖》写方氏与孙三郎私通,为了拴住比自己小十几岁的情人,不惜用女儿作诱饵。故事讲到这里,作者发话了:“看官,大抵人家女儿全在为母的钤束,若或动止蹊跷,便要防闲训诲,不使玷辱门风,才是道理。可笑方氏自己不正气,做下没廉耻的勾当,自不消说起,反又教导女儿偷汉,岂不是人类中的禽兽?”③评论完毕,又接着前面的故事往

① 冯梦龙《醒世恒言》第六卷,人民文学出版社1956年版,第119页。

② 冯梦龙《古今小说》第一卷,人民文学出版社1956年版,第1页。

③ 天然痴叟《石点头》第四卷,江苏古籍出版社1994年版,第87页。

下讲,如果将这一段删除,丝毫不影响故事的完整性。

话本小说作家以说话人自居,向拟想听众讲述故事,他就必须遵守说话规则。说话人在勾栏瓦舍向听众讲述故事时一说即逝,听众不可能像读者阅读小说那样可以掩卷沉思,甚至翻回去重读。因此,说话人就得用通俗浅显的语言把故事讲得清楚明白,听众可能不懂的地方,说话人还要加以解释。作家创作话本小说时,对一些生疏的名物、制度、习俗和读者可能产生疑问的情节,亦如说话人一样,出面加以解释和说明。《襄敏公元宵失子　十三郎五岁朝天》写元宵节观灯,贵族人家捧着帷幕。这是什么东西?有何用处?读者可能不明白。作者解释道:"看官,你道如何用着帷幕?盖因官宦人家女眷,恐怕街市人挨挨擦擦,不成体面,所以或用布匹等类,扯着长圈围着,只要隔绝外边人,他在里头走的人,原自四边看得见的。晋时叫他做步障,故有紫丝步障、锦步障之称。这是大人家规范如此。"①这一解释,读者便明白了。

文言小说作家创作目的非常明确,就是写给书斋里的文人阅读的,这与话本小说作家向拟想听众讲故事,虽只是"一念之差",可叙事方式却大不一样。文言小说作家不是把故事讲述出来,而是通过语言将事件展示出来,作家从故事中隐退,决不出来说三道四,善恶是非让事实说话。正如晚清一位评论家所说:"小说之描写人物,当如镜中取影,妍媸好丑令观者自知。最忌搀入作者论断,或如戏剧中一脚色出场,横加一段定场白,预言某某若何之善,某某若何之劣,而其人之实事,未必尽肖其言。即先后绝不矛盾,已觉叠床架屋,毫无余味。"②文言小说作家正是这样做的。元稹的《莺莺传》写张生与莺莺的恋爱悲剧,作者客观地展示了崔张从相识到相爱再到分手的全过程。宋人王性之考出,《莺莺传》为元稹的自叙传,张生为元稹化名,莺莺乃崔鹏之女、元稹的表妹。近人

① 凌濛初《二刻拍案惊奇》卷五,上海古籍出版社1983年版,第102页。
② 蛮(黄摩西)《小说小话》,《小说林》1907年第1期。

陈寅恪先生也同意此说。① 尽管元稹在小说末尾称："时人多许张为善补过者。"但由于作者采用了纯客观的叙事方式，读者对张生和莺莺的评价与时人大不一样。冯梦龙在《情史》中收录了这篇小说，篇末附有一篇短评："传云时人以张为善补过者。夫此何过也？而如是补乎？如是而为善补过，则天下负心薄幸、食言背盟之徒，皆可云善补过矣！"冯梦龙的观点颇有代表性，后人用这一题材改编戏曲和说唱艺术时，大多将它改为大团圆的结局，让张生"救过之半"。由此可见，即使是像元稹写自叙传，也得严守文言小说的叙事规则，作者隐退背后，客观地再现事件经过，以至让自己留千载骂名。其它纯虚构的文言小说便可想而知。

二

叙事角度是十九世纪末以来西方小说理论的热门话题，也是当代小说叙事学的重要发现。英国小说家卢伯克在《小说的技巧》一书中对此作过简明的解释。他说："小说技巧中错综复杂的方法问题，我认为都要受角度问题——叙述者所站位置与故事的关系问题——调节。"②关于叙事角度，西方学者对此作过各种阐释与分类，择其大略，主要有全知视角、限知视角和纯客观视角。这种叙事理论主要是根据西方现代小说创作实践总结出来的，对中国现当代小说创作产生了极大的影响。古代小说家虽然没有这种理论自觉，作为一种叙事技巧，他们也得作出不自觉的选择。

话本小说家摹拟说话艺人讲述故事，只能采用全知视角。作家选用说话人作为叙事者，这位叙事者无所不在，无所不知，就如上帝一般。他不仅知道故事的来龙去脉，前因后果，而且知道人物的最隐秘的世界。《宋小官团圆破毡笠》写宋金因害痨病被丈人抛

① 参见陈寅恪《元白诗笺证稿》，上海古籍出版社 1978 年版。

② 卢伯克《小说的技巧》，《小说美学经典三种》，上海文艺出版社 1990 年版，第 180 页。

弃在荒无人烟的山上，叙述人一样知晓其行踪。他在山上为老僧所救，病体健旺，又在破庙拾到八箱财宝，雇船运到南京。宋金一个人在山上的所作所为，并不影响叙述人的了解与讲述。而且叙述人也不需要说明他了解的途径，全知视角赋予了他这种权力。《卖油郎独占花魁》中秦重在妓院中服侍王美娘一夜，叙事人照样一清二楚。

话本小说不少取材于前人作品，前人作品采用限知叙事的，话本小说不得不改用全知视角。唐人李公佐的小说《谢小娥传》，写谢小娥为父亲和丈夫报仇的故事。这篇小说采用了两种叙事视角。关于谢小娥的叙述，用第三人称全知视角。“我”介入的两处情节，作者用了第一人称限知视角。一处是“我”为小娥解梦中所得十二字谜语，辨明仇人申兰、申春姓名。另一处是小娥在善义寺落发为尼，“我”经过该寺时，小娥曾当面致谢。凌濛初将这篇小说改为话本，题为《李公佐巧解梦中言　谢小娥智擒船上贼》，主要情节没变，而李公佐帮助谢小娥解谜，在善义寺相遇两段，第一人称限知视角改为第三人称全知视角。因话本小说叙事人就是作者，扮演说话人的角色，他不可能在小说中再扮演李公佐，否则就乱套了，读者会不知所云。

谈到中国古代小说叙事角度时，人们常常用全知视角统括，这一结论至少对文言小说来说是不适宜的。文言小说中有不少作品采用了典型的限知叙事。主要有两种类型，一类是用第一人称叙事，所叙限于“我”的视野范围。唐传奇早期作品、王度的《古镜记》，作者用第一人限知视角，叙述了一能照妖驱邪的宝镜的故事。前半部分写王度持此宝镜先在长乐坡程雄家照出千岁老狐，又在芮城照杀一蛇妖。叙事人是王度，所叙均王度亲眼所见。大概作者感到全篇均以王度作叙事人显得单调，后半部分则换王度之弟王勣充当叙事人。王勣弃官出游，借宝镜护身，归来向王度陈述用宝镜在嵩山少室降龟精猿妖，为张家照杀鸡妖，为李家照杀鼠狼精、毛鼠精、壁虎精。这神秘而灵异的古镜，显然是作者根据前人的传说虚构的，即作者不可能真的获此宝镜并持之降妖。作者既然可以写自己持镜照杀狐精、蛇妖，当然也可以写自己持此镜照杀鸡妖、鼠精。而作者却不这样处理，后面部分改成王勣所为，则是作者的精心安排。从叙事角度看，全篇仍然是第一人称限知叙事，只不过前后叙述人不同而已。牛僧孺的《周秦纪行》用第一人称自述落第归来途中，误入庙宇，见历代后妃美女，并与之饮酒赋诗作乐，内容并无多大意义。小说采用限知叙事，以牛僧儒一夜所遇人和事为叙述内容，严格地保持了视角的一致。另外，像张鷟的《游仙窟》、沈亚之的《秦梦记》等小说也都用了第一人称限知叙事。

文言小说中还有一类，虽然用第三人称，但仍用限知视角，以小说主人公为叙述人，以其所见所闻为叙述内容。李公佐的《南柯太守传》除开头和结尾几句必要的交代外，主要内容写淳于棼梦游大槐安国的经历，“南柯一梦”均是南柯太守亲眼所见。李朝威的《柳毅传》写柳毅遇到受夫家迫害的龙女，便仗义为之传书报信，受到洞庭君的礼遇。钱塘君严惩了泾川次子，并逼柳毅与龙女成亲，被柳严词拒绝。后来龙女来到人间与柳毅结为夫妇。小说所叙限于柳毅的视野范围，像钱塘君严惩泾川次子及其全家，柳毅没有亲见，作者便不作正面描写，而由钱塘君讲述。这篇小说，如果改用第一人称叙事，只需将“毅”改为“余”，用“余”代表柳毅即可，不会遇到视角方面的麻烦。

三

按莱辛关于时间艺术与空间艺术的区分，小说属于时间艺术，时间理所当然地得到了小说家的重视。伊利莎白·鲍温说：“时间是小说的一个主要组成部分。我认为时间同故事和人物具有同样重要的价值。凡是我们所能想到的真正懂得小说技巧的作家，很少有人不对时间因素加以戏剧性的利用的。”①西方小说理论家对

① 伊利莎白·鲍温《小说的技巧》，《世界文学》1979年第1期。

叙事时间的探讨，是十九世纪以来的事，而小说家对时间的利用则早得多。

古代小说家在叙事时间上没有像现代小说家那样翻出众多的花样，主要采用连贯叙事和倒装叙事。话本小说由于摹拟说话艺人讲述故事，则必须按自然时序连贯叙事，让拟想中的听众听得清楚明白。《钱秀才错占凤凰俦》是一出婚姻喜剧，小说按事件发生的先后依次叙述：高赞为女儿秋芳择婿；颜俊请尤辰作伐；颜俊请钱青到高家面试；又让钱青迎亲，因风雪不能行船，婚礼在高家举行；迎亲回来，颜俊大打出手；本县大尹将秋芳断给钱青。这篇小说头绪较多，而自然时序一点也不乱。

前人打乱自然时序的作品，话本小说作家拿到自己的小说中时，一一将时序理顺。凌濛初的《襄敏公元宵失子　十三郎五岁朝天》借用了《南陔脱帽》和《真珠族姬》两篇文言小说的情节，这两篇小说均用了倒装叙事。《南陔脱帽》先写王襄敏五岁幼子王寀在元宵夜丢失，十天后皇帝派车送回。然后再叙王寀遇劫得救的经过。王寀被奸人劫走，在东华门遇一车队，王寀攀幰呼救，为中大人所救并带至皇宫。皇帝问明详情，密诏捕贼，后命载以归。话本照搬了这一故事，只是将中大人携圣旨送还王寀一事移到了篇尾，时序调整过来了。《真珠族姬》写真珠女元宵被人抬轿接走，四处查访，杳无音讯。明年三月，都人春游在破轿中发现。再借真珠之口叙述自己被群贼劫去，在古庙中被打遭污，售于某家为妾。后来主人又退还牙侩，侩家弃于野。这一故事在话本中，倒装叙事改为连贯叙事，后半部分第一人称限知叙事也改为第三人称全知叙事。

兹韦坦·托多罗夫说："从某种意义上说，叙事的时间是一种线性时间，而故事发生的时间则是立体的。在故事中，几个事件可以同时发生，但是话语则必须把它们一件一件地叙述出来，一个复杂的形象就被投射到一条直线上。”①话本小说采用全知叙事，可以几条线索齐头并进。对于多线发展的情节，作家往往采用“花开两朵，各表一枝”的办法，有条不紊地先后讲述各条线索上的故事。作家叙述有先后，而事件的自然时序并没有颠倒。《张廷秀逃生救父》是“三言”中较长的一篇小说，情节复杂，头绪较多。前半部分写王员外要招木匠之子张廷秀为婿，引起长婿赵昂夫妇的不满，设计陷害张家。头绪还算比较简单。后半部分写到张廷秀兄弟赴镇江告状，被赵昂派人将他们捆绑扔进江中，头绪顿时多了起来。小说中的三个重要人物廷秀、文秀、玉姐分为三处，三人的故事同一时间都在发展变化。作者只有一双手，读者也只有一双眼，不同空间同时发生的事情不可能同时讲述，作者一句“话分两头”，便从一条线跳到另一条线。先叙文秀被富商褚卫救起，并收留为子。再叙廷秀被一戏班救起，做了戏子，后被礼部主事邵承恩收留为子。兄弟二人考中同榜进士。又叙玉姐在家以死抗婚，为廷秀守节。三条线上的故事叙述有先后，不同线上事件发生的时间也有部分打乱，但同一线上的事件时间先后一点也没颠倒。

在文言小说中，故事时间错乱排列比较常见，作家根据立意与结构的需要，有意识地将故事的自然时序打乱。袁郊的《红线》写身为女奴的红线为主人薛嵩排忧解难，使之免遭吞并之灾的故事。小说的中心情节是夜盗金合，作者对此作了精心安排，先写邻境田承嗣养三千勇士，觊觎潞州，而薛嵩日夜忧闷，计无所出。此时红线请求只身夜入魏郡，看其形势。红线走后，薛嵩夜不能寐，借酒浇愁。作者将潞州的安危系于红线一人身上。就在薛嵩心急如焚的时候，红线归来，且曰“不敢辱命”，即大功告成。一女子何以能解一国之危，这是读者急于想知道的事情。这时作者才详细叙述了红线于深夜入田承嗣寝所，于其枕前盗得金合的全部经历。倒

① 兹韦坦·托多罗夫《叙事作为话语》，见《美学文艺学方法论》，文化艺术出版社1985年版，第562页。

装叙事在这里用得恰到好处，作者不仅仅是为了避免平铺直叙的呆板，更重要的是塑造主要人物，安排中心情节的需要。

有的文言小说直接将结果放在篇首，开篇突兀一笔，引人入胜。这种现代小说的常用手法，源头还是文言小说。《续幽怪录》卷二《薛伟》篇，写薛伟病重，休克二十日，醒来即嘱群官勿食鲤鱼鲙，且云此鲤鱼即薛伟自己。然后叙述薛伟梦幻中游水变鱼，被赵斡钓出、张弼买回、王士良斩杀的经过。

四

情节和人物是小说的最主要的因素，英国学者爱·缪尔在《小说结构》一书中将小说分为情节小说与人物小说。情节小说是“以取悦于人的方法描绘偶发的特别事件的小说”。人物小说的最基本的特征是“人物独立地存在，而情节附属于人物”，“人物自始就有这种不变性和完整性”。从叙事结构的角度考察，我国古代小说也存在两种基本类型，即以情节为结构中心的小说和以人物为结构中心的小说。

话本小说继承了说话艺术的传统，主要是讲故事，即以情节为结构中心。耐得翁《都城纪胜》将说话分为四家：“一者小说，谓银字儿，如烟粉、灵怪、传奇。说公案皆是博刀赶棒及发迹变泰之事。说铁骑儿谓士马金鼓之事。说经谓演说佛书。说参请谓宾主参禅悟道等事。讲史书讲说前代书史文传兴废争战之事。”①耐得翁对各家内容的解释，都是什么什么“事”，而不是什么什么“人”。这就是说，说话艺人重视的是事件而不是人物。绿天馆主人《古今小说叙》云：南宋时，“仁寿清暇，喜阅话本，命内珰日进一帙，当意，则以金钱厚酬。于是内珰辈广求先代奇迹及闾里新闻，倩人敷衍进御，以怡天颜”②。话本小说的内容是“先代奇迹及闾里新闻”，即新奇

① 耐得翁《都城纪胜》，中国商业出版社1982年版，第11页。

② 绿天馆主人《古今小说叙》，《冯梦龙全集》第2卷，江苏古籍出版社1993年版，第2页。

的故事。公认的宋人话本《错斩崔宁》没有一个贯穿首尾的人物，很难说谁是主人公，作者关心的不是某个人物的塑造，而是一个曲折、奇巧的故事。另外，像《错认尸》、《计押番金鳗产祸》也都是典型的以情节为结构中心的小说。

明代文人创作话本小说，仍然关心的是情节，凌濛初写《拍案惊奇》，“因取古今来杂碎事，可新听睹，佐诙谐者，演而畅之，得若干卷”①。《拍案惊奇》开卷第一篇《转运汉遇巧洞庭红　波斯胡指破鼍龙壳》便是一个典型的例子，小说虽有一个贯穿人物文若虚，作者对人物本身着墨并不多，重点写他两次意外发迹的故事，用以说明“运退黄金失色，时来顽铁生辉”。作家创作话本，就是要讲述一个故事，有些作家在入话中就有明确说明：“如今在下说一节国朝故事，乃是《滕大尹鬼断家私》。”②“如今且说一个男假为女、骗奸亡身的故事。”③《乔太守乱点鸳鸯谱》，作者也有类似的表白：“今日听在下说一桩意外姻缘的故事。”小说便讲述了三对未婚夫妻重新匹配的新奇故事。《沈小官一鸟害七命》讲述了一个由盗画眉鸟引发的离奇案件，并不注重其中人物性格的刻画。

与话本小说作家相比，文言小说作家更加重视人物，出现了大量以人物为结构中心的作品。以唐传奇为例，传奇受史传的影响很大，以写人物为主，情节为人物服务。现存四十多篇单篇唐传奇中，以人物命名的占一半以上，如《任氏传》、《霍小玉传》、《李娃传》、《莺莺传》等。唐传奇集中的小说也不例外，裴铏的《传奇》大多以人物命名，如《郑德璘传》、《崔炜传》、《昆仑奴传》、《韦自东传》等。文言小说的这种命名方式，直到清代的《聊斋志异》、《阅微草堂笔记》也没有多少变化。

这些以人物命名的小说，作者的主要笔墨用于刻画传主。白

---

① 即空观主人《拍案惊奇序》，见凌濛初《拍案惊奇》，上海古籍出版社 1982 年版，第 1 页。

② 冯梦龙《古今小说》第十卷，人民文学出版社 1958 年版，第 154 页。

③ 凌濛初《拍案惊奇》卷三十四，上海古籍出版社 1982 年版，第 597 页。

行简的《李娃传》，开篇便这样写道："汧国夫人李娃，长安之倡女也。节行瑰奇，有足称者，故监察御史白行简为传述。"作者就是要为李娃立传，重点突出其"节行瑰奇"。这种传记体传奇小说写人与史传有别，它不可能全面记载传主的一生，只能从某一侧面，选取主要事件来展示人物的个性。《霍小玉传》主要描写了霍小玉与李益的爱情悲剧，重点表现了小玉痴情而刚烈的个性。

对话本小说和文言小说的叙事艺术作过一番粗略的比较之后，有两点需要特别说明：第一，文言小说运用了限知视角、倒装叙事、以人物为中心的叙事结构，并不否认，更多的文言小说采用全知视角、连贯叙事、以情节为中心的叙事结构。第二，就叙事模式而言，文言小说显然优于话本小说，但这并不是对这两种体裁的整体价值判断。如话本小说对市井人物和世俗生活的描写就是文言小说所无法比拟的。

原载《湖北民族学院学报》2004 年第 3 期

明代话本的类型及其特征

古人关于话本小说的分类研究，从说话艺术阶段便开始了。孟元老《东京梦华录》“市瓦伎艺”条载有北宋时期说话科目：讲史、说三分、小说、五代史、说诨话。北宋时期说话艺术讲史最为发达，说三分、五代史也属讲史一科。这样，孟元老关于北宋说话艺术实分三科，即讲史、小说、说诨话。这是迄今为止所见到的关于说话艺术的最早分类。南宋时期，说话艺术极其繁盛，耐得翁《都城纪胜》“瓦舍众伎”条首次提出了南宋说话四家数问题，究竟是哪四家，学术界有争议，但小说、讲史、说经三家的认定，意见基本一致。罗烨《醉翁谈录·小说开辟》将小说分为八类，即灵怪、烟粉、传奇、公案、兼朴刀、捍棒、妖术、神仙。

现代关于话本小说类型的研究，最有代表性的是美国学者韩南，他在《中国白话小说史》中，将早期白话小说分为公案小说、鬼怪小说、传奇小说、连环小说四类。中期白话小说分为愚行小说、传奇小说、宗教小说、公案小说四类。将浪仙的小说（他认为《醒世恒言》中有二十二篇小说系浪仙所作）分为道德模范类型、得道成仙类型、爱情小说、愚行小说。且对每一类型的小说都举作品为例，对其特点加以阐述。韩南的研究是有启发意义的，他并不对话本小说的类型作终极划分，只是对不同时期、不同作家的小说的主要类型进行概括与阐释，划分的目的非常明确，就是为了深入研究。

对明代话本进行分类与对整个古代小说进行分类大不相同，明代话本只是古代小说的一个时期的一种体裁，对它的分类决不可能是终极划分，仅仅是为了研究的深入与方便，可操作性则是我们考虑的重要因素。文学分类理应兼顾形式与内容两个层面，韦勒克说："我们认为文学类型应视为一种对文学作品的分类编组，在理论上，这种编组是建立在两个根据上的：一个是外在形式（如特殊的格律或结构等），一个是内在的形式（如态度、情调、目的等以及较为粗糙的题材和读者观众的范围等）。"①话本小说本身便是从形式层面从小说中划分出来的一个类别，在叙事模式、语言、篇幅等形式方面基本一致，因此我们在对明代话本进行分类时，有必要更多地考虑内容层面，如题材、主题等，同时也不忽视结构等形式层面。

基于上述认识，我们将明代话本分为四大类型，即公案小说、爱情小说、灵怪小说、宗教小说。

一

公案小说的概念源于宋人的"说公案"，后来成为古代小说一大类型的通称。它的主要内容是叙述犯罪与判罪的故事。魏晋南北朝时期的志怪、志人小说中便有公案小说的雏形，唐代传奇小说中则有成熟的公案小说，如李公佐的《谢小娥传》、沈亚之的《冯燕传》等。宋元话本中，公案小说与爱情小说是学术界公认的成就最高的两大类型。《错斩崔宁》、《简帖和尚》则是脍炙人口的名篇。明代公案小说则呈现空前繁荣的局面，而明话本中的公案小说为其优秀代表。

公案小说一般由三大部分构成：犯罪、破案、判罪。具体到每一篇小说，可能侧重点不尽一样，但基本的结构框架是不变的。与之相联系，公案小说中有三种人物：罪犯、受害人、官员。三种人都由其扮演的角色决定了他们的主导性格，罪犯多是罪恶的化身，受害人则是值得同情的弱者，而官员则是明察秋毫的清官。

作为明话本中的公案小说，它在小说类型演变史上占有重要

① 韦勒克、沃伦《文学理论》，三联书店1984年版，第263页。

地位。明公案话本的篇幅大多超过唐传奇和宋元话本。篇幅的增加,主要是内容更加丰富,对案情的叙述曲折而细致,还出现了连环公案。这类小说带有近代通俗小说的特征,以情节的离奇取胜。另外,它展示的社会画面更加广阔。《沈小官一鸟害七命》写沈秀一人到柳林拖画眉鸟,发病倒在地上。箍桶的张公路过,见财起心,将画眉拿走。沈秀看见叫唤,被张公割下头来。一只鸟引出一桩人命公案。因张公将沈秀的头藏在空心树中,官府及苦主家属愿偿一千五百贯钱找头,大保、小保竟将老父亲杀死,把头泡烂了拎去领偿钱。画眉鸟的买主李吉被昏官当作凶手斩首。最后才将元凶查出,真相大白。一只鸟引发了三件公案,害死七条人命。第一桩案件既是全篇的主体,又是后两桩案件的诱因。

明代话本公案在写清官破案方面有较大发展,虽然还存在鬼魂托梦、严刑拷问等简单化的处理方式,但更多的是官员凭借自己的智慧来侦破案件。《汪大尹火烧宝莲寺》主要篇幅用于写汪大尹侦破宝莲寺和尚骗奸少妇案。汪大尹上任之后,先到寺内察看,巧妙地探出虚实。找来两个妓女,带上银朱,装扮成求嗣妇女,和尚当晚来奸宿时,用银朱在其头上做上记号。次日清晨汪大尹带人到寺中将和尚抓获。小说把清官汪大尹写得精明强干,明察秋毫。

古代公案小说,大多只是着重叙述作案过程或破案过程,罪犯对读者是不保密的。正因为如此,明代公案话本中一部分设置悬念、随侦破进展逐步抖开包袱的小说弥足珍贵。《徐茶酒乘闹劫新人　郑蕊珠鸣冤完旧案》写徐达在谢家做喜筵茶酒,乱中劫走新娘郑蕊珠,被谢家追上抓获,可新娘不知藏在何处。此事告到官府,知县用刑,徐达只得交待,新娘撺在枯井中。众人来到井边,从井中找出一具大胡子男人尸体。这是一个连环案,这大胡子尸体的案件在此之前未向读者作丝毫透露,徐达等劫新人的罪犯也不知情。然后作家才叙说尸体的由来,原来是河南两个商人从井边路过,听到井内呼救,便一同救人,钱巳下井,赵申在上,等救上新娘,赵申要独霸新人,便将钱巳砸死在井下。在尸体出现之前,作者未透露关于命案的任何信息，也排除了已出场人物作案的可能，确实能较好地抓住读者。

二

爱情小说是中国古代小说中时间跨度最长、名篇佳作最多的一种小说类型，从唐传奇中的《李娃传》、《霍小玉传》到清代章回小说《红楼梦》，爱情小说与中国古代小说发展史相始终。创新是文学的生命，明代话本中的爱情小说给这一古老的小说类型注入了新鲜血液。封建婚姻制度的基本内容是“父母之命，媒妁之言”，父母与媒妁包办男女青年的婚姻的时候，考虑的是家族的利益，而不是当事人的意愿。所谓“昏礼者，将合二姓之好，上以事宗庙，而下以继后世也”①。门当户对、郎才女貌成了婚姻的基本条件。古代小说中不少篇章真实地反映了这一婚姻状况。明代话本中表现出来的婚恋观念已经发生了很大变化。高赞为女儿秋芳择婿，“定要拣个读书君子，才貌兼全的配她，聘礼厚薄，到也不论”，最后嫁给了父母双亡的穷秀才钱青②。王员外将次女许配给木匠之子张廷秀为妻，长女与女婿以门户不当反对这门亲事，王员外自有主见：“会嫁嫁对头，不会嫁嫁门楼”。所谓“对头”，就是男女般配，所谓“门楼”，就是门当户对。③ 高赞、王员外虽然还没有放弃支配儿女婚姻的大权，却不再看重门第的高下，而注重考察个人品行的好坏。那些有权主宰自已婚事的女子，择偶观念较这些开明家长更为进步。莘瑶琴看清那些衣冠子弟不过是些衣冠禽兽，决意将自己的爱情献给了忠厚老实的卖油郎秦重。④ 莘瑶琴的选择，不仅摒弃了门第，也摒弃了金钱、才学，将忠厚老实的人品视为唯一标准。杜十娘的身份和地位与莘瑶琴相同，也久有从良之志，主观上，她

① 《礼记 · 昏仪》，《十三经注疏》，中华书局 1980 年影印本。

② 冯梦龙《醒世恒言》第七卷，人民文学出版社 1956 年版。

③ 冯梦龙《醒世恒言》第二十卷。

④ 冯梦龙《醒世恒言》第三卷。

也重视个人品德,见李甲"忠厚志诚",才决定嫁给他。当她跳出火坑,满怀欢乐与希望随李甲回家时,为了千金之资,得见父母,李甲竟然将她转卖。杜十娘的希望与理想彻底破灭了,她没有亮出百宝箱让李甲与她重归于好,也没有携带百宝箱另求所爱,而是怒沉百宝箱继而投江自杀。在杜十娘的爱情理想中,我们看到了晚明思想解放运动的投影,那就是对独立人格的捍卫,对人的尊严的要求。此前的爱情小说,很少达到这一高度。

古代男女授受不亲,七岁不同席,女子养在深闺,足不出户,只有元宵观灯、清明踏青、浴佛上香等极少日子在家人陪伴下才能出门。她们与外界接触机会极少,很难有与同龄异性长期交往的可能。古代爱情题材的小说戏曲中,男女青年往往一见钟情,私订终生,这在特定时代应该是可信的。但这种一见钟情只能是由外表的相互吸引来决定终身,很难触及人的性格、志趣、思想、情感等重要层面。有些例外的是写文人与妓女恋爱的小说,唐宋传奇中并不少见。这种畸形的男女关系,本质上是可悲的。明代话本中的爱情小说突破了一见钟情的恋爱模式,也不再满足于仅仅写文人与妓女的恋情,而真实地展现了特殊条件下的男女青年在长期的交往中相互产生好感、萌发爱情、最终结为夫妻的全过程。黄善聪女扮男装随父亲外出做买卖,父亲病死他乡。聪明的善聪与同乡青年李秀卿结为异姓兄弟,合伙生理。同住七年,后又一同还乡。当李秀卿得知黄善聪是女子之后,当面求婚,非她不取。[①] 闻蜚娥女扮男装与杜子中等同窗读书,成为好友,后来自己作主嫁给了杜子中。[②] 尽管这类写男女青年由一般交往到恋爱结婚的小说在明代话本中还不多见,而且黄善聪、闻蜚娥在与异性接触中还着男装,但与传统的一见钟情相比,这种小说更带现代气息。

古代作家大多有一个善良的愿望,愿天下有情人都成眷属,古

---

① 冯梦龙《古今小说》第二十八卷,人民文学出版社 1958 年版。

② 凌濛初《二刻拍案惊奇》卷十七,上海古籍出版社 1983 年版。

代读者也养成了一种欣赏习惯,喜爱看到一个美满的结局,二者的默契,便产生了大量的大团圆的爱情题材的作品。团圆的契机则是书生考中进士,连王实甫的名剧《西厢记》也不能脱俗。明代话本中的爱情小说,虽然也有《杜十娘怒沉百宝箱》这样震撼人心的大悲剧,但多数小说也属大团圆结局。但明话本与前代作品不一样的是,作家不再简单地用中进士来消解各类不同的矛盾,而是根据主人公的不同身份与经历客观而真实地处理人物之间的纠葛。卖油郎秦重决不可能去读书考进士,他靠自己的忠厚志诚赢得了花魁娘子的爱情。宋金因身患重病,被丈人刘有才抛弃荒山,陷入绝境。按照前人的写法,能写会算的宋金,当遇恩人获救,而后发愤读书,考中进士,再与妻子团圆。这样处理确实简便,但毫无新意。作者跳出窠臼,写宋金在山上意外拾到大笔财富,成为南京大户,再与妻子团圆。① 这些形形色色的团圆故事,不仅使明代话本比前代同类题材显得丰富多彩,更重要的是,它符合人物的性格特征,带有鲜明的时代特色。它是小说家的独特创造,而不是拙劣的模仿与剽窃。

三

灵怪小说的术语最早是宋人耐得翁提出来的,他在《都城纪胜》中说:"一者小说,谓之银字儿,如烟粉、灵怪、传奇。"②他所说的灵怪小说是指宋人说话艺术中讲述精怪鬼魅故事的一类。说话艺术是话本小说的前身,话本中仍然有大量的精怪鬼魅故事。这类小说用灵怪小说来概括顺理成章。

话本中的灵怪小说与魏晋南北朝时期的志怪小说一脉相承,志怪小说中写鬼魅精怪一类正是话本中灵怪小说的题材。在宋代说话艺术中,灵怪小说占有重要地位,罗烨在《醉翁谈录》中将灵怪

① 冯梦龙《警世通言》第二十二卷,人民文学出版社1956年版。

② 耐得翁《都城纪胜》,中国商业出版社1982年版,第11页。

列为小说八类之首,他说:小说"有灵怪、烟粉、传奇、公案,兼朴刀、捍棒、妖术、神仙"。列举的灵怪小说篇名有十六种之多,罗烨所列举的灵怪小说绝大多数已失传,只有《红蜘蛛》一篇的改订本保存在《醒世恒言》中,题为《郑节使立功神臂弓》,这篇小说写郑信在一枯井中与红白蜘蛛怪相爱结婚的故事。另有几篇小说可考知本事。从这些小说可以看出,宋人说话中的灵怪小说,内容也是丰富多彩的。

人鬼(或怪)恋爱的故事是灵怪小说的主要内容,明代话本与宋元话本在这一点上基本相同,但两者的时代差异十分明显。宋元灵怪小说中,鬼怪不仅好色贪淫,而且妖气十足,与之交接往往危及健康。道士和尚则是必不可少的角色,最后由他们来降妖除怪,拯救落难青年。《洛阳三怪记》就是这样,潘松被一婆子摄入一崩败花园中,用大鸡笼罩住。不多时引潘松见娘娘,设宴饮酒,赤土大王亦来与宴。晚间娘娘拉潘松做夫妻。三更后,邻居新死的王青春引潘松窥婆子取人心肝,又见婆子与娘娘一同用心肝下酒。后来王青春令潘松从床头大窟窿中逃生。最后是天应观道士徐守真请来师父蒋真人才降服了妖怪,原来婆子是白鸡精,娘娘是白猫精,赤土大王是赤斑蛇。① 小说中,精怪不仅嗜好淫乐,还要杀人吃心肝,十分恐怖。这种小说在宋元话本中比较普遍,除此篇外,还有《西湖三塔记》、《定山三怪》(即《崔衙内白鹞招妖》)、《福禄寿三星度世》等。同样的题材在明代话本中便大不相同,写人鬼恋爱的灵怪小说,其中的鬼怪温柔善良,极富人情味。《西湖二集》中有一篇小说,题为《假邻女诞生真子》,写儒生罗慧生看上方家美女,便有狐精变成方女来与罗生幽会,就这么一夜风流,狐精怀孕,且生子则死,狐精不仅没有对罗生有任何伤害,反而毁了自身五百年的修炼,付出了生命的代价,还为罗生生育一子,帮罗生娶了方女。

我们将同一题材的话本在宋元和明代的不同形态作一下比

---

① 洪楩《清平山堂话本》卷二,上海古籍出版社 1987 年版。

较,这一问题便显得更加清楚。宋代话本《西湖三塔记》保存在《清平山堂话本》中,较好地保留了原始形态。在这篇话本中,除卯奴外,婆子与白妇人都是食人的妖怪,白娘子与宣赞亦无爱情可言,仅仅是嗜好淫欲。明人改订的《白娘子永镇雷峰塔》则大不相同,全篇的主体还是白蛇与许宣的故事,但白蛇并不像宋元话本中那么可怕,她并不害人,吃人心肝,也不贪淫,李员外设计骗奸她,被她现本相吓得半死。她只是执着地追求许宣,从杭州到苏州,从苏州到镇江,希望与许宣"百年偕老",直到被法海禅师捉住,现出本相,还"昂首看着许宣"。就是两次连累许宣吃官司,也是为了帮助许宣,后来又为他开脱罪责。白娘子除了有时还现形之外,其性格与言行完全是一个温柔多情、美丽善良的女人。

灵怪小说虽然采用超现实的手段,却无一不是现实的折射。在明代话本中,灵怪小说与写实小说,就主题热点而言,两者惊人地相似。爱情与友谊,都是作家感兴趣的话题。除人鬼恋情之外,作家还写了不少人鬼友情的小说。《感恩鬼三古传题旨》写书生仰邻瞻至报恩寺读书,有女鬼和诗,女鬼乃停棺寺中的伊小姐。仰生许诺取得功名后为之安葬。女鬼便传答卷暗号,帮助仰生考中进士。仰生为女鬼立墓以报其德。小说摆脱了人鬼恋爱的传统模式,而写人鬼之间互相帮助、信守承诺、有恩必报的友谊。这些写人鬼友谊的小说,很容易叫人联想到《施润泽滩阙遇友》、《吴保安弃家赎友》等写实小说,作家不满"交道奸如鬼"的晚明现实,创造一种理想的友谊境界,来教化世人,只不过灵怪小说将这种意图表达得委婉曲折一些罢了。

四

宗教小说至少要具备两个条件:第一,小说的内容是写宗教人物的宗教活动;第二,小说带有宣传宗教教义的性质。这双重条件基本上明确了宗教小说的范围。明代话本中大量描写和尚尼姑好色贪淫的小说,实际上是对宗教的揭露与嘲讽,不能视为宗教小说。

宗教小说的起源几乎与宗教在我国的兴起同步,汉魏六朝时期,便有不少释道二家“自神其教”的志怪小说、神仙传记,这些小说可以看作宗教小说的雏形。唐代变文,有一部分是演唱佛经故事的,对后来的通俗宗教小说产生了直接的影响。宋代的说经,是说话四家之一,内容也是演说佛经故事。现存《大唐三藏取经诗话》、《张子房慕道记》是宋元话本中宗教小说的标本。

明代宗教小说,与前代同类小说相比,体制完备、特征鲜明。对宗教教义的宣传比此前任何时代的小说都要热忱与方便。因明代话本都有入话,入话中要发议论,这些议论在宗教小说中便成了教义的宣讲。《寿禅师两生符宿愿》开篇便劝人不杀生,多放生。话本系作家模拟说话艺术而作,作家写到一些关键情节,可以说话人的身份出来发表议论,此处又是宗教小说宣传教义的极好机会。《张道陵七试赵升》中,写完七试之后,随即有一段议论:“凡人道士人,先要断除七情。那七情?喜、怒、忧、惧、爱、恶、欲。”①明代是一个三教合流的时代,萌芽于先秦时期的果报思想,成为佛教与道教共同的劝善的方法,“善恶到头终有报,只争来早与来迟”,在明代话本中俯拾即是,宗教小说中更是如此。《马神仙骑龙升天》中还直接转述《丹经》教义:“人欲地仙,当立三百善;欲天仙,当立千二百善。”②行善即可成仙,果报思想与道教的得道成仙融为一体了。

宗教本来就充满神秘色彩,佛教的灵魂不死、轮回转世,道教的长生不死、羽化升天,在释道盛行的明代已不新奇。小说家利用宗教的虚幻特点,借鉴前人的创造,发挥自己丰富的想象力,在小说中展现出一片神奇的世界。李清爬进仙宫,攀藤扪葛上楼,乘鹤驾鸾车,吃青泥白石。几日出来,世上已过七十二年,子孙都已作古。③ 丁野鹤能腾云驾雾,童子也能将头搬下装上,面脸朝后。冷

---

① 冯梦龙《古今小说》第十三卷,第 211 页。

② 周清源《西湖二集》第三十卷,浙江文艺出版社 1985 年版,第 577 页。

③ 冯梦龙《醒世恒言》第三十八卷。

谦法术更是了不得，能行瓶遁之法，钻进尺余高的瓶中，能闻其声，不见其人，将瓶摔碎，仍寄生碎片上。① 这些令人眼花缭乱的仙宫法术的汇展，既是古代小说家追求奇异性的审养心态的具体表现，又满足了市井细民逐新猎奇的欣赏要求。宗教小说中人物具有类型化的特征，小说家将人物的主导性格表现得非常充分，同时又很少发展变化。赵升一心慕道，要拜张道陵为师，辱骂不去，美色不动心，见金不取，见虎不惧，偿绢不吝，被诬不辩，存心济物，舍命从师。终于得授张天师秘诀，白日飞升。陈抟自幼爱读《黄庭》、《老子》，《周易》成诵，足迹不入城市，隐居山中鼾睡。梁、唐、周、宋四朝许以高官厚禄，陈抟不为之动心，依旧高卧山中，直至仙逝。② 这些人物人格高尚、意志坚强、行动神秘，因为他们是神不是人，故有此超凡脱俗之态。从小说艺术的角度观照，这种人物性格的鲜明性与单一性，正是福斯特所说的扁平人物的特点，也就是我们常说的类型化特征。

古代宗教小说，按其内容还可以分为佛教小说与道教小说，就明代话本而言，道教小说明显多于佛教小说，大有崇道贬佛之势。这不仅仅是一个数量统计的问题，更重要的是，作家对佛教人物和道教人物的态度完全不同。和尚、尼姑往往成为作家嘲讽的对象。如果说宋元话本中，玉通禅师破色戒是受人陷害，事后坐化值得同情。③ 五戒私通红莲，被人点破，羞愧坐化，也能谅解。④ 作者对佛教中人基本持肯定态度。那么到明代，话本作家对佛教人物态度则大不一样。和尚尼姑成了淫荡邪恶的化身，寺庙成了污秽场所。宝莲寺的和尚集体骗奸求嗣少妇。⑤ 非空庵的一群尼姑将赫大卿

---

① 周清源《西湖二集》第二十五卷。

② 冯梦龙《古今小说》第十四卷。

③ 冯梦龙《古今小说》第二十九卷。

④ 冯梦龙《古今小说》第三十卷。

⑤ 冯梦龙《醒世恒言》第三十九卷。

留在庵中折磨而死。[①] 这些小说，虽不属宗教小说的范围，但可反映话本作家对佛教中人的认识与评价。而道教中人，如上面论及的赵升、陈抟，还有李清、吕洞宾、杜子春、马自然等，在作家的笔下，个个光彩照人。不仅如此，小说中的议论，也反映出作家崇道贬佛的倾向，如《张道陵七试赵升》入话中写道："那三教中，儒教忒平常，佛教忒清苦，只有道教学成长生不老、变化无端，最为洒落。"[②]有些小说写到释道斗法，也是道士胜。《马神仙骑龙升天》中，马自然便将三百和尚用定身法定住，如泥塑木雕一般。"难道我道家便不如你释家不成"[③]！这话虽出自马自然之口，也代表了小说家的观点。

原载《东南大学学报》2005 年第 6 期

① 冯梦龙《醒世恒言》第十五卷。
② 冯梦龙《古今小说》第十三卷，第 199 页。
③ 周清源《西湖二集》第三十卷，第 574 页。

明清话本的文人创作与商业生态

话本的创作主要集中在两个时期，一是宋元时期，二是明清时期。宋元时期的话本是说话艺人创作的，接受对象是市民观众。宋元话本流传下来的比较少，而且都是明代刻本，大多经过明代文人的改订，已非宋元话本的原貌。明清时期的话本是文人创作的，接受对象也主要是市民读者。流传至今的话本绝大多数是明清话本，创作时间主要集中在明末清初。宋元话本肯定是地道的市民文学；明清话本，从创作者的角度看，无疑是文人文学，从接受者的角度看，也可以说是市民文学。文人创作与商业生态决定这一小说文体的基本特征与演变规律。

一

文人走入话本领域，是从搜集、整理宋元旧本开始的，很快，有价值的宋元旧本便“搜括殆尽”①，他们便开始自己创作，当冯梦龙的“三言”取得巨大成功之后，大批的文人随之跟进，出现了文人创作话本的热潮，在短短四五十年间，编写并刊刻了五六十种话本集。这些文人作家，在创作话本的时候，自觉不自觉地将自己的思想感情与审美趣味融入作品中，使明清话本打上了文人的烙印。

从现有的资料可以看出，明清话本作家都是科场失利的下层文人，冯梦龙、凌濛初五十多岁才中副榜贡生，其他话本作家连贡生也没有中过，他们从小读四书五经，十几岁便开始参加科举考试，在科场屡战屡败之后，转而选择编刻话本作为谋生的手段之

① 凌濛初《拍案惊奇序》，《拍案惊奇》，上海古籍出版社1982年版，第1页。

一。这种教育背景与人生经历,使他们受儒家思想影响甚深,满怀治国平天下的人生理想,即使不能走上仕途,一样关注国计民生;而他们所生活的时代,国难当头,世风日下,官贪吏虐,民不聊生。这些具有深沉的忧患意识与强烈的社会责任感的话本作家,希望用他们的小说来警醒世人,改变现状,最有代表性的作家就是冯梦龙,他将自己编纂的三本话本小说集分别命名为《喻世明言》、《警世通言》、《醒世恒言》。并在最后一本小说集《醒世恒言》的序言中,对书名进行了解释:"明者,取其可以导愚也;通者,取其可以适俗也;恒则习之而不厌,传之而可久。三刻殊名,其义一耳。"①"喻世"、"警世"、"醒世",意思也是相同的。冯梦龙深感"世人皆浊我独清,众人皆醉我独醒"②,针对世上醉人多、醒者少的现实,提出了"醒世说"。他说:"自昔浊乱之世,谓之天醉。天不自醉人醉之,则天不自醒人醒之。以醒天之权与人,而以醒人之权与言。言恒而人恒,人恒而天亦得其恒。万世太平之福,其可量乎?"③以言醒世,意思就是要用文学唤醒沉醉的世人。冯梦龙并不是在话本集序言中自我标榜,招揽读者,"三言"中的话本确实很好地体现了冯梦龙的醒世思想。"三言"开篇第一卷《蒋兴哥重会珍珠衫》(《古今小说》第一卷)通过一个果报不爽的故事,告诫世人不要好色贪淫、败俗伤风。《桂员外途穷忏悔》(《警世通言》第二十五卷)谴责了桂迁忘恩负义、为富不仁的卑鄙行为。《施润泽滩阙遇友》(《醒世恒言》第十八卷)则赞美施复诚信为人、拾金不昧的高尚品德。《徐老仆义愤成家》(《醒世恒言》第三十五卷)表彰老仆人阿寄对主人的忠诚与无私。冯梦龙不可能超越他所处的时代,他用于醒世的思想,更多的还是儒家的忠孝节义的思想,他在《警世通言叙》中说:"六经、《语》、《孟》,谭者纷如,归于令人为忠臣、为孝子、为贤牧、为良友、为义夫、为节妇、为树德之士、为积善之家,如是而已矣","而通

① 冯梦龙《醒世恒言叙》,《冯梦龙全集》第4卷,江苏古籍出版社1993年版,第1页。

② 屈原《渔父》,马茂元选注《楚辞选》,人民文学出版社1998年版,第165页。

③ 冯梦龙《醒世恒言叙》,《冯梦龙全集》第4卷,第1页。

俗演义一种，遂足以佐经书史传之穷。”①小说比经史更能发挥社会教化作用。

冯梦龙的这种创作意图与价值取向，对明清话本作家产生了深刻影响，明清时期绝大多数话本作家都有用小说醒世的目的，从话本集的命名就可以清楚地看出。席浪仙的《石点头》用生公说法、顽石点头的典故来说明自己的良苦用心。陆人龙的《型世言》书名三字就有两字与“三言”书名相同。东鲁古狂生的《醉醒石》首有《醉醒石题辞》：“古今尽醉也，其谁为独醒者？若也独醒，世孰容之！虽然，亦不可不醒也。……李赞皇之平泉庄，有醉醒石焉，醉甚而倚其上，而醉态立失。是编也，盖亦醉醒之石也。”②以醉醒作比，明显源于冯梦龙的《醒世恒言叙》。薇园主人在《清夜钟》自序中写道：“余偶有撰者，盖借谐谈说法，将以鸣忠孝之铎，唤醒奸回；振贤哲之铃，惊回顽薄。名之曰《清夜钟》，著觉人意也。大众洗耳，莫只当春风一过，负却一片推敲苦心。”③酌元亭主人的《照世杯》命名意图也非常明确。笔炼阁主人《五色石》序云：“《五色石》何为而作也？学女娲氏补天而作也。客问予曰：‘天可补乎？’予曰：‘不可。轻清为天，何补之有。’客曰：‘然则女娲炼石之说何居？’予曰：‘女娲氏吾不知其有焉否也，五色石吾不知其有焉否也，特昔人妄言之，而子姑妄听之云尔。然而女娲所补之天，有形之天也；吾今日所补之天，无形之天也。有形之天曰天象，无形之天曰天道。天象之阙不必补，天道之阙则深有待于补。’”④作者就是要用小说来补“天道之阙”。尽管这些话本作家略显迂腐，有些作家甚或冬烘，但他们对世道的关注、对现实的忧虑，表现出文人作家

① 冯梦龙《警世通言叙》，《冯梦龙全集》第3卷，第663页。

② 佚名《醉醒石题辞》，《中国历代小说序跋集》(中)，人民文学出版社1996年版，第798页。

③ 薇园主人《清夜钟序》，《京本通俗小说等五种》，江苏古籍出版社1991年版，第139页。

④ 笔炼阁主人《五色石序》，《五色石》，江苏古籍出版社，1993年版，第212页。

以天下为己任的社会责任感。

写自己熟悉的生活是文学创作的规律，文人作家模仿艺人编写话本的时候，更多的只能是形式上的模仿，而题材和内容却发生了很大变化。他们在话本中描写文人的生活，表现文人的思想感情。在明清文人生活中，大概没有什么比科举更叫人梦萦魂牵的了，话本作家将这一题材引进小说。“三言”中唯一能断定出自冯梦龙之手的《老门生三世报恩》(《警世通言》第十八卷)便写这一题材。老秀才鲜于同热衷科举，屡试不中，可他就是不愿出贡，一定要中个举人、进士。他对明代科举以及与之相关的官场有清醒的认识：“只是如今是个科目的世界，假如孔夫子不得科第，谁说他胸中才学?”①直到五十七岁，鲜于同时来运转，连连报捷。冯梦龙作这篇小说的本意是要用鲜于同成功的事例来抨击贱老爱少的试官，让老年登科者扬眉吐气。小说中所暴露出来的问题，如官场上进士官与科贡官的不平等，考场上试官的有眼无珠，老秀才考科举的辛酸遭遇等等，客观上是对科举制度的揭露与批判。《西湖二集》的作者周清源“怀才不遇，蹭蹬厄穷，而至愿为优伶，手琵琶以求知于世，且愿生生世世为一目不识丁之人”②。他对科举制度的弊端认识非常深刻，在《巧妓佐夫成名》(《西湖二集》第二十卷)中，作者借名妓曹妙哥之口骂尽天下举人、进士：“我自十三岁梳拢之后，今年二十五岁，共是十三个年头，经过了多少举人、进士、戴纱帽的官人，其中有得几个真正饱学秀才，大通文理之人?”个中奥妙，曹妙哥也看了个透彻：“当今贿赂公行，通同作弊，真个是有钱通神，只是有了‘孔方兄’三字，天下通行，管甚有理没理，有才没才。”③曹妙哥看上了太学生吴尔知，而这吴尔知既无学问，又无钱财，只会赌博。曹妙哥便用她结交举人、进士学来的经验，辅佐吴尔知中了进士，自己也做了进士夫人。那些在科场上屡遭失败的

---

① 《冯梦龙全集》第3卷，第244页。

② 湖海士《西湖二集序》，《西湖二集》，浙江文艺出版社1985年版，第12页。

③ 周清源《西湖二集》，第386页。

文人，则把发迹的希望寄托在皇帝的知遇之恩上。《俞仲举题诗遇上皇》(《警世通言》第六卷)就是这类士子心态的典型写照。成都贫士俞仲举千里迢迢赶到临安应试，可时运不济，名落孙山。后来连回家的盘缠也没有，无奈趁食杭州街头。一次在一家酒店喝醉了酒，无钱付账，在壁上写下一首词，准备自杀，结果被酒保发现救了。就是这首词给俞仲举带来了福音，太上皇看到这首词，大为赏识，差人招俞到宫中，荐给皇帝，封成都府太守，衣锦还乡。作者在篇末所作的一首诗则将下层文人发迹的幻想和盘托出："昔年司马逢杨意，今日俞良际上皇。若使文章皆遇主，功名迟早又何妨。"①他们念念不忘的就是"功名"二字。《巧书生金銮失对》(《西湖二集》第三卷)在表现文人期盼发迹这一点上与《俞仲举题诗遇上皇》完全一致。它写"永嘉狂生"甄龙友因一诗一词，先后得到太上皇并皇帝的称许，得授翰林院编修之职。编写这类小说的作者，恐怕他们自己也不会相信在他们有生之年会得到皇帝或太上皇的赏识而飞黄腾达，从这个意义讲，俞仲举、甄龙友的发迹对文人来说，仅仅是一种精神晚餐。

在明清话本中出现了众多的文人形象，他们满腹经纶、怀才不遇、桀骜不驯、蔑视权贵，这些形象不妨看作文人的自画像。《卢太学诗酒傲王侯》(《醒世恒言》第二十九卷)中的卢楠，才高学广，但文福不齐，遂绝意功名，寄情诗酒。本县知县汪岑贪婪鄙俗，却要附庸风雅，有心结交卢楠，可这俗吏几次订期，几次失约，从早春直到晚秋。当知县第七次失约时，卢楠大怒，独自吃得烂醉，蓬头跣足，靠在桌上睡去。知县姗姗来迟，见状恼怒万分，竟然设计冤案，将卢楠关进死牢。十余年后才被陆知县审明冤情释放。"卢学诗酒傲王侯"，作者是有意识将卢楠作为"王侯"的对立面来处理的，贪婪、鄙俗的汪知县成了卢楠的陪衬人，而高雅脱俗、轻世傲物的卢楠则是作者心目中的理想文人形象。虽然作者在篇尾也有劝戒

---

① 《冯梦龙全集》第3卷，第79页。

文人“莫学卢公以傲取祸”,但更多的是对卢楠由衷的赞美:“命蹇英雄不自由,独将诗酒傲公侯。一丝不挂飘然去,赢得高名万古留。”①唐代诗人李白,堪称文人楷模,他蔑视权贵,诗酒风流,被时人誉为“谪仙人”。下层文人借他一吐不平之气,小说家笔下的李白到长安应试,因不愿贿赂杨国忠、高力士,不仅试卷被批落,还被当面侮辱。后来唐朝接到番使国书,满朝文武,无一人认识。贺知章将才华横溢的李白推荐给朝廷,玄宗赐李白进士及第,宣李白入朝。李白将番书译出,宣读如流。又请玄宗令杨国忠捧砚磨墨、高力士脱靴结袜,李白醉草吓蛮书,令番国俯首称臣。(《李谪仙醉草吓蛮书》,《警世通言》第九卷)卢楠还只是傲视知县,李白则使唤太师、太尉,在文人与官吏的冲突中,文人成了赢家,这并不是封建时代的普遍现象,只能是文人作家理想的寄托。

文人作家模仿艺人话本进行创作,并不是依葫芦画瓢,而是按照自己的审美理想进行艺术改造,建立起一套规范的白话短篇小说体裁形式。和其他文学作品一样,话本也有一个题目,从《清平山堂话本》、《熊龙峰刊行小说四种》以及明清文人书目记载来看,宋元话本或以人物、或以事件随意命名,从三、四字到七、八字不等。冯梦龙编纂“三言”,每篇小说的题目都经过认真斟酌,往往用工整的对偶命名,两个题目一联,如“羊角哀舍命全交”,“吴保安弃家赎友”;“晏平仲二桃杀三士”,“沈小官一鸟害七命”;“月明和尚度柳翠”,“明悟禅师赶五戒”。这种命题方式,为后来的《石点头》、《欢喜冤家》、《西湖二集》、《无声戏》等小说所沿用。凌濛初作“二拍”,则采用每篇小说一联的命题方式,《型世言》、《醉醒石》、《娱目醒心编》则因袭了凌濛初的做法。入话是话本小说的文体特征之一,它由一首或数首诗词以及与正话相关的小故事(即头回)组成。关于它的产生及其作用,郑振铎先生指出:“‘话本’即是说书先生的‘底本’,我们就说书先生的实际情形一观看,便知他不能不预备

---

① 《冯梦龙全集》第4卷,第657页。

好那么一套或短或长的‘入话’，以为‘开场之用’。一来是，借此以迁延正文开讲的时间，免得后至的听众，从中途听起，摸不着头脑；再者，‘入话’多用诗词，也许实际上便是用来‘弹唱’，以肃静场面，怡悦听众的。”①在说话艺术中，入话是一种必要程序，是说正话之前的一种准备工作，因而它可长可短，灵活多变，随意性强，主要根据说话艺人临场需要而定。入话作为说话艺术的遗迹，在案头文学中已失去了它原有的功能，理应淘汰和删除。恰恰相反，冯梦龙等文人改订与创作话本，入话却被强化，宋元话本，原来没有头回的，入选“三言”后，大多补上了头回。《众名姬春风吊柳七》(《古今小说》第十二卷)据《柳耆卿诗酒玩江楼记》改写，原本无头回，冯梦龙补写了孟浩然错念一首诗终身不用的故事作头回。《五戒禅师私红莲记》原无头回，冯梦龙收入“三言”，也给补写了头回。“三言”中的明代话本，绝大多数有头回。其后的话本作家大多采用冯梦龙完善的话本体制，入话成为话本的有机组成部分及最鲜明的形式特征。“三言”的入话，冯梦龙赋予了它新的功能，开篇的诗词与议论，作家用来表白自己的创作动机，点明小说的主题，告诫世人戒恶行善。《古今小说》第一篇《蒋兴哥重会珍珠衫》开篇一道《西江月》，劝世人“休逞少平狂荡，莫贪花酒便宜”。接着便发了一番议论：“这首词，名为《西江月》，是劝人安分守己，随缘作乐，莫为酒、色、财、气四字，损却精神，亏了行止。求快活时非快活，得便宜处失便宜。”②这番议论将作家醒世的善良动机说得明明白白。“三言”的头回，也不再是可省可无的搭头，而是作家表现小说主题的重要手段。《施润泽滩阙遇友》(《醒世恒言》第十八卷)写施复拾金不昧，送还失主，后来不仅避免了天灾，捡回一条性命，还发财致富，办起了一家不小的作坊。无非劝人行善积德，告诉世人老天爷不会亏待好人。入话中，作者先后写了裴度还带，后来时来运转，

---

① 郑振铎《明清二代的平话集》,《中国文学研究》,人民文学出版社 2000 年版,第 332 页。

② 《冯梦龙全集》第 2 卷,第 1 页。

出将入相，窦禹钧命中无子无寿，因还遗金，后来连得五子，寿至八十二岁等两个小故事作为头回，很好地强化了作家的命意。此后，凌濛初、周清源、陆人龙、李渔等话本作家编写话本，绝大多数都有入话。

明清话本作家虽然使用白话创作，但已失去了艺人话本的朴实与自然，趋于典雅。明清文人从小习八股、读诗文，对骈俪文非常熟悉，这种阅读和写作习惯也影响到他们的话本创作，尤其是在李渔的话本中，经常可以读到近似骈文的语句。如《十二楼》第一篇话本《合影楼》正话开篇对人物的介绍，便有这样一段："广东韶州府曲江县有两个闲住的缙绅，一姓屠，一姓管。姓屠的由黄甲起家，官至观察之职；姓管的由乡贡起家，官至提举之职。……管提举古板执拘，是个道学先生；屠观察跌荡豪华，是个风流才子。……听过道学的，就怕讲风情；说惯风情的，又厌闻道学。"①这段文字每两句的字数、结构相同，内容前后对照，和骈文相似，只是用白话，偶有词语相同。这种叙述语言在李渔话本中俯拾即是。还有的话本语言有如优美的散文一般，《灌园叟晚逢仙女》(《醒世恒言》第四卷)对"花痴"秋先的生活环境有这样一段描写："篱门外，正对着一个大湖，名为朝天湖，俗名荷花荡。……湖中景致，四时晴雨皆宜。秋先于岸旁堆土作堤，广植桃柳。每至春时，红绿间发，宛如西湖胜景。沿湖遍插芙蓉，湖中种五色莲花。盛开之日，满湖锦云烂熳，香气袭人，小舟荡桨采菱，歌声泠泠。遇斜风微起，偎船竞渡，纵横如飞。柳下渔人，舣船晒网。也有戏鱼的，结网的，醉卧船头的，没水赌胜的，欢笑之音不绝。那赏莲游人，画船箫管鳞集，至黄昏回棹，灯火万点，间以星影萤光，错落难辨。深秋时，霜风初起，枫林渐染黄碧，野岸衰柳芙蓉，杂间白苹红蓼，掩映水际；芦苇中鸿雁群集，嘹呖干云，哀声动人。隆冬天气，彤云密布，六花飞舞，上

① 李渔《十二楼》，人民文学出版社1986年版，第2-3页。

下一色。"[①]作者对朝天湖一年四季的景色的描写绘声绘色，语言典雅华美，和历代文人所写的山水游记没什么区别，作者完全陶醉在自己创造的诗一般的意境之中，似乎忘记了市民读者的欣赏趣味与阅读水平。

二

明清时期文人编写话本与同时代文人从事诗文创作和学术研究大不一样，诗文与经史，乃"经国之大业，不朽之盛事"[②]，不仅可以青史留名，还可以带来仕途的畅达与现实的利益。如清代，在经史与诗文方面有成就的文人，就可以通过朝廷特设的博学鸿词科考试走上仕途。话本不仅于仕途无补，反而会带来负面影响。编写话本是下层文人的一种谋生手段，作家的经济利益只能通过市场来实现，或者自己刻印销售，或者卖给书坊。由于资料缺乏，我们不能详考当时写稿报酬的高低和刻书利润的多少。书坊得向作家买稿则有据可查，天许斋《古今小说题辞》云："本斋购得古今名人演义一百二十种，先以三之一为初刻云。"[③]一个"购"字把书坊和作者的关系说得非常明白。凌濛初创作《拍案惊奇》，也是书商见"三言""行世颇捷"[④]，有利可图，便请他编撰。这位书商眼力不错，凌濛初的"二拍"果然畅销。书坊刻小说可以牟利，我们可以从小说的重印、再版情况中得到印证。《古今小说》有天许斋原刊本，衍庆堂《重刻增补古今小说》本；《警世通言》有金陵兼善堂本，衍庆堂《二刻增补警世通言》本，清三桂堂王振华刊本；《醒世恒言》有叶敬池原刊本，叶敬溪刊本，衍庆堂刊本；《拍案惊奇》有尚友堂原刊本，覆尚友堂本，消闲居本，松鹤斋本，聚锦堂本，万元楼本，飞堂本，文

---

① 《冯梦龙全集》第4卷，第76页。

② 曹丕《典论·论文》，郭绍虞主编《中国历代文论选》第一册，上海古籍出版社1979年版，第159页。

③ 《冯梦龙全集》第2卷，第1页。

④ 凌濛初《拍案惊奇序》，《拍案惊奇》，第1页。

秀堂本,同文堂本,同人堂本等。这些刊本还只是流传下来能够考知的,大量的失传刻本则无法统计。书坊一而再、再而三地重印、重刻,甚至改头换面地盗刻,又刻各种选本,主要目的就是为了卖钱。话本在明清时期已经成为一种文化商品,作家和书坊则是这种文化商品的生产者。

为什么话本能够成为一种畅销的文化商品?首先和它与生俱来的商业化特性有关。话本源于说话艺术,早在唐代俗讲阶段,这一艺术形式就染上了商业色彩,胡三省《通鉴注》云:“释氏讲说,类谈空有,而俗讲者又不能演空有之义,徒以悦俗邀布施而已。”①日本沙门圆珍所撰《佛说观普贤菩萨行法经记》也有类似记载:“俗讲,即年三月就缘修之,只会男女,劝之输物,充造寺资,故言俗讲。”②很清楚,唐代俗讲就是出家人为世俗男女讲故事,目的除宣传佛教教义之外,主要就是聚敛钱财。说话在宋元时期最为兴盛,说话艺人在瓦舍勾栏作场,肯定是一种商业演出,即观众要掏钱才能观看。《水浒传》第五十一回写雷横到郓城县勾栏听白秀英说话:“锣声响处,那白秀英早上戏台,参拜四方,拈起锣棒,如撒豆般点动,拍下一声界方,念了四句七言诗,便说道:‘今日秀英招牌上明写着这场话本,是一段风流酝藉的格范,唤做‘豫章城双渐赶苏卿’。说了,开话又唱,唱了又说,合棚价众人喝采不绝。”“那白秀英唱到务头,这白玉乔按喝道:‘虽无买马博金艺,要动聪明鉴事人。看官喝采道是过去了,我儿且回一回,下来便是衬交鼓儿的院本。’白秀英拿起盘子,指着道:‘财门上起,利地上住,吉地上过,旺地上行。手到面前,休教空过。’白玉乔道:‘我儿且走一遭,看官都待赏你。’”③这一段描写把艺人作场收钱的过程清晰地展现出来。说话有听众,能赚钱,根据说话整理而成的话本也应该有市场,于是明代文人着手整理刻印艺人话本,当艺人话本整理完后,文人便

① 转引自胡士莹《话本小说概论》,中华书局1980年版,第22页。

② 转引自胡士莹《话本小说概论》,第22页。

③ 施耐庵、罗贯中《水浒传》,人民文学出版社1975年版,第709、710页。

模仿说话艺术编写话本，这种读物也得到了市民的认可与接受。

其次与江浙一带的商业环境有关。明清文人话本作家绝大多数是江浙人，冯梦龙、凌濛初、席浪仙、陆云龙、陆人龙、周清源、李渔、徐震、杜纲等都生活在江浙一带。还有一些作家，真实姓名无考，根据其所署别号，也可以判断出他们是江浙人，如《欢喜冤家》作者西湖渔隐主人，《天凑巧》作者西湖逸史，《载花船》作者西泠狂者，《宜春香质》、《弁而钗》作者醉西湖心月主人，《西湖佳话》作者古吴墨浪子，《鼓掌绝尘》作者古吴金木散人，《飞英声》作者古吴憨憨生等。文人话本也大多刻于江浙地区，主要是苏州和杭州，《古今小说》、《醒世恒言》、《拍案惊奇》、《二刻拍案惊奇》、《石点头》、《鼓掌绝尘》、《今古奇观》，刻于苏州。《型世言》、《西湖二集》、《欢喜冤家》、《无声戏》刻于杭州。文人话本形成了苏州、杭州两个创作、刻印中心。苏杭是明清时期著名的工商业城市，是新兴的生产关系萌芽最早的地区，历史学界对此有充分的研究。明清话本小说主要产生于苏杭，决非偶然现象，它是作为众多的商品之一生产出来的。这里生活着大量的商人、作坊主、手工业者和雇工，他们在经商、做工之余，也有文化娱乐的需求，他们欣赏戏曲、皮影、说书、小曲、弹词等各种艺术表演，上过两年私塾的市民，也有阅读的需求，艰深的经史子集他们读不懂，更没兴趣，通俗小说最适合他们的口味。一批颇有商业头脑的下层文人发现了其中的商机，他们编刻话本，满足市民读者的阅读需要，也达到了他们砚田糊口的商业目的。

文人话本的这种商业属性，决定了它不可能成为文人炫耀才情、孤芳自赏的文体，它必须适应市场决定生存的生态环境，也就是说文人作家得迁就甚至迎合市民读者的欣赏趣味。冯梦龙在编撰"三言"的时候，这种意识就非常明确，他在《古今小说叙》中说："大抵唐人选言，入于文心；宋人通俗，谐于里耳。天下文心少而里耳多，则小说之资于选言者少，而资于通俗者多。”[1]既然是“文心少而里耳多”，编写话本就得写市民读者即“里耳”喜闻乐见的人和事。写市民生活会让市民读者更有亲切感，在“三言”“二拍”等优秀话本集中，就出现了大量的以市民为主人公的作品。《蒋兴哥重会珍珠衫》(《古今小说》第一卷)探讨商人的家庭婚姻问题，《卖油郎独占花魁》(《醒世恒言》第三卷)肯定了妓女的爱情选择，《施润泽滩阙遇友》(《醒世恒言》第十八卷)赞美了市民的善良与友谊，《徐老仆义愤成家》(《醒世恒言》第三十五卷)写出了商人的精明与勤劳，还有《宋小官团圆破毡笠》、《吕大郎还金完骨肉》、《转运汉遇巧洞庭红》、《叠居奇程客得助》等等，都从不同的角度描绘了市民生活。在这些小说中，作家对下层市民给予理解和同情，乃至作为正面人物予以歌颂与赞美。这种现象的出现，与明中叶以后市民阶层的壮大，士人对市民的评价有所改变有关，同时也不可否认市民读者对话本创作的影响。我们也注意到，清代话本中的市民形象大量减少，这正是话本走向衰亡的重要原因。这一现象正好从反面说明了市民读者对话本创作的影响。话本作家虽然都是一些下层文人，但他们对市民生活并不是特别熟悉，他们描写市民生活的时候，时常捉襟见肘，凌濛初在《转运汉遇巧洞庭红》(《拍案惊奇》卷之一)中写文若虚等人到国外经商，很多场面与细节都是作家的想象之词，经不住推敲。《叠居奇程客得助》(《二刻拍案惊奇》卷三十七)写程宰采用囤积居奇的手段发财致富，也只能是请海神帮忙，处理得比较简单。因为作家缺乏这方面的生活积累与情感体验，很难准确而细致地写出经商的过程及其微妙的心理。当然，文人作家迎合市民读者欣赏趣味，也产生了一些不好的现象，兼善堂《警世通言识语》指出：“通俗演义一种，尤便于下里之耳目，奈射利者专取淫词，大伤雅道。”[2]在明清话本中确实出现了一些色情小

---

① 冯梦龙《古今小说叙》,《冯梦龙全集》第2卷，第2页。

② 《冯梦龙全集》第3卷，第662页。

说,如《宜春香质》、《弁而钗》、《欢喜冤家》等话本集中,就有不少此类作品,就连“三言”“二拍”也不能免俗。

明清话本小说作家绝大多数都是具有社会责任感的文人,他们为市民读者编写话本时,一方面要让市民读者喜欢阅读,愿意购买,另一方面又想让市民在阅读中受到教育。这种教育不是向他们灌输四书五经,也不是向他们宣讲历史上的忠臣孝子,而是根据他们的是非善恶观念编写故事,达到寓教于乐、潜移默化的效果。冯梦龙《警世通言叙》云:“经书著其理,史传述其事,其揆一也。理著而世不皆切磋之彦,事述而世不皆博雅之儒。于是乎村夫稚子,里妇估儿,以甲是乙非为喜怒,以前因后果为劝惩,以道听途说为学问,而通俗演义一种,遂足以佐经书史传之穷。”[①]我们在明清话本中读到大量因果报应的故事,陈商骗奸了蒋兴哥的妻子,最后客死他乡,妻子改嫁给蒋兴哥。(《古今小说》第一卷)桂迁负施家之恩,妻与二子死后变犬,得此恶报。(《警世通言》第二十五卷)施复拾金不昧,不仅躲过了死人翻船的惨祸,还从地下挖出了几千两银子。(《醒世恒言》第十八卷)笔者做过抽样统计,在“三言”中,有果报内容的小说,《古今小说》十三篇,《警世通言》十四篇,《醒世恒言》九篇,共计三十六篇,近“三言”总篇数的三分之一,其中不少小说是公认的精品,如《蒋兴哥重会珍珠衫》、《沈小霞相会出师表》、《王娇鸾百年长恨》、《杜十娘怒沉百宝箱》、《灌园叟晚逢仙女》、《施润泽滩阙遇友》等,这类小说,过去我们往往予以简单的否定,殊不知这是文人作家为适应市民的接受水平而有意为之,我们完全误解了小说家的一片苦心。

原载《江苏社会科学》2007 年第 5 期,《中国古代文学研究年鉴》(2007)摘要转载。

---

① 冯梦龙《警世通言叙》,《冯梦龙全集》第 3 卷,第 663 页。

冯梦龙的笑话搜集、整理与评点

冯梦龙一生编辑、评点了两种笑话集[①]，一种是《古今谭概》[②]，重刻更名为《古今笑》，辑录笑话近两千条，按内容分为三十六部，每部开篇有小序，部分笑话篇后有批语或附记。一种是《笑府》，搜集笑话近六百条，按内容分为十三卷，每卷一部，每部开篇亦有小序，部分笑话篇后有批语或附录，体例与《古今谭概》相同。两种笑话集在明清两代便多次刻印，现代也有多家出版社整理出版，晚明以来流传甚广，深受古今读者的欢迎。

一

《古今谭概》与《笑府》虽说都出自冯梦龙之手，但二者的差别非常明显。首先，这两种笑话集的故事来源不同。冯梦龙在《古今谭概》的最后一卷《杂志部》小序中明确交代了这本笑话集的三种主要来源："史传所载，采之不尽；稗官所述，阅之不尽；客座所闻，录之不尽。"[③]也就是说，《古今谭概》的故事来源于史书、小说和讲述。这在该书篇目中可以得到印证，《古今谭概》中不少篇目注明

---

① 另有《广笑府》一书，署名墨憨斋主人，1935年襟霞阁主人印行。但该书未交待版本来源，迄今亦未见该书的明清刻本和文献记载。据今人研究，署名墨憨斋主人的《广笑府序》不过是在《笑府序》中间插入了一段署名布袋和尚的《哈哈令》的游戏文字。《广笑府》卷目与嘉靖刻本《解愠编》完全相同，篇目也大多相同。《广笑府》是今人用《笑府》残本和《解愠编》摘编而成。（冯学《〈广笑府〉质疑二题》，《笑府》附录二，海峡文艺出版社1991年版。）

② 《古今谭概》学界一般将它视为笑话集，如王利器《历代笑话集》便收该书，但该书所收故事并非全是笑话，关于这一问题，下文将具体论述。

③ 冯梦龙《古今谭概》，中华书局2007年版，第478页。

了出处，大体可以归入上述三类。如《禽癖》(《癖嗜部》)、《易内》(《闺诫部》)出自《左传》，《嗔痴》(《痴绝部》)、《爱丑》(《癖嗜部》)源于《吕氏春秋》，《以人命戏》(《鸷忍部》)、《反酒箴》(《文戏部》)见于《汉书》，《食性异常》(《癖嗜部》)、《羊侃》(《鸷忍部》)、《短》(《委蜕部》)出自《南史》，《顾协》(《迂腐部》)、《门蝇背龙》(《专愚部》)、《不洗脚》(《不韵部》)、《王罴》(《贫俭部》)出自《北史》，《奔丧》(《容悦部》)出自《唐书》，这些笑话来源于史书。《公羊传》(《无术部》)、《自诧才华》(《苦海部》)、《汉世老人》(《贫俭部》)、《吞舍利》(《谲智部》)、《李秀才》(《灵迹部》)、《针发》(《灵迹部》)出自《广记》，《项王庙》(《怪诞部》)、《乾红猫》(《谲智部》)出自《夷坚志》，《中官出对》(《无术部》)、《欺心报》(《贪秽部》)、《死友》(《贪秽部》)、《贷金》(《谲智部》)、《乘驴妇》(《谲智部》)、《智妇》(《谲智部》)、《兰玻》(《儇弄部》)源于《耳谭》，《板桥三娘子》(《灵迹部》)出自《古今说海》，这些笑话来源于小说。还有一些笑话是当时流传的故事，冯梦龙听到讲述后记录下来，并注明来源。如《妒痴》附录："昆山陈梧亭言：其邑某秀才亦有痴疾，而性更迂缓。夜在家，尝伏暗处，俟其妻过，据前拥之，妻惊呼。则大喜曰：'吾家出一贞妇矣。'……"① 所记三则笑话，均为陈梧亭讲述。《贪痴》附录："近年浙中一士夫学仙，屏居已久，妄自意身轻，可以举飞。乃于园中垒案数层，登而试之。两臂才张，遽尔坠损，医药弥月治愈。"②《射策误》附记："近时文宗出论题，有'孔子不知孟子之事'，合场茫然不知。乃《论语》'陈司败章'圈外注也。苏紫溪先生视学浙中，有知人之鉴，而出题险僻。如'一至一，二至二，三句三圣人，四句四孔子'，场中多有搁笔而出者。"③《痔字》(《儇弄部》)，冯梦龙注明为"近谑"。《古今谭概》搜集了不少同时代人的逸闻趣事，大都为当时流传的故事，冯梦龙记录整理。

---

① 冯梦龙《古今谭概》，第35页。
② 冯梦龙《古今谭概》，第38页。
③ 冯梦龙《古今谭概》，第66页。

《笑府》所收笑话来源则不同。一是来源于前人编辑的笑话集。《笑府》中有一些笑话，冯梦龙注明是“旧话”，旧话就是老笑话，应该源于前人的笑话集。如《扛》附录有“旧话云”（卷三），《皂吏新婚》附录“旧话”（卷三），《幼科》附录“旧话”（卷四），《问嫂》附录“旧话云”（卷九）。《笑府》中还有一些笑话，见于前人编辑的笑话集中。如《江心赋》（卷一）见嘉靖刻本《解愠编》卷之七，《解愠编》题为《江心贼》。《读别字》（卷二）见于《解愠编》卷之一，题为《是何言兴》。《性缓》（卷六）见《解愠编》卷之八，题为《缓急偏性》。我们将《笑府》和《解愠编》中相同的笑话进行对照，就会发现《笑府》比《解愠编》要简略，说明冯梦龙作过改写。另外，浮白斋主人编辑的笑话集《笑林》，收笑话一百四十多则，除个别篇目外，从题目到内容，与《笑府》几乎完全相同，并且先后顺序也一样，极有可能是《笑林》据《笑府》选编。[①] 二是来源于民间讲述。《笑府》中有些笑话，冯梦龙明确交代他是听人讲述而后记录下来的。《风水》附录：“余又闻一笑话云：有于暑月舟行者，邻人止之曰：‘语云朝华不出市，今日天色必变，风风水水，行舟不易，勿出可也。’其人不从，前途果值风雨，几覆。夜往谢邻人，邻人曰：‘我原说有风水的，你自不信耳。’”[②]这则笑话来源于他人讲述。《藏锄》附记：“有于席间述此笑话者，一客停杯问曰：‘毕竟此锄是谁人偷去的?’举座大笑。”[③]这则笑话也是来源于席间讲述，在讲述过程中又产生了另一则笑话。民间笑话在文人记录下来之前，处于口传阶段，同一则笑话，在不同地域、不同时期、甚至不同场合、不同讲述人，都会有差异，这是口传故事的一大特点。《笑府》中有的笑话有几种版本，冯

---

① 《笑府》收笑话近六百篇，按内容分为十三卷，《笑林》收笑话一百多篇，不分卷，而先后顺序与《笑府》相同。只能是《笑林》摘抄《笑府》，不可能是《笑府》抄录《笑林》。如果是《笑府》抄录《笑林》，而《笑林》一百多篇笑话的编排顺序正好与《笑府》的分类顺序完全相同，决不可能如此巧合。

② 冯梦龙《笑府》，海峡文艺出版社 1992 年版，第 74 页。

③ 冯梦龙《笑府》，第 121 页。

梦龙特别注明。如卷二《屁颂》："一士死见冥王，王忽撒一屁，士即拱揖进辞云：'伏惟大王，高耸尊臀，洪宣宝屁，依稀丝竹之音，仿佛麝兰之气。'王大喜，命牛头卒引去别殿，赐以御宴，至中途，士顾牛头卒谓曰：'看汝两角弯弯，好似天边之月；双目炯炯，浑如海外之星。'卒亦喜甚，扯士衣曰：'大王御宴尚早，先在家下吃个酒头了去。'"正文之后有附录："一说云：一秀才死，见冥王，自陈文才甚敏。王偶撒一屁，士即进词云云。王喜，命延寿一年。至期死，复请王，适王退衙，鬼卒报有秀才求见。王问何人，鬼卒曰：'就是那做屁文字的秀才。'"①两则笑话，中心情节相同，主旨一致，都是讽刺士人阿谀奉承，不讲文德。显然是一则笑话在流传过程中出现了两种版本，冯梦龙便于正文之外，用附录的形式将另外的版本记录下来。《清福》（卷一）、《读破句》（卷二）也有两种版本。《遇偷》甚至记载了三种版本，正文为："偷儿入一贫家，遍摸一无所有，乃唾地开门而去。贫汉于床上见之，唤曰：'贼！可为我关了门去。'偷儿曰：'你这个人叫我贼也忒难。'"附录："一说：唤贼关门，贼笑曰：'我且问你：关他做甚么？'亦有味。旧说云：'贼可替我带上了门。'贼曰：'是这等贪懒，所以做不得人家。'贫汉曰：'我做人家与你偷么？'。"②正文与"一说"为当时流行的两种版本，"旧说"似为据前人笑话集选录，三种版本各有妙处，于是冯梦龙一并收入。还有的笑话，中心情节相同，而更换了讽刺对象。如《不请客》："一人性极吝，从不请客。一日，邻人借其家设宴，有见者问其仆曰：'汝家主今日请客乎？'仆曰：'要我家主请客，直待那一世来？'主人闻而骂曰：'谁要你许他日子。'"附录："近移此嘲欠债者：妻回债家云：'要我家还清，再隔三百年。'夫归知之，骂曰：'谁要你约他日子。'"③正文讽刺吝啬鬼，附录讽刺"老赖"。后者据前者改编，冯氏注明"近移此嘲欠债者"。从一则笑话多种版本来看，这种笑话应

① 冯梦龙《笑府》，第 22 页。

② 冯梦龙《笑府》，第 39 页。

③ 冯梦龙《笑府》，第 140 页。

属于民间笑话。三是冯梦龙自己创作的笑话。《借牛》附记:"余所识一富翁,向人索债,倒持契书。其人笑之,翁怒曰:'吾持与汝看,岂自看耶?'又方对客,适邻家致柬,翁展视。客知其贸贸,故问之。翁曰:'请我吃酒耳。'使者曰:'非也,乃告借铜锣、铜鼓一用。'翁笑曰:'借铜锣、铜鼓,难道不请我吃酒?'人更服其机敏。"[①]此则笑话,应属记实事,记录者实际上就是这则笑话的创作者。《老陪宾》附录:"吴下二十年前,凡有丧者,必借重儒巾陪客。时值岁考,诸生俱往,乃请一敕封秀才(谓乡贤)、一原任秀才(谓已黜)承乏,有同事者作口号嘲之曰:'昨日某家陪宾,走出两顶儒巾,一顶虚田实契,一顶产去粮存。'时传以为笑谭云。"[②]此则笑话也属纪实,其中口号作者可能并非冯梦龙,作为一则完整笑话的作者非冯梦龙莫属。

其次,《古今谭概》和《笑府》的更重要的差异还在于其内容。《古今谭概》虽又名《古今笑》,全书并非都是笑话。所谓笑话,就是可笑的故事,可笑和故事,两个关键词缺一不可。《古今谭概》中有些篇目并不可笑,甚或可叹、可悲、可恨。如《爱痴》:"尾生与女子期于梁,女子不来,水至不去,抱梁柱而死。"[③]这是一个凄凉的爱情悲剧,读者为痴情的尾生而震撼。《杀婢妾》:"石太尉崇,每邀宴集,令美人进酒。客饮不尽,使黄门斩美人。王丞相与大将军尝共访崇。丞相素不能饮,辄自勉强,至于沉醉。至大将军,故不饮,以观其气色。已斩三人,丞相劝敦使尽。敦曰:'彼自杀人,于我何与?'"本篇出自刘义庆的《世说新语》,文词有改写。石崇的残忍、王敦的冷酷令人发指。冯梦龙评曰:"恶人遇恶人,只是婢妾晦气。"[④]《食人》记载了三则吃人肉的故事,兹选录其一:"靖康丙午岁,金狄乱华。六七年间,山东、京西、淮南等路,荆榛千里,米斗至

---

① 冯梦龙《笑府》,第2页。
② 冯梦龙《笑府》,第21页。
③ 冯梦龙《古今谭概》,第36页。
④ 冯梦龙《古今谭概》,第192页。

数千钱，且不可得。盗贼官兵以至民居，更互相食。人肉之价，贱于犬豕，肥壮者一枚不过十五钱。全躯暴以为腊。登州范温率忠义之人，汎海到钱塘，有持至行在充食。老瘦男子谓之'饶把火'，妇人少艾者名之为'美羊'，小儿呼为'和骨烂'。又通目为'两脚羊'。"①冯梦龙评曰："兵荒之惨，即此三条已不忍道。彼无识狂生，少不得志，辄拍几思乱，何哉！"《夺妻》："刘太常介继娶美艳，冢宰张綵欲夺之，乃问介曰：'我有所求，肯从我，始言之。'介曰：'一身之外，皆可奉公。'綵曰：'我所求者，新嫂也。敢谢诺。'少顷，强舆归矣。"②张綵仗势欺人，强夺他人之妻。像上述故事，无论如何叫人笑不出来，显然不是笑话。在《古今谭概》之《痴绝部》、《癖嗜部》、《鸷忍部》、《灵迹部》、《妖异部》、《杂志部》中，不少故事都不是笑话。

《古今谭概》中有不少笑话，但不是纯粹的笑话集。更名《古今笑》并不十分恰当，更多的是从书籍销售的角度考虑，李渔将其一语道破："以《古今笑》易名，从时好也。""同一书也，始名《谭概》，问者寥寥，易名《古今笑》，而雅俗并嗜，购之惟恨不早。是人情畏谈而喜笑也明矣。"③原名《古今谭概》倒是名副其实，它侧重于文人的谈资，书中便列有《谈资部》，可笑的故事当然是最好的谈资，一些蹊跷的事件、奇怪的言行、凄美的故事、有个性的人物也可以作为谈资。

既然是辑录文人谈资，编者肯定是以文人为拟想读者，那就得考虑文人的欣赏趣味。在《古今谭概》中辑录了大量文人的逸闻趣事。《苦海部》命名便用了文人吟诗作赋的典故："昔郑光业兄弟，遇人献词，句有可嗤者，辄投一巨皮箧中，号曰'苦海'，宴会则取视，以资谐戏。"④该部所收均为文人写诗作文之病。《文戏部》则专

---

① 冯梦龙《古今谭概》，第194页。
② 冯梦龙《古今谭概》，第205页。
③ 李渔《古今笑史序》，见《古今谭概》，中华书局2007年版。
④ 冯梦龙《古今谭概》，第87页。

收文人以文为戏的故事。其他各部也以文人雅趣为主。

《笑府》所收主要是民间笑话，即便是“旧话”，也是前人搜集的民间笑话。民间笑话的一个重要特点就是俚俗。《笑府》之俗，主要体现在内容方面。该书收有不少荤笑话，如《龙阳新婚》、《和尚宿娼》、《开荤》、《评阳物》、《巨卵》、《小卵》、《屄笃》等，从题目大体便知道其内容，大多与男女之事有关。海峡文艺出版社上个世纪八十年代出版的《笑府》，因“猥亵太甚”，删除篇目多达二十八则，即便如此，仍然保留有不少荤段子。周作人在《苦茶庵笑话选序》中指出：“笑话的内容，根据《笑林广记》的分类，有十二类，即一古艳，二腐流，三术业，四形体，五殊禀，六闺风，七世讳，八僧道，九贪吝，十贫窭，十一讥刺，十二谬误，是也。总和起来又可以简单地分做挖苦和猥亵两大类。”[1]《笑林广记》实为《笑府》之增删重刻本，周作人明确指出“猥亵”是《笑府》的一大类别和重要特点。拿人的生理缺陷取笑，是典型的民间俗谑，其他民间艺术也常有类似的倾向，如传统相声就有不少这类段子。《笑府》之《形体部》就有取笑麻子、近视眼、盲人、聋哑人、赤鼻头、癞痢、无须、矮子、胖子的段子。这类笑话实际上是正常人在与身体有缺陷的人的对比中获得一种心理上的优越感。《古今谭概》之《委蜕部》内容与《笑府》之《形体部》相近，但有雅俗之别。我们拿相同主题的两篇笑话作简单的对比，一篇是《笑府》中的《胖》：“胖子不便行房，使其妻仰坐椅上，身就之，而婢从后推之。曰：‘推。’曰：‘再推。’即回顾婢曰：‘住。’”[2]另一篇是《古今谭概》中的《肥》：“赵翁肥大，夏日醉卧，孙儿辈缘其腹上，戏以李八九枚投脐中。后日李大溃烂，翁乃泣谓家人曰：‘我肠烂，将死。’家人料理其脐，得核，乃知孙儿辈所纳李也。”[3]两篇笑话都是笑人体胖，《胖》从性事切入，拿胖人无能取笑，带有明显的猥亵成分。《肥》则从肚大脐深切入，只言其胖本身。

---

① 周作人《苦雨斋序跋文》河北教育出版社 2002 年版，第 90 页。

② 冯梦龙《笑府》，第 202 页。

③ 冯梦龙《古今谭概》，第 236 页。

两篇相同母题的笑话代表了两本笑话集的不同风格。

二

冯梦龙为什么要编笑话集？他的朋友韵社第五人在《题古今笑》中告诉我们："韵社诸兄弟抑郁无聊，不堪复读《离骚》，计唯一笑足以自娱，于是争以笑尚，推社长子犹为笑宗焉。子犹固博物者，至稗编丛说，流览无不遍，凡挥麈而谈，杂以近闻，诸兄弟辄放声狂笑，粲风起而郁云开，夕鸟惊而寒鳞跃，山花为之遍放，林叶为之振落。日夕相聚，抚掌掀髯，不复知有南面王乐也。"于是冯梦龙从韵社诸兄弟之请，"无问杯余茶罢，有暇，辄疏所睹记，错综成帙，颜曰'古今笑'"①。从这段记载来看，冯梦龙编笑话是因为"抑郁无聊"，为了"自娱"。《古今笑》刻于万历四十八年，冯梦龙四十七岁，此时他仍然是一个三年一科的老秀才，抑郁的原因是科举上的受挫，于是用谈笑的方式来排遣胸中的苦闷。

冯梦龙确实是一位讲笑话的高手，被社友推为"笑宗"乃实至名归。在《笑府》中颇为自得地记载了他讲笑话的情形。《惯撞席》附记："余尝寓南院中，有撞寡门者，屡次相过，述此嘲之，一时大笑。又友人张方宴，一俗子至，主人勉留之。席散，主人怪阍人与通，颇加诮让。次日，其人不待款启，直入书室。余述此笑话而易末段云：至第三日，太守又来。乃跪恳之曰：'你来一次，连累我一次，劝你今日莫进去罢。'一时大笑。"②

冯梦龙在讲述、搜集、整理、编辑、评点笑话的实践活动中，形成对笑话的特点与功能的系统认识。

讽刺是笑话重要的艺术特征和社会功能，冯梦龙已经明确认识到笑话的这一特点，《笑府》卷八命名为"刺俗部"，所辑笑话为嘲讽吝啬、谄媚、吹嘘、惧内、不孝、说谎等各种世间俗态。"人有百

---

① 韵社第五人《题古今笑》，见《古今谭概》，中华书局2007年版。

② 冯梦龙《笑府》，第233页。

病,惟俗难医。有俗骨者,必有俗态;有俗套者,必有俗肠;有俗誉者,必有俗累”[①]。冯梦龙在多则笑话的附记中指出该笑话所讽刺的对象。《问管》附记:“迩来乡绅多设馆授徒,盖嘲之云。”[②]《吏借卓》附记:“嘲惯撞席的也得,嘲门客也得。”[③]《稍》附记:“旧说嘲余姚先生唤银为束修,今移嘲赌客。”[④]冯梦龙还曾用笑话来讽刺他所认识的俗人。《古今谭概》《吝祸》记载:金华富豪李甲吝啬而狠毒,因其妻施舍古刹二僧,竟然置毒饼中,企图毒杀二僧,因二僧饭饱未食,怀饼归寺。次日李甲二子入寺游玩,误食毒饼,中毒身亡。冯梦龙于篇后附记:“余曾举此故事似一吝者,吝者曰:君言吝祸,自我言之,还受不吝之累。若我并惜四饼,那有此祸。’”[⑤]此人比笑话中人还要吝啬,冯梦龙看人很准,讥刺有的放矢。

笑话讽刺社会上普遍存在的各种庸俗、丑恶的现象,这些现象又体现在相应的人物身上,从《古今谭概》的类别名称和小序中,我们可以了解冯梦龙所要讽刺的对象。《迂腐部》讽刺迂腐之人,认为“天下事被豪爽人决裂者尚少,被迂腐人耽误者最多”。迂腐人“自以为有学、有守、有识、有体,背之者为邪,斥之者为谤,养成一个怯病天下,以至于不可复而犹不悟”[⑥]。《专愚部》讽刺愚蠢之徒,掩耳盗铃、愚公移山,“二事人皆以为至愚,抑知秦政之鞭石为移山,曹瞒之分香为掩耳乎?彼自谓一世之英雄,孰知乃千古之愚人也。故夫杨广与刘禅同亡,国忠与苍梧齐蔽。平生凶狡,图作笑柄。静言思之,不愚有几”[⑦]?《贫俭部》讽刺吝啬鬼,“然则俭不可乎?曰:吝不可耳。夫俭非即吝,而吝必托之俭。俭而吝,则虽堆

---

① 高洪钧《冯梦龙集笺注》,天津古籍出版社 2006 年版,第 110 页。
② 冯梦龙《笑府》,第 25 页。
③ 冯梦龙《笑府》,第 56 页。
④ 冯梦龙《笑府》,第 131 页。
⑤ 冯梦龙《古今谭概》,第 172 页。
⑥ 冯梦龙《古今谭概》,第 1 页。
⑦ 冯梦龙《古今谭概》,第 41 页。

金积玉，与贫乞儿何异”[1]？《汰侈部》讽刺骄奢淫逸之徒，“人之侈心，岂有攸底哉”[2]？《贪秽部》讽刺贪婪之徒，“究竟人生几何？一生吃着，亦自有限，到散场时，毫厘将不去，只落得子孙争嚷多，眼泪少。死而无知，直是枉却；如其有知，懊悔又不知如何也”[3]！《鸷忍部》讽刺残忍之人，“人有恒言，曰‘贪酷’。贪犹有为为之者，酷何利焉？其性乎！其性乎！非独忍人，亦自忍也”[4]！《容悦部》讽刺献媚者，“谄人者，亦何益哉”[5]？《颜甲部》讽刺无耻之徒，“天下极无耻之人，其初亦皆有耻者也。冒而不革，习与成昵”[6]。从对象的选择可以看出冯梦龙对社会问题的认识与忧虑。

讽刺可以是无情的嘲弄，也可以是善意的劝诫，要看具体对象。在《雅浪部序》中，冯梦龙提出：“谑浪，人所时有也，过则虐，虐则不堪，是故雅之为贵。雅行不惊俗，雅言不骇耳，雅谑不伤心，何病乎唇弄？何虞乎口戒？何惮乎梨舌地狱？”[7]该部所收为父子、兄弟、朋友、夫妻、同事之间戏谑故事。冯梦龙此处所说的雅与虐相对，意思是说对亲人、朋友的过失要讽刺有度，谑而不过，不要让人过于难堪，难以接受。如果在亲朋好友之间热嘲冷讽，冯梦龙认为并不合适。《道学语》附记：“谐性刻薄而有口才。析产时，从其父巨塘公乞一干仆，父以与其兄，谐争之，父曰：‘兄弟左右手耳，彼此何别？’一日父小恙，适谐来候，舒右手使搔痒，谐故取左手搔之，父曰：‘误矣。’谐曰：‘左右手彼此何别？’其虽亲必报如此。”[8]冯梦龙批评刘谐讽刺其父为刻薄。

冯梦龙是一位具有社会责任感的文人作家，他编纂“三言”，是

---

① 冯梦龙《古今谭概》，第 164 页。
② 冯梦龙《古今谭概》，第 173 页。
③ 冯梦龙《古今谭概》，第 180 页。
④ 冯梦龙《古今谭概》，第 189 页。
⑤ 冯梦龙《古今谭概》，第 200 页。
⑥ 冯梦龙《古今谭概》，第 212 页。
⑦ 冯梦龙《古今谭概》，第 319 页。
⑧ 冯梦龙《古今谭概》，第 312 页。

为了“喻世”、“警世”、“醒世”。他编辑《情史》，是要“使人知情之可久，于是乎无情化有，私情化公，庶乡国天下，蔼然以情相与，于浇俗冀有更焉”①。他改订传奇，是希望“世人勿但以故事阅传奇，直把作一具青铜，朝夕照自家面孔可矣”②。他搜集、整理笑话，也是要用笑声来否定社会上普遍存在的丑恶现象，让社会变成清平世界。韵社第五人记载：“一日步野既倦，散憩篱薄间，无可语，复纵谈笑。村塾中忽出腐儒贸贸而前，闻笑声也，揖而丐所以笑者。子犹无已，为举浅显一端，儒亦恍悟，划然长嚎。余私与子犹曰：‘笑能疗腐耶?’子犹曰：‘固也。夫雷霆不能夺我之笑声，鬼神不能定我之笑局，混沌不能息我之笑机。眼孔小者，吾将笑之使大；心孔塞者，吾将笑之使达。方且破烦蠲忿，夷难解惑，岂特疗腐哉!’”③冯梦龙从笑话让腐儒长嚎一事，推及笑话的种种社会功效。他在《古今笑·自叙》中说：“即如富贵一节，锦褥飘花，本非实在，而每见世俗辈平心自反，庸碌犹人，才顶却进贤冠，便尔面目顿改，肺肠俱变，谄夫媚子又从而逢其不德。此无他，彼自以为真富贵，而旁观者亦遂以彼为真富贵，孰知萤光石火，不足当高人之一笑也。一笑而富贵假，而骄吝忮求之路绝；一笑而功名假，而贪妒毁誉之路绝；一笑而道德亦假，而标榜倡狂之路绝；推之一笑而子孙眷属亦假，而经营顾虑之路绝；一笑而山河大地皆假，而背叛侵凌之路绝。”④冯梦龙并不是要否定富贵、功名、道德、子孙眷属、山河大地，而是要否定那些为获取这些不择手段(贪妒毁誉、背叛侵凌)和既已获取得意忘形(骄吝忮求、标榜倡狂)的人。

讽刺是笑话的重要功能，但不是唯一的功能。友人茶余饭后讲笑话，恐怕主要还不是为了讽刺，而是为了娱乐。当然，讽刺本身也有娱乐的功能，在对丑恶、庸俗的社会现象的嘲讽中，也能排

① 冯梦龙《情史序》，《冯梦龙全集》第7卷，江苏古籍出版社1993年版，第1页。
② 冯梦龙《酒家佣叙》，《冯梦龙全集》第12卷，第99页。
③ 韵社第五人《题古今笑》，《古今谭概》，中华书局2007年版。
④ 冯梦龙《古今谭概·自叙》，《古今谭概》，中华书局2007年版。

遣胸中的愤懑，获得精神上的愉悦。也有相当多的笑话并不具备讽刺功能，但同样脍炙人口。冯梦龙在搜集、整理笑话的过程中，并不排斥这类笑话。他在《笑府》《闰语部》小序中指出："语云：'美言可市。'洵然哉！但取解颐，何虞乱德？余故采影语之巧者、谑语之善者及澹语之可味者，以足十二部之遗，盖归余于终，周之闰法矣。"①他在《笑府》和《古今谭概》中，确实选辑了不少并没有讽刺意义的笑话。《笑府》中的荤笑话，大多不重讽喻。如《造人》："玉帝私行，见夫妇行房者，召土地问之，答曰：'造人。'问一年造几个，答曰：'一个。'曰：'既如此，何消得这等忙？'"②这则笑话便收在《闰语部》卷首。《呼不好》："一新妇初夜，既放进，曰：'不好。'婿曰：'拿出罢？'又曰：'不好。'婿问欲如何，曰：'我要拿进拿出。'"（《闺风部》）这些笑话着眼于男女之事，并没有明确的讽刺对象。中国自古就有所谓不亵不笑的传统，西方学者认为，性欲是讲述荤笑话的最原始的动机，说者和听者都能在笑声中获得性满足。③ 这恐怕是民间荤笑话发达的重要原因。《古今谭概》《痴绝部》选辑了不少痴人的故事，其中一部分主要着眼于其趣，并无讽刺意义。如《痴趣》："陶渊明日用铜钵煮粥为食，遇发火，则再拜曰：'非有是火，何以充腹。'""贾岛常以岁除取一年所得诗，祭以酒，曰：'劳吾精神，以是补之。"“方镕隐天门山，以棕榈叶拂书，号曰'无尘子'，月以酒脯祭之。""张旭大醉，以头濡墨而书。"④这些笑话均为文人雅趣。冯梦龙说："虎头三绝，痴居一焉，痴不可乎？得斯趣者，人天大受用处也。"⑤肯定甚至欣赏这种痴趣。又如《苏州痴》："苏人好游。袁中郎诗云：'苏人三件大奇事，六月荷花二十四，中秋无月虎丘

---

①② 冯梦龙《笑府》，第245页。

③ 参见黄庆声《解颐编：中国古代笑话专题研究》第五章《晚明笑话书〈绝缨三笑〉中之性别与情色意识》，（台北）里仁书局2009年版。

④⑤ 冯梦龙《古今谭概》，第31页。

山,重阳有雨治平寺。”冯梦龙评曰:“此正苏州人一生大正经处。”[①]袁宏道认为不可理解,冯梦龙为之辩解。《妖异部》则辑录奇闻异事,也多没有讽刺功效。如《鸡生方卵》:“弘治末,崇明县民有鸡生一方卵。异而碎之,中有猕猴,才大如枣。”[②]《石中男女》:“成化间,漕河筑堤,一石中断,中有二人作男女交媾状。长仅三寸许,手足肢体皆分明,若雕刻而成者。高邮卫某指挥得之,以献平江伯陈公锐。锐以为珍藏焉。”[③]上述三类故事,都没有明确的讽刺意图,但有娱乐功能,冯梦龙也将它们收入笑话集中。

好笑话就是要引人发笑,冯梦龙选辑笑话,特别重视其是否可笑、能否解颐。《苦海部》专收“为词而足以资人之谐戏”者。[④]《汰侈部》中人,“一日为欢,万年为笑”[⑤]!《谈资部》“书其趣者,可以侈目,可以解颐”[⑥]。《非族部》“特采其尤可骇笑者著焉”[⑦]。冯梦龙在笑话评点中,将是否可笑作为一项重要的评价指标。《古今谭概》《俗谶》:“宋时太学各斋,除夕设祭品,用枣子、荔枝、蓼花,取‘早离了’之谶。执事者帽而不带,以绦代之,谓之‘叨冒’。”冯梦龙评曰:“鄙俗可笑!”附记又记载了当时士子的俗谶:“今南都乡试前一日,居亭主必煮蹄为饷,取‘熟蹄’之谶也。又锡邑呼‘中’如‘粽’音,凡大试,则亲友赠笔及定胜糕、米粽各一盒,祝曰:‘笔定糕粽。’又宗师岁考前一日,往往有祷于关圣者。或置等子一件于神前,谓之‘一等’。其祝文曰:‘伏愿瞌睡瞭高,犯规矩而不捉;糊涂宗主,屁文章而乱圈。’”列举种种俗谶之后,冯梦龙批曰:“更可笑。”[⑧]《笑府》《求签》附录“评秀才恶习者云:‘随你两个人考,也要挤一挤;随

① 冯梦龙《古今谭概》,第31页。
②③ 冯梦龙《古今谭概》,第454页。
④ 冯梦龙《古今谭概》,第87页。
⑤ 冯梦龙《古今谭概》,第173页。
⑥ 冯梦龙《古今谭概》,第368页。
⑦ 冯梦龙《古今谭概》,第463页。
⑧ 冯梦龙《古今谭概》,第106页。

你十顿饭，也要抢一抢；随你一个题目，也要结烛；随你一名不取，也要说不公道。'"对此冯梦龙批曰："逼真可笑。"①此类批语甚多，不一一列举。

冯梦龙认为笑话应该含蓄蕴藉，不能过于直白，要留给听众想象的空间，回味的余地。《老童生》："虎出山而回，呼肚饿。其党曰：'今日固不遇一人乎？'对曰：'遇而不食。'问其故，对曰：'始一和尚来，因臊气不食；次一秀才来，因酸气不食；最后一童生来，亦不曾食。'问：'童生何为不食？'曰：'怕咬伤了牙齿。'"冯梦龙附记："末句旧云'筋骨老凝不堪食。'少蕴藉。年少童生须仔细防老虎。"②冯梦龙认为"旧话"过于直白，于是作了修改，改本确实比旧话含蓄。《吃着》："有曳瓜皮出城者，遇曳破草鞋者于途，问曰：'尔将此何用？'曳鞋者曰：'我以破甚者供燎爨之用，择其好者穿之。'因问：'汝曳瓜皮何用？'曰：'你要穿好的，我岂不要吃好的？'"冯梦龙附记："末二句，或只云：'单许你穿好的么？'亦蕴藉。"③讲笑话要引人发笑，除笑话本身要有笑料外，还要选择适当的场合，具有针对性。《笑府》《魔王反》："魔鬼率鬼兵造反，观音持净瓶诵咒，诸鬼悉摄入瓶中，以符封口。魔王惧，请降，乃释之。魔王问诸鬼曰：'汝等在瓶中饥否？'答曰：'饿是小事，只是几乎挤杀。'"冯梦龙附记："有以小船请多客者，名姬冯喜生话此嘲之，一坐绝倒。乃知笑话虽佳，须时而后言，方得价耳。"④冯喜生讲这则笑话令"一坐绝倒"，就是因为听众多客乘小船与笑话中诸鬼入瓶中极为相似，特定的场景使这则笑话获得了极佳的讲述效果。

原载《盐城师范学院学报》2012年第5期

---

① 冯梦龙《笑府》，第20页。
② 冯梦龙《笑府》，第14页。
③ 冯梦龙《笑府》，第227页。
④ 冯梦龙《笑府》，第252页。

冯梦龙《太平广记钞》的删订与评点

一

《太平广记》是北宋太平兴国年间李昉等人编修的一部文言小说总集，收汉代至宋初的野史小说近7000篇，按题材分为92大类，又分150余细目，共500卷。规模宏大，内容丰富。冯梦龙编纂《智囊》、《情史》、《古今谭概》，都曾从《太平广记》中取材，对这部大书应该读过多遍，非常熟悉。他说："予自少涉猎，辄喜其博奥，厌其芜秽，为之去同存异，芟繁就简，类可并者并之，事可合者合之，前后宜更置者更置之，大约削简什三，减句字复十二，所留才半，定为八十卷。"①具体说，冯梦龙删订《太平广记》，主要做了四个方面的工作：第一，合并类别。《太平广记》原本500卷，冯梦龙合并为80卷。合并又分两种方式：一是同一类别合并。如《神仙》原来55卷，合并为7卷。《女仙》原来15卷，合并为2卷。《报应》原来33卷，合并为《报恩》1卷，《冤报》2卷。《神》原来25卷，合并为3卷。《鬼》原来40卷，合并为4卷。二是不同类别合并。如原本《神魂》1卷、《冢墓》2卷、《铭记》2卷合并为1卷。雷3卷、雨(风虹附)、山(坡沙附)、石(溪附)、水(井附)各1卷，合并为1卷，其中还增加土类。《杂传记》9卷、《杂录》8卷合并为《杂志》1卷。这些类别合并之后，还保留了原有类别的名称。有些类别并入其他类别后，原有类别删除，名称也不再保留，冯梦龙特别加以说明。如《道术》类眉

---

① 冯梦龙《太平广记钞小引》，《冯梦龙全集》第8卷，江苏古籍出版社1993年版，第1页。

批:“原本《道术》外,尚有《方士》,而事义多相类,故去《方士》部,并入《道术》。”[①]冯梦龙将《方士》并入《道术》,并交代了合并理由。《感应》类题下批注:“旧另有《情感》在《妇人》部,今并入。”[②]《名贤》类题下批注:“旧尚有《儒行》,今并入。”[③]第二,删减篇目。《太平广记》收野史小说近 7000 篇,冯梦龙删减到 2600 多篇。《异僧》类原有 71 篇,删减到 32 篇。《鬼》类原有 467 篇,删减到 112 篇。第三,删节单篇小说的篇幅。如全书第一篇《老子》,原来 2100 多字。冯梦龙删到 500 多字。《彭祖》1700 多字,删到大约 1000 字左右。原书 2893000 字(中华书局整理本版权页标注字数),经冯梦龙删订,还剩 1244000 字(江苏古籍出版社整理本《冯梦龙全集》所收《太平广记钞》版权页标注字数)。全书字数不到原书的一半。第四,校订错误。有些篇目所注出处有误,冯梦龙经过核对,作了订正,并在题下注明。《裴有敞》题下注:“出《定命录》。《太平广记》言出《朝野佥载》。”[④]《蔡邕》题下注:“出《邕别传》。《太平广记》言出《商芸小说》。”[⑤]《王绚》题下注:“出《摭言》。《太平广记》言出《谈薮》。”[⑥]《李秀才》题下注:“出《因话录》。《太平广记》作《大唐新语》。”[⑦]

冯梦龙为何要删订《太平广记》?他在《小引》中这样解释:《太平广记》编成后,便“命镂版颁行。旋有言《广记》烦琐,不切世用,复取版置阁。民间家藏,率多缮写,以故流传未广。至皇明文治大兴,博雅辈出,稗官野史,悉付梨登架。而此书独未授梓。间有印本,好事者用闽中活板,以故挂漏差错,往往有之。万历间,茂苑许

---

① 《冯梦龙全集》第 8 卷,第 191 页。
② 《冯梦龙全集》第 8 卷,第 376 页。
③ 《冯梦龙全集》第 8 卷,第 425 页。
④ 《冯梦龙全集》第 8 卷,第 421 页。
⑤ 《冯梦龙全集》第 8 卷,第 428 页。
⑥ 《冯梦龙全集》第 8 卷,第 465 页。
⑦ 《冯梦龙全集》第 8 卷,第 749 页。

氏始营剞劂，然既不求善本对较，复不集群书订考，因讹袭陋，率尔灾木，识者病焉。喜人用事不记出处，有问者辄大声曰：'出《太平广记》。'谓其卷帙浩漫，人莫之阅，以此欺人。"[1]按冯氏解释，至少有三个方面的原因：第一，该书篇幅太大，通读不易，且有人"以此欺人"。《古今谭概》《谬误部》第五《不伏误》附记："天顺间，钱塘张锡作文极捷，而事多杜撰。有问者，则高声应曰：'出《太平广记》。'以其帙多难卒辨也。"[2]为读者着想，应该删削。第二，该书刻本较少，流传不广。宋朝因有言"不切世用"，因而"取版置阁"。后来虽有刻印[3]，传至明朝，已不多见。第三，明朝嘉靖、隆庆、万历年间的刻本，校刻不精，错误太多。因此，冯梦龙决定删改校订，整理出一部规模适中、疏漏较少、适于阅读的《太平广记》删节本。他的这一想法得到出版商沈飞仲的支持，于是《太平广记钞》得以传世。

二

冯梦龙在删订《太平广记钞》的同时，又对其中的大部分篇目作了评点，包括眉批、夹批、篇后总评，计两千多条。在编辑、增补、修改、删节乃至创作小说、戏曲、民歌、笑话时加上批语，几乎是冯梦龙的一种习惯，"三言"、《新平妖传》、《情史》、《智囊》、《古今谭概》、《笑府》、《墨憨斋定本传奇》、《太霞新奏》、《山歌》、《挂枝儿》概莫能外。《情史》、《智囊》、《古今谭概》、《笑府》、《墨憨斋定本传奇》、《太霞新奏》、《山歌》、《挂枝儿》这些著作的评点，都有一个比较集中的主题，而《太平广记钞》内容丰富而驳杂，因而其评点也不像上述著作那样集中，涉及面比较广。

从《太平广记》到《太平广记钞》，都收了大量的释道人物传记和传说，如《仙》、《女仙》、《异僧》、《释证》等类别中的篇目。冯梦龙

---

① 《冯梦龙全集》第8卷，第1页。

② 冯梦龙《古今谭概》，中华书局2007年版，第70页。

③ 参见张国风《太平广记版本考述》第一章《太平广记的成书与流传》，中华书局2004年版。

照例对释道人物及其事迹加了批语，从这些批语中可以看出他对儒释道的基本态度。

冯梦龙在《三教偶拈序》中，比较系统地谈到他对儒释道的认识，他说："余于三教概未有得，然终不敢有所去取。其间于释教，吾取其慈悲；于道教，吾取其清净；于儒教，吾取其平实。所谓得其意皆可以治世者，此也！"①在《太平广记钞》中，冯梦龙早已提出这一观点，他说："三教不妨并存，先辈何可轻？"②(《王弼》眉批)作于同一时期的《醒世恒言叙》，也有类似的表述："崇儒之代，不废二教，亦谓导愚适俗，或有借焉，以二教为儒之辅可也。"③冯氏重视释道的劝善功能，在《老子》篇末评曰："安息国者，喻身心休歇处。黄金还汝，欲以金丹度之，非顽金也。'不能忍'三字，极中学道者之膏肓。所以不能忍者，由贪财好色故。阅《神仙传》等书，须知借文垂训，若认作实事，失之千里。"④冯梦龙从《老子》篇中挑出几个关键词加以阐释，认为贪财好色乃学道之大忌，只有身心清净才可能得道，道教书也是"借文垂训"。《轩辕弥明》篇末评曰："学道之人，第一要去人我相。老子所谓外其身而身存也。郑又玄胸中有门望在，蒋生胸中有先辈主人翁在，黎幹、温章胸中有京尹在，侯喜胸中有诗名在。心既不虚，腹何由实？所以真仙当面错过。"⑤这则批语是对多篇小说而发，郑又玄、蒋生、黎幹、温章、侯喜等人之所以学道不成，见真仙而当面错过，主要原因就是没有去人我相，以自己的门望、资历、地位、才华傲视他人，经不住真仙的考验，无果而终。其劝善之动机非常明显。

三教之中，如能取其精华，都能有益于世道人心，否则适得其反。冯梦龙说："是三教者，互相讥而莫能相废，吾谓得其意皆可以

---

① 高洪钧《冯梦龙集笺注》，天津古籍出版社2006年版，第94页。

② 《冯梦龙全集》第9卷，第1106页。

③ 《冯梦龙全集》第4卷，第1页。

④ 《冯梦龙全集》第8卷，第1页。

⑤ 《冯梦龙全集》第8卷，第120页。

治世，而袭其迹皆不免于误世。”并举出了因“袭其迹”而误世的例子，“儒者乃谓汉武惑于仙而衰，梁武惑于佛而亡，不知二武之惑正在不通仙佛之教耳。汉武真能学仙，则必清净无为，而安有算商车、征匈奴之事？梁武真能学佛，则必慈悲狥物，而安有筑长堰、贪河南之事？宋之崇儒讲学，远过汉唐，而头巾气刺于骨髓，国家元气日以耗削，试问航海而犹讲大学，与戎服而讲老子仁王经者，其蔽何异？则又安得以此而嗤彼哉。”(《三教偶拈序》)①汉武帝、梁武帝、宋儒正是因为袭儒释道之迹，未能得儒释道之精髓，才导致国家衰亡。

冯梦龙毕竟是一位明代文人，从小读四书五经，长大后参加科举考试，著有多种经学著作，成为一位远近闻名的经学家。借助释道二教劝善可以，“以二教为儒之辅可也”，但决不能喧宾夺主。因此，如果佛道中人亵渎儒教先师，冯梦龙会予以痛斥。《太平广记》所收《老子》出自《神仙传》，其中载有孔子从老子问礼一节，冯梦龙不仅将此节删除，还在“老子在中国，都未有所授”一句上加眉批：“中国都未有所授，可知仲尼非老氏弟子。”②孔子是儒家学说的创始人，老子被奉为道教祖师，说孔子向老子问礼，是道教徒崇道贬儒的做法，冯梦龙坚决否定。《织女婺女须女星》篇中写夫人(仙女之母)召孔子教三婿，孔子见夫人，“拜谒甚恭”，冯梦龙批曰：“胡说可笑!”“夫人又命周尚父示以玄女符玉璜秘诀”，冯氏又批：“胡说!”③显然冯梦龙对仙宫夫人使唤儒家祖师大为不满。

冯梦龙对释道虽有涉猎，但他并非释道信徒，对佛教、道教的一些教义、教规并不认同。他在《情史序》中指出：“异端之学，欲人鳏孤以求清净，其究不至无君父不止，情之功效亦可知已。”④这里所说的“异端之学”，包括释道二教，释道要求教徒出家鳏居，不能

① 高洪钧《冯梦龙集笺注》，第94页。

② 《冯梦龙全集》第8卷，第1页。

③ 《冯梦龙全集》第8卷，第157页。

④ 《冯梦龙全集》第7卷，第3页。

结婚生子，最终结果是皇帝无臣民，祖宗无子孙，因此，冯梦龙否定这种违背人性的清规戒律。《柳智感》篇云："智感每于冥簿，见其亲识名状及死时日月，报之，使修福，多得免。"冯梦龙批曰："修福免祸，岂可不信？但必非僧道家斋醮可转耳。"①冯梦龙相信修福可以免祸，但修福并不是释道的斋醮仪式，也就是说，释道的斋醮是不可能给人带来福祉的。在《太平广记钞》中，冯梦龙对道教的批评更多。道教讲究长生不死、羽化飞升，尽管一些道教书中记载某神仙八百岁、某神仙一千岁，但在现实生活中，常人却见不到这种神仙，这是道教作为宗教的一个重大缺陷。冯梦龙在评点中经常对道教提出怀疑。《张果》篇述叶法善告知唐玄宗张果为混沌初分白蝙蝠精，因此七窍流血而死，冯梦龙于是处批曰："法善，仙官也。死生乃受制于蝙蝠精，何耶？且吾闻仙人不死，又何也？"②神仙不是长生不死吗？法善怎么会突然死亡？冯梦龙对此提出怀疑。《徐佐卿》载青城山道士徐佐卿被玄宗一箭射中，徐佐卿不仅知道为何人所射，而且预知箭主后年来取。冯梦龙批曰："能知箭主于后年，而不能避一矢于今日，岂数已预定，虽仙家不可逃乎？既不可逃，何贵仙也？"③这则神仙故事确实存在漏洞。李林甫是唐朝著名奸臣，而《太平广记钞》所录《李林甫》谓其"已列仙籍，合白日升天"，因其贪恋二十年相位，需延期三百年。于此，冯梦龙批曰："若升天仍在，止迟三百年。则眼前领取二十年宰相，林甫之计不错，而天道于是乎僭矣。"④公开质疑天道的公正性。

冯梦龙是一位史学家，中年以治春秋闻名，著有多种春秋著作，晚年编著有简明通史《纲鉴统一》，对历史人物与历史事件非常熟悉。《太平广记钞》选录了不少历代帝王将相的传记和传说，冯梦龙以史家的眼光，对历史人物进行评价，尤其是对历代荒唐、残

---

① 《冯梦龙全集》第 9 卷，第 1042 页。

② 《冯梦龙全集》第 8 卷，第 68 页。

③ 《冯梦龙全集》第 8 卷，第 81 页。

④ 《冯梦龙全集》第 8 卷，第 100 页。

暴的皇帝予以严厉的批评。《马阿婆》记载：唐玄宗东封，谎称“岳神数里迎谒”，庙神“俯伏殿庭东南大柏之下”。大臣没人能看见，独老巫马阿婆“对如帝所见”。简直就是一场皇帝的新衣之闹剧。冯梦龙于篇末严加斥责：“山神之博也，嵩之呼也，大人之迹也，鸱尾之天书，皆人主自神其说，以炫当时，而欺后世耳。玄宗既侈志东封，必取一奇事以为灵验，于是诡云岳神迎谒，庙神俯伏柏下，而群臣莫有见者，则又恐其不信，于是以老巫为征。老巫阿帝之意，谁敢以为不然乎？帝方喜老巫之能实我言，而足以取信于臣民，则任老巫之诡说，而不敢相左者，亦必然之势也。不如是，而金天之封、碑文之制，无名也。甚矣，帝之愚人而自愚也。”①冯梦龙不只是揭穿唐玄宗所谓岳神迎驾是自欺欺人的谎言，还进而分析其说谎的心理动机。这种分析及其结论，在今天来看，仍然是相当尖锐的。还有唐玄宗好斗鸡，“立鸡坊于两宫间，索长安雄鸡金毫铁距高冠昂尾千数，养在鸡坊，选六军小儿五百人，使训扰教饲。诸王贵戚以下，闻风而化，咸破产市鸡。都中男女，以弄鸡为事，贫者弄假鸡”。冯梦龙于此处批曰：“上行下效，可不慎与！”②(《斗鸡》眉批)皇帝的嗜好，导致都中从王公贵戚到普通市民沉溺于斗鸡游戏，破产废业，冯梦龙对此提出批评。《阿臧》则记载张易之母亲“阿臧与凤阁侍郎李迥秀私通，逼之也。以鸳鸯盏一双共饮，取其常相逐”。冯梦龙于篇末评曰：“方天后倡淫，一时老妪皆有弹冠之色，不足怪也。”③上梁不正下梁歪，武则天荒淫无耻，上行下效，整个唐代淫风甚炽。李景让是唐宣宗大中年间御史大夫，《新唐书》本传称其“性方毅有守”，声望甚隆。《太平广记钞》《李景让》条记载其“孝于家，忠于国及名重于时”。冯梦龙于篇末附记：“宣宗将命相，必采中外人情所向者三两人姓名，以碗覆之，添香虔祝，探丸以命草麻。李公景让竟探名不着，信乎命也！”宣宗探丸择相，史上

① 《冯梦龙全集》第9卷，第774页。
② 《冯梦龙全集》第9卷，第949页。
③ 《冯梦龙全集》第8卷，第643页。

实有其事。冯梦龙不仅为李景让鸣不平，而且批评唐宣宗："德望如李公，何必探丸？以人听天，斯为陋矣。"①汉元帝因王昭君而杀著名画家毛延寿，冯梦龙批曰："重色而不怜才，真庸主也。"②(《毛延寿》眉批)历代文人题咏此事，大多同情汉元帝和王昭君，谴责毛延寿，而冯梦龙却从不爱惜人才的角度，批评汉元帝是一个"庸主"。

对历代文臣武将，冯梦龙也有评价。郭子仪秉持公心，直言敢谏，冯梦龙称赞他为"千古一人而已"，他说："按史，常衮为宰相，劾侍郎崔祐甫，贬河南少尹。郭子仪入言：'祐甫不宜贬。'德宗怒衮罔上，即两换职，衮为少尹，而祐甫平章事。德宗此举，固大快人意，亦见郭公非一味怕事。苟容以保富贵，意其平日坦衷取信，故临事敢言乎？吁！千古一人而已。"③(《郭子仪》篇末总评)《于頔》篇记载于頔慷慨资助友人、寒士，《太平广记》收入《器量部》，冯梦龙于题上眉批："亦可入豪侠，亦可入义气。"④篇后又有总评："此乃慷慨大丈夫，不止器量而已。"⑤《李邕》附录李邕为贪日本国使者数百万珍货，竟然杀害五百使者，沉其船，其行为令人发指。冯梦龙批曰："文人无行，至李北海极矣！"⑥《斗鸡》条载贾昌以斗鸡著称，冯梦龙于篇后附记："禄山乱长安，以千金购昌，昌变姓名，依于佛舍，除地击钟，施力于佛。其品胜张洎、王昌龄诸人多矣。"⑦冯氏将贾昌与张洎进行对比，贾昌一鸡坊小儿，能力拒禄山，保持名节，而身为驸马、名臣的张洎却与禄山往来，讨好禄山，贾昌之品格远胜于张洎。

冯梦龙对于墓志的见解也发人深思。《赵逸》篇末评："蔡伯喈

① 《冯梦龙全集》第8卷，第426页。
② 《冯梦龙全集》第9卷，第925页。
③ 《冯梦龙全集》第8卷，第440页。
④ 《冯梦龙全集》第8卷，第441页。
⑤ 《冯梦龙全集》第8卷，第442页。
⑥ 《冯梦龙全集》第8卷，第490页。
⑦ 《冯梦龙全集》第9卷，第949页。

曰:‘吾为天下作碑铭多矣,未尝不有惭,惟为郭林宗碑颂无愧色耳。’然则谀墓之弊,自古已然。而修史者乃欲以墓志为征,尚得为信史乎?”①现代文史学者,常用贞石资料,如果对贞石没有一个清醒的认识,就会上当受骗。孝子贤孙请人为先人撰写墓志,溢美之词在所难免,为尊者讳也是人之常情,如果用墓志资料来评价历史人物的道德文章,很难让人信服。冯梦龙的观点,至今仍然有借鉴意义。不仅是碑铭,就是对谱牒、方志资料的运用,也有参考价值。

冯梦龙是一位小说家,而《太平广记》是一部文言小说总集,他在删订与评点《太平广记钞》时,敏锐地发现小说创作中一些带有规律性的问题。一是世风与小说创作的关系。《女仙部》收有不少仙女与尘世男子的恋爱故事,冯梦龙在《成公智琼》篇末批曰:“既列仙阶,已超欲界。而玉卮惜别,太阴求偶,织女与婺、须同尘,嫦娥与青童妒色,玉女侍儿又其下矣。大抵唐风多淫,自明河问渡,椒风不警,而桑中濮上,靡然成俗。一时文士游戏,皆借天上以喻人间。读小说者以意逆之,未可遽以秽太清也。”②这则批语,并不是仅对《成公智琼》一篇小说而发,而是对这一类小说的总评。一方面,冯氏对文人写小说“秽太清”的做法大为不满,“《广记》又载郭翰遇织女事,今删之。牛女相配,已属浪传,况诬以他遇,不畏天孙有知乎”③(《织女婺女须女星》篇后总评)?另一方面,冯氏又分析这类小说产生的原因,与唐代多淫之世风有关,文人除了热衷于写士子与妓女的恋情之外,还写文人与仙女的爱情故事,这类小说是“借天上以喻人间”。《嵩岳嫁女》写田璆、邓韶于中秋月夜赴群仙会事,汉武帝、唐玄宗、穆天子应邀赴宴。冯梦龙批曰:“唐崇尚方士,故小说家历引轩辕、穆天子、汉武、唐玄好道诸君以为证左,独不及始皇,则以享国日短故耳。人不可以无年,信然。”④唐朝崇

① 《冯梦龙全集》第8卷,第235页。

② 《冯梦龙全集》第8卷,第161页。

③ 《冯梦龙全集》第8卷,第158页。

④ 《冯梦龙全集》第8卷,第134页。

尚道教，于是便有道教中人用好道而长寿的君王为证，自神其教，这类小说便随之盛行。关于文学与时代风尚之关系，前人已有论述。刘勰在《文心雕龙》《时序》篇中就明确提出："时运交移，质文代变。""歌谣文理，与世推移，风动于上，而波震于下者。""文变染乎世情，兴废系乎时序。"[①]冯梦龙在前人的基础上，进一步指出小说创作与世风之关系，这是一位小说家的独特发现。

二是小说人物的特点。中国文言小说受史传影响甚大，部分小说除情节属于虚构外，其写法与史传无异，这一传统使文言小说形成了以人物为中心的叙事特征。冯梦龙在《太平广记钞》的评点中，也常常针对小说人物发议论，对其特点与成就予以肯定。《谢小娥》为唐传奇名篇，精心刻画了复仇女子谢小娥的形象，冯梦龙于篇末评曰："小娥一女子，而誓报父夫之仇，精诚所至，天泄其机，人效其智，岂偶然哉？方服佣之始，视兰已兀上肉，所以需迟不发，必欲兼报兰、春，且歼其党耳。相机愤发，卒酬血恨，而复不惑铅华，竟枯心禅律以死，节孝智勇，无一不备，字曰女中丈夫，无愧乎！"[②]冯梦龙以充满激情的语言对谢小娥给予了高度赞美，对谢小娥性格特征的把握也相当准确。神话小说《柳毅》篇中刻画了一位勇猛过人的钱塘君的形象，此神为侄女复仇，只身前往泾阳，杀泾川全家。复仇过程，小说并没有正面展示，而是通过钱塘君事后口述。小说写道："君（洞庭君）问：'所杀几何？'曰：'六十万。''伤稼乎？'曰：'八百里。''无情郎安在？'曰：'食之矣。'"从这些数据，可见复仇场面之惨烈，钱塘君之勇猛而鲁莽。冯梦龙于此处批曰："比之人，则《水浒传》之李大哥也，快绝！快绝！然以一女子故，多杀不辜，何得无罪？"[③]冯梦龙以简洁的批语，抓住了钱塘君的个性特征，和风靡晚明的通俗小说《水浒传》中的李逵相似。对此形象，冯氏存在情感与理性的矛盾，一方面，他认为钱塘君为龙女报仇，

---

① 王利器《文心雕龙校证》，上海古籍出版社 1980 年版，第 271、273 页。

② 《冯梦龙全集》第 9 卷，第 829 页。

③ 《冯梦龙全集》第 9 卷，第 1433 页。

大快人心,连批两个“快绝”;另一方面,他又认为钱塘君滥杀无辜的行为不可取。

在《太平广记钞》的评点中,冯梦龙也经常以古讽今,借题发挥,对现实问题发表看法,对社会丑恶现象提出批评。冯梦龙最为关注的还是人才问题。《李泌》条叙唐玄宗闻李泌年幼聪敏,便命人抱入宫中,冯梦龙批曰:“往时天子爱才如此,故天亦往往产奇才应之。吁!今亡矣夫。”[①]通过今昔对比,批评当今天子不爱才,这种批评相当大胆、尖锐。《李固言》条记载许孟容爱护并选拔李固言事,冯梦龙批曰:“怜才至矣。若遇今人,方将借之以立名誉,肯置榜首乎?”[②]《张建封》记载:“崔膺性狂,张建封爱其文,以为客。随建封行营,夜中大叫惊军,军士皆怒,欲食其肉。建封藏之。”且监军索要亦不与。冯梦龙批曰:“若遇今人,方献崔膺以自媚矣。危哉崔膺!贤哉建封!”[③]古人爱才,能宽容其狂放,并千方百计保护他。时人只会考虑个人得失,不会爱惜人才。

冯梦龙特别钦佩古人之仗义行为,不满时人人情冷漠。《周简老》记载周皓少年时血气方刚,不满高力士之子仗势欺人,打伤力士之子。魏贞与周简老不顾个人安危,联手救皓。读到这篇小说,冯梦龙感慨万千,他说:“吾读《汉书》至孙宾石救赵岐事,为之一恸。阅《广记》至周简老救周皓事,为之再恸。”“贞非素有德于皓也,特贵其以情投耳。简老又非素与贞相识也,特不若忍负贞之托耳。古人意气相期如此,何今无万分之一耶?”[④]冯梦龙也是以古衬今,批评时人义气全失。这是冯梦龙的一贯看法,在《吴保安弃家赎友》的入话中有这样一段议论:“这首词名为《结交行》,是叹末世人心险薄,结交最难。平时酒杯往来,如兄若弟,一遇虱大的事,才

① 《冯梦龙全集》第8卷,第93页。
② 《冯梦龙全集》第8卷,第569页。
③ 《冯梦龙全集》第8卷,第491页。
④ 《冯梦龙全集》第8卷,第523页。

有些厉害相关，便尔我不相顾了。”[①]明中叶以前的话本大多没保留入话，这段文字很可能出自冯氏之手。冯梦龙还在此处批到：“苏州人尤甚，可恨！可笑！”[②]作为苏州人的冯梦龙对家乡的丑恶现象毫不留情。

晚明文人个性张扬，喜爱表现自我，甚者流于浮夸自吹，冯梦龙对此极为不屑，在《太平广记钞》的评点中提出批评。《书始》“飞白”篇附记：“伯喈入嵩山，学书于石室内，得一素书，八角垂芒，篆写李斯并史籀用笔势。伯喈得之，不食三时，乃大叫喜欢，若对数十人。伯喈因读诵三年，便妙达其旨。伯喈自书五经于太学，观者如市。”对于蔡伯喈虚心学书之事，冯梦龙评曰：“古人一艺之微，苦心如此。今人略记故典一二事，便谓有经济学，甫能操弓发矢，便推边才，如何不賨实而损名也。”[③]从古人的刻苦与谦虚，想到时人的浮躁与自夸，冯梦龙痛心疾首，特别予以告诫。

还有一些评点，冯梦龙受某人某事、一言一行之启发，灵光一闪，有感而发，虽说不够系统，却能给人启发。《古元之》载古元之死而复生，述亲历和神国之事。该国“其人长短妍媸皆等，无有嗜欲爱憎之者，人生二男二女，为邻则世世为婚姻。笄年而嫁，二十而娶。人寿一百二十岁，中无夭折、疾病、喑聋、跛躄之患。”小说家虚构的一个冥间之世外桃源。冯梦龙于此处批曰：“不若人生一男一女，永无增减，可以长久。若二男二女，每生加一倍，日增不减，何以食之？”[④]如果人口成几何级数快速增长，势必导致食物匮乏，在世人相信多子多福的时代，冯梦龙能想到人口与资源的关系，联系当代因人口政策的失误形成的人口膨胀与老化的困境，不能不佩服冯梦龙的远见卓识。《刘献之》篇载：后魏刘献之“见名法之言，掩卷而笑曰：‘若使杨墨之流不为此书，千载谁知其少也。’又谓

① 《冯梦龙全集》第2卷，第120页。
② 《冯梦龙全集》第2卷，第132页。
③ 《冯梦龙全集》第9卷，第907页。
④ 《冯梦龙全集》第8卷，第142页。

所亲曰:‘观屈原《离骚》之作,自是狂人,死何足惜!’”对于刘献之的狂言,冯梦龙发了一大段议论:“宇宙有此种道理,必有人发泄之。一画少而卦传作,道德迂而名法起,皆时势必然也。假使往圣不作六经,千载又谁知少乎?迨后世文人代兴,即《离骚》诗赋,亦似必不可废之作。献之但可谓儒癖,未为通论矣。”[1]冯梦龙完全不同意刘献之的观点,认为无论是一种学说的诞生,还是一部作品的出现,都是时代需求与传统演变的必然产物,不能以个人的好恶来替代价值判断。冯梦龙的历史观至今仍然值得学界重视。

原载《南京师大学报》2012年第6期

---

① 《冯梦龙全集》第8卷,第504页。

《智囊》的编辑与评点

《智囊》是冯梦龙编辑和评点的一部笔记小说选本，编者从先秦到明代的各种典籍中选取一千多则古人智术计谋故事，分为“上智”、“明智”、“察智”、“胆智”、“捷智”、“术智”、“语智”、“兵智”、“闺智”、“杂智”等十部，每部又分若干小类，每类一卷，共二十七卷。每部有总序，每卷有小引，部分小说篇末有评语。原本辑于天启六年。初刻“滥蒙嘉许，而嗜痂者遂冀余有续刻”①。于是冯梦龙又于崇祯七年作了增补改订，更名为《智囊补》，共二十八卷，是为定本。该书在明清时期流传甚广，有多种刻本。现代也有多家出版社整理出版，为文言小说中少见的畅销书。不仅精彩的智谋故事为古今读者所喜爱，而且其中的评点是研究冯梦龙思想的重要文献。

一

冯梦龙编辑《智囊》，目的在于开启民智，“子之述《智囊》，将令人学智也”，“智犹水，然藏于地中者，性；凿而出之者，学。井涧之用，与江河参。吾忧夫人性之锢于土石，而以纸上言为之畚锸，庶于应世有瘳尔”②。书中所收历代智慧、谋略的故事，教读者“知人之所以不能知，而断人之所以不能断，害以之避，利以之集，名以之成，事以之立”③。在一部分小说批语中，更是对读者耳提面命。《捷智部》“戴颙”条载：“宋世子铸丈六铜像，立瓦官寺，既成，恨面

---

① 冯梦龙《智囊续序》，《冯梦龙全集》第10卷，江苏古籍出版社1993年版，第3页。

② 冯梦龙《智囊自序》，《冯梦龙全集》第10卷，第2页。

③ 冯梦龙《明智部总序》，《冯梦龙全集》第10卷，第122页。

瘦,工人不能改也,戴颙视之,曰:'非面瘦,乃臂胛肥耳。'为减臂胛,遂不觉瘦。"冯梦龙借题发挥:"用侈便觉财匮,官贪便觉民贫,将侈便觉敌强。举隅善反,所通者大。"①希望读者从此事中悟出一番道理。《语智部》"王守仁"条记载:贵州布政司参政安贵荣奏减龙场诸驿,王阳明写信给安贵荣,讲了一通减龙场诸驿不合朝廷制度的道理,安便放弃了这一主张。对此,冯梦龙评曰:"此书土官宜写一通,置座右。"②更多的故事,是为读者提供效法的榜样,没有一一说明其选编动机。

说是令人学智,冯梦龙还是有自己特别关注的读者群。作为一个有志于"致君尧舜"的文人,冯梦龙更关心军国大事,他所选辑的智慧故事,主要是历代帝王将相、地方官吏如何治国安邦的谋略,这固然与历代史志、典籍主要记载皇帝大臣、地方官吏的事迹有关,也不能否认选编者的主观动机,冯梦龙在序言中劝人学智列举的都是朝廷更迭的大事,"周览古今成败得失之林,蔑不由此。何以明之?昔者梁、纣愚而汤、武智;六国愚而秦智;楚愚而汉智;隋愚而唐智;宋愚而元智;元愚而圣祖智。举大则细可见,斯《智囊》所为述也"③。不难看出,冯梦龙辑评《智囊》,更重要的目的还是为统治者提供借鉴。

冯梦龙是一位史学家,以治春秋著称于世,著有《春秋衡库》、《麟经指月》、《春秋定旨参新》等著作多种。春秋既是经学,也是史学。还著有简明通史《纲鉴统一》。中国史学有一个优良传统,就是总结历史的经验教训,为当朝统治者提供一面镜子,所谓"资治通鉴"。冯梦龙选编《智囊》,从历代史书、典籍中取材,实际上也是一部专题史。因而他在选目和评点中,有意无意地以史家的眼光和思维来编纂此书。

冯梦龙生活的晚明时期,国家处于内外交困的境地,边境东北

---

① 《冯梦龙全集》第10卷,第427页。

② 《冯梦龙全集》第10卷,第468页。

③ 冯梦龙《智囊自序》,《冯梦龙全集》第10卷,第1页。

后金虎视眈眈，东南倭寇频繁骚扰，境内农民起义风起云涌。朝廷虽多次调兵遣将，征剿讨伐，危机却没有丝毫缓解，反而是越来越严重。冯梦龙在评点中，或借历史以古喻今、或直接对时政发表看法，目的是为当政者提出劝诫。“汪立信　文天祥”条评曰：“靖康有李纲不用，而用黄潜善、汪伯彦；咸淳有汪立信不用，而用贾似道；德祐有文天祥不用，而用陈宜中。然则宋不衰于金，自衰也；不亡于元，自亡也。”①在这里，冯梦龙批评南宋的用人政策，总结南宋衰亡的教训，目的还是为晚明统治者提供一面明镜，让其照照自家面孔。“薛季昶　徐谊”条评曰：“武三思、韩侂胄，皆小人也。然三思有罪，故宜讨而除之；侂胄有功，故宜赏而远之。除三思，宜及迁武氏之时；远侂胄，宜及未得志之日，过此皆不可为矣。”②冯梦龙恐怕也不是仅仅讨论历史问题，也会有现实的思考。“高拱”条记载高拱合理处置贵州土官仇杀一事，冯梦龙评曰：“国家于土司，以戎索羁縻之耳，原与内地不同。彼世享富贵，无故思叛，理必不然。皆当事者或朘削，或慢残，或处置失当，激而成之。反尚可原，况未必反乎。……前事不忘，后事之师。吾今日安得不思中玄乎！”③此事发生在明代隆庆年间，距冯梦龙时代不算太远，“前事不忘，后事之师”，说出了冯梦龙评点历史的现实目的。

在冯梦龙的评点中，多处作古今对比，对当朝政策与官吏进行批评。“向敏中”条评：“前代明察之官，其成事往往得吏力，吏出自公举，故多可用之才。今出钱纳吏，以吏为市耳，今访狱便鬻狱矣，况官之心犹吏也，民安得不冤。”④冯梦龙由小吏侦破命案的故事想到古今选吏制度的差别，前代选吏出自公举，因此能够选拔办事能力强的小吏，而当朝出钱纳吏，官场成了商场，因此官吏贪赃枉法。“龚遂”条评曰：“古之良吏，化有事为无事，化大事为小事，祈于为

① 《冯梦龙全集》第10卷，第240页。

② 《冯梦龙全集》第10卷，第58页。

③ 《冯梦龙全集》第10卷，第75页。

④ 《冯梦龙全集》第10卷，第275－276页。

朝廷安民而已。今则不然,无事弄做有事,小事弄做大事,事生不以为罪,事定反以为功,人心蠢蠢思乱,谁之过欤?"①这一批语与上则角度不同,而方法和结论完全相同,都是通过古今对比,来显示现实的弊端。"李允则"条按语载:"允则不事威仪,间或步出,遇民有可语者,延坐与语,以此洞知人情。"冯梦龙由此发表议论:"即此便是舜之大智,今人以矜慢为威严,以刚愎为任断。千金在握,而不能摄一谋臣;百万在籍,而不能得一死士。无事而猴冠,有事则鼠窜,从自及矣,尚何言乎。"②表彰允则亲近百姓,体察民情,批评当朝官员矜慢自大、刚愎自用。

冯梦龙在《智囊》评点中,还情不自禁地就时政发表议论,请看下面两则批语,一则是"抚流民"的批语:"今日招抚流移,皆虚文也。即有地,无室庐;即有田,无牛种,民何以归?无怪乎其化为流贼矣。倘以讨贼之费之半,择一实心任事者,专管招抚,经理生计,民且庆更生矣,何乐于为贼耶!"③另一则是"植桑除罪"的批语:"愚于今日军徒之罪亦有说焉。夫军借以战,徒借以役,非立法之初意乎。今不然矣,或佯死,或借差,或借代,里甲有佥解之扰,卫所有口粮之费,而罪人之翱翔自如,见者不得而问焉。……莫若以屯法行之。方今口议开垦,未有成效。诚酌军卫之远近、徒限之多寡,押赴某处开荒若干亩,俟成熟升科,即与准罪释放。其或愿留,即为世业。行之数年,将旷土渐变为熟土,且奸民俱化为良民,其利顾不大欤?"④这两则评语分别就招抚流民和罪人垦荒提出建议,近乎于上疏进言,只不过当时冯梦龙不是官员身份。"平军民变"条评曰:"兵变未有不因朘削激成者,民变未有不因势豪激成者。至于兵民一时并变,危哉乎浙也。"⑤这段批语是就万历十年浙江军民

---

① 《冯梦龙全集》第10卷,第77页。
② 《冯梦龙全集》第10卷,第350页。
③ 《冯梦龙全集》第10卷,第204页。
④ 《冯梦龙全集》第10卷,第214页。
⑤ 《冯梦龙全集》第10卷,第235页。

变而发,总结出军民变发生的原因,告诫当政者防范于未然。

为朝廷提供历史借鉴,让官吏学会处理军国大事,也是"令人学智",并不违背其辑评《智囊》之初衷,只是学智之人的范围稍微狭小一些。

二

冯梦龙编《智囊》,哪些故事入选,哪些故事舍弃,肯定会有一个标准,这就涉及到冯梦龙对智慧的认识问题。从序言到凡例,冯梦龙并没有给智慧下一个明确的定义,但从他的《智囊》分类与评点中,还是不难梳理出他对智慧的基本看法。

智慧是人与生俱来的基本属性,这种属性深藏于人的心里,并不会显露于外,只有通过学习,才能开掘出来。冯梦龙说:"人有智,犹地有水。地无水为焦土,人无智为行尸。智用于人,犹水行于地,地势坳则水满之,人事坳则智满之。周览古今成败得失之林,蔑不由此。""智犹水,然藏于地中者,性;凿而出之者,学。"①冯梦龙用地和水来比喻人和智的关系,人有智慧就像地下有水一样,通过学习开发人的智力,就像挖地见水一般。

智慧与观察能力有关。冯梦龙说:"智非察不神,察非智不精。……善于相人者,犹能以鉴貌辨色,察人之富贵福寿贫贱孤夭,况乎因其事而察其心,则人之忠佞贤奸,有不灼然乎?"②(《察智部总序》)一个人要了解事情的真相,认识事物的本质,判断人的忠奸善恶,就必须作深入细致的调查研究,才能得出准确的结论。冯梦龙编《智囊》,专辑《察智部》,选录历代明察秋毫、准确断案的故事,并在评点中以智许之。

智慧与胆略有关。冯梦龙说:"凡任天下事,皆胆也;其济,则智也。……智藏于心,心君而胆臣,君令则臣随。令而不往,与夫

① 冯梦龙《智囊自序》,《冯梦龙全集》第10卷,第1、2页。

② 《冯梦龙全集》第10卷,第241页。

不令而横逞者，其君弱。故胆不足则以智炼之，胆有余则以智裁之。智能生胆，胆不能生智。刚之克也，勇之断也，智也。……必也取他人之智，以益己之智，智益老而胆益壮。”[①]（《胆智部总序》）智与胆的关系，是君与臣的关系。有胆无智，不过是匹夫之勇，智勇双全，才能无往不胜。《胆智部》均辑历代有勇有谋的故事，如《班超》条记载，班超出使西域，得知匈奴使至西域，班超带三十六人夜袭虏营，斩其使及从士三十余级，镇抚西域。冯梦龙评曰：“必如班定远，方是满腹皆兵，浑身是胆。”[②]对班超之智慧与胆略给予赞美。

智慧与反应速度有关。冯梦龙说：“叶叶而摘之，穷日不能髡一树。秋风下霜，一夕零落，此言造化之捷也。人若是其捷也，其灵万变，而不穷于应卒，此惟敏悟者庶几焉。呜呼！事变之不能停而俟我也，审矣，天下亦乌有智而不捷、不捷而智者哉！”[③]（《捷智部总序》）现代心理学研究证明，反应速度与智商密切关系，因而在各类智商测试与选拔考试中，无不考察人的反应速度。可见冯梦龙“天下亦乌有智而不捷、不捷而智者”的论断是符合科学规律的。冯梦龙编《智囊》，专列《捷智部》，选辑历代反应敏捷、随机应变的故事，为其智必捷的命题提供了大量例证。

智慧与品行无关。人有善恶、正邪之分，智慧没有。即便是奸臣盗贼，他们也有可能聪明过人、智慧超群，他们的聪明才智也有借鉴价值，不能因人废言。冯梦龙用形象的比喻说明智慧本身没有正邪之分，“一饧也，夷以娱老，跖以脂户，是故狡可正，而正可狡也”[④]（《杂智部总序》）；关键要看用智之人的目的何在：“道德家有言曰：‘智者，人心之干莫，能杀人，亦能自杀，兕家令其已事也。故古之至人，畏智如畏刃。’吾友龙犹氏曰：‘此用智之罪，非智罪也。

① 《冯梦龙全集》第10卷，第295页。

② 《冯梦龙全集》第10卷，第298页。

③ 《冯梦龙全集》第10卷，第386页。

④ 《冯梦龙全集》第10卷，第643页。

夫干将、莫邪，圣人以之断物，豪士以之立懂，贼夫以之抉人眼、屠人腹。贼夫手中之干莫，即圣人手中之干莫也。神人护身之智，即纤人杀身之智也。复仇者不咎干莫，则杀身者亦不当咎智矣。'"[①]有人对冯梦龙编辑并评点《智囊》兼收奸臣强盗表示疑惑甚至担忧："子之品智，神奸巨猾，或登上乘，鸡鸣狗盗，亦备奇闻，囊且秽矣，何以训世?"冯梦龙回答说："吾品智，非品人也。不唯其人，唯其事；不唯其事，唯其智。虽奸猾盗贼，谁非吾药笼中硝戟？吾一以为蛛网而推之可渔，一以为蚕茧而推之可宝。譬之谷王，众水同归，岂其择流而受!"[②]对智慧，应该采取兼收并蓄的态度："太山而却撮土，河海而辞涓流，则亦不成其太山河海矣!"[③]（《杂智部总序》）因此，冯梦龙在《智囊》中选录了不少奸臣的智谋故事。秦桧是南宋时期著名的卖国奸臣，冯梦龙对他的历史定性没有任何异议，但在《智囊》中，收了多条秦桧的智慧故事。《上智部》有"秦桧"条，记载金人派使者到南宋议和，提出"使来，必须百官郊迎其书"、"朝见，使人必要褥位"[④]的无礼要求，秦桧用计保住了南宋君臣的颜面。《术智部》"出见钱"条记载了秦桧用计谋调剂货币流通的事。篇后冯梦龙评曰："贼桧尽有应变之才，可喜。然小人无才，亦不能为小人。"[⑤]一方面，他称秦桧为"贼桧"、"小人"，并没有为其卖国行为辩护之意；另一方面，又肯定了秦桧的聪明才智，提出了"小人无才，亦不能为小人"的观点。"假书"条记载："秦桧当国，有士人假其书谒扬州守。守觉其伪，缴原书管押其回。桧见之，即假其官资。或问其故，曰：'有胆敢假桧书，此必非常人，若不以一官束之，则北走胡、南走越矣。'"冯梦龙评曰："奸桧此举，却胜韩、范远

---

① 张明弼《智囊序》，《冯梦龙集笺注》，天津古籍出版社2006年版，第123-124页。

② 冯梦龙《智囊自序》，《冯梦龙全集》第10卷，第2页。

③ 《冯梦龙全集》第10卷，第643页。

④ 《冯梦龙全集》第10卷，第104页。

⑤ 《冯梦龙全集》第10卷，第368页。

甚,所谓下下人有上上智。”[1]对秦桧用造假之人给予高度评价。

唐朝的安禄山,宋朝的康伯可、贾似道,明朝的王振、王晋溪,或为叛将、或为奸臣,冯梦龙编《智囊》也收录了他们的事迹,并给予正面的评价。他评康伯可:“康伯可后来附会贼桧,擢为台郎,两宫宴乐,专应制为歌词,名节扫地矣。然此十策,正大的确,虽李伯纪、赵元镇未或过也。可以人废言乎?”[2](《中兴十策》)他评贾似道:“贾虽权奸,而威令必行,其才亦有快人处。”[3]他评王晋溪:“晋溪之才,信有大过人者,虽人品未醇,何可废也。”[4]凡有智慧、谋略可取,决不因人废言。

智慧与地位身份无关。“卑贱者最聪明,高贵者最愚蠢”,虽非普遍现象,却也不乏先例。《智囊》卷一《使马圉》记载:“孔子行游,马逸食稼。野人怒,挚其马。子贡往说之,卑词而不得。孔子曰:‘夫以人之所不能听说人,譬以太牢享野兽,以九韶乐飞鸟也。’乃使马圉往,谓野人曰:‘子不耕于东海,予不游于西海也,吾马安得不犯子之稼?’野人大喜,解马而予之。”冯梦龙评曰:“人各以类相通,述诗书于野人之前,此腐儒之所以误国也。马圉之说诚善,假使出子贡之口,野人仍不从。何则?文质貌殊,其人固已离矣。然则孔子曷不即遣马圉,而听子贡之往耶?先遣马圉,则子贡之心不服。既屈子贡,而马圉之神始至。圣人达人之情,故能尽人之用。然世以文法束人,以资格限人,又以兼长望人,天下事岂有济乎?”[5]子贡和马圉,一个是孔夫子的得意门生,一个是未曾读书识字的马夫,其贵贱自不待言,可子贡解决不了的问题,马圉一说就通。寸有所长,尺有所短。每一个人都有其特长,关键是看是否能发现其长处。冯梦龙既肯定了马圉的聪明才智,又肯定了孔夫子善于

---

① 《冯梦龙全集》第 10 卷,第 8 页。
② 《冯梦龙全集》第 10 卷,第 237 页。
③ 《冯梦龙全集》第 10 卷,第 413 页。
④ 《冯梦龙全集》第 10 卷,第 365 页。
⑤ 《冯梦龙全集》第 10 卷,第 4 页。

用人。

在《智囊》中，冯梦龙选辑了不少像马圉这样地位卑贱的聪明人的故事。“魏元中”条载：“唐高宗幸东都时，关中饥馑。上虑道路多草窃，令监察御史魏元中检校车驾前后。元中受诏，即阅视赤县狱，得盗一人，神采语言异于众。命释桎梏，袭冠带，乘驿以从，与之共食宿。托以诘盗，其人笑而许之。比及东都，士马万数，不亡一钱。”魏元中竟然用狱中的强盗来保护皇帝东幸，却出色地完成了任务。冯梦龙评曰：“因材任能，盗皆作使。俗儒以鸡鸣狗盗之雄笑田文，不知尔时舍鸡鸣狗盗都用不着也。”①“严辛”条记载：严辛是严嵩家的仆人，宜春县令刘巨塘到严家贺寿，严辛“导刘往间道过其私居，留刘公饭。饭已，辛曰：‘他日望台下垂目。’刘公曰：‘汝主正当隆赫，我何能为？’辛曰：‘日不常午，望台下不忘今日之托。’不数年，严相败，刘公适守袁州，辛方以赃二万滞狱。刘公忆昔语，为减其赃若干，始得戍。”冯梦龙批曰：“严氏父子，智不如仆，赵文华、鄢懋卿辈，智亦不如此仆。虽满朝缙绅，智皆不如此仆。”②严氏父子势焰熏天之时，满朝文武争相阿附权贵，只有仆人严辛想到“日不常午”，为自己留一条后路，难怪冯梦龙说严氏父子及其爪牙乃至满朝缙绅，智皆不如仆人严辛。

智慧与性别无关。人有男女，智慧不分男女。男人也有愚蠢之徒，女人也有聪明之士。冯梦龙专列《闺智部》，辑录历代妇女智慧言行，为女性大唱赞歌。“杨敞妻”记载，霍光派田延年向杨敞通报废立之事，杨敞吓得“不知所言，汗出浃背”，而杨敞妻子镇定自若，代杨敞“参语许诺”。冯梦龙评曰：“此何等事，而妇人乃了然于胸中，不唯敞不如，即大将军亦不如。”③冯梦龙认为，杨敞夫人的聪明才智远远超过了丈夫和大将军。“崔简妻”记载了唐代典签崔简妻郑氏用计反抗滕王的强暴，保全自己的故事。冯梦龙评曰：“不

① 《冯梦龙全集》第10卷，第11页。
② 《冯梦龙全集》第10卷，第146页。
③ 《冯梦龙全集》第10卷，第622页。

唯自全,又能全人,此妇有胆有识。”[①]“申屠希光”记载了申屠希光为丈夫报仇,灭仇人、势豪方六一全家一事。冯梦龙评:“六一陷人于族,乃人不族而己族矣。以一文弱妇人,奋其白刃,全家为戮,义愤所激,鬼神助之,有志竟成,岂必须眉丈夫哉。”[②]对其智慧与胆略推崇备至。“邑宰妾”记载万历年间一坐事入狱的邑宰之爱妾,用自己年轻的生命保护丈夫和家产的故事。冯梦龙评曰:“妇之智不必言,独其猝不乱、死不怵,从容就功,有丈夫之智所不逮者。惜传者逸其名。”[③]其智慧、胆识以及牺牲精神得到了冯梦龙的高度评价。在《闺智部》《贤哲》类末尾,冯梦龙加了一篇总评:“谚云:‘智妇胜男。’即不胜,亦无不及。吾于赵威后诸人得‘见大’焉,于崔敬女、络秀诸人得‘远犹’焉,于柳氏婢得‘通简’焉,于侯敏、许允、宰宪英妇得‘迎刃’焉,于叔向母、伯宗妻得‘知微’焉,于李新声、潘炎妻等得‘亿中’焉,于王陵、赵括、柴克宏诸母得‘识断’焉,于屈原姊、娄江妓得‘委蛇’焉,于王佐妾得‘谬数’焉,于李文姬得‘权奇’焉,于陶侃母得‘灵变’焉,于张说女得‘敏悟’焉。所以经国胙家、相夫勖子,其效亦可睹矣!”[④]“见大”、“远犹”、“通简”属《上智部》,“迎刃”、“知微”、“亿中”属《明智部》,“识断”、“委蛇”、“谬数”属《胆智部》,“权奇”属《术智部》,“灵变”、“敏悟”属于《捷智部》。上述各类所辑均为历代才智超群的男人的故事,而冯梦龙将《闺智部》中的女子与这些男人相提并论,认为她们的智慧与男人没有什么差别,完全可以入《上智》、《明智》、《胆智》等部,只是设有《闺智部》,才将她们列入其中。

肯定女性的聪明才智,在今天看来再普通不过了,但在冯梦龙生活的封建社会,男尊女卑是历代统治者钳制妇女的法宝,他们利用法律制度、道德观念,剥夺了她们在政治、经济、文化等各种领域

---

① 《冯梦龙全集》第10卷,第638页。
② 《冯梦龙全集》第10卷,第630页。
③ 《冯梦龙全集》第10卷,第637页。
④ 《冯梦龙全集》第10卷,第616页。

的权利，只允许他们在家中生儿育女、相夫教子，她们的聪明才智受到了极大的限制。即便是冯梦龙《闺智部》中所收的女性，大多连真实姓名都没有流传下来，只知道她们是某某母、某某妻、某某妾、某某女、某某妓，成为男人的附庸。冯梦龙要在《智囊》中表彰女性，不得不在开篇便对传统的偏见进行批判，他说："语有之：'男子有德便是才，妇人无才便是德。'其然，岂其然乎？……夫才者，智而已矣。不智则愦，无才而可以为德，则天下之愦妇人，毋乃皆德类也乎？"①(《闺智部总序》)冯梦龙智慧不分男女的观点，得到了今人的高度评价。

三

智慧与人才联系在一起，有智慧不一定是人才，人才一定要有智慧。"夫才者，智而已矣"②(《闺智部总序》)。冯梦龙在辑评历代智谋故事时，常常为历史上的圣人皇帝、朝廷大臣不拘一格发现和使用人才感慨万千，并将今昔对比，对当朝不重视人才，以资格限人的制度提出了尖锐批评。

"陈子昂"条记载："陈子昂初入京，不为人知。有卖胡琴者，价百万，豪贵传视无辨者。子昂突出，顾左右曰：'辇千缗市之。'众惊问，答曰：'余善此乐。'皆曰：'可得闻乎？'曰：'明日可集宣阳里。'如期偕往，则酒肴毕具，置胡琴于前。食毕，捧琴语曰：'蜀士陈子昂，有文百轴，驰走京毂，碌碌尘土，无为人知。此乐贱工之役，岂宜留心。'举而碎之，以文轴遍赠会者，一日之内，声华溢都下。"陈子昂摔琴博文名，冯梦龙评曰："唐人重才，虽一艺一能，相与惊传赞叹。陈子昂借胡琴之价，出奇以市名，而名果成矣。若今日，不唯文轴无用处，虽求一听胡琴者，亦不可得。伤哉！"③唐朝重视人才，一艺一能，都会受到人们的重视和赞美，而明朝却与之相反，也

① 《冯梦龙全集》第10卷，第594页。
② 《冯梦龙全集》第10卷，第574页。
③ 《冯梦龙全集》第10卷，第375页。

就是说，明朝是一个不重视人才的时代。“韩滉　钱镠”条载：“韩滉节制三吴，所辟宾左，随其才器，用之极当。有故人之子投之，更无他长，尝召之与宴，毕席端坐，不与彼坐交言。公署以随军，令监库门。此人每早入帷，端坐至夕，吏卒无敢滥出入者。”“吴越王常游府园，见园卒陆仁章树艺有智而志之。及淮南围苏州，使仁章通言入城，果得报而还，镠以诸孙畜之。”故人之子端坐无言，韩滉令其监库门。园卒树艺有智，钱镠用他入城报信。韩滉、钱镠善于观察，用其所长。对此，冯梦龙称赞道：“用人如韩滉、钱镠，天下无弃才，无废事也。”①在古代，无论是鸡鸣狗盗，还是园丁马夫，只要有一技之长，就会受到重用。冯梦龙自己也明白，古代也并非每一个人的才华都能得到施展，他这样批点其用心在于以古衬今、以古讽今，表达自己对当朝用人制度的不满。

明朝为何不重人才？原因何在？冯梦龙在评点中给出了答案。“吕公弼　张泳”分别记载了吕公弼和张泳严厉执法、格外行事的故事。篇后冯梦龙借题发挥：“自雕虫取士，资格困人，原未尝蒐豪杰而汰不肖，安得不轻其权乎？吾于是益思汉治之善也。”②前面所引“使马圉”条批语中也有相同的内容：“然世以文法束人，以资格限人，又以兼长望人，天下事岂有济乎？”“张恺”条评：“后周文襄荐为工部主事，督运大得其力。嗟乎！此监生也，用人可以资格限乎。”③冯梦龙一再批评的“雕虫取士”、“文法束人”就是指明朝以八股取士的科举制度。

明朝的官吏是通过科举考试选拔出来的，这个看似合理的制度存在着许多的弊端，最主要的一点是考试手段与内容，明代科举考八股文，士子必须通过八股考试，中举人、进士，才能走上仕途。八股文既非经史，没有学术价值；又非诗文，没有艺术价值。更不是施政的理念与措施，也就是说，会写八股文并不意味着会治国安

① 《冯梦龙全集》第10卷，第6页。

② 《冯梦龙全集》第10卷，第302页。

③ 《冯梦龙全集》第10卷，第416页。

邦,有执政能力。明清两代的思想家和文学家都曾对以八股取士的科举制度进行过猛烈的抨击。明末清初思想家顾炎武云:“若今之所谓时文,既非经传,复非子史,展转相承,皆杜撰无根之语。以是,科名所得十人之中,其八九皆白徒。而一举于乡,即以营求关说为治生之计,于是在州里则无人非势豪,适四方则无地非游客。”①清代著名小说家吴敬梓在其小说《儒林外史》中,借人物之口指出:八股取士“这个却定的不好,将来读书人既有此一条荣身之路,把那文行出处都看得轻了”②。并在小说中刻画了一批出仕则为贪官污吏,居乡则为土豪劣绅的举人进士、监生贡生。冯梦龙虽然没有像后来的这些文人彻底否定八股取士制度,他却是较早批评这一制度的先驱之一。

冯梦龙在评点中一再批评以八股取士的科举制度,与其自身的遭遇有关,冯梦龙就是这一制度的受害者。和其他同时代的文人一样,冯梦龙从小读四书,习八股,青年时期便开始参加科举考试,到他编《智囊》的时候,已经五十三岁,还是一个老秀才,连一个举人也没有考中。但他一直没有放弃对仕途的追求,还在准备三年一次的秋闱。此时的心情在他创作的话本小说《老门生三世报恩》中有所披露,他借老秀才鲜于同之口对当时官场重科名的现实作了这样的描述和抨击:“只是如今是个科目的世界,假如孔夫子不得科第,谁说他胸中才学?若是三家村一个小孩子,粗粗里记得几篇烂旧时文,遇了个盲试官,乱圈乱点,睡梦里偷得个进士到手,一般有人拜门生,称老师,谭天说地,谁敢出个题目,将带纱帽的再考他一考么?不止于此,做官里头,还有多少不平处,进士官就是个铜打铁铸的,撒漫做去,没人敢说他不字;科贡官兢兢业业,捧了卵子过桥,上司还要寻趁他。”③这篇小说,作于天启四年,与冯梦龙辑评《智囊》在同一时期,这就不难理解,冯梦龙对“雕虫取士,资格

① 顾炎武《日知录集释》卷十六“经义论策”条,岳麓书社1994年版,第586页。

② 吴敬梓《儒林外史》,人民文学出版社1958年版,第11页。

③ 《冯梦龙全集》第3卷,第244页。

困人"的现状如此深恶痛绝。冯梦龙是从自身的遭遇中发现了明朝选举制度的弊端,并在其《智囊》评点中给予揭露和批评。

原载《江苏社会科学》2012 年第 4 期

从"二拍"的入话看凌濛初的创作心态

在话本研究中存在这样一种倾向，研究者习惯于用反映论的方法挖掘作品中蕴含的各种时代信息，而不太重视作家的创作动机。这一方面是某种流行的研究方法使然，另一方面也与绝大多数话本集的作者生平不详有关。凌濛初及其"二拍"为我们将作家与作品结合起来研究创造了条件，凌濛初的生平因为《凌氏宗谱》保存了《别驾初成公墓志铭》而比较清楚，"二拍"中的每一篇话本都有完整的入话，作者在入话中可以直接说明自己的创作意图，话本的这种独特体制为我们了解作家的创作动机提供了极大的方便。

一

凌濛初在《二刻拍案惊奇小引》中记载了他创作《拍案惊奇》的缘起与动机："丁卯之秋事，附肤落毛，失诸正鹄。迟回白门。偶戏取古今所闻一二奇局可纪者，演而成说，聊舒胸中磊块。非曰行之可远，姑以游戏为快意耳。"①丁卯即天启七年，凌濛初时年四十八岁，他在南京又一次遭遇了乡试的失败，此前已经多次考试失利，"公试于浙，再中副车；改试南雍，又中副车；改试北雍，复中副车"②。这次应该是"改试南雍"时期，凌濛初此时的心情非常郁闷，希望通过编写小说来排遣内心的痛苦。崇祯五年，凌濛初又完成

① 凌濛初《二刻拍案惊奇小引》，《二刻拍案惊奇》，上海古籍出版社1983年版，第1页。

② 郑采龙《别驾初成公墓志铭》，见周绍良《曲目丛拾》，《学林漫录》第五集，中华书局1982年版。

了《二刻拍案惊奇》,"二刻"的创作,似在"改试北雍,复中副车"之后,因为两年后,凌濛初就以副贡授上海县丞,不再参加乡试。"二刻"的创作情形与初刻基本相同。这种创作情形与动机为我们解读"二拍"提供了一条新的路径。

在"二拍"的入话中,我们常常可以读到凌濛初对人生难以把握的感慨,无论是功名富贵,还是爱情婚姻,都是命中注定,个人只能接受命运的安排。小说中的当事人尽管竭尽所能,总是不能如愿,有时无心插柳,却绿树成荫,成败祸福,似乎冥冥之中有人主宰。《拍案惊奇》卷四十《江陵郡三拆仙书》开篇有这样一篇议论:"话说人生只有科第一事,最是黑暗,没有甚定准的。自古道'文齐福不齐',随你胸中锦绣,笔下龙蛇,若是命运不对,倒不如乳臭小儿、卖菜佣早登科甲去了。就如唐时以诗取士,那李、杜、王、孟不是万世推尊的诗祖?却是李、杜俱不得成进士,孟浩然连官多没有,止有王摩诘一人有科第,又还亏得岐王帮衬,把《郁轮袍》打了九公主关节,才夺得解头。若不会夤缘钻刺,也是不稳的。只这四大家尚且如此,何况他人?及至诗不成诗,而今世上不传一首的,当时登第的元不少。"①入话中一连讲述了七个士子考科举的故事,其中五个得到鬼神、精灵的帮助,如愿考中。两个被鬼神捉弄,到手的功名落空。说明"功名定数,毫不可强"。正话虽然是根据《太平广记》中《李君》篇改编,也将它纳入功名富贵命中注定的框架之中。在结尾处,凌濛初写道:"这回书叫做《三拆仙书》,奉劝世人看取:数皆前定如此,不必多生妄想。那有才不遇时之人,也只索引命自安,不必抑郁不快了。"②既是奉劝世人,更是自我安慰。

在《拍案惊奇》第一篇《转运汉遇巧洞庭红》的入话中,凌濛初这样写道:"人生功名富贵,总有天数,不如图一个见前快活。试看往古来今,一部十七史中,多少英雄豪杰,该富的不得富,该贵的不

① 凌濛初《拍案惊奇》卷四十,上海古籍出版社1982年版,第702页。
② 凌濛初《拍案惊奇》卷四十,第718页。

得贵。能文的倚马千言,用不着时,几张纸盖不完酱瓿。能武的穿杨百步,用不着时,几竿箭煮不熟饭锅。极至那痴呆懵董生来有福分的,随他文学低浅,也会发科发甲,随他武艺庸常,也会大请大受。真所谓时也,运也,命也。俗语有两句道得好:'命若穷,掘着黄金化作铜;命若富,拾着白纸变成布。'总来只听掌命司颠之倒之。"①这篇话本的本事,并没有某人命中该富的情节。《泾林续记》记载:"闽广奸商惯习通番,每一船推富豪者为主,中载重货,余各以己资市物,往牟利恒百余倍。有苏和,本微不能置贵重物,见福橘每百价五分,遂多市之。"②出番赚了上千金,说明商人苏和精明(或曰奸)。《转运汉遇巧洞庭红》写文若虚做生意赔本,随一群走海贩货的朋友出去看看海外风光,为答谢朋友们的帮助,买了一筐橘子,准备船上分给朋友解渴。没想到一筐橘子运到海外,卖了五六百两银子。原作中贩卖福橘牟取暴利的奸商苏和,变成了无心插柳而发财的文若虚,说明"人生功名富贵,总是天数"。

功名富贵如此,婚姻大事亦然。《拍案惊奇》卷九《宣徽院仕女秋千会》入话云:"话说人世婚姻前定,难以强求,不该是姻缘的,随你用尽机谋,坏尽心术,到底没收场。及至该是姻缘的,虽是被人扳障,受人离间,却又散的弄出合来,死的弄出活来。从来传奇小说上边,如《倩女离魂》,活的弄出魂去,成了夫妻。如《崔护谒浆》,死的弄转魂来,成了夫妻。奇奇怪怪,难以尽述。"③正话写宣徽院使之女速哥失里死后复生嫁给拜住的故事。拜住与速哥失里本来门当户对,双方父母也同意这门婚事,不料拜住父亲被参下狱,染病身亡,家产追赃入官,速哥失里父母嫌贫爱富,不顾女儿坚决反对,将其另许平章之子。结婚当天速哥失里缢死轿中,入殓后棺木寄放清安寺中。拜住到寺中哭灵,结果速哥失里复活,两人瞒着家人迁往上都居住。正话故事据《剪灯馀话》卷四《秋千会记》改编,

① 凌濛初《拍案惊奇》卷一,第1页。

② 《泾林续记》,谭正璧《三言二拍资料》(下),上海古籍出版社1980年版,第573页。

③ 凌濛初《拍案惊奇》卷九,第146页。

而婚姻前定的思想却是凌濛初塞进去的。这种议论和故事,在“二拍”中还有不少。《拍案惊奇》卷五《感神媒张德容遇虎》入话中写道:“话说婚姻事皆系前定,从来说月下老赤绳系足,虽千里之外,到底相合。若不是因缘,眼面前也强求不得的。就是是因缘了,时辰未到,要早一日,也不能勾。时辰已到,要迟一日,也不能勾。多是氤氲大使暗中主张,非人力可以安排也。”①正话便写时辰快到了,新郎还差几十里路程,于是有老虎帮助,将新娘背到新郎身边。《拍案惊奇》卷三十四《闻人生野战翠浮庵》入话云:“话说世间齐眉结发,多是三生分定。尽有那挥金霍玉,百计千方图谋成就的,到底却捉个空。有那一贫如洗,家徒四壁,似司马相如的,分定时,不要说寻媒下聘与那见面交谈,便是殊俗异类,素昧平生,意想所不到的,却得成了配偶。自古道:‘姻缘本是前生定,曾向蟠桃会里来。’见得此一事,非同小可。”②我们不知道凌濛初的婚姻是否如意,不便妄加推测。“二拍”中婚姻前定的观念,和“功名富贵,总有天数”的思想一样,都是凌濛初在科举考试的遭遇中得出的人生结论。

尽管凌濛初不断地用功名富贵命中注定的观念来安慰自己,但他并没有因此从人生失意的阴影中完全解脱出来,在“二拍”中我们常常可以看到凌濛初对现实的不满乃至怨恨。《拍案惊奇》卷二十九《通闺闼坚心灯火》入话云:“到我国朝,初时三途并用,多有名公大臣不由科甲出身,一般也替朝廷干功立业,青史标名不朽。那见得只是进士才做得事?直到近来,把这件事越重了。不是科甲的人,不得当权。当权所用的,不是科甲的人,不与他好衙门、好地方,多是一帆布置。见了以下出身的,就不是异途,也必拣个惫赖所在打发他。不上几时,就勾销了。总是不把这几项人看得在心上。所以别项人内便尽有英雄豪杰在里头,也无处展布。晓得

① 凌濛初《拍案惊奇》卷五,第80页。
② 凌濛初《拍案惊奇》卷二十四,第506页。

没甚长筵广席，要做好官也没干，都把那志气灰了，怎能勾有做得出头的！及至是个进士出身，便贪如柳盗跖，酷如周兴、来俊臣，公道说不去，没奈何考察坏了，或是参论坏了，毕竟替他留些根。又道是百足之虫，至死不僵，跌仆不多时，转眼就高官大禄，仍旧贵显；岂似科贡的人，一勾了帐？只为世道如此重他，所以一登科第，便象升天。却又一件好笑：就是科第的人，总是那穷酸秀才做的，并无第二样人做得。及至肉眼愚眉，见了穷酸秀才，谁肯把眼稍来管顾他？还有一等豪富亲眷，放出倚富欺贫的手段，做尽了恶薄腔子待他。到得忽一日榜上有名，掇将转来，呵脬捧卵。偏是平日做腔欺负的头名，就是他上前出力。真个世间惟有这件事，贱的可以立贵，贫的可以立富；难分难解的冤仇，可以立消；极险极危的道路，可以立平。遮莫做了没脊梁、惹羞耻的事，一床锦被可以遮盖了。"①这段议论完全是凌濛初科场失利后满腔怨愤的宣泄，也是人情冷暖、世态炎凉的真实写照。进士出身，无论有无才能，也不论是否清廉，一样的高官厚禄；科贡出身，再有才能，也不与好衙门，还随时可能免职。世人又是一双势利眼，对那些举人进士，呵脬捧卵，对穷酸秀才，则冷落羞辱。难怪凌濛初多次中副榜而不愿出贡，在话本中表露了他的真实心理。

从自己的应举遭遇中来体味人生、认识现实，并将这些人生经验写入话本，凌濛初显然受到冯梦龙的影响，可以断定出自冯梦龙之手的《老门生三世报恩》就借鲜于同之口表达了对明代科举制度的不满："如今是个科目的世界，假如孔夫子不得科第，谁说他胸中才学？若是三家村一个小孩子，粗粗里记得几篇烂旧时文，遇了个盲试官，乱圈乱点，睡梦里偷得个进士到手。一般有人拜门生，称老师，谭天说地，谁敢出个题目将带纱帽的再考他一考么？不止于此，做官里头还有多少不平处，进士官就是个铜打铁铸的，撒漫做去，没人敢说他不字。科贡官，兢兢业业，捧了卵子过桥，上司还要

---

① 凌濛初《拍案惊奇》卷二十九，第497－498页。

寻趁他。比及按院复命，参论的但是进士官，凭你叙得极贪极酷，公道看来，拿问也还透头，说到结末，生怕断绝了贪酷种子，道：'此一臣者，官箴虽玷，但或念初任，或念年青，尚可望其自新，策其末路，姑照浮躁或不及例降调。'不勾几年工夫，依旧做起。倘拼得些银子央要道挽回，不过对调个地方，全然没事。科贡的官一分不是，就当做十分。晦气遇着别人有势有力，没处下手，随你清廉贤宰，少不得借重他替进士顶缸。有许多不平处，所以不中进士，再做不得官。"①这种看法与上述凌濛初的议论如出一辙。

二

凌濛初在《拍案惊奇序》中确认他创作"二拍"受到冯梦龙编撰"三言"的影响："独龙子犹氏所辑《喻世》等诸言，颇存雅道，时著良规，一破今时陋习；而宋元旧种，亦被蒐括殆尽。肆中人见其行世颇捷，意余当别有秘本，图出而衡之。不知一二遗者，皆其沟中之断，芜略不足陈已。因取古今杂碎事可新听睹、佐诙谐者，演而畅之，得若干卷。"②冯梦龙编撰"三言"带有明确的劝戒目的，他在《古今小说叙》中说："试令说话人当场描写，可喜可愕，可悲可涕，可歌可舞；再欲捉刀，再欲下拜，再欲决脰，再欲捐金；怯者勇，淫者贞，薄者敦，顽钝者汗下。虽小诵《孝经》、《论语》，其感人未必如是之捷且深也。"③"喻世"、"警世"、"醒世"，"三言"的命名也说得非常清楚。凌濛初在《拍案惊奇凡例》中说："是编主于劝戒，故每回之中，三致意焉，观者自得之，不能一一标出。"④在《二刻拍案惊奇》卷十二的入话中说得更加明白："从来说的书不过谈些风月，述些异闻，图个好听。最有益的，论些世情，说些因果，等听了的触着心里，把平日邪路念头化将转来。这个就是说书的一片道学心肠，却从不

---

① 冯梦龙《警世通言》第十八卷，人民文学出版社1956年版，第257－258页。

② 凌濛初《拍案惊奇序》，《拍案惊奇》，第1页。

③ 冯梦龙《古今小说叙》，《古今小说》，人民文学出版社1958年版，第1页。

④ 凌濛初在《拍案惊奇凡例》，《拍案惊奇》，第3页。

曾讲着道学。"[①]这段话不妨看作凌濛初的夫子自道,他编写话本也是满腹的道学心肠。

与冯梦龙相比,凌濛初不太热衷于宣讲忠孝节义的大道理,而是针对明代社会中普遍存在的各种丑恶现象发表评论,作出是非善恶的判断,以此告诫世人。明中叶以后,随着工商业的发展,城市人口的增加,金钱在现实生活的作用越来越重要,一些社会问题也随之出现,有些人不择手段地骗取钱财。田汝成《西湖游览志馀》卷二十五记载了杭州各种骗术:"宋时,临安四方辐辏浩穰之区,游手游食,奸黠繁盛,有所谓美人局,以娼优姬妾引诱少年。有柜坊局,以博戏关扑,骗赚财物。有水功德局,以打点求觅,脱瞒财货。有以伪易真者,至以纸为衣,以铜铅为银,以土木为香药,变换如神,谓之白日鬼。有剪脱衣服、环佩、荷包者,谓之觅贴儿。其他穿窬胠箧,各有称首,至如顽徒、拦街虎、九条龙之类,尤为市井之害。今之风俗,大抵仍之,而插号稍异:白手骗人,谓之打清水网;夹剪衫袖,以掏财物,谓之剪绺;撒泼无赖者,谓之破落户。"[②]凌濛初在"二拍"中就多次写到各种骗钱的把戏。《拍案惊奇》卷十八《丹客半黍九还》入话云:"世上有这一伙烧丹炼汞之人,专一设立圈套,神出鬼没,哄那贪夫痴客,道能以药草炼成丹药,铅铁为金,死汞为银。名为黄白之术,又叫得炉火之事。只要先将银子为母,后来觑个空儿,偷了银子便走,叫做提罐。"[③]正话就是一个提罐的故事,这个故事就是根据《古今谈概》卷二十七"丹客"条所载杭州实事改编。《二刻拍案惊奇》卷十四入话告诫人们谨防扎火囤的骗术:"听说世上男贪女爱,谓之风情。只这两个字害的人也不浅,送的人也不少。其间又有奸诈之徒,就在这些贪爱上面,想出个奇巧题目来。做自家妻子不着,装成圈套,引诱良家子弟,诈他一个小

---

① 凌濛初《二刻拍案惊奇》卷十二,第245页。

② 田汝成《西湖游览志馀》卷二十五,中华书局1958年版。

③ 凌濛初《拍案惊奇》卷十八,第302页。

富贵,谓之扎火囤。若不是识破机关,硬浪的郎君十个着了九个道儿。”[①]正话写吴宣教被一伙人用美色骗去二千缗钱,最后抑郁而死。小说结尾处,凌濛初再次警示:“奉劝人家少年子弟每,血气未定,贪淫好色,不守本分,不知厉害的,宜以此为鉴。”[②]

晚明时期,江南赌博盛行,顾炎武《日知录》卷二十八记载:“万历之末,太平无事,士大夫无所用心,间有相从赌博者。至天启中,始行马吊之戏。而今之朝士,若江南、山东,几于无人不为此。有如韦昭论所云‘穷日尽明,继以脂烛。人事旷而不修,宾旅阙而不接’者。吁!可异也。”[③]生活在江浙一带的凌濛初亲眼看到赌博给社会带来的危害。他在《二刻拍案惊奇》卷之八《沈将仕三千买笑钱》入话中说:“人世上诸般戏事,皆可遣兴陶情,惟有赌博一途,最是为害不浅。盖因世间人总是一个贪心所使,见那守分的一日里辛辛苦苦,巴着生理,不能勾近得多少钱,那赌场中一得了采,精金、白银只在一两掷骰子上收了许多来,岂不是个不费本钱的好生理?岂知有这几掷赢,便有几掷输。赢时节,道是倘来之物,就有粘头的、讨赏的、帮衬的,大家来撮哄。这时节意气扬扬,出之不吝。到得赢骰过了,输骰齐到,不知不觉的弄个罄净,却多是自家肉里钱,旁边的人不曾帮了他一文。所以只是输的多,赢的少。……所以一耽了这件滋味,定是无明无夜,抛家失业,失魂落魄,忘餐废寝的。朋友们讥评,妻子们怨怅,到此地位,一总不理。只是心心念念记挂此事,一似担雪填井,再没个满的日子了。全不想钱财自命里带来,人人各有分限,岂由你空手博来,做得人家的?”[④]正话便讲了沈将仕因为贪赌被人设局骗钱的故事。

俗话说:“饱暖思淫欲,饥寒起盗心。”明代中后期,一些富裕起来的商人、官吏乃至文人,好色纵欲,无所顾忌,有的经常出入青楼

---

① 凌濛初《二刻拍案惊奇》卷十四,第 275 页。

② 凌濛初《二刻拍案惊奇》卷十四,第 296 页。

③ 顾炎武《日知录》卷二十八,上海古籍出版社 2006 年版,第 1608 页。

④ 凌濛初《二刻拍案惊奇》卷八,第 162—163 页。

妓院，眠花宿柳，著名文人屠隆、汤显祖、袁宏道兄弟、冯梦龙、张岱等都在著述中坦陈自己与妓女交往的经历，还多少有一点炫耀的成分。有的姬妾成群，不厌其多，甚至将姬妾作为自己身份与财富的象征。正统年间的工部尚书吴中除正妻外有宠妾数十人[①]。刑部尚书俞士悦之子俞钦玉拥有一妻七妾[②]。小说《金瓶梅词话》中的西门庆出场身份只是一个商人，才三十岁上下，就先后娶了六房姬妾。虽然《大明律》明确规定"庶人年四十以上无子者许选娶一妾"，这一制度显然成了一纸空文。凌濛初并不反对纳妾，他自己就娶妾卓氏。但他反对广蓄姬妾，他在《二刻拍案惊奇》卷三十四《任君用恣乐深闺》入话云："且说世间富贵人家，没一个不广蓄姬妾。自道是左拥燕姬，右拥赵女，娇艳盈前，歌舞成队，乃人生得意之事。岂知男女大欲，彼此一般，一人精力要周旋几个女子，便已不得相当。况富贵之人，必是中年上下，取的姬妾，必是花枝也似一般的后生。枕席之事，三分四路，怎能够满得他们的意，尽得他们的兴？所以满闺中不是怨气，便是丑声。总有家法极严的，铁壁铜墙，提铃喝号，防得一个水泄不通，也只禁得他们的身，禁不得他们的心。略有空隙就思量弄一场把戏，那有情趣到你身上来？只把做一个厌物看承而已。似此有何好处？费了钱财，用了心机，单买得这些人的憎嫌。试看红拂离了越公之宅，红绡逃了勋臣之家，此等之事不一而足。可见生前已如此了，何况一朝身死，树倒猢狲散，残花嫩蕊，尽多零落于他人之手。要那做得关盼盼的，千中没有一人。这又是身后之事，管不得许多，不足慨叹了。争奈富贵之人，只顾眼前，以为极乐。小子在旁看的，正替你担着愁布袋哩！"[③]尚友堂本于此处有一眉批："绝顶议论，富贵人宜熟玩之。"[④]正话写杨太尉外出上坟，宅中一群姬妾勾引馆客任君用进房中淫乐的故

---

① 余继登《典故纪闻》，中华书局1981年版，第199页。

② 陆容《菽园杂记》，中华书局1985年版，第172页。

③ 凌濛初《二刻拍案惊奇》卷三十四，第640－641页。

④ 凌濛初《二刻拍案惊奇》卷三十四。

事,与入话议论完全吻合。

妻妾成群还只是怨气与丑声,那些败俗伤风、淫人妻女者则可能搭上自家性命。《拍案惊奇》卷三十二《乔兑换胡子宣淫》正话写铁生娶妻狄氏,美艳无双,胡生娶妻门氏,十分娇丽。两人都看上对方的妻子,各怀不良之心往来。铁生性直,胡生性狡。胡生用计赚上铁妻狄氏,却因酒色过度病倒。铁生上门问病,姘上胡妻门氏。先勾搭成奸的胡生和狄氏双双病死,而铁生与胡生遗孀门氏结为夫妇。正话本事源于《觅灯因话》卷之二《卧法师入定录》,凌濛初对结局作了改写,原作云胡生"既死之后,妻女皆淫于人,为铁生之报"①,并没有铁生娶胡妻一说。凌濛初的改写通过强化报应来警醒世人。这篇小说的创作动机,入话中说得明白:"人生世上,色字最为要紧。随你英雄豪杰,杀人不眨眼的铁汉子,见了油头粉面,一个袋血的皮囊,就弄软了三分。假如楚霸王、汉高祖分争天下,何等英雄!一个临死不忘虞姬,一个酒后不忍戚夫人,仍旧做出许多缠绵景状出来,何况以下之人?风流少年,有情有趣的,牵着个色字,怎得不荡了三魂,走了七魄?却是这一件事关着阴德极重,那不肯淫人妻女、保全人家节操的人,阴受厚报:有发了高魁的,有享了大禄的,有生了贵子的,往往见于史传,自不消说。至于贪淫纵欲,使心用腹污秽人家女眷,没有一个不减算夺禄,或是妻女见报,阴中再不饶过的。"②故事和议论很容易让人想到"三言"的第一篇小说《蒋兴哥重会珍珠衫》,陈大郎骗奸了蒋兴哥的妻子王三巧,结果客死他乡,妻子平氏改嫁给蒋兴哥为妻,王三巧背叛丈夫,由妻降为妾。作者的创作意图是:"劝人安分守己,随缘作乐,莫为酒、色、财、气四字,损却精神,亏了行止。求快活时非快活,得便宜处失便宜。说起那四字中,总到不得那色字利害。眼是情媒,心为欲种,起手时,牵肠挂肚,过后去,丧魄销魂。假如墙花路柳,

---

① 邵景詹《觅灯因话》卷之二,《剪灯新话》外二种,上海古籍出版社 1981 年版,第 338 页。

② 凌濛初《拍案惊奇》卷三十二,第 565 页。

偶然适兴，无损于事。若是生心设计，败俗伤风，只图自己一时欢乐，却不顾他人的百年思义，假如你有娇妻爱妾，别人调戏上了，你心下如何？”①两相对照，不难看出，《乔兑换胡子宣淫》结尾的改写与创作动机明显受到《蒋兴哥重会珍珠衫》的影响。

原载《盐城师范学院学报》2007 年第 6 期

① 冯梦龙《古今小说》第一卷，人民文学出版社 1958 年版，第 1 页。

李渔话本的创新与因袭

在中国古代文学理论史上，将文学的创新问题谈得最透彻的恐怕要数李渔，他在《闲情偶寄》中写道："'人惟求旧，物惟求新。'新也者，天下事物之美称也。而文章一道，较之他物，尤加倍焉。戛戛乎陈言务去，求新之谓也。至于填词一道，较之诗赋古文，又加倍焉。非特前人所作，于今为旧，即出我一人之手，今之视昨亦有间焉。昨已见而今未见也，知未见之为新，即知已见之为旧矣。古人呼剧本为传奇者，因其事甚奇特，未经人见而传之，是以得名，可见非奇不传。新即奇之别名也，若此等情节业已见之戏场，则千人共见，万人共见，绝无奇矣，焉用传之？是以填词之家，务解'传奇'二字，欲为此剧，先问古今院本中曾有此等情节与否，如其未有，则急急传之，否则枉费辛苦，徒作效颦之妇。"①虽然李渔在这里主要是论戏曲，但完全符合小说创作规律，李渔认为，小说是无声的戏曲，"稗官为传奇蓝本"②，创新同样是李渔在小说创作中的自觉追求。他在《与陈学山少宰书》中写道："鸿文大篇，非吾敢道；若诗歌词曲以及稗官野史，则实有微长：不效美妇一颦，不拾名流一唾，当世耳目为我一新。使数十年来无一湖上笠翁，不知为世人减几许谈锋，增多少瞌睡？"③正因为李渔非常重视文学的创新，又对自己的戏曲小说颇为自负，因而李渔话本之创新也得到了后人的认可，孙楷第先生对此便推崇备至："以文而论，差不多都是戛戛独

① 李渔《闲情偶寄·曲词部上》，《李渔全集》第11卷，浙江古籍出版社1992年版，第9页。

② 《绣像合锦回文传》第2卷素轩评，《李渔全集》第4卷，第326页。

③ 李渔《与陈学山少宰书》，《李渔全集》第1卷，第164页。

造，不拾他人牙慧的。他的风格纵然不如冯梦龙之落落大方，亦决不至于猥琐庸沓。虽然在他的小说中，有时因关目新奇而近于纤巧，有时好用些偎薄字眼，但终不能掩其意境之清新与文章之流利。我们看他的小说，真觉得篇篇有篇篇的境界风趣，绝无重复相似的毛病，这是他人赶不上的。”①李渔话本是否篇篇都是戛戛独造，令人耳目一新，恐怕还得具体分析。

在我看来，李渔话本既有创新之作，也有因袭篇什，不可一概而论。具体说，可分为三种情况。

第一，在李渔话本集中确有一些优秀作品情节新奇，极富创造性与想象力。在李渔看来，戏曲小说创新，最重要的是情节的创新，即他所说的“先问古今院本中曾有此等情节与否，如其未有，则急急传之”，起源于说话艺术的话本小说，对情节新奇的要求更甚于戏曲，戏曲还可以欣赏词曲、唱腔，小说则主要读故事。在话本创作中，李渔确实是非常重视情节的新奇，《十二楼》中之《夏宜楼》，瞿吉人用西洋千里镜赚得一位美貌佳人的故事，情节就很奇特。千里镜就是望远镜，明朝才从欧洲传入，普通百姓不易见到，也就不太了解的它的用途，因而李渔在小说第二回专门对千里镜的形状与功能做了介绍：“此镜用大小数管，粗细不一。细者纳于粗者之中，欲使其可放可收，随伸随缩。所谓千里镜者，即嵌于管之两头，取以视远，无遐不到。千里二字虽属过称，未必果能由吴视越，坐秦观楚，然视千百里之内，便不觉其诬。至于十数里之中，千百步之外，取以观人鉴物，不但不觉其远，较对面相视者更觉分明。真可宝也。”②而且对与千里镜同时传入的显微镜、焚香镜、端容镜、取火镜等物品也一并做了介绍。而后又对它们传入中国的途径作了说明：“以上诸镜皆西洋所产，二百年以前不过贡使携来，偶尔一见，不易得也，自明朝至今，彼国之中有出类拔萃之士，不为

---

① 孙楷第《李笠翁与十二楼》，《十二楼》附录，人民文学出版社 1986 年版。

② 李渔《十二楼》，《李渔全集》第 4 卷，第 83 页。

员幅所限，偶来设教于中土，自能制造，取以赠人，故凡探奇好事者，皆得而有之。”[①]这些说明与小说的主要内容多少有些游离，李渔之所以不厌其烦地介绍，就因为它在当时还不常见。瞿吉人就是用千里镜看中大家闺秀詹娴娴小姐，又叫媒人将他看到的詹家的事情告诉娴娴，骗得娴娴死心塌地要嫁给他，当娴娴的父亲用拈阄的方式要将娴娴许配给别人时，瞿吉人又用千里镜骗过詹父，终于与娴娴结为夫妻。青年男女的恋爱婚姻故事，前人不知写过多少，用千里镜成就姻缘，在小说戏曲史上闻所未闻。李渔在《闲情偶寄》卷一中提出了“立主脑”一说：“一本戏中有无数人名，究竟俱属陪宾，原其初心，止为一人而设；即此一人之身，自始至终，离合悲欢，中具无限情由，无穷关目，究竟俱属衍文，原其初心，又止为一事而设；此一人一事，即作传奇之主脑也。”[②]如果用李渔的这种理论关照《夏宜楼》，瞿吉人用千里镜成就终身大事，就是这篇小说的主脑，此一人一事，完全出于李渔的创造。《连城璧》开篇第一集《谭楚玉戏里传情　刘藐姑曲终死节》写少年书生谭楚玉看上戏班女旦刘藐姑，竟然到戏班学戏，与刘藐姑在戏里演夫妻，借剧中人物关系与台词谈情说爱，“同是一般的旧戏，经他两个一做，就会新鲜起来。做到风流的去处，那些偷香窃玉之状，偎红依翠之情，竟像从他骨髓里面透露出来，都是戏中所未有的一般，使人看了无不动情。做到痛楚的去处，那些怨天恨地之词，伤心刻骨之语，竟像从他心窝里面发泄出来，都是刻本所未载的一般，使人听了无不堕泪”[③]。贪婪的刘母要将刘藐姑卖给一富翁做妾，刘藐姑与谭楚玉借演《荆钗记》中钱玉莲抱石投江之际，假戏真做，双双投河殉情。后面谭楚玉与刘藐姑被渔翁救起，谭楚玉发奋读书考中科举，没有多少新意。前面谭楚玉与刘藐姑戏里传情的故事，确为李渔颇具匠心的创作。睡乡祭酒评曰：“这回稗史之中，有七件怪事，皆与寻

① 李渔《十二楼》，《李渔全集》第 4 卷，第 84 页。
② 李渔《闲情偶寄·曲词部上》，《李渔全集》第 11 卷，第 8 页。
③ 李渔《连城璧》，《李渔全集》第 4 卷，第 260 页。

常情理相背:以极淫之妇而生极贞之女,一怪也;以极下贱之人而为极高贵之事,二怪也;从来作传奇者,皆从实事之中演出戏文,此独于戏文中演出实事,三怪也;从来梨园中之净丑为生脚之退步,此独为生脚之入门,四怪也;既以神道设教,则二郎神为梨园子弟之主,即当从此起见,借渠作氤氲使者,乃二郎神绝不与事,忽以不相关涉之晏公越神俎而代庖,五怪也;从来稗官野史皆以主人携客,未闻以客携主,谭楚玉一朝发迹,则当携带莫渔翁做个富贵之人,乃常理也,此独以旁见侧出之莫渔翁携带谭楚玉做了个高隐之辈,六怪也;从来戏文小说皆以热闹收场方合时眼,否则为观者所弃,此独以山林寂寞终之,七怪也。种种拂情背理之事,不见怒于观者亦已幸矣,乃复令人自开卷称奇,直至终篇,无刻不欲飞欲舞,此何故欤?真令人解说不出,只好骂几声作怪稗官、稗官作怪而已。"①睡乡祭酒所说的七怪,实际上就是这篇话本不同于前人戏文小说的创新之处。应该说,在李渔的话本集中,像上述小说主体情节富有新意的还有一些,与同时代的话本小说家相比,李渔堪称具有创新精神的小说家。

第二,在李渔话本集中并非篇篇都"不效美妇一颦,不拾名流一唾",也有不少因袭、模仿之作。除去根据前人文言小说改写的篇目不论,在《无声戏》与《十二楼》中,就存在不少借鉴"三言"、"二拍"等话本小说和明清传奇的作品。兹举数例:《无声戏》第十二回《妻妾抱琵琶梅香守节》与《警世通言》第二卷《庄子休鼓盆成大道》就有明显的因袭关系。《庄子休鼓盆成大道》写庄周娶妻田氏,忽然一日病重,田氏在床头表白:"妾读书知礼,从一而终,誓无二志。"②庄子死后,少年秀士楚王孙前来悼念,田氏贪其人才标致,求老苍头说媒,愿意改嫁楚王孙。为了与楚王孙成亲,田氏将庄子的棺材移到一间破屋。花烛之夜,楚王孙心疼欲绝,必得生人脑髓热

---

① 《连城璧》第一回总评,《李渔全集》第4卷,第279-280页。

② 冯梦龙《警世通言》第二卷,人民文学出版社1956年版,第17页。

酒吞服才能止疼，田氏竟然劈开棺材要取庄子的脑髓。当田氏劈开棺盖，庄子挺身坐起。原来一切都是庄子用分身隐行之法安排的圈套。田氏羞愧难当，悬梁自缢。这篇小说立意并不可取，极力丑化夫死改嫁的女子，劝世人不要溺"闺中之爱"，听"枕上之音"，"被妇人迷惑"。[1] 李渔在《妻妾抱琵琶梅香守节》中，从人物到情节，几乎照搬《庄子休鼓盆成大道》。马麟如有一妻一妾，正妻罗氏不育，小妾莫氏生有一子，马麟如生了一场大病，担心死后妻妾改嫁，儿子无人抚养，便试探妻妾是否守节，罗氏表示："烈女不更二夫，就是没有儿子，尚且要立嗣守节，何况有了嫡亲骨血，还起别样心肠。"[2]莫氏也不甘示弱："你不生不育的，尚且肯守，难道我生育过的，反丢了自家的骨血，去跟别人不成?"[3]后来马麟如痊愈，外出行医，误传客死扬州，罗氏、莫氏连丈夫的棺木也不愿意运回安葬，扔下儿子改嫁了。两篇小说至少有三点相同：第一，罗氏、莫氏与田氏一样，都是丈夫生前甜言蜜语、信誓旦旦，一旦丈夫病故，马上改嫁。第二，马麟如与庄周并非真的亡故，最后都是死而复生，只不过一个是隐身，一个是误传。第三，田氏、罗氏与莫氏最后都得到报应，田氏、罗氏悬梁自尽，莫氏怨恨而死。

《十二楼》之《奉先楼》与《二刻拍案惊奇》之卷六《李将军错认舅　刘氏女诡从夫》主要情节与人物关系也基本相同。《李将军错认舅　刘氏女诡从夫》写金定与翠翠夫妻恩爱，时值元末战乱，翠翠被李将军抢走，成为其专房之宠。等到战事平静，金定外出寻访妻子，找到李将军门首，谎称与翠翠为兄妹，与妻子见了一面，后来留在将军门下做记室，不得与妻子再见，最终抑郁而死，翠翠悲痛而亡，死后两人仍做夫妻。《奉先楼》写舒秀才夫妇恩爱，且育有一子，时值明末战乱，妻儿被闯贼抢走，明清鼎革，舒娘子成为一将军夫人，舒秀才四处寻找，结果被大兵抓去做了纤夫，而舒娘子就在

① 冯梦龙《警世通言》第二卷，第 14 页。

②③ 李渔《无声戏》第十二回，《李渔全集》第 4 卷，第 225 页。

船上，将军查清真相，将儿子还给舒秀才，舒娘子上吊自杀，将军救活之后，将其送还舒秀才。结局虽然有异，而情节的模仿痕迹非常清晰。

《无声戏》第十一回《儿孙弃骸骨僮仆奔丧》明显仿效《徐老仆义愤成家》，虽然徐阿寄实有其人，多种文献有记载，李渔看的却是《醒世恒言》。他在小说篇末写道："我道单百顺所行之事，当与嘉靖年间徐阿寄一样流芳……阿寄辅佐主母，抚养孤儿，辛苦一生，替他挣成家业，临死之际，搜他私蓄，没有分文，其事载于《警世通言》。"①不过李渔记忆有误，《徐老仆义愤成家》并不载于《警世通言》，而是载于《醒世恒言》。两篇小说主体故事，一为兄弟不和，一为儿孙不孝，一个是老仆人，一个是小仆人，但徐阿寄与单百顺都是对主子忠心耿耿，帮主子做买卖挣钱，从性格到行为完全相同。

《连城璧》第七回《妒妻守有夫之寡　懦夫还不死之魂》与冯梦龙的传奇《万事足》，从人物到情节都非常相似。《万事足》写陈循帮助朋友治妒的故事。陈循与高谷为同窗好友，高谷娶妻伾氏，年近四十，尚无子嗣，伾氏悍妒，不许丈夫治妾。高谷赴京应试途中，救了少女柳新莺，并纳为妾，因伾氏妒甚，暂留流云观中。后来陈循、高谷高中，即迎家眷至京。一日高谷邀陈循到家中饮酒下棋，话及高谷无子，陈循劝高谷治妾生子，招致伾氏撒泼诟骂，陈循大怒，先拿七出之条威吓，又用棋杆教训，迫使伾氏答应让丈夫娶妾。此时，柳新莺在流云观中已育一子，高谷夫妻父子最终团聚。《万事足》的思想倾向比较庸俗，表彰陈循棒喝朋友妒妻的义举，丑化伾氏不容丈夫娶妾的行为。冯梦龙对剧中《筵中治妒》一折颇为自得："此折乃全部精神结穴处，曲虽多，不可删减。"②李渔在《妒妻守有夫之寡　懦夫还不死之魂》中，也写了一位类似于陈循的人物费隐公，此人以善于治妒著称。费隐公隔壁有个孝廉叫穆子大，是费

---

① 李渔《无声戏》第十一回，《李渔全集》第4卷，第220－221页。

② 冯梦龙《冯梦龙全集》第12卷，江苏古籍出版社1993年版，第674页。

隐公同年之子,天生懦弱,妻子淳于氏十分凶悍,年过四十无子,不容丈夫娶妾。费隐公受同年之托,收其子穆子大为门生,传授疗妒秘诀。穆子大受教之后,回家提及买妾之事,淳于氏先打丈夫,后骂费隐公,正当淳于氏骂在兴头上,上百个男人打上门来,指责淳于氏犯七出之条,逼穆子大写休书,淳于氏被迫同意丈夫娶妾。费隐公为穆子大相中两房姬妾,让穆子大娶回家中。哪知事后淳于氏醋性复发,钳束丈夫,鞭挞姬妾,弄得穆子大生不如死,穆子大假托进京会试,到费家求救。穆子大离家之后,淳于氏便将两个小妾卖掉。费隐公安排媒婆将两个佳人接来与穆子大相聚。后来生出三个儿子。费隐公又想出降妒妙法,让穆子大的老仆回家报丧,等淳于氏改嫁时,费隐公再派媒人将淳于氏娶来与丈夫相会。用守寡一事引动她望子之心,用"失节"二字堵住她吃醋之口,费隐公最终将妒妇收拾得服服帖帖。《万事足》与《妒妻守有夫之寡　懦夫还不死之魂》的主要人物及其相互关系十分相似,陈循与高谷为同年,费隐公与穆子大之父为同年。人物性格基本相同,高谷与穆子大软弱惧内,伭氏与淳于氏凶悍嫉妒,陈循与费隐公治妒有方,前后的因袭痕迹十分明显,只不过后者为前者的升级版。而作者的创作倾向完全一致。

《无声戏》第二回《美男子避祸反生疑》与朱素臣《十五贯》情节多有相同之处。《十五贯》写书生熊友蕙与开粮铺的冯玉吾为邻居,冯子锦郎甚丑,养媳侯三姑聪慧漂亮。友蕙与三姑隔墙而居。老鼠将友蕙放有鼠药的烧饼衔至三姑房中,锦郎误食而亡。老鼠又将冯家的金环衔至友蕙室中,友蕙用金环换米,被冯玉吾发现,冯以奸情杀人将友蕙与三姑告至官府,熊、侯均被判死罪。《十五贯》是清初颇有影响的剧作,现存顺治七年抄本,比《无声戏》早数年问世。《美男子避祸反生疑》则写书生蒋瑜与开绸缎铺的赵玉吾是邻居,赵生一子,名旭郎,貌丑而痴,养媳何氏,标致又聪明。蒋瑜的书房与何氏的卧室一墙之隔。赵家有两个扇坠,一个是汉玉,一个是迦楠香,送给了媳妇。后玉扇坠被老鼠衔至蒋家,蒋瑜将其吊在扇子上，被人看见，告知赵玉吾，赵据此认定儿媳与蒋瑜有私情，告到官府，知府严刑逼供，判赵家休弃何氏。两部作品的关键情节基本相同，而且赵玉吾与冯玉吾，名字也相同，李渔并不回避，《美男子避祸反生疑》显然源于《十五贯》。

本来明清话本小说家据前人作品改编和仿写司空见惯，并非李渔一人，我们指出李渔话本存在模仿与因袭，并非苛求，而是想对这类话本作出实事求是的评价，而不应该被李渔的自我标榜所迷惑。

第三，李渔话本集中还有一些作品情况比较复杂，并不像一味地抄袭、剽窃，而是在前人作品的基础上加工改造，写出一些新的东西。《无声戏》第七回《人宿妓穷鬼诉嫖冤》明显受到《卖油郎独占花魁》的影响，李渔并不回避这一事实，在小说中就提到《卖油郎独占花魁》以及据此改编的传奇《占花魁》："后来有个才士，做一回《卖油郎独占花魁》的小说，又有个才士，将来编做戏文。"①《卖油郎独占花魁》写一个挑担沿街卖油的秦重看上了杭州名妓王美娘，他用一年多的时间辛勤劳动、省吃俭用，积攒了十几两银子去见王美娘，因王美娘醉酒呕吐，秦重反而服侍她一晚，只有几两银子本钱的小商人秦重凭借自己的忠厚老实、知情识趣赢得了花魁娘子的爱情。李渔担心"那些挑葱卖菜的看了，都想做起风流事来。每日要省一双草鞋钱，每夜要做一个花魁梦，攒积几时，定要到妇人家走走"②。于是他写了这篇《人宿妓穷鬼诉嫖冤》，人物的身份、地位及其相互关系，基本照搬《卖油郎独占花魁》，雪娘是扬州名妓，"钞关上的姊妹，也要数他第一"③，与王美娘身份相似。王四是给人篦头的待诏，地位与秦重相似。因为看了一本《占花魁》的新戏，王四忽然动起风流兴来："敲油梆的人，尚且做得情种，何况温柔乡里脂粉丛中摩疼擦痒之待诏乎?"④王四篦头认识了雪娘，要娶雪娘为妻，雪娘满口答应，老鸨要一百二十两银子，王四倾其所有先交三

①②③④ 李渔《无声戏》第七回，《李渔全集》第4卷，第137页。

十两,余下的挣钱后分期交付,等交完钱之后,方许从良。王四忙活了四五年,才交完余数,要娶雪娘过门,老鸨竟然说这点钱还不够嫖资,雪娘也翻脸不认人:"我若肯从良,怕没有王孙公子,要跟你做待诏夫人!"[①]要不是运官为其主持公道,追回银子,王四只有自认晦气。他写这篇小说的动机,是要"奉劝世间的嫖客,及早回头,不可被戏文小说引偏了心,把血汗钱被他骗去,再没有第二个不识字的运官肯替人扶持公道了"[②]。李渔显然是主题先行,故意与《卖油郎独占花魁》唱反调,虽然两篇小说中人物的身份、地位相同,性格却完全不同,雪娘不是有情有义、一心从良的义妓,而是一个为虎作伥、帮助老鸨骗钱的帮凶,王四也不是知情识趣的情种,不过是一个偷鸡不成蚀把米的可怜虫。与秦重、王美娘不可同日而语。

李渔在《妻妾抱琵琶梅香守节》中刻画的罗氏、莫氏几乎就是《庄子休鼓盆成大道》中田氏的影子。李渔高明的地方就在于他不是简单地依葫芦画瓢,还别出心裁地虚构了一个守节的通房丫鬟碧莲,碧莲在丈夫病重时,不会讨好丈夫,病好之后,受到丈夫的冷落。丈夫亡故之后,妻妾改嫁,碧莲一人守节,做女工养活丈夫的儿子。杜浚篇后有评:"碧莲守节,虽是梅香的奇事,尤可敬者,是在丈夫面前,以淫污自处,而以贞节让人。"[③]李渔小说经常运用对比手法来塑造人物,有一美必有一丑,有一贤必有一不肖,有一穷必有一富。写守节的碧莲就是要与不节的罗氏、莫氏形成对比,多少对《庄子休鼓盆成大道》一味地讥讽妇女的态度有所调整。实事求是地说,碧莲并没有罗氏、莫氏写得生动。但正是有了碧莲,才使这篇小说有了不同于《庄子休鼓盆成大道》的地方。

李渔在前人创作的基础上加工、改写的做法也存在重大缺陷,他不是从生活出发,而是从观念出发,他对前人的作品,赞成的则

① 李渔《无声戏》第七回,《李渔全集》第4卷,第140页。
② 李渔《无声戏》第七回,《李渔全集》第4卷,第146-147页。
③ 《无声戏》第十二回总评,《李渔全集》第4卷,第245页。

加以补充和深化，反对的则予以颠覆和重构，人物和情节取决于前人的作品和李渔的态度。因而他的这些话本基本上没有生活的积累，没有情感的投入，他总是以旁观者的身份，冷静地观察他笔下人物的所作所为，不时做一些不关痛痒的评价。话本中的人物成了作者手中的牵线木偶和某种观念的图解。所以李渔虽然标举创新，而真正有新意的小说却不多，这也是他难以超越冯梦龙、凌濛初等晚明话本作家的重要原因。

原载《明清小说研究》2007 年第 6 期

李渔话本议论的求新与尚趣

一

小说是一种叙事文体，特别是古代白话小说，起源于说话艺术，主要是叙述故事。但古代小说家并不排斥议论，标志着中国小说成熟的唐传奇就有部分作品在写完故事之后，往往要发几句议论。如李公佐《谢小娥传》叙述完小娥只身报杀父、杀夫之仇的故事后，作者写道："复父夫之仇，节也；佣保杂处，不知女人，贞也。女子之行，唯贞与节，能终始全之而已。如小娥，足以儆天下逆道乱常之心，足以观天下贞夫孝妇之节。"①元稹《莺莺传》写完莺莺与张生的爱情悲剧后，作者云："予常于朋会之中，往往及此意者，夫使知者不为，为之者不惑。"②唐传奇在篇末发议论尚不多见。话本小说中的议论比唐传奇更为普遍，作者在入话和篇末经常发议论。如《金玉奴棒打薄情郎》开篇是一首诗，接着是简短的议论："这四句，乃昔人所作《弃妇词》，言妇人之随夫，如花之附于枝；枝若无花，逢春再发；花若离枝，不可复合。劝世上妇人事夫尽道，同甘同苦，从一而终；休得慕富嫌贫，两心三意，自贻后悔。"③又如《宣徽院仕女秋千会》也是开篇为诗，随后是议论："话说人世婚姻前定，难以强求。不该是婚姻的，随你用尽机谋，坏尽心术，到底没收场。及至该是婚姻的，虽是被人扳障，受人离间，却又散的弄出合来，死

---

① 李昉等编《太平广记》十，中华书局1961年版，第4032页。
② 李昉等编《太平广记》十，第4016页。
③ 冯梦龙《古今小说》，人民文学出版社1958年版，第431页。

的弄出活来。”[①]但是无论是唐传奇还是话本小说，议论都是三言两语、百十来字，叙事才是小说的主要的艺术手段。

李渔是一位极富创新意识的作家，他写话本小说，就有多方面的出新。其中之一就是议论与前代话本大不相同。他的话本议论之多，在话本小说乃至白话小说中首屈一指。李渔充分利用话本小说的文体优势，在入话、结尾处大发议论。一篇话本大多有三处大段的议论，一处在开篇诗词之后，一处在头回之后，一处在正话之后。以《无声戏》第一回《丑郎君怕娇偏得艳》为例，开篇一首七律诗，然后是一大段姻缘错配、红颜薄命的议论，下面讲了一个恶人死后被阎王罚做绝标致妇人的故事作头回。紧接着又讲红颜薄命的道理，才进入正话。正话之后，又发了一通劝诫配了丑夫的女人不要求全责备，娶了美妻的男人要敬爱娇妻的议论。三段议论相加，一千三百多字。《寡妇设计赘新郎　众美齐心夺才子》开篇一首[忆秦娥]词，接着是一通风流子弟要才貌双全，“才貌二字虽然并称，毕竟才字在貌字之前”，然后是头回，下面又是一段“若还有才有貌，又能循规蹈矩，不做妨伦背理之事，方才叫做真正风流”[②]的高论，正话之后，又就吕哉生“不为才貌所误”发表议论。三段议论，也有一千二百多字。李渔话本议论多、篇幅长不是个别现象，还可以举出不少例证。

在入话和篇末发议论，符合话本小说体制的要求，李渔话本的议论，并不限于入话和篇末，渗透到话本的方方面面，在正话中也经常发议论，写到一些重要关目，李渔便要跳出来说几句。在《鹤归楼》中，议论随处可见。段玉初、郁子昌不想出仕，却双双连捷，李渔写道：“不想文章的造诣，与棋力酒量一般，低的要高也高不来，高的要低也低不去，乡会两榜，都巍然高列。”[③]官尚宝调换亲

① 凌濛初《拍案惊奇》，上海古籍出版社1982年版，第146页。

② 李渔《连城璧全集》第九回，《李渔全集》第4卷，浙江古籍出版社1992年版，第368页。

③ 李渔《十二楼》，人民文学出版社1986年版，第174页。

事，将亲生女儿配了二甲的郁子昌，将侄女嫁给三甲段玉初，李渔说："可见天下之事都有个定数存焉，不消逆虑。"①郁子昌在外料理军饷，百般劳苦，加上日夜思念娇妻，容貌衰老很快，李渔写道："俗语云：少年子弟江湖老。为商做客的子弟尚且要老在江湖，何况随征遇敌的少年，岂能够仍其故像？若还单受辛勤，止临锋镝，还有消愁散闷之处，纵使易衰易老，也毕竟到将衰将老之年那副面容才能改变；当不得这位少年，他生平不爱功名，只图快乐，把美妻当了性命，一时三刻也是丢不下的。又兼那位妻子极能体贴夫心，你要如此，她早已如此；枕边所说的话，被中相与之情，每一想起，就令人销魂欲绝。所以郁子昌的面貌，不满三年，就变做苍然一叟，髭须才出就白起来。"②李渔在入话中奉劝世人"要晓得别离二字，虽不是乐，但从别离之下，又深入一层，想到那别无可别、离不能离的苦处，就觉得天涯海角，胜似同堂，枕冷衾寒，反为清福"③。这一意图是通过段玉初夫妇的故事表达出来的，郁子昌是一个反例，所以李渔在正话中迫不及待地说出来。《谭楚玉戏里传情 刘藐姑曲终死节》写杨村坞的女旦有"三许三不许"，讲完之后，李渔就有一段议论："但凡男子相与妇人，那种真情实意，不在粘皮靠肉之后，却在眉来眼去之时，就像极馋的客人上了酒席，众人不曾下箸时节，自已闻见了香味，竟像那些馔肴都是不曾吃过的一般，不住要垂涎咽唾；及至口之后，狼餐虎嚼吃了一顿，再有珍馐上来，就不觉其可想，反觉其可厌了。男子见妇人，就如馋人遇酒食，只可使他闻得，不可容他下箸，一下了箸，就不觉兴致索然，再要他垂涎咽唾，就不能够了。"④这番议论意在说明杨村坞的女旦为何"三许三不许"。作为一位主体意识非常强烈的作家，李渔在话本创作中随时出面发议论，形成了独特的夹叙夹议的叙事风格。

① 李渔《十二楼》，第176页。

② 李渔《十二楼》，第189页。

③ 李渔《十二楼》，第171页。

④ 李渔《连城璧全集》，《李渔全集》第4卷，第254页。

李渔还借小说中人物之口发议论，在《妒妻守有夫之寡　懦夫还不死之魂》中，费隐公用守寡、改嫁的办法来制服妒妇，曾对懦夫穆子大说过这样一番话："他起先不容你娶妾，总是不曾做过寡妇，不知绝后之苦，一味要专宠取乐，不顾将来。只说有饭可吃，有衣可穿，过得一世就罢，定要甚么儿子？如今做了寡妇，少不得要自虑将来，得病之际那个延医，临死之时谁人送老？自己的首饰衣服、粮米钱财，付与何人？少不得是一抢而散。想到此处，自然要懊悔起来。可见世间的儿子，无论嫡生庶出，总是少不得的。以后嫁了丈夫，自然以得子为重，取乐为轻了。他起先挟制丈夫，难为姬妾，总是说他身子站得正，口嘴说得响，立于不败之地，不怕那个休了他，所以敢作敢为，不肯受人钳束。若还略有差池，等丈夫捏住筋节，就有飞天的本事，也只好收拾起来了。"[①]这番议论，既是费隐公给穆子大解释他的治妒之法，又是分析妒妇淳于氏洗心革面的原因，也不妨看做李渔告诫妇人不要嫉妒的逆耳忠言。在前面提及的《鹤归楼》中，段玉初离家之前对新婚妻子十分绝情，李渔通过段、郁对话作出解释："但凡少年女子，最怕的是凄凉，最喜的是热闹，只除非丈夫死了，没得思量，方才情愿守寡。若叫她没缘没故做个熬孤守寡之人，少不得熬上几年定要郁郁而死。我和她两个平日甚是绸缪，不得已而相别，若还在临行之际又做些情态出来，使她念念不忘，把颠鸾倒凤之情形诸梦寐，这分明是一剂毒药，要逼她早赴黄泉。万一有个生还之日，要与她重做夫妻也不能够了。不若寻些事故，与她争闹一场，假做无情，悻悻而别，她自然冷了念头，不想从前的好处，那些凄凉日子就容易过了。古人云：'置之死地而后生。'我顿挫她的去处，正为要全活她。"[②]虽说是人物语言，实际上代表了李渔的观点。

李渔话本的结构也带有明显的议论文的特点：入话提出论点，

---

① 李渔《连城璧全集》，《李渔全集》第 4 卷，第 353 页。

② 李渔《十二楼》，第 192 页。

正话用事实论证,篇末归纳出结论。《鬼输钱活人还赌债》入话中提出赌博败家的观点:“如今世上的人迷而不悟,只要将好好的人家央他去送。起先要赢别人的钱,不想到输了自家的本;后来要翻自家的本,不想又输与别人的钱。输家失利,赢家也未尝得利,不知弄它何干?”①正话便讲王竺生被人诱骗赌博,输掉了父亲辛苦挣下了田地、房产,还气死了亲生父母的故事,作为赌博败家的活生生证据。最后得出结论:“可见赌博一事,是极不好的。不但赢来的钱钞,做不得人家;就是送去了人家,也损于阴德。……奉劝世人,三十六行的生意,桩桩做得,只除了这项钱财,不趁也好。”②《丑郎君怕娇偏得艳》开篇诗后,就是一段红颜薄命的议论:“不是因她有了红颜,然后才薄命;只为她应该薄命,所以才罚做红颜。但凡生出个红颜妇人来,就是薄命之坯了,哪里还有好丈夫到她嫁,好福分到她享?”③头回讲了一个极恶之人被阎王罚做绝标致的妇人,嫁给一个极丑陋男子的“鬼话”。正话写三个绝代佳人先后阴差阳错地嫁给内才不济、相貌极丑的阙里侯为妻。写完正话,李渔特别强调:“这岂不是美妻该配丑夫的实据?”④作者写这一故事的目的,是要“把一桩实事,演做正文,不像以前的话,出于阎王之口,入于判官之耳,死去的病人,还魂说鬼,没有见证的。”⑤也就是说,李渔要用实事作为见证,证明其红颜薄命的高论。最后的结论对开篇的观点稍作调整:“我这回小说也只是论姻缘的大概,不是说天下夫妻个个都如此。只要晓得美妻配丑夫倒是理之常,才子配佳人反是理之变。处常的要相安,处变的要谨慎。”⑥

---

① 李渔《无声戏》,人民文学出版社 1989 年版,第 126 页。

② 李渔《无声戏》,第 146 - 147 页。

③ 李渔《无声戏》,第 1 页。

④⑥ 李渔《无声戏》,第 25 页。

⑤ 李渔《无声戏》,第 3 页。

二

李渔凡事喜欢求新求奇，光绪《兰溪县志》载：李渔“性极巧，凡窗牖、床榻、服饰、器具、饮食诸制度，悉出新意，人见之莫不喜悦，故倾动一时”①。文学创作更是如此，“人惟求旧，物惟求新。新也者，天下事物之美称也。而文章一道，较之他物，尤加倍焉。戛戛乎陈言务去，求新之谓也”②。戏曲小说不仅情节要脱前人窠臼，语言也要意取尖新。“同一话也，以尖新出之，则令人眉扬目展，有如闻所未闻。……白有尖新之文，文有尖新之句，句有尖新之字，则列之案头，不观则已，观则欲罢不能；奏之场上，不听则已，听则求归不得”③。李渔话本的议论立论大胆，新颖别致，常常发前人所未发，发前人所不敢发。他在《夺锦楼》的入话中说：“这番议论无人敢道，须让我辈胆大者言之，虽系末世之言，即使闻于古人，亦不以为无功而有罪也。”④这段话虽是针对《夺锦楼》的议论而言，实际上代表了一部分李渔话本议论的特点。《夺锦楼》议论的惊人之处在于，李渔承认，人人都有嫌贫爱富的势利心肠。他说：“做父母的，那一个不愿儿女荣华，女婿显贵？他改许之意，原是为爱女不过，所以如此，并没有什么歹心。只因前面所许者或贱或贫，后面所许者非富即贵，这点势利心肠，凡是择婿之人，个个都有。但要用在未许之先，不可行在既许之后。未许之先，若能够真正势利，做一个趋炎附势的人，遇了贫贱之家，决不肯轻许，宁可迟些日子，要等个富贵之人，这位女儿就不致轻易失身，倒受他势利之福了。当不得他预先盛德，一味要做古人，置贫贱富贵于不论，及至到既许之后，忽然势利起来，改弦易辙，毁裂前盟，这位女儿就不能够自安其

---

① 李渔《李渔全集》第十二卷，第316页。

② 李渔《闲情偶寄》卷一，《李渔全集》第11卷，第9页。

③ 李渔《闲情偶寄》卷二，《李渔全集》第11卷，第52页。

④ 李渔《十二楼》，第24页。

身,反要受他盛德之累了。”①发完这番高论之后,李渔担心自己出格的言论招致世人的非议和指责,还得加以说明和辩解。

这种不合时人看法的议论,在李渔话本中并非个别现象。《连城璧》第十二回《贞女守贞来异谤 朋侪相谑致奇冤》提出齐家比治国更难:“这首诗是说齐家一事,比治国更难。治国的人,遇了是非曲直之事,可以原情而论,据理而推。情理上说不去的,就把刑罚加他,那怕他不服服贴贴?至于齐家的人,遇了是非曲直之事,只好用那调和鼎鼐的手段调剂拢来,使他是者忘其是,非者忘其非,曲者冥其曲,直者冥其直,才能够使一门之内,尽奏雍熙,五伦之中,不生变故。若还也像治国一般,要把情理去压服他,无论蛮妻拗子,不是情理二字压得服的,连这情理两件东西先不肯同心协力,替他做和事老人,预先要在问官胸中,打起斗殴官司来了。”②修身齐家治国平天下是古代文人的人生理想,《礼记》云:“古之欲明明德于天下者,先治其国;欲治其国者,先齐其家;欲齐其家者,先修其身;欲修其身者,先正其心;欲正其心者,先诚其意;欲诚其意者,先致其知,致知在格物。物格而后知至,知至而后意诚,意诚而后心正,心正而后身修,身修而后家齐,家齐而后国治,国治而后天下平。”③按《礼记》的说法,“家齐而后国治”,治国比齐家更难。李渔却从情理入手,得出了齐家比治国更难的结论,以偏概全的逻辑错误非常明显,而李渔标新立异的倾向昭然若揭。

古代的百姓深受贪官污吏的压榨之苦,他们憎恨贪官,企盼青天大老爷,反映在戏曲小说创作中,则是颂扬为民请命的清官,谴责鱼肉百姓的贪官成为最为常见的主题。在李渔的话本中,却说清官比贪官更坏。《美男子避惑反生疑》入话云:“这首诗是劝世上做清官的,也要虚衷舍己,体贴民情,切不可说‘我无愧于天,无怍

① 李渔《十二楼》,第 23 - 24 页。

② 李渔《连城璧全集》,《李渔全集》第 4 卷,第 400 页。

③ 《礼记正义》卷六十,《大学第四十二》,《十三经注疏》三,中华书局 2009 年版,第 3631 页。

于人，就审错几桩词讼，百姓也怨不得我'这句话。那些有守无才的官府，个个拿来塞责，不知误了多少人的性命。所以怪不得近来的风俗，偏是贪官起身有人脱靴，清官去后没人尸祝。只因贪官的毛病有药可医、清官的过失无人敢谏的缘故。"①李渔谴责官员刚愎自用、草菅人命没错，但将这类官员作为清官的代表而否定所有清官，甚至认为清官比贪官更坏，结论不能成立。李渔之所以如此立论，难逃标新立异的指摘。

乞丐肯定不是什么高尚的职业，老弱病残不论，青壮年不自食其力，靠乞讨为生，显然有好逸恶劳之嫌。李渔在《连城璧》第三回《乞儿行好事　皇帝做媒人》入话中极力赞美乞丐："世上人做了叫化子，也可谓卑贱垢污不长进到极处了，为甚么还去称赞他？不知讨饭吃的这条道路虽然可耻，也还是英雄失足的退步，好汉落魄的后门，比别的歹事不同。……从来乞丐之中，尽有忠臣义士、文人墨客隐在其中，不可草草看过。至于乱离之后，鼎革之初，乞食的这条路数，竟做了忠臣的牧羊国，义士的采薇山，文人墨客的坑儒漏网之处，凡是有家难奔、无国可归的人，都托足于此。有心世道者，竟该用招贤纳士之礼，一食三吐浦，一沐三握发，去延揽他才是，怎么好把残茶剩饭去亵渎他？"②经历过明清鼎革的李渔，耳闻目睹了太多的明朝遗民、文人墨客有家难奔、无国可归，不少人自杀、出家，做乞丐也是一种无可奈何的选择。在这里，与其说李渔赞美乞丐，不如说在赞美忠臣义士。

李渔读书爱独立思考，不愿盲从旧说，经常发表新见。李渔有一部史学著作，名《笠翁别集》，常有惊人之论："当其读时，偏喜予夺前人，曲直往事；其所议论，大约合于宋人者少，而相为掎角者众。"③《论项羽不渡乌江》云："羽之不渡乌江，疑为亭长所执。""汉兵追项羽至乌江，则乌江片土，必非鸡犬不惊之地。亭长何人，能

① 李渔《无声戏》，第 27 页。
② 李渔《连城璧全集》，《李渔全集》第 4 卷，第 281－282 页。
③ 李渔《笠翁别集弁言》，《李渔全集》第 1 卷，第 308 页。

不随众避兵，而尚舣船以待，且为甘言以诱之乎？虽曰非奸，吾不信也。”[①]汉人记载项羽是在乌江自刎而死，李渔怀疑为“亭长所执”。《论晋武帝之得天下》云：“司马昭父子之篡魏，其悖逆不道，三尺黄口皆知之矣。然论者皆谓昭、炎之罪，过于操、丕，予窃以为不然。夫晋之篡魏，非创举也。殷受夏，周受殷，夫有所受之耳。魏得天下于汉，既以臣而弑君矣，能保后代之臣，无一效先王之懿范而蹑其芳轨者乎？是昭之弑君，魏武教之；炎之篡位，曹丕教之。然则昭与炎者，非魏之逆臣，乃魏之肖子也。”[②]史家与时人均谴责司马昭父子篡魏，李渔却说司马氏“非魏之逆臣，乃魏之肖子”。王望如评曰：“昭与炎为魏肖子，此论最奇，亦最确！”[③]陆敬安对李渔的诗文评价甚低，独于其史论另眼相看，《冷庐杂识》卷四：“惟史论二卷，持论较胜。……此等议论，殊有见地，过《一家言》远矣。”[④]读史存疑、不尽信书，几乎成了李渔的一种习惯，这种习惯也带到了话本创作中，在议论中也不盲从他人，时有新论。

三

李渔写小说，经常用自己的人生经历作素材，写自寓式人物，在这类小说中，作者常常借议论抒发人生感慨，书写文人雅趣。李渔曾经经历过明清鼎革的战乱，居乡避乱。虽然后来为生计所迫，移居城市，却一直怀念、向往乡间生活。在《闻过楼》中，李渔发过这样一番议论：“古语云：‘小乱避城，大乱避乡。’予谓无论治乱，总是居乡的好；无论大乱小乱，总是避乡的好。只有将定未定之秋，似乱非乱之际，大寇变为小盗，戎马多似禾稗，此等世界，村落便难久居。造物不仁，就要把山中宰相削职为民，发在市井之中去受罪了！予生半百之年，也曾在深山之中做过十年宰相，所以极谙居乡

① 李渔《笠翁别集》卷一，《李渔全集》第1卷，第334页。
② 李渔《笠翁别集》卷二，《李渔全集》第，第414页。
③ 李渔《笠翁别集》卷二，《李渔全集》第1卷，第414页。
④ 李渔《李渔全集》第12卷，第322页。

之乐。如今被戎马盗贼赶入市中,为城狐社鼠所制,所以又极谙市廛之苦。你说这十年宰相是哪个与我做的?不亏别人,倒亏了个善杀居民、惯屠城郭的李闯,被他先声所慑,不怕你不走。到这时候,真个是富贵逼人来,脱去楚囚冠,披却仙人氅。初由田畯社师起家,屡迁至方外司马,未及数年,遂经枚卜,直做到山中宰相而后止。"①李渔居乡避乱,并非避闯贼,而是避清兵,这在他晚年所著《闲情偶寄》中有明确交待,怀念乡居生活则是他的真实想法。《闲情偶寄》卷六载:"追忆明朝失政以后,大清革命之先,予绝意浮名,不干寸禄,山居避乱,反以无事为荣。夏不谒客,亦无客至,匪止头巾不设,并衫履而废之。或裸处乱荷之中,妻孥觅之不得;或偃卧长松之下,猿鹤过而不知。洗砚石于飞泉,试茗奴以积雪;欲食瓜而瓜生户外,思啖果而果落树头,可谓极人世之奇闻,擅有生之至乐者矣。后此则徙居城市,酬应日纷,虽无利欲熏人,亦觉浮名致累。计我一生,得享列仙之福者,仅有三年。今欲续之,求为闰余而不可得矣。伤哉!"②李渔居乡期间,写了不少诗歌,从中也可以看出他居乡的心情。《伊园十便》有序云:"伊园主人结庐山麓,杜门扫轨,弃世若遗。有客过而问之曰:'子离群索居,静则静矣,其如取给不便何?'主人对曰:'余受山水自然之利,享花鸟殷勤之奉,其便实多,未能悉数,子何云之左也?'客请其目,道人信口答之,不觉成韵。"③"十便"为耕便、课农便、钓便、灌园便、汲便、浣濯便、樵便、防夜便、吟便、眺便,尽是乡居的好处。

李渔喜爱花草,《闲情偶寄》著有《种植部》,讲述各种花草树木的特点与种植。尤其喜爱莲花,"吾夏季以此为命者,非故效颦于茂叔,而袭成说于前人也;以芙蕖之可人,其事不一而足。请备述之。……自荷钱出水之日,便为点缀绿波,及其茎叶既生,则又日高一日,日上日妍,有风既作飘摇之态,无风亦呈袅娜之姿,是我于

---

① 李渔《十二楼》,第 231 页。

② 李渔《闲情偶寄》卷六,《李渔全集》第 11 卷,第 318 - 319 页。

③ 李渔《李渔全集》第 1 卷,第 310 页。

花之未开,先享无穷逸致矣。迨至菡萏成花,娇姿欲滴,后先相继,自夏徂秋,此时在花为分内之事,在人为应得之资者也。及花之既谢,亦可告无罪于主人矣,乃复蒂下生蓬,蓬中结实,亭亭独立,犹似未开之花,与翠叶并擎,不至白露为霜,而能事不已。此皆言其可目也。可鼻则有荷叶之清香,荷花之异馥,避暑而暑为之退,纳凉而凉逐之生。至其可人之口者,则莲实与藕,皆并列盘餐,而互芬齿颊者也。只有霜中败叶,零落难堪,似成弃物矣,乃摘而藏之,又备经年裹物之用。是芙蕖也者,无一时一刻,不适耳目之观;无一物一丝,不备家常之用者也。"①李渔爱莲,并非始于晚年,在话本《宜春楼》的入话中,便谈过他的这种雅好:"世间可爱的花卉不知几千百种,独有荷花一件更比诸卉不同:不但多色,又且多姿;不但有香,又且有韵;不但娱神悦目,到后来变作莲藕,又能解渴充饥。……自少至老,没有一日空闲、一时懒惰。开花放蕊的时节,是她当令之秋,那些好处都不消说得,只说她前乎此者与后乎此者。自从出水之际,就能点缀绿波,雅称荷钱之号。未经发蕊之先,便可饮漱清香,无愧碧筒之誉。花瓣一落,早露莲房。荷叶虽枯,犹能适用。这些妙处,虽是她的绪余,却也可矜可贵。"②不仅对莲花特点的认识一致,甚至连一些语句也相同,数十年李渔爱莲之心不改。

《萃雅楼》云:"市廛乃极俗之地,花卉有至雅之名,雅俗二字从来不得相兼,不想被卖花之人趁了这主肥钱,又享了这段清福,所以诗中的意思极赞羡他。生意之可羡者不止这一桩,还有两件贸易与他相似。哪两件?书铺,香铺。这几种贸易合而言之,叫做'俗中三雅',开这些铺面的人,前世都有些因果。只因是些飞虫走兽托生,所以如此,不是偶然学就的营业。是那些飞虫走兽?开花铺者,乃蜜蜂化身;开书铺者,乃蠹鱼转世;开香铺者,乃香麝投胎。

---

① 李渔《闲情偶寄》卷五,《李渔全集》第11卷,第287-288页。

② 李渔《十二楼》,第58页。

还有一件生意最雅，为什么不列在其中？开古董铺的，叫做‘市廛清客’，冒了文人，岂不在三种之上？只因古董铺中也有古书，也有名花，也有沉檀速降，说此三件，古董就在其中，不肯以高文典册、异卉名香作时物观也。”[①]李渔虽为文人，自从移居杭州之后，实际上是行走在市井之中，先是与书坊、戏班打交道，后来是自己开书坊刻书、卖书，组家班打抽丰，市井之中尽有文人之营生，花铺、书铺、香铺、古董铺，乃“俗中四雅”，此乃李渔人生经验之总结。

从宋元说话艺术到明中叶之前的话本小说，受众主要是市民，他们到勾栏瓦舍听艺术讲唱故事，或购买话本小说阅读消遣，最看重的是其中的富有传奇色彩的故事情节。随着文人作家参与话本创作，话本文人化程度越来越高，话本读者群也悄然发生变化，一大批文人读者也喜爱上话本。文人读者的阅读趣味与欣赏水平与市民读者不完全相同，文人读者不仅希望读到一个有趣的故事，也乐意接受一些富有见地的观点。李渔的话本创作显然适应了读者群体的变化，在话本中大谈文人雅趣，可以满足文人读者的审美需求。

四

在小说中发议论是非常危险的，它不像叙事那样具有故事情节，引人入胜，很容易流于说教，让人生厌，或者艰深晦涩，味同嚼蜡。李渔显然已经意识到这一问题，话本的议论写得通俗易懂，妙趣横生。李渔谈到戏曲词采时，提出了“贵浅显”、“重机趣”的主张。他说：“曲文之词采，与诗文之词采非但不同，且要判然相反。何也？诗文之词采贵典雅而贱粗俗，宜蕴藉而忌分明；词曲不然，话则本之街谈巷议，事则取其直说明言。凡读传奇而有令人费解，或初阅不见其佳，深思而后得其意之所在者，便非绝妙好词。”[②]“机

① 李渔《十二楼》，第105－106页。

② 李渔《闲情偶寄》卷一，《李渔全集》第11卷，第17页。

趣二字,填词家必不可少。机者,传奇之精神,趣者,传奇之风致,少此二物,则如泥人土马,有生形而无生气。”①尤其不能“有道学气”,“非但风流跌宕之曲、花前月下之情当以板腐为戒,即谈忠孝节义与说悲苦哀怨之情,亦当抑圣为狂,寓哭于笑”②。李渔认为,话本是“无声戏”,“稗官为传奇蓝本”。③ 戏曲和小说具有相似性。李渔对戏曲词采的要求,同样适合于话本,容易流于艰涩和板腐的话本之议论,尤其要“贵浅显”、“重机趣”。

李渔著书,一向深入浅出,即便是写给文人阅读的《闲情偶寄》,也像与朋友聊天,娓娓道来,如家常口语一般。写给文人与市民同看的话本小说,口语化程度更高,议论也是如此。《奉先楼》入话,李渔劝人吃半斋:“何谓半斋?肉食之中,断了牛、犬二件,其余的猪、羊、鹅、鸭,就不戒也无妨。同是一般性命,为什么单惜牛、犬?要晓得上帝好生,佛门恶杀,不能保全得到,就要权其重轻。伤了别样生命虽然可悯,还说他于人无罪,却也于世无功,杀而食之,就像虎豹食麋鹿,大虫吞小虫,还是可原之罪。至于牛、犬二物,是生人养命之原,万姓守家之主。耕田不借牛力,五谷何由下土?守夜不赖犬功,家私尽为盗窃。有此大德于人,不但没有厚报,还拿来当做仇敌,食其肉而寝其皮,这叫做负义忘恩,不但是贪图口腹。所以宰牛屠狗之罪,更有甚于杀人;食其肉者亦不在持刀执梃之下。若能戒此二物,十分口腹之罪就可以减去五分,活得十年,只当吃了五年长素,不但可资冥福,能免阳灾。”④不吃牛犬,是李渔的一贯主张,在《闲情偶寄》卷五《饮馔部》中,谈到牛犬时说:“以二物有功于世,方劝人戒之之不暇,尚忍为制酷刑乎?”⑤在入话中,李渔就像面对食牛犬者,苦口婆心地劝诫世人勿食牛犬,即便是市民农夫也不难理解其语言及道理。

①② 李渔《闲情偶寄》卷一,《李渔全集》第11卷,第20页。

③ 素轩《合锦回文传》第二卷评语,《李渔全集》第4卷,第326页。

④ 李渔《十二楼》,第200页。

⑤ 李渔《闲情偶寄》卷五,《李渔全集》第11卷,第240页。

李渔话本的议论，并非不用典故，“有时偶涉诗书，亦系耳根听熟之语，舌端调惯之文，虽出诗书，实与街谈巷议无别者”①。《合影楼》入话有这样一段议论：“儒书云：‘男女授受不亲’，道书云：‘不见可欲，使心不乱’，这两句话极讲得周密。男子与妇人亲手递一件东西，或是相见一面，他自他，我自我，有何关碍，这等防得森严？要晓得古圣先贤也是有情有欲的人，都曾经历过来，知道一见了面，一沾了手，就要把无意之事认作有心，不容你自家做主，要颠倒错乱起来。譬如妇人取一件东西递与男子，过手的时节，或高或下，或重或轻，总是出于无意。当不得那接手的人常要画蛇添足，轻的说她故示温柔，重的说她有心戏谑，高的说她提心在手、何异举案齐眉，下的说她借物丢情、不啻抛球掷果。想到此处，就不好辜其来意，也要弄些手势答她。焉知那位妇人不肯将错就错？”②“男女授受不亲”，语出《孟子》，是明清时期统治者极力宣扬的道德准则，实为“耳根听熟之语”，李渔似乎还怕有人不明白，还要详细讲解一番。

议论要有机趣，实在不是一件容易的事情，作为语言大师，李渔有这种本事，本来平淡无奇的道理，一经李渔阐发，就叫人忍俊不住。《无声戏》第十回《移妻换妾鬼神奇》写一家妻妾争风吃醋的故事，李渔开篇有一段很长的醋论：“人只晓得醋乃妒之别名，不知这两个字也还有些分辨。妒字从才貌起见，是男人、女子通用得的；醋字从色欲起见，是妇人用得着、男子用不着的。虽然这两个名目同是不相容的意思，究竟咀嚼起来，妒是个歪字眼，醋是件好东西。当初古人命名，一定有个意思，开门七件事，醋是少不得的。妇人主中馈，凡物都要先尝，吃醋是她本等，怎么比做争锋夺宠之事？要晓得争锋争得好，夺宠夺得当，也就如调和饮食一般，醋用得不多不少，那吃的人就但觉其美而不觉其酸了；若还不当争而

---

① 李渔《闲情偶寄》卷一，《李渔全集》第 11 卷，第 24 页。

② 李渔《十二楼》，第 1 - 2 页。

争,不当夺而夺,只顾自己不管别人,就如性喜吃酸的妇人安排饮食,只向自己的心,不管别人的口,当用盐酱的都用了醋,那吃的人,自然但觉其酸而不觉其美了。……究竟妇人家这种醋意,原是少不得的。当醋不醋,谓之失调;要醋没醋,谓之口淡。怎叫做当醋不醋?譬如那个男子,是姬妾众的,外遇多的,若有个会吃醋的妻子钳束住了,还不至于纵欲亡身;若还见若不见,闻若不闻,一味要做女汉高,豁达大度,就像饮食之中,有油腻而无虀盐,多甘甜而少酸辣,吃了必致伤人,岂不叫做失调?怎叫做要醋没醋?譬如富贵人家,珠翠成行,钗环作队,若有个会吃醋的妻子夹在中间,愈加觉得津津有味。若还听我自去,由我自来,不过像个家鸨母迎商奉客。譬如饮食之中,但知鱼肉之腥膻,不觉珍馐之贵重,滋味甚是平常,岂不叫做口淡?只是这件东西,原是拿来和作料的,不是拿来坏作料的。……陈醋是大吃小的,新醋是小吃大的。做大的醋小,还有几分该当,就酸也酸得有文理。况且她说的话,丈夫未必心服,或者还有几次醋不着的。惟有做小的人,倒转来醋大,那种滋味,酸到个没理的去处,所以更觉难当。况且丈夫心上,爱的是小,厌的是大。她不醋就罢,一醋就要醋着了。"①不等读完全篇醋论,杜浚便情不自禁地批道:"绝妙一篇醋论!"②妙就妙在李渔将作为女人嫉妒的醋与作为调味品的醋联系起来,相互为喻,引发出诸多妙论。先说醋与妒的区别,"妒是个歪字眼,醋是件好东西"。再说吃醋要适可而止,"争锋争得好,夺宠夺得当"。最后说陈醋与新醋,陈醋酸得有理,新醋酸得无理。李渔沉醉在他的绝妙的醋论之中,思如泉涌,尽情发挥。等到写完小吃大的"新醋"故事之后,才发现故事的主旨与其开篇的醋论不符,于是在结尾回过头来重新更正自己的醋论:"我这回小说,不但说做小的不该醋大,也要使做大的看了,晓得这件东西,不论新陈,总是不吃的妙。……世间的

① 李渔《无声戏》,第163－164页。
② 李渔《无声戏》,第163页。

醋，不但不该吃，也尽不必吃。我起先那些吃醋的注解，原是说来解嘲的，不可当了实事做。”[①]原来醋论是给读者“解嘲”的，尽管它不符小说主旨，还是不删不改，置于篇首，供读者欣赏。

李渔追求议论的机趣，不惜脱离故事及其主题，穿插一段有趣的议论。在写完《夏宜楼》的入话之后，突然插入这样一段文字：“我往时讲一句笑话，人人都道可传，如今说来请教看官，且看是与不是：但凡戏耍亵狎之事，都要带些正经，方才可久。尽有戏耍亵狎之中，做出正经事业来者。就如男子与妇人交媾，原不叫做正经，为什么千古相传，做了一件不朽之事？只因在戏耍亵狎里面，生得儿子出来，绵百世之宗祧，存两人之血脉，岂不是戏耍而有益于正，亵狎而无叛于经者乎！”[②]李渔自己也意识到这段议论与小说所写婚恋故事没有关系，就此解释：“因说荷花，偶然及此，幸勿怪其饶舌。”[③]

原载《中国文学研究》2014年第1期

---

① 李渔《无声戏》，第177页。
② 李渔《十二楼》，第58-59页。
③ 李渔《十二楼》，第59页。

卷五 稗论编(下)

作家身后刊刻与章回小说的原本问题

一

现存明清章回小说版本,很多是作家去世之后刊刻的。《三国志演义》作者为罗贯中,根据《录鬼簿续编》记载,他是元末明初人,而现存最早的刻本《三国志通俗演义》刻于明代嘉靖年间。《水浒传》作者为施耐庵、罗贯中,一般认为施耐庵与罗贯中为同时代人,现存最早的刻本《忠义水浒传》刻于明代万历年间。《三国志演义》、《水浒传》刊刻距成书已有二百年左右。《西游记》的作者是否为吴承恩,学术界尚有争议,假定作者为吴承恩,吴承恩卒于万历十年(1582),而现存的世德堂本《西游记》刻于万历二十年(1592)。《金瓶梅词话》的作者兰陵笑笑生真实姓名无考,明代文人认为作者为嘉靖年间的文人,而现存最早的词话本刻于万历四十五年(1617),即使《金瓶梅词话》作于嘉靖末年,此时距成书时间已经五十年左右,作者早已作古。曹去晶的《姑妄言》,据曹氏自序,成书于雍正八年(1730),至清朝灭亡也没有刊刻,只有抄本流传,直到二十世纪九十年代,全本才在台湾出版。《儒林外史》作者吴敬梓生平比较清楚,卒于乾隆十九年(1754),现存最早的卧闲草堂本刻于嘉庆八年(1803)。《红楼梦》的作者曹雪芹卒于乾隆二十七年除夕(1763),《红楼梦》最早刻本程甲本刻于乾隆五十六年(1791)。《野叟曝言》的作者夏敬渠卒于乾隆五十二年(1787),最早刊本为光绪七年(1881)毗陵汇珍楼活字本。《歧路灯》的作者李绿园卒于乾隆五十五年(1790),该书直到1924年才有洛阳清义堂石印本问世。

章回小说在作家身后刊刻是一种普遍现象,尤其是一些小说名著。为什么会出现这种状况?主要有以下几方面的原因:第一,章回小说篇幅较长,少则几十回,多则一百多回,写作时间较长,一些作家去世前尚未完稿,也就不可能刻印。曹雪芹写《红楼梦》,一般认为只完成了前八十回,即使后四十回部分残稿也出自曹雪芹之手,那也是一部尚未定稿的残本,也就不可能付梓。第二,章回小说的作者大多是一些穷愁潦倒的下层文人,一部章回小说动辄数十万字,不同时期刻书成本不同,一般来说,明清时期刻一部章回小说,需要数百两银子,一般作家不具备这种经济实力。《儿女英雄传》的作者文康,"晚年诸子不肖,家道中落,先时遗物斥卖略尽。先生块处一室,笔墨之外无长物,故著此书以自遣"。文康去世后,"生平所著,无从收拾,仅于友人处得此一编,亟付剞劂,以存先生著作"①。《歧路灯》在清朝之所以一直没有刻印,据《阙名笔记》记载:"吾乡前辈李绿园先生所撰《歧路灯》一百二十回,虽纯从《红楼梦》脱胎,然描写人情,千态毕露,亦绝世奇文也。惜其后代零落,同时亲旧,又无轻财好义之人为之刊行,遂使有益世道之大文章,仅留三五部抄本于穷乡僻壤间,此亦一大憾事也。"②第三,清代中叶统治者对小说的刊刻管控十分严厉,康熙、雍正、乾隆、嘉庆皇帝多次下令禁毁"淫词小说",对创作、刻印、市卖、租赁"淫词小说"者要严惩。一些章回小说内容敏感,作者和书坊不敢刻印。西岷山樵序云:夏敬渠"屏绝进取,一意著书,阅数载,出《野叟曝言》

① 马从善《儿女英雄传序》,《儿女英雄传》卷首,人民文学出版社1983年版。
② 蒋瑞藻《小说考证》卷八,上海古籍出版社1984年版,第263页。

二十卷以示。先祖始识先生之底蕴，于学无所不精，亟请付梓。先生辞曰：'士生盛世，不得以文章经济显于时，犹将以经济家之言，上鸣国家之盛，以与得志行道诸公相印证。是书托于有明，穷极宦官权相妖僧道之祸，言多不祥，非所以鸣盛也。'先祖颔之，因请为之评注，先生许可"①。该书成书于乾隆年间，当时正值清朝严厉禁毁"淫词小说"之际，夏敬渠说他的小说"言多不祥"，不愿付梓，实为托辞，主要原因还是《野叟曝言》存在露骨描写文素臣淫乐的内容，光绪七年(1881)摆印时便将有此内容的一百三十二回等四回文字删除。曹去晶的《姑妄言》，虽然作者声明："余著是书，岂敢有意骂人？无非一片菩萨心，劝人向善耳。"②但书中存在大量的性事描写则是不争的事实，后人称之为"古本色情小说中之集大成之作"③。是典型所谓"淫词小说"，该书作于严禁"淫词小说"的雍正初年，一直没有刻印与其内容有着直接的关系。第四，章回小说的刊刻是一种商业行为，书坊需要读者的购买获得利益。章回小说的繁荣出现在明中叶以后，早期章回小说如《三国志演义》、《水浒传》成书于元末明初，此时章回小说繁荣局面尚未出现，读者群体还没有形成，因此也就不可能有书坊愿意刻印。上述原因只是根据所掌握的材料，就主要方面进行概述，具体到某一部小说，作家生前未能刊刻会有多种原因。

二

一部章回小说，无论完成与否，作家一旦辞世，便失去了对其传抄、修改、刻印的控制权。因此，作家身后刊刻的章回小说，大多被后人多次修改，已非作家所写小说的原貌。

不少章回小说成书之后，经历过一个漫长的传抄阶段，人们在传抄的过程中，曾对小说作了增补和修改。《金瓶梅词话》的作者

---

① 西岷山樵《野叟曝言序》夏敬渠《野叟曝言》卷首，人民文学出版社 1997 年版。

② 《曹去晶自评》，《姑妄言》卷首，中国文联出版公司 1999 年版。

③ 《姑妄言出版说明》，《姑妄言》第一册，台湾大英百科股份有限公司 1997 年版。

是嘉靖年间的文人，原书应该在嘉靖后期完成[①]，而刊刻则晚至万历四十五年(1617)。在刊刻之前，经历过数十年的传抄，一些著名文人也参与其中，还留下了相关的记载，董其昌、袁宏道、袁中道、谢肇淛、沈德符等人或藏有抄本，或读过抄本。谢肇淛在传抄时便作过修改和补充，他说："此书向无镂版，钞写流传，参差散失。唯弇州家藏者最为完好。余于袁中郎得其十三，于丘诸诚得其十五，稍为厘正，而阙所未备，以俟他日。"[②]谢肇淛不但记载了其抄本的来源，分别向袁宏道和邱志充借抄，还交代了他曾对抄本作了修改，即"稍为厘正"。当时流传的抄本多非全本，各人所抄的回数不完全相同，谢肇淛借抄的两个部分故事前后不一定接榫，需作增补加工。《红楼梦》程甲本摆印之前，也曾广泛传抄，盛况空前，还有人抄《红楼梦》卖钱，程伟元《红楼梦序》云："好事者每传抄一部，置庙市中，昂其值得数十金，可谓不胫而走者矣。"[③]小泉、兰墅在《红楼梦引言》说他们搜集到多种抄本，各不相同，"是书沿传既久，坊间缮本及诸家所藏秘稿，繁简歧出，前后错见。即如六十七回，此有彼无，题同文异，燕石莫辨"。"书中前八十回抄本，各家互异"[④]。"繁简歧出"，"各家互异"，说明传抄者对文本作过修改。现在流传下来的十余种抄本，各抄本除了回数不同之外，相同章回内容也存在差异。甲戌本现存十六回，这十六回的回目，有七回与庚辰本有异，其中又有四回完全不同。甲戌本开篇有《凡例》和一首七律，庚辰本将《凡例》部分文字纳入第一回正文，删除七律。甲戌本第一回写一僧一道将一块石头变成鲜明洁莹的美玉的过程及原因一段，共四百多字，庚辰本未见。两种抄本文词的差异俯拾即是，如宝玉第一次见黛玉，有一段外貌描写，开头两句甲戌本为："两弯似

---

① 参见傅承洲《金瓶梅文人集体创作说》，《明清小说研究》2005年第1期。

② 谢肇淛《金瓶梅跋》，朱一玄编《金瓶梅资料汇编》，南开大学出版社2002年版，第179页。

③ 曹雪芹《红楼梦》卷首，商务印书馆2013年版。

④ 曹雪芹《红楼梦》卷首。

蹙非蹙笼烟眉,一双似喜非喜含情目。”庚辰本为:“两弯半蹙鹅眉,一对多情杏眼。”两种抄本均为过录本,孰先孰后尚无定论。这些不同的内容与文字,极有可能是传抄者修改所致。

作家身后刻印的章回小说,既不是作家自刻,也不是作家手订交给书坊刻印,根据什么底本刊刻,是否作修改、增补、删节,全由书坊做主,不可能征求作者的意见。除非根据作家手稿刊刻,否则很难保持原作的面貌。事实上书坊很难拿到作家手稿,现存章回小说只能根据抄本或前人刻本来刻印。书坊刻印之前,都会对小说进行修改,有些甚至改得面目全非。《金瓶梅词话》刊刻时,书坊就做过增补、修改,沈德符说:“原本实少五十三回至五十七回,遍觅不得,有陋儒补以入刻,无论肤浅鄙俚,时作吴语,即前后血脉亦绝不贯串,一见知其赝作矣。”①沈德符藏有《金瓶梅》的抄本,缺五回,他见到《金瓶梅词话》刻本时,发现已补充完整,显然是书坊刊刻时请人作过修订和增补。《红楼梦》原本是曹雪芹还未完稿的残本,只有八十回,程伟元刻本却是一百二十回全本。对此,程伟元有说明:“原目一百廿卷,今所传只八十卷,殊非全本。即间称有全部者,及检阅仍只八十卷,读者颇以为憾。不佞以是书既有百廿卷之目,岂无全璧?爰为竭力搜罗,自藏书家甚至故纸堆中无不留心,数年以来,仅积有廿余卷。一日偶于鼓担上得十余卷,遂重价购之,欣然翻阅,见其前后起伏,尚属接笋,然漶漫殆不可收拾。乃同友人细加厘剔,截长补短,抄成全部,复为镌板,以公同好,《红楼梦》全书始至是告成矣。”②程伟元等人不仅搜罗并修改了后四十回,还对前八十回也作了修订,“书中前八十回抄本,各家互异;今广集核勘,斟情酌理,补遗订讹。其间或有增损数字处,意在便于披阅,非敢争胜前人也”。“是书沿传既久,坊间缮本及诸家所藏秘稿,繁简歧出,前后错见。即如六十七回,此有彼无,题同文异,燕

① 沈德符《万历野获编》卷二十五“《金瓶梅》条”,中华书局1959年版,第652页。
② 程伟元《红楼梦序》,曹雪芹《红楼梦》卷首,商务印书馆2013年版。

石莫辨。兹惟择其情理较协者，取为定本"①。

已有刻本的章回小说，后人再刻时，也大肆修改，以示与前人不同。天都外臣《水浒传序》云："故老传闻：洪武初，越人罗氏，诙诡多智，为此书，共一百回。各以妖异之语引于其首，以为之艳。嘉靖时，郭武定重刻其书，削去致语，独存本传。余犹及见《灯花婆婆》数种，极其蒜酪。余皆散佚，既已可恨。自此版者渐多，复为村学究所损益。盖损其科诨形容之妙，而益以淮西、河北二事。"②天都外臣的说法是可信的，《水浒传》从说话演变而来，说话艺人开场时都有请客戏，或叫等客戏，这在说话艺术中是必备的程序，在小说读本中已属多余，郭武定刻本删除致语是合理的。天都外臣的记载还得到了钱希言的印证。钱希言《戏瑕》云："词话每本头上，有请客一段，权做过德胜利市头回，此政是宋朝人借彼形此，无中生有之妙处也。……微独杂说为然，即《水浒传》一部，逐回有之，全学《史记》体。文待诏诸公，暇日喜听人说宋江，先讲摊头半日，功父犹及与闻。今坊间刻本，是郭武定删后书矣。郭故跗注大僚，其于词家风马，故奇文悉被铲剃，真施氏之罪人也。"③只不过钱希言对郭本删除致语的态度与天都外臣截然不同。其后的《水浒传》刻本，福建建阳的简本置之不论，就繁本而言，容与堂本、袁无涯本、贯华堂本，每刻一版，都会作大量的修改，每改一版，就与施耐庵、罗贯中原本相去更远。万历刻本《隋唐两朝志传》也是在前人刻本的基础上增补、修订而成，署名林瀚《隋唐志传叙》云："《三国志》罗贯中所编，《水浒传》则钱塘施耐庵集成，二书并行世远矣，逸士无不观之。惟唐一代阙焉，未有以传，予每憾焉。前岁偶寓京师，访有此作，求而阅之，始知实亦罗氏原本。因于暇日，遍阅隋唐诸书所载英君名将、忠臣义士，凡有关于风化者，悉为编为一十二

① 小泉、兰墅《红楼梦引言》，曹雪芹《红楼梦》卷首，商务印书馆2013年版。

② 朱一玄等编《水浒传资料汇编》，百花文艺出版社1981年版，第187－188页。

③ 朱一玄等编《水浒传资料汇编》，第150页。

卷,名曰《隋唐志传通俗演义》。盖欲与《三国志》、《水浒传》并传于世,使数朝事实,使愚夫愚妇一览可概见耳。予颇好是书,不计年劳,抄录成帙,但传誊既远,未免有鲁鱼亥豕之讹,不犹欲入室而先升堂也。”[①]林瀚虽为托名,但作者所述该书根据“隋唐诸书”对“原书”作了增补、修订,则是事实,只不过此原书并非罗贯中所著。据石昌渝考证,“此书是在熊锺谷《唐书志传通俗演义》的基础上编辑成书的”。[②]

三

这些章回小说为什么会被后人反复修改,以至于面目全非?这与章回小说的地位与特点有密切关系。中国小说从诞生起,地位就非常卑贱。班固云:“小说家者流,盖出于稗官,街谈巷语,道听途说者之所造也。孔子曰:‘虽小道,必有可观者焉。致远恐泥,是以君子弗为也。’然亦弗灭也。闾里小知者之所及,亦使缀而不忘,如或一言可采,此亦刍荛狂夫之议也。”[③]稗官野史,丛残小语,不登大雅之堂,几乎成了小说的定评。胡应麟云:“子之谓类,略为十家,昔人所取凡九,而其一小说弗与焉。”[④]小说到了为人忽略不计的程度。以上所说的还是文言小说,正史尚有著录。作为白话小说的章回体地位更低,在小说极为繁盛的明清时期,正史、方志也不会著录章回小说。作家创作章回小说,绝大多数作者不会署上真实姓名,大多署一别号,甚至别号也不署。《西游记》世德堂本署“华阳洞天主人校”,《金瓶梅词话》无署名,兰陵笑笑生的别号出现在欣欣子的序中。《醒世姻缘传》署“西周生辑著”。《儒林外史》卧闲草堂本无署名,《红楼梦》只是在第一回说曹雪芹“批阅十载,增删五次”,也无署名。如果是诗文别集、经史著作绝不会出现这

---

① 《隋唐两朝志传》卷首,上海古籍出版社《古本小说集成》影印本。
② 石昌渝《中国古代小说总目》(白话卷),山西教育出版社2004年版,第364页。
③ 黄霖等《中国历代小说论著选》(上),江西人民出版社1982年版,第3页。
④ 胡应麟《少室山房笔丛》,上海书店出版社2001年版,第282页。

种情况。一些文人在为章回小说写序作评时，往往将其与经史相提并论，认为它可以为经史之补，以此来提高章回小说的地位，署名林瀚《隋唐志传通俗演义序》云："后之君子能体予此意，以是编为正史之补，勿第以稗官目之，是盖予之至愿也夫。"①在林瀚看来，章回小说能视为"正史之补"便心满意足了。王希廉曾评点《红楼梦》，他在《红楼梦批序》中说："《南华经》曰：'大言炎炎，小言詹詹。'仁义道德，羽翼经史，言之大者也；诗赋歌词，艺术稗官，言之小者也。言而至于小说，其小之尤小者乎？士君子上不能立德，次不能立功立言，以共垂不朽，而戋戋焉小说之是讲，不亦鄙且陋哉！"②王希廉只不过是按传统的观念，将著述从高到低作了一次排序，小说无疑居最底层。既然章回小说地位如此低贱，人们也就不像对待经史、诗文那样重视、尊崇它，谁都可以修改，谁都可以刊刻，这就是作家身后章回小说被反复修改、不断刊刻的重要原因。

章回小说从说话艺术演变而来，用白话散文体叙述故事，不像诗词曲赋等文体有平仄、对仗、押韵等严格的格律要求，也不像古文、笔记、传奇等文体，语言古朴深奥，凡读过几年私塾，能够执笔写字的人即可从事章回小说的写作与修改，写得优劣、改得好坏，则是另外一回事。凌濛初云："近世承平日久，民佚志淫。一二轻薄恶少，初学拈笔，便思污蔑世界，广摭诬造，非荒诞不足信，则亵秽不忍闻。得罪名教，种业来生，莫此为甚！"③从凌濛初对"轻薄恶少，初学拈笔"者的批评中即可看出白话小说创作的门槛之低。钝根说得更为直白："今之所谓小说家者反是，识得几个俗字，看得几本盲词，便贸贸然援笔作小说。文学非所长也，地理非所知也，掌故非所悉也，方言非所习也，年不满二十，足不出百里，目未经名山大川，耳未闻人情世故，仅仅以小儿女之见解，衍为村词俚语，美其

---

① 黄霖等《中国历代小说论著选》(上)，第109页。

② 丁锡根编《中国历代小说序跋集》(中)，人民文学出版社1996年版，第1162-1163页。

③ 凌濛初《拍案惊奇序》，《拍案惊奇》卷首，上海古籍出版社1982年版。

名曰言情小说。”[①]要写出高质量的白话小说，确实需要有深厚的生活积累和良好的文学修养，但不求作品质量，只是编一个痴男怨女的故事，援笔作白话小说则比较简单。写小说尚且如此，改订、增补小说就更容易了。正因为白话小说对创作者、修改者的文化程度、文学修养要求不高，所以一些章回小说的传抄者、刊刻者都可以对小说进行修改。只要随便翻翻建阳刻本《三国演义》、《水浒传》和《石头记》抄本，就不难明白这一道理。

刻书是明清时期一项非常繁荣的产业，胡应麟记载了明朝刻书的盛况：“凡刻之地有三，吴也，越也，闽也。蜀本宋最称善，近世甚希。燕、越、秦、楚今皆有刻，类自可观，而不若三方之盛。其精，吴为最；其多，闽为最；越皆次之。其直重，吴为最；其直轻，闽为最；越皆次之。”[②]清朝刻书比明朝更盛。章回小说则是明清时期书坊最感兴趣的书籍，尤其是一些小说名著，书坊一版再版，一印再印。因为章回小说深受读者的喜爱，拥有广阔的市场。一些书坊主为了谋取更多的利润，他们在刊刻小说时，总是要对小说进行增删、修改，以示与前人不同，达到行销的目的。《三国志演义》是明清时期刊刻最多的章回小说之一，每家书坊刻印时，都要批评前人，证明自己的刻本精美、纪事可靠。周曰校刻《三国志通俗演义》，他在《识语》中写道：“是书也，刻已数种，悉皆伪舛，茫昧鱼鲁，观者莫辨，予深憾焉。辄购求古本，敦请名士按鉴参考，再三雠校。”[③]黄正甫刻《全像三国志传》，博古生为之作序，序云：“第坊刻不遵原本，妄为增损者有之；不详考核，字至鱼鲁者有之。予阅是传，校阅不紊，剞劂极工。”[④]清雍正郁郁堂、郁文堂本《官板大字全像批评三国志》卷首《凡例》列举了俗本的十大讹误，皆据古本改

① 钝根《小说丛刊序》，陈平原等编《二十世纪中国小说理论资料》(第一卷)，北京大学出版社 1997 年版，第 499 页。

② 胡应麟《少室山房笔丛》，第 43 页。

③ 丁锡根编《中国历代小说序跋集》(中)，人民文学出版社 1996 年版，第 890 页。

④ 博古生《三国志叙》，丁锡根编《中国历代小说序跋集》中，第 891 页。

订。不少涉及文本内容，如“俗本纪事多讹”，“今悉依古本辨定”，“事有不可缺者”，“俗本皆删而不录。今悉依古本存之”，“后人捏造之事”，“毋乃冤古人太甚，今皆削去”。[①] 也就是说，《官板大字全像批评三国志》对情节有改、有增、有删，可谓肆无忌惮。书坊之间的商业竞争也是章回小说在作家身后被不断修改的主要原因。

四

既然作家身后刊刻的章回小说经过传抄者和刊刻者的多次修改，并非作家原本，那么我们欣赏和分析章回小说就没有必要迷信抄本和古本，完全可以择善而从。章回小说在不断传抄、修改、增删、刊刻的过程中，存在后出转精的现象。比较嘉靖本《三国志通俗演义》和毛本《三国演义》就可以知道，嘉靖本为二十四卷二百四十则，并不是地道的“章回”小说，毛本采用了李卓吾评本以来的一百二十回，每回都加上了工整的对仗回目。小说情节作了增删，语言也改得更加通俗、规范。因此自毛本诞生之后，古朴粗糙的嘉靖本几乎销声匿迹。上个世纪八十年代以来，随着嘉靖本的整理出版，一些以思想、艺术分析为主的论著，也开始采用嘉靖本作为研究文本。实际上，嘉靖本也不是罗贯中原本，毛本从形式到内容更加精致，如果不是作专门的版本研究，完全没有必要用嘉靖本。还有《金瓶梅》，自从上个世纪三十年代初发现《金瓶梅词话》以来，学术界研究《金瓶梅》大多用词话本。实际上崇祯本是在词话本的基础上修订而成，修改回目，调整韵文，改动情节，弥补疏漏，质量有明显的提高。词话本开篇第一回为《景阳岗武松打虎　潘金莲嫌夫卖风情》，基本上是照搬《水浒传》；而崇祯本第一回为《西门庆热结十兄弟　武二郎冷遇亲哥嫂》，不仅开篇就让主人公西门庆出场，而且提炼出小说的主旨，即财富和美色于人生的意义。自崇祯本诞生之后，词话本几乎失传，历史已经证明崇祯本优于词话本。

---

① 陈曦钟等《三国演义会评本》，北京大学出版社1986年版，第20－21页。

如果是作版本和作者研究,以词话本为对象可以理解,只是作文本分析,崇祯本更有价值。问题更大的是《红楼梦》,自程本问世之后,清人阅读、评点、重刻《红楼梦》均以一百二十回程本为依据。上个世纪二十年代以来陆续发现了一些残抄本《脂砚斋重评石头记》,因为带有脂砚斋等人的评点,理所当然地受到红学家的重视。这些脂评本残缺不全,最多的庚辰本也只有七十八回,抄写者水平有限,从文字到内容错误百出。奇怪的是,此后的读者阅读和文本分析也用脂评本。中国艺术研究院《红楼梦》研究所整理《红楼梦》,前八十回以庚辰本为底本(庚辰本残缺的第六十四回、第六十七回用程甲本补配),后四十回又用程甲本,整理出一个不伦不类的拼凑本,连文献整理尊重底本的基本原则也不顾。事实上庚辰本抄写时间不清,抄写底本不明,抄写人水平很低,整理者宁可相信这样一个残本,也不愿用经过增补、修订的程甲本、程乙本。胡应麟云:"盖当代板本盛行,刻者工直重巨,必精加雠校始付梓人,即未必皆善尚得十之六七,而钞录之本往往非读者所急,好事家以备多闻,束之高阁而已,以故谬误相仍,大非刻本之比。凡书市之中,无刻本则钞本价十倍,刻本一出则钞本咸废不售矣。"①胡应麟说的是古籍版本的普遍规律,清代情况大体相同。程本不仅比抄本完整,而且错误大为减少,程本一出,抄本咸废。今天我们还用此残抄本作为欣赏和分析之文本,显然是不合适的。

作家身后刊刻的章回小说并非作家原本,如果我们将这类小说与作者联系起来研究时就必须特别慎重。世代累积型章回小说自不必说,因为这类小说的人物和情节多是从前人作品继承而来,并非写定者独创。加之又在写定者身后刊刻,经过传抄者和书坊的多次修改,也非写定者的原本。如果用这类小说来证明作家具有某种创作意图和思想倾向,就会犯常识性错误。毛本《三国演义》开篇有"话说天下大势,分久必合,合久必分"一段议论,如果据

① 胡应麟《少室山房笔丛》,第44页。

此认为罗贯中有这种历史观，显然是不能成立的。这段议论系后人所加，肯定不是原作者所写，嘉靖本上都没有，怎么可能是罗贯中的思想呢？文人独创的章回小说也不例外。《金瓶梅》是一部从世代累积向文人独创过渡阶段的作品，崇祯本第一回对财色问题发了一通议论，认为财色于人有害，财的害处有二：一是“得势叠肩来，失势掉臂去。古今炎凉恶态，莫有甚于此者”。人无长富，财无长丰。人情冷暖是财主们逃不脱的折磨。二是“堆金积玉，是棺材内带不去的瓦砾泥沙；贯朽粟红，是皮囊内装不尽的臭汗粪土；高堂广厦，玉宇琼楼，是坟山上起不得的享堂；锦衣绣袄，狐服貂裘，是骷髅上裹不了的败絮”。积财再多，人死灯灭，一切都是累赘。色的害处亦有二：一是“情浓事露，甚而斗狠杀伤，性命不保，妻孥难顾，事业成灰”。好色可能带来杀身之祸。二是“妖姬艳女，献媚工妍，看得破的，却如交锋阵上，将军叱咤献威风；朱唇皓齿，掩袖回眸，懂得来时，便是阎罗殿前，鬼判夜叉增恶态；罗袜一湾，金莲三寸，是砌坟时破土的锹锄；枕上绸缪，被中恩爱，是五殿下油锅中生活”[①]。好色纵欲，只能是一步步走向死亡。这种思想是崇祯本修改者根据文本提炼出来的，原作者是否有这种明晰的认识，得打一个问号。《儒林外史》卧闲草堂本为五十六回，增补齐省堂本为六十回。程晋芳说：吴敬梓“又仿唐人小说为《儒林外史》五十卷，穷极文士情态，人争传写之”[②]。即吴敬梓原本为五十回。金和说：“先生著述皆奇数，是书原本五十五卷，于述琴棋书画四士既毕，即接《沁园春》一词。何时何人妄增‘幽榜’一卷，其诏表皆割先生文集中骈语襞积而成，更陋劣可哂，今宜芟之以还其旧。”[③]齐省堂本系刊刻者增补，大家意见基本一致。但《儒林外史》究竟是五十回，

① 《新刻绣像批评金瓶梅》，《李渔全集》第七卷，浙江古籍出版社1992年版，第2-3页。

② 程晋芳《文木先生传》，朱一玄等编《儒林外史资料汇编》，南开大学出版社2012年版，第132页。

③ 金和《武林外史跋》，朱一玄等编《儒林外史资料汇编》，第280页。

还是五十五回，抑或五十六回？学术界尚有争议。整理出版卧闲草堂本完整地保留五十六回，是完全正确的。但就此认定“幽榜”一回为吴敬梓手笔，并据此来分析作者的思想，其结论难免让人生疑。卧闲草堂本为吴敬梓身后刊刻，书坊肯定会作修改，进行增补也不是没有可能。对于作家身后刊刻的章回小说，不能简单地将小说文本中的思想与作家的思想划等号，应该注意文本的复杂性。如果要根据小说文本文字来探讨作家的思想观念，首先要弄清所据以立论的文字是否出自作家之手，否则便会张冠李戴，将修改者的思想误认为是原作者的思想。

原载《明清小说研究》2018 年第 3 期

武松形象漫谈

武松的故事,《水浒传》用了整整十回的篇幅,在梁山好汉中首屈一指,可见作者对这一人物重视的程度。这种投入的效果也是显而易见的,金圣叹评点《水浒》,对武松情有独钟,他说:“然则《水浒》之一百六人,殆莫不胜于宋江。然而此一百六人者,固独人人未若武松之绝伦超群。然则武松何如人也?曰:武松,天人也。武松天人者,固具有鲁达之阔,林冲之毒,杨志之正,柴进之良,阮七之快,李逵之真,吴用之捷,花荣之雅,卢俊义之大,石秀之警者也。断曰第一人,不亦宜乎?”①武松集众多英雄之所长,被推为梁山第一人。武松是否为梁山第一人,见仁见智,暂且不予讨论。作为一个文学形象,武松确有其独特性格与艺术魅力。

一、英雄也是凡人

武松不愧为一条好汉,他力大无比,酒量惊人,武艺超群,赤手空拳将一只老虎打死,为民除害,赢得了打虎英雄的美名。实际上,梁山好汉大都有一身本事,鲁智深倒拔垂杨柳,李逵沂岭杀四虎,石秀只身劫法场,个个都是身手不凡。武松形象的成功,主要还不在于他的本事,而在于作者没有将他写成超人,而是将他写成了凡人。武松开始根本不相信景阳冈上有老虎,还怀疑好心劝他不要过岗的酒家是想谋财害命。上山看到官府的告示,才知真的有虎,武松特别看重自己在江湖上的名声:“我回去时,须吃他耻

① 贯华堂本第二十五回回评,《水浒传会评本》,北京大学出版社 1981 年版,第 486 页。

笑,不是好汉。"(容与堂本第二十三回)于是硬着头皮上了景阳冈。武松看到老虎时,也和常人一般,"啊呀"一声,惊出一身冷汗。打死老虎之后,平时浑身力气的山东大汉,也累得手脚都苏软了,动弹不得,连死老虎也搬不动了。枯草丛中钻出两个披着虎皮的猎人,吓得武松大叫一声:"啊呀,我今番死也!性命罢了!"(第二十三回)打虎英雄也怕老虎,这非但不影响武松的形象,反而使之显得更加真实。见到两个捕捉老虎的猎户,武松把那打大虫的本事说了两遍,见到十个乡夫,把打大虫的事向众人说了一遍,到一上户家,把那打虎的身份、拳脚细说了一遍,到县府衙门,把打虎的本事又说了一遍,细心的金圣叹作过统计,不到一天的工夫,武松将打虎的本事先后"自叙"五遍。不仅如此,此后武松逢人便要将这一段辉煌的经历炫耀一番,乃至在血溅鸳鸯楼之后,也不忘割一片衣襟,蘸着血,在白粉壁上写下八个大字:"杀人者,打虎武松也!"(第三十一回)经过武松四处宣讲,用当下的术语来说,就是"炒作",江湖上几乎无人不知武松是一位打虎英雄。武松鸳鸯楼大开杀戒之后,逃亡途中在一个古庙里被四个男女捆绑,想到这样死得没有分晓,后悔"不若去孟州府里首告了,便吃一刀一剐,却也留得清名于世"(第三十一回)。在这里作者才明确揭示出武松的一个重要特点:好名。炒作打虎,是为了在江湖留名。打虎也给武松带来了好处,阳谷县的知县提拔他做了步兵都头,上官见爱,乡里闻名,武松甚是得意。在梁山好汉中,并不是只有武松打过老虎,李逵一人便杀过四只老虎。但两人因打虎给自己带来的结果完全不同。李逵杀虎,是要为母亲报仇,顺着血迹找到虎洞,将大小四只老虎杀死。李逵杀虎后,虽也遇到猎户,也被抬到大户人家去吃酒,因李逵是沂水县出榜缉拿的罪人,连真实姓名也不敢告知,只说是客人张大胆。后来还是被李鬼的老婆认出,被曹太公灌醉捆绑,要不是朱贵兄弟将他救出,恐怕连性命也难保。李逵只是在回到梁山后,给众人说回家接娘的经过,顺便提及杀虎,从此再也没有讲过此事。这固然有李逵杀虎与母亲惨死虎口联系在一起,不愿揭此伤疤有关，更主要的原因还是李逵朴实的性格与武松好名的个性不同。

二、粗鲁但不蛮干

和众多梁山好汉一样，武松也是一条莽汉，虽说酒量惊人，也常常酒后惹事。武松出场亮相：一把揪住宋江，大喝一声："你是甚么鸟人，敢来消遣我！"（第二十二回）挥拳就要打人。此时武松的身份不过是一个逃难之人，因为酒后与人斗殴，将人一拳打昏，逃到柴进庄上躲灾避难。据武大郎介绍：当初武松在老家清河县"要便吃酒醉了，和人相打，如常吃官司，教我要便随衙听候，不曾有一个月净办，常教我受苦"（第二十四回）。武松逃亡途中，在一个村落小酒肆，因店主人不卖青花瓮酒和熟鸡、精肉给他吃，武松便跳起身来，叉开五指，照店主人脸上就是一拳，打得店主人半边脸都肿了，半日挣扎不起来。武松好酒，但酒性不好，醉酒打人，不计其数。但遇到性命攸关的大事，却像变了个人似的，异常冷静，他讲究策略，考虑后果，并不一味蛮干，这在他为兄长武大报仇一事中表现得非常充分。武松从小父母双亡，兄弟俩相依为命，情同手足。后来武大阴差阳错娶了大户人家的使女潘金莲为妻，潘金莲与奸夫西门庆合谋毒死了武大。武松从东京办事回来，感觉哥哥死得蹊跷，不仁的嫂子脱不了干系，但他并没有立马杀嫂祭兄。而是先调查武大的死因，找到殓尸的何九叔，拿到两块酥黑骨头和西门庆送的十两银子，这是西门庆合谋毒死武大的物证。又找到和武大一起捉奸的郓哥，这是西门庆与潘金莲通奸杀人的人证。武松认为人证物证俱在，官府可以为哥哥报仇伸冤。哪知县府大小官吏收了西门庆的贿赂，根本不予受理，武松被迫自己动手复仇。他在县里做都头，知道杀人的后果和减刑的条件，于是做了精心的准备和周密的安排，他把街坊四邻胡正卿等四人请来作证，令潘金莲、王婆从实交代奸情杀人的罪行，叫胡正卿录了口供，四邻签字。然后手刃潘金莲、西门庆，祭奠亡兄。再押着王婆，带着四邻到县府首告。正因为武松作了精心的准备，尽管杀死两条人命，还是得到府尹的周全，从轻发落，脊杖四十，刺配孟州，保全了自己的性命。复仇是《水浒》的重要主题，好些英雄都有复仇的经历，但与武松复仇各不相同。林冲原本是八十万禁军教头，因妻子长得漂亮，被高衙内看上调戏，本来林冲要痛打那厮一顿，认出是上司高太尉的干儿子，只得忍了。后来高俅帮助干儿子陷害林冲，将他刺配沧州，林冲休了妻子，忍辱服刑。刺配途中，董超、薛霸受高俅指使要杀害林冲，被鲁智深棍下救出，林冲反而劝住鲁达，不让他杀死两个公人。林冲遇事冷静理性与武松相似，而逆来顺受、委曲求全，与武松完全不同。最后高俅派人来杀害林冲，火烧草料场，林冲没有了退路，这才将陆谦、富安、差拨三人杀死，最后上了梁山。林冲明知要害他性命的是高俅父子，却没有手刃仇人，不能说是真正的复仇。而李逵复仇干脆果断，毫无顾忌。李鬼冒充李逵剪径劫财，被李逵搠翻在地，李鬼谎称家中有九十岁的老母，剪径是为了赡养老母。李逵不仅没有杀他，还送了他十两银子。没想到李鬼恩将仇报，和老婆设计要杀害李逵。李逵立马将李鬼杀死，还从李鬼腿上割下两块肉来，烤熟下饭。后来李逵因杀死四只老虎，在曹太公家吃酒，被李鬼的老婆认出告发，曹太公伙同里正将李逵灌醉捆绑，并报知县里。朱贵兄弟将李逵救出后，李逵挣断麻绳，夺过朴刀将曹太公、里正、李鬼的老婆、猎户，还有三十来个土兵，全部杀死。梁山好汉每人都有一本血泪账，大多有复仇的经历，只有武松复仇与众不同，如此这般的理性，而又达到了复仇的目的。

三、性格决定命运

武松好名，喜欢别人奉承与恭维。武松粗鲁，大事面前却非常理性。另外，武松又富有正义感和同情心，爱打抱不平。这些性格特征在他醉打蒋门神一事中得到了充分的展示。蒋门神依仗张团练这张保护伞和自己的一身本事，强占了施恩的快活林。打虎英雄武松被解押到孟州监狱，给施恩带来了报仇雪恨、夺回快活林的希望。施恩有心结交武松，安排武松住着单间，不用干活，不用挨打，一日三餐好酒好肉伺候，吃得武松都有无功受禄、寝食不安之感。这时施恩才正式出场，告诉武松，自己的快活林被蒋门神夺了，还被那厮一顿拳脚打得两个月起不了床，希望武松为他出这口怨气。武松只要有人尊重奉承，什么事情都好商量。对施恩的请求，武松毫不迟疑，满口答应："看我把这厮和大虫一般结果他。"（第二十九回）武松愿意帮助施恩，一方面是因为施恩尊重一个身陷牢狱的囚徒，另一方面也是蒋门神仗势欺人、倚强凌弱。别看武松说得痛快，实际上在打蒋门神的时候还是十分克制，两脚将蒋门神踢翻在地，踏住胸脯，照脸上就是一拳，打得蒋门神在地下叫饶。蒋门神一求饶，武松便停下不打了，给他提出饶命的三个条件：一是交还快活林；二是让快活林为头为脑的与施恩陪话；三是不许在孟州居住。蒋门神答应所有的条件，武松便将他放了。虽然一路喝酒，打人时毫无醉意，显得十分清醒和冷静，达到目的，适可而止。梁山好汉好些人打过抱不平，像武松这样理智的还不多见。李逵不用说，一顿拳脚将殷天锡打死。就是鲁智深打镇关西，也与武松有别。首先，鲁智深为金翠莲父女报仇，并不是金氏父女的请求，而是鲁智深在潘家酒楼喝酒，金氏父女在隔壁哭泣，偶然得知镇关西欺负金翠莲父女，主动来打这场抱不平。其次，鲁智深赏给金氏父女十五两银子做盘缠，让他们回家，脱离了镇关西的魔爪，已经解救金氏父女，但他仍然气愤不过，还要去教训镇关西。第三，鲁智深先将镇关西激怒，再来惩罚他。当镇关西拿把剔骨尖刀跳将下来，鲁提辖望他小腹只一脚，将他踢倒在街上，踏住胸脯，提起那醋钵儿大小拳头，打在鼻子上。这打人的套路与武松基本相同，此后就大不相同了。郑屠马上服软，把尖刀丢在一边，口里只叫"打得好"！鲁智深认为他不该应口，照眼眶际眉梢处又是一拳。郑屠当不过讨饶，鲁智深认为他应该硬到底，太阳穴上又是一拳。鲁达本来"只指望痛打这厮一顿"（第三回），没想到三拳打死了。都是打抱不平，鲁达没有武松那样冷静与理性，结果与计划完全不同。

武松遇事冷静,考虑周到,无论是杀嫂,还是打蒋门神,都会给自己留条后路。但是社会黑暗,江湖险恶,恶霸、贪官还是将他的退路一一堵死,一旦武松认为自己无路可走时,也就不再有什么顾忌。蒋门神勾结张都监、张团练陷害武松,并安排两个徒弟伙同两个公人在解押恩州的途中要将武松杀害,被逼到绝境的武松这才杀死四个贼男女,又回孟州城,将蒋门神、张都监、张团练以及张都监一家大小主仆共计十五人全部杀死。此时的武松,再没有任何顾虑,也不存任何幻想,大开杀戒,连女人也不放过,小说这样交待武松的心理:"一不做,二不休。杀了一百个,也只是这一死。"(第三十一回)看似与之前理性的武松截然不同,就其一心寻找安身之所的生活目标来看,可以说是再正常不过的变化了,既然无处安身,没法安身,也就没有必要那样小心、克制。武松和众多好汉一样,也是一步步被逼上梁山的。

四、从主张招安到反对招安

梁山好汉,有人一贯主张招安,如宋江,上山之前,就嘱咐武松:"如得朝廷招安,你便可撺掇鲁智深、杨志投降了,日后但是去边上,一枪一刀,博得个封妻荫子,久后青史上留得一个好名,也不枉了为人一世。"(第三十二回)上山之后,一步一步按既定方针办,最终带领义军接受招安。有人一贯反对招安,如李逵,刚一上山,李逵就提出:"放着我们有许多军马,便造反怕怎地!晁盖哥哥便做了大皇帝,宋江哥哥便做了小皇帝。吴先生做个丞相,公孙道士便做个国师。我们都做个将军。杀去东京,夺了鸟位,在那里快活却不好!"(第四十一回)听说宋江要招安,大声叫道:"招安,招安!招甚鸟安!"(第七十一回)一脚把桌子踢得粉碎。武松有点特别,上山之前,他是主张招安的。武松杀死张都监一家之后,张青介绍他投奔二龙山入伙,临行之前,武松向宋江表示:"天可怜见,异日不死,受了招安,那时寻访哥哥未迟。"(第三十二回)可是上山之后，宋江做菊花会，乘着酒兴，作《满江红》词，令乐和演唱，唱到“望天王降诏早招安”时，武松第一个跳起来反对：“今日也要招安，明日也要招安去，冷了兄弟们的心！”（第七十一回）武松为何有此态度的转变？首先是武松对蔡京、高俅把持的朝廷有着清醒的认识。宋江教训武松：“兄弟，你也是个晓事的人。我主张招安，要改邪归正，为国家臣子，如何便冷了众人的心？”（第七十一回）不等武松回答，鲁智深便道：“只今满朝文武，俱是奸邪，蒙蔽圣聪，就比俺的直裰染做皂了洗杀怎得干净。招安不济事！”（第七十一回）鲁智深的回答应该代表了武松的心声，因此武松不再作答。其次，武松态度的变化，也与他上山前后的经历有关。上山之前，武松不是受西门庆欺辱，就是遭张都监暗算。不是被关在监狱，就是在被押送到监狱的途中。官府之黑暗，人心之险恶，让武松吃尽了苦头。上山之后，武松亲身感受到了结义兄弟生死与共、肝胆相照的情谊。为救孔亮兄弟孔明和叔叔孔宾，二龙山、桃花山、白虎山三山聚义打青州；为救史进、鲁智深，宋江、吴用亲自带领七八千人马直奔华州，为朋友两肋插刀在所不惜。武松在山上显然比在山下生活得自在、快活。反对招安的武松最终寡不敌众，只能接受现实，而招安的结局证明了武松等人的主张是正确的。与战死、药死的众多梁山好汉相比，武松的结局还算幸运，他在征方腊的战事中被砍断左臂，宋江班师回朝，武松不愿赴京朝觐，留在杭州六和寺出家，后至八十善终。这一结局看似偶然，细想实为必然，正因为武松清醒地认识到满朝文武俱为奸邪，回到朝廷凶多吉少，因此选择出家修行，才有善终的结果。只是征方腊受伤折臂为他出家修行提供了充足的理由，同时也让朝廷乃至宋江对于“废人”武松比较放心，不用害怕他重新造反。

原载《古典文学知识》2012年第2期

《西游记》导读

一、《西游记》的成书过程

明代章回小说《西游记》是一部世代累积型作品，它的主要人物和情节经历了数百年的演变过程。《西游记》写唐僧师徒四人上西天取经的故事，唐僧取经历史上实有其事。唐僧法号玄奘，俗姓陈，名祎，洛州缑氏（今河南偃师）人。唐贞观三年，玄奘往天竺取经，历时十七年，经过一百多个国度，取回六百五十七部梵文佛经。回国后主持佛经翻译，还口述见闻，编写了《大唐西域记》。该书记载了玄奘游历的一百多个国家和地区的地理环境、山川风物、风土人情、宗教信仰等内容，还穿插一些神话传说。玄奘去世后，他的弟子慧立、彦悰撰写了《大慈恩寺三藏法师传》，记载了玄奘到天竺取经的经历和回国后译经的情况。到宋代出现了一本说经话本《大唐三藏取经诗话》，与史实不同的是，《取经诗话》出现了一个神通广大的猴行者，拜玄奘为师，保护师父上西天取经，并且取代玄奘成了取经故事的主角，这就是小说《西游记》中孙悟空的原型。元代出现了一部《西游记杂剧》，人物和故事已经比较完备，除原有的唐僧和孙行者外，又出现了沙和尚和猪八戒。杂剧从唐僧出身写起，十八岁奉旨赴西天取经，沿途收得孙行者、沙和尚、猪八戒为徒，历经女人国、火焰山的磨难，最终取回真经。明代永乐初年编纂的大型类书《永乐大典》收入了一则《梦斩泾河龙》，注明出自《西游记》，其故事与小说《西游记》第九回《袁守诚妙算无私曲　老龙王计拙犯天条》基本相同，只是描写不及小说细致。朝鲜有一种古代汉语教科书《朴通事谚解》，其中引述了多则《西游记》的故事，最值得注意的是《车迟国斗圣》，叙孙行者与伯眼大仙斗法，双方赌禅床坐静、柜中猜物、滚油洗澡、割头再接。最终孙行者一方获胜，原来伯眼大仙是一个虎精。其故事与小说《西游记》第四十六回《外道弄强欺正法　心猿显圣灭诸邪》所写孙悟空与虎力大仙斗法的故事大体相同。《朴通事谚解》还提到黑熊精、黄风怪、地涌夫人、蜘蛛精、多目怪、红孩儿怪等妖怪和棘钩洞、火炎山、薄屎洞、女人国等险境。这些材料说明在元末明初出现了一种《西游记平话》，其故事已经非常丰富，只是情节大多粗陈梗概，不及小说描写详尽细致。到明代中叶，有一个文人利用丰富的西游故事，编撰了章回小说《西游记》。

二、《西游记》的作者问题

现存最早的《西游记》版本是金陵世德堂刻本，初刻于明代万历二十年，未署作者姓名，仅题"华阳洞天主人校"。明代天启《淮安府志·淮贤文目》著录吴承恩著《西游记》，还收有一篇吴承恩小传："吴承恩，性敏而多慧，博极群书，为诗文下笔立成，清雅流丽，有秦少游之风。复善谐剧，所著杂记几种，名震一时。"清代淮安人阮葵生等看到《淮安府志》的著录后，认为《西游记》就是《西游通俗演义》。二十世纪二十年代，鲁迅、胡适根据这些材料，考定章回小说《西游记》的作者就是明代淮安人吴承恩。这一结论为学界广泛接受，流传甚广。也有学者提出异议，认为《淮安府志》著录的《西游记》不一定就是章回小说《西游记》，但没有引起人们的重视。二十世纪八十年代初，复旦大学章培恒先生发表了《百回本〈西游记〉是否吴承恩所作》①，对吴承恩作《西游记》提出了全面质疑，引起学界持久的争论。吴承恩作《西游记》确实证据不足，理由如下：第一，明代《西游记》版本没有一种署名吴承恩著。世德堂本署"华阳洞天主人校"，吴承恩号射阳山人，没有华阳洞天主人的别号。第

---

① 章培恒《百回本〈西游记〉是否吴承恩所作》，《社会科学战线》1983 年第 4 期。

二,天启《淮安府志》没有说明吴承恩的《西游记》是一部什么性质的书,一般来说,正史、方志是不著录通俗小说的。第三,清初藏书家黄虞稷收藏了吴承恩的《西游记》,他在《千顷堂书目》中将吴承恩的《西游记》著录在史部舆地类,也就是说,吴承恩的《西游记》是一部地理类著作,而不是章回小说。

三、孙悟空的象征意义

清代评点家张书绅说:“《西游》一书,是把一个人从受胎成形起,直写至有生以后,又从有生以后,直写到老,方才罢手。”[①]这段话用于评价孙悟空比较合适。孙悟空是《西游记》的中心人物,小说从第一回花果山风化石猴(即孙悟空出世)写起,到第一百回孙悟空修成正果结束,写了他一生的经历。孙悟空有两个年龄,一个是作为神魔的年龄,有五百四十几岁。一个是作为常人的年龄,除去被如来佛压在五行山下的五百余年,实际上孙悟空只有四十多岁。其中被压在山下之前有二十几年,孙悟空拜师学艺回花果山的时候,混世魔王说他“年不过三旬”(第二回),从五行山下出来之后有十四年。唐僧取经回到长安,唐太宗接见师徒四人,唐僧告知太宗,上西天取经“经过了十四遍寒暑”(第一百回)。

孙悟空一生的功业就是保护唐僧上西天取经,前七回写孙悟空的出生和大闹天宫,其实是取经的准备阶段,西天取经才是故事的主体部分。从年龄来看,大闹天宫发生在青年阶段,西天取经发生在壮年阶段。作家通过这两个故事,不仅完整地展示了孙悟空一生的经历,而且寄寓了作家对人生的深沉思考。

孙悟空出世之后,在花果山和一群猴子度过了他无忧无虑的童年时光,孙悟空在水帘洞称王的经历,和人类的童年游戏类似。作者对其童年作了简要交代之后,紧接着便展示孙悟空青少年时

---

① 张书绅《新说西游记总批》,《西游记研究资料》,上海古籍出版社 1990 年版,第574 页。

期。这一时期的孙悟空具有强烈的求知欲，四处拜师学艺，增长知识与本领。他忧虑将来年老血衰，要“学一个长生不老”之术（第一回），云游四方，参访仙道，功夫不负有心人，用了“十数个年头”，终于在灵台方寸山斜月三星洞找到菩提祖师。在菩提祖师门下十年，孙悟空学到了七十二般变化和十万八千里筋斗云。最后因为在大众面前卖弄变化之术，被祖师逐出师门，此时孙悟空已“离家有二十年矣”（第二回），已是一个一身本事的二十多岁的大小伙子。

青年孙悟空血气方刚，精力充沛，又练就一身本事，敢想敢干，无所畏惧，甚至不计后果。与混世魔王的一场恶斗，孙悟空知道了兵器的重要。为了一件趁手的兵器，他大闹龙宫，取走了天河定底的神珍铁。冥王派人来勾魂，孙悟空大闹地府，强索文簿，将猴类一笔勾销。此时的孙悟空自视甚高，根本不把龙王和冥王放在眼里，为所欲为。为此孙悟空得罪了东海龙王和地府冥王，二王先后到灵霄殿告状，孙悟空成了玉皇大帝的眼中钉。在孙悟空的眼里，根本没有权威与神圣，玉帝派人来擒拿，被他打得夺路逃生，并向玉帝提出休兵的条件：封齐天大圣，“如若不依，时间就打上灵霄宝殿，教他龙床定坐不成！”（第四回）事实上就是威胁。玉帝对孙悟空无计可施，派人请如来佛救驾。孙悟空竟然向如来当面提出，要玉帝把天宫让出来：“常言道：‘皇帝轮流做，明年到我家。’只教他搬出去，将天宫让与我，便罢了；若还不让，定要搅攘，永不清平。”（第七回）还和如来打赌争胜，最后被如来压在五行山下。孙悟空为自己的年轻鲁莽付出了沉重的代价。

青年孙悟空缺乏人生阅历与经验，对一些复杂的事情看不清楚，容易上当受骗。玉皇大帝第一次招安孙悟空，是为了“把他宣来上界，授他一个大小官职，与他籍名在箓，拘束此间”（第三回）。孙悟空根本就不知道背后的阴谋，高高兴兴地到御马监上任，直到孙悟空打出天门，也不知道玉帝有意拘束他。玉帝第二次招安孙悟空，是因为没有人能降伏悟空，玉帝只得接受太白金星的意见，加他个齐天大圣的空衔,“只不与他管事,不与他俸禄,且养在天壤之间,收他的邪心,使不生狂妄”(第四回)。而孙悟空受封之后,遂心满意,欢天喜地,再次上当受骗。本事超群的孙悟空最终被擒拿,也是没有经验,吃了太上老君的暗算,被金钢琢打中天灵,又遭二郎神的细犬咬了一口,跌倒被擒。刀枪不入的孙悟空,被太上老君放入八卦炉中,烧了七七四十九天,炼就了一双火眼金睛,炉门一开,纵身跳出丹炉。最后被如来佛压在五行山下,饥食铁丸,渴饮铜汁,长达五百余年。孟子曰:“天将降大任于是人也,必先苦其心志,劳其筋骨,饿其体肤,空乏其身,行拂乱其所为,所以动心忍性,曾益其所不能。”[①]五百年的磨难,五百年的历练,即便是妖猴的孙悟空也该成熟了,能当大任了。

人到中年的孙悟空,最大的改变是有了很强的责任心和使命感。青年孙悟空责任感是不强的,做水帘洞的千岁大王,本应保护众猴的安全,但他为了学习长生不老之术,云游二十年,让他的猴子猴孙们被混世魔王欺辱。做齐天大圣,玉帝派他代管蟠桃园,孙悟空监守自盗,将园里的熟桃全偷吃了,王母娘娘做蟠桃胜会,根本无桃可摘。自从唐僧将他从五行山下救出,孙悟空拜唐僧为师,并接受了保护师父到西天取经的任务,此后孙悟空一直恪尽职守,兢兢业业,十几年如一日,克服了众多常人难以想象的困难。九九八十一难,对孙悟空来说并不是最难的,最难的还是糊涂师父的冤枉与惩罚,轻则念紧箍咒,痛得在地上打滚,重则赶出取经队伍。白骨精想吃唐僧肉,先后变成送饭的农妇、寻找女儿的老妇人、寻找妻儿的老公公,唐僧、八戒都被她骗过,只有孙悟空一眼就看清了她的真面目,担着被严厉惩罚的风险,三次才将白骨精打死。救了唐僧的孙悟空,最后却被唐僧赶出了取经队伍。无论受到多大的委屈,一旦得知师父有难,马上回去搭救师父,保护师父上西天取经才是他一生最神圣的使命。

---

① 《孟子·告子下》,《孟子译注》,中华书局1960年版,第298页。

孙悟空的责任感在取经途中不断升华，不仅仅是保护师父，还要拯救沿途受苦受难的百姓，成为百姓心目中的救世英雄。孙悟空三调芭蕉扇，固然是为了打通西去之路，也是为了让火焰山周围的百姓能种庄稼，生存下去。孙悟空用芭蕉扇扇了三下，火焰熄灭，微风习习，细雨霏霏，师徒过火焰山应该是非常凉爽舒适。孙悟空听说山火熄灭，只收的一年五谷，又会死灰复燃。为了断绝火根，孙悟空一连扇了四十九扇，完全是为了山下受难的百姓。孙悟空一路降妖除怪，直接的目的是保护师父上西天，但也有一些妖怪并不妨碍他们师徒西行，当孙悟空发现这些妖怪欺压百姓、残害生命，孙悟空路见不平，拔刀相助，为沿途百姓除害，完全是一个江湖好汉的形象。唐僧师徒四人过比丘国，看见家家门口放着鹅笼，里面装着小男孩，大者不满七岁，小者只有五岁。打听得知，原来三年前有一个道人，送给国王一个年轻貌美女子，国王昼夜贪欢，身体尪羸，命在旦夕。道人献上海外秘方，要用一千一百一十一个小儿的心肝做药引子。鹅笼里的小儿就是备用的。此事与取经毫无关系，但孙悟空当即决定要救这一千多个儿童，他先将小儿摄出城外，藏匿山中，再陪师父去见国王。原来这道人是一个妖怪，听说小儿被冷风刮走，道人提出可用唐僧的心肝替代，此时才危害到取经大业，或者说是因为孙悟空救一千多个儿童的生命才引火烧身。孙悟空最终降伏妖怪，不仅仅是救了唐僧，更重要的是救了一千多个无辜的儿童。

积累了丰富人生经验的孙悟空，不再像早年那样容易上当受骗，白骨精三次变化，只能骗过唐僧和猪八戒，逃不过孙悟空的火眼金睛。天竺国的假公主是一个妖邪，将真公主摄去抛在荒野，自己变做公主模样，抛绣球打中唐僧，要招为驸马。连国王、后妃都被妖邪蒙蔽。孙悟空一眼就看清的她的真面目，并降伏妖邪，让她现了原形。人到中年的孙悟空，遇事不再一味蛮干，经常是凭借智慧去解决问题，化险为夷。过灭法国，国王无端造罪，要杀一万个和尚，两年来已经杀了九千九百九十六个无名和尚，只等四个有名的和尚凑成一万。唐僧师徒四人，正合此数。按孙悟空年轻时候的脾气，他会挥舞金箍棒，打杀国王，为冤魂报仇，为师父开路。而此时的孙悟空异常冷静，他拔下左臂上的毫毛，变为无数个小行者，拔下右臂上的毫毛，变成无数个瞌睡虫，让皇宫内院，五府六部，各衙门大小官员宅内，人人稳睡。孙悟空又晃一晃金箍棒，变成千百口剃头刀，吩咐小行者各拿一把，将国王皇后、宫娥彩女、大小官员全部落发。此举不动一刀一棒，不仅救了师徒性命，还让国王皈依佛教，把灭法国变成了钦法国。

从青年到壮年，人生阅历让孙悟空的性格发生了一些改变，但有一些东西一以贯之地保留下来。一是孙悟空持之以恒、坚忍不拔的毅力和百折不挠、永不言败的精神。青年时期，孙悟空虽然没有明确的人生目标，但在追求人生自由、维护人格尊严的过程中，从来没有退让和屈服。即便是被太上老君放在八卦炉中炼了四十九天，开炉跳出，孙悟空取出如意棒，“打得那九曜星闭门闭户，四天王无影无形”(第七回)。壮年阶段，孙悟空在取经途中，遇到任何凶恶、强大、狡猾的对手，受到任何的挫折和打击，绝不气馁，绝不妥协。小说多次写到孙悟空经过三次努力，最终获得成功的故事。三打白骨精、三调芭蕉扇，在车迟国降伏虎力大仙、鹿力大仙、羊力大仙三个妖道，在狮驼山，请如来、文殊、普贤收伏狮王、象王、大鹏三个毒魔……这里的“三”不是实指，而是言其多，至今还有“一而再、再而三”、“事不过三”等成语和俗语表示多的意思。孙悟空经过三次努力成功、一连降伏三魔的故事，就是要凸现其锲而不舍的精神。

二是孙悟空爱惜自己的名声，维护自己的尊严。孙悟空两次上天宫，又两次打出天门，都与他没有得到尊重有关。玉帝接受太白金星的建议，将孙悟空招安到天宫，封为弼马温，孙悟空高高兴兴到御马监上任，当他得知弼马温是一个未入流的末等小官，“只可与他看马”时，“不觉心头火起，咬牙大怒道：‘这般藐视老孙！老孙在那花果山，称王称祖，怎么哄我来替他养马？”(第四回)花果山的美猴王，哪里受过这种羞辱，他取出金箍棒，打出南天门。孙悟空回到花果山，玉帝又派李天王和哪吒三太子带兵擒拿，因为斗不过孙悟空，玉帝再次玩起了招安的把戏，封孙悟空为齐天大圣，并起一座齐天大圣府，设仙吏左右伺候。又安排他代管蟠桃园，完全满足了孙悟空的愿望。后来王母娘娘设蟠桃大会，各宫各殿大小尊神都应邀赴宴，只是没有孙悟空的席位。齐天大圣只是一个虚名，天宫的神仙根本没有把他放在眼里。孙悟空明白就里，偷吃了玉液琼浆，葫芦金丹，搅乱了蟠桃大会，再次回到花果山。取经路上，小说设置了一个孙悟空必须给老妖下跪的情节，悟空变作小妖，请二魔王的母亲来吃唐僧肉，走到洞口，不禁流泪痛哭，“老孙既显手段，变做小妖，来请这老怪，没有个直直的站了说话之理，一定见他磕头才是。我为人做了一场好汉，止拜了三个人：西天拜佛祖，南海拜观音，两界山师父救了我，我拜了他四拜。为他使碎了六叶肝肺，用尽了三毛七孔心。一卷经能值几何？今日却教我去拜此怪。若不跪拜，必定走了风讯。苦啊！算来只为师父受困，故使我受辱于人！”（第三十四回）取经本是孙悟空的神圣使命，但在他眼里，尊严才是最重要的。

四、《西游记》的批判精神

《西游记》是一部神魔小说，书中的人物大多为神魔妖怪，呈现出奇幻色彩。但这些超现实的人物和情节都是在现实的基础上虚构想象出来的。鲁迅说，《西游记》“讽刺揶揄则取当时世态”①，可谓的评。小说中存在明显地揭露和批判道教的倾向。车迟国国王好道爱贤，拜三个道士虎力大仙、鹿力大仙、羊力大仙为国师，毁佛拆庙，迫害和尚，连剪鬃、秃子、毛稀的也不放过。孙悟空将三个道士逐一收拾，现出原形，原来是三个妖孽。比丘国国王因一老道进贡一美貌女子，便诰封老道为国丈。国王贪恋美色，纵欲过度，命

① 鲁迅《中国小说史略》，中华书局 2010 年版，第 99 页。

在旦夕。国丈又献一海外秘方,要用一千一百一十一个小儿的心肝做药引子,煎汤服用。孙悟空找到城外柳树坡清华庄,正要将老怪打死,南极老人星下来求情,原来国丈是南极老人星的一副脚力白鹿,逃出成妖。所献美女则是一只狐狸精。车迟国、比丘国国王崇道服药的故事,让读者很容易想到明代嘉靖皇帝宠幸道士、炼丹服药的真实事件。道士邵元节进"立教主静"之说,"祷雪辄应",被封为致一真人,加授礼部尚书。道士陶仲文献房中秘方,得到嘉靖皇帝的礼遇与信任。《西游记》的作者就是嘉靖年间的文人,小说中写国王被道士所蛊惑,实际上就是对当朝皇帝的嘲弄与批判。

《西游记》中还写了一些有权有势的人物贪酷的嘴脸。铜台府地灵县一伙凶徒抢劫了当地财主寇员外家,还将寇员外打死,员外的妻子诬告唐僧师徒劫财杀人,铜台府刺史不问青红皂白,派人将唐僧等人捉拿收监,严刑拷打,索要财物。刺史的昏聩无能,禁子的贪婪凶残,是明代乃至整个封建社会官府的一个缩影。唐僧师徒四人,历经千难万险,来到西天大雄宝殿,向如来拜求真经,管理宝阁真经的阿傩、迦叶竟然厚着脸皮向唐僧要人事,唐僧事先没有准备,二尊者传给唐僧无字白本,孙悟空找如来告状,佛祖笑道:"你且休嚷,他两个问你要人事之情,我已知矣。但只是经不可轻传,亦不可以空取,向时众比丘圣僧下山,曾将此经在舍卫国赵长者家与他诵了一遍,保他家生者安全,亡者超脱,只讨得他三斗三升米粒黄金回来,我还说他们忒卖贱了,教后代儿孙没钱使用。你如今空手来取,是以传了白本。"二尊者要人事的事,其实就是佛祖的旨意。这段看似闲笔的插曲,实际上大有深意,阿傩、迦叶要人事就是明代无处不在的贪官污吏贪污索贿的曲折反映。

唐僧师徒取经路上遇到的各种妖怪,不仅妨碍取经大业,还作恶多端,为害一方。平顶山的金角大王、银角大王占山打劫,掳人吃肉。通天河的灵感大王,每年一次祭赛,要吃一对童男童女,否则就要降祸生灾。狮驼岭的三个魔头,手下有四万七八千个小妖,专门吃人。狮驼洞口骷髅若岭,骸骨如林,都是被妖怪吃掉的遗骨。这些吃人的妖魔,让人不禁想到横行乡里、鱼肉百姓的土豪劣绅、地痞流氓。他们之所以能够为所欲为,是因为他们与天宫中的神佛有联系,并得到神佛的保护。当孙悟空收服妖魔,要将他们打死的时候,神佛就会出来搭救他们。金角大王和银角大王,原来是太上老君的两个看炉童子。灵感大王是观音菩萨养的金鱼,走脱成精。狮驼岭的三个魔头,狮王、象王是文殊、普贤菩萨的青狮、白象,而大鹏则与如来有亲。这种现象也是有现实依据的,那些在各地横行霸道的社会渣滓,往往是皇亲国戚、官宦子弟。这种揭露是非常真实的,也是十分深刻的。

五、《西游记》的喜剧风格

唐僧师徒四人经历了九九八十一难,终于取回真经,完成了神圣的使命。唐僧等人虽然遇到了艰难险阻,读者并不为他们担惊受怕,大家相信,无往不胜的孙悟空总会有办法化险为夷。这种必胜的信念与乐观的精神确定了小说的喜剧基调。小说中可笑的人物、滑稽的情节、诙谐的语言致使全书洋溢着浓郁的喜剧气氛。猪八戒是书中最富个性的喜剧形象,在他身上保留了诸多人性的弱点。猪八戒原本是天庭里的天蓬元帅,因酒后乱性,调戏嫦娥,被玉皇大帝贬下凡尘,不料投错了胎,生就一脸猪相。后拜唐僧为师,同孙悟空一道保护师父上西天取经。猪八戒在取经路上,仍旧色心不改,一旦看见美人,立马旧病复发。西牛贺洲寡妇贾氏母女四人愿意坐山招夫,许配唐僧师徒四人,八戒听说,"心痒难挠,坐在那椅子上,一似针戳屁股,左扭右扭的,忍耐不住,走上前,扯了师父一把道:'师父,这娘子告诵你话,你怎么佯佯不睬?好道也做个理会是。'"(第二十三回)八戒所说的理会,分明就是要师父答应。八戒见师父与师兄弟坚决不从,便借口放马,一个人独自跑到贾氏家,见到贾氏便叫娘,愿意给贾氏做女婿。结果被贾氏用计捆绑吊在树上。原来是四位菩萨试禅心,只有猪八戒没能经受住考验。

猪八戒贪吃，见到食物便垂涎欲滴。孙悟空利用他的这一弱点，哄他去降妖："前面不远，乃是一村庄。村上人好善，蒸的白米干饭、白面馍馍哩。"八戒一听，立马就要去吃，听说村里斋僧，"只斋俊的，不斋丑的。"八戒摇身一变，变做个矮胖和尚，准备到村里饱餐一顿。才到村口，就被一群小妖围住，八戒还以为是村民来请他吃斋的，大声叫道："不要扯，等我一家家吃将来。"(第八十五回)原来是群妖要把八戒拿到家里，上蒸笼蒸熟了吃。

猪八戒私心颇重，师徒四人一同到西天取经，八戒还攒私房钱。孙悟空听沙僧说八戒攒了些私房，便假扮阎王派来的勾司人向八戒索命，八戒乞求宽限一日，会一会师父们，勾司人要盘缠，八戒说："我自做了和尚，到如今，有些善信的人家斋僧，见我食肠大，衬钱比他们略多些儿，我拿了攒在这里，零零碎碎有五钱银子，因不好收拾，前者到城中，央了个银匠煎在一处，他又没天理，偷了我几分，只得四钱六分一块儿，你拿了去罢。"因无处收藏，八戒将四钱多银子塞在左耳朵眼里，真的攒了私房钱。师父或师兄叫猪八戒去巡山、降妖，八戒变作法子躲进树丛睡懒觉，看到孙悟空即将大功告成，降妖成功，"就没了我的功劳"，立马抖擞精神，举起九齿钉耙，朝妖精劈头就打，为的是挣一份功劳。人都是有私欲的，食色、名利便是人类最难压抑的欲望。《西游记》将猪八戒的私欲赤裸裸地展示出来，又让猪八戒在追逐私欲的过程中，收到惩戒和嘲弄，实际上也是给读者以警醒与劝诫。

《西游记》设置了不少滑稽的情节，让人忍俊不住。唐僧师徒来到西梁女国，唐僧与猪八戒误饮子母河的水，成了胎气，疼痛难忍，肚子渐渐大了，用手摸时，骨冗骨冗乱动，不日要生孩子，俨然两个孕妇。孙悟空、沙僧一面给师父和猪八戒找落胎泉水，一面拿他俩打趣。见猪八戒腆着肚子，倚着门枋哼哼，孙悟空便问："呆子，几时占房的?"饮过落胎泉水后，唐僧要去外面解手，行者道："师父啊，切莫出风地里去。怕人子，一时冒了风，弄这个产后之疾。"八戒要洗澡，沙僧道："哥哥，洗不得澡，坐月子的人弄了水浆致病。”八戒道：“我又不是大产，左右只是个小产，怕他怎的？”两个大男人怀孕流产，并将女人坐月子的习俗，一并放在他俩身上，与现实形成极大的反差，产生强烈的喜剧效果。

孙悟空与猪八戒本是同一战壕的战友，一同保护唐僧上西天取经，由于出身与性格不同，两人经常发生矛盾和摩擦。猪八戒时不时到师父面前告状，挑拨师傅与孙悟空的关系，唐僧有时是非不分，耳根子软，则要惩戒悟空，念紧箍咒，痛得悟空在地上打滚。孙悟空一有机会，就会捉弄和恐吓八戒。平顶山三魔将唐僧、猪八戒、沙僧三人捉到洞里，孙悟空变成魔王的老母亲来吃唐僧肉，看到吊在梁上的猪八戒，却对魔头说：“我儿，唐僧的肉我倒不吃，听见有个猪八戒的耳朵甚好，可割将下来整治整治我下酒。”没想到猪八戒早已看出破绽，知道是孙悟空，便大骂起来：“遭瘟的！你来为割我耳朵的！我喊出来不好听啊！”（第三十四回）结果走漏了风声。小说将两人之间的冲突与戏弄写得妙趣横生。

《西游记》的语言诙谐幽默，与喜剧形象、滑稽情节得到完美统一，尤其是人物语言，有如相声中的包袱，关键时候抖出来，令人喷饭。在平顶山，孙悟空千方百计才降服了金角大王、银角大王，正赶路西行，太上老君要孙悟空还宝贝，原来两个妖怪是太上老君的看炉童子，当孙悟空指责太上老君纵放家属，钤束不严时，老君告知是观世音菩萨借看炉童子托化妖魔，检验唐僧师徒是否真心往西，悟空说：“这菩萨也老大惫懒！当时解脱老孙，教保护唐僧西去取经，我说路途艰涩难行，他曾许我到急难处亲来相救。如今反使精邪掯害，语言不的，该他一世无夫！”（第三十五回）大慈大悲救苦救难的观音菩萨，根本就不存在嫁人的问题，孙悟空竟然用极其世俗甚至有些粗野的语言骂他“该他一世无夫”，这种语言完全符合悟空当时愤怒的情绪，确又出人意料，十分可笑。

师父和师弟都被狮驼山三魔捉去，孙悟空找佛祖如来救人，如来告诉悟空，青狮、白象是文殊、普贤的脚力，大鹏金翅雕与佛祖有些亲处，什么亲戚呢？如来说：“万物有走兽飞禽，走兽以麒麟为之长,飞禽以凤凰为之长。那凤凰又得交合之气,育生孔雀、大鹏。孔雀出世之时最恶,能吃人,四十五里路把人一口吸之。我在雪山顶上,修成丈六金身,早被他也把我吸下肚去。我欲从他便门而出,恐污真身;是我剖开他脊背,跨上灵山。欲伤他命,当被诸佛劝解,伤孔雀如伤我母,故此留他在灵山会上,封他做佛母孔雀大明王菩萨。大鹏与他是一母所生,故此有些亲处。”行者闻言笑道:“如来,若这般比论,你还是妖精的外甥哩。”(第七十七回)神圣庄严、至高无上的佛祖,在孙悟空的口中,竟然成了妖精的外甥,恐怕只有孙悟空才敢这样戏谑佛祖。这种风趣幽默的语言在小说《西游记》俯拾即是,成为一道独特的风景。

原载岳麓书社《西游记》2017 年版

西门庆的三种生活与《金瓶梅》的批判倾向

《金瓶梅》一书的名称虽然以书中的三个女人金莲、瓶儿和春梅的名字连缀而成，但书中的第一主人公显然是西门庆，三个女人分别是西门庆的小妾和通房丫环。崇祯本删除词话本中过录的《水浒传》武松打虎的故事，以西门庆热结十兄弟开篇，显然有让主人公开篇出场的目的。《金瓶梅》的创作倾向与西门庆有密切关系。

《金瓶梅》全面展示了西门庆短暂而罪恶的一生。西门庆出场时"年纪二十六七"（第一奇书本第一回），纵欲身亡时三十三岁（第七十九回），小说其实就写了他六七年的人生，重点描写了他的三种生活。一是他的家庭生活，更准确地说，是他的私生活。小说开篇这样介绍西门庆的家庭成员：原配陈氏早逝，留下一女，叫西门大姐，后来嫁给陈敬济为妻。新娶继室吴月娘，又纳妓女李娇儿、卓丢儿为妾，卓丢儿不久病死。还将原配陪嫁的丫环孙雪娥收用。小说具体写了西门庆三次娶妾的过程。第一次是娶孟玉楼。孟玉楼是一个寡妇，年龄三十岁，比西门庆还大两岁，按古人结婚年龄和"娶妻娶德，娶妾娶色"的惯例，孟玉楼已是人老珠黄，并不符合纳妾的条件。但媒婆提亲，西门庆便满口答应，主要是看上了孟玉楼的钱财。媒婆是这样介绍孟玉楼的：她是"南门外贩布杨家的正头娘子，手里有一分好钱，南京拔步床也有两张。四季衣服，插不下手去，也有四五箱子。金镯银钏不消说，手里现银也有上千两，好三梭布也有三二百筒"（第七回）。孟玉楼的钱财不比西门庆少，娶了孟玉楼，西门庆的财产几乎可以翻倍，嗜钱如命的西门庆哪有不娶之理。其时西门庆正和潘金莲打得火热，西门庆用不到一个来月时间将孟玉楼连人带物娶进家门，只在孟玉楼房里歇了三夜，就将其打入冷宫，又去和潘金莲厮混。张竹坡对西门庆娶孟玉楼有一段精彩的评价："要知玉楼在西门庆家，则亦虽有如无之人，而西门庆必欲有之者，本意利其财而已。"①(第七回总评)西门庆娶孟玉楼虽不光彩，尚不伤天害理。另外两次娶妾都是先奸后娶，还有人命。潘金莲原本是卖炊饼的武大的妻子，被西门庆看上，通过王婆牵线，两人一拍即合。为了做长久夫妻，西门庆与潘金莲、王婆合谋将武大毒死，然后将金莲偷娶回家。李瓶儿是西门庆结拜兄弟、邻居花子虚的妻子，花子虚经常在外眠花宿柳，西门庆瞅准花子虚外出的时机，到花家向李瓶儿献殷勤，最终勾搭成奸。后来花子虚为家产摊上了官司，被关在牢中。花子虚是花太监的侄子，花太监在宫中积攒了一大笔财产，全部交给了花子虚。花太监死后，其他三个侄子要分财产，将花子虚告到官府。早已属意西门庆的李瓶儿，一方面请西门庆帮忙到官府说情把花子虚放出来，另一方面将家产全部送给西门庆，包括六十锭大元宝共计三千两银子，四箱柜蟒衣玉带、帽顶绦环，都是值钱珍宝。这笔财产应该超过西门庆的家产。花子虚打完官司出来，家中的钱财没了，房子、庄田被卖了，连气带病，二十四岁就呜呼哀哉。其后虽有波折，西门庆最终还是如愿以偿地将李瓶儿娶进了家门。如果说西门庆娶孟玉楼主要是贪财，娶潘金莲主要是好色，那么娶李瓶儿则是财色双收。

西门庆不仅毫无节制地娶妻纳妾，满足其财色之欲，家中的丫环、仆人，乃至仆人的妻子，只要有几分姿色，就逃不脱他的魔爪。来旺是西门庆的心腹仆人，多次到东京为西门庆打点送礼，为西门庆免灾脱祸立下了汗马功劳。来旺的妻子宋惠莲模样端正，为人乖巧，被西门庆看在眼里，西门庆设计叫来旺到杭州为蔡京特制庆生的锦绣蟒衣，自己在家用小恩小惠勾引并奸占了宋惠莲。来旺回家后，西门庆嫌他碍事，竟然设圈套将来旺当杀人贼送到官府，

① 兰陵笑笑生著，张道深评《金瓶梅》，齐鲁书社1001年版，第100页。

打了四十大板，递解原籍徐州。宋惠莲得知真相，当面大骂西门庆："你原来就是个弄人的刽子手！把人活埋惯了，害死人还看出殡的！"（第二十六回）而后自缢身亡。王六儿是西门庆绒线铺伙计韩道国的老婆，西门庆将他女儿韩爱姐买去送给蔡京的管家翟谦做妾，在相韩爱姐时，西门庆同时看上了王六儿，在韩道国送女儿到东京翟家时，西门庆就包占了王六儿，西门庆每次见王六儿都要送一二两盘缠，还花四两银子为王六儿买了一个丫头，许诺为王六儿在大街上买一所房子。当韩道国从东京回来，王六儿将其与西门庆的事一五一十告诉韩道国，韩道国不仅不生气，反而嘱咐妻子："休要怠慢了他，凡事奉承他些儿。"（第三十八回）后来西门庆纵欲身亡，就是先后与王六儿、潘金莲发生关系而暴病。潘金莲与王六儿乃《金瓶梅》中淫妇之最，"至于百般无耻，十分不堪，有桂姐、月儿不能出之于口者，皆自金莲、六儿口中出之。其难堪为何如？此作者深罪西门，见得如此狗彘，乃偏喜之，真不是人也。故王六儿、潘金莲有日一齐动手，西门死矣"①。西门庆奸占仆人妻子，完全是为了发泄兽欲，而仆人妻子愿意与西门庆往来，则是因为西门庆有钱有势。张竹坡指出："写王六儿者，专为财能致色一着做出来。你看西门在日，王六儿何等趋承，乃一旦拐财远遁。故知西门于六儿，借财图色，而王六儿亦借色求财。"②小说在描写西门庆糜烂的私生活中，一方面暴露出人性的贪婪与丑恶，人成了情欲的奴隶，金钱的俘虏；另一方面揭示出晚明时期触目惊心的社会现实：世风日下，道德沦丧，两性关系便成了赤裸裸的金钱交易。张竹坡说："《金瓶梅》因西门庆一分人家，写好几分人家。""因一人写及一县。"③《金瓶梅》何止是写了几分人家、一个清河县，而是通过这一人、一家写出了一个时代的大千世界。

二是他的结义生活。崇祯本《金瓶梅》开篇就是西门庆热结十

① 张道深《批评第一奇书金瓶梅读法》，《金瓶梅》，第 41 页。

② 张道深《批评第一奇书金瓶梅读法》，《金瓶梅》，第 31 页。

③ 张道深《批评第一奇书金瓶梅读法》，《金瓶梅》，第 47 页。

兄弟，写西门庆与应伯爵、谢希大、花子虚、孙天化、祝实念、云理守、吴典恩、常峙节、白赍光等十人在玉皇庙结拜为异姓兄弟。真是物以类聚，人以群分。西门庆与这些结义兄弟，根本就不是誓词里所说的“生虽异日，死冀同时”的朋友，而是各怀鬼胎、互相利用的对象。对于这伙人，吴月娘有一个准确的评价：“你也便别要说起这干人，那一个是那有良心的行货?”(第一回)张竹坡用名字的谐音来解读作者命名的用意，也非常精彩：“应伯(白)爵(嚼)字光侯(喉)、谢希(携)大(带)字子(紫)纯(唇)、祝(住)实(十)念(年)、孙天化(话)字伯(不)修(羞)、常峙(时)节(借)、卜(不)志(知)道、吴(无)典恩、云里守(手)字非(飞)去、白赖光字光汤。”[①]也许部分解读有些牵强，大部分解读应该是准确的，这也是古代小说人物命名的常用方法。西门庆的这些结拜兄弟都是白吃白拿、不知羞耻的家伙，其中应伯爵尤为典型。应伯爵在十兄弟中排行老二，与西门庆往来最为密切。西门庆之所以喜欢应伯爵，就因为这应花子会察言观色、投其所好。一次西门庆和应伯爵到妓院郑家玩耍，西门庆让应伯爵给妓女郑爱月敬酒，应伯爵曾冒犯爱月，爱月提出要应伯爵给她下跪、并让她打两个嘴巴，才肯吃酒。这应伯爵真个跪在地下，爱月连打两个嘴巴，才吃了一钟酒。应伯爵这样下作地凑趣，并不是要讨好妓女，而是为了讨得西门庆的欢心，因这郑爱月是西门庆喜欢的妓女。作为回报，应伯爵能从西门庆手上得到银子。应伯爵的老婆生儿子，西门庆就给了他五十两银子。应伯爵还利用西门庆的权力捞钱。西门庆的伙计韩道国的老婆王六儿与小叔子韩二私通，被街坊几个浮浪子弟现场捉拿，解到官府。韩道国赶紧找到应伯爵，跪在地上求他说情，并允诺“事毕重谢二叔”。(第三十四回)应伯爵领着韩道国去见西门庆，编了一通街坊欺负韩家的谎言，西门庆吩咐将王六儿放了，把车淡等四个捉奸的抓到官府，打得“皮开肉绽，鲜血迸流”。车淡等人的父兄慌了，凑了四

① 张道深《金瓶梅寓意说》,《金瓶梅》,第 17－18 页。

十两银子，也去找应伯爵，应伯爵收下银子后，通过西门庆的书童和李瓶儿给西门庆传话，把车淡等人也放了。一起案件，应伯爵两头拿钱说情，就因为他认识西门庆。应伯爵等人并非“生虽异日，死冀同时”的朋友，西门庆纵欲身亡之后，应伯爵马上投靠了新的主子张二官。应伯爵“把西门庆家中大小之事，尽告诉与他”（第八十回），先帮助张二官将李娇儿娶到家中，做了二房娘子，又怂恿张二官娶潘金莲做妾受用，早把与西门庆结义的誓词忘得一干二净。应伯爵如此对待西门庆也在情理之中，当年西门庆对朋友也是薄情寡义。应伯爵的老婆春花儿生了儿子，应伯爵找西门庆借钱，西门庆给完钱后对他说：“过了满月，把春花儿那奴才叫了来，且答应我些时儿，只当利钱不算帐罢。”（第六十七回）当时虽说是开玩笑，想想西门庆看上李瓶儿，害得结义兄弟花子虚家破人亡一事，相信西门庆还真能做到。只是西门庆后来得知春花儿“比旧时黑瘦了好些，只剩下个大驴脸一般的”（第七十五回），才没有叫应伯爵将春花儿送上门来。从西门庆的结义生活中，我们看到晚明社会中人与人之间冷漠的利益关系，所谓朋友，只不过是自己在某个时期为达到某种目的所利用的对象，没有情感，也缺乏真诚，更经不住时间的检验，还得时刻防备着对方随时可能给自己致命一击，比明处的敌人更为可怕。

三是他的官场生活。西门庆原本是清河县开生药铺的商人，因家中殷实，常与官吏往来。西门庆第一次动用官府关系，是他与潘金莲、王婆合谋杀死武大郎后，武松回家为兄长报仇，打死了同西门庆一块吃酒的李外传，为了摆脱武松的追杀，西门庆给知县及上下吏典使了许多钱，希望不要轻勘了武二。结果武松被判脊杖四十，刺配二千里充军。西门庆得以逃脱惩罚，逍遥法外。西门庆再次动用官府的关系，是朝中科道官参倒杨戬，亲党陈洪受到牵连，陈洪是西门庆的亲家，于是打发儿子陈敬济和儿媳到西门庆家避难。西门庆知道大祸临头，赶紧打点金银宝玩，派心腹家人来保、来旺到东京找人消灾。来保、来旺到东京找到蔡京的儿子、祥和殿大学士兼礼部尚书蔡攸，送上五百两银子，由蔡攸介绍，找到专管此事的右相李邦彦，一样送上五百两金银，李邦彦将文卷上的“西门庆”改作“贾廉”，西门庆再次脱祸。从自己的人生经验中，西门庆尝到了结交官吏的甜头，此后经常请客送礼，贿赂大小官吏。每逢蔡京的生日庆典，西门庆都要送上一笔丰厚的生辰担。在蔡京多次收到西门庆的生辰礼物之后，私自赏给西门庆山东理刑所理刑副千户官职，顶补千户贺金的员缺。这个胸无点墨、无恶不作的流氓无赖竟然摇身一变成了朝廷命官。西门庆自知没有当官的资本与能耐，更没有高升的兴趣与野心，很自然他把做官当做聚敛钱财的手段。一方面，他利用自己掌握的公权力贪赃枉法。西门庆当官后审理的第一件人命官司就是苗青杀主案。苗青陪主人苗天秀到东京买官，途中联合两个艄子杀死主人，并劫了钱财。案发后艄子被捉拿归案，交出主谋苗青。此时苗青正藏在王六儿的隔壁乐三家，而王六儿是西门庆的外室。苗青封了五十两银子请王六儿向西门庆说情。西门庆得知此事后，对王六儿说：“这些东西儿，平白你要他做甚么？你不知道，这苗青乃扬州苗员外家人，因为在船上与两个船家杀害家主，撺在河里，图财谋命。……这一拿去，稳定是个凌迟罪名。那两个都是真犯斩罪。两个船家见供着他有两千两银货在身上，拿这些银子来做甚么？还不快送与他去！”(第四十七回)作为主管此案的官员，发现了凶手的踪迹，不是立即派人捉拿，而是嫌送的钱少要将钱退回去，甚至开出了摆平此案的价格。后经讨价还价，苗青打点了一千两银子，加上一头猪，送到西门庆的府上，西门庆便将命案主谋苗青放了。另一方面，亦官亦商的西门庆利用官场的关系经商发财。西门庆当官之后，与官吏们交往更加方便与频繁，经常在家接待过往的官员，每次都是请客送礼。西门庆这样投入，并不是什么“富而好礼”，而是想从中寻找机会捞取钱财。巡盐御史蔡一泉路过清河县，西门庆盛宴款待，厚礼送行。其间西门庆获得了从扬州早掣三万引淮盐的生意，赚取了一大笔银子。《金瓶梅》在写完蔡京给西门庆等人封官之后，发了这样一段议论："那时徽宗，天下失政，奸臣当道，谗佞盈朝，高、杨、童、蔡四个奸党，在朝中卖官鬻狱，贿赂公行，悬秤升官，指方补价。夤缘钻刺者，骤升美任；贤能廉直者，经岁不除。以致风俗颓败，赃官污吏，遍满天下，役烦赋兴，民穷盗起，天下骚然。"（第三十回）学界公认，《金瓶梅》将故事背景放在北宋末年，实际上是写晚明社会。作者的这段议论，看似针对蔡京卖官而发，实际上道出了作者生活的那个年代官场普遍存在的卖官鬻爵，贿赂公行，赃官污吏，遍满天下的黑暗现实，是对晚明社会的无情揭露与愤怒批判。

原载《古典文学知识》2010 年第 2 期，《羊城晚报》2011 年 1 月 9 日摘要转载。

《张于湖传》与《金瓶梅词话》

欣欣子《金瓶梅词话序》曾提及《于湖记》,序云:

> 吾尝观前代骚人,如卢景晖之《剪灯新话》、元微之之《莺莺传》、赵君弼之《效颦集》、罗贯中之《水浒传》、丘琼山之《钟情丽集》、卢梅湖之《怀春雅集》、周静轩之《秉烛清谈》,其后《如意传》、《于湖记》,其间语句文确,读者往往不能畅怀,不至终篇而掩弃之矣。此一传者,虽市井之常谈,闺房之碎语,使三尺童子闻之,如饮天浆而拔鲸牙,洞洞然易晓。①

《于湖记》全名《张于湖记》,又题《张于湖传》。欣欣子对包括《张于湖传》在内的上述作品,似乎并不满意,然而它们和《金瓶梅词话》的关系却极为密切,如《水浒传》、《如意君传》对《金瓶梅》的影响,美国学者韩南、国内学者刘辉等先生,都作过专门研究,而《张于湖传》却不为人们所重视。《张于湖传》究竟是一篇什么作品?它与《金瓶梅词话》关系如何?值得我们探讨。

一

《张于湖传》是一篇话本小说,全文七千多字,见于《国色天香》、《万锦情林》(题为《张于湖记》)、《燕居笔记》(题为《张于湖宿女贞观》),以《国色天香》本为最早。明刊本《国色天香》署"抚金养纯子吴敬所编辑,书林万卷楼周对峰绣锲"。首谢友可序,序有"作

---

① 兰陵笑笑生《金瓶梅词话》,人民文学出版社 1985 年版,第 1 页。

者咸臻，养纯吴子乃大搜词苑”之语，可知《国色天香》为吴敬所编辑而非创作，《张于湖传》作者为谁已不可考。序后署“时万历丁亥九紫山人谢友可撰于万卷楼”，万历丁亥即万历十五年。书后注明“万历丁酉春金陵书林周氏万卷楼重锲”，万历丁酉即万历二十五年。周氏刻本为“重锲”而非原刻，原刻时间应在万历十五年或稍后。而《张于湖传》的创作年代还要早。晁瑮《宝文堂书目》著录《张于湖误宿女贞观记》，亦即《张于湖传》。晁瑮是嘉靖辛丑进士，主要活动在嘉靖年间。《张于湖传》至晚也产生在嘉靖时期，成书年代比《金瓶梅词话》要早当无疑问。

张于湖历史上实有其人，即南宋著名词人张孝祥，孝祥号于湖居士。小说写张于湖赴金陵建康府任，途中借宿女贞观，见道姑陈妙常“丰姿伶俐”，便作词挑逗，妙常以词拒之。于湖离去之后，观主潘法成侄子潘必正来到观中，与陈妙常一见钟情，时常在观中幽会。往来半年，妙常怀孕，潘必正入城买堕胎药，遇故友张于湖，言及此事。于湖时任建康府尹，设计判陈妙常还俗，潘、陈结为夫妇。

这个故事并非《张于湖传》始创，本事最早见于《古今女史》：

> 宋女贞观陈妙常尼，年二十余，姿色出众，诗文俊雅，工音律。张于湖授临江令，宿女贞观，见妙常，以词调之。妙常亦以词拒之。后与于湖故人潘法成通，潘密告于湖，以计断为夫妇。

二者情节基本相同，只是潘法成在小说中成了观主，与陈妙常相恋的是潘必正。宋元以降，这个故事流传甚广，以此为题材的作品不少。关汉卿的杂剧《萱草堂玉簪记》当写这一故事，《孤本元明杂剧》收有《张于湖误宿女贞观》。《张于湖传》就是在民间传说和前人创作的基础上产生的，它写道姑陈妙常敢于冲破封建礼教的束缚，蔑视宗教的清规戒律，竟然在这神圣的道观与潘必正幽会，而且观主、府尹均予理解和支持，让他们正式结为夫妇，不受任何处罚和报应。这种写法是很大胆的，有一定进步意义。小说也存在明显的不足，有一些庸俗的色情描写和令人生厌的诗词唱和。

《张于湖传》产生之后，影响很大，书商竞相选刊，广为流传。万历年间，高濂以此为蓝本创作了传奇《玉簪记》。加强了潘必正与陈妙常的爱情描写，去掉了小说中的色情成分，成为中国戏剧史上一部脍炙人口的喜剧。

二

《金瓶梅词话》今存万历四十五年东吴弄珠客序本，成书年代，自吴晗先生提出“万历中期”说以来，意见渐趋一致，多从其说。《金瓶梅词话》成书时期，正是《张于湖传》广为流传时期，因而多方面受到《张于湖传》的影响。

《金瓶梅词话》自问世以来，一向被人骂为“淫书”，原因很清楚，就是书中存在大量的性行为描写。出现这种情况，原因是多方面的，其中之一就是前代文学中色情描写的影响，而《张于湖传》在这方面对《金瓶梅词话》的影响可以说更为直接，小说中两处色情描写，几乎是被《金瓶梅》照录。一处是潘必正与陈妙常第一次私合，小说有这样一段文字：

> 交会间，恰似鸳鸯戏水，浑如鸾凤穿花。喜孜孜，连理共枝；美甘甘，同心结蒂。恰恰莺声，不离耳畔；喃喃燕语，甜吐舌尖。杨柳腰，点点春浓；樱桃口，微微气喘。星眼朦胧.细细汗流香玉体；酥胸荡荡，涓涓露滴牡丹心。真合美爱色情多，怎比偷香滋味别。①

《金瓶梅词话》第四回，写西门庆与潘金莲在王婆房里私通，基本上是抄录这一段，文字稍有差异：

---

① 吴敬所编《国色天香》，春风文艺出版社 1987 年版，第 350－360 页。

交颈鸳鸯戏水，并头鸾凤穿花。喜孜孜，连理枝生；美甘甘，同心带结。一个将朱唇紧贴，一个粉脸斜偎。罗袜高挑，肩膊上露，两弯新月，金钗斜坠。枕头边，堆一朵乌云。誓海盟山，博弄得千般旖旎，羞云怯雨，揉搓得万种妖娆。恰恰莺声，不离耳畔；津津甜唾，笑吐舌尖。杨柳腰，脉脉春浓；樱桃口，微微气喘。星眼朦胧，细细汗流香玉颗；酥胸荡漾，涓涓露滴牡丹心，直饶匹配眷姻谐，真个偷情滋味美。

两相对照，不难看出，《金瓶梅词话》对《张于湖传》抄录颇多。只是《金瓶梅》的描写更为细致。增加了从"一个将朱唇紧贴"到"揉搓得万种妖娆"一段。

另一处是《张于湖传》在上述一段之后，又有一首《南乡子》词，词曰：

情兴两和谐，搂定香肩脸贴腮。手摸酥胸软似绵，美奇哉，褪了裤儿脱绣鞋。　玉体着郎怀，舌送丁香口便开。倒凤颠鸾云雨罢，多情，今夜千万早些来。①

《金瓶梅词话》第八十二回，写陈敬济与潘金莲在院内凳上乱伦，也用了这首词，仅数字之差：

情兴两和谐，搂定香肩脸揾腮，手捻香乳绵似软，实奇哉，掀起脚儿脱绣鞋。　玉体着郎怀，舌送丁香口便开，倒凤颠鸾云雨罢，嘱多才，明朝千万早些来。

这首词又见于《清平山堂话本·戒指儿记》、《古今小说·任孝子烈性为神》。《古今小说》成书于天启初年，比《金瓶梅词话》年代

① 吴敬所编《国色天香》，第360页。

要晚,可以不予讨论。《清平山堂话本》成书于嘉靖年间,《戒指儿记》的产生可能还早一些。《张于湖传》至晚出现于嘉靖年间,两篇小说的年代孰先孰后,似难详考。但可肯定,两篇小说之间有承袭关系。不仅因《南乡子》词基本相同,而且连词前面的语句也大体相同。《戒指儿记》写道:"有只词,名《南乡子》,单道日间云雨。怎见得?词曰:……"《张于湖传》为:"又有一篇《南乡子》词,单道日间云雨。词曰:……"究竟谁抄谁,这里不与细究。《金瓶梅词话》中的《南乡子》词从《张于湖传》抄来,还是清楚的。《戒指儿记》与《张于湖传》中的《南乡子》词,最后两句不同,《戒指儿记》为:"嘱多才,芳魂不觉绕阳台。"《张于湖传》为:"多情,今夜千万早些来。"而《金瓶梅词话》为:"嘱多才,明朝千万早些来。"显然,《金瓶梅词话》与《张于湖传》更为相似。而且,《金瓶梅》不只抄录了《张于湖传》的这一首词。

《金瓶梅词话》中大量的、细腻的、露骨的色情描写,与《张于湖传》不可同日而语。这种现象,除了于晚明社会具有形象的认识价值之外,并无思想价值与美学价值可言,评价不宜过高。这些描写,不仅仅受到《张于湖传》的影响,也受到其他小说如《如意君传》的影响。更重要的是,它是晚明社会现实的反映,鲁迅先生早就指出:"自方士进用以来,方药盛,妖心兴,而小说亦多神魔之谈,且每叙床第之事也。"①可谓一语中的。

虽然《金瓶梅词话》中存在大量的色情描写,我还是相信,作家有劝人戒色的创作意图。欣欣子说《金瓶梅词话》"无非明人伦,戒淫奔,分淑慝,化善恶"②。小说前面《四贪词》中的《色》词也写得明白:

休爱绿鬓美朱颜,少贪红粉翠花钿。损身害命多娇态,倾

---

① 鲁迅《中国小说史略》,《鲁迅全集》第九卷,人民文学出版社 1981 年版,第 183 页。
② 《金瓶梅词话序》,人民文学出版社 1985 年版,第 1 页。

国倾城色更鲜。莫贪此，养丹田。人能寡欲寿长年。从今罢却闲风月，纸帐梅花独自眠。

小说写西门庆、春梅纵欲身亡，“瓶梅淫佚早归泉”，也很好地体现了作家的这种创作意图。小说写西门庆贪欲得病时，发过这样一番议论：“看官听说，一己精神有限，天下色欲无穷。又曰：嗜欲深者，其天机浅。西门庆自知贪淫乐色，更不知油枯灯尽，髓竭人亡。”更是在小说里耳提面命。当然，作家在具体的性描写过程中，有时忘记了自己的初衷，抱着欣赏和玩味的态度，这就是欣欣子所谓“房中之事，人皆好之，人皆恶之”这种矛盾心理在小说中的反映。《金瓶梅词话》这种劝人戒色的思想，也受到了《张于湖传》的影响。《金瓶梅》第七十九回，写西门庆吃春药得病之后，有段文字：

花面金刚，玉体魔王，绮罗妆做豺狼。法场斗帐，狱牢牙床。柳眉刀，星眼剑，绛唇枪。口美舌香，蛇蝎心肠，共他者，无不遭殃。纤尘入水，片雪投汤。秦楚强，吴越壮，为他亡。早知色是伤人剑，杀尽世人人不防。

这段话，意思很清楚，女色如洪水猛兽，贪色者事败人亡。这和欣欣子序、《四贪词》的精神是一致的。这段文字也抄自《张于湖传》，仅几字之差，为便于比较，亦转录如下：

花面金刚，玉体魔王。绮罗织就豺狼。法场斗帐，牢狱牙床。柳眉刀，星眼剑，绛唇枪。口美香舌，蝎猬心肠。共他者，无不遭殃。纤尘落水，片雪投汤。秦是强，吴越比，也为他亡。早知色是伤人剑，杀尽世人少不妨。①

---

① 吴敬所编《国色天香》，第361页。

我疑心“秦是强，吴越比”、“少不妨”为误刻，“牢狱”与“狱牢”、“香舌”与“舌香”只是前后颠倒。全篇实只六字之差，在《金瓶梅词话》抄录《张于湖传》的三段文字中，这一段差异最小。

探讨《金瓶梅词话》的材料来源是《金瓶梅》研究的一个热点，早在四十年代，冯沅君先生便撰写了《金瓶梅词话中的文学史料》，开辟了这一领域。美国学者韩南的《金瓶梅探源》在前人研究的基础上，取得了集大成的成果。近几年来，徐朔方、刘辉、黄霖等先生又有所补充。但时至今日，尚无人指出《金瓶梅词话》与《张于湖传》的因袭关系。我们发现《金瓶梅》抄录《张于湖传》的三段文字，可谓铁证，二者之间的关系理应为人们所重视。

原载《徐州师范学院学报》1992 年第 1 期

备人鬼之态　兼真幻之长
——冯梦龙增补《新平妖传》的贡献

《新平妖传》是冯梦龙根据二十回本《三遂平妖传》增补而成，天许斋本张无咎《平妖传叙》云："余昔见武林旧刻本止二十回，首如暗中闻炮，突如其来；尾如饿时嚼蜡，全无滋味。且张鸾、蛋子和尚、胡永儿及任、吴、张等后来全无施设。而圣姑姑竟不知何如，突然而来，杳然而灭。疑非全书，兼疑非罗公真笔。及观兹刻，回数倍前，始终结构，备人鬼之态，兼真幻之长。"[①]张无咎说旧刻只有二十回，兹刻"回数倍前"，也就是四十回。嘉会堂本《新平妖传识语》云："旧刻罗贯中《三遂平妖传》二十卷，原起不明，非全书也。墨憨斋主人曾于长安复购得数回，残缺难读，乃手自编纂，共四十卷，首尾成文，始称完璧，题曰《新平妖传》，以别于旧。"墨憨斋主人为冯梦龙的别号，四十回本《新平妖传》为冯梦龙所补。嘉会堂本张无咎《叙》中也增加了"兹刻回数倍前，盖吾友龙子犹所补也"，"子犹著作满人间，小说其一斑，兹刻又特其小说中之一斑云"[②]等交代冯梦龙增补《新平妖传》的文字。尽管冯梦龙据以增补的旧刻二十回本已佚，现存王慎修刻本《三遂平妖传》书名叶右边一行小字题"冯犹龙先生增订"，说明该刻本是冯梦龙增补本盛行之后的一个补配

---

① 张无咎《平妖传叙》，《古本小说丛刊》第三三辑，中华书局 1991 年影印本，第 483 - 485 页。

② 张无咎《新平妖传叙》，《古本小说集成》第四辑，上海古籍出版社 1991 年影印本，第 7、9 页。

本[1]。而且这个补配本中很可能还有冯梦龙增补的文字[2]，即便如此，我们研究冯梦龙对《平妖传》的贡献，王慎修刻本仍然有比较的价值，四十回本比二十回本多出来的部分，可以肯定出自冯梦龙之手。

一

与王慎修刻本《三遂平妖传》相比，冯梦龙增补本《新平妖传》都补了些什么？一是补写了前十五回和第十七回，二是据原本二十回改写成另外二十四回。篇幅从原本十来万字增加到近三十万字，也就是说，冯梦龙不仅是补写了十六回，而且对原本二十回做了大量增补和修改。就整个工作量而言，冯梦龙对这部小说的贡献，应该超过了原作者罗贯中。

中国小说尤其是白话小说有一个特点，人物和情节必须交代得清楚明白，包括主要人物从出生到死亡的一生经历，故事从发生到结局的来龙去脉。如果按照这种标准来观照《三遂平妖传》，确有不如人意的地方。因而张无咎批评旧刻“首如暗中闻炮，突如其来；尾如饿时嚼蜡，全无滋味。且张鸾、蛋子和尚、胡永儿及任、吴、张等后来全无施设。而圣姑姑竟不知何如，突然而来，杳然而灭”。冯梦龙虽然没有明确告知他增补《新平妖传》的原因，朋友张无咎的看法，应该符合他的本意。冯梦龙增补《平妖传》，首先是要把主要人物来历不明的疏失作了弥补。张无咎列举了张鸾、蛋子和尚、胡永儿、圣姑姑等主要人物，这些人物都是《三遂平妖传》中的所谓妖人，出场都没有作必要的铺垫，胡永儿藏身于画中，其缘由并无说明。圣姑姑为胡永儿传授玄女法，也不知从何而来。瘸师出场，为何有此称呼，也无交代。瘸师将任迁、张屠、吴三郎骗入佛肚，见到圣姑姑、胡永儿，圣姑姑告诉三人，瘸师是她的儿子，胡永儿是她

① 张荣起《三遂平妖传·前言》，北京大学出版社1983年版。

② 陆树仑《平妖传版本初探》，《冯梦龙散论》，上海古籍出版社1993年版。

的女儿，非常突兀。《新平妖传》补写了圣姑姑、瘸师、胡永儿的前世今生。圣姑姑是一只老狐，生下一牡一牝两只小狐，牡的叫胡黜儿，牝的叫胡媚儿。胡黜儿变做个秀才，引诱猎户赵大郎的妻子，被赵大郎看破，射伤了左腿，更名左黜。胡媚儿潜入宫中媚惑皇太子，被关圣杀死，妖魂藏身图画中。冯梦龙补写的情节，不仅交代了圣姑姑与胡黜儿、胡媚儿的母子、母女关系，还写出了瘸师称谓的由来和胡媚儿藏身图画的经过。小说中的三个重要人物的来龙去脉一清二楚。在《三遂平妖传》中，弹子和尚出场十分奇特：善王太尉在后花园饮酒，从外面打一个弹子进来，跳了几跳，爆出一个小人，变做一个六尺来长的和尚，向太尉化三千贯钱修山门。照说弹子和尚的由来与称谓已有着落，冯梦龙对此并不满意，于是补写了迎晖寺慈长老在寺前潭中发现一枚鹅卵，送到邻居朱大伯家让母鸡孵化，孵出一个六七寸长的小孩，在寺里养大，当了和尚，人称蛋子和尚。原本中的弹子和尚变成了卵生的蛋子和尚。第三十七回，冯梦龙又补叙鹅蛋的来历："昔年有优婆夷十二岁出家，修行三十余年不曾破戒。偶于莲花塘中，见鹅鸭交感忽动欲心，从此怀孕，一十三月不产。一日在迎晖山下经过，腹中作痒，产下一蛋，弃之水潭而去。"①更增添了蛋子和尚的妖幻色彩。

九天玄女法（即《如意册》）是小说中的一个重要关目，《三遂平妖传》中，圣姑姑将它传给了胡永儿，胡永儿用此法变钱变米，剪草为马，撒豆成兵，是后来王则、胡永儿起兵的重要法术。在原书中，《如意册》来源不明，最后下落不清。冯梦龙增补本对此大做文章，将九天玄女法与《平妖传》中的妖术联系起来，几乎所有妖人的妖术均来自这本神秘的《如意册》。九天玄女助越攻吴，下山途中收白猿为徒，叫他掌管九天秘书，白猿自盗天书《如意册》，并将册中道法刻在白云洞石壁上。蛋子和尚成年之后，遍游名山，寻访道法，听说云梦山白云洞藏有天书，蛋子和尚三进白云洞，方才盗得

① 冯梦龙《新平妖传》，《冯梦龙全集》第1卷，江苏古籍出版社1993年版，第365页。

天书。天书都是雷文云篆，蛋子和尚一字不识。梦中闻老者言“欲辨天书，须寻圣姑”，蛋子和尚四处寻访圣姑，终于在华阴县杨巡检家找到圣姑姑，圣姑姑果然认识天书，并用唐音译出，和左黜、蛋子和尚一起修炼，花三年时间，炼成七十二般道法。冯梦龙补写的九天玄女法的流传过程，不仅交代了圣姑姑《如意册》的来历，圣姑姑与左黜、蛋子和尚修炼道法的经过，圣姑姑将《如意册》传给胡媚儿的原因，而且九天玄女法还是《新平妖传》的一条重要线索，小说开篇便写了白猿盗刻天书，中间用大量的篇幅详尽地叙述了蛋子和尚三盗袁公法，圣姑姑教左黜、蛋子和尚修炼玄女法，圣姑姑给胡永儿传授道法，胡永儿等人依仗道法妖术起事，最后写九天玄女娘娘用照妖宝镜收伏圣姑姑，解上天庭。又用照妖宝镜照破左黜原形，差雷部震死。又将天罡破邪法传与蛋子和尚，蛋师变做老僧诸葛遂智，帮助文招讨破了胡永儿等人的妖术，活捉王则、胡永儿。一部《新平妖传》，以九天玄女法起，以九天玄女法结，环环相扣，针线细密。

二

《新平妖传》大规模的增补和改写，也导致其内容和主旨发生了明显的变化，主要表现在小说将主要人物妖魔化。首先是将圣姑姑、胡媚儿、胡黜儿写成了害人生事的狐妖。历史上的王则起义本身就带有浓厚的妖幻色彩，据《宋史》记载：“王则者，本涿州人。岁饥，流至恩州，自卖为人牧羊，后隶宣毅军为小校。恩、冀俗妖幻，相与习《五龙》、《滴泪》等经及图谶诸书，言释迦佛衰谢，弥勒佛当持世。初，则去涿，母与之诀别，刺‘福’字于其背以为记。妖人因妄传其字隐起，争信事之，而州吏张峦、卜吉主其谋，党连德、齐诸州。”[①]庆历七年冬至叛，凡六十六日。曾巩《隆平集》将王则列入《妖寇传》。宋元时期的说话艺术顺理成章地将王则起义编成了妖

① 脱脱等撰《宋史》卷二百九十二，中华书局1985年版，第9670页。

术类故事，罗烨《醉翁谈录》就将《贝州王则》列入“妖术之事端”中。小说《三遂平妖传》就是在妖术类说话的基础上加工而成，其主要情节基本上保持了妖术类说话的特点，重点展示妖人的各种法术。胡永儿变钱变米，剪草为马，撒豆成兵；能将一条凳子变做一只大虫，和憨哥骑着大虫到城楼上乘凉；用泥做蜡烛，照样能点亮照明，还能点一夜。张鸾用纸剪一轮圆月，吹到空中，天上顿时出现两轮明月。杜七圣将小孩的头割下来再接上。正如书中诗云：“妖邪法术果通灵，赛过仙家智略深。”①冯梦龙增补的《新平妖传》，不再限于展示妖术，而是将小说中的主要人物妖魔化，冯梦龙将圣姑姑与胡媚儿、胡黜儿写成母子、母女关系，都是狐妖。“大凡牝狐要哄诱男子，便变做美貌的妇人；牡狐要哄诱妇人，便变做美貌的男子。都是采他的阴精阳血，助成修炼之事”②。胡黜儿见赵大郎的妻子钱氏颇有几分姿色，变做个俊俏秀才来引诱钱氏，最后被赵大郎射伤左腿。胡媚儿为了入选皇宫，册封皇后，深夜潜入宫中，变做一个年轻美貌的宫娥，吐口涎沫，变成一杯香喷喷的热茶，正要迷惑皇太子，结果被关圣一刀劈死。这些狐妖凭借自己的妖术来迷惑人类，满足私欲，最后都得到了应有的惩罚，体现出作者的爱憎倾向。

其次是对农民起义领袖的百般丑化。应该承认，《三遂平妖传》的基本倾向是反对农民起义的，最后结局是王则、胡永儿等人被捉碎剐。但《三遂平妖传》并没有将王则、胡永儿等人写成生事害民、十恶不赦的恶棍，反而将他们写成了富有正义感和同情心的常人，除了会妖术之外，与普通人没有什么不同。胡永儿在《三遂平妖传》无疑是第一主人公，小说第一回就从她的出生写起，全书在她的身上所用笔墨最多。第二回写胡永儿家失火，房屋、财产烧得一干二净，一家三口只得到孤老院里暂住，寒冬腊月，大雪纷飞，

① 罗贯中《三遂平妖传》，北京大学出版社 1983 年版，第 95 页。

② 冯梦龙《新平妖传》，《冯梦龙全集》第 1 卷，第 18 页。

家中无米下锅，胡永儿找出家中仅有的八文铜钱，到街上买炊饼充饥。回家路上，遇到一个腰驼背曲的叫花婆子讨要炊饼，善良的胡永儿从不够一家三口充饥的七个炊饼中拿出一个递给了老婆婆。第四回写胡员外看见胡永儿指挥两队人马交战，担心受到连累，竟然不顾父女情分，一刀将永儿杀死，只是胡永儿会法术，才逃过一劫。胡员外见女儿死而复生，又将她嫁给一个不晓人事的呆子憨哥，永儿满腹委屈，暗自抹泪。胡永儿的遭遇十分令人同情。作为女人，胡永儿甚是贞节，第六回写胡永儿私走郑州，路遇一浮浪子弟，要与胡永儿同床宿歇，被胡永儿施法术吓个半死。其他妖人也大抵如此。第八回写卜吉杀郑州知州。胡永儿跳井，是胡永儿为度卜吉使的妖术，知州既不听卜吉的申述，又不见落井人的尸首，只为昧下卜吉送的宝物金鼎，便将卜吉刺配密州，暗中叫人害他性命，最终招致杀身之祸。卜吉杀知州，写成了被迫反抗、为民除害的义举。就是王则举事谋反，也是贝州知州所逼。贝州两营官军六千人，役过三月，知州张德"每日不理正事，只是要钱"①，连一个月的钱米也不肯关支。王则在左黜的帮助下，散与官军一个月钱米，却被张德关进监狱，导致王则、左黜等人愤激造反，杀死张德及其平素心腹。王则等人杀知州举事，小说写得正气凛然："左黜喝道：'张大尹！你害尽贝州人，报应只在今日。我今日不为贝州人除害，非大丈夫也！'"②王则等人杀死张德及做公的之后，"打开狱门，把罪人都放了。到知州宅里，搬出金银钱宝，绫罗段匹，在阶下堆积如山。王则道：'这许多财物，我分文不要，计算与有请的。若有余剩，散与穷经纪人，交他安心做道路。'"③王则等人举事不是为了个人私利，而是为了受剥削和压迫的下层百姓。

冯梦龙补写的《新平妖传》，对农民起义领袖极尽丑化之能事。王则第三十一回出场，小说补写了其出身与儿时的个性：王大户梦

① 罗贯中《三遂平妖传》，第107页。

②③ 罗贯中《三遂平妖传》，第111页。

见武则天娘娘来他家借住，醒来时老婆生下孩儿，因而取名王则。也就是说王则为武则天转世。王则长到五六岁时，一位相士说他骨法非常，"须尅尽六亲，荡尽祖基"①，果然，王则七岁时，父亲一病而亡，以后六个兄弟接连患病，死得干净。长到十五六岁，生得身雄力大，不去读书，专好斗鸡走马，使枪抡棒。此人好色贪淫，见了标致妇人，宁可使百来两银子，一定要刮他上手。娼家窠妇，自不必说。又有一班闲汉帮他使钱。过了十来年，把个家业费得罄尽，连房子田地也都卖了。王则是一个先天就长有反骨，从小不务正业，长大败家误国的混蛋。后来王则受圣姑姑的教唆，在左黜、张鸾、卜吉等人的帮助下，在贝州杀知州起义。王则自立为东平郡王，册封胡永儿为皇后，左黜为国舅军师，张鸾为丞相，卜吉为大将军。此时王则私欲膨胀，贪图享乐，大肆搜刮民脂民膏，比原来的贪官污吏有过之而无不及。他大造宫殿衙门，百姓昼夜劳作，无不嗟怨。又遍访民间有颜色闺女，纳入王宫，上等的立为妃嫔，次者做宫娥伏侍；如有匿藏不献，即治本家之罪。冯梦龙还特地补写了王则强娶民女，害得他人家破人亡的故事：王则命人访得阙家庄阙疑之妻赵无暇年方二十，姿色无双。王则要强娶进宫，逼得赵无暇在娶亲香车中自缢身亡。

原本中还有几分淳朴、善良、贞节的胡永儿，在《新平妖传》中也发生了质的变化。她看见宫中翠袖成群、蛾眉作队，自己也不甘寂寞，军中掠得一个小厮，姓王名俊，生得十分清秀，胡永儿收在帐下为养子。长到十五岁，胡永儿便与他成就了好事。永儿淫心荡漾，小厮不满所欲，这小厮乖巧，出外见个美男子，便访得姓名，进与永儿，永儿便摄到宫中行乐。胡永儿被改写成了一个淫妇。

王则所作所为，不仅贝州百姓怨声载道，就连与王则一同起事的蛋子和尚见其所为不合天理，不辞而别。张鸾见文相国兴师讨伐，建议投降朝廷，为国家出力，不为王则采纳，于是与卜吉商量，

---

① 冯梦龙《新平妖传》，《冯梦龙全集》第 1 卷，第 312 页。

一同上天台山修道。冯梦龙增补这些情节,意在说明王则失道寡助,众叛亲离。

冯梦龙如此这般地丑化王则等人,与其对农民起义的态度有关,在《引首》中,冯梦龙写道:“可笑那一种最没挞煞歪肚肠空脑子的人,痴心妄想。如唐末进士黄巢,一个及第也挣不来,却想要做皇帝,杀人百万,流血千里,后来被其甥男林言所诛,遗臭于万年之下。又如汉末黄巾贼首张角依着左道,招引三十六方之众,一时俱叛,自称‘天公将军’,亦为皇甫嵩所破,弟兄三人俱死无葬身之地。”[①]联系后来李自成攻陷北京推翻明朝,冯梦龙悲愤莫喻,恨不能食其肉寝其皮的态度来看,冯氏对农民起义的态度是一贯的,丑化王则、胡永儿等人是其必然的选择。

三

《新平妖传》一方面将王则、胡永儿等人妖魔化,另一方面又明确提出“妖由人兴”的观点,并在小说中不断强化这一思想。“妖由人兴”最早出自《左传》,《左传·庄公十四年》载:“人之所忌,其气焰以取之,妖由人兴也。人无衅焉,妖不自作。人弃常则妖兴,故有妖。”冯梦龙将这一观念借用来评价王则、胡永儿起义。《新平妖传》第十四回,冯梦龙在承天门伪天书案之后批曰:“有承天门伪天书之妄,遂有白云洞真天书之衅。传云:妖由人兴,信然。”[②]

应该说,在《三遂平妖传》中已经存在妖由人兴的倾向,第六回写胡永儿略施法术吓唬浮浪子弟,就是因为浮浪子弟要与胡永儿同床宿歇,致使胡永儿愤怒不已,先后变做大胡子待诏,朱发碧眼、青脸獠牙的厉鬼,吊睛白额大虫吓得浮浪子弟魂不附体。如果没有浮浪子弟好色贪淫,就不会有胡永儿的妖术自卫。第八回写张鸾、卜吉杀郑州知州,也是因为知州贪赃枉法、草菅人命,让卜吉走

---

① 冯梦龙《新平妖传》,《冯梦龙全集》第1卷,第1、2页。

② 冯梦龙《新平妖传》,《冯梦龙全集》第1卷,第155页。

投无路，被迫杀人自救。最典型的情节是第十四回、第十五回，贪得无厌的贝州知州张德役过两营军士三个月，连一个月钱米也不肯关支，众人到仓前讨要，则被赶打回来，管营的道："如明日再不肯关支，众人须要反也！"①也就是说，贪官污吏盘剥军士，让军士忍无可忍，已经到了一触即发的程度。左黜、张鸾、卜吉等人见有机可乘，便用法术，将仓库里的钱米，以王则的名义散给六千军士，平息事态，张德不仅不领情，反而将王则等人投进监狱，直接导致了军士哗变，王则造反。如果没有张大尹的贪婪与暴戾，就不会出现贝州杀知州造反，妖由人兴的思想在这里得到了充分的体现。

在《新平妖传》中，冯梦龙"变本加厉"，将"妖由人兴"的思想写得更加明确，且矛头所指不再限于地方官，而是直指朝廷要员，甚至是皇帝。小说第十四回，冯梦龙补写张鸾的经历，在史实的基础上，虚构了张鸾帮助佞臣王钦若伪造承天门天书一事。大中祥符元年，北宋屡遭外辱，王钦若建议宋真宗东封泰山以镇服四海，这就需要七十二般祥瑞，于是王钦若与馆宾朱能、道士张大鹏（即张鸾）一同伪造承天门天书，王钦若、朱能因此而加封升职。后来引发十五路军州表章都奏得有天书。冯梦龙在写完此事之后，批曰："有承天门伪天书之妄，遂有白云洞真天书之衅。传云：妖由人兴，信然。"第三十七回，冯梦龙再次批到："有承天门天书之妖，遂有白云洞天书之妖，可谓穷源之论。"②张无咎完全赞成冯梦龙的观点，他说："余尤爱其以为天书之诬，兆真天书之乱，妖由人兴，此等语大有关系。"③就是因为有王钦若以承天门伪天书聚贵，十五路军州纷纷仿效，才有王则、胡永儿借天书起义，冯梦龙"妖由人兴"说的人，直指昏聩皇帝、奸佞大臣，这在封建专制制度下，是非常大胆、深刻的思想。

对贝州王则起义，《三遂平妖传》只是归结到知州张德的贪婪

---

① 罗贯中《三遂平妖传》，第 106 页。

② 冯梦龙《新平妖传》，《冯梦龙全集》第 1 卷，第 365 页。

③ 张无咎《平妖传叙》，《古本小说丛刊》第三三辑，第 485 页。

上，冯梦龙补《新平妖传》则将原因直接追溯到朝廷：奸臣夏竦“引用王拱辰、鱼周询等一班小人，造言生事，谋孽忠良，一连罢去了六个贤臣。……自六个人去后，夏竦受枢密使之职，专一妒贤嫉能，招权纳贿。所以州县多有贪官，天下不得太平。西夏反了赵元昊，广南反了侬智高，都未收复。今日贝州反了王则，也为着贪官而起”①。冯梦龙在此处批到：“穷源之论。”王则造反，归根到底是朝廷奸臣所致。

不仅王则造反缘于奸臣夏竦招权纳贿，而且王则势力的壮大，夏竦也脱不了干系。王则事发，夏竦举荐亲信刘彦威平叛，结果被叛军杀得节节败退，王则连下十几个县城，势如破竹，索性自立为东平郡王。

王则杀知州造反，直接起因是知州克扣军士钱米所致，这在《三遂平妖传》中已有反映，冯梦龙对此又作了修改补充，其中的一项重要内容就是官吏的巧取豪夺，招致民愤。第三十二回写知州张德要嫁女儿，差王则到铺家取十三匹彩帛，还不肯发还银两。这且不说，知州老婆嫌颜色不鲜明，尺头又短，要王则退换。王则抱回家一看，十三匹彩帛，每匹短了五尺。贪婪的官府竟然将十三匹彩帛全部剪残。王则送回去时，知州不仅不认账，反而一口咬定是王则剪残。第三十三回，冯梦龙一针见血地指出：“若无此等赃官，天下安得生乱。”②

或许有人认为，《新平妖传》中将农民起义领袖妖魔化与“妖由人兴”的思想存在矛盾，其实不然。将农民起义领袖妖魔化是冯梦龙对农民起义一贯的敌视态度，“妖由人兴”是他解释农民起义发生的根源，是对同一事件的两个不同问题所给出的答案，就如金圣叹评点《水浒》一样，一方面，他坚决反对农民起义，对农民起义领袖极端仇视，他说：“且亦不思宋江等一百八人，则何为而至于水浒

① 冯梦龙《新平妖传》，《冯梦龙全集》第1卷，第334页。
② 冯梦龙《新平妖传》，《冯梦龙全集》第1卷，第316页。

者乎？其幼，皆豺狼虎豹之姿也；其壮，皆杀人夺货之行也；其后，皆敲朴劓刖之余也；其卒，皆揭竿斩木之贼也。有王者作，比而诛之，则千人亦快，万人亦快者也。”[①]（序二）另一方面，金圣叹剖析农民起义的原因是“乱自上作”，他说：“一部大书七十回，将写一百八人也。乃开书未写一百八人，而先写高俅者，盖不写高俅，便写一百八人，则是乱自下生也；不写一百八人，先写高俅，则是乱自上作也。乱自下生，不可训也，作者之所必避也；乱自上作，不可长也，作者之所深惧也。”[②]冯梦龙与金圣叹对待农民起义的看法基本一致。

四

冯梦龙是一位写人情世态的高手，这在他所编纂的“三言”中得到了充分的证明，笑花主人称赞“三言”“极摹人情世态之歧，备写悲欢离合之致”，[③]并非溢美之词，这一经典的评语几乎得到了后人的一致认可。冯梦龙增补《新平妖传》比编纂“三言”稍早，基本上处于同一时期。尽管《三遂平妖传》属于神魔题材，冯梦龙还是补写了大量的世情内容。

冯梦龙补写的世情故事，大多属于男女之事。小说第五回、第六回和第十二回，写道士贾清风迷恋胡媚儿的故事。贾道士虽是羽流，却专好花酒。关王庙修在剑门山中，平时要见个妇人也不容易，没想到圣姑姑带着村姑打扮的胡媚儿和胡黜儿到庙里歇息，贾道士见到胡媚儿喜出望外，魂不附体，倾其所有向胡媚儿大献殷勤，又是买酒杀鸡宴请圣姑姑母子三人，又是请裁缝为圣姑姑母女做衣服，还拜圣姑姑为干娘，收胡黜儿为徒弟，称胡媚儿为贤妹。

---

① 金圣叹《第五才子书施耐庵水浒传·序二》，《水浒传会评本》上，北京大学出版社1981年版，第7页。

② 金圣叹《第五才子书施耐庵水浒传》第一回总评，《水浒传会评本》上，第54页。

③ 笑花主人《今古奇观序》，黄霖等《中国历代小说论著选》上，江西人民出版社1982年版，第263页。

没想到落花有意,流水无情。胡媚儿被纠缠不过,将其捉弄一番。后来圣姑姑带着胡媚儿离开,贾道士"不觉两眼堕泪,险些哭将出来"①。小说将贾道士见到胡媚儿时的兴奋、急切,不能得手时的失望、想念等心理和行为写得惟妙惟肖,这种情节如果移到世情小说中完全可以乱真。前面所写的胡黜儿勾引赵大郎妻子一事。后面补写的王则强娶有夫之妇赵无暇,害得赵家破人亡。胡永儿竟然与十五岁的养子乱伦。这些也属于男女之事。

冯梦龙补写的世情故事,基本倾向以暴露与谴责为主。一是谴责和尚道士不守清规戒律,好色贪淫、残害生灵。第十回,写蛋子和尚三盗袁公法,冯梦龙忙里偷闲,插叙了石头陀奸杀孕妇案。罗家畈农民邢孝外出服役,只有七十多岁的老母和五个月身孕的妻子在家,无籍游僧石头陀上门化斋,见家中没有男人,乘机强奸孕妇,还要取五个月的胎儿合长生不死之药,将孕妇和胎儿杀死。其行为令人发指。蛋子和尚路过罗家畈,偶遇此事,将石头陀打死,为邢家报仇。这一故事具有两方面的意义,一方面是对游僧强奸杀人行为的谴责,另一方面通过此事说明蛋子和尚是有正义感的,这为后来蛋子和尚离开王则,帮助平叛埋下了伏笔。二是暴露贪官污吏的贪得无厌与卑鄙无耻。第十回写蛋子和尚打死奸杀孕妇的石头陀后,侯县令见蛋子和尚本事出众,便要蛋师将书信礼物寄到庆元府亲戚家。后来城隍庙道士告诉他,侯县令是个贪官,连庙里的香火钱也不放过,每年积下大量赃物,找人送回庆元府家中。要蛋子和尚押送的财物不是送给亲戚的礼物,而是运回家的赃物。第十八回写提辖糜必达为了升迁,向胡员外借了三百两银子,买得都监之职。三年后胡员外家遭了火灾,一家人忍饥挨冻,胡员外由保人带着去糜必达家讨要本银,当糜都监得知借券被火烧了,翻脸不认账,一文钱也不还。这种补写,看似闲笔,实际上为后来官逼民反作了很好的铺垫。冯梦龙把矛头指向这两类人物,

① 冯梦龙《新平妖传》,《冯梦龙全集》第1卷,第51页。

与原书的主要内容有关。《三遂平妖传》中不少人物是出家人，蛋子和尚是妖僧，张鸾是道士，胡黜儿也曾出家，即便是王则起事，也是以"弥勒佛当持世"作宣传。贝州起义的根本原因是官吏的巧取豪夺，民不聊生，最终揭竿而起。冯梦龙补写世情故事，谴责不法妖僧和贪官，不仅与原本内容衔接、统一，还能强化原本的思想倾向。

冯梦龙补写的世情故事，不少是以晚明时期的人物和事件为基础虚构创作的。小说第十五回写雷太监娶胡媚儿为妻，冯梦龙有一段批语："万历丁酉年间，京师有内臣嫖院，咬妓遍体俱伤而死，以千金贿其家免讼，可见此辈淫心一发，更倍常人。"①冯梦龙的本意是要说明太监好色娶妻是可信的，客观上证明冯梦龙增补的世情故事是有现实依据的。《三遂平妖传》是一部妖术类神魔小说，而且故事背景发生在北宋年间，其现实感不强乃在意料之中。冯梦龙增补的《新平妖传》，补写了大量的世情故事，像官吏不择手段地掠夺钱财，和尚诱骗、强暴良家妇女，都是晚明时期司空见惯的社会现象，这些故事无疑增强了小说的现实感，拉近了小说和时代、读者的距离。因而张无咎称赞《新平妖传》"备人鬼之态，兼真幻之长"，可谓独具慧眼。

原载《求是学刊》2012年第2期

① 冯梦龙《新平妖传》，《冯梦龙全集》第1卷，第160页。

关于《西游补》的几个问题

一、《西游补》的作者问题

关于《西游补》的作者问题，是一个有争议的话题。一说作者是董说。1927年，刘半农撰《〈西游补〉作者董若雨传》，在董说诗集中发现《漫兴十首》之第三首及自注，确定《西游补》为董说所作。他说："《诗集》卷二有若雨庚寅作漫兴诗十首，第三首中有句云：'西游曾补虞初笔，万镜楼空及第归。'自注云：'余十年前曾补《西游》，有《万镜楼》一则。'庚寅时若雨三十一岁(顺治七年，公元一六五〇年)，从此倒推十年是庚辰，若雨二十一岁(崇祯十三年，公元一六四〇年)，这时候明朝还没有亡。"①一说作者是董说的父亲董斯张。1985年，高洪钧先生在《天津师大学报》上发表论文《西游补的作者是谁?》，首先提出作者董斯张说。主要依据是明刊本《西游补》署名"静啸斋主人"，而静啸斋是董斯张的斋号，他的著作名《静啸斋集》、《静啸斋存草》、《静啸斋吃》、《静啸斋遗文》，并以董斯张的生平、思想与兴趣来佐证。明刊本目录只有十五回，而正文却多出一回"节卦宫门看帐目　愁峰顶上抖毫毛"，这一回是董说所补，这就是董说所说的"余十年前曾补《西游》，有《万镜楼》一则"②。1988年春季，笔者在北京大学图书馆读冯梦龙编辑评点的散曲集《太霞新奏》，看到冯梦龙的套曲《怨离词·为侯慧卿》后面附有静啸斋评语："静啸斋评云：子犹自失慧卿，遂绝青楼之好，有《怨离

① 刘复《西游补作者董若雨传》，《西游补》附录，上海古籍出版社1983年版。

② 高洪钧《〈西游补〉的作者是谁?》，《天津师大学报》1985年第6期。

诗》三十首，同社和者甚多，总名《郁陶集》。如此曲，直是至情迫出，无一相思套语。至今读之，犹可令人下泪。”进而考察静啸斋是谁，发现静啸斋是董斯张，还是《西游补》的作者。上个世纪八十年代检索手段没有现在方便快捷，加上正在写硕士论文，没有时间广泛查阅报刊文献。仅根据自己所掌握的材料，写了一篇短稿《〈西游补〉作者董斯张考》①。拙稿除了考出静啸斋为董斯张的室名别号外，还在《南浔志》上发现了董斯张写小说的证据，董斯张死后，其好友闵元衢曾作《祭董遐周文》，祭文写道："兄之家事，洊以文名，兄尤早振黉序，使无文园之病，将荷宗伯、给谏两公之绪而益光大之。假使伏生之年，其所著诗文以迄稗官，未知与用修、元美孰多，而乃月犯少微，偏应吴中也。可胜悼哉！"闵元衢的祭文明确说过董斯张既写诗文，也著小说。拙文发表后，有学者撰文商榷，认为董斯张死后，静啸斋归董说所有，董说可以别署静啸斋主人。徐江说："静啸斋固然是董斯张的室名，但在斯张身后，此室犹存，仍为董氏家宅中的书斋，在没有文献直接证明斯张曾用过静啸斋主人这一名号之前，我们不能用推测来论定静啸斋主人即是斯张。""静啸斋主人亦不妨碍为董说署用的名号。"②苏兴提出："儿子可以用父亲的书斋名做自己的书斋名字。董说父亲死后，静啸斋名如故，因此，董说也是静啸斋的主人，可以别署之。'静啸斋主人'不等于董斯张的别署'静啸斋'。"③

书斋是文人读书写作的地方，有些文人会根据自己的志趣雅好给书斋取一个名字，是为斋号，这个斋号为文人所独有，有的文人的文集也以斋号命名。它与藏书楼、刻书坊不一样，藏书楼和刻书坊是可以父子、祖孙继承、共用的，甚至转让给他人后，仍用这一名称。如天一阁，原本是明代嘉靖年间的藏书家范钦的藏书楼，范钦死后，藏书楼以及藏书为其子范大冲继承，仍旧叫天一阁，几百

---

① 傅承洲《〈西游补〉作者董斯张考》，《文学遗产》1989 年第 3 期。

② 徐江《董说〈西游补〉考述》，《中国社会科学院研究生院学报》1993 年第 4 期。

③ 苏兴《〈西游补〉的作者及写作时间考辨》，《文史》第 42、43 辑连载。

年后还叫天一阁。还有明末藏书家黄居中,其藏书楼为千顷斋,明朝灭亡,黄居中殉国,藏书楼为其子黄虞稷继承,更名千顷堂,一字之差,基本上保留了父亲藏书楼的名称。李渔经营的刻书坊名芥子园,他的女婿经营还叫芥子园,后来转手他人,仍旧叫芥子园。书斋就不同了,父亲死后,儿子继承的是房屋,而不是室名,更不能用父亲的室名别号。如果室名别号都可以继承,那么董说死后,董说的儿子也可以用静啸斋的室名别号。汤显祖死后,汤显祖的儿子就可以号玉茗堂主人,儿子死后,孙子还号玉茗堂主人。这样一来,古人的室名别号全乱套了。这种说法显然是不成立的。

事实上,董斯张死后多年,董说仍旧保存父亲书斋的原样作为纪念,庚辰年(崇祯十三年),董说为父执兼老师赵长文的诗集作序,回忆赵长文在董家坐馆与先父的友情以及对自己的关心。序文云:"先生以诗交先子三十年,及余师先生,先子每夜起坐,令童子复诵日所读书,复诵日所读书不一行二行,先子则掩卷呼童子:'休矣,毋劳苦!'旦即为先生语相乐也。而余童子时,性又不诸童子等,绝不好晚起,星粲粲且栉且沐,于是先子大忧,儿如此惫矣,属先生令晚起。久之勿改,属先生苦余令晚起,顾先生勿忍苦余也,则书以戒:'自是后童子不日出不得出。'悲夫,静啸斋东壁上一十一字点画不改,先子墓木已拱。"①董说儿时,父亲董斯张请朋友赵长文在自己的书房静啸斋教董说读书,因董说每日天不亮就起床读书,父亲担忧儿子太辛苦,请赵长文令儿子晚起,赵长文便在东壁上写下"自是后童子不日出不得出"十一字劝诫董说。十多年后,东壁上的文字仍旧清晰可见,而董斯张已经去世十多年了。序中的静啸斋显然是指董斯张的书斋,而非董说的书斋,因赵长文在斋中教董说读书时,董说不满八岁(董说八岁时,父亲去世),不可能有斋号。直到清末,南浔人仍然将静啸斋视为董斯张的室名别号。清同治年间,汪曰桢《南浔镇志》卷七记载:"静啸斋,在高晖堂

---

① 董说《赵长文先生乍醒草序》,《董说集》,民国吴兴丛书本。

内，明董斯张著书处。”[①]董说的书斋叫丰草庵，《南浔镇志》同样有记载：“丰草庵，在南栅补船村，董说屏迹著书处。”[②]清季，南浔人将董斯张和董说的书斋区分得非常清楚。

两位学者将室名和别号、静啸斋与静啸斋主人分开，实际上古人室名和别号经常混用，室名即别号，别号即室名，室名后加上主人为别号也是惯例。汤显祖室名玉茗堂，别号玉茗堂、玉茗堂主人。冯梦龙室名墨憨斋，别号墨憨斋、墨憨斋主人。梁启超室名饮冰室，别号饮冰室主人。静啸斋就是静啸斋主人，就是董斯张。

二、《西游补》的成书时间与隐射问题

关于《西游补》的成书年代，《西游补》最早的刻本有明确的题署，嶷如居士的序注明为“辛巳中秋”，此处的“辛巳”只能是明崇祯十四年。董说诗《漫兴十首》之第四首自注云：“余十年前曾补西游，有《万镜楼》一则。”《漫兴十首》作于庚寅年(顺治七年)，上推十年，即崇祯十三年。董说自注与嶷如居士吻合。《西游补》最后成书于崇祯十三年，刊刻于崇祯十四年。因董说主要生活在清朝，明清鼎革时，董说二十五岁，董说的著作也都刻于清朝。到清朝末年，一些文人想当然地以为《西游补》是董说在清初创作的。光绪元年，天目山樵为申报馆排印本写序，序云：“南潜本儒者，遭国变，弃家事佛。是书虽借径《西游》，实自述平生阅历了悟之迹，不与原书同趣，何必为悟一子之诠释。”[③]光绪三十三年，黄人看到申报馆排印本，他说：“此书国初仅有抄本，初刻于申报馆，今日翻刻者，有病禅跋语，多与鄙意暗合。”[④]当然也读了天目山樵的序，并受其影响，也认为董说“身丁陆沉之祸，不得已遁为诡诞，借孙悟空以自写

①② 汪曰桢《南浔镇志》卷七，清同治二年。

③ 天目山樵《西游补序》，《中国历代小说序跋集》，人民文学出版社 1996 年版，第 1392 页。

④ 黄人《小说小话》，《中国二十世纪中国小说理论资料》第一卷，北京大学出版社，第 263 页。

其生平之历史。”几乎就是上述天目山樵序前三句的改写。而且又有发挥，说《西游补》“系于三调芭蕉扇后者，以火焰山寓朱明焉。俗称本朝为清唐国，故曰‘新唐世界’。大禹之戮防风，始皇之逐匈奴，皆为汉种摧伏异族之代表，故欲向之乞驱山铎及治妖斩魔秘诀，以遂廓清之志。由崧溺于声色，唐、桂二藩皆制于艳妻，故托于西霸王以隐讽之。绿珠请客，而有西施在座，讥当时号为西山饿夫、洛邑顽民者，不免与兴朝佐命往还也”。黄人采用索隐方法，将《西游补》中的人物和情节与南明、清初的人物和事件联系起来。天目山樵、黄人均未见到明刊本，如果他们见到明刊本，大概不会作此牵强附会的解读。

在讨论《西游补》的作者时，笔者曾提出：“《西游补》刊于崇祯十四年，时年董说二十二岁，实则二十一周岁。而《西游补》的创作应在崇祯十四年之前。董说如此年轻，涉世未深，对明代社会不可能有如《西游补》那样清楚的了解和深刻的认识。”① 上个世纪九十年代，苏兴先生要将晚清文人对《西游补》的误解坐实，撰写了《〈西游补〉的作者及写作时间考辨》，“认为所谓明清鼎革前董说作成《西游补》，而于崇祯十四年版行的定论可以怀疑，‘铁证’可以推翻。从而回答了董说在二十一岁（二十周岁）的年龄不可能写出《西游补》的诘难。董说写《西游补》是三十岁左右”②。苏文的论证方法和主要依据就是用索隐的方法将《西游补》中的人物和情节比附南明清初的人物和事件，从而证明《西游补》之作于明清鼎革之后。在论证董说与黄道周的关系时，用小说结尾处写一个师长讲《易经》中的一句“范围天地而不过”的情节，便作解释和推论：“《西游补》说静舍师长的那一句‘范围天地而不过’，是孕育着日在黄道上运行一年，整一周，没有超过，做成词语，即‘黄道周’三字是也。它是一个具体人的名字啊！”这种解读，恐怕和胡适批评的《红楼

① 傅承洲《〈西游补〉作者董斯张考》，《文学遗产》1989 年第 3 期。

② 苏兴《〈西游补〉的作者及写作时间考辨》，《文史》第 42、43 辑连载。

梦》索隐派“猜笨谜”的做法大体相似。苏文说:“行者在未来世界刑秦桧及拜武穆为师,是对黄道周就义后的悼念。”因为“南明唐王在福建成立隆武政权,任命黄道周为少保兼太子太师、吏部尚书、英武殿大学士,率旅西征北伐,黄少保与岳少保便难分彼此了。最后,黄少保北伐战败而慷慨就义,系由明奸郑芝龙发其轫,由另一明奸洪承畴终其事的。这与岳少保北伐清之先民——女真,被宋奸臣秦桧诬陷死于风波亭相似。”“岳飞是指黄道周,秦桧自然就是指郑芝龙与洪承畴的混合体。”且不说岳飞之死与黄道周之死根本就不同,岳飞是在抗金连捷,被宋高宗、秦桧以十二道“金字牌”召回,以“莫须有”的罪名杀害的。黄道周是抗清失败,被清人俘虏后杀害。说《西游补》写岳飞是悼念黄道周没有任何文献依据。

《西游补》第八回写孙悟空到未来世界,判使呈上一册黄面历,“行者翻开看看,只见打头就是十二月,却把正月住脚。每月中打头就是三十日,或二十九日,又把初一做住脚,吃了一惊,道:‘奇怪!未来世界中历日都是逆的!’到底想不通”①。苏兴先生便将未来世界的历日与南明桂王所编《大统历》和清朝《时宪历》因闰月不同造成的月份差别、大月小月不同造成的晦朔的差别联系起来,认为这是“《西游补》必定作于明清鼎革的铁证、钢证”。其实两者并无相似之处:第一,未来世界的黄面历是一册日历,桂王的《大统历》和清朝的《时宪历》是两册日历;第二,未来世界的日历全是倒逆的,而桂王的《大统历》和清朝的《时宪历》都是正常时序;第三,董说家住浙江乌程,1645 年,清兵便攻占了乌程。1646 年桂王才在肇庆监国,控制广东、广西、四川、云南、贵州等地。桂王《大统历》和清朝《时宪历》闰月不同发生在庚寅、辛卯(顺治七年、八年,永历四年、五年)年间。早为清朝控制的乌程不可能用桂王所编《大统历》,董说是否见到《大统历》也不得而知。《西游补》怎么可能根据桂王《大统历》和清朝《时宪历》差异来写未来世界的日历

---

① 《西游补》第八回。

呢?《西游补》写未来世界日历是逆的另有原因,也很好理解。作为一部神魔小说,作者所写时空非常广阔,孙悟空为寻找驱山铎,先到古人世界,变做虞美人,与楚伯王项羽周旋,又进入未来世界,当了半日阎罗天子,审判宋朝奸臣秦桧,拜岳飞为第三个师傅。孙悟空是唐僧的徒弟,为唐朝人,项羽、虞美人是秦朝末年人,对孙悟空来说是古人,岳飞、秦桧是南宋人,对孙悟空来说是未来人。南宋人要见到唐朝人,日历不能顺时往后编,越往后离唐朝就越远了,只能逆时往前编,才能到唐朝。所以《西游补》写未来世界历日都是逆的,一年十二月打头,一月收尾。一月三十日或二十九日打头,初一收尾。这与桂王的《大统历》毫无关系。

苏文说《西游补》所写新唐隐射弘光政权,“玄奘”误刻为“玄装”是吊崇祯、弘光之亡,西虏隐射左良玉和李自成,都是很随意的比附,没有文献材料的支持。《红楼梦》作为一部写现实的小说尚且不能用索隐的方法来解读,《西游补》是一部神魔小说,用索隐的方法研究肯定是行不通的。

另外,《西游补》写唐王册封唐僧为“杀青大将军”,“青”与“清”谐音,只有偏旁不同,董说到清朝敢写“杀青大将军”是难以想象的。第十回写孙悟空到新古人饭店,还没进门就乱嚷:“臊气! 臊气!”还问新古人:“为何这等臊气? 又不是鱼腥,又不是羊膻。”新古人道:“要臊,到我这里来;不要臊,莫到我这里来。这里是鞑子隔壁,再走走儿,便要满身惹臊。”鞑子是明清时期汉人对女真人、满人的蔑称,小说还写鞑子有臊气,在清朝是有杀头灭九族危险的。

三、《西游补》是一部补书

长期以来,学术界都称《西游补》为《西游记》的续书,实际上并不准确。作者将该书命名为《西游补》,并在书名下方特别注明“入三调芭蕉扇后”。依作者的意思,应该叫补书,不能叫续书。续书,从语义上看，它是接着原书来写的意思。《说文解字》曰："续，连也。"①续是连接的意思，某种物品断了，将它连接上。后来引申为接续、后续，认为物品不完整，在后面再续上一部分。这种用法，在书名中非常普遍，如隋朝姚最《续画品》，继谢赫《古画品录》而作；唐朝道宣《续高僧传》，继慧皎《高僧传》而作。他如《续通志》、《续通典》、《续文献通考》，莫不如是。《西游补》插在《西游记》的中间，"三借芭蕉扇"之后，并不是接在全书末尾，称为续书，不伦不类，且极易造成误会。称补书，不仅符合作者的原意，也符合《西游补》的实际情形。《说文解字》云："补，完衣也。"②本义为修补衣服，引申为修补破败、残缺的事物。如补天、补阙、补过等。书名中亦多有带补字者，如《史谈补》，原有杨一奇编撰《史谈》五卷，陈简增补百余条，改题《史谈补》。《智囊补》，冯梦龙先编辑《智囊》，辑古今智慧谋略故事九百多则，后又增补两百多则，更名《智囊补》。《吴兴艺文补》，董斯张编辑《吴兴艺文志》，未完稿即病逝，后由其友人闵元衢、韩千秋增补而成。这些书名中带有"补"字的书籍，都是因原书有残缺、遗漏等瑕疵，于是进行增补。《西游补》插入《西游记》的中间，就像在原书上打一个补丁，称为补书，名副其实。

作为《西游记》的补书，它和《西游记》的关系非常密切，小说中的主要人物孙悟空、唐僧均源于《西游记》。作者特别说明该书"入三调芭蕉扇后"，是受到《西游记》三调芭蕉扇故事的影响。小说第十五回，自称是孙悟空儿子的波罗蜜王还复述过孙悟空三调芭蕉扇的故事。在《西游记》中，唐僧师徒在上西天的途中，遇八百里火焰山阻挡了去路，只有芭蕉扇能将山火扇灭，为借芭蕉扇，孙悟空与罗刹女、牛魔王斗智斗勇，最终降服牛魔王和罗刹女，借得芭蕉扇，扇灭山火，既打通了取经的道路，也造福于火焰山周边的百姓。在这个故事中，孙悟空无疑是故事的主角，借芭蕉扇则是故事的主

---

① 许慎《说文解字》，中华书局1963年版，第272页。

② 许慎《说文解字》，第172页。

要线索,故事所展示的内容则是孙悟空在借芭蕉扇中所遇到的妖魔和困难,叙述的焦点比较集中,基本在孙悟空的视线范围之内。在《西游补》中,孙悟空在新唐国偶闻宫人说秦始皇有驱山铎,暗想"我若有这个铎子,逢着有妖精的高山,预先驱了他去,也落得省些气力。"①孙悟空来到古人世界,找秦始皇借驱山铎,原来元造天尊见秦始皇蒙瞳得紧,不可放在古人世界,派到蒙瞳世界去了。而蒙瞳世界隔着未来世界,孙悟空只得先到未来世界,做了半日阎罗。又被推入青青世界,遇到秦始皇的故人,告知秦始皇的驱山铎借给了汉高祖。孙悟空并没有见到秦始皇,更没有借到驱山铎。在《西游补》中,驱山铎和《西游记》中的芭蕉扇一样,具有故事线索的功能。不同的是,《西游记》中,芭蕉扇是孙悟空始终追寻的目标,而《西游补》中的驱山铎,仅仅是故事的线索,借到与否并不重要,作者关注的重点是孙悟空在寻找驱山铎的过程中所遇到的人物和事件,并借以表达作者对历史和现实的认识。

虽然主要人物和线索与《西游记》相关,静啸斋主人并没有一味地依赖原作,而是另起炉灶,精心构思了孙悟空被鲭鱼精所迷,进入幻境,先后游历大新唐国、青青世界、古人世界、未来世界,再回到青青世界,最后被虚空主人唤醒。孙悟空虽然还是中心人物,作者并没有精心刻画他的性格,只是通过孙悟空的幻游,来展示作者亲身经历和亲眼看到的各种人物和事件,寄寓作家对晚明社会的愤懑与忧虑。在大新唐国,悟空听到宫人自言自语:"皇帝也眠,宰相也眠,绿玉殿如今变做眠仙阁哩!昨夜我家风流天子替倾国夫人暖房,摆酒在后园翡翠宫中,酣饮了一夜。初时取出一面高唐镜,叫倾国夫人立在左边,徐夫人立在右边,三人并肩照镜,天子又道两位夫人标致,倾国夫人又道陛下标致。天子回转头来便问我辈宫人,当时三四百个贴身宫女齐声答应:'果然是绝世郎君!'天子大悦,便迷着眼饮了一大觥。酒半酣时,起来看月,天子便开口

---

① 《西游补》第二回。

笑笑，指着月中嫦娥道：‘此是朕的徐夫人。’徐夫人又指着织女、牛郎说：‘此是陛下与倾国夫人。今夜虽是三月初五，却要预借七夕哩。’天子大悦，又饮一大觥。一个醉天子，面上血红，头儿摇摇，脚儿斜斜，舌儿嗒嗒，不管三七念一，二七十四，一横横在徐夫人的身上。倾国夫人又慌忙坐定，做了一个雪花肉榻，枕了天子的脚跟。又有徐夫人身边一个绣女忒有情兴，登时摘一朵海木香，嘻嘻而笑，走到徐夫人背后，轻轻插在天子头上，做个醉花天子模样。这等快活，果然人间蓬岛！”[①]这位饮酒作乐的醉花天子，读者很容易想到万历皇帝，明神宗执政后期，二十多年不上朝，连大臣们的奏章也不批阅，大选嫔妃，沉溺女色。万历十七年，大理寺左评事雒于仁上《酒色财气四箴疏》，公开指责“陛下之疾，所以致之者有由也。臣闻嗜酒则腐肠，恋色则伐性，贪财则丧志，尚气则戕生”[②]。联系董斯张的祖父董份万历年间被夺职为民，兄长董嗣成为争国本被削籍，作者在小说中讽刺万历皇帝乃至情理之中。晚明荒淫的皇帝不止万历皇帝一人，隆庆皇帝也是一位酒色之徒，长期服用春药，纵欲过度而死，年仅三十六岁。泰昌皇帝贪恋酒色，纵欲淫乐，即位一月便暴病而亡，史称“一月天子”。《西游补》第二回，写孙悟空幻入新唐国，看到城头上绿锦旗写着“大唐新天子太宗三十八代孙中兴皇帝”，起初不相信：“师父出大唐境界，到今日也不上二十年，他那里难道就过了几百年?”转念一想：“也未可知，若是一月一个皇帝，不消四年，三十八个都换到了。或者是真的?”这“一月一个皇帝”或受“一月天子”的启发。作者的矛头所指恐非万历一人。

第九回写孙悟空在未来世界当了半日阎罗天子，审判秦桧议和卖国、陷害岳飞等罪行，孙悟空道：“宋太祖辛辛苦苦的天下，被秦桧快快活活儿送了!”秦桧道：“爷爷，后边做秦桧的也多，现今做

---

① 《西游补》第二回。

② 郑廷玉等《明史》，中华书局 1974 年版，第 6100 页。

秦桧的也不少,只管叫秦桧独独受苦怎的?”行者道:“谁叫你做现今秦桧的师长,后边秦桧的规模!”作者讽刺叛国投敌之意甚明。有的研究者认为此乃讽刺明朝灭亡时投靠清朝的官员。作者讽刺对象有两类,即“现今秦桧”和“后边秦桧”。严惩秦桧,既有对南宋投降派的讥刺,又有对晚明时期投降后金官员嘲讽。在南宋时期,主张投降的除秦桧之外,还有汪伯彦、黄潜善等一批大小官员,这些人就是《西游补》所说的“现今做秦桧的”。明朝万历、天启年间,在与后金的战争中,也有一些官兵投降,比如明军游击李永芳,万历四十六年投降努尔哈赤。李永芳等人就是“后边做秦桧的”。

第四回写青青世界科举放榜:“顷刻间,便有千万人,挤挤拥拥,叫叫呼呼,齐来看榜。初时但有喧闹之声,继之以哭泣之声,继之以怒骂之声。须臾,一簇人儿各自走散:也有呆坐石上的,也有丢碎鸳鸯瓦砚;也有首发如蓬,被父母师长打赶;也有开了亲身匣,取出玉琴焚之,痛哭一场;也有拔床头剑自杀,被一女子夺住;也有低头呆想,把自家廷对文字三回而读;也有大笑,拍案叫‘命,命,命’;也有垂头吐红血;也有几个长者费些买春钱,替一人解闷;也有独自吟诗,忽然吟一句,把脚乱踢石头;也有不许僮仆报榜上无名者;也有外假气闷,内露笑容,若曰应得者;也有真悲真愤,强作喜容笑面。”作者借太上老君之口痛骂士子及其文章:“一班无耳无目,无舌无鼻,无手无脚,无心无肺,无骨无筋,无血无气之人,名曰秀才;百年只用一张纸,盖棺却无两句书!做的文字,更有蹊跷:混沌死过几万年还放他不过;尧、舜安坐在黄庭内,也要牵来!呼吸是清虚之物,不去养他,却去惹他;精神是一身之宝,不去静他,却去动他!你道这个文章叫做什么?原来叫做纱帽文章!”董斯张考了一辈子的科举,只取得廪膳生员(俗称秀才)的功名,一直未能中举。董斯张享年四十三岁,假设他二十岁中秀才,三年一次秋闱,董斯张多次参加乡试,每次的结果都是落榜。董斯张考科举的经历使他对科举制度的实质及其戕害士子的罪恶有了清醒的认识,并在小说中作了痛快淋漓的揭露和批判。

在时空安排方面,《西游补》比《西游记》更为奇幻。在《西游记》中,与孙悟空打交道的都是妖魔,住在山中,罗刹女住在翠云山芭蕉洞,玉面公主与牛魔王住在积雷山摩云洞,老龙精则住在乱石山碧波潭,孙悟空与妖魔的厮杀及故事都发生在荒无人烟的大山中,孙悟空凭借其十万八千里跟斗云在相距遥远的空间自由穿行,而时间顺序丝毫不乱。《西游补》中除孙悟空、猪八戒这些原书中的人物带有神话色彩外,作者增加的人物大多是历史人物,如项羽、虞美人、岳飞、秦桧等,他们生活在不同的朝代。作者利用神魔小说时空自由的特点,别出心裁地将时间转化为空间,虚构了青青世界、古人世界、未来世界等不同的活动场所。不仅让不同时代的人物形成交集,而且打乱了原有的时间顺序,历史上从汉代(古人世界)、唐代(青青世界)到宋代(未来时间)的自然时序,变成了从大新唐国(唐代)、青青世界(唐代)、古人世界(汉代)、未来世界(宋代)、再回到青青世界(唐代)的空间链条。静啸斋主人在《西游补答问》中写道:"问:古人世界,是过去之说矣;未来世界,是未来之说矣。虽然,初唐之日,又安得宋丞相秦桧之魂魄而治之?曰:《西游补》,情梦也。譬如正月初三日梦见三月初三日与人争斗,手足格伤,及至三月初三日果有争斗,目之所见与梦无异。夫正月初三非三月初三也,而梦之见之者,心无所不至也;心无所不至,故不可放。"可见作者是故意将时序打乱,以显梦境之真,从而形成了小说的奇幻风格。

清代已降,小说理论家对小说续补之书骂声一片,刘廷玑《在园杂志》云:"作书命意,创始者倍极精神,后此纵佳,自有崖岸,不独不能加于其上,即求媲美并观,亦不可得,何况续以狗尾,自出下下耶?"[①]陆绍明在《月月小说》发刊词中这样评价小说续书:"又有奇者,袭其名又袭去其实,自为翻陈出新之作。如邱氏著《西游记》,而后人又著《后西游记》;元人著《西厢记》,而后人又著《西厢

① 刘廷玑《在园杂志》,中华书局2005年版,第125页。

记》;曹氏著《红楼梦》,而后人又著《红楼梦》。画虎类猫,刻鹄成鹜,诚不足观也。"[①]解弢《小说话》云:"凡续编之书,概无佳作,如《红楼》、《水浒》、《聊斋》诸后续者是也。"[②]并列举了不少小说书名,却无人提及《西游补》,说明在众多续补小说中,《西游补》还是一部为人们认可的上乘之作。

原载《河北学刊》2016 年第 6 期,中国人民大学复印报刊资料《中国古代近代文学研究》2017 年第 1 期全文转载。

---

① 陆绍明《〈月月小说〉发刊词》,《中国二十世纪中国小说理论资料》第一卷,北京大学出版社,第 198 页。

② 解弢《小说话》,中华书局 1919 年版。

成长的烦恼和青春期叛逆

——从年龄的角度看贾宝玉

一

贾宝玉是《红楼梦》的中心人物，关于他的年龄，不同版本叙述稍有出入。作家写小说不是编年谱，不会逐回交代人物的年龄，但主要人物出场和退场的年龄即人物活动的时间段应该明确无误，在情节的叙述中有时也会很自然地透露出人物的年龄来。我们以一百二十回本《红楼梦》（程乙本）为依据，对贾宝玉的年龄作一点考察。第二回冷子兴向贾雨村介绍荣国府，说宝玉“如今长了十来岁”①，这也是黛玉进贾府时，宝玉第一次出场的年龄。检庚辰本，称宝玉“七八岁”②，似不合理。贾雨村送黛玉进贾府在冬天，贾母在安排黛玉的房舍时，明确说：“等过了残冬，春天再给他们收拾房屋，另作一番安排罢。”（第三回）贾雨村得到贾政的帮助，“谋了一个复职，不上两月，便选了金陵应天府，辞了贾政，择日到任上去了”（第三回）。贾雨村上任审理的第一件官司便是薛蟠打死冯渊案，然后才有薛姨妈带着宝钗、薛蟠进入贾府。此时已是第二年的春天，贾宝玉 11 岁。紧接着写宝玉梦游太虚幻境，警幻仙姑“秘授以云雨之事”（第五回），出现梦中遗精。梦遗是男性进入青春期的重要标志，据心理学家研究，“男性首次产生精子被称为首次射精。

---

① 曹雪芹原著，程伟元、高鹗整理，张俊等评注《新批校注红楼梦》，商务印书馆 2013 年版，第 45 页。本文所引《红楼梦》原文，均用此版，为避免烦琐，后文不再加注，只随文注明回数。

② 《脂砚斋重评石头记》（庚辰本），人民文学出版社 2010 年影印本，第 38 页。

这大约出现在 12 岁左右”[①]。贾宝玉首次梦遗，并与袭人初试云雨情，11 岁是符合生理规律的。如果按庚辰本的说法，宝玉此时八九岁，则不符合男孩发育的生理特点。程乙本的修订者看出了原本中贾宝玉出场年龄不太合理，并作了相应的修改。

程乙本除贾宝玉的出场年龄与庚辰本不同外，其后有关年龄的叙述完全一致。小说第二十三回写贾宝玉作了四首即事诗，“当时有一等势利人，见是荣国府十二三岁的公子做的，抄录出来各处称颂”。此时贾宝玉已经十二三岁。贾宝玉写即事诗，是在刚入住大观园时。小说第十八回写正月十五元妃省亲，第二十三回写元妃回宫后即下谕命宝钗、宝玉等人进园居住，二月二十二日宝玉等人搬进园里。也就是说从十八回到二十三回，小说只写了一个多月所发生的故事。在此之前，小说第十六回写贾府修省亲别院，十七回写贾宝玉为大观园题对额，时间在元妃省亲的前一年，此时宝玉十一二岁。程乙本中贾宝玉的年龄只是开头几回与庚辰本有两三岁的出入。

第二十四回写贾芸到贾府找贾琏，见到宝玉，宝玉笑道：“你倒比先越发出挑了，倒像我的儿子。”贾琏笑道：“好不害臊，人家比你大五六岁呢，就给你作儿子了？”宝玉笑道：“你今年十几岁了？”贾芸道：“十八了。”贾芸十八岁，比宝玉大五六岁，宝玉十二三岁，与上回交代的年龄吻合。

第四十五回写黛玉生病，宝钗前去探望，黛玉叹道：“细细算来，我母亲去世的时候，又无姊妹兄弟，我长了今年十五岁，竟没有一个人像你前日的话教导我。”第三回，黛玉进贾府时说过：“在家时记得母亲常说，这位哥哥比我大一岁，小名就叫宝玉。”宝玉大黛玉一岁，此时宝玉长到十六岁。

第一百二十回，宝玉和一僧一道离家出走后，贾政对家人说：“岂知宝玉是下凡历劫的，竟哄了老太太一十九年。”宝玉出家时是

---

① [美]阿内特《阿内特青少年心理学》，中国人民大学出版社 2009 年版，第 27 页。

十九岁,这也是小说结束时的年龄。

一百二十回本《红楼梦》写了贾宝玉从十来岁到十九岁一共九年间发生的故事。大致来说,前八十回写了大约六七年的事,后四十回写了大约两三年的事。

二

贾宝玉的年龄从十岁到十九岁,正好处于青春期。即使是按庚辰本的叙述,小说写了贾宝玉八岁而主要是十一岁以后少年时期的故事(因庚辰本只有七十八回,贾宝玉在小说结束时的年龄不详),这一结论同样成立。"今天的学者普遍认为青春期开始于10岁,结束的年龄大约18岁"①。贾宝玉的性格与其青春期有着直接的关系。

"'青春期'这个词可以追溯到拉丁语的词源,意思是'体毛的出现'"②。青春期的首要变化就是身体的发育和性的成熟。此时的少男少女情窦初开,对异性充满好奇,渴望与自己心仪的异性交往,一旦环境允许,可能发生早恋和性行为。贾宝玉出生在一个贵族家庭,生活条件优越,整天在内帏厮混,生理发育比一般家庭的孩子要早,十一岁就出现梦遗,进入青春期。宝玉随贾母到宁府赏花,一时倦怠,要睡午觉,秦可卿专门为他收拾的屋子,室宇精美,铺陈华丽,宝玉不愿意在这间屋子睡觉。当秦可卿让宝玉到自己房里睡觉时,宝玉点头微笑,他感兴趣的是年轻漂亮的侄儿媳妇睡觉的地方。女人房里的甜香,各种带有性暗示的摆设,致使贾宝玉很自然地梦游太虚幻境,警幻仙姑秘授云雨之事,实际上是宝玉做了有生以来的第一场春梦。很快宝玉梦遗之事被贴身丫鬟袭人发现,宝玉便将梦中之事细说与袭人听,于是发生了贾宝玉初试云雨情。除袭人外,宝玉与麝月、碧痕的关系也让人生疑。第二十回,

---

① 阿内特《阿内特青少年心理学》,第3页。

② 阿内特《阿内特青少年心理学》,第19-20页。

宝玉为麝月篦头，晴雯笑道："你又护着他了。你们那瞒神弄鬼的，打量我都不知道呢。"既然要瞒神弄鬼，当然是不能见人的事。晴雯也说过袭人："你们鬼鬼祟祟干的那些事，也瞒不过我去。"（第三十一回）"鬼鬼祟祟"和"瞒神弄鬼"意思一样，宝玉和麝月干的事与宝玉和袭人干的事也应该相同。第三十一回，宝玉酒后要和晴雯一起洗澡，晴雯摇手笑道："罢！罢！我不敢惹爷。还记得碧痕打发你洗澡啊，足有两三个时辰，也不知道做什么呢，我们也不好进去。后来洗完了，进去瞧瞧，地下的水，淹着床腿子，连席子上都汪着水，也不知是怎么洗的。笑了几天。"洗个澡显然不需要"两三个时辰"，席子上有水，"笑了几天"，此处说得更为明白。

宝玉不仅与身边的丫鬟行云雨之事，还对贾府中其他丫鬟时常挑逗和撩拨。第二十四回，宝玉见鸳鸯歪在床上看袭人做针线，便把脸凑在脖子上，闻那香气，不住用手摩挲，猴上身去，涎着脸笑道："好姐姐，把你嘴上的胭脂赏我吃了罢！"一面说，一面扭股糖似的粘在身上。第三十回，金钏儿正给王夫人捶腿，也是睡意蒙眬，宝玉淘气摘掉她的耳坠，并喂她一颗香雪润津丹，还拉着手说："我和太太讨了你，咱们在一处吧。"此事直接导致了金钏被撵自杀。这些并非小孩子的玩笑游戏，而是一个青春期少年对异性的亲昵行为。

对于寄居贾府的小姐，贾宝玉当然不敢像对丫鬟那样为所欲为，但这些家规礼节并不能阻碍他对年轻异性的欣赏、好感和爱慕。他曾为宝钗的美貌所吸引，第二十八回，宝玉看着宝钗雪白的一段酥臂，不觉动了羡慕之心，暗想："这个膀子，若长在林姑娘身上，或者还得摸一摸；偏长在他身上，正是恨我没福。""再看看宝钗形容，只见脸若银盆，眼似水杏，唇不点而含丹，眉不画而横翠，比黛玉另具一种妩媚风流，不觉就呆了。"无论是雪白的酥臂，还是丹唇翠眉，此时的宝玉，眼中充满了贪念与欲望，摸一摸的念头写得再直白不过了。宝玉与黛玉更是产生了刻骨铭心的恋情，小说将他们的爱情写得比较纯洁、唯美，是一种建立在共同的思想基础上的知己之爱，但恋爱从本质上来说就是两性之爱，古代婚姻制度是父母之命，媒妁之言，青年男女是不能自由恋爱的，更何况是十二三岁的孩子谈恋爱。宝黛的恋爱完全违背了制度的规定与家长的意志。

青春期是一个人从儿童到成年的过渡阶段，随着身体的发育，知识的增长，独立意识的增强，这一时期的青少年不愿意父母干预自己的事情，对一些问题的看法，也不愿意接受家长的意见，甚至对一些传统的、权威的观点也表示异议，提出过激的批评。“青年对自己和周围变得更加神经过敏。由于这种敏感，出现了对自我和周围现实的否认和自我嫌恶，还会出现对自我形态的妄想性思考等。对自我的发觉和与他人对立的姿态，更增强了对于一些人的不满情绪，而且这种不满不仅针对始终寄以信任的父母，并发展到了针对整个社会。不满情绪的积蓄，会带来怎样的行动呢？在最极端的时候，会出现否认从前自己最受影响的集团持有的价值体系，通过选择完全相反的对象，企图重新构成同一性”①。贾宝玉对传统人生道路的否定就是一种极端的叛逆现象。贾宝玉出生在一个世代荣显之家，从其曾祖开始，历代袭官，其父贾政先为工部员外郎，后来点了学政，擢升工部郎中，宝玉虽是次子，但长子贾珠夭折，即便宝玉不中科举，也可以袭职为官。宝玉从小聪明乖觉，父母对他有更高的期望，希望他能通过科举走上仕途，成就更高的功名。第九回，贾政问李贵，宝玉念什么书，李贵回说“念到第三本《诗经》”，贾政说道：“那怕再念三十本《诗经》，也是掩耳盗铃，哄人而已。你去请学里太爷的安，就说我说的，什么《诗经》、古文，一概不用虚应故事，只是先把《四书》一齐讲明背熟，是最要紧的。”贾政为何要宝玉将《四书》讲明背熟，因清代科举首重《四书》。第八十一回，贾政决定亲自送宝玉到家塾念书，告诫宝玉：“应试选举，到底以文章为主，你这上头倒没有一点儿工夫。我可嘱咐你，自今日

① ［日］关忠文《青年心理学》，黑龙江人民出版社 1982 年版，第 68 页。

起，再不许做诗做对的了，单要习学八股文章。限你一年，若毫无长进，你也不用念书了，我也不愿有你这样的儿子了。”并嘱咐先生贾代儒：“目今只求叫他读书、讲书、作文章。倘或不听教训，还求太爷认真的管教管教他，才不至有名无实的，白耽误了他的一世。”(第八十一回)贾政对宝玉的教育，对先生的嘱托，都是从科举考试出发的。宝玉对习八股、考科举十分反感。第八十二回，宝玉下学去看黛玉，说起念书，宝玉说：“还提什么念书，我最厌这些道学话。更可笑的是八股文章，拿他诓功名混饭吃也罢了，还要说代圣贤立言。好些的，不过拿些经书凑搭凑搭还罢了。更有一种可笑的，肚子里原没有什么，东拉西扯，弄的牛鬼蛇神，还自以为博奥。这那里是阐发圣贤的道理？目下老爷口口声声叫我学这个，我又不敢违拗，你这会子还提念书呢。”宝玉不仅仅是讨厌八股文章，其实质就是否定通过八股文章求取功名的人生追求。贾府常有官员来访，每次来人，贾政总要宝玉会客，其目的就是让宝玉结交一些官场的朋友，为今后的仕途做准备。第三十二回，贾雨村来贾府，贾政叫宝玉迎客，宝玉非常厌烦，湘云劝道：“还是这个性儿，改不了。如今大了，你就不愿去考举人、进士的，也该常会会这些为官做宦的，谈讲谈讲那些仕途经济，也好将来应酬世务，日后也有个正经朋友。让你成年家只在我们队里，搅的出些什么来！”宝玉甚为反感：“姑娘请别的屋里坐坐罢，我这里仔细腌臜了你这样知经济的人。”宝玉的态度很清楚，既不愿意考举人进士，也不愿意谈仕途经济。第三十六回，写宝玉挨打之后，贾母不让他会人待客，只在园中游玩坐卧，宝钗辈有时见机劝导，宝玉说：“好好的一个清净洁白女子，也学的沽名钓誉，入了国贼禄鬼之流！这总是前人无故生事，立意造言，原为引导后世的须眉浊物。不想我生不幸，亦且琼闺绣阁中亦染此风，真真有负天地钟灵毓秀之德了！”在宝玉的眼里，功名富贵、为官作宰，实乃“沽名钓誉”、“国贼禄鬼”。

出生在没落贵族家庭的贾宝玉，在人生道路的选择上与家长发生了不可调和的矛盾，在否定了家长为他指定的读书做官的老路之后，宝玉并没有明确的人生目标，只有在大观园中与姐妹、丫鬟厮混。他非常清楚，这些姐妹、丫鬟早晚会嫁人离他而去，这使他感到恐惧、迷茫，情感无处安放，生活毫无意义，流露出厌世的情绪。这也是青春期青少年的典型特征。“对一些青少年来说，当家庭生活因为某个原因变得无法忍受时，他们就选择离家出走”，甚至是自杀。“一般来讲，那些离家出走的青少年通常和父母有过严重的冲突，而且许多人遭受过父母的身体虐待和性虐待”①。在《红楼梦》中，贾宝玉一旦听说姐妹、丫鬟要离开时，就会想到死亡。第十九回，袭人对宝玉说，父母要赎她回去，宝玉伤心地哭了，当袭人说只要他“真心留我了，刀搁在脖子上，我也不出去了”。宝玉破涕为笑：“只求你们看守着我，等我有一日化成了飞灰，飞灰还不好，灰还有形有迹，还有知识的。等我化成一股轻烟，风一吹就散了的时候儿，你们也管不得我，我也顾不得你们了。凭你们爱那里去那里去就完了。”第五十七回，紫鹃骗宝玉说黛玉要回苏州，宝玉顿时发病，两眼发直，口角流津，请太医把脉开药，才缓了过来。紫鹃又说宝玉“过二三年再娶了亲，你眼睛里还有谁了”。宝玉说道：“我只愿这会子立刻我死了，把心迸出来，你们瞧见了。然后连皮带骨一概都化成一股灰，再化成一股烟，一阵大风，吹的四面八方都登时散了，这才好！”（第五十七回）黛玉是宝玉的知心恋人，袭人是宝玉的贴身丫鬟，只有和她们在一起，宝玉才能排遣胸中的郁闷，打发无聊的时光。如果她们离开，宝玉宁愿死在前面。

宝玉在谈到个人的前途与人生的意义时，也会想到死亡。第三十六回，宝玉在批驳了“文死谏”、“武死战”之后，又想到了自己的死：“比如我此时若果有造化，趁你们都在眼前，我就死了，再能够你们哭我的眼泪流成大河，把我的尸首漂起来，送到那鸦雀不到的幽僻之处，随风化了，自此再不托生为人，这就是我死的得时了。”在宝玉看来，死在天天一起厮混的女孩面前，也比死谏、死战

① 阿内特《阿内特青少年心理学》，第 159 页。

有意义，死谏不过是沽名钓誉，死战则是弃国弃君。第七十一回，尤氏批评宝玉“只知道和姊妹们玩笑，饿了吃，困了睡，再过几年，不过是这样，一点儿后事也不虑”。宝玉笑道：“我能够和姊妹们过一日，是一日，死了就完了，什么后事不后事。”“人事难定，谁死谁活？倘或我在今日明日、今年明年死了，也算是随心一辈子了！”和姐妹们在一起就是宝玉生活的全部，未来的发展、人生的价值，对他来说毫无意义。

贾宝玉并没有自杀，而是选择了离家出走。家长用掉包计为他娶了宝钗，婚姻根本无幸福可言，他的知己黛玉就在他大婚之时凄凉地离开了人世，他的姐妹迎春、探春先后嫁人，惜春出家为尼，他最敬重的丫鬟晴雯被撵出贾府，悲惨地死去，在经历一系列的挫折和打击之后，宝玉乘外出参加科举考试之机，随一僧一道飘然而去，离开了让他厌恶、让他郁闷的贵族家庭。

三

青春期叛逆是一个人成长过程中的常见现象，而贾宝玉的叛逆则比常人更加严重，这与其特殊的家庭环境有直接关系。首先是其父贾政简单粗暴的管教方式。据小说第四回介绍，“虽说贾政训子有方，治家有法，一则族大人多，照管不到；二则现在房长乃是贾珍，彼乃宁府长孙，又现袭职，凡族中事都是他掌管；三则公私冗杂，且素性潇洒，不以俗务为要，每公暇之时，不过看书着棋而已。”说贾政“训子有方，治家有法”其实暗含讽刺。贾府族大人多，贾政并非房长，还有公务在身，这是事实，但管教儿子却是一个父亲的分内之事，而贾政并不上心。

贾政对宝玉从小就不喜欢，宝玉抓周时，“伸手只把些脂粉钗环抓来玩弄，那政老爷便不喜欢，说将来不过酒色之徒，因此不甚爱惜”(第二回)。宝玉长到十多岁后，贾政对这个儿子越来越不满意，甚至有很深的偏见。第九回，宝玉到贾政书房请安，回说上学去。本来是一件很礼貌的行为，也招来一顿训斥：“你要再提上学两个字，连我也羞死了。依我的话，你竟玩你的去是正经。看仔细站腌臜了我这个地，靠腌臜了我这个门。”贾政根本不相信宝玉会去上学，只能是去玩耍。即便贾政说的是事实，作为一个父亲，应该采取措施，正面管教，而不应该嘲讽。

贾政和宝玉几乎没有过平等的交流，总是居高临下地斥责。大观园工程告竣，需要题匾额对联，贾政听先生说宝玉有些歪才，便要试他一试。宝玉题得不如他意，贾政开口便骂：“无知的蠢物，你只知朱楼画栋、恶赖富丽为佳，那里知道这清幽气象呢？终是不读书之过。”即使是题得众人哄然叫妙，贾政也是骂：“畜生，畜生！可谓‘管窥蠡测’矣。”宝玉主动发表意见，贾政要骂：“无知的畜生！你能知道几个古人，能记得几首旧诗，敢在老先生们跟前卖弄！方才任你胡说，也不过试你的清浊，取笑而已，你就认真了。”宝玉不敢作声，贾政还是骂：“怎么你应说话时又不说了？还要等人请教你不成？”（第十七回）宝玉题与不题，题得好与不好，都得挨骂，难怪宝玉见了父亲就像老鼠见了猫一样。

更有甚者，一旦宝玉做错了事，贾政就会大发淫威，出手鞭挞。第三十三回，贾政接连发现宝玉做出两件无法无天的事：一是在外“流荡优伶”，忠顺王府派人来家要人；二是“逼淫母婢”，导致丫鬟金钏投井自杀。虽说两件事均有添油加醋之嫌，也并非空穴来风，确实都与宝玉有关。贾政将宝玉关在书房，打得皮开肉绽，气弱声嘶，甚至要用绳子将他勒死，以绝将来之患。虽然小说只写了一次宝玉挨打，但并非仅此一次，打完之后，小说交代“今日这顿打不比往日”，说明宝玉挨打是家常便饭，能打他的只能是贾政。

阿内特将父母类型分成“权威型父母”、“专制型父母”、“纵容型父母”和“淡漠型父母”四类。用阿内特的理论来关照《红楼梦》中的贾政，贾政显然属于“专制型父母”。“他们要求孩子们服从并毫无商量的余地。专制型父母和孩子们不会相互让步。父母希望孩子没有争论和异议地执行自己的命令，同时，他们吝啬于对孩子表示温暖和爱。他们只要求而不回应，跟孩子们缺乏情感上的亲密,甚至还会表现出敌意”①。这样的家庭教育对宝玉的成长是极为不利的,他的优点和才情得不到应有的肯定和鼓励,他的缺点和错误则成为嘲笑和打骂的理由。在受到嘲讽和打骂之后,宝玉没有丝毫的悔悟和改变,只是与父亲的感情越来越疏远,行为越来越乖张。宝玉挨打后,黛玉前去探望,看到他疼痛难禁,劝他:“你可都改了罢!”面对知己,宝玉说:“别说这样话。我便为这些人死了,也是情愿的。”(第三十四回)贾政的鞭挞并没有达到目的,只是让宝玉在叛逆的路上越走越远。

其次是贾母的极端溺爱。贾母是贾府中辈分最高、年龄最大的活祖宗,丈夫早已亡故,子女也成家立业,家中的大小事务交给儿孙辈打理,老太太尽情享受着晚年的幸福时光,请客、祝寿、饮酒、喝茶、游园、赏花、打牌、看戏,按她的年龄和兴趣,一天天安排着各种热闹、欢快的活动。作为一个老妇人,这些活动一般来说应该儿媳、孙媳、未出嫁的孙女陪侍,可老太太特别喜欢孙子宝玉,对他“爱如珍宝”,像命根子一般。不仅贾母的各种娱乐活动少不了宝玉,甚至在宝玉进大观园之前,睡觉也在贾母旁边的碧纱厨。黛玉进贾府,贾母让黛玉和宝玉一个住里间,一个住外间。

祖母溺爱孙子是一种普遍现象,加上贾母认为“我养这些儿子孙子,也没一个像他爷爷的,就只这玉儿像他爷爷”(第二十九回)。溺爱变本加厉,贾府上下无人不知。黛玉在家就听母亲说过,宝玉“顽劣异常,不喜读书,最喜在内帏厮混,外祖母又溺爱,无人敢管”(第三回)。丫鬟袭人也看出来了,宝玉“近来仗着祖母溺爱,父母亦不能十分严紧拘管,更觉放纵弛荡,任情恣性,最不喜务正”(第十九回)。王夫人看在眼里,急在心里,“其实,我何曾不知道宝玉该管?……只是有个原故:如今我想,我已经五十岁的人了,通共剩了他一个,他又长的单弱,况且老太太宝贝是的,要管紧了他,倘或再有个好歹儿,或是老太太气着,那时上下不安,倒不好,所以就

① 阿内特《阿内特青少年心理学》,第141页。

纵坏了他了”(第三十四回)。

管教儿子本来是父亲贾政的权力,按照“三从四德”的要求,夫死从子,贾母也得听贾政的,根本无权干涉贾政。可封建礼教又要求子女孝敬父母,天下无不是之父母,贾政又得听贾母的。如此矛盾的伦理制度,就看谁更能干和强势。在儿孙一代不如一代的贾府里,贾母无疑是一言九鼎的权威。因此才形成了贾母溺爱宝玉,贾政和王夫人也管不了的局面。宝玉挨打一节非常形象地显示出问题的症结所在。听说宝玉挨打,贾母急忙赶来,一句“先打死我,再打死他,就干净了”!贾政连忙上前躬身赔笑。贾母怒斥贾政:“我倒有话吩咐,只是我一生没养个好儿子,却叫我和谁说去!”贾政含泪下跪。贾母指桑骂槐对王夫人说:“如今宝玉儿年纪小,你疼他;他将来长大,为官作宦的,也未必想着你是他母亲了。你如今倒是不疼他,只怕将来还少生一口气呢。”(第三十三回)骂得贾政直挺挺跪着叩头谢罪。在由宝玉挨打所引起的母子冲突中,贾母占据了绝对的上风,很简单,贾母的利器就是孝道。强势的贾母成了宝玉“放纵弛荡,任情恣性”的绝佳的保护伞。

再次就是大观园的特殊环境。大观园本来是贾府为元妃省亲所盖的私家庭院,省亲过后,元妃想到:“贾政必定敬谨封锁,不叫人进去,岂不辜负此园?”于是下谕“命宝钗等在园中居住,不可封锢,命宝玉也随进去读书”(第二十三回)。有元妃的旨意,贾政不得违旨,便安排宝钗、黛玉、迎春、探春、惜春、李纨、宝玉进园居住,每处还有四个丫鬟及嬷嬷、亲随伺候,宝玉的丫鬟更是多至十几个。如此安排,形成了大观园两大鲜明的特点:一是园中全为单身女性,只有宝玉一个男性;二是园子相对封闭,他人不得随便进出。这样一来,大观园便成了贾宝玉逃避管教的避乱所,叛逆性格成长的摇篮。二知道人在《红楼梦说梦》中指出:“雪芹所记大观园,恍然一五柳先生所记之桃花源也。其中林壑田池,于荣府中别一天地,自宝玉率群钗来此,怡然自乐,直欲与外人间隔矣。此中人呓语云,除却怡红公子,雅不愿有人来问津也。"[1]桃花源是陶渊明创造的一片乐土,"土地平旷,屋舍俨然,有良田美池桑竹之属。阡陌交通,鸡犬相闻。其中往来种作,男女衣着,悉如外人。黄发垂髫,并怡然自乐"[2]。二知道人确实独具慧眼,看出了大观园为宝玉之乐园。宝玉初进大观园,作者写道:"且说宝玉自进园来,心满意足,再无别项可生贪求之心。每日只和姊妹、丫鬟们一处,或读书,或写字,或弹琴下棋,作画吟诗,以至描鸾刺凤,斗草簪花,低吟悄唱,拆字猜枚,无所不至,倒也十分快乐。"(第二十三回)这些还是家长所允许做的事情,还有一些瞒过家长的事情。不久宝玉待在园子里不自在了,茗烟"便走到书坊内,把那古今小说,并飞燕、合德、则天、玉环的外传,与那些传奇角本,买了许多,孝敬宝玉"(第二十三回)。这些尽是官府和家长视为洪水猛兽、不让年轻人阅读的淫词小说,宝玉不仅自己看,还给黛玉看。看过之后,宝玉便用《西厢记》、《牡丹亭》中的恋人喻指宝黛关系,表达爱慕之情。

宝玉与黛玉的爱情也是在大观园中发展成熟的。黛玉刚进贾府才六岁,表兄妹宝黛青梅竹马,两小无猜。随着年龄的增长,宝玉看异性的眼神发生了微妙的变化。表姐宝钗的到来,她的"妩媚风流"不时吸引宝玉的目光。宝玉"见了姐姐,就把妹妹忘了"(第二十八回)。黛玉对此很不放心,经常要敲打宝玉。当宝玉呆看宝钗的美貌,"脸若银盆,眼似水杏,唇不点而红,眉不画而翠"(第二十八回),黛玉一甩手里的绢子,打在宝玉的眼上。第三十二回,湘云劝宝玉"也该常常的会会这些为官做宰的人们,谈谈讲讲些仕途经济的学问",宝玉听了,直接下逐客令:"姑娘请别的姊妹屋里坐坐",还当着众人的面,说:"林姑娘从来说过这些混账话吗?要是他也说过这些混账话,我早和他生分了。"黛玉刚要进屋,听到此话,又喜又惊。随后发生了宝黛诉肺腑:"好妹妹,你别哄我。你真

---

① 一粟编《红楼梦卷》(第一册),中华书局1963年版,第86页。

② 陶渊明《陶渊明集》,中华书局1979年版,第165页。

不明白这话,不但我素日白用了心,且连你素日待我的心也都辜负了。你皆因都是不放心的原故,才弄了一身的病了。但凡宽慰些,这病也不得一日重似一日了。”吴组缃认为,诉肺腑标志着贾宝玉和林黛玉爱情的成熟①,宝黛关系从猜疑、争吵变得亲密、和睦。以上种种,在父母眼皮底下是不可能发生的。

实际上,从王夫人到袭人都已经感觉到大观园对宝玉成长的不利。第三十四回,袭人向王夫人进言:“怎么变个法儿,以后竟还叫二爷搬出园外来住就好了。”“如今二爷也大了,里头姑娘们也大了,况且林姑娘、宝姑娘又是两姨姑表姐妹,虽说是姐妹们,到底是男女之分,日夜一处,起坐不方便,由不得叫人悬心。”袭人的意思非常明确,不能让宝玉和黛玉日夜在一处,虽然她也将宝钗一并提及,作为宝玉身边的大丫鬟,宝玉和谁关系亲密,袭人是再清楚不过了,故她将林姑娘放在宝姑娘前面。王夫人也早已看到这一点,“我何曾又不想到这里”? 并表示“我自有道理”。大概有元妃的旨谕在先,王夫人不敢拂逆。

余英时指出:“曹雪芹在《红楼梦》里创造了两个鲜明而对比的世界。这两个世界,我想分别叫它们作乌托邦的世界和现实的世界。这两个世界,落实到《红楼梦》这部书中,便是大观园的世界和大观园以外的世界。作者曾用各种不同的象征,告诉我们这两个世界的分别何在。譬如说,‘清’与‘浊’,‘情’与‘淫’,‘假’与‘真’以及风月宝鉴的反面与正面。”②在贾府中,大观园之外确实比大观园要污秽龌龊,“谁知这样钟鸣鼎食的人家儿,如今养的儿孙,竟一代不如一代了”(第二回)! 贾府的家长、宝玉的父兄辈没有一个堂堂正正的男子汉。父亲贾政,靠皇上开恩,额外赐了个官职。道貌岸然,昏聩无能,却举荐贪官、枉法说情。伯父贾赦,靠长子身份袭官。荒淫无耻,胡子花白、儿孙满堂,却逼要母亲的丫鬟为妾。堂

① 吴组缃《说稗集》,北京大学出版社 1987 年版,第 222 页。

② 余英时《红楼梦的两个世界》,上海社会科学院出版社 2006 年版,第 35 页。

伯父贾敬“一味好道，只爱烧丹炼汞，别事一概不管”(第二回)。堂兄贾琏，好色纵欲，“成日家偷鸡摸狗，腥的臭的，都拉了你屋里去”(第四十四回)，尽干些与仆人老婆偷情的下流勾当。堂兄贾珍更为荒唐，与儿媳秦可卿扒灰，儿媳死后，“贾珍哭的泪人一般”(第十三回)，尽其所有为秦可卿治丧。宝玉进大观园，减少了与父兄辈的接触，相应地也少受其影响与污染，而按其自身的个性成长和发展。

四

胡适在《红楼梦考证》一文中考证出作者曹雪芹的生平与家世，提出著名的“自叙传”说，他认为：“《红楼梦》是一部隐去真事的自叙：里面的甄贾两宝玉，即是曹雪芹自己的化身；甄贾两府即是当日曹家的影子。”①准确地说，贾宝玉有曹雪芹早年生活的影子，因为《红楼梦》只写了贾宝玉十九岁以前的故事，成年以后的故事并没有涉及。于此，作者在小说开篇即有交代：“今风尘碌碌，一事无成，忽念及当日所有之女子，一一细考较去，觉其行止见识，皆出于我之上。我堂堂须眉，诚不若彼裙钗，我实愧则有余，悔又无益，大无可如何之日也！当此日，欲将已往所赖天恩祖德，锦衣纨袴之时，饫甘餍肥之日，背父兄教育之恩，负师友规训之德，以至今日一技无成、半生潦倒之罪，编述一集，以告天下：知我之负罪固多，然闺阁中历历有人，万不可因我之不肖，自护己短，一并使其泯灭也。所以蓬牖茅椽，绳床瓦灶，并不足妨我襟怀；况那晨风夕月，阶柳庭花，更觉润人笔墨。我虽不学无文，又何妨用假语村言，敷演出来？”(第一回)“当日”、“已往”清楚地说明是他早年的生活，作者写作《红楼梦》时已是“一技无成，半生潦倒”，“蓬牖茅椽，绳床瓦灶”。作者写《红楼梦》的动机就是忏悔自己早年“背父兄教育之恩，负师友规训之德，以至今日一技无成、半生潦倒”。

① 胡适《胡适文集》第5卷，人民文学出版社1998年版，第325页。

对作者自己而言，《红楼梦》是一部“忏悔录”，对读者来说，《红楼梦》则是一部“醒心编”。“可破一时之闷，醒同人之目”（第一回）。也就是说，《红楼梦》可以为后人提供借鉴，给予警醒。青春期是人生发展的一个重要阶段，精力充沛，思维敏捷，兴趣广泛，可塑性强，是接受知识、学习技能最好的时期。安全地度过青春期，对一个人实现自我价值、成就一番事业有着重要意义。青春期又是一个危险时期，由于心智尚不成熟、自我控制能力较差、情绪容易波动、做事少计后果，如果得不到正确的教育与引导，很容易走上弯路，浪费大好时光，导致成年一事无成。贾宝玉无疑属于后者，小说第三回写贾宝玉第一次出场时，有两首《西江月》词题宝玉性格特征：

> 无故寻愁觅恨，有时似傻如狂。纵然生得好皮囊，腹内原来草莽。　潦倒不通庶务，愚顽怕读文章。行为偏僻性乖张，那管世人诽谤！
>
> 富贵不知乐业，贫穷难耐凄凉。可怜辜负好韶光，于国于家无望。　天下无能第一，古今不肖无双。寄言纨袴与膏粱：莫效此儿形状！

贾宝玉具有成才的优越条件，从小“聪明乖觉，百个不及他一个”（第二回），天赋极好。开篇的神话也说他是女娲补天剩下的一块石头，既然可用于补天，良材美质，自不必说。又出生在一个诗礼簪缨之族、钟鸣鼎食之家，家中请专门的塾师教他念书习文。因为上文所述种种原因，宝玉与家长的美好愿望背道而驰，“不通庶务”，“怕读文章”，成为一个“天下无能第一，古今不肖无双”的反面教材。

《红楼梦》自问世以来，历代文人对贾宝玉便有各种不同的解读。脂砚斋认为贾宝玉令人不解：“宝玉之发言，每每令人不解；宝玉之生性,件件令人可笑。”[①]“说不得贤,说不得愚,说不得不肖,说不得善,说不得恶,说不得正大光明,说不得混账恶赖,说不得聪明才俊,说不得庸俗平凡,说不得好色好淫,说不得情痴情种。”[②]而王希廉认为:“《西江月》一词,骂煞纨绔公子。”[③]“宝玉一生淫乱。”[④]陈其泰则认为:“宝玉为人,清妙不群,为世俗所惊。”[⑤]当代学者关于贾宝玉的分析更是众说纷纭,比较流行的观点是肯定和赞美贾宝玉不走仕途经济的老路、离经叛道、自由恋爱、离家出走的叛逆性格。准确理解贾宝玉的性格特征与作者的创作倾向,应该回到小说文本、回到作者的创作意图上来:“寄言纨袴与膏粱:莫效此儿形状!”贾宝玉的叛逆是青春期叛逆,这种叛逆既不利于个人的成长,也不利于家庭的兴旺。请问,哪个国家愿意无人可用?哪个家庭愿出不肖子孙?谁甘心此生一事无成?对这一文学形象的解读,还是应该尊重作者的意见。

原载《江苏社会科学》2017 年第 2 期

① 《脂砚斋重评石头记》(己卯本),朱一玄编《红楼梦资料汇编》,南开大学出版社1985 年版,第 303 页。

② 《脂砚斋重评石头记》(己卯本),朱一玄编《红楼梦资料汇编》,第 311 页。

③ 王希廉《新评绣像红楼梦全传》,朱一玄编《红楼梦资料汇编》,第 587 页。

④ 王希廉《新评绣像红楼梦全传》,朱一玄编《红楼梦资料汇编》,第 590 页。

⑤ 陈其泰《红楼梦回评》,朱一玄编《红楼梦资料汇编》,第 768 页。

清代才学小说献疑

在古代小说研究中，才学小说俨然已成为一个热门话题，最近十多年，发表论文二十多篇，其中博士论文两篇，硕士论文三篇，出版学术专著一部。[①] 近几年出版的小说史，也有几种设专章或专节讨论才学小说。还召开过一次以才学小说为主题的学术研讨会。在这些论著中，大多将才学小说作为一个小说类型来研究，论述才学小说产生的历史背景、主要作品、炫才方式及小说史地位等问题。才学小说是否构成一个小说类型？这一基本问题，学界尚未给出一个满意的答案。

一

将才学小说视为小说类型的学者，大多以为才学小说是鲁迅提出来的[②]，其实是一种误解。鲁迅的《中国小说史略》第二十八篇，题目为“清之以小说见才学者”[③]，批评了清中叶出现的“以小说见才学”的创作现象。具体说，又分四种不同情形：一种是“以小说为庋学问文章之具”，以《野叟曝言》为代表。一种是“于小说见其才藻之美”，有屠绅的《蟫史》。一种是“以排偶之文试为小说”，有陈球的《燕山外史》。一种是“于小说又复论学说艺，数典谈经，连

---

① 根据《中国知网》和朱锐泉编《近百年才学小说研究论著论文目录》(《夏敬渠与屠绅研究论文选萃》附录，凤凰出版社 2012 年版)统计，不包括专门研究《野叟曝言》、《镜花缘》等某一部小说的论著。

② 如赵春辉的博士论文《清代才学小说考论》云：“才学小说的观念是鲁迅先生首先提出来的。”哈尔滨师范大学博士论文，2012 年，第 5 页。

③ 鲁迅《中国小说史略》，《鲁迅全集》第 9 卷，人民文学出版社 1981 年版，第 242 页。

篇累牍而不能自已”，则有李汝珍的《镜花缘》。鲁迅并没有将四部小说作为一个小说类型来看待。他的《中国小说史略》的一个重要特点就是不列专题论述某一部作品，二十八篇专论，每一篇讨论一批小说。有的按小说类型来论述，如“志怪书”、“讲史”、“神魔小说”、“人情小说”、“讽刺小说”、“狭邪小说”、“侠义小说”、“谴责小说”；有的按小说文体来论述，如“传奇文”、“话本”；有的按创作现象来论述，如“明之拟宋市人小说”、“清之拟晋唐小说”。完全根据各个时期的小说创作实际而定，并非每一篇都是按小说类型来拟题论述的。“清之以小说见才学者”，就是对清中叶小说创作中出现的炫才现象提出批评，并以四种典型的作品为具体例证。

鲁迅论小说类型，往往要设计一个类型名称并加以界定，对该类型产生背景、特点进行概述。第十六篇论述“明之神魔小说”，开篇有云：“且历来三教之争，都无解决，互相容受，乃曰‘同源’，所谓义利邪正善恶是非真妄诸端，皆混而又析之，统于二元，虽无专名，谓之神魔，盖可赅括矣。”①第十九篇论述“明之人情小说”，亦有概述和界定：“当神魔小说盛行时，记人事者亦突起，其取材犹宋市人小说之‘银字儿’，大率为离合悲欢及发迹变态之事，间杂因果报应，而不甚言灵怪，又缘描摹世态，见其炎凉，故或亦谓之‘世情书’也。”②鲁迅论“清之以小说见才学者”，既没有设计一个小说类型名称，也没有概述其类型特征，甚至连一句总括四部小说共同特点的话也没有。可见，鲁迅并没有将它们视为一个小说类型。

事实上，鲁迅在论述者四部小说时，对其中两部小说的类型归属已有明确说明。他评《蟫史》云：“《蟫史》情态，仿佛甚奇，然探其本根，则实未离于神魔小说。”③也就是说，从尚奇的特点来看，《蟫史》与神魔小说无异。而神魔小说，则是鲁迅经过严密论证的小说类型，主要产生于明代，清代神魔小说不多，鲁迅并没有设专篇论

---

① 鲁迅《中国小说史略》，第 154 页。

② 鲁迅《中国小说史略》，第 179 页。

③ 鲁迅《中国小说史略》，第 247 页。

述。鲁迅叙述完《燕山外史》的故事之后说："其事殊庸陋，如一切才子佳人小说常套。"①才子佳人小说，在鲁迅的《中国小说史略》中，归入"明之人情小说"，即作为人情小说的一个亚类型，这一小说类型产生于明末清初，体裁为白话章回小说，而《燕山外史》作于清嘉庆中叶，体裁为骈文小说，虽然题材与才子佳人小说相同，而年代与体裁有别。

在二十世纪九十年代以前，学界也没有将才学小说视为一种小说类型。孙楷第编撰《中国通俗小说书目》，对通俗小说的分类作过深入思考，并撰写了《分类说明》，他说："余此书小说分类，其子目虽依《小说史略》，而大目则沿宋人之旧。此非以旧称为雅，实因意义本无差别，称谓不妨照旧耳。"②他将明清章回小说分为讲史、烟粉、灵怪、说公案、讽喻五类，而烟粉类又分为人情、狭邪、才子佳人、英雄儿女、猥亵等五子目，并无才学小说一类（或目）。检所谓四大才学小说，《野叟曝言》列入烟粉类之英雄儿女目，《蟫史》和《镜花缘》均列入灵怪小说类，《燕山外史》未收。朱一玄编《明清小说资料选编》，"参照鲁迅《中国小说史略》、孙楷第《中国通俗小说书目》、袁行霈等《中国文言小说书目》等书对古代小说的分类，共分七编"③，即历史小说、侠义小说、神魔小说、世情小说、讽喻小说、话本小说、文言小说。前五编均为章回小说。世情小说又分"人情"、"狭邪"、"才子佳人"、"英雄儿女"和"猥亵"五个子目，也没有才学小说之类别。《蟫史》和《镜花缘》列入神魔小说类。《野叟曝言》列入世情小说类之英雄儿女目。与孙楷第的分类基本相同。《燕山外史》列入文言小说类。两位学者都明确表示受到鲁迅《中国小说史略》分类的影响，可均未将才学小说作为一种小说类型，他们对鲁迅关于小说分类的理解是准确的。

---

① 鲁迅《中国小说史略》，第248页。

② 孙楷第《中国通俗小说书目》，中华书局2012年版，第9页。

③ 朱一玄《明清小说资料选编说明》，《明清小说资料选编》，南开大学出版社2006年版，第1页。

二

据笔者所见到的材料，最早提出才学小说概念的是陈子展，他在《中国文学史讲话》中指出："鲁迅先生的《中国小说史略》把清代小说分为拟晋唐小说，讽刺小说，人情小说，才学小说(原题'清之以小说见才学者')，狭邪小说，侠义小说，清末之谴责小说，并把清人补续前代神魔小说的作品放在前代，那是很精当的。"①陈子展只是用才学小说替代了鲁迅所说的"清之以小说见才学者"，并没有对它进行解释，也没有引起学界的重视。明确将才学小说确定为小说类型的是台湾学者王琼玲，她于1997年出版了《清代四大才学小说》，对《野叟曝言》、《蟫史》、《燕山外史》、《镜花缘》等四部小说作了深入的研究，她在该书《绪论》中指出："鲁迅在《中国小说史略》中，将元、明、清小说，依其内容特质加以分类，如：讲史小说、神魔小说、人情小说、讽刺小说、狭邪小说、侠义小说、公案小说、谴责小说……等等，都有其明确定义及专门类称，且受到学术界普遍肯定及沿用。但是对于专以炫耀才学为创作目的的四本小说《野叟曝言》、《蟫史》、《燕山外史》、《镜花缘》，鲁迅却仅以'清之以小说见才学者'的模糊名义称之，并未给以清楚的定义及专门的名称。针对此事，个人亟希望借着本书的写作，探讨才学小说在小说史上的地位、源头、传承、成败、影响等等，以便将'才学小说'之名称、定义、价值确定。"②王琼玲注意到鲁迅并没有使用才学小说这一概念，也没有将四部小说视为小说类型，她写作《清代四大才学小说》一书的目的就是要弥补这一缺憾。她所论述的四大才学小说，则是鲁迅首先发掘出来的，四部小说均有炫才的特点也是鲁迅最早提出来的。王琼玲对才学小说作了明确界定："《野叟曝言》、《蟫史》、《燕山外史》、《镜花缘》四本'才学小说'，乃是以小说的形式，

① 陈子展《中国文学史讲话》下册，北新书局1937年版，第365页。
② 王琼玲《清代四大才学小说》，台湾商务印书馆1997年版，第10页。

罗列、炫耀个人才学的作品。作者的创作本衷是'显露才能',亦即'以撰写小说为手段、工具,试图达成其展现、炫耀个人才学的主要目的'。因'才学小说'以展现作者个人的才学内涵为主,故对于小说艺术的各项要求,虽有时兼顾,但为了炫才则不一定重视、遵行。"①她将才学小说与鲁迅设计、并为学术界广泛接受的讲史小说、神魔小说、人情小说等小说类型相提并论,且确定了它的名称与定义,指出了它的特点与价值,此后才学小说这一类型被一些学者接受和使用。

王琼玲研究才学小说用工甚勤,成果颇丰,她撰写《清代四大才学小说》的目的,是要为才学小说争取如讲史小说、神魔小说、人情小说一般的地位,确定其为小说类型,但在实际操作中却有违初衷,并没有深入论述才学小说的共同特质,而是分别研究《野叟曝言》、《蟫史》、《燕山外史》和《镜花缘》四部小说的作者、版本、创作目的与价值,除创作目的中之炫才外,其它各项都是分别探讨四部小说各自的不同特点,更像是四部独立专著的合订本,即便是炫才,四部小说也不相同,有炫耀词藻,有庋藏博学,有显示技艺。如果四部小说不具备共同的特征,也就不能成为同一小说类型。

王琼玲已经注意到"作品中蕴涵、呈现作者之才学,乃成为中国小说的一大特质"②。为了证明才学小说类型的成立,便强调才学小说与传统小说的不同:"盖'才学小说'与传统小说有其不同处,传统小说的内容中,虽多有'蕴涵才学'者,但是'蕴涵才学'仅是作者'表达'的手段之一。且即使作者刻意展现才学,'才学'的内容亦只占作品的一部分而已,作者的终极目的仍然在于创作小说以表达其思想、情感等。但是'才学小说'则恰恰相反,作者是以展现己身之'才学'作为创作之目的,小说只是其利用之工具而已。"③也就在《绪论》中,王琼玲批评前辈学者"纯以文学艺术之观

---

①③ 王琼玲《清代四大才学小说》,第7页。

② 王琼玲《清代四大才学小说》,第1页。

点,强调并咎伐其若干缺失;未能从'才学小说'的本质上,探讨此四部小说的成因与贡献;亦忽略了四部小说在社会、民俗、历史、小说史中的若干价值"。同时承认"《野叟曝言》及《镜花缘》的前半部,其在命意、技巧、结构、内容、人物等各方面,都有不凡之处,不可一笔抹杀"①。也就是说,《野叟曝言》与《镜花缘》的前半部,并非只是作者"展现己身之才学"的"工具"。王琼玲的观点自相矛盾,如果才学小说不仅仅是炫才,那它与传统小说也就没有什么不同,它作为小说类型存在的条件也就消失了。

三

并不是说鲁迅没有提出才学小说类型,学界就不能设计这一类型。遗憾的是,包括王琼玲在内,当代学者并没有从小说类型学的角度进行过论证。我们具体考察一下这批小说的特点,看看是否能构成一个小说类型。

关于文学类型,美国学者雷·韦勒克、奥·沃伦有过非常经典的论述:"我们认为文学类型应视为一种对文学作品的分类编组,在理论上,这种编组是建立在两个根据之上的:一个是外在形式(如特殊的格律或结构等),一个是内在形式(如态度、情调、目的等以及较为粗糙的题材和读者观众范围等)。外表上的根据可以是这一个,也可以是另外一个(比如内在形式是'田园诗的'和'讽刺的',外在形式是二音步的和平达体颂歌式的);但关键的问题是接着去找寻'另外一个'根据,以便从外在与内在两个方面确定文学类型。"②事实上,中国古代小说的类型的划分与界定,也是根据形式和内容(雷·韦勒克、奥·沃伦所说的外在形式和内在形式)两个方面来确定的,比如历史演义,这是学界公认的一个小说类型,《三国志演义》、《新列国志》、《隋唐演义》为其代表性的作品,从形

① 王琼玲《清代四大才学小说》,第9页。

② 雷·韦勒克、奥·沃伦《文学理论》,生活·读书·新知三联书店1984年版,第263-264页。

式上看，都是白话小说、章回小说，没有人将写历史题材的文言小说、话本小说纳入这一类型之中；从内容来看，历史演义都是写某一历史时期的人物和事件，写现实题材和传说故事者不在其列，尽管对史实的处理并不完全相同。

学界所说的清代才学小说情况却不一样，从内容来看，四部小说各不相同。《野叟曝言》写苏州名士文素臣一生的功业，他游历天下，一路除暴安良，虽未中科举，却钦赐翰林，进华盖、谨身两殿大学士，兼吏兵二部尚书。“奋武揆文，天下无双”。平定内乱，抵御外辱。诛灭佛道，弘扬儒学，堪称作者的黄粱美梦。小说既有现实社会的真实展示，也穿插一些山魅鬼怪的虚幻故事。《蟫史》写闽人桑蠋生助指挥甘鼎平定广州王、交趾、苗民叛乱的故事，作者将叛军妖魔化，书中的战事描写多用神魔斗法的方式，小说带有神怪小说的色彩。《燕山外史》则是根据明人冯梦桢的爱情小说《窦生传》改编的骈文小说，内容没有太多的改变，仍旧是一篇才子佳人的故事。《镜花缘》的题材稍显复杂，前五十三回写唐敖、林之洋游历海外数十个国度的经历，表达了作者对现实的讽喻与思考。后四十几回则写唐小山等百名才女应试女科、同登黄榜的故事。四部小说题材与内容完全不同，很难将它们归为同一类型。

从形式来看，《野叟曝言》和《镜花缘》属于长篇章回小说，而《蟫史》为长篇文言小说，也是我国唯一一部长篇文言小说，《燕山外史》则为骈文小说。后两部小说从语言到体制与前两部小说完全不同。从接受的角度来看，《蟫史》和《燕山外史》只有文人才能读懂，《野叟曝言》和《镜花缘》，文人和大众读者都能接受。四部小说形式差异也很大。

人们将这四部小说相提并论的原因，是它们都有炫才的特点。那么，炫才是否能构成小说类型的条件呢？考察中国小说发展史，不难发现，自从文人介入小说创作以来，通过小说炫才是一种非常普遍的现象。一般认为，唐传奇标志着中国小说的成熟，而唐传奇创作的一个重要特点就是炫才，宋人赵彦卫《云麓漫钞》云：“唐之举人，先借当世显人，以姓名达之主司，然后以所业投献；逾数日又投，谓之温卷。如《幽怪录》、《传奇》等皆是也。盖此等文备众体，可以见史才、诗笔、议论。”①尽管学界对于唐人行卷的理解尚有分歧，但认为唐代士子通过传奇文来显其史才、诗笔、议论，大家的认识还是一致的。事实上，现存的唐人传奇，确实具有这一特点。唐传奇名篇《李娃传》、《莺莺传》、《任氏传》、《霍小玉传》既有传统史传的规模，“叙述宛转，文辞华艳”②，又“作意好奇”，擅长虚构，人物鲜活，情节曲折。赵彦卫所举裴铏《传奇》，其中的名篇《裴航》，叙秀才裴航与仙女恋爱的故事，小说将裴航追求仙女的过程写得细致而曲折，描写仙女云翘夫人之超凡脱俗：“玉莹光寒，花明丽景，云低鬟鬓，月淡修眉，举止烟霞外人，肯与尘俗为偶。”描写云英之洁白而娇艳：“露裛琼英，春融雪彩，脸欺腻玉，鬓若浓云，娇而掩面蔽身，虽红兰之隐幽谷，不足比其芳丽也。”③文笔简洁，辞藻华美。篇中穿插两首绝句，既是人物表达情感的需要，又能显示作者的诗才。

自唐人作传奇以来，文人在创作文言小说时，大多带有炫才的动机。明代的文言小说“三话”，炫才的特点十分突出。瞿佑的《剪灯新话》，多位友人作序，无不称赞其才学，凌云翰云：“宗吉之志确而勤，故其学也博；其才充而敏，故其文也赡。是编虽稗官之流，而劝善惩恶，动存鉴戒，不可谓无补于世。矧夫造意之奇，措词之妙，粲然自成一家言，读之使人喜而手舞足蹈，悲而掩卷堕泪者，盖亦有之。自非好古博雅，工于文而审于事，曷能臻此哉!”④集中的《联芳楼记》是一篇爱情小说，情节十分简单，写薛家姐妹俩爱上郑生的故事，主要篇幅写薛家姐妹“能为诗赋”，先写两姐妹效西湖《竹枝词》为苏台《竹枝词》十章，后写薛氏姐妹与郑生相爱后，唱和多首，既是表现薛家姐妹之诗才，未尝不是瞿佑自炫其才。瞿佑从小

---

① 赵彦卫《云麓漫钞》，中华书局 1996 年版，第 135 页。

② 鲁迅《中国小说史略》，第 70 页。

③ 裴铏《传奇》，《唐五代笔记小说大观》下册，上海古籍出版社 2000 年版，第 1101 页。

④ 凌云翰《剪灯新话序》，《剪灯新话》，上海古籍出版社 1981 年版，第 3－4 页。

能诗，著名诗人杨维桢至钱塘，年方十四岁的瞿佑见杨之《香奁八题》，即席奉和，俊语迭出，受到杨维桢的赏识。在《联芳楼记》中，就有“铁崖见其（指薛氏姐妹）稿，手写二诗于后”，“由是名播远迩”。其实就是将自己早年受到杨铁崖赏识之事移到薛氏姐妹身上。庐陵人李昌祺仿瞿佑为《剪灯新话》，其炫才较瞿佑有过之而无不及，《月夜弹琴记》一篇，主要篇幅为节妇赵氏之集古句七言律诗二十首和集古句七言绝句十首，每句之出处与作者均附其后，小说情节几乎成了集句的背景材料。

文人独立从事章回小说的创作，炫才也是其重要的目的。明末清初的才子佳人小说，大多出自下层文人之手，他们以才学自负，却又怀才不遇，因而在小说中大肆炫才。天花藏主人是才子佳人小说的最重要的作者，作有《玉娇梨》、《平山冷燕》、《两交婚》等小说十多种，他将《平山冷燕》又名之为《四才子书》，将《玉娇梨》与《平山冷燕》的合刻本命名为《七才子书》，即认为小说中的男女主人公均为才子。《平山冷燕》中的主人公山黛便是诗才超群的少年才女，十岁作《白燕》诗便得到皇帝的赏识，皇帝赐玉尺一条，以量天下之才。山黛不仅诗才出众，而且词、曲、文、赋、书法、对联样样精通。另一才女冷绛雪和山黛一样。为了显示人物的才华，小说几乎成了一场赛诗会，书中近体古体、五言七言俯拾即是。这些诗词文赋虽然被作者分派给笔下的才女，而所有诗文均出自作者手笔，这既是显示才女的诗才，也是炫耀作者的才华。小说第四回总评云：“试看此三词一诗，虽杂入宋词唐诗中，亦不多让。”[①]《平山冷燕》系天花藏主人自著自评，作者对自己的诗词颇为自得。

即便是一些小说名著，也或多或少存在炫才的倾向。吴敬梓是一位经学家，以治《诗经》著称，著有《诗说》。在小说《儒林外史》中，明显有借人物之口宣传自己的经学观点的意图，小说第三十四回写杜少卿给友人解说《诗经》：“杜少卿道：‘朱文公解经，自立一

① 佚名《平山冷燕》，人民文学出版社 1982 年版，第 36 页。

说，也是要后人与诸儒参看。而今丢了诸儒，只依朱注，这是后人固陋，与朱子不相干。小弟遍览诸儒之说，也有一二私见请教。即如《凯风》一篇，说七子之母想再嫁，我心里不安。古人二十而嫁，养到第七个儿子，又长大了，那母亲也该有五十多岁，那有想嫁之理！所谓"不安其室"者，不过因衣服饮食不称心，在家吵闹，七子所以自认不是。这话前人不曾说过。'迟衡山点头道：'有理。'杜少卿道：'《女曰鸡鸣》一篇，先生们说他怎么样好？'马二先生道：'这是《郑风》，只是说他不淫，还有甚么别的说？'迟衡山道：'便是，也还不能得其深味。'杜少卿道：'非也。但凡士君子横了一个做官的念头在心里，便先要骄傲妻子，妻子想做夫人，想不到手，便事事不遂心，吵闹起来。你看这夫妇两个，绝无一点心想到功名富贵上去，弹琴饮酒，知命乐天。这便是三代以上修身齐家之君子。这个前人也不曾说过。'蘧駪夫道：'这一说果然妙！'杜少卿道：'据小弟看来，《溱洧》之诗，也只是夫妇同游，并非淫乱。'"①杜少卿为作者自寓，杜少卿解诗的观点与吴敬梓《诗说》观点完全一致，而杜氏的看法得到了一群人的肯定和赞赏，说吴敬梓炫学毫不为过。

曹雪芹是一位杰出的诗人，在小说《红楼梦》中，写了大量的诗词曲赋，有些诗词是作者对人物和事件的评价，有些是为小说中人物拟写，其中不乏脍炙人口的名篇，如《葬花吟》、《好了歌》、《红楼梦曲》等等。仅《红楼梦》第五回就有十几首诗、一篇赋、十几支曲。大观园中多次结社赋诗，每次结社都有大量同题诗作，如第三十七回，探春开诗社，限题白海棠，限韵"盆"、"魂"、"痕"、"昏"，限体七言律诗，探春、宝玉、宝钗、黛玉各作一首，湘云事后和诗两首，共作同题同韵七律六首。紧接着第三十八回，湘云结菊花诗社，共题十二首菊花诗，即《忆菊》、《访菊》、《种菊》、《对菊》、《供菊》、《咏菊》、《画菊》、《问菊》、《簪菊》、《菊影》、《菊梦》、《残菊》，从不同的角度题咏菊花。黛玉和湘云各作三首，宝玉、宝钗、探春各作两首，均为七

① 吴敬梓《儒林外史》，人民文学出版社 1958 年版，第 334 页。

律。无论是海棠诗，还是菊花诗，虽然分派给不同人物，其实都是曹雪芹所作。作为小说人物的诗作，比作者自己写六首海棠诗、十二首菊花诗更难，因为他还要考虑到人物的身份、性格、修养与情感。脂砚斋于第一回“未卜三生愿”一诗旁批曰：“这是第一首诗。后文香奁闺情皆不落空。余谓雪芹撰此书，中亦为传诗之意。”①这种限韵、同题诗的写作，恐怕不只是为了“传诗”，也有炫才的成分。

苗怀明在讨论才学小说时曾提出：“作为一个小说流派，除了作者具有共同或相似的创作理念、作品文本形态呈现出一些独有的共性特征外，还要有一定的作品数量，形成应有的规模，对当时或后世的创作产生相当的影响。”而才学小说“作品数量太少，只有区区四部”。难以称之为小说流派。② 此后一些学者在论述才学小说时，便增加了作品，扩大了规模。赵春辉在《清代才学小说考论》（哈尔滨师范大学博士论文，2012 年）中增加了《草木春秋》、《续金瓶梅》。王齐洲在《中国通俗小说史》（武汉大学出版社，2015 年）第十七章《〈镜花缘〉与才学小说的突起》中，论列了《女仙外史》、《草木春秋演义》、《如意君传》、《白鱼亭》。两位学者所增列的小说确实不同程度地存在各种炫才炫学倾向。

当某一特征成为一种文体的普遍现象时，这一特征也就失去了作为划分类型依据的意义，任何类型的划分是为了便于研究，确定一个研究对象和范围，如果一种小说类型包罗万象，就不成其为小说类型。

当然，我们说清代不存在一个才学小说类型，并不是说清代小说创作不存在以小说炫才的现象。但创作现象和小说类型是两个不同的学术问题，研究创作现象与研究小说类型，从理论到方法，应该是有所不同的。

原载《河北学刊》2017 年第 6 期

① 《脂砚斋重评石头记》（甲戌本），人民文学出版社 2010 年版，第 26 页。
② 苗怀明《清代才学小说三论》，《南京师大学报》2010 年第 6 期。